RAYMOND FEIST

Die Schlangenkrieg-Saga 3

Raymond Feist

Die Schlangenkrieg-Saga 3

Dämonenkönig

Deutsch von
Andreas Helweg

blanvalet

Die Originalausgabe erschien 1997 unter dem Titel
»Rage of a Demon King (The Serpentwar Saga, Book 3)«
bei Avon Books, New York.

FSC
www.fsc.org
MIX
Papier aus verantwortungsvollen Quellen
FSC® C014496

Verlagsgruppe Random House FSC® N001967

1. Auflage

Redaktion: Peter Thannisch
Umschlaggestaltung und -illustration: Isabelle Hirtz, Inkcraft
JB · Herstellung: sam
Satz: Buch-Werkstatt GmbH, Bad Aibling
Druck und Bindung: GGP Media GmbH, Pößneck
Printed in Germany
ISBN 978-3-7341-6179-7

www.blanvalet.de

1 DAS WRACK DER >ADLER<
2 SHINGAZIS ANLEGESTELLE
3 STADT AM SCHLANGENFLUSS
4 DAS GEBIRGE AM MEER
5 DER FLUSS DEE
6 DER FLUSS SATPURA
7 BUCHT VON SULTH
8 RATN'GARY GEBIRGE (PAVILLON DER GÖTTER)
9 DIE FLUSSLANDE
10 DIE OSTLANDE
11 SCHLANGENFLUSS
PFERDE-KOPF-KAP
SUMANUGEBIRGE
SOTHUGEBIRGE
SCHLANGENSEE
DIE HOHEN KLIPPEN
DIE HEISSEN LANDE
HAMSA
SULTH
DIE GROSSE STEPPE
KILBUR
IRABEK
KHAIPUR
LANADA
EBENE VON DJAMS
MAHARTA
WALD VON IRABEK
HAFEN DES LEIDS
PUNI
PALAMDS
BUCHT VON MAHARTA
CHUFTSKAN
ISPAR
DAS BLAUE MEER
DAS GRÜNE MEER
DER GROSSE WALD DES SÜDENS
GOLF VON RATN'GARY
KAP DES SCHICKSALS

NOVINDUS

Prolog
Der Durchbruch

Die Wand schimmerte.

In dem Raum, der einst der Thronsaal von Jarwa, dem letzten Sha-Shahan der Sieben Völker der Saaur gewesen war, schwankte die dreißig Fuß hohe Steinwand gegenüber dem leeren Thron der Macht und verschwand dann, als sich eine schwarze Leere breitmachte. Albtraumhafte Wesen versammelten sich, Ungeheuer mit schrecklichen Hauern und giftigen Krallen. Manche hatten die Gesichter toter Tiere, während die anderer denen von Menschen ähnelten. Manche trugen stolze Flügel, Geweihe oder Hörner von Stieren. Allen jedoch waren die stahlharten Muskeln, die bösen Absichten, die finstere Magie und die mörderische Natur gemein. Und dennoch verharrten diese Ungeheuer reglos vor Entsetzen über das, was auf der anderen Seite des gerade geschaffenen Portals erschien. Baumhohe Dämonen duckten sich und gaben sich alle Mühe, unsichtbar zu werden.

Um ein Portal zu öffnen, war große Energie vonnöten, und jahrelang hatten die verfluchten Priester von Ahsart den Dämonen einen Strich durch die Rechnung gemacht. Erst als der Hohepriester das Siegel des Portals gebrochen und dem ersten Dämonen Zugang zu seiner Stadt gewährt hatte, um dem angreifenden Heer der Saaur Einhalt zu gebieten, war die Barriere überwunden worden.

Nun lag die Welt Shila in Trümmern, das Leben war bis auf einige niedere Tiere auf dem Meeresboden vernichtet; auf den Felsen in den fernen Gebirgsgipfeln wuchsen noch ein paar Flechten, und winzige Geschöpfe krabbelten unter Steine, um der Entdeckung zu entgehen. Alles, was größer war als das kleinste Insekt, war verschlungen worden. Hunger war nun der ärgste Feind des Dämonenheers, und wieder einmal waren die Dämonen zu ihrer alten Gewohnheit zurückgekehrt, einander gegenseitig zu fressen. Doch dieser Kampf auf Leben und Tod unter den Besten des Heeres war zum Erliegen gekommen, als ein neues Portal vom Fünften Zirkel nach Shila hin geöffnet worden war, das es dem obersten Herrscher des Dämonenreichs ermöglichte, zu seinen Untertanen zu sprechen.

Der Dämon ohne Namen stand am Rand jener, die man in diese einst so prächtige Halle gerufen hatte. Vorsichtig spähte er hinter einer Steinsäule hervor, um keine Aufmerksamkeit auf sich zu lenken. Dieser Dämon hatte eine einzigartige Seele gefangen, mit deren Hilfe er zu einem gefährlichen und verschlagenen Gegner für seine Brüder geworden war. Anders als diese war er zu der Erkenntnis gelangt, dass man sein Ziel, die Lebenskraft und Intelligenz zu steigern, mit List besser erreichte als mit kriegerischen Auseinandersetzungen. Immer noch präsentierte er sich jenen, die über ihm standen, mit der erforderlichen Mischung aus Angst und Bedrohlichkeit – ängstlich genug, damit sie glaubten, ihn zu beherrschen, dennoch so bedrohlich, dass sie nicht versuchten, ihn zu verschlingen. Dies war eine gefährliche Position, denn ein einziger Fehler konnte seine Einzigartigkeit enthüllen, und die Hauptmänner würden ihn sofort vernichten. Allmählich wurde sein Denken fremdartig, und er war sich inzwischen seiner selbst so bewusst, dass er für sie alle eine Bedrohung darstellte.

Dieser Dämon wusste, wie leicht er sich gegen wenigstens vier seiner vorgesetzten Brüder, die hier vor ihm standen, würde durchsetzen können, doch mit einem solch raschen Aufstieg innerhalb des Heeres hätte er nur unerwünschte Aufmerksamkeit auf sich gezogen. Während seines kurzen Lebens hatte er nicht weniger als ein halbes Dutzend anderer zu schnell aufsteigen sehen, und alle waren von einem der großen Hauptmänner vernichtet worden, damit sie diesen weder selbst eines Tages herausfordern konnten noch einem seiner bevorzugten Diener gefährlich wurden.

Der mächtigste dieser Hauptmänner war Tugor, der Erste Diener des Großen Maarg. Und der Große Maarg war es nun, der seinen Willen kundtun sollte. Tugor fiel auf die Knie und drückte die Stirn gegen den Boden. Die anderen folgten seinem Beispiel.

Der Dämon ohne Namen hörte die schwache Stimme, die der Seele gehörte, die er gefangen hatte, und er versuchte, sie zu ignorieren, doch ständig behauptete sie, sie wisse etwas Wichtiges. »Pass gut auf«, hörte er in seinem Kopf, als würde es ihm ins Ohr geflüstert oder als wäre es sein eigener Gedanke.

Ein starker Energiestrom ergoss sich in den Saal, als sich die schimmernde Wand zu kräuseln schien und schließlich verschwand, sodass sich das Portal zum Heimatreich öffnete. Ein Wind wehte durch die Halle, weil Luft in das Loch zwischen den beiden Welten gesaugt wurde, als sollte alles im Saal dazu gezwungen werden, nach Hause zurückzukehren. Instinktiv wurde den Dämonen die Gegenwart des Mächtigeren bewusst, doch allein die Nähe zu Tugor ließ den namenlosen Dämon vor Entsetzen fast in Ohnmacht fallen.

Alle Anwesenden verharrten auf den Knien und hielten die Stirn auf den Boden gedrückt, nur der namenlose Dämon nicht, weil er hinter einer Säule verborgen stand. Er beobachtete, wie sich Tugor erhob und dem Nichts entgegentrat. Aus dem Loch in der Wand ertönte eine Stimme, in der Zorn und Machtgefühl mitschwangen. »Habt ihr den Weg gefunden?«

»Das haben wir, Mächtigster!«, erwiderte Tugor. »Wir haben zwei unserer Hauptmänner durch den Spalt nach Midkemia geschickt.«

»Was haben sie berichtet?«, verlangte die Stimme von der anderen Seite zu wissen, und der namenlose Dämon hörte neben Zorn und Machtbewusstsein noch ein weiteres Gefühl aus ihr heraus, eine Spur Verzweiflung.

»Dogku und Jakan haben noch keinen Bericht erstattet«, antwortete Tugor. »Wir glauben, sie sind nicht in der Lage, das Portal zu halten.«

»Schickt jemand anders!«, befahl Maarg, Herrscher des Fünften Zirkels. »Ich werde nicht herüberkommen, ehe der Weg geebnet ist, denn ihr habt nichts auf der Welt zurückgelassen, was ich verschlingen könnte. Beim nächsten Mal, wenn ich das Portal öffne, werde ich jedoch hinüberkommen, und falls es dann nichts für mich zu fressen gibt, werde ich mich an deinem Herzen gütlich tun, Tugor!«

Das Zischen der Luft, die aus dem Saal gesaugt wurde, brach ab, als sich der Spalt schloss. Maargs Stimme hing noch im Raum, während das Schimmern der Luft aufhörte und die Wand wieder so massiv wurde wie zuvor.

Tugor stand auf und brüllte vor Wut und Niedergeschlagenheit. Ganz langsam erhoben sich die anderen, denn jetzt war nicht der rechte Zeitpunkt, die Aufmerksamkeit des Zweitmächtigsten ihres Volkes auf sich zu ziehen. Tugor war dafür bekannt, jenen die Köpfe abzureißen, die zu stark wurden, damit sich kein Rivale erheben und mit ihm um seinen Rang kämpfen konnte. Gerüchten zufolge sammelte Tugor seine Kraft für den Tag, an dem er Maarg zum Kampf um die Herrschaft herausfordern wollte.

Tugor wandte sich um. »Wer geht als Nächster?«

Ohne zu wissen warum, trat der namenlose Dämon vor. »Ich werde gehen, Lord.«

Tugors Gesicht, ein Pferdeschädel mit großen Hörnern, war nahezu ausdruckslos, dennoch war seine Verblüffung offensichtlich. »Wer bist du, kleiner Narr?«

»Ich habe noch keinen Namen, Meister«, erwiderte der Namenlose.

Tugor machte zwei große Schritte und drängte einige seiner Hauptmänner zur Seite, dann stand er hoch aufragend vor dem kleinen Dämon. »Ich habe Hauptmänner losgeschickt, denen die Rückkehr nicht gelungen ist. Warum solltest ausgerechnet du den Erfolg haben, der ihnen verwehrt blieb?«

»Weil ich bescheiden bin und nur beobachten werde, Meister«, gab der Namenlose ruhig zurück. »Ich werde die Lage auskundschaften und mich versteckt halten und solange Kraft sammeln, bis ich das Portal von der anderen Seite her wieder öffnen kann.«

Tugor hielt einen Augenblick inne, dann holte er mit der Hand aus, schlug dem kleinen Dämon ins Gesicht und schleuderte ihn damit durch den Raum gegen die Wand. Der Dämon hatte kleine Flügel, mit denen er allerdings noch nicht fliegen konnte, und sie brachen, als er gegen die Wand prallte.

»Das ist dafür, dass du so anmaßend warst«, schrie Tugor, dessen Wut jenen Punkt erreicht hatte, an dem nur noch Töten sie besänftigen konnte. »Ich werde dich schicken«, sagte er zu dem Hauptmann, der den nächsten Rang unter ihm einnahm. Dann fuhr er herum und schnappte sich einen anderen, riss dem unglückseligen Dämon die Kehle heraus und kreischte: »Und dies ist dafür, dass der Rest von euch nicht mehr Mut gezeigt hat!«

Einige der am Rand stehenden Dämonen flüchteten aus dem Saal, während sich andere auf den Steinboden warfen und um Gnade winselten. Tugor war jedoch damit zufrieden, einen seiner Brüder getötet zu haben, trank dessen Blut und Lebenskraft und warf dann die leere Fleischhülle achtlos beiseite.

»Geh!«, befahl Tugor dem Hauptmann. »Der Spalt befindet sich in den Fernen Bergen im Osten. Die, die ihn bewachen, werden dir sagen, was du wissen musst, um zurückzukehren – falls dir dies möglich sein wird. Kehrst du zurück, werde ich dich belohnen.«

Der Hauptmann eilte aus der Halle. Der kleine Dämon zögerte, dann folgte er ihm, ohne weiter auf den stechenden Schmerz in seinem Rücken zu achten. Er verließ den Palast, und draußen wurde er von zwei anderen Dämonen angefallen, die der Hunger trieb. Rasch tötete er sie. Nachdem er ihre Lebensenergie getrunken hatte, ließ der Schmerz in seinen Flügeln nach, und ein neuer Gedanke kam ihm in den Sinn. Plötzlich wusste er, weshalb er dem Hauptmann folgte, der damit beauftragt worden war, den Spalt abermals zu öffnen.

Die Stimme, die einst aus der Phiole um seinen Hals zu

ihm gesprochen hatte und die er jetzt stets in seinem Kopf vernahm, sagte: »Wir werden es schon überstehen, wachsen und gedeihen und dann tun, was getan werden muss.«

Der kleine Dämon eilte zu der Stelle, wo sich der Spalt befand, der Ort jenes Risses, durch den die letzten der Saaur geflohen waren. Der kleine Dämon hatte vieles erfahren, und irgendwoher wusste er, dass ein Verbündeter die Dämonen betrogen hatte, dass das Portal eigentlich hätte offen bleiben sollen, stattdessen jedoch geschlossen worden war. Zweimal hatte man es mit großem Aufwand aufgestoßen, doch jedes Mal war es rasch wieder zugefallen, da es auf der anderen Seite durch Gegenzauber versiegelt worden war. Mindestens zwei Dutzend Dämonen waren von Tugors Hand gestorben, weil das Heer nicht hatte hinüberwechseln können.

Der Hauptmann erreichte das Portal, wo sich ein Dutzend anderer Dämonen um ihn versammelte. Sie sollten ihm beim Übergang helfen. Unbemerkt folgte der kleinere Dämon dem großen, als wäre er sein Begleiter.

Die Stelle, an der sich der Spalt befand, war wenig bemerkenswert, ein großes Stück aufgeweichten Bodens, das Gras von Tausenden Saaurpferden mit ihren Reitern und von deren Frauen und Kindern niedergetrampelt. Auch in der Umgebung war das meiste Gras verdorrt – die Dämonen hatten es niedergetreten –, doch hier und dort fanden sich noch vereinzelte grüne Flecken. Sollte der Spalt nicht bald geöffnet werden, würden selbst diese winzigen Quellen der Lebensenergie ausgesaugt werden.

Der kleine Dämon kniff die Augen zusammen und entdeckte in der Energie, die in der Luft hing, eine eigentümliche Krümmung, die jedoch kaum wahrzunehmen war, solange man nicht eigens danach suchte.

Was die Saaur und andere Sterbliche Magie nannten, war für die Dämonen nichts anderes als eine besondere Form der Lebensenergie, und einige von ihnen würden beim Öffnen des Spaltes sterben. Solange man die Schutzzauber auf der anderen Seite nicht entfernt hatte, wäre es unmöglich, den Spalt für länger als einige Sekunden offen zu halten, und selbst dabei würden mehrere Dämonen ihr Leben lassen müssen. Kein Dämon gab sein Leben freiwillig – das lag nicht in ihrer Natur –, doch alle fürchteten Tugor und Maarg und hegten die Hoffnung, dass es die anderen sein würden, die den Preis bezahlten, während sie überlebten und die Belohnung einstrichen.

»Öffnet das Portal!«, befahl der Hauptmann.

Die Dämonen, denen man diese Aufgabe übertragen hatte, blickten einander im Bewusstsein der Gefahr an, doch schließlich ließen sie die Energien fließen. Der kleine Dämon betrachtete die Luft und sah das Schimmern, als sich das Portal öffnete. Der Hauptmann duckte sich und wartete auf den richtigen Moment zum Sprung.

Während er sich bereit machte und neben ihm überall Dämonen aufschrien und zusammenbrachen, hüpfte der kleine Dämon auf seinen Rücken. Darauf nicht gefasst, brüllte der Hauptmann vor Schreck und Empörung auf, derweil sie in den Spalt fielen. Die Dringlichkeit, mit der der kleine Dämon sein Ziel erreichen wollte, half ihm, die Verwirrung zu ignorieren; die Überraschung des Hauptmanns nahm hingegen noch zu.

Sie landeten in einer dunklen und riesigen Halle, und der kleine Dämon biss dem Hauptmann, so fest er konnte, ins Genick, in die schwächste Stelle seines Körpers. Augenblicklich schoss ein energetischer Impuls in den kleinen Dämon, während sich die Empörung des Hauptmanns in Schrecken und Schmerz verwandelte. In der Dunkelheit schlug er wild um sich und versuchte verzweifelt, den Meuchler loszuwerden. Der kleine Dämon klammerte sich brutal an den Rücken seines Opfers.

Der Hauptmann warf sich zurück und wollte den kleineren Dämon an der Felswand der Höhle zermalmen, doch seine kräftigen Flügel waren ihm dabei im Weg.

Endlich fiel der Hauptmann auf die Knie, und in diesem Augenblick war sich der kleine Dämon seines Sieges gewiss. Energie strömte in ihn hinein, bis er glaubte, er würde buchstäblich explodieren; er hatte schon bis zur Bewusstlosigkeit gefressen, doch nie zuvor hatte er mit einem einzigen Opfer so viel Energie aufgenommen. Jetzt war er so mächtig wie derjenige, den er verspeist hatte. Seine Beine, länger und muskulöser als noch Momente zuvor, standen auf hartem Stein, und er hob sein sterbendes Opfer hoch, das nun, da ihm seine Lebenskraft entzogen war, kaum noch schwach protestieren konnte.

Bald war es vorbei, und der abermals siegreiche Dämon stand in der Halle, nahezu trunken von der neuen Kraft. Kein Fleisch, keine Frucht, kein Bier und kein Wein konnten einen seiner Art in diesen Zustand versetzen. Er wünschte sich einen dieser Spiegel der Saaur, denn er wusste, dass er mindestens einen Kopf größer war als noch einen Augenblick zuvor. Und er spürte, wie die Flügel auf seinem Rücken, die ihn eines Tages durch den Himmel tragen würden, erneut zu wachsen begannen.

Aber etwas lenkte ihn ab, und abermals bemerkte er diese fremden Gedanken in seinem Kopf. »Sieh dich um und pass gut auf!«

Er wandte sich um und richtete seine Sinne in die Dunkelheit.

Die riesige Halle war übersät mit Leichen von sterblichen Kreaturen. Er sah gleichermaßen Saaur und jene, die Pantathianer hießen, und dazu eine dritte Art, kleiner als die Saaur und größer als die Pantathianer. Von ihren Lebensenergien war nichts geblieben, also ließ er sie links liegen.

Die Schutzzauber, jene Barrieren, die den Tod der Dämonen verursacht hatten, die ohne Hilfe hatten passieren wollen, befanden sich noch an Ort und Stelle. Er untersuchte sie und sah, wie leicht die anderen Dämonen sie hätten beseitigen können.

Wieder betrachtete er das Gemetzel und bemerkte die große Magie, mit der man die Schutzzauber vor der Entdeckung durch die zuvor hier eingedrungenen Dämonen verborgen hatte. Dann fragte er sich, was mit seinen Brüdern geschehen sein mochte, denn falls sie in einem Kampf vernichtet worden wären, hätte er irgendwo ihre verbliebene Energie entdecken müssen, doch er sah keine.

Erschöpft von dem Kampf und noch immer von seiner neuen Lebenskraft berauscht, erreichte der Dämon den ersten Schutzzauber und wollte ihn entfernen, als die fremde Stimme sagte: »Warte!«

Der Dämon zögerte, dann langte er nach der Phiole, die er um den Hals trug. Ohne über die Folgen nachzudenken, öffnete der nun so viel mächtigere Dämon die Phiole, und die Seele, die darin gefangen war, wurde befreit. Doch anstatt davonzufliegen und sich zu den großen Seelen ihrer Vorfahren zu gesellen, drang die Seele aus der Phiole in den Dämon ein.

Der Dämon erschauerte, schloss die Augen, und ein anderer Verstand übernahm die Führung. Wäre der Dämon nicht so intensiv mit den Veränderungen nach dem Sieg beschäftigt gewesen, hätte er sich dem Befehl der Seele, sie zu befreien, niemals so leicht unterworfen, und diese andere Intelligenz hätte nicht die Oberhand gewinnen können. Der Geist, der jetzt den Dämon beherrschte, ließ eine Essenz in der Phiole zurück und schob den Stopfen wieder hinein. Ein Teil von ihm musste von dem Dämon getrennt bleiben, eine Art Rettungsanker gegen den Appetit des Dämons. Doch selbst mit diesem Anker würde es ein ständiger Kampf sein, der Natur des Dämons zu widerstehen.

Die nichtmenschlichen Augen der neu geschaffenen Kreatur untersuchten abermals die Schutzzauber, doch anstatt sie zu zerstören, beschwor sie alte Saaurmagie und verstärkte sie noch. Die Kreatur konnte sich vorstellen, wie Tugor vor Wut rasen würde, wenn der nächste Dämon, der versuchte, in dieses Reich zu gelangen, in einem Feuerball aufgehen würde. Doch der Rückschlag würde die Dämonen keinesfalls vom Eindringen in diese Welt abhalten, verschaffte der neuen Kreatur aber wertvolle Zeit.

Sie streckte die Krallen und dann die plötzlich so langen Arme aus, während sie über diese dritte Art nachdachte, deren Leichen auf dem Boden lagen. Waren es Verbündete oder Feinde der Pantathianer und Saaur?

Die Kreatur schob diese Gedanken beiseite. Der neue Verstand, der aus der Verschmelzung des kleinen Dämons und der gefangenen Seele entstanden war, nahm plötzlich etwas wahr. Mindestens ein oder zwei geistlose Dämonen strichen noch durch diese riesigen Hallen und Gänge aus Stein. Die Kreatur wusste, dass die Schutzzauber den kleinen Dämon nicht versehrt hatten, als dieser auf dem Rücken des Hauptmanns durch den Spalt geritten war, doch dem Hauptmann selbst war der Verstand geraubt worden, mochte er zuvor auch noch so mächtig gewesen sein. Die neue Kreatur allerdings, die einst ein Dämon gewesen war, wusste zudem, dass, wenn die anderen Dämonen hier fraßen und sowohl mächtiger als auch schlauer wurden, sich ihre Intelligenz wieder einstellen würde. Und dann würden sie sich erinnern, hierher zurückkehren, die Schutzzauber zerstören und den Weg frei machen.

Um das zu verhindern, musste die Kreatur also als Erstes diese Dämonen vernichten. Danach würde eine zweite Aufgabe auf ihn warten. »Jatuk.« Die Kreatur sprach den Namen leise aus. Der Sohn des letzten Herrschers der Saaur auf der Welt Shila würde hier über die Reste des letzten Saaurheeres herrschen, und die Kreatur hatte ihm viel mitzuteilen.

Während das Verschmelzen der beiden Wesen seinen Fortgang nahm, wurde der Verstand des Dämons zuerst unter Kontrolle gebracht und dann von der anderen Intelligenz vereinnahmt. Der Vater von Shadu – der nun Jatuk diente – übernahm das Kommando über diesen fremden Körper. Die Seele von Hanam, dem letzten großen Meister des Wissens der Saaur, hatte einen Weg gefunden, wie sie Tod und Verrat überlisten konnte, und sie würde nach den letzten Überlebenden ihres Volkes suchen, um sie vor dem großen Betrug zu warnen, der das Schicksal einer weiteren Welt besiegeln würde, wenn man ihm nicht Einhalt gebot.

Krondor

Erik machte ein Zeichen.

Die Soldaten knieten im Graben und beobachteten, wie er einen nach dem anderen von ihnen mit einer Geste auf seinen Posten schickte. Alfred, der inzwischen zum Korporal aufgestiegen war, winkte vom anderen Ende der Reihe her, und Erik nickte. Jeder Mann wusste, was er zu tun hatte.

Der Feind hatte sein Lager an einer relativ gut zu verteidigenden Stelle an der Straße nördlich von Krondor aufgeschlagen. Ungefähr drei Meilen weiter lag die kleine Stadt Eggly, das Ziel der Invasoren. Der Feind hatte noch vor Sonnenuntergang den Marsch unterbrochen, und Erik war sicher, dass der Angriff vor der Morgendämmerung erfolgen würde.

Erik hatte ihn von einem Versteck aus beobachtet. Seine Männer lagerten in der Nähe, während er darüber nachdachte, auf welche Weise er am besten vorgehen sollte. Er hatte zugesehen, wie der Feind sein Lager errichtete, und dort ging es erwartungsgemäß höchst ungeordnet zu. Die Posten waren schlecht platziert und zudem undiszipliniert, denn sie verbrachten mehr Zeit damit, mit den Kameraden zu schwatzen, als nach dem Feind Ausschau zu halten. Und da sie dauernd zu den Lagerfeuern hinblickten, würden sie im Dunkeln kaum etwas erkennen können.

Nachdem Erik Stärke und Position der Invasoren abgeschätzt hatte, wusste er, welche Möglichkeiten ihm offenstanden. Er hatte sich entschlossen, als Erster zuzuschlagen. Obwohl die anderen wenigstens fünffach überlegen waren, hätten seine Männer dann den Vorteil der Überraschung auf ihrer Seite. Zudem waren sie besser ausgebildet, das zumindest hoffte er.

Erik ließ sich noch einen Moment Zeit, um die Position des Feindes noch einmal zu begutachten. Die Posten schienen noch unaufmerksamer zu sein als zu dem Zeitpunkt, an dem Erik nach seiner Kompanie geschickt hatte. Offenbar sahen die Invasoren ihre Mission als nicht allzu wichtig an. Sie sollten lediglich eine abgelegene Stadt einnehmen, während sich die eigentliche Auseinandersetzung weiter im Süden nahe der Hauptstadt Krondor abspielte. Erik war entschlossen, ihnen zu zeigen, dass in einem Krieg jede Mission wichtig war.

Als seine Männer in Position waren, schlich Erik durch einen kleinen Hohlweg vorwärts, bis er eine der gelangweilten Wachen beinahe hätte berühren können. Er warf einen Stein hinter den Mann, der sich gedankenlos danach umdrehte. Wie Erik gehofft hatte, blickte der Mann ins Lager zurück, zum nächsten Feuer, was ihn für einen Augenblick blendete. Ein Soldat, der an dem Feuer saß, fragte: »Was gibt's, Henry?«

Die Wache erwiderte: »Nichts.«

Er wandte sich wieder um, woraufhin Erik plötzlich direkt vor ihm stand, und noch ehe er Alarm geben konnte, traf ihn Erik mit der Faust, dann fing er ihn auf, als er fiel.

»Henry?«, fragte der Mann am Lagerfeuer und wollte sich schon erheben, während er in die Dunkelheit starrte.

Erik versuchte, die Stimme der Wache zu imitieren. »Ich hab dir doch gesagt, es ist nichts.«

Doch der Versuch scheiterte, der andere Soldat wollte sofort Alarm geben und zog das Schwert. Er hatte es noch nicht ganz aus der Scheide, als Erik schon über ihm war wie eine Katze über der Maus. Er packte den Mann am Waffenrock, zog ihn nach hinten und warf ihn hart zu Boden. Während er ihm einen Dolch an die Kehle setzte, zischte er: »Du bist tot. Keinen Laut!«

Der Mann blickte ihn säuerlich an, nickte jedoch. Leise sagte er: »Nun ja, zumindest kann ich jetzt in Ruhe zu Ende essen.« Er setzte sich auf und griff zu seinem Teller, während zwei andere Männer nur verständnislos blinzelten, als Erik das Lagerfeuer umkreiste und ihnen die Kehlen »durchschnitt«, ehe sie den Angriff auch nur bemerkt hatten.

Rufe überall im Lager verkündeten Erik, dass seine Kompanie nun insgesamt zuschlug, Kehlen durchschnitt, Zelte einriss und ganz allgemein Verwüstungen anrichtete. Nur ein einziges Verbot hatte Erik erteilt: kein Feuer. Obwohl die Versuchung groß war, würde der Baron von Tyr-Sog den Schaden an seiner Ausrüstung wohl kaum begrüßen.

Erik eilte durch das Kampfgetümmel und »tötete« im Vorbeilaufen verschlafene Soldaten, die aus ihren Zelten krochen. Er zerschnitt einige Zeltleinen, wodurch die Soldaten unter der zusammenfallenden Leinwand in der Falle saßen, und er hörte wütende Rufe darunter. Überall im Lager fluchten Männer, während sie »getötet« wurden, und Erik konnte seine Belustigung kaum verhehlen. Sie hatten schnell zugeschlagen, und innerhalb von zwei Minuten nach dem Beginn des Angriffs hatte er schon die Mitte des Lagers erreicht.

Dort angekommen trat gerade der Baron noch halb im Schlaf aus dem Kommandozelt, den Schwertgürtel um das Nachthemd geschnallt und ganz offensichtlich über die Störung höchst unerfreut. »Was soll das?«, verlangte er von Erik zu wissen.

»Eure Kompanie ist geschlagen, mein Lord«, meldete Erik und tippte dem Baron vorsichtig mit der Schwertspitze auf die Brust. »Und Ihr seid jetzt tot.«

Der Baron betrachtete den Mann, der nun sein Schwert in die Scheide zurückschob: Er war groß, ungewöhnlich breit um die Schultern, ohne dabei dick zu sein, wie ein junger Schmied, doch das Gesicht zeigte keine bemerkenswerten Züge. Dennoch, sein gewinnendes Lächeln war freundlich und offen. Im Licht des Feuers schimmerte das hellblonde Haar an manchen Stellen rubinrot.

»Unfug!«, entgegnete der gedrungene Baron. Sein säuberlich getrimmter Bart und sein seidenes Nachthemd erzählten Bände über seine Felderfahrung. »Wir sollten Eggly erst morgen angreifen. Niemand hat etwas von diesem« – er umfasste das Lager mit einer Handbewegung –, »diesem … Nachtangriff gesagt. Hätten wir davon gewusst, hätten wir Vorkehrungen getroffen.«

»Mein Lord«, erwiderte Erik, »wir sollten nur etwas unter Beweis stellen.«

Aus der Dunkelheit ertönte eine Stimme. »Und diesen Beweis habt Ihr sehr wohl geliefert.«

Owen Greylock, Hauptmann in der Fürstlichen Garnison des Prinzen von Krondor, trat ins Licht. In den tanzenden Schatten der Feuer hatte sein hageres Gesicht einen finsteren Zug. »Ich schätze, Ihr habt drei Viertel der Soldaten getötet oder kampfunfähig gemacht, Erik. Wie viele Männer hattet Ihr?«

»Sechzig«, antwortete Erik.

»Aber ich habe dreihundert!«, brauste der Baron sichtlich verstört auf. »Und zudem noch die Hilfstruppen der Hadatikrieger.«

Erik blickte sich um und meinte: »Ich sehe überhaupt keine Hadati.«

Eine Stimme mit deutlichem Akzent meldete sich aus dem Dunkel. »So soll es auch sein.«

Eine Gruppe Männer in Kilts und Plaids betrat das Lager. Sie trugen ihr Haar auf dem Kopf zusammengeknotet, von wo eine lange Strähne auf den Rücken fiel. »Wir haben gehört, wie sich Eure Männer angeschlichen haben«, erklärte der Anführer, indem er Erik anblickte, dessen schwarze Jacke keine Abzeichen trug, sodass er seinen Rang schätzen musste: »Hauptmann?«

»Feldwebel«, berichtigte Erik.

»Feldwebel«, wiederholte der Sprecher, ein großer Krieger, der über seinem Kilt nur ein einfaches, ärmelloses Hemd trug; in den Bergen würde ihn sein Plaid vor der Kälte schützen. Unter dem nachtschwarzen Haar befanden sich unauffällige ebenmäßige Gesichtszüge. Seine dunklen Augen erinnerten Erik allerdings an die eines Raubvogels. Im Licht des Lagerfeuers wirkte seine sonnengebräunte Haut fast rot.

Erik brauchte nicht erst zu sehen, wie der Mann sein Schwert zog, um zu wissen, dass er ein erfahrener Kämpfer war.

»Ihr habt uns gehört?«, fragte Erik.

»Ja. Eure Männer sind gut, Feldwebel, doch wir Hadati leben in den Bergen, wo wir oft auf dem nackten Boden neben unseren Herden schlafen, und wir wissen, wann wir einen Trupp Männer näher kommen hören.«

»Wie ist Euer Name?«, erkundigte sich Erik.

»Akee, Sohn des Bandur.«

Erik nickte. »Wir müssen uns unterhalten.«

»Ich protestiere, Hauptmann!«, wandte der Baron ein.

»Wie bitte, mein Lord?«, fragte Greylock.

»Ich protestiere gegen diesen unangekündigten Angriff. Uns wurde gesagt, wir sollen die Rolle der Invasoren spielen und hätten Widerstand von Milizen und Sondereinheiten aus Krondor in der Stadt Eggly zu erwarten. Über einen solchen nächtlichen Angriff hat man uns nicht unterrichtet. Hätten wir davon gewusst, wären wir vorbereitet gewesen!«, behauptete er abermals.

Erik blickte Owen an, der ihm ein Zeichen gab, er solle seine Kompanie formieren und abziehen. Der Hauptmann würde den gekränkten Baron von Tyr-Sog schon beruhigen. Erik winkte Akee zu sich. »Eure Männer sollen ihre Ausrüstung zusammenpacken und sich bei meinem Korporal melden. Das ist ein übel aussehender Kerl namens Alfred. Sagt ihm, Ihr würdet morgen mit uns nach Krondor ziehen.«

»Wird das dem Baron gefallen?«, wollte Akee wissen.

»Vermutlich nicht«, erwiderte Erik und wandte sich ab. »Aber seine Meinung ist nicht von Belang. Ich stehe im Dienst des Prinzen von Krondor.«

Der Hadati zuckte mit den Schultern und nickte seinen Gefährten zu. »Lasst die Männer frei.«

»Frei?«, fragte Erik.

Akee lächelte. »Wir haben einige von denen gefangen genommen, die Ihr nach Süden geschickt habt, Feldwebel. Ich glaube, der hässliche Kerl ist unter ihnen.«

Erik, sonst die Ruhe selbst, ließ sich von der Erschöpfung und Anspannung der Nachtübung übermannen und fluchte leise. »Wenn er tatsächlich unter ihnen ist, wird er es bedauern.« Er wandte sich an einen Mann aus seiner Kompanie, einen Soldaten mit Namen Shane. »Die Männer sollen sich am südlichen Rand des Lagers sammeln.«

Shane nickte und erteilte sofort die entsprechenden Befehle.

Erik folgte dem Hadati zu einer Stelle außerhalb des Lagers, wo zwei Hadatikrieger neben Korporal Alfred und einem halben Dutzend von Eriks besten Männern saßen.

»Was ist passiert?«, erkundigte sich Erik.

Alfred erhob sich und seufzte. »Sie sind gut, Feldwebel.« Er zeigte auf einen Hügel hinter ihnen. »Sie müssen sich in dem Moment in Bewegung gesetzt haben, als sie uns kommen gehört haben, denn wir waren schon oben auf dem Hügel, und ich hätte meine gesamten Besitztümer darauf verwettet, dass es unmöglich wäre, aus dem Lager zu kommen, über den Hügel zu schleichen, sich zu verstecken und uns dann von hinten anzugreifen, während wir den Hügel hinuntergestürmt sind.« Er schüttelte den Kopf. »Sie haben uns auf die Schultern getippt, ehe wir sie überhaupt gehört haben.«

Erik wandte sich an Akee. »Ihr müsst mir erzählen, wie Ihr das angestellt habt.«

Akee zuckte mit den Schultern, sagte jedoch nichts.

»Die Männer aus den Bergen«, sagte Erik zu Alfred, »kommen mit uns. Bring sie ins Lager und dann nichts wie zurück nach Krondor.«

Alfred lächelte und vergaß den Rüffel, der ihn erwartete, wenn sie wieder in der Garnison waren. »Warmes Essen«, meinte er nur.

Erik konnte nur zustimmen. Seit einer Woche waren sie im Manöver und hatten währenddessen nur kalte Rationen im Dunkeln zu sich genommen. Die Männer waren müde und hungrig. »An die Arbeit!«

Als er schließlich allein war, dachte Erik darüber nach, was in dem bevorstehenden Krieg alles auf dem Spiel stand, und er fragte sich, ob selbst hundert dieser Übungen die Männer des Königreichs auf das vorbereiten könnten, was auf sie zukommen würde.

Vermutlich konnte sie nichts voll und ganz darauf vorbereiten, doch welche Wahl hatten sie schon? Calis, Prinz Patrick, Marschall William und die anderen Offiziere befanden sich ebenfalls hier in den Bergen und führten ähnliche Übungen durch. Am Ende der Woche würde man Rat halten und überlegen, was zu tun sei.

»Es muss so viel getan werden wie nur möglich«, murmelte er in sich hinein.

Seine schlechte Laune, so erkannte er, rührte mehr von seiner Müdigkeit und seinem Hunger als von Alfreds Versagen. Dann lächelte er. Wenn die Männer aus den Bergen nördlich von Yabon so schnell waren, konnte man nur froh sein, dass sie auf der Seite des Königreichs standen und, was noch erfreulicher war, unter seinem eigenen Kommando.

Er ging zurück in Richtung Lager. Vermutlich war es besser, Greylock dabei zu unterstützen, den betrübten Baron von Tyr-Sog zu trösten.

Die Soldaten nahmen Haltung an, während der Hof noch vom Gleichschritt ihrer Stiefeltritte widerhallte, und sie standen reglos da, während der Prinz von Krondor das Podest betrat.

Roo sah zu seinem Freund Erik hinüber. »Gar nicht schlecht.«

Erik schüttelte den Kopf, um Roo zu verstehen zu geben, dass er ruhig sein sollte. Roo grinste, schwieg jedoch, während Prinz Patrick, Regent von Krondor, den Salut der versammelten Garnison des Palastes entgegennahm. Neben ihm stand Calis, Hauptmann jener Spezialeinheit des Prinzen, die als die »Blutroten Adler« bekannt war.

Erik trat von einem Fuß auf den anderen, denn die Aufmerksamkeit, die ihm und den anderen zuteilwurde, behagte ihm gar nicht. Die Überlebenden der letzten Expedition zum fernen Novindus sollten für ihre Tapferkeit ausgezeichnet werden, und Erik war sich nicht ganz klar darüber, was das mit sich brachte. Am liebsten hätte er sich um seine üblichen Pflichten gekümmert.

Nachdem er vom Manöver in den Bergen zurückgekommen war, hatte er eine baldige Ratsversammlung erwartet. Calis hatte ihn und die anderen jedoch darüber in Kenntnis gesetzt, dass Prinz Erlands Rückkehr von seinem Besuch bei seinem Bruder König Borric mit einer Zeremonie begangen werden sollte, bei der auch Auszeichnungen vergeben werden sollten. Mehr wusste Erik nicht.

Er blickte zur Seite und sah, dass Calis, seinem Hauptmann, ebenfalls die Ungeduld ins Gesicht geschrieben stand. Renaldo, einer der anderen Überlebenden der letzten Reise, stand neben Micha. Die beiden Soldaten hatten Calis während der Flucht aus den Höhlen der pantathianischen Schlangenpriester begleitet. Renaldo warf sich stolz in die Brust, als der Prinz von Krondor ihm die Weiße Kordel der Tapferkeit verlieh, die man am Ärmel trug und die allen verkündete, mit welchem Mut der Träger für König und Vaterland gekämpft hatte.

Roo war mit einem seiner größten Schiffe nach Novindus gesegelt, um die Soldaten des Königreichs nach Hause zu holen. Erik und seine Gefährten hatten sich während der Rückreise ausgeruht und ihre Wunden kuriert. Ihr Hauptmann, dieser rätselhafte Mann, von dem erzählt wurde, dass er ein Halbelb sei, hatte so schwere Verletzungen davongetragen, dass jeder Mann ihnen erlegen wäre. Zwei seiner alten Gefährten, Praji und Vaja, waren in dem magischen Feuerstoß umgekommen, der auch Calis getroffen hatte. Sein halber Körper war dabei verbrannt worden. Dennoch fand man kaum eine Narbe an ihm, allein die betroffenen Stellen an Gesicht und Hals waren ein wenig heller als der Rest der sonnengebräunten Haut. Erik fragte sich, ob er jemals die volle Wahrheit über jenen Mann erfahren würde, unter dem er diente.

Eriks Blick wanderte hinüber zu einem anderen Mann, der während der letzten Jahre sein Gefährte gewesen war, zu Nakor, diesem eigentümlichen Glücksritter. Er stand ein wenig abseits von denen, die geehrt werden sollten, und beobachtete die Zeremonie mit einem halb spöttischen Grinsen. An seiner Seite stand Sho Pi, der frühere Mönch, der sich mittlerweile als Nakors Schüler betrachtete. Im vergangenen Monat hatten sie als Gäste des Herzogs von Krondor im Palast gewohnt, und Nakor hatte keine Ambitionen gezeigt, seiner gewohnten Beschäftigung nachzugehen. Sonst pflegte er in den Hinterzimmern der Wirtshäuser des Königreiches Nichtsahnende beim Kartenspiel auszunehmen.

Während der Prinz einen nach dem anderen aufrief, fragte sich Erik, wer diejenigen ehren würde, die zurückgeblieben waren, an erster Stelle der eisenharte Feldwebel Bobby de Loungville, der mehr als jeder andere Erik zu jenem Soldaten geschmiedet hatte, der er nun war. Er spürte, wie sich Tränen in seinen Augen sammelten, als er sich an die eisig kalte Gebirgshöhle erinnerte, in der er Bobby im Arm gehalten hatte, während sich die durch einen Schwerthieb verletzte Lunge des Feldwebels mit Blut füllte. Aber wenigstens habe ich Calis lebend herausgebracht, sagte sich Erik.

Er kniff die Augen zu, drängte die Tränen zurück und warf abermals einen Blick auf Calis, der nun seinerseits ihn beobachtete. Mit kaum wahrnehmbarem Nicken schien Calis ihm mitzuteilen, dass er wusste, woran Erik dachte, und dass er sich ebenfalls an verlorene Freunde erinnerte.

Die Zeremonie zog sich dahin, dann war sie unversehens zu Ende, und die versammelte Garnison des Palastes von Krondor war entlassen. Marschall William, der militärische Oberbefehlshaber des Fürstentums, winkte Erik und die anderen zu sich. »Der Prinz bittet euch alle zu einem Treffen in seinem privaten Ratszimmer«, sagte er zu Calis.

Erik blickte Roo an, der nur mit den Schultern zuckte. Auf der Rückreise hatten die beiden Jugendfreunde einander alle Neuigkeiten erzählt. Erik hatte sich halb amüsiert, halb erstaunt über seinen Freund gezeigt, dem es in weniger als zwei Jahren gelungen war, einer der führenden Händler von Krondor und zudem einer der reichsten Männer des Königreichs zu werden. Als er jedoch gesehen hatte, wie der Schiffsmeister und seine Mannschaft jedem Befehl von Roo augenblicklich nachkamen, war ihm bewusst geworden, dass Rupert Avery, der in seiner Kindheit nicht viel mehr als ein Dieb gewesen war und heute kaum das Jungenalter hinter sich hatte, tatsächlich der Besitzer des Schiffes war.

Erik hatte Roo davon erzählt, was er und die anderen entdeckt hatten, und es hatte wenig Ausschmückung gebraucht, um ihm das Entsetzen und den Ekel zu vermitteln, die Erik verspürt hatte, als sie sich durch die Höhlen der Pantathianer gekämpft hatten. Von denen, die bei der letzten Reise von Calis nach Novindus nicht dabei gewesen waren, gehörten Roo, Nakor und Sho Pi zu denjenigen, die den Kontinent bereits zuvor besucht hatten, und sie wussten, was die anderen hatten mitansehen müssen. Langsam, über die ganze Fahrt verteilt, hatte Erik seinem Freund die grausigen Einzelheiten des Gemetzels an den pantathianischen Weibchen und Jungen erzählt. Auch von dem »dritten Mann im Spiel«, der mehr Tod hinterlassen hatte als Calis' Soldaten zusammen, hatte er berichtet. Falls sich nicht noch irgendwo anders Zuchthöhlen der Pantathianer befanden – und das war höchst unwahrscheinlich –, waren die letzten lebenden Pantathianer die an der Seite der Smaragdkönigin. Wenn die Königin in der kommenden Schlacht besiegt werden würde, wäre die Zeit der Schlangenpriester endgültig vorbei, ein Schicksal, das ihnen die beiden Jugendfreunde aus Düstermoor inständig wünschten.

Roo und Erik hatten sich getrennt, nachdem das Schiff angelegt hatte, da Roo Geschäfte in Übersee zu erledigen hatte. Zwei Tage später war Erik ins Manöver aufgebrochen und hatte sich einen Eindruck davon verschafft, wie Jadow Shati die Ausbildung während der Abwesenheit von Calis fortgeführt hatte. Erik hatte mit Zufriedenheit festgestellt, dass die neuen Männer, die in der letzten Woche unter seinem Kommando gestanden hatten, genauso diszipliniert und verlässlich waren wie jene, die er – damals noch als gemeiner Soldat – gedrillt hatte.

Als er nun den Palast betrat, fühlte Erik wie schon früher ein starkes Unbehagen angesichts der Hallen der Macht und der Gegenwart jener, die sie ausübten. Er hatte ein Jahr in Krondor gedient, ehe er mit Calis zu ihrer letzten Reise aufgebrochen war, doch die meiste Zeit hatte er sich auf dem Ausbildungsgelände aufgehalten. In den eigentlichen Palast ging er nur, wenn er gerufen wurde oder wenn er sich von Marschall William ein Buch über Taktiken oder andere Gebiete der Kriegskunde auslieh. In Gegenwart des obersten Befehlshabers der Königlichen Armeen des Westens war ihm nie so recht wohl zumute, doch schließlich hatte er sich an die Stunden gewöhnt, in denen sie über einem Glas Wein oder Bier über das sprachen, was er gelesen und wie er es bei der Armee anzuwenden hatte, die er gerade ausbildete. Hätte man Erik die Wahl gelassen, hätte er seine Zeit ausschließlich auf dem Drillplatz, in den Werkstätten der Waffenschmiede, bei den Pferden oder am liebsten draußen im Feld verbracht, wo das Leben einen so vereinnahmte, dass man keinen Gedanken an den bevorstehenden Krieg verschwendete.

Im privaten Ratszimmer des Prinzen, einem kleinen Saal, warteten bereits andere Männer, darunter Lord James, Herzog von Krondor, und Jadow Shati, der andere Feldwebel in Calis' Kompanie. Erik war sicher, dass man Jadow zum Hauptfeldwebel befördern würde, um Bobbys Stelle einzunehmen. Auf dem Tisch stand ein übervolles Tablett mit Käse, Früchten, Brot und Gemüse. Bier, Wein und Krüge mit gekühltem Obstsaft waren ebenfalls aufgetischt worden.

»Greift zu!«, lud der Prinz von Krondor sie ein, legte Krone und Amtsmantel ab und reichte sie wartenden Pagen. Calis schnappte sich einen Apfel und biss hinein, während die anderen noch ihre Plätze einnahmen.

Erik winkte Roo zu sich.

»Wie geht es zu Hause?«, fragte Erik.

»Die Kinder sind … erstaunlich«, gab Roo Auskunft. »Sie sind in den wenigen Monaten so rasch gewachsen, dass ich sie kaum wiedererkannt habe.« Auf seinem Gesicht machte sich ein nachdenklicher Ausdruck breit. »Meine Abwesenheit hat dem Geschäft nicht geschadet, aber es ist doch nicht alles so gut gelaufen, wie ich erwartet habe. Jacob Esterbrook hat mich dreimal übervorteilt, während ich nicht da war. Eines dieser Geschäfte hat mich ein kleines Vermögen gekostet.«

»Ich dachte, ihr beide wärt Freunde«, wunderte sich Erik und steckte sich etwas Brot und Käse in den Mund.

»Sozusagen«, erwiderte Roo. Er hatte es für besser gehalten, Erik nichts von seiner Beziehung zu Sylvia Esterbrook zu erzählen. Vielleicht hatte Erik ja etwas strengere Ansichten, was Familie und Treueschwüre anging.

»›Freundschaftliche Konkurrenten‹ wäre wohl die angemessenere Bezeichnung. Er hat den Handel mit Kesh fest im Griff und weigert sich standhaft, auch nur einen kleinen Teil davon abzutreten.«

Calis trat zu ihnen. »Roo, würdet Ihr uns bitte einen Augenblick entschuldigen?«

Rupert nickte. »Natürlich, Hauptmann.«

Calis führte Erik außer Hörweite der anderen, ehe er fragte: »Erik, hat Marschall William heute schon die Gelegenheit gehabt, mit dir zu sprechen?«

Erik schüttelte den Kopf. »Nein, Hauptmann. Ich hatte alle Hände voll zu tun, um zusammen mit Jadow die Dinge wieder in ihren gewohnten Gang zu bringen, jetzt, da Bobby nicht mehr unter uns weilt.«

»Ich verstehe.« Calis machte dem Marschall ein Zeichen, der sich daraufhin zu ihnen gesellte. Calis blickte Erik an. »Du musst dich entscheiden.«

William, ein kleiner, schlanker Mann, der, wie Erik wusste, trotz seines fortgeschrittenen Alters zu den besten Reitern und Fechtern des Königreichs zählte, ergriff das Wort: »Calis und ich haben über Euch gesprochen, junger Mann. So, wie die Dinge stehen, haben wir mehr offene Stellen als geeignete Männer, mit denen wir sie besetzen können.«

Erik wusste, was William mit »so, wie die Dinge stehen« meinte. Eine erschreckend große Armee würde das Königreich innerhalb der nächsten zwei Jahre angreifen. »Entscheiden?«

»Ich würde Euch gern einen Posten im Stab anbieten«, erklärte William. »Ihr würdet den Rang eines Leutnants in der Armee des Prinzen erhalten, und ich würde Euch den Befehl über die Lanzenreiter von Krondor übertragen. Ihr könnt gut mit Pferden umgehen. Nun, ich kann mir keinen besseren Mann für den Posten vorstellen.«

Erik blickte Calis an. »Herr?«

»Ich würde dich natürlich lieber bei den Blutroten Adlern behalten«, gab Calis zu verstehen.

»Dann bleibe ich bei den Adlern«, sagte Erik ohne zu zögern. »Ich habe jemandem ein Versprechen gegeben.«

William lächelte wehmütig. »Ich hatte mir das schon gedacht, aber ich wollte doch wenigstens fragen.«

»Vielen Dank für das Angebot, mein Lord«, antwortete Erik. »Ich fühle mich geschmeichelt.«

William grinste Calis an. »Du musst irgendeine Magie einsetzen. Er ist auf bestem Wege, einer der ausgezeichnetsten Strategen zu werden, die ich je kennengelernt habe – wenn er weiter so lernt, wird er der beste –, und du willst ihn als Feldwebel beim Drill verheizen.«

Calis lächelte schief; ein Ausdruck trockener Belustigung, wie Erik sehr wohl wusste. »Wir könnten gut noch mehr solche Strategen als Feldwebel für den Drill unserer Soldaten brauchen, Willy«, entgegnete der halbelbische Hauptmann.

William zuckte mit den Schultern. »Da hast du natürlich recht, aber wenn *sie* kommen, möchte jeder von uns die Besten an seiner Seite wissen.«

»Das kann ich nicht bestreiten.«

William ging, und Calis wandte sich wieder an Erik. »Ich danke dir.«

»Ich habe jemandem ein Versprechen gegeben«, wiederholte Erik.

»Bobby?«, fragte Calis.

Erik nickte.

Calis' Miene verfinsterte sich. »Nun, da ich Bobby gut kannte, sollte ich dir am besten gleich sagen, dass ich einen Hauptfeldwebel brauche und kein Kindermädchen. Du hast mir einmal das Leben gerettet, Erik von Düstermoor, und damit ist dein Versprechen an Bobby de Loungville längst erfüllt. Wenn du eines Tages die Wahl zwischen meinem Leben und dem Überleben des Königreichs hast, sollst du die richtige Entscheidung treffen.«

Erik brauchte einen Augenblick, bis er begriff. »Hauptfeldwebel?«

»Du nimmst Bobbys Stelle ein«, erklärte Calis.

»Jadow ist doch schon viel länger bei Euch als …«, begann Erik.

»Aber du hast den Dreh raus«, unterbrach ihn Calis. »Und Jadow nicht. Er ist ein guter Feldwebel – du hast ja die Männer gesehen, die er ausgebildet hat –, aber wenn er noch höher befördert würde, wäre er eher eine Last denn eine Hilfe.« Er betrachtete Eriks Gesicht einen Moment lang eingehend. »William hat ein wenig übertrieben, was deine Fähigkeiten als Stratege angeht. Daran wirst du noch arbeiten müssen. Du weißt, was vor uns liegt, und du weißt zudem, dass du dich, wenn der Kampf einmal begonnen hat, dort draußen mit Hunderten von Männern wiederfinden wirst, deren Leben in deiner Hand liegt. Ein alter Isalani-General hat das einst den ›Nebel der Schlacht‹ genannt, und Männer, die anderen das Leben erhalten können, während um sie herum das Chaos ausbricht, sind ausgesprochen rar.«

Erik konnte nur nicken. Er und die anderen, die mit Calis unterwegs gewesen waren, hatten die Armee der Smaragdkönigin gesehen, waren sogar eine Zeitlang ein Teil davon gewesen. Wenn dieses Heer angeheuerter Meuchelmörder an der Küste des Königreichs erschiene, wäre tatsächlich großes Chaos die Folge. Und inmitten dieses Chaos würden nur gut ausgebildete, disziplinierte und harte Männer überleben. Und das Schicksal des Königreichs – und des Rests der Welt von Midkemia – würde von diesen Männern abhängen und nicht von traditionellen Armeen.

»Sehr wohl, Hauptmann«, sagte Erik. »Ich nehme an.«

Calis lächelte und legte Erik die Hand auf die Schulter. »Du hättest auch keine Wahl gehabt, Hauptfeldwebel. Als Nächstes wirst du ein paar Männer befördern müssen. Wir brauchen dieses Jahr noch einen Feldwebel und ein halbes Dutzend Korporäle.«

»Alfred aus Düstermoor«, platzte Erik heraus. »Er war schon Korporal und ein ziemlicher Schinder dazu, bis ich ihn mir vorgenommen habe. Er ist bereit, Verantwortung zu übernehmen, doch im Herzen ist er immer noch ein Raufbold, und solche Männer werden wir brauchen, wenn die Zeit gekommen ist.«

»Damit hast du recht«, bestätigte Calis. »Was das betrifft, sollte jeder von ihnen ein ausgesprochener Raufbold sein.«

»Ich denke, wir haben ausreichend Männer, die zum Korporal taugen. Ich werde heute Abend eine Liste aufstellen.«

Calis nickte. »Ich muss noch mit Patrick sprechen, bevor sich die Sache hier zu einem richtigen Empfang auswächst. Entschuldige mich.«

Als Calis gegangen war, kehrte Erik zu Roo zurück, und der fragte ihn: »Na, bist du befördert worden oder Jadow?«

»Ich«, antwortete Erik.

»Meinen Glückwunsch«, gratulierte Roo. Dann grinste er und schlug seinem Freund herzlich auf die Schulter. »Hauptfeldwebel.«

»Was ist nun mit dir?«, fragte Erik. »Du wolltest mir doch gerade erzählen, wie es bei euch zu Hause steht.«

Roo lächelte schwach und zuckte mit den Schultern. »Karli hat mir immer noch nicht verziehen, dass ich ihr nur eine kurze Mitteilung geschickt habe, als ich aufgebrochen bin, um euch zurückzuholen, und sie hat recht: Die Kinder erkennen mich nicht mehr, wenngleich Abigail mich Papa nennt und Helmut mich schüchtern angrinst.« Er seufzte. »Ehrlich gesagt bin ich von Helen Jacoby herzlicher begrüßt worden.«

»Nun, nach allem, was du mir erzählt hast, steht sie tief in deiner Schuld. Du hättest sie und ihre Kinder auch auf die Straße setzen können.«

Roo kaute auf einem Stück Obst. »Eigentlich nicht. Ihr Ehemann hatte mit dem Mord an meinem Schwiegervater nichts zu tun.« Er zuckte mit den Schultern. »Ich habe noch ein paar Kleinigkeiten zu erledigen. Jason, Duncan und Luis haben während meiner Abwesenheit sehr gut auf mein Unternehmen aufgepasst, und meine Partner bei der Bittermeer-Handelsgesellschaft haben mich nicht allzu sehr ausgenommen.« Er grinste. »Zumindest habe ich dafür noch keinen Hinweis gefunden.« Sein Gesicht nahm wieder einen ernsten Ausdruck an. »Und ich weiß auch, dass diese Armee, von der ihr der wichtigste Teil sein werdet, Proviant, Waffen und Rüstungen braucht. Und die sind nicht billig.«

Erik nickte. »Ich habe nur eine schwache Ahnung davon, wie wir der Smaragdkönigin begegnen werden, und da wir nie in der Lage sein werden, eine ähnlich große Streitmacht wie die ihre ins Feld zu führen, müssen wir einen Feldzug starten, wie man ihn seit dem Spaltkrieg nicht mehr gesehen hat, einen, wie es ihn *noch nie* gegeben hat.«

»Wie viele Männer werden dann unter Waffen stehen?«

»Das kann ich nur schätzen«, erwiderte Erik. »Doch zumindest sollten es fünfzig- oder sechzigtausend Männer mehr sein, als die gegenwärtigen Armeen des Ostens und des Westens aufbieten.«

»Dann wären es ja fast hunderttausend Mann!«, staunte Roo. »Haben wir so viele?«

»Nein.« Erik schüttelte den Kopf. »Wir haben zwanzigtausend in allen Armeen des Westens, die zehntausend Mann unter dem Befehl des Prinzen eingeschlossen. Die Armeen des Ostens sind die größten, aber einige von ihnen sind nur Ehrengarnisonen. Da jetzt schon so lange Frieden mit Roldem herrscht, ist es in den östlichen Königreichen ruhig, denn niemand wird es wagen, uns ohne Roldem auf seiner Seite zu reizen.« Er zuckte mit den Schultern. »Ich habe zu oft mit Lord William über Strategie geplaudert, glaube ich … Wir müssen jetzt beginnen, uns für die Schlacht zu rüsten.« Mit einem Kopfschütteln fügte er leise hinzu: »Auf unserer letzten Reise nach Novindus haben wir zu viele unserer wichtigsten Männer verloren.«

Roo nickte. »Wir haben eine ganz schöne Rechnung mit der grünen Hure zu begleichen.« Dann seufzte er. »Und es wird nicht billig, das zu finanzieren.«

Erik lächelte. »Unser Herzog greift dir in die Tasche?«

Roo erwiderte das Lächeln. »Bis jetzt noch nicht. Doch er hat mir zu verstehen gegeben, dass die Steuern erträglich bleiben sollen, indem er sich von mir den größten Teil des Geldes für den bevorstehenden Krieg leihen will, und auch Jacob Esterbrook und die anderen will er davon überzeugen, dass sie aushelfen.«

Bei der Erwähnung von Esterbrook musste Roo abermals an dessen Tochter Sylvia denken, die seit nun fast einem Jahr seine Geliebte war. Er hatte sie nach der Rückkehr aus Novindus erst einmal gesehen und beabsichtigte, sie an diesem Abend zu besuchen; er sehnte sich nach ihr.

»Ich glaube, ich sollte mich bald einmal bei Jacob sehen lassen«, meinte er, als wäre ihm das gerade erst in den Sinn gekommen. »Wenn wir beide uns einverstanden erklären, den Krieg mitzufinanzieren, wird sich kein anderer Mann von Einfluss dem Ersuchen des Prinzen widersetzen.« Und er fügte noch hinzu: »Außerdem, sollte die Sache schiefgehen, wird die Rückzahlung unserer Darlehen unsere kleinste Sorge sein. Wenn wir uns dann überhaupt noch über irgendetwas Sorgen machen können.«

Erik nickte. Er musste zugeben, dass sich Roo weit besser mit Finanzangelegenheiten auskannte als er, seinem phänomenalen Erfolg nach sogar besser als die meisten anderen Geschäftsleute des Königreichs.

»Ich sollte mich beim Prinzen entschuldigen und mich um meine Geschäfte kümmern«, fuhr Roo fort. »Vermutlich werden jene von uns, die nicht zum inneren Kreis der Militärexperten gehören, sowieso bald entlassen.«

Erik nahm seine Hand. »Ich denke, du hast recht.«

Andere Adlige, die ebenfalls nicht zum Militär gehörten, verabschiedeten sich gerade vom Prinzen, und Roo reihte sich bei ihnen ein. Bald waren nur noch der Prinz, seine engsten Berater und die Mitglieder des Militärs anwesend.

Als Owen Greylock eintrat, verkündete Patrick: »Jetzt sind wir vollzählig.«

Marschall William bat alle mit einer Geste zu einem runden Tisch im hinteren Teil des Raums. Herzog James setzte sich rechts neben den Prinzen, William links daneben.

Es war der Herzog, der als Erster das Wort ergriff. »Nun, da das Gepränge vorbei ist, können wir uns wieder der vermaledeiten Aufgabe widmen, die vor uns liegt.«

Erik lehnte sich zurück und hörte zu, wie die Pläne für die letzte Verteidigung des Königreichs Form annahmen.

Roo ging zum Tor, wo sein Pferd wartete. Er hatte die Kutsche seiner Frau überlassen, denn seine Familie wohnte mittlerweile auf einem Anwesen vor den Toren der Stadt. Während er das Stadthaus bevorzugte, das gegenüber von Barrets Kaffeehaus lag, wo er den größten Teil seines Arbeitstages verbrachte, bot das Landhaus eine Ruhe, die er sich vor dem Umzug gar nicht hatte vorstellen können. Er konnte jagen, wenn ihm danach war, oder fischen, er konnte all die Annehmlichkeiten in Anspruch nehmen, die Adligen oder reichen Bürgern vorbehalten waren. Bald würde er sich etwas Zeit gönnen, um diese Vergnügungen zu genießen.

Mit noch nicht dreiundzwanzig Jahren war Roo Avery bereits Vater von zwei Kindern und einer der reichsten Geschäftsmänner des Königreichs. Zudem war er in Geheimnisse eingeweiht, die nur den wenigsten zugänglich waren. Das Landhaus war zudem ein Ort, wo seine Familie einigermaßen sicher war, wenn die bevorstehende Invasion begann und der Mob aus der Stadt fliehen und alles niedertrampeln würde, was ihm in den Weg geriet. Roo war beim Fall von Maharta dabei gewesen, jener fernen Stadt, die vor drei Jahren von den Armeen der Smaragdkönigin zerstört worden war. Er hatte sich durch das Gewühl panischer Bürger drängen müssen, hatte mit angesehen, wie Unschuldige starben, nur weil sie sich am falschen Ort aufgehalten hatten. Damals hatte er sich geschworen, seinen Kindern dieses Entsetzen zu ersparen, mochte da kommen, was wolle.

Vor Jahren schon hatte man ihm und dem Rest von Calis' Kompanie an der Küste des fernen Landes namens Novindus erklärt, dass, sollte das Königreich der Inseln nicht den Sieg davontragen, alles Leben auf Midkemia vernichtet werden würde. Im tiefsten Innern konnte er sich noch immer nicht mit dem Gedanken abfinden, aber er traf die entsprechenden Vorbereitungen. Er hatte auf seiner Reise in den Süden zu viel gesehen und wusste daher, dass ihnen unter dem Joch der Armeen der Smaragdkönigin nur die Wahl zwischen Tod und Sklaverei bleiben würde, selbst wenn sich die Behauptungen des Hauptmanns als übertrieben herausstellen sollten. Sollte die angreifende Armee ein den Verteidigern unbekanntes Ziel ins Auge fassen, wären auch jegliche Vorsichtsmaßnahmen vergebens. Trotzdem war er entschlossen, alles zu tun, um seine Frau und seine Kinder vor jeder Gefahr zu schützen.

Er hatte ein Haus in Salador gekauft, das gegenwärtig von einem seiner Vertreter bewohnt wurde, der seine Geschäfte im Östlichen Reich leitete, und er würde vermutlich ein weiteres in Ran kaufen, an der Ostgrenze des Königreichs. Zusätzlich würde er in Kürze einen ausländischen Makler aufsuchen, um möglicherweise im fernen Roldem, jenem Inselkönigreich, das der engste Verbündete des Königreichs der Inseln war, Grund und Boden zu erwerben.

Als er aus diesen Gedanken auftauchte, bemerkte er, dass er schon auf halbem Weg zu seinem Geschäft war. Karli hatte er gesagt, er würde die Nacht im Stadthaus verbringen, weil ihn die Angelegenheiten im Palast angeblich zwängen, bis spät in die Nacht zu arbeiten. In Wahrheit jedoch wollte er Sylvia Esterbrook eine Nachricht schicken und anfragen, ob sie sich am Abend sehen könnten. Seit er zurückgekehrt war, hatte er kaum an etwas anderes denken können als an sie. Die Bilder ihres Körpers spukten durch seine Träume, und die Erinnerung an ihren Duft und ihre weiche Haut verdrängten all die wichtigeren Dinge aus seinem Kopf. Eine einzige Nacht hatte er nach seiner Rückkehr mit ihr verbracht, und diese hatte seine Sehnsucht eher noch angestachelt.

Er erreichte sein Geschäft und ritt durchs Tor, an Arbeitern vorbei, die dort Umbauten vornahmen, die er nach seiner Seereise als Erstes angeordnet hatte. Dem alten Lagerhaus wurde ein zweites Stockwerk aufgesetzt, eigentlich mehr ein Dachgeschoss, wo er seinen Geschäften nachgehen konnte, ohne von der Betriebsamkeit im Lagerhaus gestört zu werden. Die Zahl seiner Angestellten wuchs, und er brauchte mehr Platz. Er hatte bereits ein Angebot für ein Grundstück gemacht, das an die Hinterseite seines eigenen angrenzte. Die alten Wohnungen dort, in denen noch Arbeiter und ihre Familien lebten, würde er abbrechen und neue Geschäftsräume bauen lassen. Für das Grundstück hatte er zu viel gezahlt, das wusste er, doch er brauchte dringend mehr Platz.

Er stieg vom Pferd, winkte einen seiner Arbeiter zu sich und überließ ihm das Tier. »Gib ihm etwas Heu, keinen Hafer«, unterwies er den Mann, während er an den Fuhrwerken, die be- oder entladen wurden, vorbeiging. »Dann sattelst du ein anderes Pferd und hältst es für mich bereit.«

Der Lärm im Lagerhaus war ohrenbetäubend, überall wurde gehämmert, wurden gebrochene Räder repariert oder Pferde neu beschlagen.

Die Aufsicht über dieses Durcheinander lag in den Händen zweier Männer, Luis de Savona, Roos Gefährten aus den frühen Tagen von Calis' »Kompanie zu allem bereiter Männer«, und Jason, der einst Kellner in Barrets Kaffeehaus gewesen war und wie kein anderer mit Zahlen jonglieren konnte.

Roo lächelte. »Wo ist Duncan?«

Luis zuckte mit den Schultern. »Vermutlich mit irgendeiner Hure im Bett.«

Es war Mittag, und Roo schüttelte den Kopf. In mancher Hinsicht konnte er sich auf seinen Cousin verlassen, doch in anderen Angelegenheiten zeigte dieser einfach kein Pflichtgefühl. Dennoch, auf dieser Welt gab es nur wenige Männer, denen Roo in einem Kampf blind die Deckung seines Rückens anvertrauen würde, und Duncan war einer davon.

»Was gibt's Neues?«, fragte Roo.

Jason hielt ihm ein Dokument hin. »Unser Ersuchen, eine regelmäßige Handelsverbindung nach Groß-Kesh aufzubauen, wird ›bedacht‹, wie es so schön in diesem wortreichen Schreiben des Handelsgesandten von Kesh heißt. Wir sollen gelegentlich mitbieten, wenn wir auf Ausschreibungen aufmerksam werden.«

»Hat er das geschrieben?«

»In nicht ganz so wenigen Worten«, erwiderte Luis.

»Wo wir doch Jacoby und Söhne übernommen haben, dachte ich, wir würden regelmäßig Aufträge von ihnen bekommen.«

»Bekommen wir auch«, meinte Jason, »nur nicht von den Kaufleuten aus Kesh.« Er schüttelte den Kopf, und sein junges Gesicht wurde feierlich. »Nachdem bekannt geworden ist, dass du für Helen Jacoby das Geschäft führst, hat sich jeder Kaufmann aus Kesh so schnell wie möglich aus den Verträgen mit uns zurückgezogen.«

Roo runzelte die Stirn. Er tippte sich mit dem Finger ans Kinn und fragte: »Wer hat diese Verträge bekommen?«

»Esterbrook«, antwortete Luis. Roo drehte sich zu seinem alten Freund um, und der fuhr fort: »Jedenfalls die Gesellschaften, an denen er Anteile hält, oder Gesellschaften, auf deren Besitzer er großen Einfluss hat. Du weißt doch, er hat viele Geschäfte mit den Jacobys gemacht, bevor du mit ihnen abgerechnet hast.«

Roo blickte Jason an. »Was hast du herausgefunden, als du die Konten der Jacobys geprüft hast?«

Während Roo auf See gewesen war, hatte Jason diese Konten eingehend geprüft. Roo hatte Randolph und Timothy Jacoby getötet, als diese versucht hatten, sein Geschäft zu ruinieren, und anstatt Randolphs Ehefrau Helen auf die Straße zu setzen, hatte er ihr vorgeschlagen, Jacoby und Söhne für sie zu führen.

»Welche Geschäfte Esterbrook und Jacoby auch immer gemacht haben mögen, es gibt darüber nur wenige Belege. Ein paar kleinere Verträge, doch nichts Außergewöhnliches, nur ein paar gelegentliche persönliche Notizen, die für mich keinen Sinn ergeben. Aber eine Sache passt nicht ins Bild.«

»Und die wäre?«, fragte Roo.

»Die Jacobys waren zu reich. Sie hatten in verschiedenen Kontoren sehr viel Geld, und ich weiß nicht, wo es herkam. Manche dieser Konten bestehen schon zehn Jahre«, Jason deutete auf einen Stapel Hauptbücher, »doch ich konnte keine Quelle dafür finden.«

Roo nickte. »Schmuggel.« Er erinnerte sich an seine erste Auseinandersetzung mit Tim Jacoby, in der es um einen Ballen geschmuggelter Seide gegangen war, die Roo in seinen Besitz gebracht hatte. »Wie viel Gold?«

»Mehr als dreißigtausend Goldsovereigns«, antwortete Jason, »und ich habe noch nicht jeden Betrag aufgespürt.«

Roo dachte einen Augenblick lang schweigend nach. »Kein Sterbenswort zu irgendjemandem. Wenn du, aus welchem Grund auch immer, mit Helen Jacoby sprichst, sag ihr einfach nur, die Geschäfte würden besser laufen als erwartet. Bleib vage, verrat ihr nur genug, damit sie weiß, dass ihre Kinder ein Leben lang versorgt sein werden, egal, was mir zustoßen sollte. Und frag sie, ob sie irgendetwas braucht.«

»Willst du dich nicht mit ihr treffen?«, fragte Luis.

»Bald.« Roo sah sich um. »Wir brauchen mehr Mittel, also schaut euch nach Geschäften um, die wir kaufen können, und übernehmt sie sofort. Aber in aller Stille. Wenn ihr den Namen Avery und Sohn oder die Bittermeer-Handelsgesellschaft ins Spiel bringt, werden die Preise schneller steigen als eine Springflut.« Die anderen nahmen die Anweisungen zur Kenntnis, und Roo fuhr fort: »Ich gehe als Nächstes zu Barret, um meine Partner zu treffen, und falls ich hier gebraucht werde, findet ihr mich für den Rest des Tages dort.«

Roo ließ seine Gefährten allein und bestieg das frische Pferd. Während er noch über die Neuigkeiten nachdachte, war er schon bei Barrets Kaffeehaus angekommen.

Roo stieg ab und warf die Zügel einem der bereitstehenden Kellner zu. Er zog eine Silbermünze aus der Weste und gab sie dem Jungen. »Bring es in den Stall hinter meinem Haus, Richard.«

Lächelnd führte der junge Mann das Pferd davon. Roo hatte die Angewohnheit, sich alle Namen der Angestellten von Barret zu merken und stattliche Trinkgelder zu geben. Er hatte selbst noch vor drei Jahren hier gearbeitet und wusste, wie anstrengend die Arbeit sein konnte. Seine Großzügigkeit, wenn er die Dienste der Kellner brauchte, weil er eine Nachricht überbringen lassen wollte oder für einen seiner Partner eine ausgefallene Mahlzeit bestellte, wurde mit der raschen Erledigung seiner Aufträge belohnt.

Roo ging durch die erste Schranke, wo ein anderer Kellner ihm das Tor aufhielt, und stieg die Treppe nach oben zur Galerie im ersten Stock. Seine Partner, Jerome Masterson und Stanley Hume, warteten bereits auf ihn. Er nahm Platz. »Meine Herren?«

»Rupert!«, rief Jerome. »Einen wunderbaren Morgen wünsche ich.«

Hume begrüßte ihn ebenfalls, und dann gingen sie die anstehenden Geschäfte der Bittermeer-Handelsgesellschaft durch, der größten des Königreichs der Inseln.

Die Warnung

Erik schäumte vor Wut.

Den ganzen Tag über hatte er einen Plan ausgebrütet, wie er die Hadati, die Männer aus den Bergen, in seine Truppe integrieren könnte, nur um dann gesagt zu bekommen, dass sie die Burg des Prinzen verlassen hatten. Niemand schien genau zu wissen, wohin oder auf wessen Befehl sie abmarschiert waren. Schließlich stand er vor dem Geschäftszimmer des Marschalls von Krondor, der hinter verschlossenen Türen eine Besprechung mit Hauptmann Calis abhielt.

Nach einigem Warten ließ ihn ein Amtsdiener herein, und William und Calis begrüßten ihn. »Hauptfeldwebel«, sagte William und bot ihm mit einer Geste einen Stuhl an, »was kann ich für Euch tun?«

»Ich komme wegen der Hadati, mein Lord«, begann Erik, ohne Platz zu nehmen.

»Was ist mit ihnen?«, wollte Calis wissen.

»Sie sind verschwunden.«

»Das weiß ich wohl«, meinte Calis und lächelte schwach.

»Was ich meine, ist, ich hatte Pläne …«

Marschall William unterbrach ihn, indem er die Hand hob. »Hauptfeldwebel, welche Pläne Ihr auch immer gehabt haben mögt – sie waren sicherlich so gut, wie wir es von Euch gewohnt sind – doch in dieser Angelegenheit werden wir Eure Fähigkeiten nicht benötigen.«

Erik kniff die Augen zusammen. »In welcher Angelegenheit?«

»Männern aus den Bergen beizubringen, wie man in den Bergen kämpft«, erklärte Calis und gebot Erik mit einer Handbewegung, sich endlich zu setzen.

William zeigte auf die Karte an der Wand. »Wir haben insgesamt tausend Meilen Gebirge und Bergketten, vom Großen Sternsee bis hinauf nach Yabon, Hauptfeldwebel. Wir brauchen Männer, die dort ohne Nachschub aus Krondor überleben können.«

»Ich weiß, mein Lord«, erwiderte Erik, »aber …«

William unterbrach ihn abermals. »Diese Hadati sind genau die richtigen Männer dafür.«

Erik schwieg einen Moment lang. »Sehr wohl, mein Lord. Aber – nur um meine Neugier zu befriedigen – wo *sind* sie?«

»Auf dem Weg zu einem Lager nördlich von Tannerus. Dort werden sie sich mit Hauptmann Subai treffen.«

»Mit Hauptmann Subai?«, fragte Erik. Der Genannte war der Kopf der fürstlich-krondorischen Späher, einer Elitekundschaftereinheit, deren Geschichte noch bis zu den ersten Streifzügen des Königreichs im Westen zurückreichte. »Ihr habt sie den Spähern unterstellt?«

»In gewisser Weise«, antwortete Calis. Er klang müde, und Erik betrachtete das Gesicht seines Vorgesetzten genauer. Seine Augen waren dunkel gerändert, als habe er in den letzten Tagen wenig geschlafen, und insgesamt sah seine Miene noch verkniffener als gewöhnlich aus. Die Anzeichen wären jemandem entgangen, der nicht jeden wachen Moment seit Monaten in Calis' Gesellschaft verbracht hatte, doch Calis war offensichtlich besorgt und arbeitete bis spät in die Nacht.

Erik unterdrückte ein Lächeln. Er begann tatsächlich, das Kindermädchen zu werden, das Calis sich verbeten hatte, und außerdem war er selbst genauso überarbeitet wie sein Vorgesetzter.

»Wir brauchen Kuriere und Offensivkundschafter«, erklärte Calis.

Dieser Begriff war Erik neu. »Offensivkundschafter?«

»Eine Aufgabe für Verrückte«, antwortete Calis. »Du packst dir ein paar Rationen und einen Vorrat Wasser aufs Pferd, dann reitest du wie der Teufel durch die Posten des Feindes, hinter seine Linien, und versuchst dabei am Leben zu bleiben, triffst dich mit Agenten und Spionen, bringst gelegentlich jemanden um oder brennst ein befestigtes Lager nieder, richtest eben Schaden an, so viel es nur geht.«

»Du hast den wichtigsten Teil vergessen, Calis«, ergänzte William. »Überleben. Und mit dem zurückzukommen, was am allerwichtigsten für uns ist.«

»Informationen«, sagte Calis. »Ohne die sind wir blind.«

Mit plötzlicher Klarheit erkannte Erik, dass alles, was er auf den beiden Reisen nach Novindus durchgemacht hatte – die Entbehrungen, der Verlust guter Männer –, nur einem Zweck gedient hatte: lebenswichtige Informationen zu beschaffen. Bei vielen Dingen, die Erik gelernt hatte, war es ihm so ergangen: Zuerst hatte er geglaubt, alles verstanden zu haben, um später zu begreifen, dass seine Ansichten oftmals oberflächlich waren und sich ihm der tiefere Sinn mancher Sache erst nach und nach erschloss. Taktiken und Strategien gehörten auch dazu. William betonte immer wieder, wie begabt Erik in dieser Hinsicht sei, und dennoch fühlte sich Erik häufig wie vor den Kopf gestoßen, wenn er erkannte, dass ihm wieder einmal das Offensichtliche entgangen war.

Mit rotem Kopf antwortete Erik: »Ich verstehe.«

»Dessen bin ich mir sicher«, erwiderte Calis freundlich.

»Wir würden die Hadati gern für solche Zwecke einsetzen«, sagte William, »doch vermutlich werden sie als Späher und Kuriere dienen. Die wenigsten von ihnen sind ausreichend gute Reiter für diese andere Aufgabe.«

»Ich könnte sie doch ausbilden«, schlug Erik mit plötzlichem Interesse vor.

»Vielleicht. Doch wir erwarten noch einige inonianische Bergläufer aus dem Osten. Sie sind erfahrene Reiter.«

Erik hatte gelegentlich einen Inonianer in Düstermoor gesehen. Es waren zähe dunkelhäutige Männer aus Inonia, das an der Küste der See des Königreichs lag, in der Nähe der Grenze von Kesh. Ihrem Ruf nach waren sie genauso erbitterte Verteidiger ihres Hochlands wie die Hadati oder die Zwerge. Erik kannte sie, weil sie ihren exzellenten Wein gegen die besten aus Düstermoor tauschten; ihre Weine waren vollmundig, unterschieden sich jedoch durch die Rebsorten von denen aus Düstermoor. Die Inonianer machten außerdem das beste Olivenöl, und das stellte auch die hauptsächliche Quelle ihres Wohlstandes dar.

»Soweit ich es beurteilen kann«, meinte Erik, »sind die inonianischen Reiter durchaus dazu geeignet.«

»In den Bergen«, setzte William an, wobei er aufstand, als könne er so seine Müdigkeit abschütteln, »sind Blitzangriffe die bevorzugte Strategie. Man stellt auch keine große Truppe zusammen, sondern arbeitet mit einem Dutzend oder weniger Männern.« Er deutete auf ein Bücherregal auf der anderen Seite seines Arbeitszimmers. »Es gibt

Aufzeichnungen über die Eroberung des inonianisches Gebiets durch das Königreich. Sie haben einige üble Tricks auf Lager, die uns helfen könnten, wenn die Invasoren hier ankommen.« Er reckte sich. »Sie reiten zähe Ponys, und sie werden sich nicht leicht überzeugen lassen, auf unsere schnelleren Pferde umzusteigen. Ihr werdet sie in dieser Hinsicht unterweisen.«

Calis grinste, und Erik wusste, ohne dass man es ihm sagen musste, dass die Männer aus den Bergen des Ostens keinesfalls darauf erpicht sein würden, von ihm ausgebildet zu werden. »Doch im Augenblick«, fügte der Hauptmann hinzu, »kehrst du zuerst einmal mit einer anderen Truppe Soldaten in die Berge zurück.«

»Schon wieder?« Erik unterdrückte mühsam ein Stöhnen.

»Schon wieder«, antwortete Calis. »Bei Greylock und Jadow sind noch sechzig Leute in Ausbildung, und sie schwören, die wären jetzt für deinen Drill reif. Du und Alfred, ihr werdet morgen Früh mit ihnen und sechs weiteren Männern losziehen.«

»Lehrt sie alles, was Ihr könnt, Hauptfeldwebel«, sagte William.

»Und haltet Ausschau nach Männern, die sich zum Korporal eignen«, fügte Calis hinzu. »Wir brauchen auch mehr Feldwebel.«

»Jawohl, Sir.« Erik erhob sich, salutierte und wandte sich zum Gehen.

»Erik?«

»Ja?«, fragte Erik und bleib an der Tür stehen.

»Du siehst miserabel aus. Warum gehst du nicht heute Abend ein wenig aus und amüsierst dich? Und das ist ein Befehl!«

Erik zuckte mit den Schultern, schüttelte den Kopf und meinte: »Ihr riecht auch nicht gerade nach Veilchen.«

Calis lächelte. »Ich weiß. Ich werde ein heißes Bad nehmen und mich heute Abend früh zurückziehen.«

»Sucht Euch ein Mädchen«, sagte William, »trinkt etwas und entspannt Euch.«

Erik verließ das Geschäftszimmer des Marschalls und machte sich auf den Weg zu seinem Quartier. Er hatte den ganzen Tag draußen auf dem Kasernenhof verbracht, und bevor er irgendwo hinging, wollte er baden und sich umziehen.

Nach dem Bad und mit einem frischem Hemd gekleidet, bemerkte er plötzlich, wie hungrig er war, und überlegte, ob er noch kurz in der Messe vorbeischauen sollte. Dann entschied er, ein Essen in der Stadt wäre genau das Richtige.

Erik wählte den *Gebrochenen Schild*, jenes Gasthaus, das Lord James für seine Männer führte, wo sie trinken und Huren finden konnten, ohne dass der Herzog befürchten musste, dass seine Leute einem möglichen Agenten des Feindes gegenüber etwas ausplauderten.

Der Abend senkte sich gerade über die Stadt, die von Fackeln und Laternen hell erleuchtet war. James hatte für das Gasthaus einen Ort gewählt, der weit genug vom Palast entfernt war, damit die Soldaten sich von ihren Offizieren unbeobachtet fühlten, jedoch nah genug, damit eine Nachricht innerhalb von Minuten übermittelt werden konnte. Nur Erik, die Offiziere und ein paar andere wussten darum, dass jede Person in dem Gasthaus entweder ein Agent oder ein Angestellter des Herzogs war.

Kitty winkte Erik zu, als er eintrat, und unvermittelt lächelte er ihr zu. Er war es gewesen, der ihr die Nachricht von Bobby de Loungvilles Tod überbracht hatte, und seitdem kümmerte er sich gelegentlich ein wenig um sie. Das Mädchen hatte auf die traurige Botschaft kaum eine Reaktion gezeigt, sich lediglich für ein paar Minuten entschuldigt, und als sie zurückgekommen war, hatten nur die leicht geröteten Ränder um ihre Augen ihre Gefühle verraten. Erik vermutete, dass die frühere Diebin in den Mann verliebt gewesen war, der vor Erik den Rang des Hauptfeldwebels bekleidet hatte. Bobby war ein schwieriger, manchmal fast grausamer Mann gewesen, doch das junge Mädchen hatte er stets mit Respekt behandelt, seit es im Gasthaus arbeitete.

Erik hatte James gefragt, ob das Mädchen ausschließlich hinter der Theke stand, und der Herzog hatte nur erwidert, dass er mit ihren Diensten zufrieden sei und dass sie zu seinen Agenten zählte. Erik wusste, dass sie vor allem darauf aufzupassen hatte, dass sich keine Spötter, also Mitglieder der Gilde der Diebe, in den *Gebrochenen Schild* schlichen.

»Was gibt's Neues?«, fragte Erik, der an den Tresen trat.

»Nicht viel«, erwiderte Kitty und holte einen großen Krug unter der Theke hervor, den sie mit Bier füllte. »Nur die beiden da, die von wer weiß woher kommen.« Mit dem Kinn deutete sie auf zwei Männer, die an einem Tisch in der Ecke saßen.

»Wer sind die?«, erkundigte sich Erik und nahm einen großen Schluck Bier. Man kann sagen, was man will, dachte er, auf jeden Fall serviert der Herzog hier das beste Bier.

Kitty zuckte mit den Schultern. »Haben nichts gesagt. Hören sich an wie Leute aus dem Osten. Sind sicherlich nicht aus der Gegend.« Sie holte einen Lappen hervor und begann, den blitzblanken Tresen zu wischen. »Einer von ihnen schweigt die ganze Zeit, der dunkle Kerl in der Ecke, doch der andere redet genug für beide.«

Erik zuckte mit den Schultern. Während die Einheimischen wussten, dass das Gasthaus der Treffpunkt der Soldaten war, verirrten sich gelegentlich Fremde hierher. Die Angestellten waren stets auf der Hut und hielten nach Spionen und Informanten Ausschau, doch die meisten dieser Fremden waren ganz harmlos. Die wenigen, die verdächtig erschienen, wurden entweder von Herzog James' Agenten beschattet oder zur Befragung in den Keller gebracht, je nachdem, wie es der Herzog anordnete.

Erik sah sich um und entdeckte keines der anderen Mädchen. Er blickte Kitty an, und eigentlich war es ihm ganz recht, sich ein wenig mit ihr unterhalten zu können. »Die Mädchen sind ja gar nicht da.«

»Meggan und Heather arbeiten heute Abend«, erklärte Kitty »Sie haben sich hinausgeschlichen, als die Fremden eingetroffen sind.«

Erik nickte. »Und die Mädchen für besondere Fälle?«

»Eine ist unterwegs«, sagte Kitty. Die Mädchen für besondere Fälle waren Agentinnen des Herzogs, und wenn sich ein Fremder zu lange im Gasthaus aufhielt, erschien bald eines von ihnen, um aus dem Mann herauszuholen, was immer sich an Informationen als nützlich erweisen konnte.

Erik fragte sich, wer wohl die Rolle des obersten Spions gespielt hatte, und er war sich ziemlich sicher, dass dies Bobby de Loungville übernommen hatte. Ganz bestimmt nicht Hauptmann Calis.

»Was denkst du?«, fragte Kitty:

»Ich habe nur gerade überlegt«, sagte Erik, warf einen Blick auf die beiden Fremden und beendete den Satz dann anders, als ursprünglich beabsichtigt, »was die Angestellten unseres Pächters wohl machen?«

Kitty zog die Augenbrauen fragend hoch. »Was meinst du damit?«

Erik zuckte mit den Achseln. »Wahrscheinlich geht mich das nichts an. Man soll nicht zu neugierig sein.«

Kitty beugte sich vor und stützte die Ellbogen auf den Tresen. »Neugier hat mir das Todesmal eingebracht.«

Erik runzelte die Stirn. »Die Spötter?«

»Ich hab's gerüchteweise vor einigen Wochen gehört. Ein alter Freund wollte mich warnen. Der Aufrechte ist zurückgekehrt. Oder zumindest jemand, der von sich behauptet, er wäre der Aufrechte. Und mir hat man die Schuld für die Schwierigkeiten zugeschoben, die es nach dem Tod von Sam Tannerson gegeben hat.«

Tannerson war ein mieser, verbrecherischer Hund gewesen, der Kittys Schwester ermordet hatte, allein um Roo deutlich zu machen, dass er im Armenviertel keine Geschäfte machen durfte, ohne Schutzgeld zu zahlen. Es war eine blutige Angelegenheit gewesen, und weder Roo noch Kitty wären ohne den Schutz des Herzogs heil aus der Sache herausgekommen.

»Was für Schwierigkeiten?«

»Das hat mit dem früheren Anführer der Spötter zu tun, dem Klugen, der aus Krondor fliehen musste.« Sie seufzte. »Jedenfalls, wenn ich mich nach Einbruch der Dunkelheit aus diesem Gasthaus wage oder irgendwann das Armenviertel betrete, bin ich so gut wie tot.«

»Das ist ein hartes Los.«

Kitty tat es ab, als sei es nicht weiter wichtig. »So ist das Leben.«

Erik nippte an seinem Bier und betrachtete das Mädchen.

Als man sie gefangen genommen hatte, war sie gezwungen worden, sich vor Bobby und den Männern auszuziehen. Sie war schön – hatte einen geschmeidigen Körper, einen langen Hals und große blaue Augen, die jedem Mann sofort auffielen –, aber sie war auch aus hartem Holz geschnitzt. Sie hatte einen rauen Zug, der ihrer Schönheit nicht abträglich war, sondern sie eher unterstrich, als hätte das Leben sie in heißerem Feuer geschmiedet als andere Menschen. Erik fand sie sehr anziehend, auf eine Weise, die er nicht genau hätte beschreiben können. Sie war unnahbar und herausfordernd, wie die Mädchen, mit denen er im *Haus des Weißen Flügels* schlief, manchmal auch verspielt und ein wenig spöttisch, wie die Huren, die hier im Gasthaus arbeiteten. Zudem war sie zurückhaltend, aufmerksam, und, wie Erik fand, sehr klug.

»Was starrst du denn so an?«, fragte sie.

Erik senkte den Blick. Es war ihm gar nicht aufgefallen, dass er sie angestarrt hatte. »Dich, glaube ich.«

»Hier gibt's genug Mädchen, wenn dich der Hafer sticht. Und falls du was Besonderes suchst, geh ins *Haus des Weißen Flügels*.«

Erik wurde puterrot.

Kitty lachte. »Du benimmst dich wie ein kleiner Junge.«

»Ich bin nicht in der Stimmung … dafür. Ich dachte nur, ich würde eben gern ein Gläschen oder zwei trinken … und ein bisschen reden«, gab Erik zurück.

Kitty sah ihn forschend an, sagte jedoch einen Moment lang nichts. Schließlich fragte sie: »Reden?«

Erik seufzte. »Ich verbringe den ganzen Tag mit Männern, die nur erpicht darauf sind, mir den nächsten Befehl von den Augen abzulesen, oder ich muss mich mit dem Hauptmann und den anderen Offizieren des Hofes treffen.

Da wollte ich mich einfach mal ein wenig mit jemandem unterhalten, der nichts mit …« Beinahe wäre ihm ›der Invasion‹ herausgerutscht. »… Soldaten zu tun hat.«

Sollte Kitty sein kurzes Zögern aufgefallen sein, ließ sie es sich nicht anmerken. »Also, worüber willst du mit mir reden?«, fragte sie und legte den Lappen beiseite.

»Zum Beispiel, wie es dir so geht.«

»Mir? Nun, ich bekomme besseres Essen als je zuvor. Und ich habe mich daran gewöhnt, nicht mehr mit einem Dolch in der Hand zu schlafen; ich lege ihn jetzt unters Kopfkissen. Ja, und daran habe ich mich inzwischen auch gewöhnt: in einem richtigen Bett zu schlafen. Und keine Läuse und Flöhe zu haben ist auch wunderbar.«

Unvermittelt musste Erik lachen. Kitty fiel ein. Dann sagte Erik: »Ich weiß, was du meinst. Dieses Ungeziefer kann einen regelrecht in den Wahnsinn treiben.«

Einer der Fremden trat zu ihnen heran. »Ich schätze, so wie du angezogen bist, bist du bestimmt Soldat, wie?«

Erik nickte. »Ja, allerdings.«

Der Kerl klang ganz freundlich. »Ziemlich ruhig hier. Ich hab mich schon in einer Menge Gasthäuser rumgetrieben, aber das hier würde ich nicht gerade als belebt bezeichnen.«

Erik zuckte mit den Schultern. »Manchmal so, manchmal so. Hängt davon ab, was im Palast los ist.«

»Tatsächlich?«, fragte der Mann.

Erik warf Kitty einen Blick zu, und das Mädchen nickte kaum merklich. »Ich glaube, ich muss hinten mal eben etwas nachschauen«, gab sie vor und verschwand durch die Hintertür.

»Es steht eine große Parade ins Haus«, erklärte Erik. »Irgendein Botschafter oder jemand anders aus Kesh kommt zu einem dieser Staatsbesuche. Der Zeremonienmeister der Fürstlichen Leibgarde ist halb verrückt wegen all dem, was vorbereitet werden muss. Ich bin nur schnell auf ein Bier und einen Schwatz mit meiner Freundin vorbeigekommen, dann muss ich auch schon wieder zurück.«

Der Mann betrachtete seinen leeren Bierkrug. »Ich brauch noch eins.« Er drehte sich um und rief: »Mädchen!« Als Kitty nicht antwortete, wandte er sich wieder an Erik. »Meinst du, sie hat was dagegen, wenn ich mich selbst bediene?«

Erik schüttelte den Kopf. »Wenn du ihr das Geld auf den Tresen legst, wohl kaum.«

»Darf ich dir eins spendieren?«, fragte der Mann, während er hinter den Tresen trat.

»Was ist mit deinem Freund?«, erkundigte sich Erik und deutete auf den anderen Mann am Tisch, den dunkleren, von dem Kitty gesagt hatte, er sei der Schweigsamere.

»Der wird warten. Er ist ein Geschäftspartner von mir.« Der Mann senkte die Stimme und fügte verschwörerisch hinzu: »Um die Wahrheit zu sagen, er ist ein fürchterlicher Langweiler. Der redet über nichts anderes als seine Geschäfte und seine Kinder.«

Erik nickte, als würde er verstehen.

»Ich bin ja noch nicht verheiratet«, sagte der Fremde, kam wieder vor den Tresen und reichte Erik das schäumende Bier. »Heiße übrigens Pierre Rubideaux. Aus Bas-Tyra.«

»Erik.« Er nahm den Krug entgegen.

»Auf deine Gesundheit.« Pierre hob seinen Krug.

Erik nahm einen Schluck. »Was bringt dich nach Krondor?«

»Geschäfte. Vor allem wollen wir einen Handel mit der Fernen Küste in Gang bringen.«

Erik lächelte. »Das wirst du sicherlich mit einem meiner Freunde besprechen wollen, denke ich.«

»Und wer soll das sein?«, wollte Rubideaux wissen.

»Rupert Avery. Dem gehört die Bittermeer-Handelsgesellschaft. Wenn man in Krondor Geschäfte machen will, dann entweder mit Roo oder mit Jacob Esterbrook. Und wenn es um die Ferne Küste geht, dann ist Roo genau der Richtige.« Erik nippte erneut an seinem Bier. Irgendwie hatte es einen leicht bitteren Nachgeschmack. Er runzelte die Stirn. Beim ersten Krug war ihm das nicht aufgefallen.

»Ehrlich gesagt, ich wollte tatsächlich zu Rupert Avery«, meinte der Mann.

Der andere Mann erhob sich und nickte Pierre zu. »Es ist an der Zeit«, sagte er. »Wir müssen los.«

»Nun gut, Erik von Düstermoor, es war mir ein Vergnügen, dich kennengelernt zu haben.«

Erik zog die Brauen hoch. »Ich habe dir doch gar nicht meinen vollen Namen gesagt …«, begann er. Im gleichen Augenblick spürte er im Bauch einen stechenden Schmerz, als hätte ihm jemand ein glühendes Messer in die Gedärme gestoßen. Er streckte die Hand aus und packte den Fremden am Hemd.

Als würde er den Griff eines Kleinkindes lösen, schob der Eriks Hand zurück. »Du hast noch ein paar Minuten, Erik, und die werden dir wie eine Ewigkeit vorkommen, das kannst du mir glauben.«

Erik fühlte, wie seine Beine unter ihm nachgaben, als er einen Schritt nach vorn machen wollte. Das Blut rauschte ihm in den Ohren, und um ihn herum wurde es dunkel. Er bekam noch mit, dass Kitty die Wirtsstube betrat. Er hörte ihre Stimme wie von fern und konnte das meiste, was sie sagte, nicht verstehen, doch dann brüllte ein Mann: »Ergreift sie!«

Und dann war sein Sichtfeld wie durch einen langen hellen Tunnel verengt, während um ihn herum alles in Dunkelheit versank. Sein Körper schien in Flammen aufzugehen, so sehr tat er ihm weh, und jedes Gelenk begann anzuschwellen. Heiße Schmerzen jagten durch seine Arme und Beine, und sein Herz schlug schneller und schneller, als wollte es ihm aus der Brust springen. Der Schweiß rann ihm übers Gesicht, die Muskeln verkrampften sich und verweigerten den Gehorsam.

Als Kittys Gesicht am Ende des schmalen Tunnels erschien, versuchte er, ihren Namen zu sagen, doch seine Zunge wollte ihm ebenfalls nicht mehr gehorchen, und der Schmerz machte das Atmen unmöglich.

Das Letzte, was er hörte, ehe die Dunkelheit ihn vollends umfing, war sein einziges Wort: »Gift.«

»Er wird es überstehen«, sagte eine Stimme, als Erik langsam wieder zu Bewusstsein kam.

Schmerz schoss ihm durch die Stirn, als er die Augen öffnete, und er stöhnte. Das laute Stöhnen verdoppelte den Schmerz, und Erik verbiss sich ein zweites. Sein ganzer Körper tat weh, und seine Gelenke brannten.

»Erik?«, hörte er die Stimme einer Frau, und er versuchte herauszufinden, woher sie kam. Verschwommen nahm er seltsame Schemen wahr, doch Genaueres konnte er nicht sehen, und so schloss er die Augen wieder.

Dann wieder eine andere Stimme, die von Roo. »Kannst du mich hören?«

»Ja«, gelang es Erik zu krächzen.

Jemand legte ihm ein feuchtes Tuch auf den Mund, und

Erik lutschte daran. Die Feuchtigkeit tat ihm gut, also saugte er weiter. Dann setzte ihm jemand einen Becher Wasser an die Lippen, während sein Kopf gestützt wurde.

»Nur einen kleinen Schluck«, hörte er die Stimme der Frau.

Erik nippte, und obwohl er noch nie solch starke Schmerzen im Hals gehabt hatte, zwang er sich zum Schlucken. Nach ein paar Sekunden, als Mund und Kehle wieder feucht waren, fühlte er sich etwas besser.

Er blinzelte. Er lag in einem Bett. Über ihn hatten sich Kitty, Herzog James, Roo und Calis gebeugt. Am Rande seines Sichtfeldes stand, kaum erkennbar für ihn, noch eine weitere Gestalt.

»Was ist geschehen?«, fragte Erik mit heiserer Stimme.

»Du bist vergiftet worden«, erklärte ihm Roo.

»Vergiftet?«

Herzog James nickte. »Henri Dubois. Ein Giftmischer aus Bas-Tyra. Ich habe es schon mal mit seinen Künsten zu tun gehabt, in Rillanon. Doch so weit im Westen habe ich nicht mit ihm gerechnet.«

Als er sich umsah, stellte Erik fest, dass er sich in einem Hinterzimmer des Wirtshauses befand. Den Mann, der hinter den anderen stand, hielt er für einen Priester, dessen Orden er jedoch nicht kannte.

»Warum?«, wollte Erik wissen. Obwohl seiner Vermutung nach alle im Raum von der bevorstehenden Invasion wussten, wollte er dennoch kein Geheimnis verraten.

»Es hat nichts mit dem zu tun, was auf uns zukommt«, antwortete Calis und sah bedeutungsvoll zu dem Priester hinüber, woraus Erik schloss, dass er dem Mann nicht vertraute.

»Eine persönliche Angelegenheit«, erklärte Herzog James.

Einen Augenblick lang war Erik sich nicht darüber im Klaren, was das zu bedeuten hatte, dann traf ihn die Erkenntnis wie ein Schlag. »Mathilda«, flüsterte er. Er ließ sich in die Kissen zurücksinken. Die Witwe seines Vaters, die Mutter seines ermordeten Halbbruders, hatte Erik und Roo Rache geschworen und offensichtlich jemanden geschickt, der die Angelegenheit für sie erledigen sollte. »Dann haben sie es als Nächstes auf Roo abgesehen.«

»Das entbehrt nicht einer gewissen Logik«, stimmte James zu.

»Wer war der andere Mann, der stille?«, fragte Erik, während James ihm half, sich aufzurichten. Übelkeit erfasste ihn, seine Ohren klingelten, die Tränen schossen ihm in die Augen, doch er blieb bei Bewusstsein.

»Wir wissen es nicht«, sagte Calis. »Er konnte aus dem Wirtshaus entkommen, während wir Dubois festgenommen haben.«

»Ihr habt ihn festgenommen?«, erkundigte sich Erik.

»Ja«, entgegnete James. »Gestern Abend.« Er deutete auf Kitty. »Nachdem sie meine Agenten geholt hatte, kehrte sie zurück und fand Euch auf dem Boden liegend vor. Da ahnte sie, was passiert war. Sie eilte zum nächsten Tempel und holte einen Priester.«

»Sie hat mich *hierhergezerrt,* meint Ihr«, warf der namenlose Priester ein.

James lächelte. »Meine Männer haben Dubois in den Palast gebracht, wo wir ihn die ganze Nacht über verhört haben. Wir sind sicher, dass ihn die alte Witwe des Barons von Düstermoor auf Euch angesetzt hat.« James zog eine Augenbraue hoch und deutete mit dem Kopf auf den Geistlichen.

Erik schwieg. Er wusste, dass Lady Gamina, die Gemahlin von James, des Gedankenlesens mächtig war, und genau aus diesem Grunde war man sicher, wer den Meuchelmörder gesandt hatte. Ein Geständnis war nicht vonnöten.

Der Priester trat vor. »Ich denke, Ihr solltet Euch ausruhen. Die Magie, die Euren Körper von dem Gift gereinigt hat, konnte den bereits angerichteten Schaden nicht rückgängig machen. Ihr müsst wenigstens eine Woche bei strenger Diät das Bett hüten.«

»Ihr danke Euch, Vater ...?«, setzte Erik an.

»Vater Andrew«, ergänzte der Priester. Er nickte dem Herzog zu und verließ den Raum ohne ein weiteres Wort.

»Was für ein eigentümlicher Mann, dieser Priester«, meinte Erik. »Ich habe seine Ordensabzeichen nicht erkannt.«

»Wäre auch seltsam, wenn Ihr das hättet, Erik«, erwiderte der Herzog, indem er sich auf die Tür zubewegte. »Andrew ist ein Priester vom Orden des Banath. Sein Schrein liegt dem Wirtshaus am nächsten.«

Der Gott der Diebe wurde nur von den wenigsten Bürgern verehrt, wenngleich es zwei Feiertage gab, an denen man ihm kleine Opfer darbrachte, um sein Heim zu schützen. Doch die meisten, die den Tempel besuchten, taten dies durch die Hintertür, wie man sich erzählte. Den Gerüchten nach zahlten die Spötter dem Tempel den Zehnten.

James verabschiedete sich. »Ich werde Euch nun verlassen. Ihr bleibt noch ein paar Tage lang hier, und dann zieht Ihr mit dieser fröhlichen kleinen Bande von Strolchen, die wir für Euch rekrutiert haben, in die Berge und bringt ihnen bei, was sie wissen müssen.«

Erik blickte sich um. »Wo ist ›hier‹?«

»Es ist mein Zimmer«, erklärte Kitty

»Nein«, widersprach Erik und wollte aufstehen. Von der Anstrengung wurde er fast ohnmächtig. »Ich muss nur wieder ein wenig zu mir kommen, dann will ich zum Palast zurück.«

Auch Calis wandte sich zum Gehen. »Du bleibst hier.«

»Ich habe schon in schlechterer Gesellschaft die Nacht verbracht«, verkündete Kitty. »Es macht mir nichts aus, auf dem Boden zu schlafen.«

Erik wollte protestieren, doch die Erschöpfung machte es ihm schwer, die Augen offen zu halten.

Er hörte, wie Calis etwas zu Kitty sagte, doch er bekam nicht mit, was es war.

Während der Nacht peinigte ihn Schüttelfrost, bis ein warmer Körper zu ihm ins Bett schlüpfte. Er spürte, wie sich Arme wohltuend um seine Taille legten. Doch als er am Morgen erwachte, war er allein.

Erik ritt schweigend dahin. Nach einigen Tagen im Bett und einer Woche im Sattel kam er langsam wieder zu Kräften. Seit dem Aufbruch von Krondor hatte er es Alfred überlassen, die Männer zu schleifen, und kaum mehr getan, als ihm und dem anderen Korporal namens Nolan Anweisungen zu geben. Nur einmal hatte er die Verteidigungsanlagen des Lagers inspiziert. Jadow und die anderen Feldwebel hatten in Krondor gute Arbeit geleistet. Die Männer waren darin geübt, ihr Lager jeden Abend in der Art der alten keshianischen Legionen zu befestigen. Innerhalb einer Stunde, nachdem der Befehl gegeben war, stand ein kleines Fort mit brusthohem Wall und Graben, bewehrt mit angespitzten Pfählen und beweglichen Planken, die Ein- oder Auslass gewährten.

Erik lernte die Männer nach und nach kennen, doch

noch immer konnte er nicht jeden Namen behalten. Wie er wusste, würden viele von ihnen im bevorstehenden Krieg den Tod finden. Doch Calis und William hatten mit sicherer Hand die richtigen Männer für diese speziellen Kompanien ausgesucht. Die Männer, die er jetzt führte, waren hart und selbstbewusst, und Erik war sich sicher, dass sie in der Lage waren, monatelang auf sich selbst gestellt in diesen Bergen zu überleben, sollte die Situation dies erfordern – wenn sie nur erst einmal die Besonderheiten des Lebens im Gebirge gelernt hatten.

Erik rief sich alles ins Gedächtnis, was er noch von seiner Zeit in Ravensburg wusste: die Sinnestäuschungen, die einem der Wind vorspielte, die Bedrohung durch einen plötzlich aufziehenden Sturm, den man erspüren musste, ehe er wirklich da war, und die Gefahren, denen man in einem solchen Sturm ausgesetzt war. Er hatte schon mehr als einen Reisenden gesehen, der nach einer Frostnacht, nur wenige Meilen vom nächsten Gasthaus entfernt, nicht mehr aufgewacht war.

Der Nordwind blies kalt, denn der Winter stand vor der Tür. Erik musste an den Händler zurückdenken, den er, als er zehn war, gefunden hatte. Der Mann hatte unter einem Baum Schutz gesucht und sich in seinen Mantel gehüllt, doch der Nachtwind hatte alle Wärme aus seinem Körper gesogen, als wäre er in Eis eingeschlossen gewesen.

Sie zogen über einen schmalen Bergpfad, der überwiegend von Jägern und manchmal auch von Schafhirten benutzt wurde. Der Weg nahm die gleiche Richtung wie die Straße des Königs von Krondor nach Ylith, wandte sich jedoch etwa fünfzig Meilen von der Stadt des Prinzen entfernt weiter nach Nordosten. Eine Reihe kleiner Weiler säumte den Weg, bis an einer Gabelung eine Straße nach

Westen abzweigte, vermutlich in Richtung Falkenhöhle und Questors Sicht, während ein schmalerer Weg weiter nach Nordosten auf die Zähne der Welt und den Hogewald zuführte. Die Ausläufer des großen Gebirges und die Wiesen, Täler und Weiten des Waldes waren eine der gefährlichsten und unerforschtesten Gegenden innerhalb der Grenzen des Königreichs.

Bisher hatten sich nur wenige Bürger des Königreichs in diese Gegend vorgewagt, denn es gab keine natürlichen Handelswege, wenig brauchbares Ackerland und kaum Bodenschätze, die Menschen hergelockt hätten. Erik hatte – ohne jemanden zu fragen – beschlossen, die Rekruten auf diesem Marsch weiter nach Norden zu führen als alle anderen zuvor. Je besser sie über den Norden des Königreichs Bescheid wussten, desto weniger unliebsame Überraschungen würden sie erleben, wenn schließlich die Armee der Smaragdkönigin einträfe.

Als würde er seine Gedanken lesen, lenkte Alfred sein Pferd neben das von Erik und fragte: »Sind wir nur zum Drill nicht schon ein wenig zu weit gezogen, Erik?«

Erik nickte. Er zeigte auf einen in der Ferne liegenden Pass. »Schick eine Schwadron vor, die den Berg dort auskundschaften soll, damit wir nicht unerwartet auf einen Trupp Dunkelelben treffen. Sie sollen einen geeigneten Lagerplatz für die Nacht suchen.« Er blickte sich um und fügte leise hinzu: »Morgen wird gejagt. Wir wollen doch mal sehen, wer es schafft, sich sein eigenes Essen zu besorgen.«

Alfred erschauerte. »Das ist eine verdammt kalte Ecke zum Lagern.«

»Je weiter wir nach Norden kommen, desto kälter wird es.«

Alfred seufzte. »Jawohl, Hauptfeldwebel.«

»Außerdem haben wir unser Ziel fast erreicht«, verkündete Erik.

»Und wärt Ihr so frei, mir dieses Ziel zu verraten, Hauptfeldwebel?«, fragte Alfred.

»Nein«, entgegnete Erik.

Korporal Alfred ritt davon, und Erik unterdrückte ein Lächeln. Der alte Korporal hatte für Eriks Vater in Düstermoor Kasernendienst geschoben, und das schon fünfzehn Jahre, bevor sie sich kennengelernt hatten. Während Erik erst zweiundzwanzig war, hatte der Korporal schon zwanzig Jahre mehr auf dem Buckel. Er hatte zu den Ersten gehört, die von Erik geformt worden waren. Dabei war es nicht ohne Einsatz der Fäuste gegangen. Das erste Mal waren sie in einem Gasthaus in Wilhelmsburg aneinandergeraten, wo Alfred versucht hatte, Erik zu verhaften, das zweite Mal in der ersten Woche des Drills unter Erik und Jadow Shati und das dritte Mal, als Alfred ein wenig zu selbstsicher geworden war und gedacht hatte, er könne den jungen Feldwebel übertrumpfen.

Danach waren sie zur Reise nach Novindus, dem fernen Kontinent, aufgebrochen, und Alfred hatte zu den wenigen Überlebenden gehört. Erik hätte dem Mann sein Leben anvertraut, und er wusste, dass es sich andersherum genauso verhielt.

Erik dachte über diesen seltsamen Haufen von Soldaten nach. Es waren Männer, die ansonsten kaum miteinander ausgekommen wären, die jedoch, indem sie zusammen gedient und gemeinsam dem Tod ins Auge geschaut hatten, wie Brüder füreinander fühlten.

Bei dem Wort »Bruder« schoss ihm die Frage durch den Kopf, ob es James gelingen würde, die Mutter von Eriks Halbbruder davon zu überzeugen, ihre Mordabsichten gegen ihn fallen zu lassen. Wenn überhaupt jemand dazu in der Lage war, dann Lord James.

Die Männer marschierten weiter, und Eriks Gedanken wanderten zu dem bevorstehenden Krieg. Er war nicht in alle Pläne von Lord James, Marschall William und Prinz Patrick eingeweiht, doch er konnte sich diese sehr gut ausmalen. Und was er sich dabei dachte, gefiel ihm ganz und gar nicht. Besser als die meisten Männer wusste er Bescheid über das, was auf sie zukam, und wie hoch der Preis für den Sieg sein würde.

In diesem Augenblick wurde er aus seinen Grübeleien gerissen, als eine Nachricht durchgegeben wurde: »Kundschafter zurück!«

Einer der Männer, die vorausgeschickt worden waren, kam angelaufen und rannte an der Kolonne vorbei, die vor Erik marschierte. Beim Hauptfeldwebel blieb er stehen. Der Mann hieß Matthew, und er rang nach Atem, während er Bericht erstattete.

»Rauch, Hauptfeldwebel!« Er drehte sich um und zeigte in die entsprechende Richtung. »Hinter dem Kamm. Etwa ein Dutzend Feuer, schätze ich.«

Als Erik den Bergkamm mit seinen Blicken absuchte, bemerkte er den tief hängenden Rauch, den man aus dieser Entfernung leicht für Bodennebel halten konnte. »Wo sind die anderen Kundschafter?«

Der Soldat, der immer noch nach Luft japste, antwortete: »Mark ist weiter vorangezogen, während Wil und Jenks dort warten, wo wir den Rauch zum ersten Mal bemerkt haben.« Er holte tief Luft und fügte dann hinzu: »Und Jenks wird gerade auf seinen Ursprungsort zuschleichen, schätze ich.«

Erik nickte. Es war das Standardvorgehen bei jeder Berührung mit eventuell feindlichen Soldaten. Die Kundschafter brachen stets eine Stunde vor dem Haupttrupp auf und zogen paarweise zu beiden Seiten der Straße voran, wobei sie nach möglichen Hinterhalten Ausschau hielten. Wenn ein etwaiger Feind entdeckt wurde, kehrte einer der Männer zurück, während ein zweiter weiter vorstieß. Falls sich dieser Kundschafter nicht binnen kurzer Zeit wieder meldete, folgte ihm ein zweiter, um festzustellen, ob der erste tot oder gefangen genommen worden war oder einfach nur den Feind beobachtete. Wenn der erste Kundschafter abgelöst worden war, brachte er die gewonnenen Informationen zurück, während er dem zweiten Mann die Beobachtung des Feindes überließ.

Erik nickte und wünschte, die Männer wären schon im Reiten ausgebildet worden. Doch das begann erst im nächsten Monat. Die Schnelligkeit von Reitern wäre ihm jetzt von Nutzen gewesen.

Erik hob die Hand und befahl: »Verständigung nur noch durch Handzeichen!«

Die hintersten Männer drehten sich um und vergewisserten sich des Befehls, dann tippte jeder dem Vordermann auf die Schulter und gab den Befehl lautlos weiter.

Alfred machte eine fragende Geste, und Erik nickte. Er würde mit dem Kundschafter zur Vorhut reiten, während Alfred die Kolonne anführen sollte. Zwei Schwadronen sollten die Flügel sichern und auf alles gefasst sein.

Erik bedeutete dem Kundschafter, er solle vorangehen, und ritt hinter ihm her. Der Mann lief in gutem Tempo los, und Erik ließ sein Pferd im Trab gehen.

Nachdem sie fast eine halbe Stunde der Straße gefolgt waren, trafen sie auf den Kundschafter, der zurückgeblieben war. Er hob die Hand, und Erik stieg ab.

Mit gesenkter Stimme erstattete der Mann Bericht. »Keine Nachricht von Jenks oder Mark, Feldwebel.«

Erik nickte und reichte Matthew die Zügel. Er machte Wil ein Zeichen, mit ihm zu kommen, und schlich den Weg entlang. Während er den Blick über das kleine Tal schweifen ließ, konnte er den Rauch hinter dem Kamm nun deutlich ausmachen.

Er folgte dem Weg eine Viertelmeile und blieb dann stehen. Da stimmte etwas nicht. Er lauschte, wobei ihm auffiel, dass man aus allen Richtungen Geräusche hören konnte, nur nicht von vorn. Er gab Will erneut ein Zeichen, dass er auf der anderen Seite neben der Straße weitergehen sollte, dann kämpfte er sich durch das dichte Unterholz.

Während er sich durch die Büsche schlug, kam er nur langsam voran. Die Bäume an diesem felsigen Berghang standen in kleinen Gruppen, dazwischen gab es Lichtungen, die kaum Deckung gewährten. Am Rand einer solchen Lichtung entdeckte er Wil auf der anderen Seite der Straße. Mit Handzeichen gab er dem Kundschafter zu verstehen, dass er einen Bogen schlagen und sich von hinten an die nächste Baumgruppe heranschleichen sollte.

Erik hielt Ausschau und wartete. Wenn Wil nicht wieder erschien, wusste er, wo sich derjenige aufhielt, wer auch immer seine Kundschafter gefangen nahm. Erik beobachtete die Umgebung und entschied, weiter den Hang hinaufzusteigen.

Er trat unter den Bäumen hervor, zwischen denen er sich versteckt hatte, und erreichte das Bett eines ausgetrockneten Bachs. Beim nächsten Regen würde sich durch diesen Bach eine Sturzflut ergießen, doch im Augenblick erinnerte nur der feuchte Boden unter seinen Füßen an den letzten Niederschlag in den Bergen.

Erik konnte Rauch riechen. Da mussten noch weitere Feuer gebrannt haben, und Erik vermutete, dass die andere Kompanie in der vorangegangenen Nacht an dieser Stelle gelagert hatte. Ein vertrauter Geruch stieg ihm in die Nase, und Erik richtete den Blick hangaufwärts. Zwar hatte man den Pferdedung mit Erde zugedeckt, doch einem, der mit Pferden aufgewachsen war, entging der Geruch nicht so leicht. Die Tiere waren ein Stück entfernt von jener Lichtung, wo seine Kundschafter verschwunden waren, angepflockt gewesen. Der noch vorhandene Gestank des Pferdeurins würde sich bereits am nächsten Tag verflüchtigt haben.

Erik bewegte sich auf einen Punkt zu, der genau jenem auf der anderen Seite der Straße gegenüberlag, wo er Wil zum letzten Mal gesehen hatte. Dort blieb er stehen und lauschte. Wieder schien es dort eine Stelle zu geben, von der sich die Tiere des Waldes fernhielten, bis diejenigen, die sich dort gegenwärtig aufhielten, abgezogen waren.

Erik umrundete das Gebüsch und erreichte die nächste Baumgruppe von der Hangseite aus. Er arbeitete sich wieder zum Weg vor. Plötzlich wurde ihm bewusst, dass ihn jemand beobachtete.

Obwohl er noch jung war, hatte er eine Menge Erfahrung im Kriegshandwerk, und ihm war klar, dass er jeden Augenblick angegriffen werden würde. Er sprang zur Seite, und an der Stelle, wo er sich gerade noch befunden hatte, landete ein Körper.

Der Mann war sofort wieder auf den Füßen. Erik tat das, was man am wenigsten erwartet hätte: Er warf sich auf den Mann und drückte ihn zu Boden.

Nur wenige Männer waren so kräftig wie Erik. Er wälzte den Mann herum und richtete sich über ihm auf.

Doch sein Gegner war ebenfalls kräftig und zudem schnell. Dennoch gelangt es Erik, ihn an den Handgelenken zu packen. Da er in den Händen des Mannes keine Waffe sah, ließ er die Handgelenke jedoch im nächsten Moment los und holte aus, um zuzuschlagen.

Als er den Mann erkannte, hielt er jedoch inne.

»Jackson?«

»Jawohl, Hauptfeldwebel«, antwortete der Soldat.

Erik stieß sich von dem Mann ab und erhob sich. Der Soldat gehörte Prinz Patricks Leibgarde an, doch statt der Gardeuniform des Palastes trug er ein dunkelgrünes Gewand und eine ebensolche Hose, dazu einen Lederharnisch, einen kurzen Dolch und einen runden Helm.

Erik streckte die Hand aus und half dem Wachmann auf die Beine. »Wollt Ihr mir nicht verraten, was das gerade sollte?«

Eine andere Stimme antwortete: »Nein, das will er nicht.«

Erik blickte sich nach der Stimme um und entdeckte ein weiteres vertrautes Gesicht: Hauptmann Subai von den fürstlich-krondorischen Spähern.

»Hauptmann?«

»Hauptfeldwebel!«, erwiderte der Offizier. »Ihr seid ein wenig vom Weg abgekommen, nicht wahr?«

Erik betrachtete den Mann. Er war hochgewachsen, dabei aber schlaksig, fast hager. Sein Gesicht war wettergegerbt und ähnelte dunklem Leder. Obwohl seine Augenbrauen und sein Haar schon grau waren, hielt Erik ihn noch nicht für einen alten Mann. Schenkte man den Gerüchten Glauben, stammte er eigentlich aus Kesh. Er zählte zu den besten Fechtern und galt als herausragender Bogenschütze. Doch wie die meisten Späher blieb er unter seinesgleichen und hatte kaum etwas mit den anderen Soldaten der Garnison oder Calis' Blutroten Adlern zu tun.

»Prinz Patrick hat mir den Befehl erteilt, meine neue Kompanie auszubilden«, sagte Erik, »und ich dachte, es wäre nicht verkehrt, sie durch ein raueres Gelände marschieren zu lassen, als man es in der Umgebung von Krondor findet.« Mit dem Kopf deutete er auf den fernen Rauch. »Sind das Eure Feuer, Hauptmann?«

Der Mann nickte. »Ihr könnt Eure Männer so weit in den Norden führen, wie Ihr wollt, Hauptfeldwebel, doch nicht hier entlang.«

»Aus welchem Grunde nicht, Hauptmann?«

Der Mann zögerte, erklärte jedoch schließlich: »Das war keine Bitte, Hauptfeldwebel. Das war ein Befehl.«

Erik hatte keine Lust, sich über die Befehlshierarchie zu streiten. Hier hatte er keinen Söldner vor sich, wie sie von Adligen angeheuert wurden, sondern einen Hauptmann der Armee des Prinzen, einen Mann, dessen Rang dem von Calis gleichkam. Erik dachte an Bobby de Loungville, der in einer solchen Situation sicherlich die passende Erwiderung parat gehabt hätte, doch alles, was ihm einfiel, war: »Jawohl, Sir.«

»Eure Kundschafter sind dort drüben«, sagte Subai. »An denen müsst Ihr noch etwas arbeiten.«

Erik überquerte die Straße und entdeckte zwei weitere Soldaten, die Wil, Mark und Jenks bewachten. Seine Männer waren gefesselt. Erik sah sich die beiden Wachen an und stellte fest, dass einer ebenfalls ein Späher war, während der andere wiederum Prinz Patricks Leibgarde angehörte.

»Macht sie los«, befahl Erik, und die beiden Wachen gehorchten. Seine drei Leute erhoben sich, offensichtlich ein wenig steif von den Fesseln, und reckten und streckten sich, bevor die Wachen ihnen ihre Waffen zurückgaben.

Wil wollte etwas sagen, doch Erik hob die Hand. Er hörte aus der Ferne ein leises Geräusch, dann noch eins und ein drittes. »Kommt mit!«, befahl er seinen Männern.

Nachdem sie die Späher hinter sich gelassen hatten, fragte Erik: »Sie sind also aus den Bäumen auf euch heruntergesprungen?«

»Jawohl, Hauptfeldwebel«, antwortete Mark.

Erik seufzte. Genau das hatte er sich schon gedacht. »Also gut, dann müsst ihr eben öfter mal nach oben schauen.«

Die Männer erwarteten einen Zornesausbruch oder zumindest Vorwürfe, weil sie sich so leicht hatten gefangen nehmen lassen, doch Erik war mit seinen Gedanken bereits wieder ganz woanders.

Er überlegte, warum sich Prinz Patricks Leibgarde hier oben in den Bergen aufhielt, dazu noch zusammen mit den Spähern und ihrem seltsamen Hauptmann. Noch seltsamer allerdings war die Gegenwart so vieler Soldaten auf einem Bergrücken, wo es allen Karten zufolge gar keine Straße gab. Am seltsamsten jedoch waren die schwachen Geräusche, die Erik gehört hatte. Er hatte einen Augenblick gebraucht, bis er das zweite Geräusch erkannt hatte, doch dann war ihm klar geworden, dass dort Bäume gefällt wurden. Das und auch das Klopfen von Steinen hatte er nicht sofort einordnen können. Das erste Geräusch hingegen kannte er schon seit seiner frühesten Kindheit: das Klingen eines Hammers, der auf einen Amboss schlägt.

Als sie den wartenden vierten Kundschafter erreichten, erkühnte sich Jenks zu fragen: »Was machen diese Kerle eigentlich dort hinten, Hauptfeldwebel?«

Ohne nachzudenken, antwortete Erik: »Sie bauen eine Straße.«

»Dort hinten?«, fragte Wil. »Wozu?«

»Das weiß ich auch noch nicht«, entgegnete Erik, »aber ich beabsichtige, es herauszufinden.«

Das stimmte nicht ganz. Er konnte sich sehr wohl vorstellen, weshalb man in einer so abgelegenen Gegend eine Straße baute. Doch die Antwort auf diese Frage gefiel ihm ganz und gar nicht.

Queg

Roo machte eine verdrießliche Miene.

Karli trat mit deutlicher Ehrfurcht im Gesicht zurück, als der Herzog von Krondor ihr Haus betrat. Sie hatte Lord James bereits auf dem Fest kennengelernt, das Roo zu Ehren der Gründung der Bittermeer-Handelsgesellschaft ausgerichtet hatte. Draußen vor der Tür wartete eine Kutsche. Vier Soldaten, von denen einer eine Lanze mit dem Banner des Herzogs trug, hielten ihre Pferde am Zügel.

»Guten Abend, Frau Avery«, grüßte der Herzog. »Entschuldigt bitte die unerwartete Störung, doch ich muss Euch leider für eine Weile Euren Gemahl entführen.«

Karli war im ersten Moment sprachlos, doch dann brachte sie hervor: »Entführen?«

Herzog James lächelte, nahm ihre Hand und drückte sie sachte. »Ich bringe ihn heil zurück. Das verspreche ich.«

»Was gibt es zu besprechen?« Roo deutete auf die Tür seines Arbeitszimmers.

Der Herzog nickte nur.

Er zog seinen Umhang aus und reichte ihn dem staunenden Dienstmädchen, das gekommen war, um nachzusehen, wer an der Tür stand. Der Herzog drückte sich an ihr und Karli vorbei.

Roo schloss die Tür des Arbeitszimmers hinter ihnen.

»Welchem Umstand habe ich dieses Vergnügen zu verdanken?«

James setzte sich auf einen Stuhl vor Roos Schreibtisch. »Dem Ausdruck Eures Gesichts nach, als ich vor der Tür stand, kann man wohl kaum von Vergnügen sprechen.«

»Nun«, erwiderte Roo, »der Herzog von Krondor meldet sich nur höchst selten gerade dann an, wenn ich gerade ins Bett gehen will.«

»Ich komme ganz gut ohne vorherige Anmeldung aus«, meinte James, »und außerdem versetze ich dann nicht schon im Voraus deinen ganzen Haushalt in Aufruhr und muss nicht mit all deinen Nachbarn zu Tisch sitzen. Um die Wahrheit zu sagen, kenne ich die meisten Leute, die hier in der Gegend ihre Anwesen haben, und Ihr gehört zu den wenigen, mit denen sich ein interessantes Gespräch führen lässt.«

Roo blickte ihn misstrauisch an. »Wollt Ihr die Nacht hier verbringen, mein Lord?«

»Besten Dank für das Angebot, doch ich muss meine Reise noch fortsetzen. Ich bin unterwegs in Eure Heimat, um ein Wörtchen mit der Baronin von Düstermoor und ihrem Sohn zu wechseln. Wegen des Giftmischers, den sie geschickt hat, um Erik zu ermorden.«

»Ihr habt den Mörder doch in Haft genommen.«

»Ja.« Das Gesicht des Herzogs wirkte müde, und es schien, als hätte er in den letzten Tagen keinen Schlaf gefunden, doch sein Blick wirkte wach. Er betrachtete Roo einen Augenblick lang. »Man hat sich … um ihn gekümmert. Der andere Mann treibt sich allerdings noch frei herum, und falls er der Bote von Baronin Mathilda war, wird er wohl inzwischen wieder in Düstermoor sein. Und Mathilda wird bereits das nächste Komplott schmieden. Ich habe jedoch Pläne mit Euch und Erik, und aus diesem Grund möchte ich persönlich dafür sorgen, dass sie ihre Mordgelüste begräbt.« Bisher hatte er leichthin gesprochen, fügte aber sehr ernst hinzu: »Keiner von Euch beiden darf sterben, ehe ich meine Zustimmung dazu gebe.«

Roo lehnte sich zurück. Bevor der Herzog nicht damit herausrückte, was er auf dem Herzen hatte, gab es nichts, das ihm noch zu sagen blieb. Roo wusste, wie viel er dem Herzog schuldete, weil dieser ihn bei seinem einmaligen Aufstieg zu Reichtum und Macht unterstützt hatte, und er war sicher, dass James gekommen war, um einen Teil dieser Schuld einzutreiben. Er schaute sicherlich nicht nur einfach so vorbei, um ihm mitzuteilen, wie sehr er sich persönlich um seine und Eriks Sicherheit sorgte.

Nachdem er einen Augenblick geschwiegen hatte, meinte James: »Ich könnte etwas zu trinken vertragen.«

Roo hatte den Anstand zu erröten. »Entschuldigt«, sagte er und erhob sich von seinem Stuhl. Er holte zwei Kristallgläser und eine dazu passende Karaffe mit edlem Brandy aus einem Wandschränkchen neben einem der Fenster, durch das man auf Karlis Beete im Garten hinaussehen konnte. Er goss in beide Gläser einen reichlichen Schluck und reichte eines dem Herzog.

James nippte daran und nickte beifällig.

Nachdem sich Roo gesetzt hatte, begann der Herzog wieder zu sprechen. »Ich muss Euch um einen Gefallen bitten.«

Roo zeigte sich überrascht. »Ihr klingt, als würdet Ihr das tatsächlich so meinen.«

»Das stimmt auch. Wir wissen beide, wie viel Ihr mir zu verdanken habt, aber ich kann Euch nicht dazu zwingen, dorthin zu gehen.«

»Wohin zu gehen?«

»Nach Queg.«

»Nach Queg?« Roo hätte nicht verblüffter dreinschauen können. »Warum nach Queg?«

James zögerte einen Augenblick lang, ganz so, als würde er abwägen, wie viel er Roo verraten konnte. Er senkte die Stimme, als er sagte: »Im Vertrauen, wir werden alle Hände voll zu tun haben, wenn die Flotte der Smaragdkönigin die Straße der Finsternis durchquert. Nicky hat ein paar Ideen, wie er sie während der Passage angreifen kann, doch dazu muss er den größten Teil der Flotte zur Fernen Küste verlegen. Doch damit wären unsere Frachtschiffe von den Freien Städten und Ylith ohne Schutz, sobald der Feind ins Bittere Meer eingedrungen ist.«

»Also wollt Ihr mit Queg ein Abkommen treffen, dass sie unsere Schiffe nicht überfallen?«

»Nein«, widersprach James. »Ihr sollt mit Queg verhandeln, damit ihre Kriegsschiffe unsere Schiffe eskortieren.«

Roo blinzelte wie eine Eule im hellen Sonnenschein. Dann lachte er. »Ihr wollt sie bestechen.«

»So könnte man es ausdrücken, ja.« James nippte erneut an seinem Brandy, dann fügte er mit abermals gesenkter Stimme hinzu: »Und wir brauchen Feueröl. Und zwar viel.«

»Werden sie es uns verkaufen?«

»Früher hätten sie das nie getan. Aber sie wissen, dass wir es selbst herstellen können und dass wir das auch seit dem Fall von Armengar tun. Alles, was uns fehlt, sind große Herstellungseinrichtungen. Unsere Agenten haben herausbekommen, dass die Queganer über einen ausreichenden Vorrat verfügen. Ich brauche mindestens fünftausend Fässer. Zehntausend wären jedoch besser.«

»Damit kann man eine Menge Schaden anrichten«, murmelte Roo.

»Ihr wisst offenbar, was auf uns zukommt, Roo«, erwiderte der Herzog genauso leise.

Roo nickte. Es gab nur einen einzigen Händler in Krondor, der zu jenem fernen Land gereist war und mit eigenen Augen mit angesehen hatte, welche Zerstörung die Smaragdkönigin dort hinterließ und was sie Unschuldigen antat. Doch es gab genug andere Händler, die weit bessere Verbindungen nach Queg hatten. »Warum ich?«

»Weil man neugierig auf Euch ist, Roo Avery. Die Nachricht von Eurem Aufstieg hat sich von Roldem bis zu den Inseln des Sonnenuntergangs herumgesprochen, und ich hoffe, dass man neugierig auf Euch sein wird.«

»Warum das?«, fragte Roo.

James stellte das Glas auf Roos Schreibtisch ab. »In Queg gibt es viele drollige und originelle Gesetze, und eines davon besagt, dass man als Nichtbürger dieses verrückten kleinen Reiches nicht die geringsten Rechte hat. Wenn Ihr einen Fuß auf queganischen Boden setzt, ohne einen queganischen Gastgeber zu haben, werdet Ihr das Eigentum des nächsten Queganers, der stark genug ist, Euch zu fesseln. Falls Ihr Widerstand leistet, und sei es auch nur, um Euer Leben zu retten, gilt das als Angriff auf einen Bürger.« Er zuckte mit den Schultern. »Was haltet Ihr von langen Seereisen?«

»Wie lange?«

»Zwanzig Jahre als Galeerensklave ist das mildeste Urteil, von dem wir gehört haben.«

Roo seufzte. »Und wie finde ich einen Gastgeber?«

»Das ist der heikle Punkt«, meinte James. »Unsere Beziehungen zu Queg sind in letzter Zeit etwas belastet. Nach unserem Geschmack schmuggeln sie zu viel und überfallen auch zu viele Schiffe, während wir in ihren Augen zu wenig Zoll zahlen, um auf *ihrem* Meer fahren zu dürfen. Unsere Delegation wurde vor vier Jahren aus dem Land vertrieben, und es wird noch eine Weile dauern, bis sie die nächste empfangen.«

»Klingt durchaus schwierig«, meinte Roo.

»Ist es auch. Doch man muss über die Queganer nur zwei Dinge wissen: Ihre Regierung ist dazu da, um die Ordnung zu bewahren – was bedeutet, die Bauern zu unterdrücken – und die Insel zu verteidigen. Die eigentliche Macht liegt in den Händen der reichen Geschäftsleute. Die ältesten Familien haben einen ererbten Sitz im Kaiserlichen Senat, dem Gremium mit der eigentlichen Macht. Und wer genug Geld hat, kann sich einen Sitz kaufen.«

Roo grinste. »Klingt, als wäre es für Leute wie mich gedacht.«

»Ich bezweifle, dass es Euch dort gefallen wird. Vergesst nicht, Fremde haben dort keine Rechte. Wenn Ihr Euren Gastgeber irgendwie reizt, kann er Euch im Bruchteil eines Augenblicks seinen Schutz entziehen. Was bedeutet, dass Ihr Euch äußerst höflich benehmen müsst. Nehmt eine Menge Geschenke mit.«

»Ich verstehe, was Ihr meint.« Roo dachte eine Weile über das nach, was James ihm gerade mitgeteilt hatte. »Und wie soll ich in diesem Land einen Gastgeber finden, wenn Ihr mich schon nicht in die Gesellschaft einführen könnt?«

»Ihr seid ein findiges Kerlchen«, meinte James und trank seinen letzten Schluck Brandy. Dann erhob er sich. »Ihr werdet Euch schon etwas einfallen lassen. Hört Euch unter Euren Geschäftspartnern um. Wenn Ihr die Namen von einigen habt, mit denen Ihr Kontakt aufnehmen könnt, kann ich ohne Schwierigkeiten eine Botschaft nach Queg einschmuggeln lassen. Doch das ist alles, was ich für Euch tun kann.«

Roo erhob sich ebenfalls. »Ich denke, ich werde einen Weg finden.« In Gedanken widmete er sich schon ganz diesem neuen Problem.

»Meine Kutsche wartet, und ich habe noch ein gutes Stück zu fahren«, sagte der Herzog, während er in den Flur trat.

James folgte Roo und nahm dem Dienstmädchen seinen Mantel ab, das ihn immer noch hielt. Rasch half sie dem Herzog hinein, dann trat James zu Roo, der bereits die Tür geöffnet hatte.

Die Kutsche wartete direkt vor dem Portal, und Roos Portier stand bereit, um die Kutsche zum Eingang des Anwesens zu geleiten.

Als eine Wache die Kutschentür hinter James geschlossen hatte, lehnte sich dieser aus dem Fenster und sagte: »Wartet nicht zu lange. Spätestens nächsten Monat müsst Ihr aufbrechen.«

Roo nickte und schloss die Haustür.

Karli kam die Treppe nach unten geeilt und fragte: »Was wollte der Herzog denn?«

»Ich muss nach Queg«, antwortete Roo.

»Queg?«, fuhr seine Frau auf. »Ist das nicht gefährlich?«

Roo zuckte mit den Schultern. »Ja. Aber im Augenblick besteht das eigentliche Problem darin, überhaupt dorthin zu gelangen.« Er gähnte, legte den Arm um sie und drückte sie an sich. »Jetzt muss ich erst einmal richtig schlafen. Lass uns zu Bett gehen.«

Sie begegnete seiner guten Laune mit einem Lächeln, das bei ihr selten war. »Das würde mir wohl auch gefallen.«

Roo führte seine Frau nach oben.

Roo lag in der Dunkelheit und lauschte Karlis gleichmäßigem Atem. Sie hatten sich geliebt, doch ohne große Fantasie. Roos Verlangen wurde von Karli in keiner Weise so erregt wie von Sylvia Esterbrook. Während der Liebesspiele mit seiner Frau hatte Roo die ganze Zeit an seine Geliebte gedacht und verspürte nun deswegen Schuldgefühle.

Seit der Ordensverleihung im Palast hatte er Sylvia mindestens einmal die Woche besucht, oft auch zweimal, und noch immer war es mit ihr so aufregend wie beim ersten Mal.

Leise stieg er aus dem Bett und trat ans Fenster.

Durch das makellose Glas, das er zu einem hohen Preis aus Kesh hatte importieren lassen, blickte er auf die geschwungenen Hügel seines Anwesens. Dazu gehörten auch ein kleiner Fluss, der sich, wie man ihm gesagt hatte, exzellent zum Angeln eignete, und ein kleiner Forst, in dem es von Wild nur so wimmelte. Immer schon hatte er wie ein Adliger fischen und jagen wollen, doch nie schien er die Zeit dafür erübrigen zu können. Erholen konnte er sich nur, wenn er mit Erik das *Haus des Weißen Flügels* besuchte, wenn er mit Sylvia im Bett war oder wenn er mit seinem Cousin Duncan Fechtübungen abhielt.

Dies hier war einer jener wenigen Augenblicke, in denen er über sich selbst nachdachte. Er betrachtete seine Frau und fand sich vom Schicksal gleichermaßen gesegnet wie verflucht. Gesegnet, weil er den Mord an Stefan von Düstermoor, die Reise nach Novindus mit Hauptmann Calis und die Auseinandersetzung mit den Jacoby-Brüdern überlebt hatte. Und darüber hinaus war er der reichste Händler von Krondor geworden. Glücklich war er auch über seine Familie, wenngleich er von seiner Frau nicht allzu viel hielt. Seit Langem war er davon überzeugt, dass er Karli nur aus

Mitleid und Schuldgefühl geheiratet hatte, denn er glaubte, für den Tod ihres Vaters verantwortlich zu sein.

Seine Kinder verwirrten ihn. Sie waren fremdartige kleine Wesen, die Dinge verlangten, die er nur vage als notwendig empfand. Und sie neigten dazu, in den ungünstigsten Augenblicken unangenehm zu riechen. Abigail war ein schüchternes Kind, das oft in Tränen ausbrach und schon davonlief, wenn er seine Stimme nur geringfügig hob. Helmut zahnte zurzeit, weswegen er ständig den Inhalt seines Magens erbrach, für gewöhnlich dann, wenn Roo sich gerade ein frisches Hemd angezogen hatte. Roo war sich sicher, dass Sylvia seine Frau geworden wäre, hätte er seinerzeit nicht Karli geheiratet. Er hatte keine Ahnung, was andere meinten, wenn sie von Liebe sprachen, doch all seine Gedanken kreisten stets um Sylvia. Sie führte ihn zu Höhen der Leidenschaft, von denen er allenfalls geträumt hatte, bevor sie in sein Leben getreten war. Wäre Sylvia seine Frau geworden, davon war er fast überzeugt, wären seine Kinder vollkommen, kleine blonde Engel, die stets lächelten und erst dann sprachen, wenn ihr Vater sie dazu aufforderte.

Er seufzte. Nein, selbst mit Sylvia als Mutter würden ihm Abigail und Helmut als eigentümliche, fremdartige Wesen erscheinen.

Er betrachtete eine Wolke, die sich vor den großen Mond schob, den einzigen, der sich zurzeit am Nachthimmel zeigte. Und während sich die Landschaft vor seinem Fenster verdunkelte, verfinsterte sich auch seine Stimmung. Sylvia, dachte er im Stillen. Er zweifelte allmählich daran, dass sie wirklich in ihn verliebt war. Vielleicht zweifelte er auch nur an sich selbst, dennoch konnte er nicht glauben, dass jemand wie er ihr Interesse auf sich ziehen, geschweige denn ihr Herz für sich gewinnen konnte. Und trotzdem wirkte sie jedes Mal erfreut, wenn er einen Besuch bei ihr und ihrem Vater einrichten konnte, besonders dann, wenn er die Nacht bei ihr verbrachte. Ihr Liebesspiel war einfallsreich und leidenschaftlich, doch während die Monate verstrichen, fragte er sich mehr und mehr, ob er dem Schein trauen konnte. Und er fragte sich zudem oft, ob sie nicht geschäftliche Informationen an ihren Vater weitergab, was ihn viel Geld kosten konnte. Er würde sich mehr in Acht nehmen müssen bei dem, was er Sylvia erzählte. Sicherlich horchte sie ihn nicht geradewegs aus, doch schon eine beiläufige Bemerkung von ihr beim Essen konnte dem listigen alten Fuchs Vorteile gegenüber seinem jungen Rivalen verschaffen.

Er reckte sich, während die Wolke vorbeizog. Sylvia war etwas Seltsames und Unerwartetes in seinem Leben, ein wahres Wunder. Dennoch konnte er die Zweifel nicht vertreiben. Er fragte sich, was Helen Jacoby wohl von all dem halten würde.

Der Gedanke an Helen ließ ihn lächeln. Obwohl sie die Witwe eines Mannes war, den er getötet hatte, waren sie Freunde geworden, und, um die Wahrheit zu sagen, unterhielt er sich lieber mit ihr als mit Karli oder selbst Sylvia.

Roo seufzte erneut. Drei Frauen, und er wusste nicht, was er von ihnen halten sollte.

Leise schlich er aus dem Schlafgemach und ging hinüber in sein Arbeitszimmer. Dort öffnete er eine Truhe, nahm ein Holzkästchen heraus und klappte es auf. Im Mondlicht glitzerte ein Schmuckstück mit fünf großen Rubinen, von denen jeder so groß war wie sein Daumen, und einem Dutzend kleinerer, die alle auf die gleiche Weise geschliffen waren.

Er hatte das Stück im Osten verkaufen wollen, doch zu viele Juweliere hätten es als das erkannt, was es war: Diebesgut. Auf dem Kästchen stand der Name des Eigentümers, Lord Vasarius.

Roo lachte leise. Wie oft hatte er darüber geflucht, dass er dieses Schmuckstück nicht verkaufen konnte, und jetzt gereichte ihm das zum Vorteil. Am Morgen würde er seinen Lehrling Dash zu dessen Großvater, Herzog James, schicken, damit dieser eine Botschaft nach Queg überbringen ließ:

Geehrter Lord Vasarius,
Mein Name ist Rupert Avery, und ich bin Händler in Krondor. Jüngst gelangte ich in den Besitz eines Gegenstandes von großem Wert, der, wie ich sicher bin, Euch gehört. Werdet Ihr mir das Vergnügen bereiten, ihn Euch eigenhändig zurückgeben zu dürfen?

Das Schiff lag in dem riesigen Hafen von Queg, der Hauptstadt jener Inselnation gleichen Namens, und schaukelte vor sich hin. Fasziniert beobachtete Roo das Treiben auf dem Kai.

Riesige Kriegsgaleeren füllten den Hafen, daneben lagen Dutzende kleinerer Schiffe und Boote, vom großen Handelsschiff bis hin zum kleinsten Fischkutter. Für eine Insel von der Größe Quegs war der Hafen unglaublich belebt.

Roo hatte so viel über dieses feindselige kleine Inselvolk in Erfahrung gebracht wie nur möglich, hatte seine Geschäftspartner, alte Soldaten und Seeleute und jeden ausgefragt, der ihm einen »Trumpf« zustecken konnte, wie die Kartenspieler zu sagen pflegten. Als sich das Kaiserreich Groß-Kesh von der Fernen Küste und den nun Freien Städten zurückgezogen hatte, um seine Legionen gegen die aufständischen Nationen im Süden der Keshianischen Konföderation zu stellen, hatte der Gouverneur von Queg revoltiert und als Sohn des damaligen Kaisers von Kesh und seiner vierten oder fünften Frau das Kaiserreich Queg ausgerufen.

Dieses kleine Volk vormaliger Keshianer, das sich durch Heirat mit der Urbevölkerung der Insel vermischt hatte, wäre eigentlich nicht ernst zu nehmen gewesen. Doch zwei Gründe machten diese Nation zu einem durchaus wichtigen Staat: Erstens war die Insel vulkanischen Ursprungs und hatte das fruchtbarste Ackerland nördlich des Tals der Träume, das zudem von ungewöhnlichen Meeresströmungen umgeben war, die für das mildeste Klima im ganzen Bitteren Meer sorgten – wodurch die Insel in der Lage war, ihre Bevölkerung allein zu ernähren. Und zweitens war da noch seine Flotte.

Queg hatte die größte Marine im ganzen Bitteren Meer, was in ständigen Kleinkriegen mit dem Königreich, Kesh und den Freien Städten ihre Bestätigung fand. Außerdem beanspruchte Queg die territoriale Oberhoheit über das gesamte Bittere Meer – ein Erbe jenes alten Anspruchs von Kesh –, das darüber hinaus von Piraten unsicher gemacht wurde. Oft überfielen Galeeren ohne Banner die Küste des Königreichs und der Freien Städte, in manchen Jahren sogar die westliche Küste des Kaiserreichs Kesh, und stets behaupteten Kaiser und Senat von Queg, von solchen Vorgängen nichts zu wissen.

Mehr als einmal hatte Roo einen der niederen Palastbeamten sagen hören: »Und dauernd behaupten sie: ›Wir sind eine arme Nation, die auf allen Seiten von Feinden umgeben ist.‹«

Seltsame Schatten streiften über das Wasser. Roo hob den Blick und riss die Augen auf. »Seht nur!«

Jimmy, der Enkel von Lord James, und sein Bruder Dash

blickten ebenfalls beide auf und betrachteten die Formation riesiger Vögel, die hinaus aufs Meer zogen. Jimmy war mitgekommen, weil sein Großvater darauf bestanden hatte, und dieser Umstand hatte Roo kein geringes Unbehagen bereitet. Dash arbeitete für ihn, zumindest offiziell, und auf ihn konnte er sich verlassen. Jimmy stand jedoch im Dienste seines Großvaters, obwohl Roo sich nicht ganz sicher war, in welcher Funktion. Jedenfalls führte er ihm bestimmt nicht die Bücher. Einen kurzen Augenblick lang fragte sich Roo, ob die Queganer die ganze Reisegesellschaft oder nur ihn selbst hängen würden, wenn man die Jungen der Spionage beschuldigte.

Die Brüder waren sich äußerlich nicht besonders ähnlich. Jimmy sah aus wie seine Großmutter, hatte feine Züge und helles Haar. Dash kam mehr nach seinem Vater, Lord Arutha, und hatte braune Locken und ein breites, offenes Gesicht. Doch wie die wenigsten Brüder waren sie sich ebenbürtig, was ihre Haltung und ihre Gerissenheit betraf.

»Adler«, sagte Jimmy, »oder so etwas Ähnliches.«

»Ich dachte, die wären nur eine Legende«, erwiderte Dash.

»Was?«, fragte Jimmy

»Die riesigen Raubvögel, die Harnische tragen und wie Ponys geritten werden.«

»Auf denen reitet jemand?«, fragte Roo ungläubig, während die Hafenarbeiter die Seile vertäuten.

»Kleine Menschen«, erklärte Jimmy, »Männer, die seit Generationen wegen ihrer geringen Größe ausgewählt werden.«

»Der Legende nach hat in uralten Zeiten ein Drachenherrscher mit ihnen gejagt«, fügte Dash hinzu, »so wie du oder ich mit einem Falken jagen würden. Das sind die Nachfahren dieser Vögel.«

»Mit einem Schwarm von ihnen könnte man vermutlich in einer Schlacht viel Schaden anrichten«, gab Roo zu bedenken.

»Nein«, widersprach Jimmy, »sie können nicht viel tragen, und sie werden rasch müde.«

»Du weißt aber eine Menge über sie«, meinte Roo.

»Gerüchte, mehr nicht«, erwiderte Jimmy grinsend.

»Oder Berichte vom Schreibtisch deines Großvaters?«, hakte Roo nach.

»Seht nur!«, rief Dash. »Das Empfangskomitee.«

»Was immer du ihnen geschrieben hast, Roo«, sagte Jimmy, »es scheint seinen Zweck erfüllt zu haben.«

»Ich habe Lord Vasarius nur darüber informiert«, erklärte Roo, »dass sich etwas von Wert, das ihm gehört, in meinen Händen befindet und dass ich es ihm gern zurückgeben würde.«

Die Planken wurden ausgefahren, doch als Roo von Bord gehen wollte, legte ihm der Kapitän des Schiffs die Hand vor die Brust und hielt ihn zurück. »Wir sollten uns besser an die hiesigen Sitten halten, Herr Avery.« Dann rief er hinüber: »Herr Avery und seine Gesellschaft aus Krondor. Haben sie Erlaubnis, an Land zu kommen?«

Eine große Delegation Queganer wartete um einen Mann vor einer Sänfte, die von einem Dutzend muskelbepackter Sklaven getragen wurde. Jeder von ihnen war mit einem bunten Tuch bekleidet, das über eine Schulter hing und das man, wie Roo gesagt worden war, Toga nannte. In den kalten Monaten trugen die Einheimischen Hemd und Hose, doch im Frühjahr, Sommer und beginnenden Herbst wurde von den Reichen dieses leichte Gewand bevorzugt.

Einer der Männer antwortete in der Sprache des Königreichs: »Bitte kommt an Land und seid unser Gast, Herr Avery!«

»Wer hat gesprochen?«, wollte der Kapitän wissen.

»Alfonso Velari.«

Der Kapitän zog seine Hand zurück. »Ihr seid jetzt eingeladen, Euren Fuß auf queganischen Boden zu setzen, Herr Avery. Solange dieser Velari seine Protektion nicht zurückzieht, seid Ihr ein freier Mann. Der Tradition nach muss er Euch das jedoch einen Tag im Voraus wissen lassen. Wir werden hier warten und jederzeit bereit sein, die Segel zu setzen.«

Roo sah den Mann mit Namen Bridges, einen seiner vielen Kapitäne, an. »Ich danke Euch, Käpt'n.«

»Wir stehen zu Eurer Verfügung, Sir.«

Während er an Land ging, hörte er, wie Dash Jimmy zumurmelte: »Natürlich steht er Roo zur Verfügung. Roo ist schließlich der Besitzer des Schiffs!«

Jimmy lachte leise, dann verstummten die Brüder.

Roo blieb vor Velari stehen. Der war ein kleiner Mann mittleren Alters, der sein Haar kurz und mit Öl eingestrichen trug. Roo fühlte sich sofort an Tim Jacoby erinnert, der ebenfalls eine Vorliebe für die queganische Art der Haartracht gehabt hatte. »Herr Avery?«, fragte der Queganer.

»Zu Euren Diensten, Herr.«

»Nicht zu meinen, freundlichster Herr Avery. Ich bin nur einer der vielen Diener von Lord Vasarius.«

»Befindet sich Lord Vasarius in der Sänfte?«, erkundigte sich Roo.

Der Queganer lächelte milde. »Die Sänfte ist für Euch gedacht, Herr Avery.« Er bat Roo mit einer Geste, in die

Sänfte zu steigen. »Träger werden sich Eures Gepäcks annehmen und es zum Heim meines Meisters bringen.«

Roo warf Dash und Jimmy einen Blick zu. Die beiden nickten, und Roo sagte: »Ich habe geplant, in einem der besseren Gasthäuser der Stadt zu übernachten …«

Velari machte eine wegwerfende Handbewegung, mit der er jeden Einwand ausräumte. »Es gibt keine, Herr. Nur die gemeinen Reisenden und die Seeleute übernachten in öffentlichen Häusern. Männer von Rang sind stets Gäste anderer Männer von Rang.«

Als wäre die Angelegenheit damit erledigt, hielt er den Vorhang der Sänfte zur Seite, und Roo stieg unbeholfen hinein. In dem Moment, in dem er Platz genommen hatte, wurde die Sänfte von acht Sklaven angehoben, und die Prozession setzte sich in Gang.

Roo besah sich Queg, während er hindurchgetragen wurde. Mit einem Blick nach hinten stellte er fest, dass Jimmy und Dash ihm folgten, und so widmete er sich ganz der Pracht der queganischen Hauptstadt.

Eines der wichtigsten Exportgüter Quegs stammte aus den Steinbrüchen in der Mitte der Insel. Dort wurde Marmor von größter Qualität gebrochen und zu hohen Preisen an die Adligen im Königreich, nach Kesh oder an die Freien Städte verkauft. Fassaden wurden damit eindrucksvoll verziert oder großartige Kamine gebaut. Hier hingegen wurde der Marmor für alles verwendet. Gewöhnliche Gebäude waren zwar offensichtlich aus verputztem Stein errichtet, doch die größeren Häuser auf den Hügeln der Umgebung glänzten schneeweiß in der Morgensonne.

Der Tag war trotz der frühen Stunde schon warm, und Roo wünschte, er hätte leichtere Kleidung angezogen. Die Geschichten, die er über das Klima in Queg gehört hatte, waren sämtlich untertrieben gewesen. Während es in Krondor morgen noch sehr kühl und nachmittags mild war, herrschte in Queg schon fast Sommer. Gerüchten zufolge entsprangen die warmen Strömungen rund um die Insel Unterwasservulkanen.

Obwohl das queganische Volk den Ruf hatte, Fremden gegenüber höchst feindselig und prinzipiell schwer zugänglich zu sein, schienen sich die Leute auf der Straße kaum von denen in Krondor zu unterscheiden. Vor allem trugen sie andere Kleidung, die Arbeiter, die im Hafen Frachten entluden, zum Beispiel Lendenschurze und Stirnbänder, andere Arbeiter kurze Hemden aus einem Stoff, der wie leichte Wolle aussah, und dazu kreuzweise geschnürte Riemensandalen.

Gelegentlich erspähte Roo einen Adligen in Toga, doch die meisten Männer trugen kurze Hemden. Roo sah zudem Frauen, die lange Kleider trugen, doch ihre Arme und der Kopf waren unbedeckt.

Die Stadt war ebenso laut wie Krondor, auch wenn es kaum Pferde zu geben schien. Roo erklärte sich die Abwesenheit der Tiere damit, dass eine Bevölkerung dieser Größe eine Menge Ackerland brauchte, um versorgt zu werden. Somit blieb nicht viel Platz für Weiden. Pferde mussten auf Queg großen Luxus darstellen.

Die Gesellschaft zog eine Reihe von Hügeln hinauf und wieder hinunter, bis sie schließlich ein großes Gebäude hinter einer Steinmauer erreichte. Das Tor wurde geöffnet, und zwei Wachen in der traditionellen queganischen Uniform – Brustpanzer, Beinschienen, Kurzschwert und Helm – gewährten ihnen Einlass. Roo erinnerten sie im Aussehen an die legendären Soldaten der Inneren Legion von Kesh. Er hatte die Taktiken der Legionäre kennengelernt, als er bei Calis' Blutroten Adlern gedient hatte, und wusste einiges über sie. Doch aus der Nähe hatte er noch keinen gesehen. Und während die Sänfte vorsichtig abgestellt wurde, dachte Roo, dass er vermutlich niemals ein wirkliches Mitglied der Inneren Legion zu Gesicht bekommen würde. Obwohl man sich erzählte, dass sie nach wie vor die besten Soldaten der Welt seien, verließen sie niemals die Gegend um den Overnsee, jenen Binnensee, an dem die Stadt Kesh vor Jahrhunderten erbaut worden war.

Roo fragte sich, ob der Ruf dieser Soldaten verdient war oder sich nur auf die Eroberungen in alten Zeiten gründete.

Die Sprache von Queg war ein Dialekt des alten Keshianisch, wie es zu der Zeit gesprochen worden war, als sich das Kaiserreich aus dem Bitteren Meer zurückgezogen hatte, und von daher war sie mit der Sprache von Yabon und den Freien Städten verwandt. Zudem ähnelte sie auch dem Dialekt, der in Novindus gesprochen wurde, sodass Roo das meiste verstehen konnte, was rund um ihn herum gesprochen wurde.

Er hielt es jedoch für ratsam, dies nicht offen zu zeigen.

Als er aus der Sänfte stieg, kam eine junge Frau langsam die drei Steinstufen herunter, die zum breiten Eingang des Gebäudes führten. Sie war nicht unbedingt eine Schönheit, doch schlank, selbstsicher und mit einer Haltung, die Bände über ihre Verachtung einem fremden Kaufmann gegenüber sprach. Letzteres versuchte sie mit einem Lächeln zur Begrüßung zu überspielen.

»Herr Avery«, sagte sie in der Sprache des Königreichs, wenn auch mit deutlichem Akzent.

»Der bin ich«, erwiderte Roo und verneigte sich.

»Ich bin Livia, die Tochter des Vasarius. Mein Vater hat

mich gebeten, Euch Eure Gemächer zu zeigen. Auch um Eure Bediensteten wird man sich kümmern.«

Als sie sich abwandte, trat Jimmy vor und räusperte sich.

Die junge Frau drehte sich wieder um. »Ja?«

»Ich bin Herr Averys persönlicher Sekretär«, behauptete Jimmy, ehe Roo etwas sagen konnte.

Das Mädchen zog die Augenbrauen hoch, wandte sich jedoch abermals um, und Roo nahm dies als Zustimmung, dass Jimmy mit ihm kommen dürfte. Leise fragte Roo: »Du bist mein was?«

»Ich habe beim Münzwerfen gewonnen«, flüsterte Jimmy zurück. »Dash spielt deinen Diener.«

Roo nickte. Einer würde drinnen bei Roo, der andere draußen beobachten, was es zu beobachten gab. Natürlich hatte Lord James den beiden noch weitere Aufgaben zugedacht, als nur darauf zu achten, dass Roo nicht auf der Ruderbank einer Galeere oder am Galgen endete.

Roo und Jimmy wurden in den großzügigen, nach oben offenen Eingangsbereich geführt und von dort aus eine Reihe von Gängen entlang. Roo vermutete bald, dass das Gebäude aus vier im Quadrat angeordneten Flügeln bestand, und sein Verdacht bestätigte sich, als er durch eine Tür einen Blick auf den Garten im Inneren des Quadrats werfen konnte.

Das Mädchen führte sie in ein großes Zimmer, in dem zwei Betten standen, die von feinmaschigen weißen Netzen eingehüllt waren. In den Boden in der Mitte des Raums war ein großes Becken zum Baden eingelassen. Aus den Fenstern konnte man über die Mauer hinweg in der Ferne die Stadt sehen, während die Nachbarhäuser verdeckt waren. Zurückgezogenheit und Panorama, dachte Roo.

»Dies ist Euer Zimmer«, sagte Livia. »Badet und kleidet

Euch um. Die Diener werden Euch zum Abendessen führen. Bis dahin wünsche ich angenehme Ruhe.«

Sie verließ das Zimmer ohne weiteren Kommentar, und sie beachtete auch Roos Dankesworte nicht.

Jimmy lächelte, als ihm ein junger Mann die Tasche aus der Hand nahm und begann, sie auszupacken. Er zwinkerte Roo zu und legte den Kopf leicht schief.

Roos Gepäck wurde von einem jungen Mädchen ausgepackt, auch das Holzkästchen mit dem Rubinschmuck. Sie legte es auf einen der Tische, als wäre es nicht Besonderes, nahm Roos Kleider und ging auf eine, wie es schien, massive Marmorwand zu. Sie drückte leicht dagegen, und die Tür eines Schranks öffnete sich.

»Erstaunlich«, sagte Roo und trat näher heran, um sich die Tür anzusehen. »Jimmy, guck dir das an.«

Jimmy kam zu ihm. Die Tür bestand aus einer dünnen Marmortafel, die jedoch schwerer als ein Mann sein mochte. Klug aufgehängt und genau ausgewogen ließ sich die Tür ohne Anstrengung bewegen.

Roo zeigte auf die Angeln. »Sehr gut verarbeitet.«

»Teuer«, meinte Jimmy

Das Mädchen musste ein Kichern unterdrücken, und Roo sagte: »Unser Gastgeber scheint zu den reichsten Männern von Queg zu gehören.«

Der Junge, der sich um Jimmys Gepäck gekümmert und seine Habseligkeiten in einer Truhe vor dem Bett verstaut hatte, stellte sich neben das Mädchen und wartete.

Roo war sich nicht ganz sicher, was nun folgen sollte, doch Jimmy sagte: »Wir baden lieber allein, danke. So ist es bei uns Sitte. Wenn wir jetzt für uns sein dürften?«

Ohne eine Regung warteten die beiden jungen Leute. Jimmy machte mit Gesten deutlich, dass er und Roo baden wollten, und zeigte dann auf die Diener und die Zimmertür. Die beiden verbeugten sich und verließen den Raum.

»Diener zum Baden?«, fragte Roo.

»Das ist hier und in Kesh sehr verbreitet. Vergiss nicht, sie sind Sklaven, und sie dürfen nur so lange in diesem Luxus leben, solange sie ihrem Meister und seinen Gästen gefällig sind. Selbst der kleinste Fehler kann sie in ein Bordell am Hafen oder in die Steinbrüche verschlagen.«

Roo sah ihn entsetzt an. »Darüber habe ich mir gar keine Gedanken gemacht.«

»Das machen sich die meisten Leute aus dem Königreich nicht.« Jimmy begann, sich auszuziehen. »Wenn du nicht mit mir baden willst, kann ich als Erster hinein oder auch warten, bis du fertig bist.«

Roo schüttelte den Kopf. »Ich habe schon in kalten Flüssen mit anderen Männern gebadet, und dieses Becken ist groß genug für sechs von uns.«

Sie zogen sich aus und stiegen ins Wasser. Roo blickte sich um und fragte: »Wo ist die Seife?«

»Wir sind in Queg«, erklärte Jimmy und zeigte auf eine Reihe Holzstäbchen, die auf dem Beckenrand lagen. »Schrubb dir den Schmutz damit ab.«

Roo hätte lieber ein Stück handgemachte Seife aus Krondor gehabt. Er betrachtete die Stöckchen misstrauisch, nahm sich jedoch schließlich eins und folgte Jimmys Beispiel. Nach einer zweiwöchigen Seereise war er zwar nicht außerordentlich schmutzig, doch frisch konnte man ihn auch nicht gerade nennen. Jimmy zeigte ihm, wie man die Stäbchen – *Stigle* in der Landessprache – benutzte.

Doch mit dem Haar war das so eine Sache. Obwohl er

wiederholt untertauchte, fühlte er sich noch immer nicht so recht sauber, bis ihn Jimmy darauf hinwies, dass die meisten queganischen Männer ihr Haar mit Öl einstrichen.

»Was ist mit den Frauen?«, fragte Roo.

»Darüber habe ich mir noch keine Gedanken gemacht«, bekannte Jimmy, während er aus dem Becken stieg und sich in ein großes Badetuch hüllte.

Nachdem sie sich angezogen hatten, stellten sie fest, dass im Zimmer jegliche Sitzmöglichkeit fehlte, deshalb legten sie sich hin, um auf das Zeichen zum Essen zu warten. Roo döste ein wenig in der Wärme des Nachmittags, bis er von Jimmy geweckt wurde.

»Zeit zum Essen.«

Roo erhob sich. Vor der Tür ihres Zimmers wartete Livia auf sie. Er nahm das Holzkästchen mit den Rubinen und ging auf die Tür zu. Als er Livia begrüßen wollte, fragte sie: »Haben Euch die Diener nicht zufriedengestellt?«

Roo hatte keine Ahnung, worauf sie hinauswollte. Jimmy hingegen antwortete: »Doch, Mylady. Wir waren nur erschöpft und wünschten Ruhe.«

»Falls Ihr unter den Dienern und Dienerinnen am Tisch welche findet, nach denen es Euch verlangt, merkt Euch nur die Namen, und wir werden sie Euch heute Nacht auf Euer Zimmer schicken.«

»Ähm … Mylady«, stammelte Roo, »ich bin ein verheirateter Mann.«

Sie blickte ihn über die Schulter an, während sie die beiden den Gang entlangführte. »Stellt das ein Problem für Euch dar?«

»In meinem Volk schon«, entgegnete Roo und errötete. Während er seine Frau mit Sylvia so selbstverständlich betrog, wie er atmete, erschien ihm der Gedanke, eines dieser jungen Mädchen – oder gar einer dieser Jungen – könnte zu ihm ins Bett geschickt werden, schockierend.

Jimmy musste sich arg zusammenreißen, um nicht laut loszulachen.

Livia gab sich gleichgültig, während sie Roo und Jimmy zum Speisezimmer führte. Der Tisch bestand aus einer langen Marmorscheibe, die auf verzierten Stützen aus dem gleichen Material ruhte. Nach Roos Dafürhalten musste der Tisch mit einem Kran in das Zimmer befördert und das Dach hinterher aufgesetzt worden sein. Entlang jeder Seite des Tisches stand ein halbes Dutzend Stühle ohne Rückenlehne, kaum mehr als Halbkreise aus zum Tisch passendem Stein, die mit dicken Kissen gepolstert waren. Fast wie kleine Bänke, dachte Roo. Man schob diese schweren Stühle nicht zurück, um sich zu setzen, sondern man stieg dafür über sie hinweg. Livia deutete auf einen Stuhl zur Linken des Mannes, der am Kopf der Tafel saß. Roo sollte dort Platz nehmen. Dann ging sie zu dem Stuhl auf der rechten Seite ihres Vaters. Jimmy setzte sich links neben Roo.

Lord Vasarius war ein eindrucksvoller Mann, befand Roo. Er trug seine Toga über nur einer Schulter, und so konnte Roo sehen, welche Muskeln er trotz seines Alters noch hatte. Er hatte die Schultern eines Ringers und die Arme eines Schmieds. Sein eingeöltes rotblondes Haar war mit viel Grau durchsetzt und lag eng am Kopf an. Er erhob sich weder, noch bot er Roo die Hand, sondern senkte nur leicht den Kopf. »Herr Avery.«

»Mein Lord«, erwiderte Roo und verneigte sich, wie er es vor dem Prinzen getan hätte.

»Eure Nachricht war sehr geheimnisvoll, doch der einzige Gegenstand von Wert, den Ihr im Königreich möglicherweise in Händen halten könnt, ist ein Rubingeschmeide, das mir vor über einem Jahr gestohlen wurde. Wenn Ihr es mir bitte geben würdet?« Er streckte die Hand aus.

Roo wollte ihm das Kästchen über den Tisch reichen, doch ein Diener nahm es ihm aus der Hand und trug es die kurze Entfernung zu seinem Herrn. Dieser öffnete es, betrachtete rasch die Edelsteine und ließ das Kästchen wieder zuschnappen.

»Vielen Dank, dass Ihr mir mein Eigentum zurückgebracht habt. Dürfte ich vielleicht fragen, wie Ihr in seinen Besitz gelangt seid?«

»Wie Ihr womöglich wisst, mein Lord, habe ich in jüngster Zeit mehrere verschiedene Gesellschaften erworben«, begann Roo. »Dieser Gegenstand wurde im Inventar einer dieser Gesellschaften entdeckt. Da es keine ordentliche Quittung über den Erwerb gab und da Euer Name so deutlich auf dem Kästchen stand, kam mir der Verdacht, es könnte sich um Diebesgut handeln. Der einzigartigen Schönheit und des hohen Wertes wegen hielt ich es für angebracht, es Euch persönlich zurückzubringen.«

Vasarius reichte das Kästchen einem anderen Diener. »Sein Wert besteht lediglich darin, dass es ein Geschenk für meine Tochter zu ihrem letzten Geburtstag sein sollte. Sowohl der Diener, der es aus dem Haus geschmuggelt hat, als auch der Kapitän des Schiffes, auf dem es außer Landes gebracht wurde, sind erwischt und bestraft worden. Ich muss nur noch herausbekommen, an wen es verkauft wurde und durch welche Hände es sonst noch gegangen ist, bis Ihr es mir zurückgegeben habt. Sie alle werden einen qualvollen Tod finden.«

Roo dachte an seinen Freund John Vinci, der den Schmuck von einem queganischen Kapitän gekauft hatte, und sagte: »Mein Lord, das Kästchen befanden sich in einer Kiste mit anderen Gegenständen zweifelhafter Herkunft. Ich glaube kaum, dass es möglich sein wird, die Spur von diesem Kapitän bis zu mir zurückzuverfolgen. Warum wollt Ihr Euch noch damit belasten, da es sich nun wieder in Euren Händen befindet?«

Roo hoffte, dass Lord Vasarius die Sache damit auf sich beruhen ließ. Wenigstens hatte der inzwischen tote Kapitän offensichtlich John nicht verraten, denn ansonsten wären er und Roo sehr wahrscheinlich ebenfalls nicht mehr am Leben.

»Mein Name stand auf dem Kästchen, Herr Avery«, wandte Vasarius ein. »Jeder, der es in die Hände nahm, musste wissen, dass es sich um mein Eigentum handelt. Und jeder, der es nicht wie Ihr zurückgegeben hat, ist ein Mann ohne Ehre, ein Dieb, der am besten zu den Tieren in die Arena geworfen oder ganz langsam zu Tode gefoltert werden sollte.«

Roo erinnerte sich daran, wie er selbst versucht hatte, die Steine zu verkaufen. Allein der Mord an seinem Schwiegervater hatte ihn von diesem Unternehmen abgebracht. Doch Roo ließ sich nichts anmerken. »Nun, mein Lord, vielleicht sollte es so sein. Indem Ihr die Edelsteine nun zurückhabt, mindert es jedoch die Beleidigung.«

»Gewissermaßen schon«, stimmte Roos Gastgeber zu, derweil die Diener begannen, das Abendessen aufzutragen. »Da ich die anderen, die meine Ehre befleckt haben, nicht finden konnte, wird die Frage wohl offenbleiben.«

Roo saß reglos da und hoffte nur, dass dies der Fall sein würde. Inzwischen wurde er von jungen Männern und Frauen bedient, die nach allen Maßstäben sehr attraktiv waren. Was auch immer Lord Vasarius noch an anderen Lastern haben mochte, ganz eindeutig schätzte er die Schönheit der Jugend über alles.

So prachtvoll das Zimmer auch ausgestattet war, so einfach war die Kost an Lord Vasarius' Tafel. Früchte und Wein wurden serviert, dazu Fladenbrot mit Butter und Honig, doch der Käse war fade, der Wein gewöhnlich und das Lamm verkocht. Dennoch tat Roo, als würde er das beste Essen genießen, das ihm je vorgesetzt worden war; die Götter wussten, dass er in seinen Soldatentagen weit Schlechteres zu essen bekommen hatte.

Während des Mahls wurde kaum gesprochen, aber Roo bemerkte, wie sich Livia und ihr Vater mehrfach bedeutungsvolle Blicke zuwarfen. Jimmy schien sich zu langweilen, Roo wusste jedoch, dass er sich so viel einprägte, wie er nur konnte.

Als das Essen schließlich vorbei war, beugte sich Vasarius vor und rief einen Diener herbei, der ein Tablett mit einer Karaffe und Metallbechern trug.

Roo fand den Gedanken, aus Metallbechern Brandy zu trinken, absonderlich, da der Geschmack des Metalls durchdrang, doch er ließ keine entsprechende Bemerkung fallen. Schließlich war er nicht der große Weinkenner wie die meisten anderen Leute, die in Ravensburg geboren wurden. Und außerdem war es in diesem Land gefährlich, seinen Gastgeber zu brüskieren.

Vasarius hob seinen Becher. »Auf Eure Gesundheit!« Er trank.

Roo tat es ihm gleich und gab zurück: »Ihr seid zu freundlich.«

»Und nun zu einer anderen Angelegenheit, Herr Avery. Was erwartet Ihr als Lohn dafür, dass Ihr mir mein Eigentum zurückgebracht habt?«

»Ich erwarte keinen Lohn, mein Lord«, erwiderte Roo. »Ich habe nur nach einer Gelegenheit gesucht, nach Queg zu reisen und Handelsmöglichkeiten auszukundschaften.«

Vasarius blickte Roo einen Moment lang an. »Als ich Euren Brief erhalten habe, war ich zunächst geneigt, ein Komplott von Lord James dahinter zu vermuten. Sein Vorgänger war schon ein schlauer Mann, ja, ein viel zu schlauer Mann, doch James ist ein leibhaftiger Dämon.«

Roo warf Jimmy einen Seitenblick zu, um zu sehen, ob der junge Mann irgendwie auf diese Charakterisierung seines Großvaters reagierte, doch Jimmys Gesicht bot genau jene Fassade der Gleichgültigkeit, die man seinem Rang als persönlicher Sekretär entsprechend erwartete.

»Aber ich bin gewillt, davon abzusehen, da Euch Euer Ruf vorauseilt«, fuhr Vasarius fort. »Diese Juwelen zurückzugeben, kann einem Mann von Eurem Wohlstand wenig Gewinn einbringen, Herr Avery. Doch wenn es Euch gelingt, Handelsbeziehungen zu Queg aufzubauen, wird es sich für Euch gelohnt haben.« Vasarius nippte an seinem Brandy und fragte dann: »Wisst Ihr viel über mein Volk, Herr Avery?«

»Leider nur sehr wenig«, musste Roo eingestehen. Tatsächlich hatte er so viel wie möglich über die Queganer in Erfahrung gebracht, doch sicherlich diente es seinen Zielen besser, wenn er Unwissenheit vorgab.

»Wenn Ihr nun eine Abhandlung über Geschichte halten wollt, Vater«, sagte Livia auf Queganisch, »so bitte ich Euch, mich zu entschuldigen. Diese Barbaren widern mich an.«

»Barbaren oder nicht, sie sind unsere Gäste«, antwortete Lord Vasarius ebenfalls auf Queganisch. »Falls du dich langweilst, nimm den jungen Sekretär und zeig ihm den

Garten. Er ist hübsch genug, um dich auf andere Gedanken zu bringen. Und vielleicht kennt er sogar noch einen Kniff, der dir unbekannt ist.«

Der Ton, in dem er sprach, verbarg seine Geringschätzung nicht; sie wäre selbst dann deutlich gewesen, wenn Roo und James seine Sprache nicht verstanden hätten.

Vasarius wandte sich an Roo. »Vergebt meiner Tochter, dass es ihr an Benimm mangelt, doch wir benutzen die Sprache des Königreichs nur sehr selten. Allein auf Betreiben ihres Lehrers hat sie die Sprachen unserer Nachbarn gelernt.«

»Er war ein Sklave, der im Königreich geboren wurde«, ergänzte Livia. »Ich glaube, der Sohn eines Edelmannes. Das hat er jedenfalls behauptet.« Zu Jimmy sagte sie: »Geschäftsangelegenheiten langweilen mich. Wäre es Euch recht, wenn ich Euch den Garten zeige?«

Jimmy nickte, entschuldigte sich und ließ Roo und Vasarius allein.

»Die wenigsten Menschen außerhalb unserer Grenzen wissen viel über uns«, fuhr der Herr des Hauses fort. »Wir sind der letzte Rest dessen, was von einer einst stolzen und großen Tradition geblieben ist, die wahren Erben dessen, was Groß-Kesh einst darstellte.«

Roo nickte, als würde er dies zum ersten Mal hören.

»Gegründet wurden wir als Außenposten des Kaiserreiches, Herr Avery. Dies ist von großer Wichtigkeit. Niemals waren wir eine Kolonie wie etwa Bosania, das Ihr als die Freien Städte und die Ferne Küste kennt, oder ein erobertes Volk wie jene in der Jal-Pur-Wüste oder im Tal der Träume. Die Primitiven, die hier auf der Insel lebten, vermischten sich bald mit jenen, die die Interessen von Kesh im Bitteren Meer verteidigten.«

Roo stellte sich die einheimischen Frauen vor, wie sie

von Soldaten aus Kesh vergewaltigt wurden und deren Kinder austrugen, während ihre Männer entweder getötet oder versklavt worden waren, nachdem die Keshianer in Queg eingefallen waren.

»Die Soldaten stammten alle aus Kesh, aus der Inneren Legion«, sprach Vasarius weiter. »Ich erwähne dies nur, weil Ihr im Königreich oft mit den Hundesoldaten von Kesh zu tun gehabt habt. Der Anführer der Truppen in Queg war Lord Vax, der vierte Sohn des Kaisers von Groß-Kesh. Als die Legion nach Hause beordert wurde, um einen Aufstand in der Konföderation von Kesh niederzuschlagen, weigerte er sich, seine Untertanen ohne Schutz zu lassen. Nur in Queg hat die große Kultur von Kesh überlebt, seit Bosania ans Königreich gefallen ist. Jene auf dem Thron am Overnsee sind Abtrünnige, Herr Avery. Sie nennen sich selbst ›Reinblütige‹, doch sie sind ein niederes und degeneriertes Volk.«

Er starrte Roo an und wartete auf seine Reaktion. Roo nickte und nippte an seinem Brandy.

»Deshalb geben wir uns wenig mit Fremden ab«, setzte Vasarius seinen Vortrag fort. »Wir haben eine mächtige Kultur, doch ansonsten sind wir ein armes Volk, das auf allen Seiten von Feinden umgeben ist.«

Unter anderen Umständen wäre Roo vor Lachen laut herausgeplatzt, denn diese Phrase hatte er schon so oft gehört, dass sie ihm wie ein Scherz erschien. Doch inmitten dieser Pracht verstand Roo sie auf einmal. Es gab viel Schönheit hier, aber Marmor oder Gold kann man nicht essen. Man musste Handel treiben. Dennoch misstraute diese Nation jedem Fremden, ja fürchtete ihn gar.

Roo überlegte sich seine Worte sehr wohl. »Man muss sorgfältig wählen, mit wem man Handel treibt.«

Vasarius nickte. »Ihr versteht sehr gut … für einen Außenseiter.«

Roo zuckte mit den Schultern. »Ich bin zuallererst Geschäftsmann, und wenngleich ich sehr viel Glück hatte, habe ich doch sehr viel von meinem Erfolg auch meiner Klugheit zuzuschreiben. Ich wäre nicht hier, wenn ich nicht einen lohnenden Gewinn riechen würde.«

»Wir in Queg erlauben nicht vielen, mit uns Handel zu treiben, Herr Avery. In der Geschichte unseres Volkes wurden weniger als ein Dutzend solcher Konzessionen ausgegeben und stets nur an Kaufleute aus den Freien Städten und Durbin. Nie zuvor wurde einem Kaufmann des Königreichs dieses Privileg gewährt.«

Roo wog ab, welche Möglichkeiten er hatte. Im Königreich wäre an dieser Stelle ein »Geschenk« fällig gewesen, denn Bestechung gehörte zum Geschäft. Doch irgendetwas an diesem Mann warnte ihn vor einem solchen Angebot. »Ich wäre glücklich«, sagte er nach einem Augenblick, »wenn ich in Krondor bleiben und meinem queganischen Partner die hiesigen Geschäfte überlassen könnte. Ich bin ein Fuhrunternehmer, und die … Zusammenarbeit mit einem Queganer von Rang und Einfluss wäre sehr zu meinem Vorteil, insbesondere da es Güter gibt, die außerhalb von Queg nur sehr schwer zu beschaffen sind.«

Vasarius beugte sich vor und senkte die Stimme. »Ihr überrascht mich. Ich hatte angenommen, Ihr würdet in Queg eine Niederlassung gründen wollen, Herr Avery.«

Roo schüttelte den Kopf. »Ich würde sehr bald von Euren hiesigen Geschäftsleuten ausgebootet, dessen bin ich mir sicher. Nein, ich brauche die sichere Hand und den geübten Verstand eines Mannes, der in Queg für seinen Scharfsinn und seine Weisheit bekannt ist. Ein solcher

Mann würde aus dieser Vereinbarung genauso große Vorteile ziehen wie ich.«

Er verstummte. Vasarius wusste, was Roo ihm anzubieten hatte. Roo konnte die karge Speisekarte in Queg aufbessern. Mit Weinen, wie sie in der Welt unerreicht waren. Roo konnte Vasarius' Tochter und seine Geliebten mit Seide aus Kesh versorgen. Mit Luxusgegenständen, nach denen sich die Menschen hier offensichtlich sehnten.

Er blickte sich im Zimmer um. Er wusste, die Häuser waren aus Marmor erbaut, denn es gab ausreichend Marmor in Queg. Holz hingegen war rar. Das meiste Land war schon vor Jahrhunderten gerodet und urbar gemacht worden. An Vieh wurden hauptsächlich Schafe gehalten, denn die fraßen weniger Gras als Rinder. Alles an dem Essen heute Abend hatte darauf hingewiesen, dass dieses Volk zwar Wohlstand genoss, doch zu einem hohen Preis. Nein, Queg schien nach importiertem Luxus aus dem Königreich zu hungern.

»Was habt Ihr also anzubieten?«, erkundigte sich Lord Vasarius.

»Fast alles, was Ihr Euch nur vorstellen könnt, mein Lord«, erwiderte Roo. Er zögerte, dann ergänzte er: »Luxusartikel, Raritäten und Neuheiten.« Vasarius blinzelte nicht einmal. Roo sprach weiter. »Holz, Kohle und Rindfleisch.« In Vasarius' Augen entzündete sich ein Funke, und Roo wusste, dass er jetzt für den Queganer ein ebenbürtiger Mitspieler war. Das warme Kribbeln des Erfolgs breitete sich in seinem Inneren aus. Gleich würde das Feilschen beginnen.

»Und welche Güter würdet Ihr kaufen wollen?«, wollte Vasarius wissen.

»Nun, tatsächlich habe ich einen Auftrag, der, sollte ich

ihn hier erfüllen können, ein großartiger Anfang für eine Handelsbeziehung wäre.«

»Was wollt Ihr also kaufen?«

»Feueröl.«

Vasarius blinzelte. Das war die offenherzigste Reaktion des Mannes, die Roo bislang bemerkt hatte. Diesem Mann beim Kartenspiel gegenüberzusitzen, war nicht gerade sein größter Traum. Immerhin war es ihm gelungen, sein Gegenüber zu überraschen.

»Feueröl?«

»Ja. Sicherlich haben Euch Eure Spione berichtet, dass sich das Königreich zum Krieg rüstet.« Roo begann, das abzuspulen, was James ihm für diesen Augenblick eingeschärft hatte. »Kesh rührt sich im Tal der Träume wieder einmal, und wir befürchten eine größere Invasion. Da wir in Krondor einen neuen Prinzen haben und kein erfahrener General die Armeen des Westens anführt, ist es nur klug, sich auf einen solchen Fall so gut wie möglich vorzubereiten. Wir bilden zusätzliche Truppen für die Armee des Prinzen aus, und wir planen, unsere Verteidigungsanlagen mit Feueröl auszustatten. Zwar wissen wir, wie man es herstellt, darüber seid Ihr sicherlich im Bilde, das ist auch kein Geheimnis. Aber es fehlt uns an Herstellungsmöglichkeiten, um ausreichende Mengen zu produzieren.«

»Wie viel wollt Ihr kaufen?«

»Zehntausend Fässer.«

Roo bemerkte abermals ein Flackern in den Augen des Mannes; ein kurzer Schreck, dem nahezu sofort Gier folgte.

Beziehungen

Dash lachte.

»Und dann habe ich gefragt: ›Sind die roten Knollen schwieriger zu ziehen als die gelben?‹«, erzählte Jimmy.

»Das kam ja einer persönlichen Beleidigung gleich, James«, meinte Owen Greylock, Hauptmann in der Armee des Westens.

Jimmy lächelte. »In diesem seltsamen Land war das, was ich gesagt habe, viel bedeutsamer als das, was ich eigentlich gemeint habe.« Er nahm einen Schluck Bier. »Unter anderen Umständen hätte ich das Mädchen vielleicht anziehend gefunden, doch sie hatte es nur auf mich abgesehen, weil ich aus einem anderen Land stammte … und damit zerstörte sie alle romantischen Gefühle in mir.«

»Mit dem jungen Dienstmädchen später in der Nacht hattest du diese Probleme augenscheinlich nicht«, warf Roo ein.

Jimmy grinste. »Ich dachte, du hättest geschlafen.«

Roo schüttelte den Kopf. »Hab ich auch, aber du hast mich geweckt. Ich hielt es jedoch für angemessen, so zu tun, als würde ich schlafen. Außerdem habe ich im Feld oft wenige Meter neben Paaren gelegen, die das Gleiche taten.« Er warf Erik einen Blick zu.

Kitty, die bisher hinter Roo gestanden hatte, schenkte

ihnen Bier nach. »Ach?«, sagte sie mit eindeutigem Unterton in der Stimme, wandte sich dann ab und ging davon.

Als Erik errötete, mussten Roo und die anderen erneut lachen. »Was ist denn los?«, wollte Duncan Avery wissen. »Geht zwischen euch beiden irgendetwas vor?«

»Nicht dass ich wüsste.« Erik sah hinter Kitty her. »Jedenfalls glaube ich es nicht.«

»Du glaubst es nicht?«, meinte Jadow Shati. »Mann, entweder oder. Das müsste doch selbst für jemanden mit deinem unterentwickelten Verstand klar sein.«

Erik erhob sich. »Eigentlich schon, glaube ich. Entschuldigt mich.«

Jadow lachte, während Erik Kitty folgte. »Mann, wenn der Junge sich Frauen gegenüber noch ein kleines bisschen dümmer anstellt, müssen wir ihn umbringen, um ihn von seinem Elend zu erlösen.«

Jimmy warf seinem Bruder einen Blick zu, und Dash sagte: »Ich weiß nicht. Kitty ist ein merkwürdiges Mädchen. Ich glaube, sie hat einfach gern jemand ... Anständiges um sich.«

»Dann ist Erik ja der Richtige«, meinte Roo.

Erik hatte inzwischen den Tresen erreicht. »Kitty?«

»Ja, Hauptfeldwebel?«, fragte sie unterkühlt.

»Äh ....« Erneut errötete er. Sie aber starrte ihn unerschütterlich an. »Ich ... äh ...«

»Spuck's aus, bevor du dran erstickst.«

»Was hast du gerade gemeint da am Tisch?«

»Gemeint?«, fragte sie mit skeptischer Miene. »Womit?«

»Mit diesem ›Ach‹?«

»Nichts. Nur ›ach‹, einfach nur ›ach‹!«

Erik merkte, dass er dabei war, sich zum Narren zu machen.

»Du machst dich über mich lustig.«

Sie langte über den Tresen und tätschelte ihm die Wange. »Das ist ja auch zu leicht.«

»Was soll das?«, fragte er. Sein Sinn für Humor war ihm auf einmal gänzlich abhandengekommen. »Bist du sauer auf mich?«

Sie seufzte. »Ich bin nur auf Männer ganz allgemein sauer.«

»Dann such dir jemand anderen für deine Scherze aus!«, fauchte Erik.

Sie kniff die Augen zusammen. »Du bist aber ein zartbesaitetes Jüngelchen für einen, der schon ein Dutzend Männer umgebracht und es neben seinen Freunden mit Huren getrieben hat!«

Erik geriet aus der Fassung. Die Feindseligkeit des Mädchens traf ihn unter der Gürtellinie. »Was willst du eigentlich von mir?«, fragte er verzweifelt.

Kitty betrachtete schweigend sein Gesicht. Dann gab sie leise zurück: »Ich weiß nicht.«

Erik starrte sie an. Das Licht der Fackeln spiegelte sich schwach auf einer feuchten Stelle ihrer Oberlippe. Sie schwitzte, trotz des kühlen Abends.

Einen Augenblick später fragte sie: »Was willst denn du?«

Erik schüttelte den Kopf. »Ich weiß es auch nicht, aber ich … ich habe es nicht gemocht, wie du …«

»Wie ich ›ach‹ gesagt habe?«, brachte sie den Satz für ihn zu Ende.

Das hörte sich so dumm an, dass Erik lachen musste. »Ja, ich glaube, das war's.«

»Komm mit«, sagte sie. Sie gab einem der anderen Mädchen mit einem Zeichen zu verstehen, dass sie hinausgehen wollte, und führte Erik durch die Küche am Koch und seinen Helfern vorbei auf den Hof.

Einen kurzen Moment fühlte Erik sich auf eigentümliche Weise zu Hause. In einem solchen Hof war er aufgewachsen. Dort hatte es ebenso wie hier einen Stall und eine Schmiede, einen Brunnen und einen Heuboden hinter dem Gasthaus gegeben. Beim Brunnen stand eine Bank. Kitty ging dorthin, ließ sich darauf nieder und machte Erik ein Zeichen, er solle sich zu ihr setzen.

»Hier hinten ist es aber ruhig«, bemerkte Erik.

Kitty zuckte mit den Schultern. »Das ist mir nie aufgefallen. Normalerweise habe ich zu viel zu tun.«

Erik setzte sich – und Kitty beugte sich zu ihm hinüber und küsste ihn!

Zuerst reagierte er nicht, dann erwiderte er den Kuss.

Schließlich lehnte sie sich zurück und sah ihn an, dann sagte sie: »Das habe ich noch nie gemacht.«

»Einen Mann geküsst?«, fragte er, und in seiner Stimme schwang Überraschung mit.

»Ich bin eine Diebin, keine Hure«, erklärte sie. »Man hat mich vergewaltigt, und Männer haben mir ihre Zunge in den Mund gesteckt, aber freiwillig habe ich noch nie jemanden geküsst.«

Eriks Mund stand offen, doch endlich bekam er ihn wieder zu. »Und was war mit Bobby?«

»Was soll schon mit ihm gewesen sein?«

»Also, ich hab gedacht ...« Er zögerte. »Also, ich habe immer geglaubt, du und er ...«

Sie blickte zu Boden. »Ich hätte Ja gesagt, wenn er mich gefragt hätte. Er war gut zu mir. Besser, als ich es verdient habe, glaube ich. Ich meine, er hat mich in dieser Nacht, in der du mich geschnappt hast, grob behandelt, und er hat mir gedroht, er würde mich hängen und so weiter. Aber eigentlich habe ich nur darüber lachen können. Und er hat mich vor den anderen beschützt.« Sie zeigte zum Wirtshaus. »Ich soll meine Augen nach Spöttern aufhalten, die hier vielleicht herumschnüffeln, aber eigentlich bin ich jetzt nur einfach eine Kellnerin. Das ist nicht schlecht, denn ich muss wenigstens meinen Körper nicht verkaufen.« Sie blickte erneut zu Boden. »Ich wäre mit Bobby ins Bett gegangen, denn er war gut zu mir, aber er hat mich nicht geliebt und ich ihn nicht. Nicht auf diese Weise jedenfalls.« Sie sah Erik an. »Ich glaube, es gab niemanden, den er geliebt hat, außer vielleicht Hauptmann Calis.«

»Bobby war ihm regelrecht verfallen.«

»Eine Zeitlang habe ich geglaubt, er würde andere Männer lieben.« Sie machte eine Handbewegung, als wolle sie die Bemerkung wegwischen. »Nicht dass es mir etwas ausmachen würde. Ich bin keine Anhängerin von Sung der Reinen, aber man macht sich so seine Gedanken. Dann habe ich gehört, dass er regelmäßig im *Haus des Weißes Flügels* verkehrt, also denke ich, er hat seine Bedürfnisse bei jemandem gestillt, der ...« Sie suchte nach dem passenden Ausdruck.

»Der ihm nicht wirklich etwas bedeutete?«, schlug Erik vor.

»Ja«, stimmte sie zu. »Das ... das ist etwas anderes, als wenn er es mit mir oder sonst einer, die keine Hure ist ...«

Erik nickte. Er hatte verstanden.

Sie seufzte. »Bobby hat oft gescherzt und mich zum Lachen gebracht. Zuerst hatte ich Angst vor ihm, weil er gesagt hat, dass er mich umbringen würde, wenn ich den Prinzen oder den Herzog betrügen würde, und ich konnte von seinen Augen ablesen, wie ernst er das gemeint hat. Doch nach einer Weile, nachdem mich die Leute hier anständig behandelt haben, hatte ich keine Angst mehr. Jetzt habe ich einen Ort, an den ich gehöre, und wie auch immer du es finden magst, hier ist mein Zuhause.« Sie betrachtete eine Weile stumm das Wirtshaus. »Es ist gar kein so schlechtes Leben. Ich weiß, auf uns kommt etwas Großes zu. Wenn man hier arbeitet, bekommt man einiges mit. Soldaten geben sonst immer mit ihren Taten an, doch hier halten sie alle still. Also kommt etwas Großes auf uns zu. Ich weiß zwar nicht, was, aber ich glaube, das will ich auch gar nicht wissen.«

Sie verfiel wieder in Schweigen und betrachtete den bleichen Mond.

Plötzlich fuhr sie zu Erik herum. »Aber seit Bobby tot ist, bist du der Mann, der mich von allen am freundlichsten behandelt. Die Männer machen gegenüber den anderen Mädchen manchmal Bemerkungen über mich, aber das stört mich nicht. Es ist nur ... also ... du bist immer nett zu mir gewesen.«

Erik zuckte mit den Schultern. »Ich weiß, wie es ist, wenn das Leben hart zu einem ist.«

»Du hast keine Ahnung, was es bedeutet, auf der Straße aufzuwachsen.«

Er erwiderte nichts, betrachtete sie nur einfach im flackernden Schein der Fackeln.

»Von Töchtern als Nachwuchs hält man nicht viel«, fuhr sie fuhr, »es sei denn, es sind die von Huren, denn an manchen Orten bekommt man viel Geld für kleine Mädchen.« Sie schlang sich die Arme um den Leib. »Meine Mutter war eine Hure, das stimmt. Wer mein Vater war, weiß ich nicht. Meine Mutter hat mich rausgeworfen, als ich sechs war. Ich glaube, sie wollte mich nur beschützen. Ihr Zuhälter hatte bereits ein Auge auf mich geworfen. Dann hat mich dieser Kerl namens Daniels aufgegriffen, und er hat mich an einen Ort in den Abwasserkanälen mitgenommen. Sie haben mir zu essen gegeben und gesagt, sie würden auf mich aufpassen, wenn ich täte, was sie verlangten. Da gab es auch noch andere Kinder. Und denen schien es gar nicht so schlecht zu gehen. Zwar waren die meisten dreckig, aber sie hatten zu essen. Ich musste betteln gehen, und ich lernte die besten Tricks. Ich konnte weinen, als wäre ich ein verloren gegangenes Kind, und wenn jemand bei mir stehen blieb und nachgefragt hat, was los sei, schnitt ihm ein anderer den Beutel ab. Nach einer Weile wurde ich zum Überbringer.«

»Überbringer?«, erkundigte sich Erik.

»Wenn der Beutelschneider erwischt wird oder von der Stadtwache angehalten wird, sollte er besser nichts bei sich haben, das ihm nicht gehört. Also arbeiten die Spötter meist zu mehreren zusammen. So schnell wie möglich gibt der Beutelschneider die Beute an den Überbringer weiter, der sie wiederum dem Verteiler gibt, und der bringt sie zu Mutter.«

»Mutter?«

»Na, so nennen die Spötter den Ort, wo wir alle leben … lebten.«

»Ach so.«

»Na, egal«, fuhr sie fort, »ich habe jedenfalls nach ein paar Jahren meine Mutter wiedergetroffen. Sie hat mir erzählt, dass ich eine Schwester habe, die als Hure arbeitet. Das war Betsy.«

»Und du hast nach ihr gesucht und sie gefunden.«

»Ja, und wir kamen gut miteinander aus. Sie mochte es nicht, dass ich eine Diebin war, und mir hat ihre Hurerei nicht gefallen, doch wir sind gut miteinander ausgekommen. Ich habe sie gern gehabt. Sie war die Einzige, die ich kannte, die nicht ständig etwas von mir wollte. Als ich die hier«, sie zeigte auf ihre Brüste, »bekommen habe, behandelten mich die Männer plötzlich immer gröber. Solange ich mit den anderen Taschendieben unterwegs oder bei Mutter war, ging es mir gut. Doch manchmal ist man eben allein. Du weißt, was ich meine?«

Erik wusste es nicht, dennoch nickte er.

»Ich wurde mehrfach vergewaltigt, und dann habe ich mich so angezogen, wie du mich kennengelernt hast, wie ein Junge, dreckig und nicht gerade wohlriechend.«

Erik wusste nicht, was er erwidern sollte, und so schwieg er.

»Ich meine, ich will nur sagen, ich habe es noch nicht mit einem Mann gemacht, weil ich es selbst wollte.«

Erik wartete, doch sie sagte nichts mehr, daher fragte er: »Willst du damit andeuten, dass du jetzt willst?«

In ihren Augen sammelten sich Tränen. Sie nickte kaum merklich. Er seufzte und schloss sie in die Arme. Erik hatte sich noch nie in seinem Leben so unsicher gefühlt. Er war seit seinem Eintritt in die Armee mit Huren zusammen gewesen, und er erinnerte sich nur zu gut an das, was die erste Frau ihm gesagt hatte: Entspann dich. Doch jede Frau, mit der er es gemacht hatte, hatte mehr Erfahrung gehabt als er. Und nun bat ihn ein Mädchen, das bisher von Männern nur Gewalt kennengelernt hatte, mit ihm zu schlafen.

Er küsste sie auf die Wange, aufs Kinn, auf die Lippen. Zuerst rührte sie sich nicht, aber nach etlichen Küssen reagierte sie schließlich. Danach erhob sie sich, nahm ihn bei der Hand und führte ihn in die Scheune, hinauf auf den Dachboden, wo in einem Bretterverschlag ihr Bett stand.

»Erik?«, hörte er eine vertraute Stimme. »Bist du dort oben?«

Kitty schmiegte sich in seine Arme und fragte verschlafen: »Wer ist da?« Sie hatten sich geliebt, zuerst zaghaft, sachte, unbeholfen, doch nach und nach hatte sich Erik gefühlt, als stünde er mitten in der Schlacht, und schließlich war Kitty in einem Aufruhr von Gefühlen explodiert. Seine Berührungen hatten bei ihr Lachen und Tränen ausgelöst, und am Ende hatte sie erschöpft dagelegen, genauso wie er.

Eine Weile danach hatten sie zum zweiten Mal miteinander geschlafen, und Kitty hatte schon viel besser gewusst, was sie wollte. Und Erik hatte mit keiner anderen Frau je etwas Ähnliches erlebt.

Er fragte sich, ob er verliebt war.

Als sein Name abermals gerufen wurde, stützte er sich auf einem Arm hoch. »Nakor, ich bring dich um!«, murmelte er, während er sich aufsetzte und anfing, sich anzuziehen.

Kitty wurde wach. »Ist das dieser komische Spieler?«, fragte sie.

»Im Augenblick finde ich ihn überhaupt nicht komisch«, entgegnete Erik.

Während er sich die Stiefel anzog, legte sie ihm die Arme um den Leib. »Danke.«

Er hielt inne. »Wofür?«

»Dafür, dass du mir das gezeigt hast, worüber die anderen Mädchen immer reden.«

Erik saß einen Moment reglos da. »Dafür brauchst du dich nicht zu bedanken, denke ich.«

Sie legte den Kopf auf seine Schulter. »Denkst du?«

»Ich wollte dir damit keinen Gefallen tun«, sagte er schroff.

»Ach, dann war es für dich auch schön?«, fragte sie unschuldig.

Erik begriff, dass sie sich mal wieder über ihn lustig machte. Glücklicherweise war es dunkel, so konnte sie nicht sehen, wie er schon wieder rot wurde. »Ich sollte dir den Hintern versohlen«, murmelte er.

Sie küsste ihn auf die Schulter. »Manche Mädchen im *Weißen Flügel* berechnen das extra, habe ich mir sagen lassen.«

Unsicherheit durchflutete Erik, er fühlte sich, als hätte ihm jemand ein Schwert in die Brust gestoßen. Er drehte sich um und packte sie an den Armen, fester, als er beabsichtigte, und als er die Angst in ihren Augen sah, ließ er sofort los. »Tut mir leid«, flüsterte er. »Aber ich kann es nicht ausstehen, wenn du mich verspottest.«

Sie sah, wie ihm die Tränen in die Augen traten, und plötzlich musste sie weinen. Sie legte ihm das Kinn auf die Schulter, Wange an Wange, und antwortete, ebenfalls im Flüsterton: »Es tut mir leid. Ich weiß nur nicht, wie ich mich verhalten soll.«

»Ich werde dir niemals wehtun«, sagte er leise.

»Das weiß ich«, flüsterte sie. »Aber ich bin ganz durcheinander.« Sie zog den Kopf zurück, und er sah, wie sie lächelte. »Und das ist deine Schuld, Erik von Düstermoor.«

Er küsste sie.

Dann hörte er ein Keuchen, und als er sich umdrehte, sah er Nakors Kopf an der Kante des Dachbodens, dort, wo die Leiter stand. »Da bist du ja!«

Ohne ein Wort zu sagen, streckte Erik sein Bein aus, trat die Leiter weg und sah sie befriedigt verschwinden, während er Nakor in der Dunkelheit kreischen hörte. Dann folgten ein dumpfer Plumps und ein Stöhnen.

Kitty lachte, und Erik zog sich ganz an. Schließlich sah

er zu Nakor hinunter, der dramatisch stöhnend auf einem Heuballen lag, und rief: »Wenn du mit deiner Vorstellung fertig bist, kannst du die Leiter wieder anstellen.«

Das Stöhnen wurde augenblicklich von einem Kichern abgelöst. »Du kennst mich einfach zu gut«, beschwerte sich Nakor.

Die Leiter erschien an der Kante, und Erik sah Kitty an, die sich inzwischen etwas übergezogen hatte. Er stieg die Leiter als Erster hinunter, und sie folgte ihm.

»Entschuldige, wenn ich dich und deine Freundin gestört habe, doch ich musste unbedingt mit dir sprechen«, sagte Nakor.

»Warum?«

»Ich wollte mich für eine Weile von dir verabschieden.«

Erik sah Sho Pi, seinen einstigen Waffenbruder und jetzigen Schüler von Nakor, schweigend an der Tür der Scheune stehen. »Wohin gehst du?«, fragte Erik.

»Wieder mal runter nach Stardock. Der König hat mich gebeten dorthin zu gehen, weil Lord Arutha zu seinem Vater zurückkehrt, um etwas für ihn zu erledigen.« Nakor machte ein ernstes Gesicht. »Es geht etwas vor sich. Prinz Erland ist heute Abend an Bord eines Schiffes aus Kesh im Hafen angekommen.«

»Darüber sollten wir besser nicht laut sprechen,« meinte Erik.

Nakor nickte. »Ja, da hast du ganz recht.«

»Nun, ich wünsche dir eine gute Reise, und lass es mich wissen, wenn du wieder mal in der Stadt bist.«

Nakor nickte erneut. »Wir werden bestimmt zurückkommen.« Er winkte Sho Pi mit sich, als er die Scheune verließ, und Erik blickte hinter den beiden her, bis sie in der Dunkelheit verschwunden waren.

»Das ist der seltsamste Mann, den ich kenne«, meinte Kitty.

»Du bist nicht die Einzige, der das aufgefallen ist«, erwiderte Erik. »Aber er ist ein guter Kerl und so viel wert wie sechs andere, wenn du ihn brauchst. Er weiß wirklich erstaunliche Dinge. Zudem behauptet er, es gäbe keine Magie, doch falls es hier einen besseren Magier gibt, so habe ich den noch nicht kennengelernt.«

Kitty schmiegte sich an Erik, und er legte ihr den Arm um die Taille. »Was hat er mit ›Es geht etwas vor sich‹ gemeint?«

Erik küsste sie. »Du sollst Spione fangen und fragst mich nach Geheimnissen aus?«

Sie nickte und legte ihre Wange an seine. »Manchmal glaube ich zu wissen, was vor sich geht, Erik, wenn ich alle Sachen, die ich so gehört habe, zu einem Ganzen zusammensetze. Dann wieder bin ich mir nicht einmal im Klaren darüber, was ich hier mache. Seit Bobby tot ist, denke ich oft, ich befände mich an einem dieser Orte, von denen die Priester immer predigen, einer dieser Vorhöllen. Ich kann das Wirtshaus ohne Wachen nicht verlassen. Die Spötter haben mich mit dem Todesmal belegt, dabei sind sie die Einzigen, die je so etwas wie eine Familie für mich waren.«

Erik wusste nicht, was er darauf antworten sollte. Er umarmte sie. »Wenn ich das nächste Mal frei habe, werde ich dich irgendwohin ausführen, außerhalb aus der Stadt.«

Sie schlang für einen Augenblick lang fest die Arme um ihn und sagte dann: »Ich muss zurück.«

Er ging mit ihr zur Hintertür des Gasthauses, und erst dort nahm er den Arm von ihr. Ohne etwas zu sagen, trat er hinter ihr ein. Schweigend durchquerte sie die Küche und nahm ihren gewohnten Platz hinter dem Tresen ein.

Jadow Shati und Owen Greylock saßen noch am Tisch, doch Roo war gegangen.

»Wo ist Roo?«, fragte Erik, nachdem er Platz genommen hatte.

»Du bist nicht zurückgekommen, und da sind er, Jimmy und Dash aufgebrochen«, antwortete Greylock. »Er schien noch eine wichtige Verabredung zu haben.«

»Hat Nakor dich gefunden?«, fragte Jadow unschuldig.

»Ja«, erwiderte Erik.

»Hoffentlich nicht im ungünstigsten Augenblick.« Über Jadows Gesicht breitete sich ein Grinsen aus.

Erik errötete. »Nein.«

»Das ist schön«, meinte Jadow. Dann brach er in ein Lachen aus, das so ansteckend war, dass Greylock und Erik nicht anders konnten, als laut mitzulachen.

Kitty trat mit einem frischen Krug Bier an den Tisch. »Was gibt's da zu lachen?«, wollte sie wissen.

In ihrer Stimme schwang Verletztheit mit, und ihr Gesicht sprach Bände: Falls sie der Gegenstand eines Witzes war oder wenn Erik mit seiner Eroberung geprahlt hätte, würde der angerichtete Schaden nicht mehr gutzumachen sein.

Geistesgegenwärtig antwortete Greylock: »Nakor!« Und begann abermals zu lachen.

»Ach«, sagte Kitty, als würde das alles erklären. Sie lächelte Erik an, und der erwiderte das Lächeln.

Nachdem sie gegangen war, fragte Jadow: »Da spielt sich also etwas zwischen euch beiden ab, wie?«

Erik nickte. »Und es jagt mir eine Heidenangst ein.«

Greylock hob sein Bier, als wollte er einen Trinkspruch ausbringen. »Das hört sich ernst an.«

Jadow nickte weise. »Sehr ernst. Das kann nur eine Sache sein.«

»Was?«, fragte Erik, unzweifelhaft besorgt.

»O Mann, der arme Junge«, meinte Jadow.

»Wirklich«, stimmte Greylock zu.

»Was?«, wollte Erik wissen.

»Ob er noch nie verliebt gewesen ist?«, fragte Greylock.

»Er ist zu dumm, um das zu wissen«, meinte Jadow.

Erik lehnte sich zurück. »Das glaube ich nicht.« Er legte die Stirn in Falten und starrte in sein Bier, als könnte er die Antwort dort finden. Dann plötzlich grinste er und blickte in die Gesichter seiner beiden Freunde. »Das glaube ich nicht.«

Er drehte sich um und sah zu Kitty hinüber, die eifrig den Tresen abwischte und sich dabei leise mit einem der anderen Mädchen unterhielt. Wieder an seine Freunde gewandt, sagte Erik, als wäre es eine Enthüllung: »Ich bin verliebt.«

Greylock und Jadow konnten nicht an sich halten und platzten abermals vor Lachen laut heraus. Nachdem die Heiterkeit abgeebbt war, meinte Jadow: »Komm, Junge, ich glaub, du brauchst noch was zu trinken.«

Greylock schüttelte nur den Kopf und seufzte. »Wenn ich doch nur noch einmal jung sein könnte.«

Erik saß bloß schweigend da und dachte über die verwirrenden Gefühle nach, die ihn erfüllten. Über die eigentümliche Verzückung und die gleichzeitige Unsicherheit. Verstohlen blickte er zu Kitty und bemerkte, dass sie ihn ebenfalls beobachtete. Er lächelte sie an, sie lächelte zurück, und plötzlich verspürte er eine unbändige Freude in sich.

Dann, während Jadow und Greylock miteinander scherzten, schob sich eine dunkle Wolke über Eriks Gemüt, als er an den bevorstehenden Krieg dachte. Wie konnte er sich nur die Zeit leisten, an etwas anderes zu denken als daran, fragte er sich.

Verspielt biss Sylvia Roo in den Hals.

»Aua«, entfuhr es ihm, halb im Scherz, halb in echtem Schmerz. »Das war zu fest.«

Sie schmollte. »Du hast mich zu lange allein gelassen.«

Sie schmiegte sich in seine Armbeuge, und er gestand ein: »Ich weiß. Je näher die Zeit der …« Er hielt inne. Beinahe hätte er gesagt: die Zeit der Invasion kommt.

»Die Zeit an was?«, fragte sie, unvermittelt sehr aufmerksam.

Im Kerzenlicht studierte er ihr Gesicht. Er war spät eingetroffen, und sie waren sogleich ins Bett gesprungen. Ihr Vater sei geschäftlich unterwegs, hatte sie erklärt, und daher wollte Roo die ganze Nacht bei ihr verbringen und nicht vor der Dämmerung nach Hause gehen wie gewöhnlich, wenn Jacob Esterbrook in der Stadt war.

Während er abermals an die geschäftlichen Vorteile dachte, die ihr Vaters ihm bei seinen Geschäften mit Kesh bot, fragte er sich, ob sie diesem verriet, was er ihr mitteilte. Er schob den Gedanken beiseite. »Ich meine, während ich meinem Ziel näher komme, alle Frachtgeschäfte auf dem Bitteren Meer zu kontrollieren, habe ich kaum noch Zeit für etwas anderes.«

Sie biss ihm abermals in die Schulter, diesmal so heftig, dass er allen Ernstes aufschrie. »Überleg dir schon einmal, wie du das deiner Frau erklärst«, sagte sie und zeigte auf die Abdrücke, die ihre Zähne hinterlassen hatten.

Sie stieg aus dem Bett, und Roo gaffte ihren nackten Körper an. Sie war die schönste Frau, der er je begegnet war, und im Licht der einsamen Kerze erschien sie ihm, als wäre sie aus lebendem Marmor gehauen, ohne den geringsten Makel. Er dachte an den molligen Körper seiner Frau, dem jede Andeutung von Muskeln fehlte, an die Spuren, die die Geburten hinterlassen hatten, und er wunderte sich, dass er überhaupt noch mit Karli schlafen konnte.

Sylvia zog ihren Morgenmantel über, und er fragte: »Was ist in dich gefahren?«

»Du hast immer Zeit für Helen Jacoby, nur mich lässt du tagelang allein.«

»Bist du vielleicht eifersüchtig auf Helen?«, fragte Roo.

»Warum nicht?« Sie drehte sich um, und auf ihrem Gesicht stand ein vorwurfsvoller Ausdruck, während er sich im Bett aufsetzte. »Du verbringst viel Zeit mit ihr. Sie ist durchaus anziehend auf diese Weise, wie es die Mädchen vom Lande mit ihren grobschlächtigen Gesichtern eben sind. Du hast schon mehrmals erwähnt, wie klug du sie findest, für meinen Geschmack viel zu oft.«

Roo stieg aus dem Bett. »Ich habe ihren Ehemann getötet, Sylvia. Ich schulde ihr etwas Trost. Aber ich habe sie niemals angerührt.«

»Aber das würdest du gern tun, möchte ich wetten«, warf ihm Sylvia vor.

Roo versuchte, die Arme um sie zu legen, doch sie schob ihn zur Seite und rückte von ihm ab. »Sylvia, du bist ungerecht.«

»*Ich* bin ungerecht?«, sagte sie, wandte sich ihm wieder zu und ließ zu, dass ihr Morgenmantel dabei aufklaffte.

Roo spürte, wie ihn der Anblick erregte.

»Du bist der Mann mit Frau, Kindern und einem Ruf. Ich war eine der begehrtesten Töchter des Königreiches, bis ich dich kennengelernt habe.« Schmollend schürzte sie die Lippen, trat auf ihn zu und strich mit dem Busen über seine nackte Brust. »Ich bin nur die Geliebte. Ich bin die Frau ohne Rang. Du kannst mich verlassen, wann immer du möchtest.« Mit der Hand malte sie kleine Kreise auf seinen Bauch.

Roo atmete schwer. »Ich würde dich niemals verlassen, Sylvia.«

Sie fuhr mit der Hand weiter nach unten und liebkoste ihn. »Ich weiß.«

Er zog ihr den Morgenmantel aus und trug sie so schnell zum Bett, dass er sie fast auf die Matratze geworfen hätte. Er nahm sie, und dabei schwor er ihr seine unsterbliche Liebe, während sie den Baldachin über sich anstarrte und mit einem Gähnen kämpfte. Dann formte sich auf ihren Lippen ein selbstzufriedenes Lächeln, das nichts mit körperlichem Vergnügen zu tun hatte, sondern nur mit Macht, die sie empfand. Roo war auf dem besten Wege, der bedeutendste Kaufmann des Königreichs zu werden, und er stand ganz unter ihrem Einfluss. Sie lauschte auf Roos Atem, der vor Leidenschaft schneller und schneller ging, und wandte sich ab.

Mittlerweile bevorzugte sie die Fähigkeiten seines Cousins Duncan, der weitaus anziehender war als Roo und ebenso auf erfinderische Liebesspiele erpicht war wie sie selbst. Roo würde bis über alle Maßen entsetzt sein, würde er je erfahren, wie oft sie und Duncan dieses Bett schon geteilt und manchmal sogar eine der Dienerinnen mit hinzugenommen hatten. Zudem war Duncan in ihren Händen vollkommen formbar, solange er nur feine Kleider, gutes Essen, seltene Weine, schöne Frauen und all die anderen Verführungen des Reichtums genießen durfte, die sie ihm bot. Er würde ein guter Liebhaber sein, wenn sie Roo heiratete, und eines Tages auch ein gesellschaftlich angemessener Ersatz für ihn.

Während sich Roo dem Höhepunkt seiner Lust näherte, dachte Sylvia darüber nach, wie lange sie wohl bis zur Heirat mit Roo warten musste, wenn sie erst den Mord an seinem fetten Weib arrangiert hatte. Bei dem Gedanken daran, wie sie die Führung über das finanzielle Imperium sowohl ihres Vaters als auch Roos übernehmen würde, spürte sie, wie ihre Erregung doch zunahm, und als Roo nicht mehr an sich halten konnte, ergab sich auch Sylvia den erleichternden Zuckungen, während sie sich vorstellte, wie es sein mochte, die mächtigste Frau in der Geschichte des Königreichs zu sein.

Erik klopfte an der Tür, und William sah auf. »Ja, Hauptfeldwebel?«

»Wenn Ihr eine Minute Zeit für mich hättet, Sir?«, fragte er.

William winkte ihn zu einem Stuhl, und Erik setzte sich. »Was gibt es?«

»Es hat nichts mit dem Dienst zu tun«, erklärte Erik. »Der läuft sehr gut. Es handelt sich mehr um eine persönliche Angelegenheit.«

William lehnte sich zurück. Sein Gesicht war ausdruckslos. Da sie zusammen dienten, hatten beide gelegentlich Äußerungen über ihr Privatleben fallen lassen, doch keiner hatte je ein Gespräch über persönliche Themen gesucht.

»Ich höre«, sagte der Marschall von Krondor.

»Ich habe da dieses Mädchen kennengelernt, und … Nun, wenn es Euch nichts ausmacht, würde ich gern mit Euch darüber sprechen, wie es ist, wenn man Soldat ist und heiraten will.«

William antwortete zunächst nicht, doch schließlich

nickte er. »Das ist eine schwierige Frage. Manche kommen mit einer Familie gut zurecht. Andere nicht.« Er machte eine kurze Pause. »Der Mann, der vor mir dieses Amt bekleidet hat, Gardan, war einst ebenso wie Ihr ein Feldwebel. Er hat unter Lord Borric gedient, dem Herzog von Crydee, als mein Vater noch ein Kind war. Er ist mit Prinz Arutha nach Krondor gekommen und dann bis in dieses Amt aufgestiegen. Und er war verheiratet.«

»Wie ist es ihm damit ergangen?«

»Nun, wenn ich mir die Dinge so durch den Kopf gehen lasse«, meinte William, »er hatte Kinder, und einer seiner Söhne ist sogar selbst Soldat geworden. Der ist bei den Überfällen auf die Ferne Küste gefallen.«

Erik erinnerte sich daran, was ihm Nathan, sein Stiefvater, von jenen Tagen erzählt hatte. Er wusste, dass viele ihr Leben bei diesen Überfällen verloren hatten.

»Gardan war zu der Zeit jedoch schon tot. Einige seiner anderen Kinder hingegen haben überlebt, glaube ich.«

William erhob sich, schloss die Tür hinter Erik und setzte sich auf die Kante seines Schreibtisches. Erik fiel auf, dass der Marschall – abgesehen vom formellen Wappenrock seines Amtes – keinerlei Rangabzeichen auf seiner einfachen Uniform trug.

»Bei dem, was auf uns zukommt …«, begann William und suchte nach Worten. »Ist es da überhaupt weise, eine feste Beziehung einzugehen?«

»Weise oder nicht, ich habe es jedenfalls getan«, entgegnete Erik. »Ich habe noch keinem Mädchen gegenüber solche Gefühle empfunden.«

William lächelte, und für einen Augenblick glaubte Erik zu sehen, wie die Jahre von dem Mann abfielen. »Daran kann ich mich auch noch gut erinnern.«

»Wenn ich mir die Frage erlauben darf, Sir: Wart Ihr je verheiratet?«

»Nein«, antwortete William, und in seiner Stimme schwang eine Spur Bedauern mit. »In meinem Leben hat die Familie nie eine große Rolle gespielt.« Er ging zu seinem Stuhl zurück und setzte sich. »Um die Wahrheit zu sagen, eher habe ich für meine Familie nie eine große Rolle gespielt.«

»Euer Vater?«, fragte Erik.

William nickte. »Lange Zeit haben wir überhaupt nicht miteinander gesprochen. Das ist zwar lange her, aber dennoch ist es noch immer schwierig mit ihm. Wenn Ihr meinen Vater kennenlernen würdet, Ihr würdet glauben, er sei mein Sohn. Er sieht kaum zehn Jahre älter aus als Ihr.« William seufzte. »Ironischerweise wollte er in seiner Jugend immer Soldat werden. Er hingegen wollte, dass ich Magie studiere.« William lächelte. »Könnt Ihr Euch vorstellen, irgendwo aufzuwachsen, wo jedermann Magie ausübt oder zumindest mit jemandem verheiratet oder verwandt ist, der das tut?«

Erik schüttelte den Kopf. »Es muss trotzdem in der Familie liegen. Ich habe Eure Schwester kennengelernt.«

William lächelte reumütig. »Das ist eine Ironie des Schicksals. Gamina ist adoptiert. Dennoch ist sie, was die Magie betrifft, wesentlich begabter als ich. Ich habe nur ein einziges armseliges Talent. Ich kann mit Tieren sprechen. Die neigen allerdings zu sehr kurzen, wenig interessanten Unterhaltungen. Wenn man von Fantus absieht.«

Bei der Erwähnung des Feuerdrachens sagte Erik: »Ich habe ihn seit einiger Zeit gar nicht mehr im Palast gesehen.«

»Er kommt und geht, ganz wie es ihm gefällt. Und frage ich ihn, wo er war, ignoriert er mich einfach.«

Erik brachte die Sprache auf das ursprüngliche Thema

zurück. »Ich bin einer Entscheidung jetzt immer noch nicht näher, Sir.«

»Ich kenne das Gefühl, und ich weiß, was Ihr meint. Es gab in Stardock eine junge Magierin, ein Mädchen von einem Wüstenstamm der Jal-Pur. Sie hat bei meinem Vater studiert, als ich noch ein Junge war. Sie war zwei Jahre älter als ich und das schönste Ding, das mir je unter die Augen gekommen ist, dunkle Haut und Augen in der Farbe von Kaffee. Sie bewegte sich anmutig wie eine Tänzerin, und ihr Lachen war wie Musik. Ich war vom ersten Augenblick an von ihr hingerissen. Sie kannte mich nur als den Sohn des Meisters, Pugs Jungen, doch sie wusste, dass ich für sie schwärmte. Ich lief ihr hinterher und wurde ihr bald lästig. Sie ging ausgesprochen gnädig mit mir um, obwohl ich ihr nach einer Weile schon sehr auf die Nerven fiel.« William blickte aus dem Fenster hinaus auf den Hof. »Ich glaube, ihre Gleichgültigkeit meinen Bemühungen gegenüber war einer der Gründe, weswegen ich Stardock verlassen habe und nach Krondor gekommen bin.« Die Erinnerung ließ ihn lächeln. »Sie kam zwei Jahre später.«

Erik zog fragend die Augenbrauen hoch.

»Prinz Aruthas Vater hatte einen magischen Berater, einen wundervollen alten Mann namens Kulgan. Mochte er auch nicht zu den mächtigeren Magiern gehören, so war er zweifelsohne einer der intelligentesten. In vielerlei Hinsicht war er so etwas wie ein Großvater für mich. Sein Tod hat meinen Vater hart getroffen. Nun, jedenfalls entschied Prinz Arutha, er wolle wieder einen magischen Berater an seinem Hof haben, und so bat er Pug, seinen besten Mann nach Krondor zu schicken. Vater hat alle überrascht, indem er sie entsandte anstelle eines der Meister. Zuerst dachte ich, er habe sie geschickt, damit sie auf mich aufpasst.«

Er lächelte abermals reumütig bei der Erinnerung. Als er dann fortfuhr, lachte er fast.

»Könnt Ihr Euch vorstellen, wie empört sich der Adel gab, als sie hier auftauchte und nicht nur aus Kesh stammte, sondern zudem mit einem der mächtigsten Lords der Wüstenstämme entfernt verwandt war? Es hat Prinz Arutha viel Mühe gekostet, sie am Hof durchzusetzen.« William seufzte. »Seit dem Tag, an dem sie hier ankam, wurden die Dinge für mich sehr schwierig, und darüber möchte ich nicht weiter sprechen. Es genügt zu sagen, dass wir nach und nach begriffen, wie sehr wir uns seit Stardock verändert hatten. Wobei sich meine Gefühle nicht verändert hatten, doch ich war erstaunt, weil sie mich nach den zwei Jahren, in denen wir getrennt gewesen waren, mit anderen Augen sah. Wir liebten uns.« Erik sagte nichts, während sich William für einen Augenblick in Erinnerungen verlor. »Wir waren sechs Jahre lang zusammen.«

»Was ist dann geschehen?«

»Sie starb.«

»Wenn Ihr nicht darüber reden möchtet ...«

»Das möchte ich in der Tat nicht«, unterbrach ihn William.

Bei Erik machte sich Unbehagen breit. »Nun, dann werde ich jetzt gehen, Sir. Ich wollte keine alten Wunden aufbrechen.«

William wischte die Entschuldigung beiseite, ehe sie ganz ausgesprochen war. »Habt Ihr nicht. Diese Wunde spüre ich jeden Tag, sie ist nie verheilt. Das ist einer der Gründe, weshalb ich nie geheiratet habe.«

Bereits an der Tür fragte Erik: »Wenn ich mir erlauben darf, Sir – wie war ihr Name?«

William starrte aus dem Fenster. »Jezharra.«

Erik schloss die Tür hinter sich.

Auf dem Weg zum Kasernenhof dachte er über das Gespräch nach. Er wusste noch immer nicht, was er tun sollte, deshalb entschied er, sich zunächst auf die bevorstehenden Aufgaben zu konzentrieren.

Elvandar

Tomas saß reglos da.

»In den Jahren«, sagte König Rotbaum, *Aron Earanorn* in der Sprache der Elben, »seit wir die Nordlande verließen und *zurückgekehrt* sind, haben wir uns bemüht, unsere Vettern zu verstehen.« Der Anführer der Glamredhel, der »wilden« Elben, die vor vielen Zeitaltern in die Nordlande jenseits der Grenzen des Königreichs aufgebrochen waren, um ihr eigenes Leben zu führen, sah Königin Aglaranna mit festem Blick an. »Wir beugen uns vor Euch als Herrscherin, *hier*«, er machte eine allumfassende Geste mit der rechten Hand, »in Elvandar. Doch wir werden uns Eurer Herrschaft niemals absolut unterwerfen.«

Tomas warf seiner Gemahlin einen Blick zu. Die Herrscherin aller Elben von Elvandar schenkte dem Elbenkrieger, der sein Volk schon fast ebenso viele Jahre regierte wie sie das ihre, ein mildestes Lächeln. »Earanorn, niemand denkt an so etwas«, entgegnete sie. »Jenen, die nach Elvandar kommen, ob nun dem Ruf des alten Blutes folgend oder als unsere Gäste, steht es frei, uns zu jeder Zeit zu verlassen. Nur jene, die sich aus freiem Herzen zum Hierbleiben entscheiden, werden meine Untertanen.«

»Das ist doch genau der Haken an der Sache, nicht wahr?« Der frühere König blickte die versammelten Elben im Rat der Königin an: Tathar, der älteste Berater; Tomas, der halbmenschliche Kriegsherr und Prinzgemahl; Acaila, der Anführer der Eldar, die auf der Welt Kelewan gelebt hatten, bis Pug sie dort entdeckt hatte; und andere, unter ihnen Pug und seine gegenwärtige Gefährtin Miranda. Nach langem Schweigen fragte der alte König: »Wohin sollten wir gehen? Zurück in die Nordlande, zu unseren weniger großzügigen Vettern?«

Tomas blickte zu Pug, seinen Freund seit Kindertagen, Stiefbruder und Verbündeter im Spaltkrieg. Dieser Blick enthüllte, dass er die Antwort ebenfalls wusste: Für die »wilden« Elben gab es keinen anderen Ort, an den sie gehen konnten.

Tomas wandte seine Aufmerksamkeit Acaila zu, dessen Weisheit und Macht Pug immer wieder erneut in Erstaunen versetzten, und hob so unmerklich den Finger, dass es dem menschlichen Magier beinahe entgangen wäre. Acaila neigte den Kopf um den Bruchteil eines Zolls, und die Königin erwiderte das mit einem fast nicht wahrnehmbaren Nicken.

»Warum wollt Ihr uns überhaupt verlassen?«, fragte der Anführer der Eldar, jener uralten Elben, die den alten Drachenherrschern am nächsten gewesen waren und die deren Geschichte und Wissen bewahrten. »Nach Jahrhunderten der Isolation habt Ihr endlich Euer verlorenes Volk gefunden, und niemand verlangt von Euch, wieder in Sklaverei zu leben. Auch scheint es Euch hier nicht schlecht zu ergehen. Darf man daher den Grund erfahren?«

Rotbaum seufzte tief. »Ich bin ein alter Mann.« Bei dieser Bemerkung lachten Tathar, Acaila und einige der anderen, ohne Hinterhältigkeit, sondern höchst vergnügt. »Allerdings, denn ich bin schon bald dreihundertsiebzig Jahre alt. Ich weiß, manche hier sind doppelt so alt. Doch der Weidenwald in den Nordlanden ist ein rauer Ort, wo es viele Feinde und wenig zu essen gibt. Inmitten des Reichtums von Elvandar könnt Ihr kaum erahnen, wie es dort draußen zugeht.« Er schlang die Arme um sich, als würde ihn bei der Erinnerung frösteln. »Wir hatten keine Zauberwirker und darum keine heilende Magie wie Ihr in Elvandar. Hier heilen kleine Wunden allein durch Ruhe und gutes Essen; dort kann der Wundbrand einen Krieger genauso dahinraffen wie der Pfeil eines Feindes.« Er streckte die geballte Faust aus, und Wut sprach aus seinen Worten. »Ich habe mein Weib und meine Söhne begraben. Nach den Maßstäben meines Volkes bin ich ein sehr, sehr alter Mann.«

Miranda flüsterte Pug zu: »Und ein sehr, sehr weitschweifiger dazu.« Sie unterdrückte ein Gähnen.

Pug gab sich alle Mühe, bei den erregten Worten des alten Königs nicht zu lächeln, doch wie Miranda und die anderen hatte er die Geschichte von Rotbaums Schlachten und Verlusten in den vergangenen Monaten, seit sie bei den Elben waren, schon viele Male gehört.

Calin, Aglarannas älterer Sohn und Thronerbe, ergriff das Wort. »Ich glaube, wir haben über die letzten dreißig Jahre hinweg unseren guten Willen unter Beweis gestellt, König Rotbaum. Wir trauern mit Euch um Eure Verluste«, andere im Rat nickten zustimmend, »doch hier bieten sich Eurem Volke die besten Möglichkeiten, zu wachsen und zu gedeihen. Während des Spaltkriegs und der Großen Erhebung haben auch wir viele verloren, die nun auf den Gesegneten Inseln ruhen, doch wir haben auch gewonnen, da Ihr den Weg zu uns gefunden habt. Am Ende haben alle Mitglieder des Elbengeschlechts davon profitiert.«

Rotbaum nickte. »Ich habe lange darüber nachgedacht, welche Möglichkeiten mein Volk hat.« Ein gewisser Stolz war ihm anzumerken. »Ich habe keine Söhne.« Er blickte Calin an. »Doch ich brauche einen Erben.«

Ein junger Krieger der Glamredhel trat zu seinem König und reichte ihm ein Bündel, das in Leder eingeschlagen und mit Riemen umbunden war.

»Dies ist das Zeichen meines Ranges«, verkündete Rotbaum und öffnete das Bündel.

Im versammelten Rat machte sich Überraschung breit, soweit Elben überhaupt Überraschung zeigen konnten. In den Häuten befand sich ein Gürtel von erlesener Schönheit: Seidenfäden, die, wie Pug glaubte, wohl nicht von dieser Welt stammten, hielten Edelsteine von betörendem Glanz. Sie ergaben ein gleichermaßen hübsches wie bemerkenswertes Muster.

»*Aslethnath!*«, verkündete Rotbaum.

Pug betrachtete den Gürtel, und nicht nur mit den Augen. »Dieser Gegenstand besitzt große Macht«, flüsterte er Miranda zu.

»Wirklich?«, fragte sie trocken.

Pug sah sie an. Sie lächelte und musste sich zusammenreißen, um nicht laut loszuprusten. Abermals war er sich gewiss, dass ihre Macht und ihr Wissen größer waren, als sie ihm gegenüber offenbarte.

Acaila stand von der kreisrunden Bank auf und trat zu Rotbaum. »Darf ich?«, fragte er.

Rotbaum reichte ihm den Gürtel.

Acaila betrachtete ihn sorgfältig und gab ihn dann Tathar. »Dies ist ein Gegenstand von großer und wunderbarer Magie. Wusstet Ihr nicht, dass er sich hier befindet?«

Tathar, der älteste Zauberwirker der Königin, schüttelte den Kopf. Leicht gereizt antwortete er: »Wusstet Ihr davon?«

Acaila lachte, so wie er oft in dem Jahr gelacht hatte, als er Pugs Lehrer gewesen war, in Elvardein, jenem Zwillingswald von Elvandar, der unter einer magischen Eiskappe auf der Welt Kelewan verborgen lag. In diesem Lachen lag kein Spott, doch mit leichter Ironie sagte Acaila: »Nun, ja.«

Er wandte sich wieder an Rotbaum, und der Herrscher der Glamredhel nickte kaum merklich. Acaila drehte sich um, als Tathar von seinem Platz im Kreis der Königin aufstand. Obwohl Acaila unbestritten der älteste und erfahrenste Berater der Königin war, befand er sich erst seit kurzer Zeit in Elvandar, jedenfalls nach den Maßstäben der Elben. Tathar war Aglarannas dienstältester Berater.

Während Tathar den Gürtel nahm und ihn Calin zeigte, erklärte Rotbaum: »Dieser Gürtel wird nur im Hohen Rat getragen und vom König an seinen Sohn weitergereicht. Wie mein Vater mir diesen Gürtel gab, um meinen Rang zu bestätigen, übergebe ich ihn nun Euch, Prinz Calin.«

Aglaranna erhob sich. »Damit sind unsere Völker wieder vereint.« Zu Rotbaum sagte sie: »Man nennt Euch zu Recht Aron Earanorn.« Sie neigte den Kopf vor ihm.

Ein Elb erschien mit einer neuen Robe, und auf ein Zeichen der Königin hin legte er sie über die Rüstung und den Pelz, den Rotbaum nach Art seines Volkes trug.

»Ihr würdet unseren Rat ehren, wenn Ihr einen Sitz in ihm einnähmet.«

Der alte König erwiderte: »Die Ehre ist ganz auf meiner Seite.«

Acaila streckte die Hand aus und führte Rotbaum zu dem Platz zwischen sich und Tathar.

Pug lächelte und zwinkerte Miranda zu. Indem er den

Glamredhel im Rat über sich selbst stellte, dem Rang nach gleich hinter Tathar, trug der weise Führer der Eldar dafür Sorge, dass sich unter den Glamredhel kein Groll erhob. Rotbaum nahm nun den zweiten Rang unter den Beratern der Königin ein.

Miranda gab Pug mit einer leichten Kopfbewegung ein Zeichen, dass sie sich aus dem Rat zurückziehen sollten, und als sie weit genug von der Versammlung entfernt waren, fragte sie: »Wie lange geht das jetzt schon so?«

Pug zuckte mit den Schultern. »Rotbaums Volk ist vor dreißig Jahren hierhergekommen, zwanzig Jahre nachdem Galain und Arutha sie nach dem Fall von Armengar entdeckt haben.«

»Sie haben sich dreißig Jahre darüber gestritten, wer welchen Rang einnimmt?« Auf Mirandas Gesicht zeichnete sich Unglauben ab.

»Debattiert«, verbesserte Tomas, der von hinten an sie herangetreten war. »Kommt mit mir.«

Tomas führte Pug und Miranda zu einem privaten Bereich, der vom Hof der Königin durch geschickt gezogene Äste des Baumes getrennt war. Von dieser Seite hatte man einen wunderbaren Blick auf die Baumstadt Elvandar.

»Hast du dich je an diesen Ausblick gewöhnt?« Pug betrachtete seinen Freund, und hinter den fremdartigen Gesichtszügen des von fremden Mächten geprägten Kriegers entdeckte er das Lächeln seines Stiefbruders.

Selbst in seinem Festgewand strahlte Tomas Kraft und Macht aus. Den Blick der blassblauen, fast farblosen Augen auf Elvandar gerichtet, antwortete er: »Ja, doch die Schönheit rührt mich noch immer jedes Mal aufs Neue.«

»Kein Sterblicher könnte dabei ungerührt bleiben«, meinte Miranda.

Es war Abend, und Hunderte von Kochfeuern erleuchteten Elvandar, manche unten auf dem Boden, andere auf Plattformen, die in den Ästen der Bäume errichtet worden waren. In der ganzen Stadt brannten Laternen, verstrahlten jedoch nicht ein gelbes Licht wie die in den Städten der Menschen, sondern glühten in einem weicheren blauweißen Schein: Elbenkugeln, zum Teil natürlich, zum Teil magisch und einzigartig in der Welt. Auch die Bäume selbst leuchteten, die Zweige gaben ein sanftes, bläuliches oder grünliches Licht ab, als würden ihre Blätter phosphoreszieren.

Tomas drehte sich herum, wobei seine goldgesäumte rote Robe ein wenig aufwallte. »Ist es an der Zeit für mich, meine Rüstung anzulegen, alter Freund?«

»Ich fürchte schon«, gab Pug zurück.

»Als wir in Sethanon den Sieg davontrugen«, sagte Tomas wehmütig, »hoffte ich, wir hätten diese Angelegenheit ein für alle Mal erledigt.«

Pug nickte. »Das hofften wir alle. Dennoch wussten wir, dass die Pantathianer früher oder später zurückkommen würden, allein wegen des Steins des Lebens.« Pug legte die Stirn in Falten und wirkte, als wollte er noch etwas hinzufügen, schien es sich aber anders zu überlegen, und sagte stattdessen: »Solange dein Schwert im Stein ruht und bis die Valheru nicht endgültig bezwungen sind, haben wir lediglich Zeit gewonnen.«

Tomas erwiderte zunächst nichts, sondern blickte weiter über das Geländer hinaus auf das prachtvolle Elvandar. »Ich weiß«, stimmte er schließlich zu. »Es wird der Zeitpunkt kommen, an dem ich das Schwert wieder herausziehen und das vollenden muss, was wir an jenem Tag begonnen haben.«

Mit großem Interesse hatte er alle Berichte verfolgt, die Miranda von ihrer letzten Reise mit seinem Sohn zum südlichen Kontinent geliefert hatte. Tathar, Acaila und die anderen Zauberwirker hatten sie seit ihrer Ankunft vor Monaten wieder und immer wieder ausgefragt und so auch jene Einzelheiten ans Tageslicht gebracht, von denen sie geglaubt hatte, sie bereits vergessen zu haben. Während Mirandas Geduld dadurch bis zum Äußersten strapaziert worden war, hatten die langlebigen Elben die unendlichen Befragungen mit Gleichmut geführt.

Lautes Stimmengewirr verkündete, dass Aglaranna und ihre Berater in die Privatgemächer unterwegs waren, wo sie sich zu Tomas gesellen wollten. Von Tathar, Acaila, Rotbaum und Calin gefolgt, trat die Königin ein.

Miranda und Pug verneigten den Kopf, und die Königin sagte: »Die Sitzung des Hofes ist vorüber, meine Freunde. Wir sind gekommen, um einige wichtige Dinge im privaten Kreis zu besprechen.«

»Den Göttern sei Dank«, entfuhr es Miranda.

Rotbaum zog eine finstere Miene. »Mit Eurem Volk bin ich nicht sehr gut vertraut«, er warf Acaila einen Blick zu, und der formte mit den Lippen stumm ein Wort, »Mylady«. Er betonte das Wort wie etwas Fremdes. »Aber dieses übereilte Handeln, wie ich es bei Menschen beobachtet habe … Es ist mir unbegreiflich.«

»Übereilt!«, platzte Miranda heraus und erlaubte sich, ihr Staunen offen zum Ausdruck zu bringen.

»Wir haben es schon seit fünfzig Jahren mit den Pantathianern zu tun, Rotbaum«, erklärte Pug.

Der alte Elb nahm einen angebotenen Kelch mit Wein entgegen. »Nun, dann solltet Ihr Euch inzwischen ja ein ungefähres Bild vom Feind machen können.«

Plötzlich begriff Pug den sehr eigenen Sinn für Humor des alten Elben, der sich deutlich von dem Acailas unterschied. Er grinste. »Ihr erinnert mich an Martin Langbogen.«

Rotbaum lächelte, und Jahre schienen von seinem Gesicht abzufallen. »Nun, das ist ein Mensch ganz nach meinem Geschmack.«

»Wo ist Martin eigentlich?«, erkundigte sich Tomas.

»Hier«, ließ sich die Stimme des früheren Herzogs von Crydee vernehmen, der von unten eine Treppe hinaufstieg. »Ich bin nicht mehr so schnell auf den Beinen wie früher.«

»Den Bogen hingegen haltet Ihr noch recht anständig, Martin«, erwiderte Rotbaum. Dann fügte er hinzu: »Zumindest für einen Menschen.«

Martin war der älteste lebende Mensch, den Rotbaum als Freund bezeichnen mochte. Mit fast neunzig Jahren wirkte Martin kaum älter als Ende sechzig, Anfang siebzig. Seine kräftigen Schultern waren noch nicht gebeugt, obwohl seine Arme dünner geworden waren, als Pug sie in Erinnerung hatte. Seine Haut sah aus wie altes Leder, wettergegerbt und runzlig, und sein Haar war mittlerweile vollkommen weiß geworden. Doch Martins Augen hatten noch immer den gewohnten Glanz, und der alte Mann zeigte keinerlei Anzeichen von Altersschwäche. Wenn die Magie von Elvandar ihn auch nicht verjüngen konnte, so hielt sie ihn jedenfalls bei Kräften.

Martin nickte Miranda zu und lächelte. »Ich kenne die Edhel«, dies war der Name, mit dem die Elben sich selbst bezeichneten, »seit ich ein kleines Kind war, doch die meisten Menschen verstehen ihren Humor nicht.«

»Genauso wenig wie ihren Sinn für Eile.« Miranda sah Pug an. »Seit Monaten, nahezu einem Jahr, sagt Ihr nun, dass wir dies oder jenes tun müssen – meistens ›Wir müssen Macros den Schwarzen finden‹ –, und trotzdem sitzen wir die meiste Zeit herum und tun nichts.«

Pug kniff kurz die Augen zusammen. Er wusste, Miranda war viel älter, als man ihr ansah, vielleicht sogar älter als er mit seinen über siebzig Jahren, doch erstaunt nahm er bei ihr immer wieder etwas zur Kenntnis, das man nicht anders denn als Ungeduld bezeichnen konnte. »Macros' Erbe an mich beinhaltet viele Dinge – seine Bibliothek, seine Kommentare, und, zum Teil wenigstens, seine Macht –, doch nichts kann seine Erfahrung ersetzen. Wenn uns irgendjemand helfen kann, das Rätsel zu entschlüsseln, dem wir gegenüberstehen, dann er.« Er stellte sich vor Miranda und blickte ihr in die Augen. »Denn ich habe das Gefühl, dass sich hinter all dem noch ein weiteres Geheimnis verbirgt, eines von viel größerem Gewicht und größerer Gefahr als jenes, das wir bereits gelüftet haben.« In etwas freundlicherem Tonfall fügte er spöttisch scheltend hinzu: »Und von dir erwarte ich die Einsicht, dass man, wenn man bewegungslos verharrt, am ehesten auf eine Idee kommt, wie man die anstehenden Probleme lösen kann.«

»Ich weiß«, gestand Miranda, »aber ich fühle mich wie ein Pferd, das zu lange am Zügel zurückgehalten wurde. Ich will endlich lospreschen!«

Pug wandte sich an Tomas. »Womit wir wieder bei unserem eigentlichen Problem wären, nicht wahr?«

Tomas nickte und sah die Weisen des Rats von Elvandar einen nach dem anderen an. »Die Frage ist doch, was getan werden muss?«

»Einst hast du Macros gefunden, indem du mich in die Hallen der Toten geführt hast. Wäre es sinnvoll, dorthin zurückzukehren?«

Tomas schüttelte den Kopf. »Ich glaube nicht. Du?«

Pug zuckte mit den Schultern. »Eigentlich nicht. Ich wüsste nicht einmal recht, was ich sagen sollte, wenn wir erneut vor Lims-Kragma stünden. Mein Wissen ist seit damals gewachsen, doch die Natur der Götter und ihrer Diener ist mir im Wesentlichen immer noch ein Rätsel. Wie dem auch sei, der Besuch in den Hallen der Toten ist eine letzte Möglichkeit, die ich ergreifen könnte.« Er schwieg einen Augenblick lang, und die Niedergeschlagenheit konnte man ihm deutlich vom Gesicht ablesen. »Nein, im Reich der Toten würden wir nur Zeit verschwenden.«

»Den Sterblichen ist es nicht vergönnt, jene Wesen zu verstehen«, meinte Acaila. »Aber erlaubt mir eine Frage, Pug: Warum wäre es Zeitverschwendung, diese Person in den Hallen der Toten zu suchen?«

»Ich weiß nicht genau«, antwortete Pug. »Ein Gefühl, weiter nichts. Ich bin mir sicher, dass Macros lebt.«

Daraufhin beschrieb er, wie ihm Gathis, Macros' Majordomus auf dem Eiland des Zauberers, erzählt hatte, dass es eine Art Verbindung zwischen ihm und dem Schwarzen Zauberer gäbe. Gathis würde es irgendwie wissen, wäre Macros tot.

Pug endete mit den Worten: »Und mehrere Male während der letzten Jahre habe ich gespürt, dass Macros nicht nur lebendig ist, sondern auch …«

Miranda blickte ihn nun vollends verärgert an: »Was?«

Pug zuckte mit den Schultern. »Dass er irgendwie in der Nähe war.«

Sie murmelte etwas und sagte dann laut: »Das würde mich nicht überraschen.«

Martin lächelte amüsiert und fragte: »Warum?«

Miranda sah hinaus auf die Lichter von Elvandar. »Weil

meiner Erfahrung nach die meisten dieser ›legendären‹ Personen mit Täuschungen arbeiten, die uns alle von ihrer Wichtigkeit überzeugen sollen, mehr jedenfalls, als dass sie etwas tun, das von wirklicher Bedeutung wäre.«

Aglaranna nippte an ihrem Wein und ließ sich neben Tomas auf einer Bank am Geländer nieder. »Ihr hört Euch an, Miranda, als wärt Ihr verärgert.«

Miranda senkte kurz den Blick, und als sie dann die Elbenkönigin ansah, hatte sie sich wieder gefasst. »Vergebt mir meinen Eigensinn, Hoheit. In Kesh streiten wir allzu oft über Äußerlichkeiten wie Rang und Stand, die mit dem eigentlichen Wert der Dinge nichts zu tun haben. Manche werden einfach hoch geboren, während andere, die es viel mehr verdient hätten, niemals Bedeutung erlangen und ihr Leben mit gewöhnlichen Arbeiten vergeuden. Dennoch fehlt diesen ›großen‹ Adligen das Bewusstsein dafür, dass sie ihren hohen Rang allein ihrer Geburt zu verdanken haben.« Sie zog ein säuerliches Gesicht. »Sie glauben, nur weil ihre Mütter die waren, die sie waren, stünden sie in der Gunst der Götter. Wenn ich so über mein … Leben nachdenke, so habe ich es häufiger mit solchen Männern zu tun gehabt, als ich es verdient hätte. Mir fehlt für sie … die rechte Geduld, fürchte ich.«

»Also«, begann Tomas, »Macros hat sich seine Legende selbst geschaffen, um seine Abgeschiedenheit zu gewährleisten, dafür würde ich meine Hand ins Feuer legen. Doch als einer, der mehr als einmal neben ihm gestanden hat, kann ich beschwören, dass diese Legende nur ein Schatten seiner wahren Macht ist. In diesem Wald hier ist er einem Dutzend Erhabener der Tsurani entgegengetreten, und während die Magie unserer Zauberwirker ihn zwar unterstützte, hat allein er ihre Werke zunichtegemacht und sie in ihre Heimatwelt zurückgejagt. Er ist der Einzige, bei dem es mich mit Entsetzen erfüllen würde, wenn ich mich ihm entgegenstellen müsste. Seine Macht ist schlicht und einfach unfassbar.«

Pug nickte. »Und aus genau diesem Grunde müssen wir ihn finden.«

»Wo sollen wir anfangen?«, fragte Miranda. »Im Gang?«

»Ich glaube kaum«, meinte Pug. »Im Gang zwischen den Welten gibt es zu viele, die Informationen an den Meistbietenden verkaufen.« Er ließ sich gegenüber der Elfenkönigin nieder. »Ich dachte, wir könnten vielleicht zur Ewigen Stadt reisen und den Schreckensherrscher befragen, der dort gefangen ist.«

Tomas zuckte mit den Schultern. »Ich bezweifle, dass er mehr weiß, als wir bislang schon aus ihm herausbekommen haben. Er war nur ein Werkzeug.«

»Habt Ihr schon in Betracht gezogen, dass sich der Zauberer hier auf Midkemia befinden könnte?«, warf Acaila ein.

»Wie kommt Ihr darauf?«, fragte Martin.

»Pugs ›Gefühl‹«, antwortete der Eldar. »Das würde ich nicht einfach außer Acht lassen. Oftmals weisen uns solche Gefühle auf etwas hin, das wir unbewusst wahrgenommen haben.«

»Das stimmt«, bemerkte Rotbaum und biss in einen großen roten Apfel. »In der Wildnis muss man sich oft auf seinen Instinkt verlassen, sonst kehrt der Jäger ohne Beute zu seiner hungrigen Familie zurück oder der Krieger fällt auf dem Schlachtfeld.« Er sah Pug an. »Wo habt Ihr Macros' Gegenwart am deutlichsten gespürt?«

»Seltsamerweise«, antwortete Pug, »in Stardock.«

»Darüber hast du nie etwas gesagt«, warf ihm Miranda vor.

Pug lächelte. »Ich war oft abgelenkt.«

Miranda hatte den Anstand zu erröten. »Du hättest es mir trotzdem bei Gelegenheit mitteilen können.«

Pug zuckte mit den Schultern. »Ich habe es darauf zurückgeführt, dass sich all seine Bücher und Schriftrollen in meinem Turm befanden. Manchmal hatte ich sogar das Gefühl, er würde mir beim Lesen über die Schulter blicken.«

»Wir dürfen auch dieses Artefakt nicht vergessen, das Ihr vom südlichen Kontinent mitgebracht habt«, warf Tathar ein.

Aglaranna nickte. »Die Zauberwirker haben etwas sehr Fremdartiges an ihm gespürt.«

»Wahrhaftig«, meinte Tomas. »Und zwar mehr als nur die Präsenz der Pantathianer. Etwas daran ist selbst den Valheru fremd.«

»Es gibt da eine Sache, die ich nicht begreife«, erklärte Martin.

»Welche, alter Freund?«, fragte Calin.

»Seit dem Tag, an dem das erste Tsurani-Schiff vor Crydees Küste auftauchte, bis hin zum Fall von Sethanon hat niemand eine sehr wichtige Frage gestellt.«

»Die da lautet?«, wollte Aglaranna wissen.

»Warum gingen all diese Pläne und Komplotte mit solchem Chaos und solcher Zerstörung einher?«

»Das liegt in der Natur der Valheru«, antwortete Tomas.

»Aber wir haben den Valheru gar nicht gegenübergestanden«, entgegnete Martin. »Wir hatten es nur mit ihren Agenten, den Pantathianern, oder deren Dienern zu tun.«

»Ich glaube, die Pantathianer haben uns oft genug gezeigt, von welcher Natur sie sind«, sagte Pug wollte damit Martins Einwand ausräumen.

Der erwiderte: »Du verstehst nicht, worauf ich hinauswill. Bei all dem fehlt das offensichtliche Motiv. Wir haben den Pantathianern die ganze Zeit ihre Beweggründe unterstellt, doch eigentlich wissen wir gar nicht, warum sie sich so verhalten.«

»Du musst mich entschuldigen«, bat Pug, »aber ich habe immer noch nicht verstanden, worauf du hinauswillst.«

»Weil du nicht zuhörst.« Miranda trat an Pug vorbei zu Martin. »Ihr habt also eine Idee.« Das war nicht als Frage gemeint.

Der alte Bogenschütze nickte. Er wandte sich an Tathar, Acaila und Rotbaum. »Bitte berichtigt mich, wenn ich etwas Falsches von mir gebe.« An Pug und Tomas gewandt fuhr er fort: »Ihr verfügt über Kräfte, die meine Vorstellungen übertreffen, doch ich habe den größten Teil meines Lebens hier im Westen verbracht und kenne die Sagen der Edhel wie kein anderer Mensch, möchte ich behaupten.«

»Besser als jeder andere *lebende* Mensch«, schränkte Tathar ein.

»In den Sagen der Edhel«, fuhr Martin fort, »wird einiges über die Uralten berichtet.« Er blickte die Königin an. »Höchst ehrenwerte Dame, warum wird dieser Name bevorzugt?«

Die Königin dachte einen Augenblick über die Frage nach. »Tradition. Einst hat man geglaubt, man würde die Aufmerksamkeit der Valheru auf sich ziehen, wenn man ihren Namen ausspricht.«

»Aberglauben also?«, fragte Miranda.

Martin sah zu Tomas und wiederholte: »Aberglauben?«

»Viele der Erinnerungen, die mir aus den alten Zeiten gegeben wurden, liegen im Nebel«, antwortete Tomas, »und selbst jene, die klar sind, sind die Erinnerungen eines anderen Wesens. Zwar haben wir vieles gemein, aber ich weiß noch lange nicht alles. Einst wurde den Eldar die Macht gegeben, sie zu rufen, indem sie ihre Namen laut aussprachen. Das könnte der Ursprung dieses Glaubens sein.«

Neben Pug verstand Martin Tomas' Dualität in ganzem Ausmaß besser als jeder andere. Er hatte Tomas und Pug schon gekannt, als sie noch Jungen in der Burg Crydee gewesen waren, und er hatte mit angesehen, wie die magische Rüstung des lange toten Drachenherrschers Ashen-Shugar Tomas in das seltsame Wesen verwandelt hatte, das er jetzt war: weder ganz Mensch noch ganz Drachenherrscher, sondern eine Mischung aus beidem.

Tomas sah den Eldar an und fragte: »Acaila?«

Der alte Elb nickte. »So berichten es die Legenden. Wir, die wir die ersten Sklaven der Valheru waren, konnten mit ihnen Kontakt aufnehmen. Daher mag der Brauch stammen, ihre Namen nicht laut auszusprechen.«

»Worauf wollt Ihr eigentlich hinaus?«, fragte Miranda.

Martin zuckte mit den Schultern. »Ich weiß es selbst nicht genau, aber mir scheint es, als würden wir lauter Mutmaßungen anstellen, und falls eine davon nicht richtig ist, fußen all unsere Pläne auf einer falschen Annahme.« Er blickte Miranda in die Augen. »Ihr habt aus dem Land am anderen Ende der Welt diese Artefakte mitgebracht, die, wie es scheint, von den Uralten hergestellt wurden, obwohl Pug und Tomas sagen, sie wären ›befleckt‹ und nicht das, was sie zu sein scheinen.«

Acaila nickte abermals. »Sie sind nicht rein. Wir wissen genug über unsere früheren Herren, um sagen zu können, dass diese Gegenstände von einer fremden Hand berührt worden sind.«

»Und dennoch sprechen sie zu Euch?«, wollte Pug wissen.

»Ja, sie erinnern stark an die Valheru«, antwortete Aglaranna.

»Und wessen fremde Hand war das?«, fragte Martin.

»Die des dritten Manns im Spiel«, sagte Pug. Er sah Miranda an. »Ich nehme an, er hat den Dämon gemeint.«

Martin nickte. »Ja. Was, wenn die Pantathianer nicht die Werkzeuge der Uralten sind, sondern der Dämonen?«

Tomas nickte. »Das würde einige Dinge erklären.«

»Und zwar?«, fragte Rotbaum und nahm einen Schluck Wein.

»Zum einen den Schreckensherrscher«, antwortete Pug.

»Wieso?«, fragte Acaila.

»Solche Verbündete hätte ich von meinen Brüdern nicht erwartet.« Tomas benutzte das Wort »Brüder« für die Valheru, wenn er als einer von ihnen dachte.

»Und noch weniger, dass sie sich solcher Werkzeuge bedienen«, fügte Aglaranna hinzu. »Der Überlieferung nach, die die Eldar über Generationen weitergegeben haben, waren die Schreckensherrscher stets Rivalen der Valheru, wenn sich ihre Wege gekreuzt haben.«

»Dennoch«, sagte Pug, »haben wir diese eigentümliche Möglichkeit nie in Betracht gezogen.«

Mit einem schwachen Lächeln auf den Lippen meinte Tomas: »Wir waren ein wenig voreingenommen.«

Pug legte die Stirn in Falten und zog eine fragende Miene.

»Der Spaltkrieg?«, setzte Tomas lachend hinzu.

Pug lachte ebenfalls. »Ich weiß, worauf du hinauswillst. Ich frage mich nur, warum du nicht schon früher daran gedacht hast?«

Daraufhin war es an Tomas, sich ratlos zu zeigen. »Ich weiß es nicht. Ich habe angenommen, der Schreckensmeister in der Ewigen Stadt und der Schreckensherrscher in Sethanon wären Teil eines Spiels, mit dem die Valheru uns ablenken wollten. Ich bin davon ausgegangen, dass die Pantathianer irgendwie in Kontakt mit diesen Wesen getreten sind und …«

Acaila unterbrach ihn. »Ihr habt Erinnerungen und einiges Wissen und große Macht, Tomas, doch es fehlt Euch an Erfahrung. Ihr seid noch kein Jahrhundert alt, und dennoch wohnen Euch Kräfte inne, die man nicht in der fünffachen Spanne erlangen könnte.« Er blickte sich in der Versammlung um. »Wir sind wie Kinder, wenn wir von Wesen wie den Valheru und den Schreckensherrschern sprechen. Wir gehen von Mutmaßungen aus, wenn wir sie zu begreifen oder ihre Ziele zu verstehen suchen.«

»Dem möchte ich zustimmen«, warf Pug ein, »und dennoch müssen wir dies tun, denn wir können diesen Wesen nicht einfach erlauben, zu uns zu kommen. Wir müssen die Ziele derer erkennen, die den Stein des Lebens in ihren Besitz bringen und uns alle töten wollen.«

»Was uns an den Ausgangspunkt zurückbringt«, folgerte Miranda. »Wir wissen wenig, und wir müssen Macros den Schwarzen finden, und bisher hast du noch keine Idee gehabt, wo wir mit der Suche beginnen sollen.«

Pug wirkte überfordert. »Ich weiß es auch nicht.«

»Vielleicht solltet Ihr nicht weiter nach einem Ort Ausschau halten«, schlug Acaila vor, »sondern anfangen, nach einer Person zu suchen.«

»Was wollt Ihr damit sagen?«, fragte Pug.

»Ihr habt davon gesprochen, dass Ihr die Nähe von Macros gespürt hättet«, erklärte der alte Elb. »Vielleicht ist es an der Zeit, Eure Aufmerksamkeit auf dieses Gefühl zu richten, nach der Präsenz zu suchen und Euch von ihr zu dem Mann führen zu lassen.«

»Ich kann mir nicht vorstellen, wie das möglich sein sollte«, erwiderte Pug.

»Ihr habt nur kurze Zeit bei mir studiert, Pug. Es gibt viele Dinge, die wir Euch noch beizubringen hätten. Ich will es Euch und Miranda jetzt zeigen.«

»Muss ich mitkommen?«, wollte Tomas wissen.

Acaila sah den Kriegsherrn von Elvandar an und schüttelte den Kopf. »Ihr wisst, wann es Zeit ist zu gehen, Tomas.« An die Königin gewandt, fuhr er fort: »Wir werden uns auf die Lichtung der Kontemplation zurückziehen. Tathar, ich würde es begrüßen, wenn Ihr mir bei dieser Angelegenheit zur Seite stehen würdet.«

Der alte Elb verbeugte sich vor seiner Königin und fragte: »Mit Eurer Erlaubnis, Mylady?«

Sie nickte, und die vier verließen die Privatgemächer von Tomas und der Königin.

Sie gingen zwischen den Häuschen hindurch, aus denen die Elbenstadt in den Bäumen bestand, bis sie den Boden erreichten, wo große Feuer ihren hellen Schein verbreiteten.

Schweigend ließen sie das Herz von Elvandar hinter sich, bis sie schließlich zu einer stillen Lichtung gelangten. Hier hatten sich Tomas und Aglaranna verlobt, denn an diesem Platz wurden die wichtigsten Zeremonien der Elben abgehalten.

»Wir fühlen uns geehrt«, erklärte Pug.

»Es ist eine Notwendigkeit«, erwiderte Acaila. »An diesem Ort ist unsere Magie am stärksten, und ich vermute, wir brauchen sie, um Euch am Leben zu erhalten.«

»Was habt Ihr vor?«

»Tomas hat mir von Eurer Reise zu den Hallen der Toten

erzählt, in die Ihr durch den Eingang in der Nekropolis der Götter eingetreten seid. Obwohl wir eine andere Ansicht vom Universum und seiner Ordnung haben, kennen wir den Glauben der Menschen doch gut genug, um zu wissen, dass allein Tomas' Kraft Euch auf dieser Reise am Leben gehalten hat.«

»Ich bin mit brennender Lunge erwacht, und ich fühlte mich, als wäre ich bis auf die Knochen durchgefroren«, sagte Pug.

»Man betritt das Reich der Toten nicht, solange man noch lebt«, erklärte Acaila, »jedenfalls nicht, ohne weitläufige Vorbereitungen zu treffen.«

»Kehren wir in die Hallen von Lims-Kragma zurück?«, fragte Pug.

»Es könnte sein«, antwortete Acaila. »Und deshalb müssen wir das, was wir tun müssen, hier an diesem Ort tun. Die Zeit verstreicht in anderen Reichen mit anderer Geschwindigkeit, so viel wissen wir noch von den Reisen unserer Meister durch die Dimensionen. Ihr werdet vielleicht nur Stunden abwesend sein und trotzdem Jahre erlebt haben. Oder ihr werdet Monate abwesend sein und doch nur Minuten in der anderen Welt zugebracht haben. Wir haben keine Möglichkeit vorauszusagen, welcher Fall eintreten wird. Tathar und ich werden dafür sorgen, dass eure Körper bereit sind, euch wieder aufzunehmen, wenn ihr zurückkehrt. Wir werden euch am Leben erhalten.«

»Das wissen wir zu schätzen«, meinte Miranda.

Pug wandte sich ihr zu und bemerkte den unschlüssigen Ausdruck in ihrem Gesicht. »Du musst nicht mitkommen.«

»Doch, ich muss«, entgegnete sie. »Das wirst du noch verstehen.«

»Wann?«

»Bald, denke ich.«

»Was müssen wir tun?«, erkundigte sich Pug bei Acaila.

»Legt euch hin«, sagte der.

Sie taten es, und Acaila sagte: »Ihr dürft nie vergessen, was ich euch über das Verstreichen der Zeit gesagt habe. Das ist von äußerster Wichtigkeit, denn wenn ihr nur eine Stunde verweilt, können hier auf Midkemia Monate vergangen sein, und wir wissen, dass der Feind naht. Zudem werden eure Körper dem Geist folgen. Wenn ihr hierher zurückkehrt, werdet ihr eure Körper vielleicht nicht vorfinden. Doch wenn alles so verläuft, wie wir hoffen, werdet ihr zum rechten Zeitpunkt hier eintreffen, und Tathar und ich werden wissen, ob ihr erfolgreich wart, denn entweder werdet ihr hier erwachen, oder eure Körper werden verschwinden. Wir können euch jedoch nicht bei der Rückkehr helfen. Die müsst ihr aus eigener Kraft mit euren eigenen Künsten vollbringen. Und jetzt schließt eure Augen und versucht zu schlafen. Ihr werdet Visionen haben. Wenn sie kommen, werdet ihr sie wie Träume empfinden. Doch nach und nach werden sie immer realer werden. Dann rufe ich euch, und ihr werdet aufstehen.«

Pug und Miranda schlossen die Augen. Pug hörte Acailas Stimme, als der alte Zauberwirker der Aldar mit seinem Singsang begann. Die Worte waren ihm überraschend vertraut, und dennoch konnte er sie nicht verstehen. Es war, als höre er die Worte eines Liedes und würde sie im gleichen Augenblick vergessen.

Bald träumte er von Elvandar. Er konnte das schwache Glühen der von Magie durchdrungenen Bäume über sich sehen, als hätte er die Augen wieder aufgeschlagen. Doch sie erschienen ihm in grell schimmernden Farben, in Blau und Grün, Gold und Weiß, Rot und Orange, und der Himmel war so finster wie die tiefste Höhle unter den Bergen.

Unbemerkt verstrich die Zeit, dann sah er den Geist der Sterne am weiten Firmament. Ein seltsames, fernes, scharfes Geräusch drang in sein Bewusstsein, ebenfalls vertraut, doch nicht recht einzuordnen.

Weiter rauschte die Zeit vorbei, und die Struktur des Universums lag offen vor ihm, nicht die äußeren Formen oder die Illusionen von Zeit und Raum, sondern das Innerste der Realität. Er fragte sich, ob dies der »Stoff« war, von dem Nakor so oft sprach, dieses fundamentalste Element, aus dem alles gemacht war.

Sein Geist begann aufzusteigen, in die Ferne zu schweben, und er bemerkte, wie er sich allein durch seinen Willen von Ort zu Ort bewegen konnte. Dennoch fühlte er, dass er noch immer auf der Lichtung lag. Sein Körper hatte sich verändert, und Pug spürte fremde Kräfte und eigentümliche Gefühle, die ihn durchfluteten.

Seit seiner Zeit auf dem Turm der Prüfung, hoch über der Versammlung auf der fernen Welt Kelewan, hatte er sich mit der Welt um ihn her nicht mehr so verbunden gefühlt. Er dachte an diesen Abschnitt seines Lebens zurück, während er »hinunter« auf Midkemia blickte.

Plötzlich schwebte er Meilen über den höchsten Gipfeln des Königreichs, und in seiner Wahrnehmung erschienen die Meere und Küsten wie Linien auf einer Landkarte. Doch sie wirkten nicht leblos, sondern das ganze Land und die Meere pulsierten mit Kraft und Schönheit.

Er sah genauer hin und konnte sogar die einzelnen Fische im Wasser schwimmen sehen. *Wie ähnlich bin ich doch jetzt einem Gott!*, dachte er.

»Pug!« Der Ruf aus der Ferne hätte ihm dieses Wahrnehmungsvermögen beinahe entrissen.

»Findet Macros!«, wurde er angewiesen. »Und denkt an die Zeit!«

Er sah zur einen Seite und dann zur anderen, und jedes Lebewesen der Welt war mit Energie gezeichnet, mit einer Kraftlinie, die ihren Anfang in Sethanon beim Stein des Lebens nahm, der alles Leben auf Midkemia miteinander verband. Während die Zeit verstrich, verschwanden Linien, da Lebewesen starben, und neue Linien breiteten sich nach Geburten aus. Alles erschien ihm wie ein smaragdgrüner Springbrunnen pulsierender Energie, das leibhaftige Leben, und der Anblick ließ Pug den Atem stocken.

Unter Myriaden von Strängen suchte er den einen, jenen, den er kannte. Er verlor jedes Zeitgefühl, wusste nicht, ob Stunden oder Jahre verstrichen, dann schließlich fand er, was er suchte.

Der Zauberer!, dachte er, als er die gesuchte pulsierende Kraftlinie entdeckte. Wie stark und ausgebildet sie ist, dachte er weiter, während er sie genau in Augenschein nahm. Doch etwas daran war höchst merkwürdig. Sie existierte an zwei Stellen gleichzeitig.

»Steht auf!«, hörte er einen Befehl, und Pug stand auf.

Er sah Acaila und Tathar, doch sie kamen ihm fremdartig vor, Kreaturen von einfacher Natur und begrenzter Energie, während er ein Wesen gehobener Wahrnehmung und unbegrenzter Kraft war. Er blickte zu Miranda hinüber und sah ein Geschöpf von betörender Schönheit.

Sie trug keine Kleider und zeigte kein Merkmal des Geschlechts. Wo er die Brüste und Hüften hätte sehen sollen, die ihm so vertraut waren wie sein eigener Körper, entdeckte er nur weiche glatte Linien. Ihr Gesicht war ein Oval, in dem zwei Punkte leuchteten, wo sich die Augen hätten befinden sollen. Sie hatte keine Nase. Anstelle des Mundes fand sich nur ein Schlitz, und er hörte ihre Stimme nicht, sondern spürte, wie Miranda seinen Geist berührte.

»Pug?«, fragte Miranda.

»Ja«, antwortete er.

»Sehe ich so seltsam aus wie du?«, fragte sie weiter.

»Du siehst hinreißend aus«, erwiderte er.

Plötzlich konnte er sich durch ihre Augen betrachten. Er war genauso gesichtslos wie sie. Beide waren sie von gleicher Größe, und beide schienen sie wie von innerer Energie erleuchtet zu schimmern. Keiner von ihnen hatte Geschlechtsorgane, Zähne oder Finger- und Zehennägel.

Aus großer Ferne hörten sie Acailas Stimme. »Was ihr seht, ist euer wahres Selbst. Blickt nach unten.«

Sie taten es und entdeckten ihre eigenen Körper, die im Gras lagen, als würden sie schlafen.

»Beeilt euch nun!«, drängte Acaila. »Folgt dem Strang, der euch zu Macros führt, denn je länger ihr aus euren Körpern fortbleibt, desto schwieriger wird die Rückkehr. Wir werden euch am Leben halten, und wenn die Zeit zur Rückkehr gekommen ist, braucht ihr nur daran zu denken. Eure Körper werden dort erscheinen, wo auch immer ihr sie braucht«, wiederholte er noch einmal. »Mögen die Götter euch beschützen!«

»Wir verstehen«, sandte Pug zurück. Miranda fragte er: »Bist du bereit?«

»Ja«, antwortete sie. »Wohin gehen wir?«

Mit einem Gedanken machte er den Strang für sie sichtbar. »Dem müssen wir folgen.«

»Wohin führt er uns?«, fragte sie, während er seinen

Geist aussandte, sie an der Hand nahm und am Strang entlangführte.

»Spürst du es nicht?«, fragte er. »Er führt zu dem Ort, an den ich gleich hätte denken sollen. Er führt uns zur Himmlischen Stadt. Wir reisen zur Heimstatt der Götter!«

Infiltration

Calis zeigte in die Ferne.

Erik nickte, dann gab er seiner Schwadron das Kommando, hinter ihm vorzurücken. Die Männer gingen geduckt durch den Graben und näherten sich ihrem Gegner.

Erik hatte es über, seine Männer zu drillen, und gleichzeitig befürchtete er, noch immer nicht genug getan zu haben. In den sechs Monaten, seit er mit der ersten Truppe in die Berge gezogen war, hatte er ungefähr zwölfhundert Soldaten unter seinem Kommando gehabt, verlässliche Männer, die auf sich selbst gestellt überleben würden, solange es möglich war.

Und weitere sechshundert Männer waren fast so weit, bedurften nur noch ein wenig harten Drills.

Die Truppe jedoch, die er gegenwärtig führte, würde seiner Meinung nach niemals zu brauchbaren Soldaten werden.

Alfred tippte ihm auf die Schulter, dann zeigte der Korporal auf einen Mann auf der anderen Seite des Grabens. Der Kerl ging nicht wie befohlen gebückt, sondern ließ wegen seiner schmerzenden Knie alle Vorsicht außer Acht.

Erik nickte, und Alfred schlich sich zu dem Mann hin und zog ihn zu Boden. Spitze Steine bohrten sich beiden Männern in die Haut, doch Alfred drückte dem Soldaten die Hand auf den Mund, damit er nicht einen Schrei ausstieß, den die Wachen hören konnten. Erik vernahm das Zischeln seines Korporals: »Also Davy, deine Knie werden dir und deinen Kameraden noch den Tod einbringen.«

Eine Stimme in der Ferne verriet Erik, dass die Übung fehlgeschlagen war, und als könne er Eriks Gedanken lesen, stand Calis auf und sagte: »Das war es dann wohl.«

Erik und die anderen richteten sich ebenfalls auf. Alfred riss den Soldaten namens Davy auf die Füße und ließ seine Stimme in voller Lautstärke ertönen: »Du hirnloser Taugenichts! Du bist zu dumm zum Wasserholen! Wenn ich mit dir fertig bin, wirst du den Tag verfluchen, an dem dein Vater deine Mutter zum ersten Mal angeschaut hat.«

Calis hörte einen Ruf, und er antwortete mit der Losung. Er winkte Erik mit sich, und der Hauptfeldwebel trat mit seinem Hauptmann ein Stück zur Seite. »Korporal, bring die Männer zurück ins Lager«, befahl Calis.

»Habt ihr den Hauptmann gehört!«, brüllte Alfred. »Zurück ins Lager! Aber rasch!«

Die Soldaten verfielen in einen erschöpften Trab, und der Korporal trieb sie von hinten an.

Calis beobachtete schweigend, wie die Männer außer Sicht liefen, dann meinte er: »Wir haben ein Problem.«

Erik nickte. Im Westen näherte sich die Sonne dem Horizont. »Jeden Tag um diese Zeit habe ich das Gefühl, wir hätten wieder eine Niederlage eingesteckt. Wir werden es niemals schaffen, sechstausend Männer rechtzeitig auszubilden.«

»Ich weiß«, erwiderte Calis.

Erik sah den Hauptmann an und suchte in seinem Gesicht nach einem Hinweis darauf, in welcher Laune er sich befand. Nach all den Jahren, die er mit Calis verbracht hatte, war es nicht einfacher für ihn geworden, aus der Miene des Hauptmanns schlau zu werden. Für Erik war dieser Mann ein Rätsel, so unverständlich wie die ausländischen Bücher, die William in seiner Bibliothek stehen hatte.

Calis lächelte. »Das ist jedoch nicht das Problem. Mach dir keine Sorgen. Wir werden unsere sechstausend Mann im Feld stehen haben, wenn die Zeit kommt. Vielleicht werden sie nicht so gut ausgebildet sein, wie wir es gern hätten, doch der Kern wird solide sein, und die wirklich guten Soldaten werden die anderen mit durchziehen.« Er studierte die Miene seines jungen Hauptfeldwebels. »Vergiss nicht, eines kannst du den Männern nicht beibringen: die Erfahrung, die man nur in der Schlacht sammelt. Einige der Männer, die du als fähig erachtest, werden schon in den ersten Minuten der Schlacht fallen, während andere, von denen du nichts hältst, inmitten des Kampfgetümmels aufblühen werden.« Sein Lächeln verschwand. »Nein, das Problem, von dem ich spreche, ist ein anderes. Wir sind infiltriert worden.«

»Infiltriert?«, fragte Erik. »Von einem Spion?«

»Von mehreren, vermute ich. Es ist eher eine Ahnung, weiter nichts. Unser Feind ist vielleicht manchmal ungeschickt, doch dumm ist er nicht.«

Erik hielt es für angebracht, sein eigenes Unbehagen zum Ausdruck zu bringen. »Geben die Wachen des Prinzen sich deshalb so große Mühe, den Bau der Straße am Albtraumgebirge zu verheimlichen?«

»Albtraumgebirge?«, fragte Calis. Sein Gesichtsausdruck verriet Erik alles. Darin lag keine Unaufrichtigkeit, der Hauptmann kannte den Namen einfach nicht.

»So nennen wir es in Ravensburg«, erklärte Erik. »Hier

im Norden heißt es vielleicht anders.« Er blickte sich um. »Ich habe eine Kompanie in den Norden geführt, ein bisschen weiter als gewöhnlich. Dabei sind wir auf eine Kompanie Späher und einen Trupp von Patricks Leibgarde gestoßen. Ich konnte von der anderen Seite des Tals die Geräusche der Werkzeuge hören: Bäume wurden gefällt, Stahl schlug auf Ambosse, und Meißel wurden in den Fels getrieben. Das Ingenieurskorps des Prinzen baut eine Straße. Dieses Gebirge verläuft von den Zähnen der Welt durch Düstermoor bis halb nach Kesh hinunter. Wo es keine Straße gibt, ist es nahezu unmöglich, es zu überqueren, und dort oben hat man schon mehr als einen Wanderer tot aufgefunden. Deshalb nennt man es das Albtraumgebirge. Wenn man sich dort oben in kaltem Wetter verläuft, ist man so gut wie tot.«

Calis nickte. »Ja, ich weiß Bescheid. Du solltest dich dort nicht blicken lassen, Erik. Hauptmann Subai hat das überhaupt nicht gefallen, und Prinz Patrick genauso wenig. Aber tatsächlich sind Spione der Grund, weshalb niemand dort Zutritt hat. Weil es sein könnte, dass Spione des Feindes in der Umgegend von Krondor herumschnüffeln.«

»Also soll die Stadt evakuiert werden?«, platzte Erik heraus.

Calis seufzte. »Ich wünschte, es wäre so einfach.« Schweigend betrachtete er den Sonnenuntergang. In der Ferne hingen dunkle Wolken im grellen Orange und Violett des späten Tages weit draußen über dem Meer. Dadurch bekam die sich senkende Nacht etwas Unwirkliches, als sollte in dieser Welt nichts Schönes mehr existieren, nur noch das heranziehende Böse.

Der Hauptmann wandte den Blick wieder Erik zu. »Wir

haben verschiedene Pläne entworfen. Doch du brauchst dir nur über deine eigenen Soldaten Gedanken zu machen. Man wird dir sagen, wo du sie hinbringen sollst und welche Möglichkeiten du hast. Wenn du mit deinen Männern erst einmal in den Bergen bist, musst du deine eigenen Entscheidungen treffen, Erik. Du wirst selbst beurteilen müssen, was das Beste für deine Männer und den ganzen Feldzug ist. Von deinem Urteil wird viel abhängen. Doch bis der Prinz und der Marschall dich noch nicht über die gesamte Operation unterwiesen haben, werde ich dir keine Einzelheiten verraten, die du womöglich den falschen Leuten gegenüber ausplauderst.«

»Gegenüber den Infiltranten?«

»Zum einen das. Aber du könntest auch entführt werden und von einem der pantathianischen Agenten mit irgendeinem Trank zum Reden gebracht werden. Vielleicht haben sie auch Gedankenleser wie Lady Gamina. Wir haben keine Ahnung, was im Einzelnen alles geschehen kann. Aus diesem Grund wirst du nichts, was du erfährst, weitersagen, und du wirst auch nur das mitgeteilt bekommen, was du unbedingt wissen musst.«

Erik nickte. »Ich mach mir Sorgen …«

»Wegen des Mädchens?«

Erik war überrascht. »Ihr wisst über sie Bescheid?«

Calis machte ein Zeichen, dass sie den Soldaten folgen sollten. »Was für ein Hauptmann wäre ich, wenn ich nicht über das Leben meines Hauptfeldwebels außerhalb der Kaserne im Bilde wäre?«

Erik wusste darauf keine Antwort. »Natürlich mache ich mir wegen Kitty Sorgen. Und auch über Roo und seine Familie. Ich mache mir wegen aller Sorgen.«

»Jetzt hörst du dich schon wie Bobby an, obwohl er das

wahrscheinlich niemals so offen ausgedrückt hätte.« Calis lächelte. »Er hätte gesagt: ›Wir haben verdammt viel zu tun und nur die Hälfte der Zeit zur Verfügung, die wir brauchen, und dazu nur einen Haufen unfähiger Dummköpfe zur Hilfe.‹«

Erik lachte. »Das klingt ganz nach ihm.«

»Ich vermisse ihn, Erik. Ich weiß, du auch, aber Bobby war einer der Ersten, die ich mir herausgepickt habe. Der erste meiner ›verzweifelten Männer‹.«

»Ich dachte, Ihr hättet ihn Euch von einem der Grenzbarone geholt«, sagte Erik.

Da lachte Calis. »Bobby hätte es vielleicht so dargestellt. Dabei hätte er nur zu erwähnen vergessen, dass er gehängt werden sollte, weil er einen anderen Soldaten bei einer Prügelei erschlagen hat. Ich musste ihn ein halbes Dutzend Mal vertrimmen, bis er lernte, sein Temperament im Zaum zu halten.«

»Vertrimmen?«, fragte Erik und trat um einen großen Felsen herum, während sie dem Graben abwärts folgten.

»Ich habe ihm gesagt, jedes Mal, wenn ihm die Pferde durchgingen, würde ich mir die Ärmel hochkrempeln, und dann könnten wir es austragen. Wenn er mich besiegen würde, wäre er ein freier Mann. Er hat sechsmal Prügel einstecken müssen, bis er schließlich eingesehen hat, dass ich doch ein wenig stärker bin, als ich aussehe.«

Wie Erik wusste, entsprach das der Wahrheit. Der Vater des Hauptmanns war ein Mann namens Tomas, eine Art Lord oder etwas in der Art, oben im Norden. Den Gerüchten nach war seine Mutter die Königin der Elben. Aber wer auch immer seine Eltern wirklich waren, Calis war stärker als jeder andere Mann, dem Erik je begegnet war. Dabei war Erik als der frühere Schmied von Ravensburg der stärkste Junge des Städtchens gewesen, und von den Soldaten, mit denen er auf der ersten Reise nach Novindus gedient hatte, war ihm nur ein Riese namens Biggo an Kraft gleichgekommen. Calis hingegen hatte Dinge vollbracht, die nach Eriks Auffassung eigentlich unmöglich waren. Einmal hatte der Hauptmann allein einen Karren angehoben, damit Erik das Rad wechseln konnte. Normalerweise hätte man dafür mindestens zwei Männer gebraucht.

Während er sich an Bobby de Loungville erinnerte, meinte Erik: »Es überrascht mich eigentlich, dass Ihr ihn nicht töten musstet.«

Calis lachte. »Ich stand zweimal kurz davor. Bobby konnte Niederlagen nicht leicht wegstecken. Als wir von unserer ersten Fahrt nach Novindus zurückkamen und wie geprügelte Hunde in Krondor von Bord humpelten, nannte mich Prinz Arutha den ›Adler‹, wegen der Flagge unseres Schiffes.« Erik nickte. Er wusste besser als jeder andere, welche Rolle Calis in jenem Land als Söldnerhauptmann gespielt hatte. Seine Kompanie hatte die »Blutroten Adler« geheißen. »Bobby nannte sich daraufhin ›der Hund von Krondor‹. Prinz Arutha gefiel das zwar ganz und gar nicht, er hat jedoch nichts gesagt.«

Calis blieb stehen und hielt Erik zurück.

»Sag niemandem etwas über deine Vermutungen, Erik. Ich möchte nicht noch einen Hauptfeldwebel verlieren. Bobby hat sich selbst als Hund bezeichnet, aber Hunde beißen nicht nur, sie sind auch zäh und vor allem treu. Du bist genauso zäh und treu, obwohl dir das vielleicht noch nicht bewusst ist.«

Erik nickte. »Danke für das Kompliment, Sir.«

»Ich bin noch nicht fertig. Ich will keinen weiteren Hauptfeldwebel verlieren, weil Herzog James ihn aufhängen muss, um ihn zum Schweigen zu bringen.« Er sah Erik in die Augen. »Habe ich mich verständlich gemacht?«

»Durchaus.«

»Dann komm mit. Wir müssen diese Truppe nach Krondor zurückschaffen und sie William übergeben, damit er Kasernenratten aus ihnen macht. Wenn sie sich aus irgendeinem Grund in den Bergen wiederfinden, werden sie vielleicht ein wenig länger durchhalten als andere, aber für uns ist keiner dieser Männer von Nutzen.«

»Da kann ich Euch nicht widersprechen«, stimmte Erik zu.

»Such mir neue Männer, Erik. Verzweifelte Männer, wenn es sein muss, aber bring mir Männer, die wir ausbilden können.«

»Wo soll ich sie suchen?«

»Geh zum König, ehe er Krondor verlässt. Wenn du ihn höflich bittest, wird er dir vielleicht die Erlaubnis geben, dir die besten Männer der Grenzbarone zu holen. Die Barone werden nicht glücklich darüber sein, doch sollte dieser Krieg verloren gehen, wird eine mögliche Invasion aus dem Norden unsere geringste Sorge sein.«

Erik dachte an die Karte des Königreichs, die in Williams Amtszimmer hing. »Das bedeutet eine Reise zu den Wächtern des Nordens, Eiserner Pass und Hohenburg.«

»Beginn mit Eiserner Pass«, instruierte ihn Calis. »Du musst dich beeilen, und wenn du die Männer in den Süden bringst, marschiert ihr über Düstermoor und lasst Sethanon links liegen. Und mach, so schnell du nur kannst.« Dann fügte er, während um seine Lippen das spielte, was Erik als sein Grinsen kannte, noch hinzu: »Du hast zwei Monate.«

Erik hätte fast aufgestöhnt. »Ich brauche drei!«

»Reit meinetwegen ein paar Tiere zuschanden, wenn

es sein muss, aber du hast nur zwei Monate. Ich brauche sechshundert gute Männer, zweihundert aus jeder Garnison, und zwar in zwei Monaten in Krondor.«

»Dann werde ich ihnen die Hälfte ihrer Truppen abziehen müssen! Die Barone werden sich weigern!«

»Natürlich werden sie sich weigern wollen«, sagte Calis und lachte. »Deshalb brauchst du ja auch einen Befehl des Königs.«

Erik hielt einen Augenblick lang inne, dann begann er zu laufen, und Calis rief ihm verwundert nach: »Wo rennst du denn hin?«

»Krondor!«, rief Erik. »Ich habe keine Minute zu verlieren, und ich muss mich noch von jemandem verabschieden!«

Calis' Lachen blieb hinter ihm zurück, während Erik weiterrannte. Er lief noch immer, als er den erschrockenen Alfred überholte, der mit seinen Männern ins Lager zurückmarschierte.

Erik hatte einen harten Tag hinter sich. Erst war er beim König gewesen, dann bei Kitty. Der König war schon von dem Gedanken, den nördlichen Garnisonen Soldaten abzuziehen, die dort zum Schutz vor marodierenden Goblins und Dunkelelben gebraucht wurden, nicht besonders begeistert. Dass Calis mit der Auswahl der Männer aber ausgerechnet einen Hauptfeldwebel beauftragt hatte, fand ganz und gar nicht seine Zustimmung. Und auch Erik fragte sich, wie er einen Adligen mit vierhundert bewaffneten Männern überzeugen sollte, seinen Wünschen Folge zu leisten, wenn sich der Befehl des Königs als unzureichend erweisen würde.

Er hatte Jadow mitgeteilt, dass Calis später mit den Männern zurückkommen würde, und sich dann zu Kitty aufgemacht.

Diese hatte die Nachricht von seiner zweimonatigen Abwesenheit äußerlich gelassen aufgenommen, doch Erik kannte sie inzwischen gut genug, um zu sehen, wie sehr ihr das zusetzte. Er wünschte nur, er hätte einen Tag Zeit für sie gehabt, doch Calis' knappe Vorgabe ließ keine weitere Verzögerung zu.

Sie hatten sich aus dem Gasthaus zurückgezogen und sich eine Stunde lang der Leidenschaft hingegeben, und am Ende war Erik fast versucht, sein Wort gegenüber Calis zu brechen und etwas von dem zu erzählen, was er vermutete. Doch er warnte Kitty lediglich, sie solle nicht mehr hier sein, wenn dieses »große Etwas«, das auf sie zukam, schließlich eintraf. Sie solle Krondor verlassen und nach Ravensburg gehen. Wenn die Nachricht von der Invasion Krondor erreichte, würde nur noch wenig Zeit bleiben, die Stadt zu verlassen, ehe der Prinz die Tore schließen lassen würde. Kitty war klug genug, um zu wissen, was das bedeutete. Sie solle nach Ravensburg ins Gasthaus *Zur Spießente* gehen, wo sie bei Freida, seiner Mutter, und Nathan, seinem Stiefvater, in Sicherheit wäre. Dort, so versprach er ihr, würde er sie finden.

Zwei Stunden vor Sonnenuntergang war Erik aufgebrochen. Zwar würde er die Nacht in einem Gasthaus unterwegs verbringen müssen, doch jede Stunde, die er gewann, war die zusätzlichen Ausgaben wert. Außerdem verschwendete er schließlich das Gold des Königs und nicht sein eigenes.

Bei Sonnenuntergang war er noch eine Reitstunde vom nächsten Gasthaus entfernt. Der kleine Mond stand am Himmel, somit war die Nacht nicht völlig finster, und die

Straße des Königs war gut ausgebaut. Dennoch ließ Erik das Pferd langsamer gehen, um nicht noch einen Sturz zu riskieren.

Sein Pferd war ein zäher kleiner stichelhaariger Wallach, den er selbst ausgesucht hatte. Es war vermutlich nicht so kräftig wie die größeren Tiere im Stall des Prinzen, doch dafür hatte es mehr Ausdauer. Auf seiner Reise würde er die Pferde häufig wechseln und von morgens bis abends im Sattel sitzen müssen, zwei Wochen lang, bis er den Ort mit dem eigentümlichen Namen Eiserner Pass erreicht hatte. Er würde die Pferde zwar bis ans Ende ihrer Kräfte antreiben müssen, aber er konnte es schaffen.

Still verfluchte Erik seinen Hauptmann und ritt in die Nacht hinein.

»Schon wieder!«, sagte Nakor.

Sho Pi nickte. »Wie beim letzten Mal, Meister.«

Nakor widerstand dem Impuls, dem jungen Mann zu sagen, er solle ihn nicht Meister nennen. Es war genauso sinnlos, als würde man einem Hund befehlen, sich nicht zu kratzen.

»Patrouillen von Kesh an der Küste des Meers der Träume«, sagte Nakor. »Beim letzten Mal hat Calis den Kommandanten der Garnison benachrichtigt, und trotzdem reiten da immer noch Keshianische Lanzenreiter mit entrollten Bannern.« Auf einmal begann er zu lachen.

»Was ist daran so lustig, Meister?«

Nakor klopfte dem jungen Mann auf die Schulter. »Ist doch ganz offensichtlich. Lord Arutha hat eine Abmachung mit ihnen getroffen.«

»Eine Abmachung?«, fragte Sho Pi, während der Kapitän sein Boot auf die Küste zusteuerte.

»Du wirst schon sehen«, erwiderte der kleine Mann.

Er und sein Schüler waren in Krondor an Bord eines Schiffes gegangen und damit bis zum Zugang der Wasserstraße zwischen dem Bitteren Meer und dem Meer der Träume gefahren. Mittlerweile befanden sie sich auf einem Flussschiff mit Ziel Shamata, wo sie Pferde kaufen und dann nach Stardock reiten würden. Nakor trug Dokumente für Lord Arutha und Befehle von Prinz Patrick und Herzog James bei sich. Ihm war ein dringender Verdacht gekommen, was in diesen Dokumenten stehen könnte, denn einige von ihnen trugen das Siegel des Königs.

Der Rest der Reise verlief ohne weitere Zwischenfälle, und schließlich fanden sich Nakor und Sho Pi auf dem Floß, mit dem Passagiere und Fracht über den Großen Sternsee zur Insel Stardock gebracht wurden, wo die Gemeinschaft der Magier lebte.

Arutha, Graf am Hofe des Königs und Sohn von Herzog James, wartete am Steg auf sie. »Nakor, Sho Pi! Wie schön, euch zu sehen.« Er lachte. »Unsere letzte Begegnung war viel zu kurz.«

Nakor lachte ebenfalls. Er hatte beim letzten Mal kaum zwei Minuten mit dem gerade eingetroffenen Grafen verbracht, bevor er mit Sho Pi und Pug zur Reise nach Elvandar aufgebrochen war.

Bevor das Floß den Anleger ganz erreicht hatte, sprangen die beiden schon an Land. »Ich habe Botschaften von deinem Vater bei mir«, berichtete Nakor.

»Dann kommt mit mir«, bat ihn Arutha.

»Woher wusstest du, dass wir auf der Fähre sein würden?« wollte Nakor wissen.

Sie gingen auf das riesige Gebäude zu, das die Insel dominierte. Der Mann, den der König als Verwalter eingesetzt hatte, antwortete: »Dafür gibt es einen ganz einfachen Grund. Unser Ausguck hat euch von dort oben gesehen.« Er zeigte auf eines der Fenster in dem hohen Turm. »Er hat mich benachrichtigen lassen.«

»Muss einer meiner Schüler gewesen sein«, sagte Nakor und nickte.

Im Inneren des Gebäudes schritten sie durch einen langen Gang auf Aruthas Geschäftszimmer zu. Dort hatte auch Nakor gesessen, als Calis ihn zum Oberhaupt der Insel gemacht hatte. »Haben Chalmes, Kalied und die anderen dir noch Ärger bereitet?«, fragte Nakor.

Arutha schüttelte den Kopf. »Nichts, was der Erwähnung wert wäre. Sie meckern ein wenig dann und wann, doch solange sie frei lehren und forschen dürfen, beschweren sie sich kaum über meine Verwaltung.«

»Wahrscheinlich schmieden sie irgendwelche Ränke.«

»Ohne Zweifel«, stimmte Arutha zu, während sie sein Geschäftszimmer erreichten. »Aber ich glaube, damit werden wir ohne Hilfe von außen fertig. Es fehlt ihnen an Rückgrat, sich vom Königreich zu lösen, wenn sie nicht einen starken Verbündeten hinter sich wissen.« Als sie eingetreten waren, schloss Arutha die Tür hinter ihnen. »Und wir sind vorbereitet.« Er nahm den Stapel Dokumente entgegen, den ihm sein Vater geschickt hatte. »Entschuldigt mich einen Augenblick«, sagte er und brach das Siegel des ersten Briefes, einer persönlichen Mitteilung des Herzogs.

Während er las, betrachtete Nakor den Grafen. Er war so groß wie sein Vater, doch er ähnelte mehr seiner Mutter, hatte er doch feine Gesichtszüge und einen fast zierlichen Mund. Die Augen sind die seines Vaters, dachte Nakor, sie haben diesen gefährlichen Glanz. Auch das Haar hatte er vom Herzog, dichte dunkelbraune Locken.

Nach einer Weile fragte Arutha: »Wisst Ihr, was hier drinsteht?«

»Nein«, erwiderte Nakor. »Aber ich kann es mir denken. Erland ist gerade aus Kesh zurückgekehrt. Ist er hier vorbeigekommen?«

Arutha lachte. »Euch entgeht aber auch gar nichts, wie?«

»Wenn du erst einmal so lange gelebt hast wie ich«, gab Nakor zurück, »dann lernst du, auf alles zu achten.«

»Ja, Erland hat hier auf seinem Weg nach Hause eine Nacht haltgemacht.«

»Also hast du eine Abmachung mit Kesh getroffen.«

»Sagen wir besser, wir sind zu einer Einigung gekommen«, antwortete Arutha.

Falls Sho Pi der Unterhaltung lauschte, ließ er es sich nicht anmerken, da er das Gespräch zwischen seinem Meister und dem Grafen nicht unterbrach.

Nakor lachte. »Dein Vater ist der böswilligste und gefährlichste Mann, dem ich je begegnet bin. Glücklicherweise steht er auf unserer Seite.«

Arutha blickte kläglich drein. »In dieser Hinsicht kann ich Euch nicht widersprechen. Er hat mich nie mein eigenes Leben führen lassen.«

Nakor nahm den Brief, den ihm Arutha über den Schreibtisch reichte. »Das scheint dir allerdings nicht viel ausgemacht zu haben«, bemerkte der kleine Spieler.

Arutha zuckte mit den Schultern. »Ich habe natürlich auch gegen meinen Vater rebelliert, wie die meisten jungen Männer, doch die Aufgaben, die er mir gestellt hat, waren stets interessant, ja, oft sogar eine Herausforderung. Meine eigenen Söhne sind, wie Ihr vielleicht festgestellt habt, ganz anders. Nun, meine Gemahlin verzeiht ihnen all ihre ›Abenteuer‹.« Er erhob sich, während Nakor den Brief des

Herzogs las. »Oft habe ich darüber nachgedacht, wie das Leben meines Vaters wohl gewesen sein mag. Schließlich ist er als Dieb buchstäblich in den Abwasserkanälen von Krondor aufgewachsen.« Er blickte aus dem kleinen Fenster hinaus auf die Küste. »Ich habe jedenfalls genug Geschichten über ›Jimmy die Hand‹ gehört.«

»Ich habe immer gedacht, Euer Vater wäre alles andere als ein Prahler«, bemerkte Sho Pi, während Nakor weiterlas.

»Ich kenne die Geschichten nicht von Vater, sondern von anderen«, erklärte Arutha. »Vater hat die Geschicke des ganzen Königreichs maßgeblich beeinflusst.« Er verfiel in nachdenkliches Schweigen. »Es kann ganz schön schwierig sein, wenn man einen solch großen Mann zum Vater hat.«

»Die Leute erwarten viel vom Sohn eines großen Mannes.« Nakor legte das Dokument auf den Schreibtisch. »Soll ich hierbleiben?«

»Für eine Weile«, sagte Arutha. »Ich brauche jemanden, dem ich vertrauen kann, wenn es losgeht. Eine Rückversicherung, dass Chalmes und die anderen nicht verrücktspielen.«

»Oh, die werden bestimmt etwas aushecken, wenn sie erst erfahren, was dein Vater und Prinz Erland sich ausgedacht haben«, lachte Nakor. »Aber ich werde dafür sorgen, dass niemandem etwas Ernsthafte zustößt.«

»Gut. Ich breche nächste Woche auf, nachdem ich mich noch um einige notwendige Kleinigkeiten gekümmert habe.«

»Du musst zurück nach Krondor?«, fragte Nakor.

Arutha nickte. »Ich kenne meinen Vater schließlich.«

Nakor seufzte. »Ich verstehe.«

»Ihr habt dieselben Zimmer wie immer«, sagte Arutha, »also ruht euch aus. Ich werde euch beim Abendessen sehen.«

Sho Pi spürte, dass sie mit diesen Worten entlassen waren, erhob sich und öffnete die Tür für Nakor.

Nachdem sie das Arbeitszimmer des Grafen verlassen hatten, fragte Sho Pi: »Meister, was habt Ihr damit gemeint, als Ihr Lord Arutha gefragt habt, ob er zurückkehren muss?«

»Sein Vater hat ihn nach Rillanon befohlen, unter dem Vorwand, er solle dem König eine Botschaft überbringen«, erklärte ihm Nakor, während sie sich zu den Zimmern aufmachten. Während sie eine Treppe emporstiegen, fuhr Nakor fort: »Arutha weiß, dass sein Vater Krondor wahrscheinlich nicht verlassen wird, wenn die Schlacht beginnt. Und er will verhindern, dass seine beiden Söhne bei ihrem Großvater bleiben.«

»Ich weiß, Krieg ist gefährlich«, erwiderte der frühere Soldat, »aber warum sollte für die Enkel des Herzogs ein größeres Risiko bestehen als für alle anderen?«

»Das nicht. Nur wird es vermutlich überhaupt niemand überleben, wenn die Flotte der Königin nach Krondor kommt«, antwortete Nakor rundweg.

Sho Pi schwieg, und schließlich erreichten sie ihre Gemächer.

Erik gab Zeichen, und die Reiter hielten an. Einer der beiden Kundschafter kam auf ihn zugeritten.

Erik hatte den größten Teil der letzten zwei Monate damit verbracht, den Grenzbaronen ihre besten Männer abzujagen, und jetzt ritten fast sechshundert Männer in drei Kolonnen mit jeweils mehreren Meilen Abstand zueinander hinter ihm. Es war ein anstrengender Ritt gewesen, und

Erik hatte Calis bei jeder Meile verflucht, doch immerhin – er hatte seine Männer.

Die Grenzbarone, bei denen Erik vorstellig geworden war, hatten den Königlichen Befehl mit einer Mischung aus Unglauben und Empörung gelesen. Jeder von ihnen war ein Vasall der Krone und unterstand keinem Grafen oder Herzog. Und nun kam ein kleiner Hauptfeldwebel aus der Kaserne des Prinzen daher und hatte ein Schreiben in der Tasche, das es ihm erlaubte, sich die besten Männer auszusuchen. Und da die Versprechungen auf Ersatz eher vage waren, überstieg dies die Geduld eines jeden Barons.

Der Baron in Nordwacht, wie die Burg bei den Wächtern des Nordens genannt wurde, hatte sogar darüber nachgedacht, Erik bis zur Bestätigung des Befehls festzuhalten, doch da hatte Erik schon eine Kompanie von fast zweihundert Männern bei sich gehabt, und der Baron hatte es sich schließlich anders überlegt.

In Hohenburg hatte der Baron nur dreingeschaut, als hätte man ihm zu der schweren Last, die ohnehin schon auf seinen Schultern lag, noch eine weitere hinzugefügt, und war dem Befehl mit wenig Murren nachgekommen. Erik vermutete allerdings, dass die vierhundert Männer, die die Wappen von Nordwacht und Eiserner Pass trugen, ein Übriges getan hatten, um den Baron zu überzeugen.

Sie waren durch die weiten Grasländer des Hogewalds geritten, wo nomadische Stämme zu Hause waren, ihre Herden hüteten und mit den Baronen und den wenigen kleinen Städtchen im rauen Norden Handel trieben. Mehrfach waren sie auf Lager gestoßen, die erst jüngst verlassen worden waren, als hätte das Näherkommen so vieler bewaffneter Männer die Banditen in die Berge gejagt.

Nachdem sie das dritte dieser Lager gefunden hatten,

hatte Erik zwei Männer aus Eisener Pass als Kundschafter vorausgeschickt. Es beunruhigte ihn, sich so weit im Landesinnern Gedanken über seine Sicherheit machen zu müssen. Doch zwischen der Fernen Küste und dem Meer des Königreichs galt dieses Gebiet – im Norden von den Zähnen der Welt, diesem großen Gebirge, und im Süden vom Hogewald begrenzt – als das feindseligste des ganzen Landes. Banden von Goblins und Dunkelelben hatten sich noch vor dem Spaltkrieg bis nach Sethanon gewagt, und gleichgültig wie oft die Patrouillen des Königs auch durch diese Gegend ziehen mochten, es blieb ein wildes und ungastliches Land.

Gegenwärtig ritten sie durch offenes Waldland und würden bald den weitaus dichteren eigentlichen Hogewald erreichen. Inzwischen hatte Erik es aufgegeben, die Stellen zu zählen, an denen ihnen ein Hinterhalt drohen könnte.

Der Kundschafter zügelte sein Pferd. »Ein befestigtes Lager, Hauptfeldwebel. Mindestens hundert Mann.«

»Hat dich jemand gesehen?«, fragte Erik.

»Nein, sie haben keine Wachen aufgestellt und scheinen sich sehr sicher zu fühlen. Wahrscheinlich denken sie, sie wären hier draußen allein.«

»Hast du sie identifizieren können?«

»Keine Banner, und niemand trug Uniform oder Wappenrock. Sie sehen wie Banditen aus.«

Erik ließ den Kundschafter wegtreten und wandte sich an den Mann, dem er die Aufgaben eines Korporals übertragen hatte, einen Feldwebel aus Eiserner Pass mit dem Namen Garret. »Ich will eine Angriffsreihe fünfzig Meter hinter uns, die Hälfte der Männer. Beim ersten Anzeichen von Schwierigkeiten sollen sie von beiden Seiten angreifen. Der Rest soll sich darauf vorbereiten, durch die Mitte vorzustoßen, in Zweierreihen. Nehmt die besten vier Eurer Männer und reitet mit mir.«

Wenngleich er wenigstens zehn Jahre älter war als Erik, zögerte der Mann keinen Augenblick, die Befehle auszuführen. Erik gefiel das, und ihm gefiel auch Garrets Disziplin. Er hatte sich vorgenommen, den Mann sobald wie möglich zum Feldwebel zu befördern, denn er machte auf ihn den Eindruck von jemandem, dem das Wohl – und vor allem das Leben – seiner Männer am Herzen lag.

Das war einer der Gründe gewesen, weshalb er Calis' Plan zähneknirschend zugestimmt hatte: Die Männer, die er hatte zusammenholen sollen, waren durch Jahre des Kampfes gegen Goblins, Dunkelelben und Banditen abgehärtet. Die meisten hatten viel Kampferfahrung in den Bergen gesammelt, und es würde nur wenig Nachhilfe erfordern, sie in die Truppe zu integrieren, die bereits unter Eriks Kommando stand.

Die ersten zwanzig Männer schwenkten hinter ihnen ab. Erik wandte sich Garret zu: »Macht Euch auf einige Schwierigkeiten gefasst.«

Befehle wurden ausgegeben, und Erik, Garret sowie die vier Männer, die dieser ausgewählt hatte, ritten los.

Langsam suchten sie sich ihren Weg zwischen den Bäumen hindurch und kamen bis auf Sichtweite an das Lager heran. Fast achtzig Männer waren dort und unterhielten sich auf der Lichtung oder lagen dösend herum. Ein paar Dutzend Zelte verschiedener Größe waren wirr durcheinander aufgestellt, und einige Männer beschäftigten sich an den Feuern in der Mitte der Lichtung mit der Zubereitung des Essens. Wagen und Pferde waren am gegenüberliegenden Rand des Lagers abgestellt, wie Erik sah.

Er sah Garret an. »Das sind keine Banditen.«

Der ältere Soldat nickte nur. »Wir sollten sie besser mit ganzer Härte angreifen.« Für ihn war es keine Frage, dass ein Kampf bevorstand. Doch etwas anderes verwunderte ihn. Obwohl es gerade erst Mittag war, schliefen viele der Männer.

Erik hob die Hand und flüsterte: »Sie warten auf jemanden.«

»Woher wisst Ihr das, Hauptfeldwebel?«, fragte Garret.

»Man kann ihnen die Langeweile ansehen, und sie sind schon mindestens eine Woche hier.« Er zeigte auf eine Grube rechts von ihnen.

»Ich rieche es auch«, bestätigte Garret. »Ihr habt recht, sie müssen schon eine Weile hier sein.«

»Und wenn ich mich nicht irre, gibt es hier nichts, worauf zu warten es sich lohnt, demnach müssen sie auf jemand anders warten.«

»Auf wen?«

»Das müssen wir herausfinden.«

Er winkte die Männer vorwärts, und die Pferde am Zügel führend, gingen sie weiter auf das Lager zu.

Ein gelangweilter Soldat saß da und putzte sein Schwert. Er sah auf, als Erik und die anderen in Sichtweite kamen. Dann riss er die Augen weit auf und schlug Alarm.

Als Erik die Stimme des Mannes hörte, sträubten sich ihm die Nackenhaare. Nach hinten brüllte er: »Zum Angriff!«

Ohne zu zögern wurden die Schwerter gezogen, und Hufschlag erfüllte die Luft. Die Männer im Lager liefen zu ihren Sachen und legten eilig Rüstungsteile an, wie sie ihnen gerade in die Hände kamen. Sie langten nach Schilden und Schwertern, Bögen und Pfeilen. Der Kampf brach los.

Wie Erik geplant hatte, ritt die Zweierkolonne geradewegs in die Mitte des Lagers hinein, während die breite

Angriffslinie das Lager umzingelte. Männer schrien, Pfeile zischten durch die Luft, und Stahl traf auf Stahl. Die Reiter drangen in die Lichtung ein.

Viele von Eriks Männern waren berittene Bogenschützen, die rasch ihr Ziel fanden, während sich der Feind noch mit seinen Rüstungen abmühte.

Erik ritt zwei Männer nieder und hielt auf die Mitte des Lagers zu. Wer immer diese Männer anführte, er befand sich mit Sicherheit dort, und Erik wollte ihn stellen, ehe ihn irgendein übereifriger Bogenschütze des Königs mit einem Pfeil durchbohrte.

Dann entdeckte Erik den Anführer.

Der Mann stellte in der Verwirrung rings um ihn herum eine Oase der Ruhe dar. Er brüllte Befehle und versuchte, seine Männer mit aller Willenskraft in eine zweckmäßigere Kampfordnung zu bringen.

Erik gab seinem Pferd die Sporen und hielt auf ihn zu.

Der Anführer spürte Eriks Nahen mehr, als dass er ihn sah, so sehr war er damit beschäftigt, seine Männer zu dirigieren. Er drehte sich um, bemerkte Pferd und Reiter und duckte sich unter Eriks Angriff hinweg zur Seite.

Erik wendete sein Pferd. Inzwischen hatte sich der Mann Schwert und Schild gegriffen. Erik wusste augenblicklich, dass er es hier mit einem ernstzunehmenden Gegner zu tun hatte, denn der Kerl war nicht planlos ausgewichen, sondern auf seine Waffen zu. Dieser Mann ließ sich nicht so leicht aus der Fassung bringen.

Doch Erik war schlau genug, ihn nicht noch einmal auf die gleiche Art anzugreifen. Das Risiko, dass der Mann sich abermals ducken und dann auf die Beine seines Pferdes einschlagen würde, war zu groß. Jedenfalls strahlte der Kerl genug Ruhe und Selbstvertrauen aus, um ihm das zuzutrauen.

Die Männer des Königs hatten inzwischen einen hohen Blutzoll eingefordert, und Erik umrundete seinen Gegner und wartete ab. Der Mann behielt ihn aufmerksam im Auge und wartete auf den Angriff, der jedoch nicht erfolgte.

»Lasst so viele wie möglich am Leben!«, rief Erik.

Als offensichtlich wurde, wie deutlich die Männer im Lager den angreifenden Reitern unterlegen waren, ließ der Anführer seine Waffen fallen und bat um Schonung.

Und so entwickelte sich die Sache ganz nach Eriks Wünschen, nachdem der Anführer seine Waffen fallen gelassen hatte. In Novindus war das bei den Söldnern ein gemeinhin gültiges Zeichen der Kapitulation, erinnerte er sich.

Er sah sich im Lager um. Auf dem Boden lag ein Banner, dessen Wappen ihm bekannt vorkam. Erik lenkte sein Pferd an den Mann heran. Garret und die anderen Soldaten standen nur verblüfft daneben, als der Hauptfeldwebel des Prinzen plötzlich in einer fremden Sprache redete.

»Duga und seine Kriegshunde, wenn ich mich nicht irre?«, fragte er den Anführer.

Der Mann nickte. »Und wer seid Ihr?«

»Ich war bei Calis' Blutroten Adlern.«

Hauptmann Duga, Söldnerführer von einhundert Schwertern, seufzte. »Wir hatten Befehl, Euch zu töten, wenn wir Euch zu Gesicht bekommen. Aber das war auf der anderen Seite der Welt.«

»Ihr habt einen langen Weg hinter Euch«, meinte Erik.

»Das ist allerdings wahr.« Duga blickte sich um und sah, wie seine Männer von Eriks Soldaten entwaffnet wurden. »Was jetzt?«

»Das kommt darauf an. Wenn Ihr mit mir zusammenarbeitet, behaltet Ihr vielleicht das Leben. Falls nicht ...«

»Ich werde meinen Eid bestimmt nicht brechen«, entgegnete Duga.

Erik besah sich das Gesicht des Mannes. In Novindus hatte er zu den bekannteren Hauptmännern gehört. Klug, vielleicht sogar intelligent, auf jeden Fall jedoch schlau genug, um seine Männer durchzubringen. Und das war das Wichtigste für einen Hauptmann. Er musste hart genug sein, damit er einen mürrischen Haufen Strolche zusammenhalten konnte, und er musste ehrlich sein, sonst würde ihn niemand anheuern.

»Ihr braucht keinen Eid zu brechen. Ihr seid ein Gefangener, aber wir können Euch wohl kaum einfach nach Hause schicken.«

Verbittert erwiderte der Mann: »Ich weiß nicht einmal, wo mein Zuhause liegt.«

Erik zeigte nach Südwesten. »In die Richtung, nur auf der anderen Seite der Welt, wie Ihr schon gesagt habt.«

»Würdet Ihr uns ein Boot leihen?«, fragte Duga voller Sarkasmus.

»Vielleicht. Wenn Ihr uns einige Informationen gebt, bekommt Ihr womöglich Gelegenheit, nach Hause zurückzukehren.« Erik erwähnte nicht, wie gering die Aussicht war, dass dieser Fall eintreten würde.

»Sprecht«, forderte Duga ihn auf.

»Wie seid Ihr hierhergekommen?«

»Durch eines dieser magischen Portale, die die Schlangenmenschen geschaffen haben.« Duga zuckte mit den Schultern. »Sie haben jedem Hauptmann, der seine Männer hindurchführt, eine hohe Belohnung versprochen.« Er blickte sich um. »Obwohl nur die Götter wissen, wo ich die hier ausgeben soll.«

»Wie lange seid ihr schon hier?«, fragte Erik.

»Seit drei Wochen.«

»Auf wen wartet ihr?«

»Ich weiß es nicht«, antwortete der Söldnerhauptmann aus Novindus. »Ich kenne nur den Befehl von General Fadawah, und der war sehr einfach: Geht durch diesen Spalt und sucht euch in der Nähe einen Lagerplatz. Dann wartet.«

»Worauf?«

»Ich weiß es nicht«, wiederholte Duga. »Ich weiß nur, dass wir den Befehl zum Warten haben.«

Erik war sich nicht sicher, wie er weiter verfahren sollte. Bis zum Eintreffen der nächsten Kolonne seiner Männer hatte er fast so viele Gefangene wie Soldaten, um sie zu bewachen. Und jeden Augenblick konnten weitere Feinde auftauchen. Er überlegte. »Wir gewähren euch Schonung. Euch wird nichts geschehen, aber wir können euch nicht einfach davonreiten lassen. Wenn wir unser Lager aufgeschlagen haben, werden wir weiterverhandeln.«

Der Söldner dachte einen Moment nach. »Abgemacht.« Mit offensichtlicher Erleichterung rief er seinen Männern zu: »Kein Kampf mehr! Und jetzt lasst uns essen!«

Wieder einmal staunte Erik über das Benehmen der Söldner aus Novindus, die den Kampf als Beruf betrachteten, die anderen Männern mal als Feinde, eine kurze Zeit später als Verbündete und dann vielleicht wieder als Feinde gegenübertraten und die nur wenige oder keine bösen Absichten hegten.

Erik winkte Garret zu sich. »Wenn hier alles geregelt ist, sollen die Männer das Lager aufschlagen und dann essen.«

Der Feldwebel aus Eiserner Pass salutierte und gab die entsprechenden Befehle aus.

Erik setzte sich im Sattel zurecht und spürte jeden einzelnen Knochen. Sein Gesäß war wund, und er konnte sich nicht erinnern, je so erschöpft gewesen zu sein. Mit einem stillen Stöhnen stieg er ab. Jetzt, da er den Essensduft von den Feuern her roch, fiel ihm auf, wie hungrig er war.

Während er sein Pferd versorgte, verfluchte er seinen Hauptmann noch einmal. Und bevor er mit den Verhören der Gefangenen begann, verfluchte er seinen Vorgesetzten abermals.

Pläne

Roo nickte.
Der Handelsgesandte sprach seit fast einer geschlagenen Stunde, und Roo hatte schon nach den ersten fünf Minuten begriffen, worauf der Mann hinauswollte. Doch das Protokoll verlangte, dass man sich das ganze Angebot anhörte, bevor man es ablehnte. Roo wünschte nur, der Mann würde zum Ende kommen, denn das Treffen war ohnehin sinnlos.

Nachdem Roo seinerzeit den Getreidemarkt des Westlichen Reiches unter seine Kontrolle gebracht hatte, war der Einfluss seiner verschiedenen Gesellschaften, vor allem der Bittermeer-Handelsgesellschaft, von Monat zu Monat gewachsen, bis er nur noch einen einzigen ernsthaften Konkurrenten hatte: Jacob Esterbrook.

Und der Bereich, den Jacob vollständig dominierte, war der Handel mit Kesh. Das gewinnträchtige Geschäft mit Luxusgütern entzog sich Roo dadurch, und was immer er auch versuchte, um auf dem lukrativen Markt Fuß zu fassen, mehr als kleinere Verträge oder weniger profitable Geschäfte waren dabei nicht herausgekommen.

Er hatte sich abermals um eine Konzession von Kesh bemüht, doch mit großer Ausführlichkeit teilte ihm dieser Abgesandte mit, dass aus seinen Plänen erneut nichts werden würde.

Nachdem der Mann schließlich geendet hatte, lächelte Roo ihn an. »Um es deutlich zu sagen, die Antwort ist Nein.«

Der Handelsgesandte blinzelte und gab Überraschung vor. »Oh, ich denke, es wäre zu harsch, es als glatte Ablehnung aufzufassen, Herr Avery.« Er legte die Fingerspitzen aneinander. »Es entspricht viel eher der Wahrheit, wenn man feststellt, dass eine Übereinkunft gegenwärtig nicht zu erreichen ist. Damit ist keineswegs ausgeschlossen, dass wir in Zukunft zu einer solchen gelangen werden.«

Roo blickte zum Fenster des oberen Stockwerks von *Barrets Kaffeehaus* hinaus. Es wurde bereits dunkel. »Es ist spät geworden, Sir, und ich habe bis zum Abendessen noch einiges zu erledigen. Wenn ich einen Vorschlag machen dürfte, dann sollten wir uns beim nächsten Mal vielleicht früher am Tage treffen.«

Der Mann aus Kesh erhob sich, und wie Roo von seinem Gesicht ablesen konnte, war ihm der Scherz in Roos Bemerkung vollkommen entgangen. Er verneigte sich knapp und verließ das Kaffeehaus.

Duncan Avery, Roos Cousin, hatte dösend in der Ecke gesessen und streckte sich nun. »Na endlich«, sagte er.

Luis de Savona, Roos Geschäftsführer, meinte: »Da kann ich nur zustimmen. Endlich.«

»Nun, wir mussten es wenigstens versuchen.« Roo lehnte sich zurück und starrte auf den Kaffee und das Gebäck, das schon seit Stunden unangerührt auf dem Tisch stand. »Eines Tages werde ich herausfinden, wieso Jacob den Handel mit Kesh so fest in der Hand hat. Es ist fast, als …« Er ließ den Gedanken unausgesprochen.

»Als was?«, hakte Duncan nach.

Luis blickte Roos Cousin an. Die beiden Männer kamen schlecht miteinander aus, obwohl sich beide friedlich benahmen, wenn sie aufeinandertrafen. Luis, ein früherer Waffenbruder von Roo, arbeitete hart und gewissenhaft und erledigte jede Aufgabe mit beispielloser Sorgfalt. Duncan war faul, widmete Einzelheiten keine Aufmerksamkeit und befand sich nur in Roos Diensten, weil er dessen Cousin war. Ansonsten war er charmant, lustig und ein exzellenter Fechter, und Roo mochte seine Gesellschaft.

»Seit wann interessierst du dich denn fürs Geschäft?«, fragte Luis.

Duncan zuckte mit den Schultern. »Roo wollte etwas sagen. Ich habe nur gefragt, was. Das ist alles.«

Roo mischte sich ein. »Ich muss mir noch ein paar Dinge ganz genau ansehen.«

»Kann ich irgendetwas für dich erledigen?«, bot sich Duncan an.

Roo schüttelte den Kopf. »Nein, ich muss mit Herzog James sprechen.« Er erhob sich, ging zum Geländer und rief nach unten: »Dash?«

»Ja, Herr Avery«, kam die Antwort von unten. Dash blickte vom Tisch der Bittermeer-Handelsgesellschaft auf, wo er die Rechnungen durchging, die zwei von Roos Schreibern ausstellten. »Was kann ich für Euch tun, Sir?« Während die beiden normalerweise weniger förmlich miteinander umgingen, beachtete Dash in der Öffentlichkeit stets die Regeln des Anstands.

»Ich müsste, sobald es geht, Euern Großvater treffen.«

»Jetzt gleich?«, fragte Dash und war schon halb aufgesprungen.

Roo winkte ihn zurück. »Morgen wäre früh genug.«

Vom Eingang her rief jemand: »Jetzt wäre allerdings besser!«

Dash sah auf, während Roo sich den Hals verrenkte, um zu sehen, wer da gesprochen hatte. »Großvater!«, entfuhr es Dash.

Der Herzog von Krondor trat ein. Er wurde von zwei Wachen des Palastes begleitet. Der gesamte untere Stock des Kaffeehauses kam in Bewegung, die meisten Anwesenden erhoben sich und neigten den Kopf vor dem hohen Gast. James ging zum Geländer, das Nichtmitglieder davon abhalten sollte, die Galerie zu betreten, und eine der Wachen öffnete das Tor. James trat hindurch und stieg die Stufen hinauf. Das war ein enormer Bruch des Protokolls, denn Nichtmitglieder hatten nur Zutritt, wenn sie zu Geschäften heraufgebeten wurden. Roo entschloss sich allerdings, dem mächtigsten Adligen des Königreichs diese Kleinigkeit nicht unter die Nase zu reiben.

James wandte sich zunächst an Luis und Duncan. »Bitte lasst uns allein.« Er beugte sich über das Geländer und rief Dash zu: »Kümmere dich bitte darum, dass wir nicht gestört werden.« Mit gesenkter Stimme, damit ihn niemand außer Roo verstehen konnte, sagte er dann: »Es ist an der Zeit, ein Geschäft abzuschließen.«

Roo hörte das zwar nicht gern, zuckte jedoch nur mit den Schultern. »Früher oder später musste es ja so weit sein.«

»Ich brauche zwei Millionen Goldsovereigns.«

Roo blinzelte. Sein Vermögen war ein Vielfaches davon wert, doch im Augenblick hatte er diesen Betrag nicht flüssig. Um so viel Gold in die Hand zu bekommen, musste er einige seiner Geschäfte neu ordnen. »Wie bald braucht Ihr das Geld?«

»Gestern, aber morgen würde noch genügen.«

»Und zu welchen Zinsen?«

James lächelte. »Was immer Euch gefällt, im vernünftigen Rahmen natürlich. Ihr wisst ja, dass wir vielleicht nicht in der Lage sein werden, dieses Darlehen zurückzuzahlen.«

Roo nickte. »Wenn Ihr dieses Darlehen nicht zurückzahlen könnt, bezweifle ich, dass ich dann noch in der Lage sein werde, mich darüber zu beschweren.«

»Wann kann ich mit dem Gold rechnen?«, fragte James.

»Bis morgen Abend kann ich Euch eine halbe Million Goldsovereigns zur Verfügung stellen. Für die restlichen anderthalb Millionen brauche ich ein paar Tage Zeit. Die Geldverleiher in der Stadt werden mich ausnehmen. Und im Osten werde ich auch noch einige Geschäfte machen müssen.« Er lehnte sich zurück. »Würdet Ihr mir beim nächsten Mal vielleicht den Gefallen tun und mich etwas früher in Kenntnis setzen, Euer Gnaden?«

»Nein«, entgegnete James. »Es kommt Bewegung in die Sache.«

»Wo wir gerade davon sprechen«, sagte Roo, »der Handelslegat aus Kesh hat mein Ersuchen um eine Konzession erneut abgelehnt. Gibt es etwas, womit Ihr mir in dieser Sache weiterhelfen könntet?«

»Möglicherweise«, meinte James. »Im Moment machen wir viele Geschäfte mit Kesh.«

»Deswegen das Gold?«, erkundigte sich Roo und zog fragend die Augenbrauen hoch.

»Ein sehr reichliches Bestechungsgeld für einige Adlige aus Kesh an wichtigen Stellen.«

»Überaus reichlich«, stimmte Roo zu. »Wollt Ihr den Kaiser stürzen?«

James erhob sich. »Man bräuchte weitaus mehr Gold, um auch nur davon träumen zu können. Vielleicht gibt es überhaupt nicht genug Gold, um den Kaiser von Kesh zu stürzen.« James zögerte, dann fügte er hinzu: »Wir müssen uns um unsere Südgrenze kümmern.«

Roo nickte. »So viel habe ich schon selbst herausbekommen.« Er reckte sich und stand ebenfalls auf. »Mich würde interessieren, was Ihr vorschlagt, wie man sich mit Kesh hinsichtlich der bevorstehenden Invasion einigen soll.«

»Ich beschäftige mich bereits mit den verschiedenen Eventualitäten«, erklärte James. »Wir müssen genügend keshianische Soldaten an den richtigen Orten aufbringen, damit die Smaragdkönigin dort bleibt, wo wir sie haben wollen.«

Roo nickte. »Damit es keine Einfälle südlich von Krondor gibt, oben in den Bergen am Tal der Träume.«

»So ungefähr. Und außerdem müsste die Smaragdkönigin die Zwerge bei Dorgin überrennen, was noch nie jemandem gelungen ist.« James lächelte schief. »Doch selbst König Halfdans Armee würde von diesem Heer in die Flucht geschlagen werden, fürchte ich.«

Roo hatte Geschichten darüber gehört, welch furchterregende Krieger die Zwerge waren, doch bislang hatte er noch keinen persönlich kennengelernt.

Als James sich zum Gehen wandte, kam Roo um den Tisch herum. »Ich finde schon allein zur Tür«, verabschiedete sich der Herzog. Doch an der Treppe blieb er noch einmal stehen. »Ach, übrigens, versucht doch nicht weiterhin, Euren Reichtum im Osten und in den Freien Städten zu horten. Ich werde das meiste für den Krieg brauchen.«

Roo gab sich gar nicht erst den Anschein, als wäre er überrascht, um die Wahrheit zu verbergen. Er hatte kleine Summen Kapitals in aller Ruhe aus Krondor geschafft. »Sehr wohl«, gestand er mit ehrlicher Zerknirschung zu. »Euch austricksen zu wollen ist reine Zeitverschwendung.«

James nickte. »Vergesst das nicht.«

Er ging, und Roo stand allein da und wunderte sich erneut darüber, warum es ihm nicht gelungen war, eine Handelskonzession von Kesh zu bekommen. Er hatte da so seine Theorie, die es noch zu beweisen galt, doch im Augenblick hatte er Dringlicheres zu tun: Er musste einen riesigen Batzen Gold auftreiben, und er wollte nicht jeden Geldverleiher der Stadt dazu veranlassen, seine Zinsen zu verdoppeln.

Mit einem Seufzen dachte er an seinen geplanten Besuch bei Sylvia. Er würde ihr Duncan mit einer Nachricht schicken, denn vermutlich würde er bis weit nach Mitternacht im Kaffeehaus bleiben müssen. Also setzte er sich und begann zu schreiben.

Nachdem er das erledigt hatte, rief er nach Dash. Als der schließlich vor ihm stand, trug Roo ihm auf: »Gib das hier Duncan. Er soll es zu den Esterbrooks bringen. Er weiß schon Bescheid.« Roo reckte sich erneut. »Dann lass doch bitte meine Frau benachrichtigen, dass mich dein Großvater zu sehr beschäftigt hält, um während der nächsten Tage nach Hause zu kommen.« Eigentlich hatte Roo seiner Frau gesagt, er wolle in der Stadt bleiben, geplant hatte er jedoch, die Nacht mit Sylvia zu verbringen. Nun fühlte er sich verpflichtet, Sylvia in der morgigen Nacht zu besuchen oder in der darauffolgenden, bevor er nach Hause zurückkehrte.

Er blickte aus dem Fenster auf den Sonnenuntergang und lauschte auf die Geräusche der Stadt. Der Tag ging seinem Ende zu, und die Läden schlossen.

»Ich werde noch eine kleine Pause einlegen, ehe ich mich dem Anliegen deines Großvaters widme«, sagte Roo. »Ich denke, ich statte Helen Jacoby und ihren Kindern mal einen Besuch ab.«

Dash nickte. »Und danach?«

»Danach werde ich für eine Stunde ins Geschäft gehen.« Mit säuerlichem Gesicht fügte er hinzu: »Dann werde ich wieder herkommen. Und höchstwahrscheinlich für den Rest des Abends hierbleiben.«

Dash nickte abermals. »Noch etwas?«

»Nein, das ist alles. Morgen Früh kommst du als Erstes hierher. Ich schätze, ich werde eine Menge Arbeit für dich haben. Und bring Jason mit.«

Während Dash schon an der Tür war, stieg Roo die Treppe hinunter. Er trat aus dem Kaffeehaus und wollte schon über die Straße zu seinem Stadthaus gehen, um sich ein Pferd zu satteln und zu Helen zu reiten. Doch dann überlegte er es sich anders und entschloss sich zu einem Spaziergang.

Er schlenderte durch die geschäftigen Straßen. Der Menschenmassen und des Geschreis würde er wohl niemals müde werden. Als Kleinstadtjunge betrachtete er Krondor als nie versiegende Quelle der Anregung. Allein dadurch, dass er durch die Stadt ging, erholte er sich und schöpfte neuen Glauben daran, dass alles möglich war. Doch an diesem Tag störte das Schreckgespenst der Smaragdkönigin und ihres anrückenden Heeres diesen Genuss.

Einerseits wusste er, dass Krondor letztendlich angegriffen und vermutlich überrannt werden würde. Er hatte selbst mit angesehen, was geschah, wenn General Fadawah eine Stadt eroberte – der Zerstörung des fernen Maharta war er selbst nur knapp entkommen. Wenn er auch die leise Hoffnung hegte, dass die Armee des Königreichs, die weit besser ausgebildet war und mit Leib und Seele kämpfen würde, Krondor würde beschützen können, war er sich doch bewusst, welch geringe Aussichten tatsächlich für die Stadt bestanden.

Andererseits erschien ihm der bevorstehende Krieg als etwas, das unmöglich stattfinden konnte. Er war reicher, als er es sich selbst in seinen gierigsten Träumen hatte vorstellen können. Er hatte die schönste Frau der Welt zur Geliebten, und er hatte einen Sohn. Nichts auch nur entfernt Böses durfte diese Vollkommenheit stören.

Roo blieb stehen. In Gedanken versunken hatte er die Straße verpasst, an der Helens Haus lag. Er drehte sich um und sah aus den Augenwinkeln, wie sich eine Gestalt duckte und aus dem Staub machte.

Daraufhin beschleunigte er seine Schritte, bog um die Ecke und sah sich nach beiden Seiten um.

Ladenbesitzer schlossen ihre Geschäfte, Arbeiter eilten vorbei, entweder mit den letzten Aufträgen ihrer Herrn oder bereits auf dem Weg nach Hause oder in ein fröhliches Gasthaus. Doch die Gestalt, die er gesehen hatte, war nirgends zu entdecken.

Roo schüttelte den Kopf. Es muss an meiner Müdigkeit liegen, dachte er. Aber so ganz konnte er das Gefühl nicht abschütteln, dass er verfolgt worden war.

Er sah sich nochmals um, dann machte er sich zum Haus der Jacobys auf.

Vielleicht litt er unter Verfolgungswahn, weil er wusste, dass die Flotte der Smaragdkönigin schon bald in See stechen würde. Er hatte keine genauen Nachrichten darüber, doch er wusste genug, um sich dessen sicher zu sein.

Er hatte gesehen, wie ihre Armee über den Kontinent Novindus hinweggefegt war, er hatte im Rat gesessen, als die Verteidigungspläne gegen ihren Angriff auf das Königreich geschmiedet worden waren. Er konnte die Anzeichen deuten.

Er beförderte mehr Frachten als jeder andere Fuhrmann im Königreich, daher wusste er, wo die Ausrüstungen gelagert und wo Waffen und Ersatzpferde bereitgehalten wurden. Er wusste, dass der Angriff bald erfolgen würde.

Es war früher Herbst in Krondor, somit musste auf der anderen Seite der Welt Frühjahr sein. Bald würde die riesige Flotte zu ihrer Monate dauernden Reise aufbrechen. Vor Kurzem hatte Roo Admiral Nicholas erzählen gehört, welche Gefahren in der Straße der Finsternis lauerten. Schwierig zu durchsegeln bei mildestem Wetter, war sie im Winter kaum passierbar. Um eine solch große Flotte sicher hindurchzubringen, wäre Benapis, der Mittsommertag, der richtige Zeitpunkt. Die Gezeiten und Winde würden dann die enge Passage zwischen Endloser See und Bitterem Meer auch für unerfahrene Kapitäne befahrbar machen. Wenn er an das Gemetzel dachte, das die Königin in Novindus angerichtet hatte, konnte er sich kaum vorstellen, dass dort unten noch sechshundert wirklich fähige Kapitäne am Leben waren. Abgesehen von den Verheerungen, die die Smaragdkönigin über das Land gebracht hatte, gab es in Novindus ohnehin kaum hochseerfahrene Kapitäne; überwiegend handelte es sich um Küstenschiffer, die nicht einmal geahnt hatten, dass es jenseits des Meeres Land gab, bis Nicholas und seine Mannschaft vor zwanzig Jahren zum ersten Mal dort aufgetaucht waren.

Und sicherlich hielt Nicholas die eine oder andere Überraschung für sie parat, wenn sie versuchten, die Straße der Finsternis zu passieren. Schließlich war dies der Zweck von Roos Reise nach Queg gewesen. Denn nur aus einem Grund würde Herzog James queganische Schiffe als Eskorte für Händler des Königreichs anfordern: wenn die königliche Marine andernorts beschäftigt war. Nein, Nicholas würde schon auf die Invasoren warten, wenn sie die Straße der Finsternis erreichten.

Roo war am Haus der Jacobys angekommen und verdrängte die Gedanken an die Invasoren für eine Weile.

Auf sein Klopfen hin öffnete Helen Jacoby ihm die Tür. »Ich hoffe, du verzeihst mir meinen unangekündigten Besuch«, sagte Roo.

Sie lachte, und Roo war von diesem fröhlichen Klang ganz angetan. »Rupert, natürlich. Du bist immer willkommen.«

Hinter ihr hörte er die Kinder seinen Namen rufen, und Roo fühlte sich plötzlich so erholt wie selten. »Onkel Rupert!«, rief Willem, der Fünfjährige. »Hast du mir etwas mitgebracht?«

»Willem!«, fuhr ihn seine Mutter an. »So begrüßt man doch keine Gäste.«

»Er ist doch kein Gast«, widersprach Willem beleidigt. »Er ist Onkel Rupert!«

Die siebenjährige Nataly kam angerannt und schlang Roo zur Begrüßung die Arme um die Hüfte.

Rupert lächelte über die Dreistigkeit des Jungen und die Zuneigung des Mädchens, während Helen die Tür hinter ihm schloss. Als der Riegel zuschnappte, schoss ihm ein Gedanke durch den Kopf: Wenn seine Berechnungen richtig waren, würden die Invasoren schon in sieben Monaten ihren Fuß auf den Boden des Königreichs setzen.

Korporal Garret hatte der Zweifel im Gesicht gestanden, dennoch hatte er Eriks Befehl ohne Widerspruch befolgt. Nachdem Duga und seine Männer am Tag zuvor verhört worden waren, hatte sich Erik zum Handeln entschlossen. Er hatte Garret befohlen, die Hälfte der Männer, die er bei den Grenzbaronen eingezogen hatte, in langsamem Marsch nach Krondor zu führen, während Erik die andere Hälfte bei sich behielt. Wenngleich sie ihre Wappenröcke abgelegt hatten, als sie von ihren vormaligen Posten aufgebrochen waren, sahen sie immer noch wie Soldaten aus.

Erik hatte ihnen befohlen, mit den gefangenen Söldnern die Kleider zu tauschen, und nun befand Erik, dass sie durchaus als eine sehr große Söldnerkompanie durchgehen konnten.

Duga bestätigte das. »Sie sehen aus wie meine Jungs.«

Erik hatte sich am vergangenen Abend mit Duga unterhalten. Und er fing an, den Mann zu mögen. Dennoch hatte es ihn fast die ganze Nacht gekostet, den einfachen, nüchternen Hauptmann von achtzig Männern davon zu überzeugen, dass es in seinem ureigensten Interesse lag, die Seiten zu wechseln. Einige seiner Männer schienen an dieser Entscheidung zu zweifeln, und diese hatte sich Erik herausgesucht und mit Garrets Schwadron weitergeschickt, während der Rest bei Erik und Duga blieb.

Später am gleichen Tag war das zweite Kontingent an Soldaten des Königreichs vorbeigeritten, und Erik hatte sie instruiert, Garrets Kompanie zu folgen. Als Duga schließlich die dritte Kompanie von zweihundert Männern sah, berichtete er, dass man ihn und seine Männer in dem Glauben gewiegt hätte, sie würden ein Land mit nur schlecht bewehrten Städten überfallen.

Erik hatte daraufhin weit ausgeholt und dem Söldnerhauptmann geduldig erklärt, wie sich die Dinge im Königreich verhielten, wobei er die Größe der beiden Armeen herunterspielte, dafür jedoch die Ausbildung und die

Ausrüstung der königlichen Soldaten in den Vordergrund rückte. Bei diesem Überzeugungsversuch half ihm natürlich der Anblick der sechshundert erfahrenen Soldaten des Königs.

Duga nahm mit Freuden die Rationen an, die Eriks Männer mit sich führten, und so saßen sie jetzt gemeinsam beim Frühstück. »Wisst Ihr«, sagte er, »es ist nicht viel, was die Armee der Königin zusammenhält, nur Angst.«

Erik nickte. »Ich habe das in Maharta gesehen.«

»Es ist noch viel schlimmer geworden.« Duga blickte sich um. »Manche Hauptmänner wollten desertieren, als sich die Nachricht herumsprach, dass wir uns nach Osten gegen die Stadt am Schlangenfluss wenden.«

»Ich habe gehört, was passiert ist«, sagte Erik. Prinz Patricks Spione hatten von den Hauptmännern berichtet, die zusammen mit einigen zufällig ausgewählten Söldnern gepfählt worden waren.

»Es ist, als würde einer den anderen überwachen. Keiner will dabei sein, nur wagt es niemand, den Mund aufzumachen.« Duga schüttelte den Kopf. »Wenn du dem falschen Mann gegenüber das falsche Wort fallen lässt, findest du dich ganz schnell auf einem Pfahl gespießt wieder.«

Erik überlegte sich seine nächste Frage sehr gut. »Hat jemand gefragt, warum man euch um die halbe Welt schickt?«

»Zuhause ist nichts mehr geblieben«, antwortete Duga. »Was gibt es schon großartig zu plündern, wenn eine Stadt bis auf die Grundmauern niedergebrannt wird.« Er senkte die Stimme. »Ich glaube es zwar nicht, aber diese Schlangen, die dauernd um die Königin herum sind, haben allen, die es hören wollten, erzählt, dass dies der reichste Ort der Welt sei, vor allem diese Stadt mit Namen Sethanon, wo die Straßen mit Marmor gepflastert und die Türgriffe aus Gold und die Gardinen aus reiner Seide sein sollen.« Er seufzte. »Nach all dem, was ich in den letzten zehn Jahren mitangesehen habe, kann ich mir schon vorstellen, warum manche Männer daran glauben wollen, aber eigentlich muss man dafür schon ausgesprochen dumm sein.« Er sprach noch leiser. »Manche Hauptmänner … Wir haben darüber geredet, was man versuchen könnte, aber …«

»Aber was?«

»Sie hat einfach alles unter Kontrolle.«

»Erzählt mir davon«, drängte Erik.

Duga deutete mit einem Zucken des Kinns an, dass sie einen kleinen Spaziergang machen sollten. Als sie außer Hörweite der Männer waren, begann er: »Vermutlich habe ich einen oder zwei ihrer Agenten in der Truppe. Man weiß nie. Dieser General Fadawah, er ist ein verdammtes Genie, was Strategie angeht. Der weiß ganz genau, wohin er die Männer schicken muss und so weiter, aber er ist gleichzeitig ein mörderischer Hund. Habt Ihr gehört, was mit General Gapi passiert ist?«

Erik nickte. »Sie haben ihn über einem Ameisenhaufen gepfählt, weil er versagt hat.«

»Und die meisten Generäle und Hauptmänner mussten danebenstehen und es sich ansehen.« Duga tippte sich mit dem Daumen auf die Brust. »Ich war auch dabei. War kein schöner Anblick, das kann ich Euch sagen.« Duga wirkte niedergeschlagen, als er versuchte, die Verhältnisse zu erklären. »Es ist die Art, wie sie uns alle im Griff haben«, sagte er und schloss langsam die offene Hand, um es zu demonstrieren. »Zuerst war es nur ein ganz normaler Krieg. Man verpflichtete sich am Treffpunkt der Söldner und zog dann in den Kampf, plünderte und verprasste den Sold und seinen Anteil der Beute. Als Nächstes kamen die ersten Belagerungen. Ich weiß noch, Calis' Blutrote Adler standen auf der anderen Seite bei … wo war das noch?«

»Hamsa«, half ihm Erik. »Das war, ehe ich bei ihnen eingetreten bin, aber ich kenne die Geschichte der Belagerung.«

»Danach fing es an, mächtig hässlich zu werden. Zweihundertsechzig Tage lang hat die Königin diese armen Hunde ausgehungert, und schließlich hat sie diese Saaurkrieger auf die Flüchtlinge gehetzt.«

Erik hatte ebenfalls gehört, wie den Überlebenden von Calis' Kompanie mithilfe der Jeshandi, einem Nomadenstamm in Novindus, die Flucht gelungen war.

»Das alles kam uns sehr eigentümlich vor. Wir hielten eine Versammlung der Hauptmänner ab, wo einige erklärten, sie hätten die Nase voll und wollten zu General Gapi gehen. Der brachte drei unserer Hauptmänner zur Königin, und die haben wir nie wiedergesehen. Von da an wussten wir Bescheid. Wir würden in diesem Krieg kämpfen, solange er dauern sollte, und jeder, der abspringen wollte, galt von da an als Feind. Eine Weile war alles trotzdem nicht so schlimm. Es gab genug zu plündern. Und auch Frauen, ob sie wollten oder nicht. Doch am Ende wird man das alles leid, versteht Ihr?«

Erik nickte. »Ja, ich verstehe.«

»Einige meiner Jungs …« Er unterbrach sich, dann sprach er weiter. »Keiner von uns ist eigentlich noch ein Junge. Ihr werdet keinen Mann in meiner Kompanie finden, der noch nicht dreißig Jahre alt ist, Erik.«

»Ich weiß nicht, was ich Euch versprechen kann«, erwiderte Erik. »So etwas wie das hier habt Ihr noch nie gesehen. Hier befindet sich eine Nation im Krieg, aber ich denke, wenn Ihr entweder die Seiten wechselt oder Euch nicht weiter einmischt, werden wir Euch schon irgendwie wieder nach Hause schaffen können, falls wir das alles überstehen sollten.«

»Nach Hause?«, fragte Duga, als würde er das Wort nicht kennen. »Habt Ihr eine Ahnung, wie es jetzt bei uns zu Hause aussieht?«

Erik schüttelte den Kopf.

»Die Bauernhöfe sind niedergebrannt, das Vieh ist geschlachtet, das Obst verfault auf den Bäumen, weil niemand da ist, der es ernten könnte. Die Felder ersticken im Unkraut, weil die Bauern entweder tot oder in der Armee sind.«

»Ich kann nicht ganz folgen«, gestand Erik.

»Seit zehn Jahren führen wir diesen Krieg. Wir haben uns von den Westlanden durch die Flusslande in die Ostlande gekämpft und nichts hinter uns zurückgelassen. Wer immer dort unten noch lebt, er kann sich kaum über Wasser halten. Vielleicht gibt es in den ausgebrannten Städten noch Menschen. Und ich habe gehört, im Ratn'gary-Gebirge soll noch eine Zwergenstadt existieren, die die Königin schlauerweise links liegen lassen hat. Wären es Menschen gewesen, wäre die Stadt ebenfalls bis auf die Grundmauern niedergebrannt worden.«

Erik konnte das Gehörte kaum glauben. »Ist denn wirklich nichts mehr übrig?«

»Ein paar Leute haben sich versteckt, und andere leben einfach zu weit abgelegen, um Opfer der Zerstörung zu werden. Doch die meisten, die wir zurückgelassen haben, waren tot, Erik. Es gibt keine Städte mehr und nur noch wenige Dörfer, in denen noch Häuser stehen. Wenn ein Bauer abgelegen genug wohnt, dann hat er vielleicht noch seine

Ernte einbringen können – es sei denn, die Flüchtlinge aus den Städten haben sie ihm weggegessen. Und dann die Krankheiten …« Er seufzte. »Bei so vielen Toten konnten die nicht ausbleiben. Manche unserer Männer hatten solchen Durchfall, dass sie daran gestorben sind; sie konnten kaum Wasser bei sich behalten. Andere haben die Blattern bekommen. Oder einfach nur Fieber, und das ohne Heilkräuter oder Priester. Zu Hause herrscht das reine Elend, so sieht es aus.«

Erik betrachtete das Gesicht des Mannes und entdeckte etwas in seinen Augen, das er noch nie zuvor bei einem Soldaten gesehen hatte. Tiefer Schrecken offenbarte sich dort, ein Schrecken, der solange unterdrückt worden war, bis er kaum mehr wahrgenommen wurde. Doch wenn er schließlich wieder an die Oberfläche durchbrechen würde, wer wusste, welche Folgen das haben würde.

Erik legte Duga die Hand auf die Schulter. »Hier gibt es noch viele Menschen, die leben.« Er hob leicht die Stimme. »Und ich werde alles daransetzen, dass es so bleibt.« Lächelnd fügte er hinzu: »Selbst wenn es sich nur um einen Haufen verlotterter Söldner handelt, die es in die Fremde verschlagen hat.«

Duga betrachtete eingehend Eriks Gesicht, dann nickte er knapp und wandte sich ab, damit der Jüngere nicht sah, wie sich Tränen in seinen Augen sammelten. Seinen Männern rief er zu: »Bewegt euch ein bisschen. Zeigt diesen Kerlen aus dem Königreich doch mal, wie richtig verlotterte Söldner aussehen.«

Auf diese Bemerkung hin antworteten einige seiner Männer mit Lachen, während die meisten königlichen Soldaten seinen Dialekt nicht verstanden hatten.

Mittlerweile wirkte das Lager wieder so, wie Erik es vorgefunden hatte, wenn man davon absah, dass mehr als die Hälfte der Männer Soldaten des Königreichs waren und eine Truppe von dreißig Bogenschützen verborgen in den Bäumen lauerte.

Am dritten Tag nach der Kapitulation berichtete ein Wachposten, dass sich Reiter von Süden her näherten.

»Macht euch bereit«, wies Erik seine Leute an.

Dugas Söldner bewegten sich träge wie gelangweilte Soldaten, während Eriks Männer Schwert und Schild griffbereit hielten. Die Bogenschützen in den Bäumen machten sich ebenfalls bereit.

Einige Minuten später erreichten drei Reiter die Lichtung. Jeder war in einen Reisemantel gehüllt. Der Anführer warf seine Kapuze zurück. Er war ein Mann in mittleren Jahren mit grau meliertem Haar. »Wer hat das Kommando?«

»Ich«, meldete sich Erik.

»Welche Kompanie?«, fragte der zweite Mann.

»Dugas Schwarze Schwerter«, antwortete Erik.

»Du bist nicht Duga!«, sagte der erste.

»Nein, Kimo, das bin ich.« Duga trat vor.

Der Mann namens Kimo fragte: »Und warum behauptet er, das Kommando zu haben?«

Duga zuckte mit den Schultern. »Wir haben uns gelangweilt, während wir auf euch gewartet haben. Da hat er mich herausgefordert und gewonnen. Sieh dir bloß an, wie groß er ist. Verdammt, er hat mir fast den Schädel eingeschlagen. Aber so ist er an das Kommando herangekommen.«

»Wie heißt du, ›Hauptmann‹?«, erkundigte sich Kimo.

Ohne den Grund zu wissen, antwortete Erik: »Bobby.«

»Nun gut, Bobby. Dein Befehl lautet: Zieh mit deinen Männern Richtung Westen. Nach drei Tagesmärschen erreichst du ein kleines Tal, in dem ein Dorf liegt. Kümmert euch nicht um das Dorf. Die Bewohner dürfen euch nicht einmal bemerken. Ihr schleicht euch nachts dran vorbei und macht euch auf in die Berge. Dort sucht ihr den Fluss, der auch durch das Dorf fließt. Dem folgt ihr aufwärts, bis er sich verzweigt. Ihr haltet euch an den nördlichen Zulauf. Dann gelangt ihr in ein hübsches kleines Tal, wo es genug Wild gibt. Wir haben zudem Proviant für euch dagelassen. Wartet, bis euch jemand Bescheid gibt. Wenn es so weit ist, müsst ihr das Dorf einnehmen.«

Erik täuschte Verwirrung vor. »Warum sollen wir warten? Warum nehmen wir das Dorf nicht sofort ein?«

Der Mann, der bisher geschwiegen hatte, antwortete, und sofort sträubten sich Erik die Haare auf den Armen und im Nacken, denn er sprach nicht mit der Stimme eines Menschen. »Du wirst nicht bezahlt, um Fragen zu stellen, Junge.« Er wandte sich an Kimo. »Sollen wir den hier töten und dem anderen wieder das Kommando geben?« Er zeigte auf Duga, und Erik sah eine schuppige grüne Hand mit schwarzen Krallen.

Es war nicht der erste Pantathianer, den Erik zu Gesicht bekam, er hatte sogar schon welche getötet. Und tot waren sie ihm weitaus lieber.

»Nein, dazu haben wir keine Zeit. Wir müssen die anderen Kompanien suchen.« Der zweite Mann holte eine Karte hervor und begann sie zu lesen.

Erik zögerte nicht länger. »Tötet sie!«

Plötzlich war die Luft von Pfeilen erfüllt, und ehe Kimo und seine Gefährten reagieren konnten, wurden sie von den Geschossen aus dem Sattel gerissen.

Duga riss die Augen weit auf. »Warum habt Ihr das getan?«

Erik ging zuerst zu dem Pantathianer und prüfte mit einem Fußtritt, ob er wirklich tot war. Dann trat er zu dem zweiten Mann und kniete sich neben ihm hin. »Weil ich diese Karte brauche.«

Er betrachtete sie, und seine Augen wurden immer größer.

»Nelson!«, rief er, und einer seiner Männer kam angerannt.

»Ja, Hauptfeldwebel!«

»Reite sofort los. Nimm dir zwei Reservepferde und such unsere Männer. Ich brauche sie so schnell wie möglich wieder hier. Wir treffen uns …«, er sah noch einmal auf die Karte, »am Nordufer des Tamyth, beim Wasserfall. Drei Tage östlich von der Straße nach Falkenhöhe.«

»Jawohl, Hauptfeldwebel!« Nelson salutierte und wollte gehen.

»Und noch etwas, Nelson«, hielt Erik den Mann zurück.

»Ja, Hauptfeldwebel?«

»Zieh die Uniform an. Sonst hält Garret dich für einen Banditen und lässt dich erschießen, bevor er dich erkannt hat.«

Nelson nickte und lief davon.

»Was ist denn eigentlich los?«, wollte Duga wissen.

Erik hielt die Karte hoch. »In den Bergen hier befinden sich insgesamt zwanzig Kompanien wie Eure. Und wenn ich es richtig verstanden habe, sollen sie die Schlüsselpositionen besetzen und so der Armee der Königin den Weg durch die Berge frei machen.«

»Ich kann nicht ganz folgen«, gestand Duga.

»Aber ich«, erwiderte Erik. »Jack!«

Der genannte Soldat kam angelaufen.

»Ich werde eine Nachricht für Marschall William schreiben. Du nimmst sechs Mann und reitest wie der Teufel nach Krondor.«

Der Soldat eilte davon und begann mit seinen Vorbereitungen.

Erik ging, von Duga gefolgt, zu seinem Pferd. Er holte Pergament, Feder und Tinte aus seiner Satteltasche, während Duga fragte: »Was ist nun mit diesen Schlüsselpositionen in den Bergen?«

Erik drehte sich zu ihm um. »Wenn Ihr die Lichtung nur einmal verlassen hättet, wären Euch die Berge westlich von hier aufgefallen. Sethanon, die Stadt, von der Ihr gesprochen habt, liegt dort.« Mit dem Kinn deutete er vage in südöstliche Richtung. »Da gibt es zwar weder Marmor, Gold und Seide, aber die Stadt ist trotzdem von äußerster Wichtigkeit. Ich kann Euch nur eins verraten: Wenn wir Eure früheren Kameraden dorthin durchkommen lassen, sind wir alle tot, selbst die Soldaten der Königin.«

»Das würde mich nicht wundern«, meinte Duga. »Sie bringt jede Nacht Männer um und …«

»Das könnt Ihr mir später erzählen«, unterbrach ihn Erik. Duga schwieg, während Erik schrieb. Als der Brief fertig war, übergab ihn Erik dem Soldaten namens Jack. »Es geht um Leben und Tod!«

Der Soldat salutierte. »Habe verstanden, Hauptfeldwebel!« Dann lief er zu den sechs anderen Reitern.

Erik wandte sich Duga zu. »Es sieht fast so aus, als würdet Ihr in die Armee des Königs eintreten müssen. Endlich könnt Ihr für Gold kämpfen – diesmal auf der anderen Seite.«

Duga zuckte mit den Schultern. »Für Gold zu kämpfen ist schließlich unser Handwerk.«

»Wie ich gesagt habe, Sethanon liegt dort unten, und

die Berge sind dort. Und die Armee der Königin kommt über diese Berge.«

»Aha«, machte Duga. »Jetzt verstehe ich, warum sie das alles in Kauf genommen haben, um uns hierherzubringen.« Er schüttelte den Kopf. »Manche der Pantathianer sind zusammengebrochen, als sie die Jungs vor uns hinübergeschickt haben. So wie es aussah, mussten sie eine sehr mächtige Magie anwenden. Einige sind dabei gestorben.«

»Das bricht mir nicht gerade das Herz«, gab Erik lapidar zurück, bevor er den Befehl erteilte, das Lager abzubrechen.

»Was ich damit sagen wollte«, fuhr Duga fort, »sie können mit ihrer Magie nicht noch mehr Soldaten schicken. Wenn sie es könnten, hätten sie es längst getan, versteht Ihr?«

Erik blieb unvermittelt stehen. »Ihr müsst recht haben. Warum sollten sie Euch sonst verstecken?«

Duga kratzte sich im Bart. »Das sind sehr seltsame Vorgänge, wenn Ihr mich fragt. Warum haben sie uns nicht einfach gleich in diesem Sethanon abgesetzt?«

»Weil ihr alle schon tot gewesen wärt, ehe ihr euch hättet umsehen können«, antwortete Erik. Er hielt es für das Beste, nicht weiter auf dieses Thema einzugehen.

Allerdings wusste er auch gar nicht viel mehr darüber, denn Herzog James und Marschall William hatten ihm lediglich mitgeteilt, dass es den Pantathianern nicht möglich war, Soldaten direkt nach Sethanon zu schicken. Erik vermutete dahinter einen der Magier, von denen James immerzu redete, Pug oder diese Miranda.

Erik gab es auf, weiter über diese Frage zu grübeln. Zu viele andere Dinge wollten erledigt werden. »Duga?«

»Ja?«

»Kennt Ihr die anderen Kompanien?«

»Einige. Taligars Löwen gingen als Erste hindurch. Die lassen sich nicht so leicht unterkriegen. Taligar hat das Temperament einer Hündin, und er verliert nicht gern. Nanfrees Brüder aus Stahl würden vielleicht auf gutes Zureden hören, bevor es zum Blutvergießen kommt.« Er grinste. »Nanfree ist ein listiger alter Fuchs, der am liebsten mit so wenig Arbeit wie nötig so viel Gold wie nur möglich verdient.«

»Gut. Wir werden also erst einmal mit ihnen reden, falls sich das machen lässt. Sollte es jedoch zum Kampf kommen, wisst Ihr hoffentlich, auf welcher Seite Ihr steht.«

Duga zuckte mit den Schultern. »Ich habe schon vor Jahren vergessen, auf welcher Seite ich stehe.« Er sah sich im Wald um. »Hier ist es richtig schön. Ich habe genug vom Töten und Brandschatzen. Da kann ich genauso gut dieses Land meine Heimat nennen und dafür sterben. Wo ich herkomme, gibt es nicht mehr viel, für das es sich lohnen würde.«

Erik nickte. »Eine bessere Antwort konnte ich kaum erwarten.«

Duga drehte sich um und rief seinen Männern zu: »Auf geht's, Jungs! Es ist an der Zeit, etwas für unseren Lohn zu tun!« Er blickte wieder Erik an, dann grinste er erneut und fügte hinzu: »Von jetzt ab seid ihr alle Soldaten des Königs, also benehmt euch!«

»Wartet!«, befahl Erik leise.

Die Verteidiger hatten sich hinter Felsen verkrochen, und Erik hatte die Bogenschützen über den Kamm geschickt, damit sie ihnen Deckung geben konnten. Seit einem Monat streifte er mit seinen Soldanten nun schon durch den Hogewald und hatte mithilfe der Karte die verschiedenen Kompanien der Smaragdkönigin gesucht.

Von den ersten Dutzenden Kompanien, auf die Erik und seine Männer gestoßen waren, hatten sich acht der Übermacht ergeben. Nur vier hatten gekämpft. Erik hatte jeweils einen Teil seiner Leute abstellen müssen, um die Gefangenen, die sich ihm nicht anschließen wollten, an einen sicheren Ort zu bringen.

Seine Truppe zählte nun elfhundert Mann, die er in fünf Gruppen aufgeteilt hatte. Die Koordination erwies sich als schwierig, und er bedauerte, dass so viele Pferde von den Kurieren zuschanden geritten worden waren. Doch allen Berichten zufolge ging die Säuberung des Hogewalds gut voran.

Mehr als einmal fragte er sich, inwieweit Calis diese Situation vorausgesehen hatte. Es erschien ihm als ein allzu großer Glücksfall, dass er nur durch Zufall mit sechshundert der besten Soldaten hier entlanggezogen war, während die Smaragdkönigin ihre Vorhut in Stellung brachte. Irgendwann musste er Calis fragen, woher er die geheimen Nachrichten erhielt.

Ein Kundschafter kam auf Erik zugelaufen, und einer der feindlichen Soldaten hinter einem Felsen schoss einen Pfeil auf ihn ab, der allerdings knapp sein Ziel verfehlte. Erik packte seinen Kundschafter an der Jacke und fauchte ihn an: »Was ist los?«

Der Soldat war einer von Dugas Söldnern. Völlig außer Atem konnte er nur ein Wort hervorbringen: »Saaur!«

»Wo?«, wollte Erik wissen.

»In der Richtung«, antwortete der Soldat und blickte über die Schulter zurück zum Wald.

»Wie viele?«, fragte Erik, der schon den Hufdonner ihrer riesigen Reittiere zwischen den Bäumen hindurchhallen hörte.

»Fünfzig!«

Erik sprang auf, riskierte dabei, von einem Pfeil getroffen zu werden, und brüllte: »Rückzug!«

Die Bogenschützen, die gerade den Berg erklommen, drehten sich um und sahen, wie Erik sie zurückwinkte. Sie antworteten mit einem Winken und begannen den Abstieg.

Erik duckte sich, als aus Richtung der Verteidiger zwei Pfeile geflogen kamen, und schrie: »Bogenschützen! Tötet alles, was aus dem Wald kommt!«

Erik hatte schon einmal gegen die Saaur gekämpft, und er machte sich keine Illusionen. Dies würde kein Zuckerschlecken werden. Er hatte ungefähr zweihundert Mann bei sich, aber fünfzig Saaur waren in etwa vergleichbar stark. Und zudem gehörten über hundert seiner Leute zu den umgekrempelten Söldnern, die ihm womöglich im ungünstigsten Augenblick in den Rücken fallen würden. Und dann würde er zwischen zwei feindlichen Truppen festsitzen.

Er lief zu den Pferden und stieg in den Sattel. Einem der nahebei stehenden Soldaten rief er zu: »Reite nach Norden! Dort findest du James von Hohenburg mit seinen Männern. Sag ihm, er soll so schnell wie möglich hierherkommen!«

Doch gesetzt den Fall, der Soldat würde den Korporal aus Hohenburg finden und der und seine Männer würden mit einem Gewaltritt hierhereilen, konnte er viel zu spät hier ankommen, dessen war sich Erik bewusst.

Das Donnern der heranstürmenden Saaur dröhnte zu ihnen herüber, als würde im nächsten Moment ein Sturm über sie hereinbrechen. Erik blickte sich um und suchte verzweifelt nach etwas, das ihm einen Vorteil verschaffen konnte. Die Saaur waren im Durchschnitt fast drei Meter groß, der

Widerrist ihrer Pferde fünfundzwanzig Hände hoch. »In den Wald!«, brüllte Erik.

Und dann kamen die Saaur in Sicht. Gerüstet mit Helmen, Brustharnischen, Beinschienen und Armschützen war es, als würde der schlimmste Albtraum eines Soldaten auf sie zupreschen. Ihre Reptiliengesichter zeigten mehr Emotionen, als Erik für möglich gehalten hätte, und doch war es nur ein einziges Gefühl, das sich dort zeigte: Zorn!

Einer der Saaur, dessen Helm mit dem wehenden Schweif eines Pferdes geschmückt war und der somit ein Offizier sein musste, führte den Angriff. »Sterbt, Verräter!«, schrie er, als er sah, wie sich Eriks Männer zurückzogen.

Es wurde ein wilder Kampf. Erik schoss zwischen den Bäumen hindurch, zielte mit dem Schwert auf die Sprunggelenke der großen Tiere und wich den Hieben der Saaur aus. Schon einmal war Erik einem Saaurreiter entgegengetreten, und er wusste um ihre Kraft. Den Schreien und Flüchen nach, die er rings um sich herum hörte, machten seine Männer gerade die gleiche Erfahrung, auf ebenso schmerzliche Weise wie seinerzeit er selbst.

Erik verlor jedes Zeitgefühl und gab sich ganz dem Kampf hin. Nachdem er seinen Männern mit dem Befehl zum Rückzug zwischen die Bäume die Möglichkeit gegeben hatte, ihr Leben zu retten, konnte er nicht mehr darauf hoffen, die Truppe in eine geordnete Angriffsformation zu bringen.

Ferne Schreie verkündeten ihm, dass sich auch die Soldaten, die sie gerade noch belagert hatten, ins Kampfgetümmel stürzten.

Ein Saaur griff ihn von hinten an. Erik spürte die Attacke mehr, als dass er sie hörte. Er riss sein Pferd herum, gerade noch rechtzeitig, um nicht niedergetrampelt zu werden.

Während der fremdartige Reiter vorbeischoss, gab Erik seinem Tier die Sporen und verfolgte einen anderen Saaur. Es war das Klügste, diese hünenhaften Kreaturen von hinten anzugehen.

Pfeile zischten durch die Luft, und Erik betete nur, dass sie von seinen eigenen Schützen stammten und nicht auf ihn gezielt waren. Er holte den Saaur ein, hinter dem er hergejagt war, als dieser sein Tier zügelte und sich orientierte. Die Kreatur hatte sich halb im Sattel umgedreht, da rammte ihm Erik die Schwertklinge tief zwischen die Rippen. Der geschockte Saaur sah auf den kleineren Menschen hinab. Der Ausdruck, der sich auf dem fremdartigen Gesicht abzeichnete, war am ehesten mit Verblüffung zu umschreiben. Dann fiel der Saaur rückwärts aus dem Sattel und hätte Erik fast das Schwert aus der Hand gerissen.

Den ganzen Nachmittag ging es zwischen den Bäumen hin und her. Es war ein verrückter Totentanz. Die Opfer auf beiden Seiten rührten eher von eigenen Fehlern her als von der Taktik der anderen.

Dann erklang ein Horn, und weitere Reiter stürmten in den Wald. Erik hatte Männer aus dem Norden erwartet, doch diese kamen von Süden her, soweit er das beurteilen konnte.

»Was soll nun das?«, murmelte er.

Doch plötzlich tauchte Calis vor ihm auf, und die berittenen Bogenschützen nahmen diejenigen Saaur ins Visier, die in Kämpfe mit Eriks Männern verwickelt waren. Erik sah, wie sein Hauptmann auf etwas hinter ihm zeigte, durch den Lärm des Kampfes hinweg konnte er jedoch nicht verstehen, was Calis rief.

Dann ging die Welt in einem Feuerball aus Schmerz unter. Erik sah, wie ihm der Boden entgegenkam. Der Atem wurde ihm aus der Lunge getrieben. Das wiehernde Pferd fiel um, landete auf Eriks Bein, und nur mit Mühe hielt sich Erik bei Bewusstsein.

Instinktiv kroch er unter dem ausschlagenden Pferd hervor. Aus einer Wunde in der Flanke des Tiers spritzte Blut.

Ein Saaurreiter riss sein Pferd herum, als Calis ihn angriff. Erik erhob sich taumelnd, betastete sich den Kopf und stellte fest, dass er seinen Helm verloren hatte. Als er seine Hand wieder herunternahm, war sie blutverschmiert, doch er hätte nicht sagen können, ob es von ihm stammte oder von seinem Pferd.

Der Saaurreiter ging auf Calis los. Erik stützte sich an einem Baum ab und beugte sich vor, um sein Schwert aufzuheben. Übelkeit durchflutete ihn, und ihm wurde schwindelig bei der Anstrengung, doch wenigstens wurde er nicht ohnmächtig. Rasch tötete er sein sterbendes Pferd und sah dann zu, wie Calis mit dem Saaur kämpfte.

Wenn der Saaur, den Erik getötet hatte, Verblüffung gezeigt hatte, dann war das nichts im Vergleich zu dem, was sich auf dem Gesicht dieses Saaur abspielte, als Calis den ersten Hieb auf dessen Schild niedergehen ließ. Wie hatte dieser Reiter auch mit der Wucht eines Angriffs von jemandem rechnen können, der so stark war wie Calis. Der Hieb warf das fremdartige Wesen aus dem Sattel.

Und dann herrschte mit einem Mal Ruhe. Erik öffnete die Augen und erkannte, dass er auf dem Boden saß, an einen Baum gelehnt. Jemand hatte ihm eine Jacke über die Beine gelegt und ein zusammengerolltes Hemd hinter den Kopf gesteckt.

Eine vertraute Stimme sagte: »Du hast einen ganz hübschen Schlag auf den Kopf bekommen.«

Erik drehte sich um. Calis stand neben ihm. »Ich glaube, ich hab schon Schlimmeres einstecken müssen.«

»Bestimmt. Die Klinge ist vom Helm und deinem steinharten Holzkopf abgerutscht und hat dein Pferd hinter dem Sattel getroffen. Es hat ihm glatt die Wirbelsäule durchtrennt. Du hast Glück gehabt, von Düstermoor. Einige Zoll weiter vorn, und er hätte dich in zwei Teile zerlegt.«

In Eriks Ohren klingelte es, das Blut pochte ihm in den Schläfen. »Besonders glücklich fühle ich mich im Augenblick nicht«, brachte er hervor. Er nahm einen Schluck Wasser aus einem Schlauch, den Calis ihm hingehalten hatte, und fragte: »Was bringt Euch an diesen kalten und einsamen Ort?«

»Ich habe deine Nachricht erhalten«, antwortete Calis, »aber vor allem bin ich gekommen, weil ich dir den Befehl erteilt habe, in zwei Monaten wieder in Krondor zu sein.«

Erik lächelte, auch wenn das den Schmerz in seinem Kopf noch verschlimmerte. »Ich habe Euch doch gesagt, ich würde drei Monate benötigen.«

»Befehl ist Befehl.«

»Würde es vielleicht einen Unterschied machen, wenn ich Euch zweitausend statt sechshundert Männer bringe und außerdem tausend Mann aus der Armee der Smaragdkönigin entweder getötet oder gefangen genommen habe?«

Calis dachte einen Augenblick darüber nach. »Nun ja, das macht schon einen Unterschied. Aber nur einen kleinen.« Dann lächelte er.

Evolution

»Wo sind wir?«, fragte Miranda.

Pug konnte die Worte hören, obwohl er wusste, dass es sich dabei nur um Projektionen ihres Geistes handelte. Er wunderte sich über diese seltsame Eigenschaft des menschlichen Verstandes, der alles in die bekannten Wahrnehmungsgewohnheiten zwingen wollte, ohne dabei die wahre Natur der Dinge zu berücksichtigen.

»Auf dem Weg zum Himmel«, antwortete er.

»Wie lange sind wir schon unterwegs?«, fragte sie. »Jahre, so will es mir scheinen.«

»Komisch«, gab Pug zurück. »Mir kommt es vor, als wären nur Augenblicke vergangen. Die Zeit ist aus dem Gleichgewicht.«

»Acaila hatte recht«, merkte sie an.

»Acaila hat fast immer recht«, erwiderte Pug.

Die Gegend, durch die sie reisten, war eine vielfarbige Verzerrung des Raums, oder zumindest betrachtete Pug sie als solche. Sterne trieben durch Wirbel greller Farben. Keinesfalls herrschte die Leere der Nacht vor, wie er es erwartet hatte.

»So etwas habe ich noch nie zuvor gesehen«, staunte Miranda, und in Pugs Kopf hörte es so sich an, als würde sie vor Ehrfurcht flüstern. »Woher kennst du unseren Weg?«

»Ich folge weiter der Linie«, antwortete er und deutete in Gedanken auf eine zarte Energielinie, der sie bereits seit Midkemia folgten.

»Sie wird ewig so weitergehen«, meinte sie.

»Das bezweifle ich, aber ich glaube, dass sich Macros der Schwarze auf eine sehr lange Reise begeben hat, nachdem er Midkemia beim letzten Mal verlassen hat.«

»Folgen wir seinem Weg?«

»Offensichtlich«, antwortete Pug.

Sie reisten durch den Kosmos, und schließlich erreichten sie eine Welt, eine grüne und blaue Kugel, die um einen Stern kreiste. Und um die Welt drehten sich drei Monde.

»Wir sind wieder dort, von wo wir aufgebrochen sind«, stellte Miranda fest.

Pug wandte seine Aufmerksamkeit der Welt unter ihnen zu, und tatsächlich war es Midkemia. »Nein«, widersprach er, »ich glaube, wir sind zu einer viel früheren Zeit angekommen.«

»Eine Zeitreise?«

»Das wäre nicht meine erste«, gab er zurück.

»Davon musst du mir bei Gelegenheit erzählen.«

Pug übermittelte ihr in Gedanken Belustigung. »Diese Geschehnisse habe ich nie vollständig unter Kontrolle gehabt. Und stets meinte ich, dass die Risiken weitaus schwerer wiegen als die Vorteile.«

»Glaubst du nicht, es wäre eine gute Idee, wenn wir in der Zeit zurückreisen und die Smaragdkönigin noch in der Wiege umbringen?«, schlug sie vor, und Pug entdeckte in dieser Frage ihren vertrauten Humor wieder.

»Leider geht das nicht, sonst hätten wir es schon getan.«

»Das würde ein Paradoxon zur Folge haben, nicht wahr?«

»Nicht nur das. Es gibt Naturgesetze, die wir niemals

verstehen werden.« Er verfiel in Schweigen, und Miranda hätte nicht einschätzen können, ob ein Jahr oder nur ein Augenblick verging, bis er wieder zu sprechen begann. »Alles, was wir über die Realität wissen, ist nur eine Illusion, ein Traum, den wir kaum begreifen können.«

»So ausgedrückt hört es sich beinahe trivial an.«

»Ist es jedoch keineswegs. Vielleicht ist es sogar das Grundlegendste, was die Menschheit überhaupt erfassen kann.«

Sie setzten ihren Weg nach unten fort und sahen eine Szene, die Pug vertraut war. Neben den Ruinen von Sethanon stand eine Armee, angeführt von König Lyam. Pug beschlichen eigentümliche Gefühle, als er sich selbst dabei zusah, wie er sich vor fünfzig Jahren von Macros verabschiedet hatte.

»Was sagt er?«, fragte Miranda.

»Hör zu«, forderte Pug sie auf.

Der jüngere Pug sagte: »Ja, aber es ist trotzdem schwierig.«

Ein großer, dünner Mann, der eine braune Robe mit einer Kordel als Gürtel und Sandalen trug, erwiderte: »Alle Dinge enden irgendwann, Pug. Und nun endet meine Zeit auf dieser Welt. Nachdem wir die Valheru besiegt haben, habe ich all meine Kräfte zurückgewonnen. Gathis wird mich begleiten, und für die anderen auf meiner Insel werde ich sorgen, damit ich hier keinerlei Verpflichtungen mehr habe.«

Miranda warf ein: »Aber Gathis ist nicht fortgegangen.«

Pug nickte. »Ich weiß.«

Sie wandte sich ihrem Geliebten zu und spürte etwas Vertrautes. »Du findest das lustig?«

»Eher ironisch«, bekam sie zur Antwort.

Macros der Schwarze, der legendäre große Zauberer, verabschiedete sich von dem jüngeren Tomas, der in der ganzen Pracht seiner goldenen und weißen Rüstung dastand.

»Er macht es schon wieder, nicht?«, wollte Miranda wissen.

»Was?«

»Er belügt dich.«

»Nein, diesmal nicht«, antwortete Pug. »Er glaubt wirklich an das, was er über die Pantathianer und Murmandamus sagt.«

Macros sagte: »Und die Mächte, die jener innehatte, der sich als Murmandamus ausgab, waren nicht die Illusionen eines Geisterbeschwörers. Er hatte wirklich Macht. Man braucht viel davon, will man ein so dunkles Volk wie die Moredhel für sich einnehmen. Vielleicht werden die Schlangenmenschen ohne den Einfluss der Valheru durch Zeit und Raum lediglich eine intelligente Art unter vielen bleiben.« Er sah in die Ferne. »Vielleicht auch nicht. Hütet Euch vor ihnen.«

»Was das betrifft, hat er recht behalten«, meinte Miranda. »Die Pantathianer können niemals umerzogen werden. Das Erbe der Valheru hat sie zu sehr verdorben.«

»Nein«, widersprach Pug. »Es ist etwas anderes. Etwas viel Größeres.«

Pug und Miranda sahen zu, wie Macros seine letzten Abschiedsworte sprach, und in Pug stiegen alte Gefühle hoch. »Es war eine schwierige Zeit«, erklärte er Miranda.

Er spürte ihr Verständnis.

Macros hatte Pugs Leben und seine Entwicklung mehr beeinflusst als jeder andere Mann. Manchmal träumte Pug noch von der Versammlung der Zauberer auf Kelewan, und in diesen Träumen befand sich Macros unter seinen Lehrern. Pug wusste, dass sich in seinem Kopf noch Dinge verborgen hielten, die nur Macros oder die Zeit ans Tageslicht befördern konnten.

Er und Miranda sahen, wie Macros sich umdrehte und von der Armee, von Pug und von Tomas fortging. Und während er sich entfernte, begann er zu verblassen.

»Ein billiger Trick«, meinte Miranda.

»Nein, da steckt mehr dahinter«, widersprach Pug. »Sieh genau hin.«

Er wechselte die Wahrnehmungsebene und erkannte nun, dass Macros nicht verschwand, sondern sich veränderte. Sein Körper ging weiter, doch er wurde nicht mehr greifbar, ein Ding aus Nebel und Rauch. Energie wallte auf, als Macros zu einer unsichtbaren Wesenheit zu sprechen begann.

»Was ist das?«, fragte Miranda.

»Ich bin mir nicht sicher«, gab Pug zurück. »Aber ich habe so meinen Verdacht.«

»Meister«, sprach Macros die unsichtbare Wesenheit an. »Was ist Euer Begehr?«

»Komm, es ist an der Zeit«, erwiderte die Stimme.

Miranda und Pug konnten die Freude des Zauberers spüren, der auf geheimnisvolle Weise, wie Miranda und Pug in Elvandar, aufzusteigen begann.

»Sieh dir das an!«, fuhr Miranda auf. Sie konnten sehen, dass Macros' Körper immer noch am Boden lag. »Ist er gestorben?«

»Nicht wirklich«, antwortete Pug, »doch seine Seele ist zu einem anderen Ort unterwegs. Und dorthin müssen wir ihr folgen.«

Durch Jahre und über weite Entfernungen hinweg flogen

sie dicht hinter ihm her, folgten dem Innersten von Macros dem Schwarzen. Und wieder hatte die Zeit keine Bedeutung, während sie zwischen Sternen hindurchschwebten, nur um schließlich abermals nach Midkemia zurückzukehren, wo sie aus dem Himmel zu den hohen Gipfeln des Ratn'gary-Gebirges hinunterstiegen.

»Hier sind wir schon einmal gewesen!«, bemerkte Miranda.

»Nein«, widersprach Pug. »Ich meine, ja, wir *werden* einst hierherkommen.«

»Dort, die Himmlische Stadt, die du geschaffen hast.«

»Nein«, antwortete Pug. »Diesmal ist es die echte.«

Über den Gipfeln der schneebedeckten Berge breitete sich eine Stadt von unglaublicher Schönheit aus. Kristallene Säulen trugen Dächer wie riesige Diamanten, deren glitzernde Facetten wie durch inneres Feuer funkelten.

»Unter uns«, erklärte Pug, »Tausende von Fuß unter uns liegt die Nekropolis. Dorthin habe ich dich geführt. Die Illusion, die ich dir vorgespielt habe, mag dieser Stadt ähneln, und doch war sie nur ein schwaches Abbild dieser Pracht.«

Miranda konnte dem nur zustimmen. »Diese hier scheint auf festen Fundamenten zu ruhen, während deine Illusion nur Schall und Rauch war, und dennoch, sie fühlt sich weniger real an.«

»Was ich erschaffen habe, war dazu gedacht, deine körperlichen Sinne zu täuschen. Diese Stadt hingegen besteht aus reinem Geist. Wir erfahren sie unmittelbar, ohne unsere Sinnesorgane.«

»Ich verstehe«, sagte sie, »und trotzdem bin ich verwirrt.«

Pug verwandelte sich plötzlich vor ihren Augen und war

wieder der Mann, den sie kannte und dessen Körper ihr so vertraut war wie der eigene. »Ist es so besser?«, fragte er sie, und die Worte schienen wieder aus seinem Mund zu kommen.

»Ja«, antwortete sie.

»Du kannst das Gleiche tun. Du musst es nur wollen.«

Sie konzentrierte sich, und plötzlich spürte sie, wie sich ihr Körper materialisierte, und als sie sich die Hand vor Augen hielt, konnte sie ihr eigenes Fleisch sehen.

»Es handelt sich wieder nur um eine Illusion«, erläuterte Pug, »jedoch um eine, die dir ein wenig festen Boden unter den Füßen gibt.«

Die Halle, in der sie standen, ähnelte jener, die Pug geschaffen hatte, um Miranda zu täuschen, damals, als sie sich kennengelernt hatten. Sie hatte nach Pug gesucht, und er hatte sie hinter sich hergelockt bis in das Ratn'gary-Gebirge, nicht weit von diesem Ort entfernt. Um sich vor ihr zu verstecken, hatte er diese Halle als Illusion nachgebildet.

Miranda nickte. »Ja, dieser Ort ist deiner Illusion sehr ähnlich, und doch, er ist so viel prachtvoller.« Die Decke über ihnen war das Himmelsgewölbe, und erhellt wurde die Halle von den Sternen. Miranda sah die kleinen Bereiche, die in Pugs Illusion zur Verehrung jedes einzelnen Gottes abgeteilt gewesen waren; hier hatten diese Bereiche die Größe von Städten.

In der Ferne neigte sich die Energielinie, der sie nach Macros' Aufbruch gefolgt waren, und verschwand aus ihrem Wahrnehmungsbereich.

Während sie vorangingen, passierten sie die Kreuzung zweier Wege, an der die Bereiche von vier Göttern aneinanderstießen. Miranda spürte eigentümliche Spannungen in der Luft. »Hast du das auch bemerkt?«

»Du musst die Wahrnehmungsebene wechseln«, wies Pug sie an.

Miranda versuchte es, und plötzlich war die Halle mit schattenhaften Gestalten erfüllt. Wie die Energiewesen, zu denen Miranda und Pug auf der Lichtung in Elvandar geworden waren, fehlten diesen Wesen jegliche Gesichtszüge und jegliches persönliches Merkmal. Doch während Pug und Miranda helle Lichtwesen dargestellt hatten, leuchteten diese kaum wahrnehmbar.

»Was sind das für Wesen?«

»Gebete«, antwortete Pug. »Jede Person, die zu den Göttern betet, wird erhört. Wir nehmen diese Gebete jetzt als schwaches Abbild des Betenden wahr.«

Miranda warf einen Blick nach oben. Eine riesige Statue, um ein Mehrfaches größer als ein Mensch, erhob sich auf einem Thron aus Azur. Die Figur stellte einen Mann dar, starr und weiß mit einem Hauch Blau. Die Augen hatte er geschlossen. Nur wenige der Schatten hatten diese Statue zum Ziel.

»Wer ist das?«, fragte Miranda.

»Eortis, der Gott des Meeres. Killian kümmert sich um sein Reich, bis er zurückkehrt.«

»Er ist tot, aber er kommt zurück?«

»Das wirst du bald besser verstehen, doch für den Augenblick sei nur gesagt, dass, falls ich nicht gänzlich falschliege, mit diesem Krieg mehr zusammenhängt als nur der Kampf gegen wahnsinnige Kreaturen, die es auf sinnlose Zerstörung abgesehen haben.« Er führte sie zur nächsten Kreuzung, von wo er auf eine Wand in der Ferne zeigte. »Richte deinen Geist auf das dort hinten und sage mir, was du siehst.«

Sie tat wie geheißen, und schließlich erschien auf der

Wand ein riesiges Symbol. Lange Zeit konnte sie es überhaupt nicht richtig erkennen, dann endlich formte es sich zu einem Muster. »Ich kann den siebenzackigen Stern von Ishap sehen und darüber ein Feld mit zwölf Punkten in einem Kreis.«

»Sieh noch genauer hin«, wies er sie an.

Nach einer Minute enthüllte sich ihr ein weiteres Muster. »Ich kann vier helle Lichter auf jeder der vier oberen Spitzen des Sternes erkennen, und zwischen den zwölf hellen Punkten sind viele dunklere.«

»Und was siehst du an den drei unteren Spitzen des Sterns?«

Miranda konzentrierte sich darauf, und einen Augenblick später sah sie, was Pug meinte. »Wieder drei Punkte. Einer von ihnen leuchtet schwach! Der in der Mitte. Der rechte ist …« Sie stockte.

»Was?«, fragte er.

»Er leuchtet nicht schwach! Er ist … blockiert. Etwas verhindert, dass man ihn sehen kann!«

»Genau das sehe ich auch. Was ist mit dem letzten Licht?«

»Es ist tot.«

»Dann, denke ich, sind wir nahe an der Wahrheit.« Der Tonfall, in dem er ihr diesen Satz übermittelte, klang so, als würde ihm diese Wahrheit ganz und gar nicht gefallen.

Sie setzten ihren Weg fort, dann verharrten sie am äußersten Ende der Halle der Götter zwischen zwei Statuen. Eine war vollkommen leblos. »Wodar-Hospur, der tote Gott des Wissens. Wie groß könnte unser Wissen sein, würde er doch zurückkehren.«

»Verehrt denn niemand mehr das Wissen?«, fragte Miranda.

»Nur noch wenige«, erklärte Pug, »denn die Menschen verbringen die meiste Zeit damit, Macht und Reichtum zu horten. Von allen, die ich kennengelernt habe, scheint nur noch Nakor nach wahrem Wissen zu streben.«

»Nach was für Wissen?«

»Wissen über alles«, antwortete er amüsiert.

Sie betrachteten die andere Statue. Die schwache Linie, die die Spur von Macros' Geist darstellte, endete im Kopf der Statue. Miranda warf einen Blick auf ihr Gesicht und hielt den Atem an. »Macros!«

»Nein«, entgegnete Pug. »Sieh dir den Namen am Fuß der Statue an.«

»Sarig«, las sie. »Wer ist das?«

»Der noch nicht ganz tote Gott der Magie.«

»Das ist Macros der Schwarze!«, platzte sie heraus, und zum ersten Mal, seit er sie kannte, entdeckte Pug in Mirandas Gesicht tiefe Verwirrung und sogar ein wenig Furcht. »Ist Macros ein Gott?«, fragte sie, und abermals zum ersten Mal, seit er sie kannte, erkannte Pug ernsthafte Sorge in ihrer Stimme. Jeglicher Spott und der trockene Humor waren verschwunden.

»Ja«, antwortete er, »und nein.«

»Was denn nun?«

»Das werden wir wissen, wenn wir mit ihm gesprochen haben. Ich denke, ich weiß die Antwort, doch ich möchte sie aus seinem Mund hören.«

Pug stieg mit reiner Willenskraft in die Luft und schwebte so weit hinauf, bis er sich genau vor dem riesigen, unbeweglichen Gesicht der Statue befand. Laut rief er: »Macros!«

Schweigen war die Antwort.

Miranda schwebte hoch zu Pug und verharrte neben ihm. »Was jetzt?«

»Er schläft. Er träumt.«

»Ich verstehe das Ganze noch immer nicht.«

»Macros der Schwarze versucht, sich zur Gottheit zu erheben«, erläuterte Pug. »Er will die Lücke schließen, die beim Verschwinden von Sarig gerissen wurde. Vielleicht hat auch Sarig Macros geschaffen, damit er sich eines Tages erhebt, um seinen Platz einzunehmen. Etwas in der Art.« Er zeigte auf die Energielinie. »Diese Linie pulst noch, und an ihrem anderen Ende werden wir den sterblichen Körper jenes Mannes finden, den wir als Macros kennen. Sein Geist jedoch, sein Wesen, seine Seele, die sind hier, in diesem Ding, das sich gerade bildet. Sie sind eins und doch verschieden, verbunden und doch getrennt.«

»Wie lange wird es dauern, bis er sich zur Gottheit erhoben hat?«, wollte Miranda wissen, wobei sie sich keine Mühe gab, ihre Ehrfurcht zu verbergen.

»Äonen«, antwortete Pug leise.

»Was sollen wir tun?«

»Wir werden ihn erwecken.«

Die Illusion, als die Pug erschien, schloss die Augen, und der Magier richtete seine Aufmerksamkeit nach innen. Miranda spürte, welche Energie sich in dem Zauberer auflud. Eine mächtige Magie. Sie wartete, doch während sie jeden Moment mit einer wie immer gearteten Entladung der Energie rechnete, blieb diese aus. Unaufhaltsam wuchs die Energie an. Bald erstarrte Miranda vor Ehrfurcht. Sie hatte geglaubt, in den magischen Künsten einigermaßen bewandert zu sein und Pugs Grenzen zu kennen, doch in beiden Fällen hatte sie sich verschätzt. Ihr Erstaunen steigerte sich noch, denn obwohl ihre eigenen magischen Fähigkeiten nicht unerheblich waren, übertraf diese Leistung all ihre Vorstellungen.

Plötzlich erschütterte eine Explosion das Götterbild vor ihnen. Ein Lärm wie von tausend Becken erhob sich und betäubte die Sinne. Licht strahlte hervor, und nur für einen Augenblick konnte Miranda sehen, wie Macros die Augen aufschlug.

Dann hüllte Dunkelheit sie ein, und das Letzte, was sie hörte, war ein schwaches, trauriges »Nein!«

Pug berührte sie mit seinem Geist. »Es wird schwierig werden. Dennoch will ich versuchen, ihm an den Ort zu folgen, zu dem er flieht. Unsere Körper werden dort erscheinen, wo wir sie erscheinen lassen wollen, also bleib einfach hinter mir, während ich Macros folge.«

»Ich versuche es«, antwortete sie und spürte, wie er sie verließ.

Einen Augenblick lang war Miranda von Furcht erfüllt, denn in der sie umgebenden Dunkelheit konnte sie sich an nichts orientieren.

Dann schlug sie die Augen auf.

Ihr war kalt. Es fühlte sich an, als würde ihr der Steinboden alle Wärme aus dem Körper ziehen. Zitternd richtete sie sich auf.

Sie war in Pugs Arbeitszimmer, in Stardock!

Natürlich wusste Miranda noch, was die Zauberwirker der Elben ihnen gesagt hatten. Ihre Körper würden dort erscheinen, wo immer sie ihrer bedurften, wenn sie diese spirituelle Reise beendeten, und dennoch hatte sie erwartet, sich in Elvandar wiederzufinden. Doch sie befand sich Hunderte Meilen von dort entfernt.

Pug lag bewusstlos neben ihr. Sein Atem ging schwach. Sie hatte keine Ahnung, wie lange sie die Obhut von Acaila und Tathar schon verlassen hatten, doch eins war nur zu deutlich: Wenn Pug nicht innerhalb der nächsten Momente wieder zu sich kam, würde er sterben.

Miranda versuchte, einen Zauber auf ihn zu legen, mit dem sie ihn wiederfinden konnte, denn Pug mochte jeden Augenblick erneut verschwinden, und wenn der Zauber dann nicht wirkte, würde es schwierig werden, den Aufenthaltsort des Magiers zu bestimmen.

Mit aller Macht zwang sie sich, einen klaren Kopf zu bekommen, und sie wollte gerade den Zauber aussprechen, als Pug sich aufsetzte. Keuchend und offensichtlich voller Schmerz, holte er Luft.

Sie brach den Zauberspruch ab. »Was ist geschehen?«

Pug blinzelte und atmete tief durch. »Ich weiß es nicht. Die Kraftlinie, die Macros und Sarig verband, wurde getrennt. Ich bin Macros gefolgt, und plötzlich fand ich mich hier wieder.«

Miranda erhob sich, und Pug folgte ihrem Beispiel. Beide waren durchgefroren und steif, und zuerst fiel es ihnen schwer, sich zu bewegen. Pug ging hin und her, um seinen Kreislauf in Schwung zu bringen. »Das war das zweite Mal, dass ich so etwas gemacht habe, und es war bestimmt nicht angenehmer als beim ersten Mal.«

»Wo ist Macros?«, wollte Miranda wissen.

»Er muss hier in der Nähe sein. Das ist die einzige mögliche Antwort.«

Er begab sich zur Tür, öffnete sie und eilte die Stufen des Turms nach unten. Dort schob er eine weitere Tür auf und hätte beinahe einen jungen Schüler umgerannt, der bei Pugs Anblick die Augen weit aufriss. »Meister Pug!«, rief er.

Pug und Miranda beachteten den überraschten Schüler nicht und setzten ihren Weg zum Haupteingang der

Akademie fort. Im Vorbeigehen drehten sich Schüler wie Lehrer gleichermaßen nach ihnen um und starrten ihnen hinterher, und als sie den Haupteingang von Stardock erreicht hatten, tönte es fast wie ein Singsang von allen Seiten: »Pug! Pug!«

Vor Aufregung war Pug außer Atem. »Ich kann ihn fühlen! Er ist ganz in der Nähe.«

»Ich spüre ihn ebenfalls«, sagte Miranda.

Sie traten nach draußen und sahen sich um. Pug wies ihr den Weg. »Hier entlang!«

Am Ufer des Sees hatte sich eine Gruppe aufgeregter Schüler versammelt, und Pug konnte Nakor rufen hören: »Bleibt zurück!«

In der Luft schwebte ein Mann, und Pug konnte die Energien spüren, die ihn umschwirrten. Dem Anschein nach handelte es sich um einen Bettler, so schmutzig wie er war, mit dem dreckigen Lendenschurz und dem verfilzten Bart, und dennoch strahlte er große Kraft aus. Die Luft um ihn herum schimmerte. Es machte den Eindruck, als würde der Mann von der Energielinie, der Pug aus der Himmlischen Stadt gefolgt war, in die Luft gehoben.

Pug und Miranda liefen zu den Schülern, und Pug befahl: »Tretet zurück!«

Einer der Studenten blickte über die Schulter. »Meister Pug!«

Beim Klang seines Namens wichen die anderen zurück.

Am Wasser standen Nakor und Sho Pi, die gespannt beobachteten, wie der Mann in der Luft schwebte.

»Kannst du es sehen?«, fragte Nakor, als Pug zu ihm trat. »Er versucht aufzusteigen, aber die andere Kraft, dieses Ding in der Luft, drängt ihn hierher zurück, auf das Wasser zu.«

Falls Nakor von Pugs plötzlichem Auftauchen in irgendeiner Weise überrascht war, ließ er es sich nicht anmerken.

»Es ist etwas ganz Wunderbares geschehen«, sagte er, »und bald werden wir die Wahrheit wissen.« Er sah Pug an. »Oder vielleicht kennst du sie bereits?«

Der Bettler schwebte herab, bis er im hüfttiefen Wasser saß. Pug beobachtete, wie sich der Energiefaden vom Himmel nach unten ringelte und schließlich im Wasser um den Mann herum verschwand. Der Bettler weinte.

Pug watete in den See und kniete sich neben den Mann. »Macros?«

Es dauerte einen Moment lang, dann sah der Mann Pug an und flüsterte mit heiserer Stimme: »Weißt du eigentlich, was du getan hast? Ich stand kurz davor, ein Gott zu werden.« Er schloss die Augen, und ein Schluchzer ließ seine Schultern beben. Er holte tief Luft. »Das Wissen, das Begreifen ... Es schwindet, wie Wasser, das über den Rand eines Gefäßes läuft, das zu klein ist.« Bei diesen Worten zeigte er auf seinen Kopf und schloss erneut die Augen, als würde er versuchen, ein Bild vor seinem inneren Auge festzuhalten. Schließlich fuhr er fort: »Mir ist, als hätte ich das Universum in seiner Gesamtheit gesehen, aber ich habe nur durch ein Loch im Zaun geguckt, und dann hast du mich vom Zaun fortgezerrt, und Sekunde um Sekunde konnte ich weniger erkennen ... Vor Augenblicken noch hätte ich dir die Geheimnisse des Universums erklären können! Und jetzt, da ich mich erinnern will, zerbröckeln die Vorstellungen, und alles, was mir bleibt, ist das Wissen darüber, was ich alles verloren habe! Jahre der Arbeit umsonst.«

»Wir sind in Not«, sagte Pug leise.

»Meine Zeit hier war vorüber!«, beharrte Macros, erhob sich und blickte seinen Nachfolger an. Er stand auf wackligen Beinen. »Es war nicht an dir, mich zurückzurufen. Mein Auftrag überstieg dein Begriffsvermögen.«

»Offensichtlich nicht«, konterte Miranda.

Macros sah die Frau an, doch er erkannte sie zuerst nicht. Dann aber kniff er die Augen zusammen und fragte: »Miranda?«

»Hallo Vater«, erwiderte die junge Frau. »Lange nicht gesehen.«

Auf Pugs Gesicht zeichnete sich Überraschung ab.

Nakor lachte, als er wiederholte: »Vater?«

Macros der Schwarze, der legendäre Zauberer, blickte von Pug zu Miranda. »Wir müssen uns unterhalten.« Er holte tief Luft und fügte hinzu: »Ich glaube, allmählich komme ich wieder zu Sinnen.«

»Das ist gut«, meinte Miranda, »denn wir haben gleich den nächsten Schock für dich parat.«

Macros zögerte und machte sich auf das Schlimmste gefasst. »Und der wäre?«

»Es geht um Mutter«, antwortete Miranda. »Sie versucht, die Welt zu zerstören.«

Bei diesen Worten konnte selbst Nakor seine Überraschung nicht verhehlen. Und Macros stöhnte nur: »Ich glaube, ich brauche etwas zu trinken.«

Miranda rümpfte die Nase. »Als Erstes brauchst du ein Bad, würde ich sagen.«

Während Macros ein Bad nahm und sich Sho Pi um die Bedürfnisse des Zauberers kümmerte, saßen Miranda, Pug und Nakor in Pugs Arbeitszimmer. Pug entkorkte eine Flasche erlesenen Weins aus Düstermoor.

»Mir scheint, als gäbe es da noch etwas, das du mir mitteilen solltest«, sagte Miranda.

Pug sah seine Geliebte an. »Mir scheint, das beruht auf Gegenseitigkeit. ›Vater‹?«

Nakor grinste. »Damit wäre ich ja so etwas wie dein Stiefvater, nur dass ich Jornas erster Ehemann war und Macros ihr zweiter.«

»Als ich geboren wurde, hat sie sich Jania genannt«, erklärte Miranda. Die Freude des kleinen Mannes entging ihr offensichtlich, ihr Gesichtsausdruck zeigte etwas, das man nur als kaum beherrschte Wut bezeichnen konnte. Sie wandte sich wieder Pug zu. »Dieses halsbrecherische Kunststück, als du Macros in der Himmlischen Stadt dem Bewusstsein von Sarig entrissen hast ...«

»Wie bitte?«, entfuhr es Nakor. Der kleine Mann machte große Augen. »Das müsst ihr mir erzählen.«

»Was ist damit?«, fragte Pug.

»Ich konnte spüren, was du getan hast.«

»Und?«

»Die Kraft, die schiere Größe der Energien, die du eingesetzt hast ... Du hättest die Smaragdkönigin und ihre armselige Bande von Pantathianern längst vernichten können. Warum dauert dieser Krieg schon so lange an? Warum hast du nichts getan, um ihn zu beenden?«

Pug seufzte. »Weil sich die Überlebenden in ihre dunklen Löcher verkriechen und wieder von vorn anfangen würden. Und dann ist da noch etwas.«

»Was?«, wollte Miranda wissen.

Von der Tür aus mischte sich Macros ein. »Nichts, über das wir an diesem Ort sprechen sollten. Es wäre zu gefährlich.«

Pug wies auf einen leeren Stuhl, und der frisch gebadete Zauberer setzte sich und griff nach dem Becher, der für ihn bereitstand. Macros trug eine Robe, die er sich geliehen hatte, eine schwarze statt der braunen, die er normalerweise bevorzugte. Er nahm einen tiefen Schluck Wein. »Ausgezeichnet. Es gibt doch Vorteile, wenn man unter den Lebenden weilt.«

Nakor stellte sich vor. »Ich bin Nakor.«

Macros runzelte die Stirn. Er betrachtete Nakor einen Augenblick lang, ehe es ihm dämmerte. »Der Isalani! Ich kann mich an dich erinnern. Du hast mich mal beim Kartenspiel betrogen.«

»Genau der bin ich.« Und fast mit Tränen in den Augen gestand Nakor: »Du warst meine größte Herausforderung.« An Pug gewandt erklärte er: »Ich habe mich wohl vertan, als ich sagte, dass Macros mich bestimmt vergessen hätte.«

»Dieser Schurke …!« Macros zeigte anklagend auf Nakor. »Er machte mich glauben, er würde Magie anwenden, und als ich mich mit Magie dagegen verteidigen wollte, hat er die Karten mit großer Fingerfertigkeit ausgetauscht.«

»Mit großer Fingerfertigkeit?«, fragte Pug.

»Er hat beim Mischen geschummelt!« erklärte Macros lachend.

»Eigentlich nicht«, widersprach Nakor bescheiden. »Ich habe die Karten gegen gezinkte ausgetauscht.«

»Würdet ihr jetzt bitte damit aufhören!«, fuhr Miranda die beiden an und schlug mit der Faust auf den Tisch. »Das hier ist schließlich kein Wiedersehen alter Freunde. Das ist …«

»Was?«, wollte Pug wissen.

»Ich weiß nicht. Wir versuchen, die Welt zu retten, und ihr ergeht euch in Erinnerungen an Kartenspiele.«

Pug sah Sho Pi in der Tür stehen und winkte den jungen Mann hinaus, damit sie zu viert unter sich wären. Sho Pi nickte und ging vor die Tür.

»Erstens«, begann Pug, »würde ich gern mehr über euer Verhältnis zueinander erfahren. Anscheinend verbindet euch etwas, von dem ich bislang nichts wusste.«

»Mich verbindet mit euch allen etwas«, sagte Macros.

Pug wirkte plötzlich alarmiert. »Jetzt sag nicht, ich wäre dein unehelicher Sohn.« Er blickte Miranda an, und ihr Gesicht spiegelte seine Besorgnis wider.

»Da kannst du ganz beruhigt sein«, antwortete Macros. »Du bist nicht ihr Bruder.« Er seufzte. »Als ich dir gesagt habe, du würdest mir so viel bedeuten wie ein eigener Sohn, habe ich das auch so gemeint.« Er nippte an seinem Wein. »Als du geboren wurdest, habe ich Größe in dir gespürt, Junge. Du warst der Sohn eines Soldaten und eines Dienstmädchens in Crydee. Und wie die Tsurani in Kindern Macht spüren und sie dann für die Versammlung ausbilden, so habe ich die Größe in dir erkannt, eine Größe, die vielleicht die aller lebenden Magier auf dieser Welt übertrifft.«

»Und was hast du getan?«, fragte Nakor.

»Ich habe diese Magie in ihm freigesetzt.«

»Sarig?«, fragte Pug.

Macros nickte. »Ich bin sein Geschöpf.«

»Sarig?«, fragte daraufhin auch Nakor. »Ich dachte, der wäre nur eine Legende.«

»Ist er auch«, antwortete Miranda, »und ein toter Gott obendrein. Aber offensichtlich ist er nicht so tot, wie manche denken.«

»Warum beginnst du nicht ganz am Anfang«, schlug Pug vor.

»Und diesmal bitte die Wahrheit«, fügte Miranda hinzu.

Macros zuckte mit den Schultern. »Die Geschichte, die ich dir und Tomas erzählt habe, als wir uns die Zeit in der

Ewigen Stadt vertreiben mussten, war wesentlich unterhaltsamer als die Wahrheit, Pug.«

»Damals war ich noch ein Kind. Ein Junge aus einem fernen Land und …«

»Jetzt reicht's aber!«, ging Miranda dazwischen. »Vater, du fängst schon wieder damit an!«

Macros seufzte. »Also gut, ich wurde in der Stadt Kesh geboren. Mein Vater war Schneider, und meine Mutter war eine wundervolle Frau, die meinem Vater die Bücher führte, das Haus sauber hielt und einen starrsinnigen und ungehorsamen Jungen großzog. Zu den Kunden meines Vaters gehörten viele reiche Kaufleute, und wir hatten ein gutes Auskommen. Zufrieden?«, fragte er seine Tochter.

Sie nickte.

»Ich hingegen war mehr auf Abenteuer aus, zumindest liebte ich illustre Gesellschaft. Als ich kaum erwachsen war, machte ich mich mit einigen meiner Freunde auf eine Reise, ohne dass meine Eltern davon gewusst oder mir ihren Segen gegeben hätten. Wir kauften uns eine Karte, auf der angeblich die Lage eines Schatzes verzeichnet war.«

Nakor nickte. »Sklavenhändler.«

Macros stimmte zu. »Ja. Es war eine Falle, mit der sie dumme Jungen zu sich lockten, um sie danach auf dem Sklavenmarkt in Durbin zu verschachern.«

»Und wie lange ist das her?«, erkundigte sich Pug.

»Fast fünfhundert Jahre«, antwortete Macros. »Als das Kaiserreich auf dem Höhepunkt seiner Macht stand. Doch ich bin den Sklavenjägern entkommen und versteckte mich in den Bergen, aber dort verirrte ich mich. Halb verhungert fand ich einen alten, verlassenen Tempel. Dem Delirium nahe, brach ich vor dem Altar zusammen und flehte den Gott, der in diesem Schrein verehrt wurde, um Rettung an, wer auch immer er sein mochte. Im Austausch dagegen wollte ich in seine Dienste treten.«

Macros blinzelte, versuchte die Erinnerung aus den Tiefen seines Bewusstseins zu holen.

»Ich weiß nicht mehr genau, was dann geschah. Aber ich glaube, ich habe zu Sarig gesprochen, und entweder starb ich und er holte mich zurück, ehe ich in die Halle von Lims-Kragma kam, oder er holte mich kurz vor meinem Tod. Jedenfalls war ich von jenem Augenblick an sein Geschöpf. Mag sein, dass mein Gebet an ihn das erste seit den Chaoskriegen war, obwohl es da auch noch jemanden gegeben haben muss, der diesen Schrein für ihn gebaut hat. Vielleicht werde ich das eines Tages erfahren. Wie auch immer, das Gebet des Sterbenden machte einen Weg frei, wenn ihr wollt, und aus diesem alten Tempel trat nicht wieder der Junge, sondern ein Mann der Magie. Ich wusste Dinge, die mir wie Erinnerungen erschienen, und dennoch, meine eigenen Erinnerungen waren das ganz bestimmt nicht. Sarig war in mir, und ein Teil von mir war in Sarig.«

»Kein Wunder, dass du über solche Kräfte verfügst«, warf Pug ein.

Macros blickte von einem zum anderen. »Um zu begreifen, was ich euch jetzt erzählen werde, müsst ihr euch aller Vorurteile und aller vorgefassten Meinungen entledigen. Die Götter sind sowohl real als auch eine Illusion. Sie sind real, weil sie existieren und weil sie ihre Macht über diese Welt und unsere Leben ausüben. Und Illusion sind sie, weil sie ganz anders sind, als wir sie wahrnehmen.«

Nakor lachte keckernd. »Das ist wunderbar!«

Pug nickte.

»Ihre Kräfte existieren in der Natur«, fuhr Macros fort,

»und sie sie wirken auf uns ein, so wie wir auch auf sie einwirken. Und wenn wir an sie denken, werden einige von ihnen zu dem, was wir uns vorstellen.«

»Einen Augenblick mal«, unterbrach ihn Miranda. »Ich kann dir nicht ganz folgen.«

»Denk an die ersten Menschen, die in Höhlen Zuflucht suchten und über das Wunder des Feuers nachsannen. In kalten, feuchten Nächten war es ihr Freund und die Quelle des Lebens. Sie gaben ihm eine Persönlichkeit, und nach einer Weile verehrten sie es. Später verehrten sie den Geist des Feuers, aus dem schließlich der Gott des Feuers wurde.«

»Prandur«, sagte Pug.

»Genau. Und wenn genug Menschen das Feuer verehren, manifestieren sich bestimmte Aspekte der Energie, die wir Prandur nennen, bestimmte Eigenheiten, die den Erwartungen der Gläubigen entsprechen.«

Nakor war vor Freude fast außer sich. »Die Menschen erschaffen die Götter!«, rief er.

»In gewisser Weise schon«, stimmte Macros zu. In seinen Augen spiegelte sich großer Schmerz. »Den größten Teil meines Lebens über war ich ein Teil von Sarig, sein Vertreter auf Midkemia und anderswo, sein Auge und Ohr, und ich hielt es für mein Schicksal, irgendwann mit ihm zu verschmelzen. Ich dachte, ich würde an seiner Stelle die Magie in all ihrer Herrlichkeit nach Midkemia zurückbringen.« Er warf Pug einen Blick zu. »Du warst eins meiner gelungenen Experimente. Du hast die Magie des Erhabenen Pfades nach Midkemia zurückgeholt.«

»Das ist alles wirklich sehr interessant«, mischte sich Miranda ein, »doch was ist nun mit Mutter?«

Nakors Grinsen erstarb. »Ich glaube, Jorna ist tot.«

»Wie? Woher willst du das wissen?«, fuhr ihn Miranda an.

»Als ich sie zum letzten Mal gesehen habe, spürte ich, dass sich jemand anders in ihrem Körper befand und die Frau, die deine Mutter war, nicht mehr darin wohnte. Entweder ist sie tot oder man hat sie irgendwie vor mir verborgen.«

»Aber wie passt dies mit dem Rest der Geschichte zusammen?«, fragte Pug.

Nakor begann zu erzählen: »Ich war noch jung, da traf ich ein Mädchen namens Jorna. Sie war schön und klug und schien sich für mich zu interessieren.« Er grinste wieder. »Ich bin nicht gerade das, was man einen stattlichen Mann nennt, und auch in meiner Jugend war ich das nicht. Doch wie alle jungen Männer wünschte ich mir sehr, von einer wunderschönen Frau geliebt zu werden. Allerdings ... Sie liebte nicht mich. Sie liebte Macht, und sie dürstete nach dem, was ihr Magie nennt. Sie wollte auf ewig jung und schön bleiben. Sie fürchtete den Tod. Und das Altwerden sogar noch mehr. Also zeigte ich ihr Tricks. Ich zeigte ihr, wie man das beeinflusst, was ich den ›Stoff‹ nenne, und nachdem ich ihr alles beigebracht hatte, was ich konnte ... verließ sie mich.«

»Und fand mich«, sagte Macros. Er sah Miranda an. »Ich lernte deine Mutter in Kesh kennen, und sie war, wie Nakor sie beschrieben hat, eine atemberaubend schöne junge Frau, die mir mit Leidenschaft nachstellte. Ich beachtete ihren Machthunger nicht. Jugendhafte Romantik blendete mich. Trotz meines Alters und meiner Fähigkeiten benahm ich mich wie ein junger Narr. Erst später durchschaute ich ihre Arglist, aber erst, nachdem du geboren warst, Miranda. Doch ich hatte ihr nicht alles beigebracht, was ich ihr hätte beibringen können, was sie allerdings nicht wusste. Um all das begreifen zu können, war sie ohnehin noch Jahrhunderte entfernt.«

»Du hast mich ihr also einfach weggenommen und mich Fremden überlassen?«, sagte Miranda. »Ich war damals zehn Jahre alt!«

»Nein«, widersprach Macros. »Ich habe dich behalten, nachdem sie *uns beide* verlassen hat. Und dann habe ich gute Leute gefunden, die dich aufziehen sollten. Ich weiß, ich habe dich selten und stets nur kurz besucht, aber … Es war schwierig.«

»Das war zu der Zeit, als du der ›Schwarze Zauberer‹ wurdest?«, fragte Pug.

»Ja. Es war schmerzhaft, auf dieser Ebene mit den Menschen umzugehen. Obwohl ich es zu der Zeit noch nicht wusste, hatte Sarig große Dinge mit mir vor. Die Wege der Götter sind uns unbegreiflich, und meist trieb mich irgendein Zwang oder ein Verlangen voran, nur selten klare Ziele. Ich entdeckte diese Insel, die von ihren einstigen Bewohnern verlassen worden war. Ich denke, es muss sich um eine Familie aus Kesh gehandelt haben, vielleicht auch Adlige aus Queg, die vor dem Bürgerkrieg geflohen waren. Dort baute ich die Schwarze Burg, um Reisende abzuschrecken. Mein Leben verlief in festen Bahnen, bis du zum ersten Mal auf die Insel gekommen bist, Pug. Wann war das? Vor fünfzig, sechzig Jahren?«

Pug nickte. »Manchmal erscheint es mir wie gestern, wenn ich daran zurückdenke, wie Kulgan und ich auf dem Strand standen und deine Botschaft lasen.« Pug studierte das Gesicht des Zauberers. »Aber so vieles von dem, was du getan hast, waren Täuschungen, so vieles von dem, was du mir erzählt hast, waren Lügen.«

»Ja, aber vieles davon war auch die Wahrheit. Ich konnte meine Zukunft spüren, manchmal konnte ich sie sogar deutlich vor mir sehen. In dieser Hinsicht gab es nie eine Lüge. Mein weiteres Leben enthüllte sich mir beim müßigen Nachdenken, gelegentlich in Träumen und Visionen. Hätte Sarig wirklich noch gelebt, hätte er mir mehr geben können, aber würde er noch leben, so wie wir es uns vorstellen, würde er mich nicht brauchen.«

»Als du damals gesagt hast, ich solle deinen Platz einnehmen«, warf Pug ein, »hast du also fest geglaubt, deine Zeit auf Midkemia wäre um?«

»Ja«, antwortete Macros. »Doch diese Geschichten, die ich dir erzählt habe, von Königen, die du beraten, und von Kriegen, die du beenden solltest, das alles diente nur einem Zweck. Ich wollte dein Interesse von mir ablenken, damit ich meinen Weg gehen konnte, ohne dass du dich auf die Suche nach mir begibst, wenn du einen Rat brauchst.«

Pug sah, wie der Zorn in Macros abermals anschwoll. »Aber Macros«, sagte Pug deshalb, »wenn du wirklich mit Sarig hättest eins werden sollen, dann hätte er mir nicht erlaubt, dich zurückzuholen.«

Macros' Wut ließ nach, erlosch aber nicht gänzlich. Pug konnte förmlich sehen, wie sie unter der Oberfläche weiterschwelte wie abgedeckte Glut.

»Das mag sein«, gestand Macros ein. »Das Problem ist nur, dass ich weiß, wie viel ich vergessen habe.« Tränen sammelten sich in seinen Augen. »Ich … ich kann es nicht erklären, aber …« Er verstummte.

Nakor kniff die Augen zusammen. »Aber warst du es tatsächlich?«

»Was willst du damit sagen?«, fragte Macros.

»Warst du derjenige, der all dieses Wissen besaß, oder war es der Gott der Magie?«

»Ich weiß es nicht«, antwortete Macros leise.

»Worauf willst du hinaus?«, fragte Pug.

»Berichtige mich, wenn ich falschliege«, fuhr Nakor an Macros gewandt fort, »aber als du immer gottähnlicher wurdest, spürtest du da nicht, wie dein eigenes Ich in den Hintergrund trat? Fühltest du dich nicht von dem, der du einst warst, entrückt?«

Macros nickte. »Das ist allerdings wahr. Mein Leben verwandelte sich in einen Traum, in eine schwache Erinnerung.«

»Meiner Vermutung nach hättest du es nie erfahren, wenn du wirklich zu einer Gottheit aufgestiegen wärst, denn der Geist, den wir Macros nennen, hätte aufgehört zu existieren«, erklärte Nakor.

Macros dachte eine Weile darüber nach. »Dieser Einwand wird mir wohl noch manche Grübelei bescheren.«

»Was ist mit der Königin?«, mischte sich Miranda ein. »Wie kommst du darauf, dass sie nur noch die Gestalt meiner Mutter hat?«

Nakor zuckte mit den Schultern. »Ich weiß es nicht. Vielleicht hat sie sich auf einen schlechten Handel mit den Pantathianern eingelassen. Als sie noch Lady Clovis war, dürstete sie nach ewiger Jugend, und sie hatte sich einem bösartigen Totenkult verschrieben. Das war vor zwanzig Jahren, und wer weiß, was seitdem geschehen ist. Womöglich hat man sie für ihr Versagen bei dem Komplott mit dem Oberherrn der Stadt am Schlangenfluss und seinen Magiern bestraft, aber es kann auch sein, dass sie für denjenigen, der von ihrem Körper Besitz ergriffen hat, auf diese Weise am nützlichsten ist. Ich weiß es nicht. Ich weiß nur eins: Die Frau, die mit uns beiden verheiratet war, ist vermutlich tot.«

Pug wandte sich an Miranda. »Wo wir schon einmal reinen Tisch machen, wie wäre es, wenn du uns erzählst, welche Rolle du in dieser Geschichte spielst?«

»Als sich meine Kräfte entwickelten«, begann Miranda, »habe ich das vor meinen Stiefeltern verborgen. Sie wollten mich mit einem Händler verheiraten, da bin ich einfach davongelaufen.« Sie warf Macros einen verbitterten Blick zu. »Das war vor zweihundertfünfzig Jahren, falls es dich interessiert!«

»Es tut mir leid«, seufzte Macros.

»Ich kam zu einer Magierin, einer alten Frau namens Gert.« Sie lächelte, als sie fortfuhr: »Wenn ich möchte, kann ich ihr Aussehen annehmen, und so, wie manche Männer auf ein hübsches Gesicht und einen stattlichen Busen reagieren, ist das gelegentlich durchaus von Nutzen.«

»Das ist kein schlechter Trick«, stimmte Nakor zu.

»In Wirklichkeit sah sie scheußlich aus, aber ihre Seele hätte einer Heiligen der Sung gut angestanden, und sie nahm mich bei sich auf. Bald wurde sie meiner Fähigkeiten gewahr und lehrte mich alles, was sie wusste. Nach ihrem Tod suchte ich andere auf, die mich unterrichten konnten, doch vor etwa fünfzig Jahren wurde ich von der keshianischen Geheimpolizei verhaftet. Ein Mann namens Raouf Manif Hazara-Khan aber sah in mir eine großartige Waffe, also rekrutierte er mich.«

»Der Name Hazara-Khan ist in Krondor wohlbekannt«, unterbrach Pug sie. »War das nicht ein Bruder des Gesandten von Kesh in Krondor?«

»Genau. Sein Bruder hatte einige überaus seltsame Berichte über die Schlacht bei Sethanon geschickt, über das Auftauchen von Drachenreitern am Himmel, über riesige

Explosionen grünen Feuers und über die vollständige Zerstörung einer der bescheideneren Städte des Königreichs. Darum gab er mir den Auftrag herauszufinden, was da vor sich gegangen war.«

»Und?«, wollte Pug wissen.

»Und ich desertierte.«

Nakor kicherte, und seine Augen strahlten. »Das ist wunderbar!«

»Als ich nach und nach die Wahrheit erfuhr, wurde mir bewusst, dass es um mehr ging, als nur der einen oder der anderen Nation zu Diensten zu sein.«

»Das sicherlich«, stimmte Pug zu. »Wir stehen vor großen Herausforderungen und müssen einige schwerwiegende Entscheidungen treffen.«

»Das Wichtigste ist jedoch« sagte Nakor, »dass wir herausfinden müssen, wer eigentlich hinter all diesen Ereignissen steht.«

»Der dritte Mann im Spiel«, sagte Miranda.

»Ich weiß, wer er ist«, erklärte Macros.

»Der Dämonenkönig«, war Miranda überzeugt.

»Nein«, widersprach Pug. Er blickte Macros an. »Wenn es sich so verhält, wie ich annehme, sollten wir nicht hier darüber reden.«

Macros nickte zustimmend. »Und wir könnten einen Experten vom Orden des Ishap gebrauchen, der über bestimmte Dinge Bescheid weiß.«

»Also müssen wir nach Sarth«, sagte Pug.

Macros gähnte. »Allerdings, aber vorher würde ich gern ein Nickerchen machen.«

Nakor stand auf. »Ich bringe dich in meine Gemächer. Ich habe ein zweites Schlafzimmer.«

Macros verließ zusammen mit Nakor das Zimmer, und

Pug wandte sich an Miranda. »Es scheint, als würden wir allmählich zum Kern der Sache vorstoßen.«

»Vielleicht«, entgegnete Miranda. »Aber mein Vater ist ein sehr überzeugender Lügner, schon vergessen?«

»Und du?«

»Ich habe dich noch nie angelogen«, verteidigte sie sich.

»Aber du hast mir manches verschwiegen.«

»Und du?«, erwiderte sie vorwurfsvoll. »Du hast mir immer noch nicht gesagt, weshalb du nicht einfach übers Meer fliegst und die Flotte der Smaragdkönigin versenkst. Ich habe mit angesehen, zu was du in der Lage bist. Deine Kräfte sind unfassbar.«

»Ich werde es dir erklären«, versprach Pug. »Doch erst, wenn wir uns an einem sicheren Ort befinden.«

»Sicher vor was?«

»Auch das kann ich dir erst dann erklären.«

Miranda schüttelte den Kopf. »Manchmal kannst du einen zur Weißglut bringen.«

Pug lachte. »Du bist allerdings auch nicht ohne Ecken und Kanten.«

Sie erhob sich und kam zu ihm. Indem sie die Arme um ihn legte, sagte sie: »Eins steht jedenfalls fest: Ich liebe dich.«

»Ich liebe dich auch. Und ich habe nicht geglaubt, dass ich das je wieder zu einer Frau sagen würde, nachdem Katala gestorben ist.«

»Aber es ist an der Zeit«, erwiderte sie.

Pug zögerte. »Was ist mit Calis?«

»Ihn liebe ich auch.« Als sie spürte, wie Pug sich versteifte, fuhr sie fort: »Aber auf andere Weise. Er ist mein Freund, ein sehr besonderer Freund. Er braucht so viel, doch er bittet nie darum. Wenn wir dies alles überstanden haben, werde ich ihm, glaube ich, ein wenig Glück schenken können.«

»Meinst du damit, du wirst dich für ihn entscheiden?«, fragte Pug.

Miranda beugte sich ein wenig zurück, damit sie Pug in die Augen sehen konnte. »Nein, du Dummerchen. Ich glaube nur, dass ich einiges über das weiß, was er wirklich braucht.«

»Und zwar?«

»Wenn wir es überstanden haben, werde ich es dir schon erzählen.«

Er lächelte und küsste sie.

Sie verharrten in ihrer Umarmung, dann drückte sie ihn fest an sich und flüsterte ihm ins Ohr: »Vielleicht.«

Er gab ihr einen Klaps auf den Hintern, und sie lachte. Dann küsste er sie abermals.

Pläne

Erik verlagerte sein Gewicht.

Seine Paradeuniform war unbequem, und sein Kopf schmerzte noch immer noch von dem Hieb, den er letzte Woche hatte einstecken müssen. Es war zwar nur mehr ein dumpfes Pochen, wenn er sich zu schnell bewegte oder zu sehr anstrengte, aber das kam häufiger vor.

Die Söldner aus Novindus, die in die Dienste des Königs eingetreten waren, stellten für Jadow und die anderen Feldwebel eine echte Herausforderung dar, was ihre Ausbildung betraf. Alfred war ebenfalls zum Feldwebel befördert worden, aus diesem Grunde war Erik nun auf einen neuen Schleifer in seiner Kompanie angewiesen, einen gewissen Korporal Harper.

Während sich Erik abwesend den Nacken rieb, fragte Calis: »Tut's noch immer weh?«

»Wird jeden Tag besser«, erwiderte Erik. »Aber Ihr hattet recht. Zwei Zoll weiter und der Hieb hätte mich in zwei Hälften gespalten.«

Calis nickte, während der Prinz und sein Gefolge den Raum betraten. »Dann wollen wir mal mit der Versammlung beginnen«, verkündete Patrick.

»Nach unseren letzten Informationen werden sie wie folgt vorgehen«, begann Nicholas, Onkel des Prinzen von

Krondor und Admiral der Westlichen Flotte des Königreichs. »Zuerst werden sie Krondor mit einem Handstreich einnehmen und dann über die Berge nach Sethanon weiterziehen.«

Patrick nickte. »Dem möchte ich zustimmen, obwohl mein Vater weiterhin zu bedenken gibt, dass wir vielleicht absichtlich mit falschen Berichten versorgt werden und die Flotte ihre Reise um die Welt gegebenenfalls in Salador beendet und versucht, Sethanon von Osten her zu erreichen.«

»Diese Möglichkeit haben wir bedacht, doch haben wir sie als eher unwahrscheinlich eingestuft«, erklärte Calis. »Inzwischen wissen wir, dass sie so gut wie auszuschließen ist.«

Erik betrachtete die anderen Teilnehmer der Konferenz und fühlte sich angesichts ihres Ranges ausgesprochen unbehaglich. Neben dem Prinzen saß James, der Herzog von Krondor, auf der anderen Seite des Prinzen hatte William, der Marschall von Krondor, Platz genommen. Owen Greylock, der frühere Schwertmeister von Düstermoor, mittlerweile Hauptmann der Armee des Königs, saß neben William. Nicholas hatte neben James Platz genommen und Calis zwischen Erik und Nicholas. Auf Owens anderer Seite saß ein Mann, der Erik unbekannt war; ein Schreiber, der alles, was gesagt wurde, in einer eigentümlichen Mappe notierte, wie Erik sie noch nie gesehen hatte.

»Unserem Feind«, bemerkte Calis, »kann man viele Eigenschaften nachsagen, doch Raffinesse gehört bestimmt nicht dazu. Ein einziges Mal haben sie es mit Verschlagenheit versucht, als sie Eure Cousine Margaret und die anderen aus Crydee verschleppt haben.«

Patrick schnaubte. »Die gesamte Ferne Küste zu plündern ist kaum das, was ich unter Raffinesse verstehe.«

»Darauf wollte ich hinaus«, fuhr Calis fort. »Wenn sie hier und dort ein paar einfache Leute entführt hätten, um ihre infizierten Doppelgänger durch Krondor ziehen zu lassen …«

»Warum sollten sie sich überhaupt mit Entführungen abgeben?«, fragte James.

»Eben«, meinte Calis. »Ihre Denkweise entspricht ganz und gar nicht der unseren. Ich möchte bezweifeln, ob wir sie je verstehen werden.« Er zeigte auf die Karte an der Wand, die das Königreich von Endland bis zur Grenze im Osten jenseits der Stadt Ran zeigte. »Salador und Krondor bereiten den Invasoren gleichermaßen etliche Probleme. Zwar ist der Weg von Salador nach Sethanon leichter, doch Salador einzunehmen bringt zusätzliche Schwierigkeiten mit sich. Die Reise dorthin ist länger, was ein größeres Risiko für die Ausrüstung und die Schiffe bedeutet. Und auf dieser Route würden sie zudem viel eher die Aufmerksamkeit des Kaiserreichs auf sich ziehen.«

Er stand auf und ging hinüber zur Karte. Auf einen Wink hin ersetzte ein Diener sie durch eine Karte im kleineren Maßstab, die die gesamte bekannte Welt zeigte. Calis deutete auf die untere Hälfte, wo Novindus verzeichnet war. »Die Meeresströmungen hier unten zwingen jeden, der von der Ostküste von Novindus aufbricht, zu einem Punkt südöstlich der Spitze von Triagia, und von dort aus muss man sich fast genau Richtung Norden halten, um die Südspitze von Kesh zu erreichen. Die Fahrt hintenherum würde Monate länger dauern. Wir haben das herausgefunden, als wir bei unserer letzten Reise das Brijanerschiff benutzt haben, um nach Novindus zu gelangen. Der Weg über die Endlose See ins Bittere Meer entspricht dagegen beinahe einer direkten Linie.« Er deutete auf die lange, gewundene Küste von Kesh auf der Ostseite des Kontinents. »Südlich des Meers des Königreichs kreuzen viele Brijaner und andere Piraten. Zudem halten sich hier«, er zeigte auf einen Teil des Ozeans nordöstlich der Gebirgskette, die man den Gürtel von Kesh nannte, »die meisten Schiffe der Östlichen Flotte des Kaiserreichs auf. Und die werden nicht tatenlos zusehen, wie sechshundert feindliche Schiffe vorbeiziehen, selbst wenn sie wissen, dass das Königreich ihr eigentliches Ziel ist.« Er schüttelte den Kopf. »Zudem müsste die Invasionsflotte an Roldem und den anderen Königreichen im Osten vorbei. Und die würden sie auch nicht ungeschoren passieren lassen. Nein, sie werden auf diesem Weg kommen. Die Söldner, die wir gefangen genommen haben, bestätigen diese Vermutung. Die Gefangenen sollten strategisch wichtige Punkte entlang der Berge besetzen, damit die nachrückenden Truppen ohne Widerstand durchs Gebirge marschieren können.«

William wandte sich an Admiral Nicholas. »Nicky, wir haben uns doch schon einmal darüber unterhalten, wie gefährlich es ist, die Straße der Finsternis zu passieren …«

»Es ist lange nicht so riskant«, erläuterte Nicholas, »wenn man weiß, was man zu tun hat, selbst im Spätherbst nicht. Amos Trask und mein Vater sind sogar einmal gegen Winterende hindurchgesegelt.« Er überlegte kurz. »Doch der richtige Zeitpunkt für die Passage dieser Flotte wäre im Spätfrühling oder im Frühsommer. Besser noch im Hochsommer. Dann ist das Wetter am besten und die See am ruhigsten.« Er hielt inne und richtete den Blick ins Leere.

»Und?«, drängte Prinz Patrick schließlich.

»Ich möchte dich abermals beschwören, mir die Erlaubnis zu geben, sie anzugreifen, *bevor* sie das Bittere Meer erreichen.«

Patrick seufzte und sah James an. »Nicky«, sagte der Herzog von Krondor, »über dieses Thema haben wir doch bereits gesprochen.«

»Ich weiß«, gestand Nicholas ein. »Und ich weiß auch, wie riskant dieser Plan ist. Aber denk nur einmal an die Vorteile!« Er erhob sich, trat zu Calis und gab dem Diener ein Zeichen. »Die größere Karte, bitte.«

Sofort stand der Schreiber auf, nahm die Weltkarte von der Wand und hängte rasch eine andere auf, die in größerem Maßstab das Westliche Königreich und Teile von Kesh von der Fernen Küste bis zu Malacs Kreuz zeigte. Nicholas deutete auf die Straße der Finsternis. »Sie kommen mit sechshundert oder mehr Schiffen. Aber sie werden kaum sechshundert Kapitäne haben, die diese Bezeichnung verdienen.« Er klopfte nachdrücklich auf die Karte. »Wenn wir die Flotte unterhalb der Sonnenuntergangsinseln oder besser noch, hier bei Tulan stationieren«, er tippte mit dem Finger auf die südlichste Stadt der Fernen Küste, »dann können wir sie erwischen, wenn sie in die Straße der Finsternis einfahren. Ich werde dreißig größere Kriegsschiffe und noch einmal zwei oder drei Dutzend Küstensegler nehmen und sie von hinten angreifen. Wir segeln in sie hinein, schlagen zu und versenken so viele ihrer schlingernden Kähne, auf denen sie ihre Truppen befördern, wie wir nur können. Wenn die Geleitschiffe wenden und sie verteidigen wollen, segeln wir davon. Egal, wie gut die Geleitschiffe oder deren Kapitäne sind, wir kennen die Winde und Strömungen besser als sie. Wir werden ihnen entkommen!« Er sprach mit solcher Leidenschaft, wie Erik sie noch nie bei ihm erlebt hatte. »Wenn wir Glück haben, segeln die Geleitschiffe als Erste durch die Straße und können dann wegen ihrer eigenen Schiffe nicht mehr wenden und zurückkommen! Wir könnten ein Drittel, womöglich die Hälfte der Flotte versenken!«

»Oder sie teilen die Geleitschiffe und setzen die Hälfte ans Ende«, entgegnete Patrick, »und dann verlierst du all unsere Schiffe, ohne nennenswerten Schaden angerichtet zu haben.« Er schüttelte den Kopf. »Nicky, wenn wir die Kaiserliche Flotte des Westens auf unserer Seite hätten, oder wenn wenigstens die queganischen Kriegsgaleeren von Osten her in die Straße segeln würden, vielleicht würde ich es dann riskieren.« Der Prinz seufzte. »Wir sind die kleinste Seemacht der Welt.«

»Aber wir haben die besten Schiffe und die besten Männer!«, hielt Nicholas dagegen.

»Ich weiß«, räumte William ein. »Doch es ist zwecklos, dieses Gespräch fortzuführen.«

»Vielleicht doch«, meldete sich James zu Wort.

»Wie bitte?«, fragte Patrick.

Der alte Herzog lächelte. »Du hast es selbst gerade gesagt. Wenn die Queganer von Osten her angreifen. Das könnte man unter Umständen arrangieren.«

»Wie?«, fragte der Prinz.

»Darum werde ich mich kümmern«, antwortete James.

»Nun gut«, befand Patrick, »aber weih mich in deine Träumereien ein, bevor wir zusätzlich noch einen Krieg mit Queg am Hals haben.«

James lächelte erneut. »Ich erwarte einen Bericht aus Queg, und wenn ich den erhalten habe«, er wandte sich an Nicky, »kannst du mit der Flotte nach Tulan segeln. Und Herzog Harry soll seine Flotte von den Sonnenuntergangsinseln herbringen und sie unter dein Kommando stellen. Mit dieser Schwadron Strolche wird deine Flottille dann wie viele Schiffe haben? Fünfzig?«

Nicholas war außer sich vor Freude. »Fünfundsechzig!«

James hob die Hand, damit der Admiral vor Begeisterung nicht überschäumte. »Wir wollen es nicht übertreiben. Mein Plan könnte fehlschlagen. Jedenfalls kann ich dir in einem Monat Bescheid geben, egal, wie die Sache ausgegangen ist.«

Der Prinz warf einen Blick in die Runde und fragte: »Sonst noch etwas?«

»Warum Krondor?«, fragte Greylock.

»Hauptmann?«, fragte Patrick zurück.

»Ich meine, ich stimme dem zu, dass sie höchstwahrscheinlich durch das Bittere Meer kommen, aber warum sollten sie Krondor angreifen?«

»Seht Ihr eine andere Möglichkeit?«, wollte der Prinz wissen.

»Mehrere«, antwortete Greylock. »Keine wirklich überzeugende. Doch wenn ich der Kommandant der Smaragdkönigin wäre, würde ich entweder nördlich von Krondor landen und die Verteidiger mit einem kleinen Heer in der Stadt festsetzen, während ich den Hauptteil der Armee um die Stadt herum nach Osten führe, entweder über die Straße des Königs oder an der Küste entlang in Richtung Endland bis zur Grenze von Kesh und dann wieder Richtung Norden. Dabei würde ich einen Teil meiner Kräfte zurücklassen müssen, um die Armee des Königreichs in der Stadt zu binden, doch nicht so viele, als ob ich die Stadt tatsächlich angreifen würde.«

»William?«, fragte Patrick.

»Darüber haben wir uns auch schon Gedanken gemacht, doch nichts in den Berichten deutet darauf hin, dass General Fadawah, der Kommandant der Königin, hinter seinen Linien Überlebende zurücklassen wird.«

»Proviant?«, warf Erik ein.

»Pardon?«, fragte der Prinz von Krondor.

»Entschuldigt, Hoheit, aber mir scheint, bei dieser großen Anzahl Schiffe und Männer … Also, sollten sie wirklich mit sechshundert Schiffen kommen, dann werden sie keinen Proviant mehr haben, wenn sie hier eintreffen.«

»Ja, genau das ist es.« Nicholas zeigte auf das Inselreich Queg. »Queg können sie nicht überfallen, um sich Vorräte zu verschaffen. Und hier unten liegt die Jal-Pur-Wüste. Nein, sie müssen Krondor einnehmen, damit sie Proviant fassen können, bevor sie sich auf den Marsch nach Osten machen.«

»Dem stimme ich zu«, sagte Patrick. »Und aus genau diesem Grund möchte ich die Flotte, sollte James' Plan nicht durchführbar sein, in der Nähe von Sarth wissen. Wenn sie dort anlanden, sollst du sie angreifen.«

Nicholas fluchte. »Verdammt, Patrick, das ist der ungünstigste Moment! Du weißt so gut wie ich, dass sie ihre schnellsten Schiffe als Eskorte einsetzen werden. Dann brauchen sie nur ein oder zwei große Kriegsschiffe, um durch die Hafenmündung zu gelangen, wenn wir all unsere großen Schiffe oben an der Küste haben. Dahinter segeln die Truppenschiffe in den Hafen, und schon haben sie die Stadt erobert! Du kannst nicht beides haben, Patrick. Wenn ich die Stadt verteidigen soll, muss ich meine Flotte in zwei gleich große Teile aufsplitten, im Hafen und draußen auf See.«

Erik meldete sich abermals zu Wort. »Entschuldigt, bitte.«

»Ja?«, ermutigte ihn Patrick.

»Falls es noch nicht zu spät ist, könnte man die Hafeneinfahrt umbauen.«

James grinste. »Daran arbeiten wir bereits, Hauptfeldwebel. Wir werden sie mit neuen Wellenbrecher zwingen, einen Haken zu schlagen und …«

»Nein, mein Lord«, unterbrach ihn Erik. »Ich meine, man sollte eine weitere Mauer entlang der nördlichen Mole bauen, dann müssen sie gegen den Wind segeln und werden extrem langsam, wenn sie in den Hafen einlaufen. Vielleicht kann man es sogar so einrichten, dass sie geschleppt werden müssen.«

»Wozu die neue Mauer?«, fragte Calis.

»Katapulte«, antwortete Greylock. »Wir werden jedes Schiff in Brand stecken, das nicht die Farben des Königreichs führt.«

»Wenn Ihr die ersten zwei oder drei Schiffe versenkt …«, meinte Nicholas.

»… dann können sie den Hafen vergessen und müssen am Strand nördlich der Stadt landen!«, beendete Patrick den Satz.

»Oder versuchen, auf den Mauern selbst zu landen!«, ergänzte William. »Hauptfeldwebel, ich bin beeindruckt.«

Patrick sah Herzog James an. »Werden wir das schaffen?«

»Möglich wäre es, aber es wird viel Geld kosten, den Bau rechtzeitig fertigzustellen. Und die Händler werden wegen der Behinderungen ein großes Geheul anstimmen.«

»Sollen sie doch«, meinte Patrick nur.

Die Tür wurde geöffnet, ein Junker in der Livree des Palasts trat ein und übergab Herzog James einen Brief. Dieser öffnete und las ihn. »Sie sind in See gestochen!«

»Sicher?«, fragte Patrick.

Herzog James nickte Calis zu. Der sagte: »Wir haben

nach dem Fall der Stadt am Schlangenfluss noch einige Spione da unten gelassen. Es ist immer schwieriger geworden, Informationen aus der Gegend einzuholen, doch wir haben an sicherer Stelle ein schnelles Schiff mit unserer besten Mannschaft zurückgelassen. Der Kurier ist zwei Tage scharf geritten, um unser Schiff zu erreichen, und das Schiff ist sofort in See gestochen. Es ist schneller als jedes Schiff der Königin, und deren Flotte muss sich der Geschwindigkeit des langsamsten Schiffes anpassen.« Er rechnete kurz, dann warf er einen Blick in die Runde. »Sie werden die Straße der Finsternis kurz vorm Mittsommertag erreichen.«

»Damit bleiben uns noch drei Monate für die Vorbereitungen«, stellte James fest.

»Tue das Notwendige und halte mich über alle Fortschritte deines Plans mit Queg auf dem Laufenden.« Patrick stand auf, und alle anderen im Raum erhoben sich. »Die Versammlung vertagt sich.«

Herzog James winkte Erik zu sich.

»Herr?«, fragte Erik.

»Schickt diesem Freund von Euch eine Nachricht. Er soll so schnell wie möglich zu mir kommen. Ich glaube, Herr Avery muss einen Botengang für mich erledigen.«

Erik nickte. »Jawohl, Herr.«

Nachdem Erik aufgebrochen war, wandte sich James an William. »Ich glaube, wir sollten dem Jungen von Düstermoor allmählich reinen Wein einschenken.«

»Die Wahrheit wird ihm nicht gefallen«, erwiderte Owen Greylock.

»Aber er wird seine Befehle befolgen«, meinte William. »Er ist unser bester Mann.«

James lächelte. »Das ist er ganz bestimmt. Es ist ein

Glück, dass wir ihn haben.« Sein Lächeln erstarb. »Ich wünschte nur, wir hätten mehr seiner Sorte.«

»Wenn es einen anderen Weg gäbe ...«, meinte William.

James hob die Hand. »Nach meinem Dafürhalten werden wir im nächsten halben Jahr mehr Schmerz und Zerstörung sehen, als es das Königreich während seiner ganzen Geschichte erlebt hat. Doch wenn sich der Rauch verzogen hat, wird das Königreich noch immer existieren. Und die Welt auch. Und die Überlebenden werden die Glücklichen sein.«

»Hoffentlich werden wir uns unter ihnen befinden«, meinte Greylock.

Mit einem bitteren Beiklang in der Stimme erwiderte James: »Darauf können wir nicht zählen, mein Freund. Darauf können wir nicht zählen.«

Und ohne ein weiteres Wort verließ der Herzog den Raum.

»Noch einmal?«, fragte Roo. »Aus welchem Grund?«

»Weil Ihr für mich noch mehr queganisches Feueröl kaufen müsst.«

»Aber, Euer Hoheit«, wandte Roo ein, der unbehaglich vor dem Herzog von Krondor saß. »Ich kann Lord Vasarius eine Nachricht ...«

»Nein, Ihr werdet persönlich hinfahren müssen.«

Roo blickte ihn misstrauisch an. »Ihr werdet mir nicht erzählen, was es mit dieser Angelegenheit auf sich hat, nicht wahr?«

»Was Ihr nicht wisst, kann man auch unter Folter nicht aus Euch herausbringen, richtig?«

Roo antwortete nicht darauf. »Wann soll ich aufbrechen?«

»Nächste Woche. Ich habe zuvor einige Dinge zu erledigen, und dann geht's los. Es wird eine kurze Reise, keine Bange.«

Roo erhob sich. »Wenn Ihr das sagt.«

»Ja, das sage ich. Und jetzt wünsche ich einen guten Tag.«

»Guten Tag, mein Lord«, erwiderte Roo, und der Unterton in seinen Worten verriet, dass er über die Aussicht auf einen weiteren Besuch bei seinem Partner in Queg wenig erfreut war. Nicht dass Lord Vasarius kein gastfreundlicher Mann gewesen wäre, doch seine Vorstellung von Gastfreundlichkeit gipfelte darin, seine Gäste bei schlechtem Essen und schlechtem Wein mit endlosen Geschichten zu langweilen. Und seine Tochter erst! Die konnte einem den ganzen Spaß an den Frauen verderben.

Dann dachte er an Sylvia und änderte seine Meinung diesbezüglich …

Nachdem Roo die Privatgemächer des Herzogs verlassen hatte, öffnete sich dort eine andere Tür, und ein Junker trat ein. »Lord Arutha, Euer Hoheit.«

»Ich lasse bitten.«

Einen Augenblick später betrat Arutha den Raum. Er war von Straßenstaub bedeckt. »Vater«, sagte er zum Gruß.

James küsste seinen Sohn auf die Wange. »Ist die Sache erledigt?«

Arutha grinste, und kurz konnte James sich selbst im Gesicht seines Sohnes entdecken. »Das ist sie.«

James schlug seine Faust in die linke Hand. »Endlich! Jetzt läuft die Sache! Ist Nakor einverstanden?«

»Mehr als einverstanden«, antwortete Arutha. »Dieser Verrückte hätte es schon allein deshalb getan, um sich an den langen Gesichtern der anderen Magier zu ergötzen, wenn es so weit ist, dessen bin ich mir sicher. Aber er sieht außerdem ein, dass wir unsere Südflanke sichern müssen.«

James sah zur Karte. »Damit wäre ein Problem gelöst.«

»Es gibt noch ein anderes.«

»Und das wäre?«

»Ich will, dass Jimmy und Dash nicht in der Stadt bleiben.«

James tat die Bitte mit einer Handbewegung ab. »Ich brauche sie hier.«

»Ich meine es ernst, Vater. Sie halten sich für unsterblich, und wenn du sie sich selbst überlässt, sitzen sie in der Stadt fest, wenn sie fällt. Du weißt, wie recht ich habe.«

James betrachtete das Gesicht seines Sohnes und seufzte. Er setzte sich hinter den Schreibtisch. »Gut. Wenn die Flotte der Königin bei Endland gesichtet wird, schickst du sie fort. Wohin sollen sie gehen?«

»Ihre Mutter besucht die Familie in Roldem.«

»Das wäre mir recht«, stimmte James zu.

»Sieh mal, du und ich, wir wissen, wie gering die Aussichten sind, all dies zu überleben. Du kannst mir etwas vormachen, du kannst dir selbst etwas vormachen, aber einer Mutter kannst du nichts vormachen.«

James nickte.

»Sie hatte einen Blick in den Augen, wie ich ihn noch nie bei ihr gesehen habe, und sie hat das Schlimmste durchgemacht, was man sich vorstellen kann.« Er hielt dem Blick seines Vaters stand. »Wenn man zu deiner Familie gehört, gibt es dazu auch reichlich Gelegenheiten.«

James grinste, und einen Moment lang sah er wieder wie der junge Vater aus, der dem kleinen Arutha Geschichten von Jimmy der Hand erzählte. »Aber dafür wird es nie langweilig.«

Arutha schüttelte den Kopf. »Ganz bestimmt nicht.« Er sah seinen Vater noch immer an. »Du bleibst bis zum Ende hier, oder?«

»Dies ist meine Heimat«, erwiderte James. »Ich bin hier geboren.« Falls in dieser Äußerung Bedauern lag, verbarg der Herzog es gut.

»Und du planst, auch hier zu sterben?«

»Ich plane überhaupt nichts, aber wenn es sein muss, dann soll es hier passieren.« Er schlug mit der Hand auf den Schreibtisch. »Sieh mal, es gibt so viele Dinge im Leben, die man nicht planen kann, und den morgigen Tag zu erleben ist eins davon. Das Leben hat sich mir oft als allzu zerbrechliches Geschenk gezeigt. Und denk daran, niemand verlässt das Leben lebendig.« Er stand auf. »Geh und mach dich frisch, dann wollen wir zusammen zu Abend essen. Deine Mutter wird sich darüber freuen, und wenn ich deine Söhne erreichen kann, veranstalten wir ein Familienessen.«

»Das wäre schön.«

Arutha verließ ihn, und nachdem er die Tür hinter sich geschlossen hatte, durchquerte James den Raum und schlüpfte durch eine weitere Tür hinaus.

Er ging einen Korridor entlang, der ihn zu einer weiteren kleinen Tür führte, unter der er sich hindurchducken musste. Eine Wendeltreppe hinunter und einen weiteren Korridor entlang kam er zur nächsten Tür. Er probierte den Türknauf, doch die Tür war verschlossen. Er klopfte zweimal, und als auf der anderen Seite einmal geklopft wurde, klopfte er erneut.

Der Riegel klickte, und die Tür wurde geöffnet.

Dahinter fand er Dash und Jimmy und zwei Männer in

Uniformen ohne Abzeichen. Sie trugen schwarze Hauben mit Schlitzen für die Augen. Im Raum lagen überall Folterinstrumente herum, und an den Wänden hingen leere Eisenfesseln. Auf einem schweren Holzstuhl saß ein gefesselter Mann, dem der Kopf auf die Brust hing.

»Und?«, fragte James.

»Nichts«, antwortete Dash.

»Geh zurück zu deinem Arbeitgeber. Ich habe ihm gerade mitgeteilt, dass ihr noch einmal nach Queg fahrt. Er ist nicht besonders glücklich darüber und wird kaum glücklicher sein, wenn du bei seiner Rückkehr nicht im Geschäft bist und tust, wofür er dich bezahlt.«

»Wieder nach Queg?«, sagte Dash erstaunt.

James nickte. »Ich erklär es dir später.«

Als Dash die Tür erreichte, rief James ihm hinterher: »Ach, übrigens, dein Vater ist zurück, also komm doch zum Abendessen vorbei.«

Dash nickte und ging hinaus.

Der Herzog wies Jimmy, seinen anderen Enkel, an: »Weck ihn!«

Jimmy goss dem Mann einen Eimer Wasser ins Gesicht. Der Kerl hob den Kopf. James verkrallte die Hand in den Haaren des Mannes und sah ihm tief in die Augen. »Deine Meister hätten dir einen größeren Gefallen getan, wenn sie dein Gedächtnis nicht blockiert hätten. Meine Frau liegt mit fürchterlichen Kopfschmerzen im Bett, und du kannst dir vorstellen, wie schlecht meine Laune deswegen ist. Also werden wir es auf althergebrachte Weise machen müssen.«

Er nickte den beiden Foltermeistern zu. Die verstanden ihr Handwerk und machten rasch und zweckmäßig von ihren Instrumenten Gebrauch. Der Gefangene, ein Spion der

Smaragdkönigin, den man am Tag zuvor aufgegriffen hatte, schrie mit schriller Stimme.

Roo gab sich alle Mühe, aufmerksam zu wirken.

Vasarius erzählte ihm eine bemerkenswert langweilige Geschichte über ein Geschäft, das er mit einer Handelsgesellschaft von der Fernen Küste abgeschlossen hatte. Die Geschichte an sich barg nichts, was Roos Aufmerksamkeit auf sich hätte ziehen können. Sicherlich war er an allem, was Geschäfte betraf, mehr interessiert als jeder andere, den er kannte, und die Einzelheiten dieses Handels waren ungewöhnlich. Doch Vasarius gelang es, die Geschichte so langwierig und weitschweifig zu erzählen, dass sie jederlei Witz und Farbe verlor.

Was Roos Interesse vielmehr wachhielt, war die ausgesprochene Unbeholfenheit seines Gastgebers beim Erzählen. Bisher konnte Roo noch immer nicht klar erkennen, worum es eigentlich genau ging, wer sich in wessen Vertragsgewirr verstrickt hatte oder was an dieser Geschichte lustig sein sollte. Dafür war er sich aber sicher, dass Vasarius, wenn er ihn nur ein wenig drängte, noch weiter ausschweifen und sein Thema ganz aus den Augen verlieren würde.

»Und dann?«, fragte Roo, womit er Vasarius zu einer weiteren ausufernden Schilderung der Geschichte anstachelte.

Roo ließ den Blick zu Livia schweifen. Jimmy und sie schwiegen sich an. Es kam ihm so vor, als wäre das Mädchen auf »seinen persönlichen Sekretär« nicht gut zu sprechen, und Roo fragte sich, was wohl während ihres letzten Aufenthalts in Queg zwischen den beiden vorgefallen war. Nach Jimmys eigener Darstellung hatte sich dieser wie ein vollendeter Gentleman benommen, bis hin zu dem Punkt, dass er ihre Winke mit dem Zaunpfahl, die ihn in ihr Bett bringen sollten, geflissentlich übersehen hatte.

Plötzlich hatte Vasarius zu reden aufgehört, und Roo meinte: »Ach nein, wie aufregend.«

»Sehr«, bestätigte der queganische Adlige. »Man spekuliert nicht mit Lord Venchenzos Fracht, verliert sie und prahlt anschließend auch noch damit.«

Roo hielt es für besser, sich in aller Diskretion umzuhören, wer dieser Lord Venchenzo sein mochte, damit er, wenn das Thema noch einmal angesprochen wurde, wenigstens ungefähr wusste, worum es ging.

Endlich war das Essen zu Ende, und Vasarius schickte Jimmy mit seiner Tochter hinaus und bot Roo einen eher mäßig guten Brandy an. »Es ist einer von denen, die Ihr mir freundlicherweise habt zukommen lassen«, erklärte der queganische Adlige.

Roo meinte allerdings, er hätte ihm seinerzeit einen besseren Brandy geschickt, nur für den Fall, dass er noch einmal nach Queg beordert wurde.

Nachdem sie an dem Brandy genippt hatten, erlaubte sich Vasarius die Frage: »Was ist der eigentliche Grund für Euren Besuch?«

Roo antwortete frei heraus: »Wir brauchen noch mehr Öl.«

»Das hättet Ihr mir auch per Boten mitteilen können, Rupert. Dafür braucht Ihr nicht persönlich vorstellig zu werden.«

Roo blickte in sein Glas. Als würde er seine Worte abwägen, zögerte er; in Wahrheit hatte ihm James genauestens eingebläut, was er zu sagen hatte. »Nun ja, in Wirklichkeit wollte ich Euch um einen Gefallen bitten.«

»Und der wäre?«

»Sicherlich hat das Kaiserreich Spione oder zumindest ›Freunde‹, die Euch wichtige Informationen beschaffen.«

»Ich wäre beleidigt, wenn Ihr das Gegenteil annehmen würdet. Kein Staat auf Midkemia kommt ohne solche Hilfen aus.«

»Dann werdet Ihr vermutlich auch über den Aufbau einer neuen Armee im Königreich informiert sein.«

»Es ist uns zu Ohren gekommen, dass im Königreich große militärische Vorhaben vorangetrieben werden.«

Roo seufzte. »Es gibt Berichte von Agenten des Königreichs, denen zufolge der Kaiser von Kesh Ansprüche auf das Tal der Träume erheben will.«

Vasarius zuckte mit den Schultern. »Was ist daran neu? Das Königreich und Kesh streiten sich um das Tal der Träume wie zwei Schwestern um ihr Lieblingskleid.«

»Diesmal geht es um mehr. Es scheint, als wolle Kesh seine Truppen gegen Krondor ziehen lassen, um so die Straßen zwischen Krondor und Endland abzuriegeln.«

»Falls das stimmt, wäre Endland damit isoliert«, stellte Vasarius fest.

»Wenn auch Shamata und Landreth abgeriegelt wären, würde das Kaiserreich zudem die Kontrolle über Stardock gewinnen.«

»Aha«, machte Vasarius. »Die Magier.«

Roo nickte. »Das Königreich weiß nicht sicher, auf welche Seite sie sich schlagen werden.«

»Das solltet Ihr aber«, meinte Vasarius. »Wir haben unsere eigenen Magier, und alle sind dem Kaiserlichen Hof treu ergeben.«

Denn sonst wären sie tot, ergänzte Roo in Gedanken.

»So viele unbeaufsichtigte Magier können wahrlich zu einem Problem werden«, fuhr Vasarius fort.

»Nun, wie auch immer, jedenfalls bringen wir Truppen und Ausrüstung im Übermaß nach Krondor. Wir werden sogar Truppen von Ylith und anderen Teilen von Yabon dorthin holen und ebenso von der Fernen Küste.«

»Ihr habt mir noch immer nicht den leisesten Hinweis gegeben, was das alles mit mir zu tun hat.«

»Dazu komme ich sofort.« Roo räusperte sich theatralisch. »Wir müssen einige äußerst wichtige Frachten befördern, und … Nun, es wäre für uns von großem Nutzen, wenn diese von queganischen Schiffen bewacht würden. Das Kaiserreich Groß-Kesh wird solcherlei Frachten kaum auf queganischen Galeeren vermuten.«

»Aha«, sagte Vasarius nur.

»Ich bräuchte also ein Dutzend schwer bewaffnete Galeeren, und zwar in der dritten Woche nach Banapis, in Carse.«

»Ein Dutzend?« Vasarius riss die Augen auf. »Was wollt Ihr denn befördern?«

»Waffen und andere Ausrüstung.«

Roo konnte die Gier in den Augen seines Gegenübers aufblitzen sehen. Er wusste, dass Vasarius große Lieferungen Gold von den Grauen Türmen als Fracht vermutete, wo es die Zwerge abbauten, um es dann gegen Waren aus dem Königreich einzutauschen. Natürlich brauchte man in Krondor Gold, um die Soldaten zu bezahlen. Das sollte jedenfalls Vasarius glauben. Und wie Roo wusste, würde Vasarius zwölf Kriegsgaleeren für übertrieben halten, wenn es nur um die Sicherheit von Waffen ging.

Der queganische Adlige hakte nach: »Sie müssten also drei Wochen vor dem Mittsommerfest in See stechen.« Er überlegte. »Dann würden sie die Straße der Finsternis genau am Mittsommertag erreichen. Und das Gold wäre zwei Monate später in Krondor.«

»So in etwa«, bestätigte Roo und gab vor, überhört zu haben, dass Vasarius von Gold gesprochen hatte.

»Ein Dutzend kaiserliche Galeeren werden einen stolzen Preis kosten.«

»Wie stolz?«

Vasarius nannte ihm eine Zahl, und Roo feilschte halbherzig, damit es wenigstens den Anschein erweckte, als wolle er den Preis drücken. Er wusste, dass das Gold niemals an Queg ausgezahlt werden würde, denn Vasarius beabsichtigte, die Fracht zu stehlen. Aber in jedem Fall würde überhaupt kein Gold vorhanden sein. Stattdessen würden sechshundert feindliche Schiffe auf sie warten. Und Roo wusste zudem, dass Vasarius nicht zwölf Galeeren schicken würde, sondern so viele, wie er aufbringen konnte. Das mochten zwei Dutzend oder mehr sein, so viele eben, wie Vasarius rechtzeitig nach Queg zurückrufen konnte.

Ihr Gespräch dauerte bis in die tiefe Nacht, und Roo wünschte nur, der Brandy wäre besser gewesen. Ganz nebenbei fragte er sich, was Jimmy wohl mit Livia anstellte.

Jimmy leckte sich das Blut von der Lippe. »Was denn?«

Livia schlug erneut zu und biss ihm gleich darauf heftig in den Hals. »Oh, ich wünschte, ihr Barbaren würdet eine zivilisierte Sprache beherrschen.«

Das Mädchen saß mit gespreizten Beinen auf Jimmys Schoß, die Toga bis zur Hüfte heruntergezogen. Jimmy war betrunken. Trotz des mit Rauschmitteln versetzten Weins versuchte er, einen klaren Kopf zu behalten, doch angesichts dieser Mischung aus Alkohol, Narkotika und einem jungen, prächtig gebauten halbnackten Mädchen fiel ihm das schwer. So gab er einfach vor, sie nicht zu verstehen.

Vielleicht war Livia ja wütend auf ihn, weil er bei ihrem

letzten Besuch keine Anstalten gemacht hatte, sie zu verführen. Doch dem Temperament nach, dass die queganische Dame nun an den Tag legte, war sich Jimmy da nicht so sicher. Jedenfalls war sie jetzt auf etwas anderes aus, etwas, das mit Schlagen und Beißen und jeder Menge Versprechungen zu tun hatte, wie zum Beispiel der, dass er nach ihr nie wieder mit einer anderen Frau Liebe würde machen können. In seinem halb betäubten Zustand hoffte Jimmy nur inbrünstig, dass sie dieses Versprechen nicht wahr machte. Obwohl, so wie sie auf ihm auf und ab wippte, konnte sie durchaus bleibenden Schaden anrichten.

Schließlich rief er »Genug!« und versuchte sich aufzurichten, was ihm jedoch nur eine weitere schallende Ohrfeige einbrachte. Während ihm die Tränen in die Augen stiegen, machte sich Livia daran, ihm die Kleider vom Leib zu reißen.

Nachdem sie ihm ein paar tiefe Kratzer auf Rücken und Po zugefügt hatte, übergoss ihn jemand – ein Diener, glaubte er – mit einem Eimer sehr warmen Wassers, worauf ein sehr kalter folgte. Dann begann Livia hochinteressante Dinge mit einer Feder zu tun, und schließlich demonstrierte sie ihm eine außergewöhnliche Art, Stachelbeergelee zu genießen.

Am Ende, als sie sich erschöpft in den Armen lagen, murmelte sie etwas davon, dass sie noch keinen wie ihn gehabt habe. Jimmy hielt sich nicht gerade für einen Frauenhelden, obwohl er auch nicht gern Nein sagte. Eine Großmutter, die Gedanken lesen konnte, brachte einem jungen Mann einen Umgang mit Frauen bei, den sich nur wenige Männer vorzustellen vermochten. Seit Jahren ging das nun schon so. Immer, wenn er einem hübschen Mädchen Blicke zuwarf, nahm ihn Großmutter beiseite und rückte ihm den

Kopf zurecht, was sein Benehmen Frauen gegenüber betraf. Es hatte eine Weile gedauert, doch mittlerweile betrachtete er Frauen genauso wie Männer als Freund oder Feind, außer wenn er mit ihnen das Bett teilte, denn dann hatten sie entschieden überhaupt nichts mit Männern gemeinsam, und dafür war er unendlich dankbar.

Jedenfalls hatte er so etwas wie diese Nacht noch nie erlebt, und er war sich auch nicht sicher, ob er dieses einmalige Erlebnis je wiederholen wollte. Da er um seinen Rausch wusste, hatte er ein paar mentale Übungen angewandt, die ihm ebenfalls seine Großmutter beigebracht hatte, und als das Mädchen begann, ihn auszufragen, hatte er ihr Lügen erzählt.

Inzwischen glaubte Jimmy, dass sie und ihr Vater ihre Ausbeute an Informationen anschließend vergleichen würden. Und die Dinge würden laufen, wie Jimmys Großvater sie sich vorgestellt hatte. Bloß nicht lachen, dachte Jimmy, denn jeder Teil seines Körpers tat ihm weh, wenn er sich bewegte.

Während ihn der Schlaf übermannte, fragte er sich, was Dash wohl im Augenblick machte.

»Du verlogener Misthaufen, du räudiger Hund aus dem Königreich!« Der Seemann blickte Dash herausfordernd an.

Dash erhob sich, wobei er mehr schwankte, als man der Menge nach, die er getrunken hatte, hätte erwarten dürfen. Schon seit Jahren beherrschte er die Kunst, so zu wirken, als wäre er stockbetrunken. Der Trick lag darin, sich ein wenig Pfeffer oder Bier in die Augen zu reiben, die dadurch gerötet wurden. Das hatte er von seinem Großvater gelernt.

»Niemand nennt mich einen Lügner!« Er starrte den

queganischen Seemann finster an. »Ich sag dir, ich hab es gesehen. Mit eigenen Augen!« Er senkte die Stimme und flüsterte verschwörerisch: »Und ich könnte dir auch sagen, wann und wo.«

»Was hast du wann und wo gesehen?«, fragte einer der anderen Kartenspieler.

Dash hatte dieser Hafentaverne bereits beim letzten Aufenthalt in Queg einen Besuch abgestattet und hatte sich als Seemann aus dem Königreich auf Landgang eingeführt. Diesmal hatte er sich zu einer friedlichen Runde Pashawa gesellt. Nach ein wenig Gewinn und Verlust hatte er angefangen, nur noch zu gewinnen, wodurch er die allgemeine Aufmerksamkeit auf sich gezogen hatte.

Schließlich waren zwei der hiesigen Kartenspieler an den Tisch gekommen und hatten gefragt, ob sie in die Runde einsteigen dürften. Wie erwartet, hatte man Dash ein Bier nach dem anderen ausgegeben, in der Hoffnung, mit umnebeltem Verstand würde er nicht mehr richtig spielen können.

Er war ihnen entgegengekommen, hatte genug Geld verloren, um sie am Tisch zu halten, und dann einiges zurückgewonnen, damit ihr Interesse nicht einschlief. Und die ganze Zeit über hatte er geredet.

»Wie ich's euch gesagt habe: Mein Vater ist mit Prinz Nicholas und Amos Trask persönlich zur See gefahren! Er war der Erste, der das Land jenseits der Endlosen See erreicht hat.«

»Dort gibt es kein Land!«, widersprach einer der queganischen Seeleute energisch.

»Woher willst du das wissen?«, fauchte Dash. »Ihr seid doch nur ein Haufen Küstenschipper. In eurem ganzen Volk gibt es nicht einen einzigen richtigen Seemann!«

Damit hatte er die ungeteilte Aufmerksamkeit aller Anwesenden im Wirtshaus. Einige von ihnen waren durchaus bereit, ihm Manieren beizubringen, falls er ihr Heimatland weiterhin beleidigen sollte. »Aber es ist wahr! Seit fast zwanzig Jahren treibt der Prinz von Krondor mit den Einheimischen dort unten Handel! Das sind Primitive, die die Sonne anbeten, und sogar ihre Kinder tragen Goldschmuck, und ihr Spielzeug ist auch aus Gold. Der Prinz gibt ihnen Glasperlen für ihr Gold. Ich habe es mit eigenen Augen gesehen, das Gold! Der größte Schatz der Welt, damit könnte man diesen ganzen Raum füllen! Mehr noch! Der Haufen war so hoch wie zwei Männer. Und er bedeckte eine Fläche, in die dieser Raum zweimal reingeht.«

»So viel Gold gibt es auf der ganzen Welt nicht«, widersprach der Kerl, der sich als Gracus vorgestellt hatte. Er war ein guter Spieler, und Dash vermutete, dass er zudem ein Betrüger, ein Dieb oder gar ein Meuchelmörder war. Doch die Gier des Mannes kannte keine Grenzen, und das konnte Dash nur lieb sein.

»Seht mal, ich sag euch nur eins: Wenn Herr Averys Schiff hier ablegt und wir ihn zurück nach Krondor gebracht haben, stechen wir mit allen Schiffen der Flotte zur Straße der Finsternis in See. Aus was für einem Grund wohl?«

Murmelnd fragten einige der Männer: »Warum denn?«

»Weil sich eine Flotte von Schiffen auf dem Weg hierher befindet, die den größten Schatz in der Geschichte der Welt transportiert, während wir hier sitzen und quatschen. Und zu Banapis werden sie die Straße der Finsternis durchqueren.«

»Am Mittsommertag?«, fragte Gracus.

»Denk doch mal ein bisschen nach«, forderte ihn Dash auf. »Wo werdet ihr mit euren Galeeren dann sein? Wo werden die Piraten aus Durbin sein, he?«

Einer der Seeleute meinte: »Da ist was dran, Gracus. Alle unsere Schiffe werden friedlich im Hafen liegen, damit die Mannschaften feiern können. Selbst die Galeerensklaven kriegen an dem Tag Wein zu trinken.«

»Und in Durbin ist es genauso, das stimmt«, stellte ein anderer fest. »Ich bin mal zum Mittsommertag in den Hafen eingelaufen, und wenn bei Sonnenuntergang noch ein Seemann nüchtern ist, dann stimmt mit dem was nicht.«

»Ist ja alles schön und gut«, sagte Gracus, »aber trotzdem ein bisschen schwer zu glauben.«

Dash sah sich im Raum um, als wollte er sich vergewissern, ob er beobachtet wurde, was nicht leicht mit ernsthaftem Gesicht zu bewerkstelligen war – keiner der Männer ließ ihn aus den Augen. Er griff in seine Hemdtasche und zog eine kleine Geldbörse hervor. Die öffnete er und ließ den Inhalt auf den Tisch fallen.

Eine winzige Pfeife und ein kleiner Kreisel landeten klingend darauf, und Gracus langte nach der Pfeife. »Gold«, flüsterte er.

»Ich habe einem kleinen Jungen ein Kupferstück für die Pfeife gegeben«, erzählte Dash. »Und er war so glücklich. Kupfer hatte er noch nie gesehen, aber Gold gab es überall.«

Der Kreisel und die Pfeife waren aus Goldmünzen des Königs gefertigt worden. James hatte sie zweimal zurückgehen lassen, weil der Goldschmied zunächst nicht hatte einsehen wollen, dass sie aussehen sollten, als wären sie mit primitivsten Mitteln hergestellt worden.

Dash nahm Gracus die Pfeife wieder ab. »Der Junge hat

mir die Heuer einer ganzen Reise für ein Kupferstück gegeben. Und ich hab andere Männer gesehen, die mit so viel Gold in ihrem Seesack zurückkamen, dass sie sich ein Gut auf dem Land kaufen konnten und nie mehr zur See fahren mussten.« Er blickte in die Runde. »Wenn einer von euch je im Gasthaus *Zum Anker und Delphin* in Krondor war, dann fragt euch nur einmal, woher Dawson, der Besitzer, sein ganzes Gold hat. Ich kann's euch sagen: Er hat den Eingeborenen seine Kleider verkauft. Er kam zurück und hat gestunken wie ein Biber, weil er drei Monate lang die Sachen nicht gewechselt hat, aber er kam als reicher Mann zurück.«

Jetzt hatte Dash sie an der Angel. Wenn sie auch noch zweifeln mochten, der Wunsch zu glauben war stärker. Zu Banapis würde sich jedes Piratenschiff aus Queg an der Straße der Finsternis herumtreiben.

Er steckte die goldenen Spielzeuge wieder ein und entschied, auch sie zu verspielen, denn die Geschichte wäre, wenn sie weitererzählt würde, mit einem handfesten Beweis noch überzeugender. Und außerdem, dachte er, während er die Gier auf den Gesichtern ringsum sah, hätte er eine wesentlich höhere Aussicht, lebend zurück zum Schiff zu gelangen, wenn er pleite war.

»Seid ihr bereit?«, fragte Pug.

Macros und Miranda nickten und hielten sich an der Hand.

Nakor verabschiedete sich von Sho Pi und nahm je eine Hand von Macros und Pug. Pug und Miranda reichten sich ebenfalls die Hand, und der Kreis war geschlossen.

Pug sang eine Zauberformel, und unvermittelt standen sie in einem Hof irgendwo hoch in den Bergen. Ein erschrockener Mönch ließ einen Wassereimer fallen und stand mit offenem Mund und aufgerissenen Augen da. Pug blickte ihn an und sagte: »Wir müssen zum Abt.«

Der Mönch brachte kein Wort heraus, nickte nur und lief davon. Sie warteten, während andere Mönche die Köpfe aus den Fenstern steckten und die Eindringlinge in Augenschein nahmen.

»Ich vermute, du weißt, was du tust?«, fragte Macros.

»Magier und Geistliche arbeiten selten zusammen, aber es hat auch in der Vergangenheit schon solche Fälle gegeben«, erwiderte Pug.

Sie standen im Hof der Abtei von Ishap in Sarth, die nördlich von Krondor in den Bergen lag. Pug hatte ihr gelegentlich einen Besuch abgestattet, nachdem er die Bekanntschaft des gegenwärtigen Abts gemacht hatte, der damals jedoch noch ein einfacher Mönch gewesen war.

Einen Augenblick später eilte ein grauhaariger Mann von Pugs Größe auf sie zu. Er schien in den späten Siebzigern zu sein. An seiner Seite war ein jüngerer Geistlicher, mit Streitaxt und Schild bewehrt. Als der Abt nahe genug war, erkannte er Pug und rief seinen Namen.

»Hallo, Dominic. Welch lange Zeit ist wieder verstrichen.«

Der Abt von Sarth nickte. »Bald dreißig Jahre, glaube ich.« Er warf Pugs drei Gefährten einen Blick zu. »Ich nehme an, es handelt sich kaum um einen Höflichkeitsbesuch.« An seinen Begleiter gewandt sagte er: »Lass die Waffe sinken, Bruder Michael. Keine Gefahr.«

Während der kriegerische Mönch davonging, fuhr Dominic fort: »Du hast seinen Stolz verletzt, Pug. Ihr seid durch seine Schutzzauber gedrungen, als wären sie nicht vorhanden.«

Pug lächelte. »Sind sie auch nicht. Sag ihm, er soll auch unter der Bibliothek welche einrichten. Wir sind durch den Boden gekommen.«

Dominic erwiderte das Lächeln. »Ich werde es ihm ausrichten. Nun, willst du mir nicht bei einer Erfrischung erzählen, was es mit deinem Besuch auf sich hat?«

»Wir brauchen Euer Wissen, Abt«, kam Macros gleich zur Sache.

Der Abt fragte: »Und Ihr seid …?«

»Dominic, dies ist Macros der Schwarze«, stellte Pug den Zauberer vor.

Wenn dieser Name Dominic beeindruckte, zeigte er es nicht. »Euer Ruf eilt Euch voraus.«

»Ich bin Nakor, und das hier ist Miranda.«

Dominic verneigte sich vor den beiden. »Diese Abtei ist der sicherste Ort auf Midkemia – wenn wir diese Schutzzauber unter der Bibliothek einrichten«, sagte er und lächelte milde.

»Für das«, widersprach Pug, »was wir zu bereden haben, gibt es keinen sicheren Platz auf Midkemia.«

»Willst du mich auf eine andere Welt bringen, wie du es vor so vielen Jahren schon einmal getan hast?«

»Exakt«, bestätigte Pug. »Nur wirst du diesmal nicht gefoltert.«

»Immerhin etwas.« Dominic betrachtete Pug eingehend. »Du hast dich nicht verändert, im Gegensatz zu mir. Ich bin jetzt ein alter Mann, und um diese Welt in meinem Alter noch zu verlassen, bedarf es schon eines guten Grunds.«

Pug überlegte sich seine Antwort genau. »Wir müssen über dein meistgehütetes Geheimnis reden.«

Unwillkürlich kniff Dominic die Augen zusammen.

»Wenn du mir etwas aus der Nase ziehen willst – ich werde meinen Eid nicht brechen, also sag mir, was du weißt.«

»Wir kennen die Wahrheit über den siebenzackigen Stern und das Kreuz darin«, erklärte Macros. »Wir wissen, dass der fünfte Stern tot ist ebenso wie der sechste.« Mit gesenkter Stimme fügte er hinzu: »Doch der siebte Stern ist nicht tot.«

Dominic verharrte einen Moment lang reglos, bevor er sich an einen der Mönche in der Nähe wandte. »Ich werde mit diesen Leuten gehen. Sag Bruder Gregory, er soll die Leitung übernehmen, solange ich fort bin. Sag ihm außerdem, er soll die versiegelte Truhe in meinem Arbeitszimmer zum Obersten Vater im Tempel von Rillanon schicken.«

Der Mönch neigte den Kopf und eilte davon, um die Aufträge des Abtes auszuführen.

»Dann wollen wir aufbrechen«, sagte Dominic, und sie formten einen Kreis.

Pug wandte sich an Macros. »Ich habe zwar die Kraft, doch mir fehlt das Wissen.«

»Ich verfüge über beides«, entgegnete Macros. »Folgt mir.«

Plötzlich waren sie verschwunden, und um sie herum war das Nichts mehr zu ahnen als zu fühlen oder sehen.

Miranda sprach in Gedanken zu Pug: »Als ich den Gang zwischen den Welten zum ersten Mal betreten habe, habe ich Boldar Blut gefragt, was geschieht, wenn man ins Nichts gerät.«

Pugs Gedanken drangen aus dem gesichtslosen Nichts zu ihr vor. »Dies ist das Nichts zwischen den Wirklichkeiten. Hier existiert nichts.«

»Doch, es existiert etwas«, kamen Macros' Gedanken. »Es gibt keinen Ort im Universum, an dem nichts existiert. Vielleicht ist es für den Reisenden nicht offensichtlich, doch gibt es Geschöpfe, die sogar im Nichts leben.«

»Faszinierend«, mischte sich Nakor in Gedanken ein, und in seiner Äußerung schwang Aufregung mit.

Plötzlich umgab sie eine sternenerfüllte tiefschwarze Nacht. Sie waren in eine Luftblase gehüllt, in der es zudem Schwerkraft gab und warm war. Unter ihnen trieb ein Ort durch das Nichts, den Pug niemals wiederzusehen geglaubt hatte. »Die Ewige Stadt«, sagte er.

»Welch fremdartige Schönheit«, staunte Nakor. Pug sah den Isalani an und entdeckte Verzauberung in seinen Augen.

»Ja, wahrlich«, erwiderte Pug.

Die Stadt breitete sich in einer symmetrischen Anordnung aus, einer, die den Blick gleichzeitig gefangen hielt und sich ihm entzog. Türme und Minarette, die zu schlank wirkten, um ihr eigenes Gewicht zu tragen, erhoben sich in das Himmelsgewölbe über der Stadt. Geschwungene Brücken, die Meilen höher waren als Krondors höchstes Dach, überspannten die riesigen Entfernungen zwischen den Gebäuden dieser nie gesehenen Architektur.

Sie sausten abwärts, wobei sie die Bewegung nicht spürten, sondern nur mit den Augen verfolgen konnten. »Wer hat diesen Ort errichtet?«, fragte Miranda.

»Niemand«, erklärte Macros. »Zumindest niemand innerhalb dieser Realität.«

»Was meinst du damit, Vater?«

Macros zuckte mit den Schultern. »Dieser Ort war schon da, als unser Universum entstand. Pug, Tomas und ich haben die Geburt der Realität mitangesehen. Dieser Ort war bereits vorhanden.«

»Vielleicht ein Überbleibsel einer anderen Realität?«, schlug Nakor vor.

»Das könnte sein«, stimmte Macros zu. »Oder die Stadt ist einfach da, weil sie da sein muss.«

Dominic hatte bislang geschwiegen, doch nun fragte er: »Warum gehen wir an diesen seltsamen und unbegreiflichen Ort?«

»Weil es vermutlich der einzige Ort ist, an dem wir frei sprechen können und unser Wissen nicht jenem preisgeben, der hinter all dem Leid und der Zerstörung auf unserer Welt steht.«

Sie erreichten einen riesigen Platz, viele Male größer als ganz Krondor. Ziegelflächen, so groß wie Städte, wechselten nach hypnotisierenden Mustern die Farben. Als sie sich der Oberfläche näherten, sahen sie, wie sich die Muster in den Straßen, die von dem Platz fortführten, wiederholten.

»Es ist tatsächlich eine Stadt«, stellte Miranda fest. »Es gibt Gebäude, die wie Häuser aussehen, und dennoch fehlt jede Spur von Leben.«

»Darauf würde ich mich nicht versteifen, meine Tochter«, widersprach Macros. »Dieser Springbrunnen dort mag allein der Verzierung dienen, vielleicht ist es jedoch auch eine fremdartige Lebensform, die sich unserem Verständnis entzieht und mit der wir niemals werden kommunizieren können.«

»Was wäre, wenn die Stadt selbst diese Lebensform ist?«, fragte Nakor.

»Möglich ist alles.«

»Aber weshalb sollten die Götter einen solchen Ort schaffen?«, fragte Dominic.

»Hängt davon ab, von welchen Göttern wir sprechen«, meinte Macros.

Die Luftblase landete auf einem saftig grünen Rasen, der von Bäumen und anderen Pflanzen umgeben war, alle aufs Beste gepflegt, dann verschwand sie.

»Dies ist vielleicht die entlegenste Ecke der Realität«, sagte Macros. »Der Garten.«

»Hier können wir sprechen«, erklärte Pug, »doch zuvor gibt es noch etwas zu tun.«

»Und das wäre?«, fragte Miranda.

Doch Pug hatte bereits die Augen geschlossen und murmelte einen Zauberspruch. Alle spürten, wie sich um ihn eine entrückte Energie aufbaute, dann plötzlich war sie verschwunden, und Pug schlug die Augen auf.

Miranda blickte ihn forschend an. »Das ist ein sehr mächtiger Abwehrzauber. Warum brauchen wir in dieser entlegenen Ecke der Wirklichkeit noch Schutz vor Lauschern?«

»Du wirst es schon noch verstehen«, antwortete Pug. Er richtete den Blick auf Dominic. »Es ist an der Zeit.«

»Was wollt ihr wissen?«, fragte der Abt von Sarth.

»Die Wahrheit«, gab Pug zurück. »Ishap ist tot.«

Dominic nickte. »Seit den Chaoskriegen.«

Miranda mischte sich ein. »Ishap, der Eine Über Allen? Der größte aller Götter ist tot?«

»Ich werde es dir erklären«, sagte Pug. »Vor etwa vierzig Jahren versuchte jemand, dessen Herkunft wir nicht kennen, ein Artefakt der Ishapianer zu zerstören, ein magisches Juwel, die Träne der Götter.«

Dominic nickte. »Davon wissen nicht viele. Nur Prinz Arutha, einige seiner engsten Vertrauten und natürlich Pug erfuhren von dem Diebstahl. Um zu verstehen, von welcher Wichtigkeit dies ist, muss man die Natur der Götter und ihre Rolle im Leben auf Midkemia kennen.«

»Dominic, erklärt es doch bitte Miranda und Nakor«, forderte Macros ihn auf.

Dominic entdeckte in der Nähe eine Bank. »Ich würde mich gern setzen, wenn ihr nichts dagegen habt.«

Die anderen folgten ihm. Der alte Abt nahm Platz, und Nakor und Miranda ließen sich zu seinen Füßen nieder, während Pug und Macros stehen blieben.

»Zur Zeit der Chaoskriege«, begann Dominic, »entstand eine neue Ordnung auf Midkemia. Davor herrschten die Urkräfte der Schöpfung und der Zerstörung, von den Valheru als Rathar – ›Sie, die man die Ordnung nennt‹ – und Mythar – ›Er, den man das Chaos nennt‹ – verehrt. Die beiden ›Blinden Götter des Ursprungs‹. Doch mit ihren gnadenlosen Streifzügen durch den Himmel wurden die Valheru unabsichtlich zu Auslösern eines Wandels. Denn mit jedem Reich, das sie besuchten, jedem Reich, das sie mit dem ihrer Geburt verbanden, hinterließen sie kleine Unebenheiten im Strom der Zeit und des Wandels, nach dem das Universum geordnet war. Die Chaoskriege waren eine Erhebung auf kosmischer Ebene, da die Universen versuchten, sich selbst eine ausgewogenere Ordnung zu geben, die feiner strukturiert war als die alte. Dies führte zur Geburt der Götter.«

Dominic blickte von einem zum anderen.

»Jede Welt im Kosmos, jeder Planet und jeder Stern in den vielen Universen hat Anteil an einem allgemeinen Besitz, den Energien, die auf mehreren Ebenen existieren. Viele dieser Welten gaben Energien wie dem Bewusstsein Form, während andere das erschufen, was wir Magie nennen. Manche tragen kein Leben, so wie wir es kennen, während andere wieder nur so davon wimmeln. Am Ende jedenfalls hat sich jede Welt auf sich selbst eingespielt.«

Nakor hatte der Erklärung gebannt gelauscht. »Aber sie sind miteinander verbunden, nicht wahr?«

»Im Grund schon«, antwortete Dominic, »und damit kommen wir zum springenden Punkt. Als die Götter entstanden, fand sich eine Ordnung für sie, über die wir nur Vermutungen anstellen können. Doch während die Zeit verstrich, nahmen sie Eigenschaften an, aus denen man ihre Natur deutlich ersehen kann. Größtenteils waren sie organisch, wenn man Energie oder Verstand als organisch bezeichnen darf, solange sie, wie man hinzufügen muss, über keinerlei Bewusstsein verfügen.«

Macros nickte. »Das kann ich mit Sicherheit bestätigen.«

»Sieben Wesen existierten, die grundlegend für die Ordnung auf Midkemia verantwortlich waren«, fuhr Dominic fort. »Die Menschen gaben ihnen Namen, doch ihre Betrachtungsweise von sich selbst entzieht sich unseren Möglichkeiten. Es waren Abrem-Sev, der Schmied der Taten; Ev-Dem, der Arbeiter aus dem Innern; Graff, der Weber der Wünsche; und Helbinor, der Enthaltsame. Dies waren die vier Großen Götter, die es immer noch gibt – die, welche die Chaoskriege überlebten, als sich die Niederen Götter erhoben und die Valheru zum letzten Mal durch den Himmel von Midkemia flogen.«

»Aus welchen Gründen brachen die Chaoskriege aus?«, hakte Nakor nach. »Warum haben die Niederen Götter gegen die Großen Götter rebelliert?«

»Das weiß keiner«, antwortete Dominic. »Das Menschengeschlecht war noch nicht sehr lange auf dieser Welt; es war von anderen Welten geflohen, auf denen die Valheru wüteten.«

»Der Wahnsinnige Gott«, warf Macros ein.

»Wer ist das?«, fragte Nakor.

»Der Namenlose«, sagte Pug. »Der Grund, weshalb wir hier sind.«

»Ihr habt gesagt«, wandte sich Miranda an Dominic, »es hätten sieben große Wesen existiert, doch Ihr habt nur vier aufgezählt.«

Dominic nickte. »Ursprünglich waren es sieben. Neben den vier, die wir die Erbauer nennen, gab es noch drei andere. Da war Arch-Indar, die Selbstlose, die Göttin des Guten, die alle schöpferischen und positiven Anstöße in diese Welt brachte. Wir glauben, dass sie sich geopfert hat, um den Namenlosen für immer von Midkemia zu vertreiben.«

»Und wer ist dann Ishap?«, fragte Miranda.

»Er war der mächtigste der Großen Götter«, erklärte Dominic, »der Ausgleichende, die Substanz, derjenige, dessen eigentliche Aufgabe es war, die anderen Götter auf ihre Plätze zu verweisen.«

»Und dieser siebte Gott«, wollte Miranda wissen, »dieser Namenlose?«

»Nalar«, sagte Pug, und einen Augenblick lang herrschte Schweigen, dann fügte er hinzu: »Das ist eine Umschreibung.«

»Wieso eine Umschreibung?«

Dominic erklärte es Miranda. »Nalar hat keinen Namen, denn wer seinen Namen ausspricht, riskiert es, zu seinem Werkzeug zu werden. Er wurde von den vier Großen Göttern verbannt, damit das Gleichgewicht erhalten bleibt, solange wir daran arbeiten, Ishap zurück ins Leben zu rufen.«

»Also betet Ihr jeden Tag und versucht, den größten aller Götter wieder zum Leben zu erwecken?«, fragte Miranda.

»Ja.«

»Und wisst Ihr in etwa, wie lange das noch dauern wird?«

»Jahrhunderte.« Es war Macros, der antwortete. »Vielleicht sogar Jahrtausende. In den Maßstäben des Universums sind unsere Leben nicht mehr als ein Wimpernschlag.«

Dominic nickte. »So ist es. Dies ist der Grund, aus dem alle, die Ishap verehren, die selbsternannten Hüter des Wissens sind. Wodar-Hospur, der Gott des Wissens, starb ebenfalls in den Chaoskriegen, doch das Wissen dient uns, wenn wir die Ordnung des Universums wieder so herstellen wollen, wie sie sein muss.«

»Das ist unglaublich«, staunte Miranda.

»Ich weiß«, sagte Pug. »Und es bedeutet, dass alles, was ich durchgemacht habe – vom Spaltkrieg über die Große Erhebung bis hin zu den andauernden Angriffen der Pantathianer –, dass all das, was wie ein Komplott der gefangenen Valheru erscheint, nur eine simple List ist.«

»Von Nalar?«, fragte Miranda.

»Doch was würde er durch die Zerstörung dieser Welt gewinnen?«, warf Nakor ein.

»Ihr habt die Natur der Götter noch nicht verstanden«, erklärte Dominic. »Doch das hat noch kein Mensch. Nalar ist schlicht das, was die Menschen ›Das Böse‹ nennen. Er ist ein Wesen der Zerstörung, so wie Arch-Indar ein Wesen der Schöpfung war. Zu zerstören, zu vernichten, alles Leben auf eine niedrige Ebene zurückzuführen, das gehört zu seiner Natur, ebenso wie es zu Mythar, dem uralten Gott des Chaos gehörte. Doch es geht noch darüber hinaus. Denn im Gegensatz zu Mythar hat Nalar ein Bewusstsein. Oder besser gesagt, er ist sich seiner Selbst bewusst. Solange die anderen herrschenden Götter noch lebten, befand sich alles im Gleichgewicht, und seine Neigung, alles zu zerstören und Böses zu tun, wurde von Ishap und Arch-Indar sowie den anderen vier, den Erbauern, in Grenzen gehalten. Doch während der Chaoskriege wurde Nalar wahnsinnig.«

»Deshalb nennt man die Chaoskriege auch die Zeit des Wahnsinnigen Gottes«, sagte Pug.

»Oder vielleicht«, wandte Nakor ein, »war es gerade sein Wahnsinn, der zu den Chaoskriegen führte.«

»Wir werden es nie erfahren.« Dominic blickte von einem zum anderen. »Selbst eine Gruppe, die solche Macht in sich vereint wie unsere, ist nichts im Vergleich mit dem, worüber wir gerade gesprochen haben.«

»Unser Licht brennt wie Kerzen, ihres wie Sterne«, bemerkte Macros.

»Doch eine Welt ohne Leben ist für einen Gott, der Äonen existiert, kein Problem«, fuhr Dominic fort. »Das Leben ist hartnäckig, und es würde schließlich nach Midkemia zurückkehren, entweder aus eigener Kraft, aus der leblosen Erde und dem Wasser, oder von anderen Welten. Doch die tote Welt Midkemia würde Nalar die Möglichkeit geben, seinem Gefängnis zu entfliehen, da die anderen Götter geschwächt wären. Die Niederen Götter würden vielleicht sogar mit dem Planeten sterben, sind sie doch nur Vermittler zwischen den Großen Göttern und den Menschen, und die Großen Götter schließlich würden viel von ihrer Macht einbüßen.«

»Wieso haben die anderen Götter Nalar nicht einfach vernichtet?«, wollte Miranda wissen.

»Das konnten sie nicht«, erklärte ihr Dominic. »Er war zu mächtig.«

Miranda kauerte sich hin. »Zu mächtig?«

»Ja. Die Entropie der Zerstörung, die Macht, die Nalar ausübt, ist stärker als andere im Universum. Ohne Arch-

Indar und Ishap konnten die Erbauer ihn nicht vernichten. Sie konnten ihn lediglich einsperren. Und so ist er unter einem Berg so groß wie ganz Midkemia eingekerkert, auf einem Planeten, der so groß ist wie unsere Sonne, in einem Universum, das von unserem so weit entfernt ist, wie man es sich nur vorzustellen vermag. Und dennoch ist er mächtig genug, um die Seelen seiner Diener zu erreichen und zu beeinflussen.«

»Jene, die ihm dienen, haben oft keine Ahnung, für wen sie arbeiten«, ergänzte Pug. »Sie verspüren den Zwang, es zu tun, doch sie kennen den Zweck nicht.«

»Die Götter haben meinem Orden die Träne der Götter übergeben. Nur deshalb haben wir überhaupt irgendwelche Macht. Denn jegliche geistliche Magie beruht darauf, dass die Gebete erhört werden. Wenn Ishap hingegen tot ist, gibt es niemanden mehr, der unsere Gebete erhören könnte.«

»Dieses magische Juwel wird alle hundert Jahre neu geboren«, erläuterte Pug den anderen, »in einer Höhle tief in den Bergen. Von dort wird es nach Rillanon gebracht, wo es im innersten Heiligtum des Tempels von Ishap aufbewahrt wird.«

»Dort befindet es sich, damit wir mit den anderen Göttern sprechen, unsere Magie ausüben und gute Taten vollbringen können«, erläuterte Dominic. »Eines Tages wird Ishap zurückkehren und das Gleichgewicht wiederherstellen, so hoffen wir jedenfalls.«

»Doch bis dahin«, brachte es Macros auf den Punkt, »haben wir ein Problem.«

»Ein Problem?«, fragte Miranda. »Es so auszudrücken halte ich doch für leicht untertrieben. Die Valheru, die Dämonen, die Kriege und die Zerstörung sind nichts anderes als Ablenkungsmanöver eines wahnsinnigen Gottes, der zu mächtig ist, als dass die Großen und die Niederen Götter ihn mit vereinten Kräften vernichten könnten. Und dem sollen wir uns jetzt entgegenstellen?«

Macros erwiderte gelassen: »Ja, so könnte man es auch sagen.«

Fassungslos verfiel Miranda in Schweigen.

Die Weihe

Miranda gähnte.

Nachdem sie den ersten Schock über das Ausmaß der vor ihnen liegenden Aufgabe verwunden hatte, stellte sich bald Langeweile ein.

Macros, Pug und Dominic hatten beschlossen, den Garten der Ewigen Stadt nicht eher zu verlassen, als bis man einen wie auch immer gearteten Plan entwickelt hatte. Stundenlang hatten ihre Gespräche gedauert, und zwischendurch war Miranda hungrig geworden und hatte zweimal ein Nickerchen gehalten.

Der Einzige, der an all dem auch noch Spaß zu haben schien, war Nakor.

Der kleine Mann saß auf einer Bank und war in Gedanken versunken, als sich Miranda ihm, den Arm voller Birnen, näherte. »Möchtest du eine?«, fragte sie.

Grinsend nickte er und nahm sich eine Frucht. »Mein Orangentrick funktioniert immer noch, falls du eine möchtest.«

»Nein danke, vielleicht später.« Dann sagte sie: »Aber wie kann er denn noch funktionieren?«

»Ich weiß es nicht.« Er lächelte und schien selbst erstaunt. »Möglicherweise ist es dem Stoff, den ich bewege, egal, wo ich bin.«

»Aber wir sind nirgendwo.«

»Nein«, widersprach Nakor. »Wir sind irgendwo, allerdings wissen wir nicht, wo.«

»Und uns fehlt der Bezugsrahmen«, fügte sie hinzu.

»Nun, offenbar hast du es verstanden.«

»Also Nakor, du bist wirklich unglaublich fröhlich für jemanden, der gerade erfahren hat, dass er gegen einen Gott antreten soll.«

Nakor schüttelte den Kopf. Birnensaft rann ihm übers Kinn. »Nein, nein. Wir suchen zwar einen Weg, wie wir die Pläne des Gottes vereiteln können, aber wir werden nicht gegen ihn antreten. Wenn die vier Großen Götter ihn nicht vernichten können, wer wären wir dann? Und außerdem gibt es den Plan schon längst, wir müssen nur noch herausfinden, wie der Hase langläuft.«

»Ich glaube, das habe ich nicht ganz verstanden.«

Er erhob sich. »Komm, ich werde es dir erklären.«

Er führte sie zu Pug, Macros und Dominic, die unter einem großen, fremdartigen Baum saßen. »Nun, wie kommt ihr voran?«

»Wir sind das Problem mehrmals durchgegangen, doch uns fehlt die leiseste Ahnung, was wir als Nächstes tun sollen.«

»Das kann man schnell ändern«, meinte Nakor.

Macros hob die Augenbrauen. »Ach, tatsächlich? Hättest du die Liebenswürdigkeit, uns deine Einsichten mitzuteilen?«

Nakor nickte und ließ sich in einer fließenden Bewegung in den Schneidersitz nieder. »Wir müssen nur das reparieren, was kaputtgegangen ist.«

Dominic entgegnete: »Das ist genau das, was der Orden von Ishap seit langer Zeit versucht.«

»Das weiß ich wohl«, erwiderte Nakor. »Ich meine aber das alles insgesamt. Sieh mal, es dauert seine Zeit, wenn man einen toten Gott wieder zum Leben erwecken will. Ganz so leicht ist das nicht.«

Der alte Abt kniff die Augen zusammen, vermutlich weil Nakors Weise, sich auszudrücken, jeglichen Respekt vermissen ließ, was aber typisch für ihn war. »Vielen Dank für Euer Verständnis«, gab Dominic trocken zurück.

»Aber seit das alles angefangen hat, gibt es jede Menge Ärger, und wir müssen *jetzt* etwas dagegen unternehmen!«, fuhr Nakor fort.

»Als da wäre?«, fragte Pug.

»Nun, eine Sache zum Beispiel«, antwortete Nakor. »Diese Dämonen … Wir können sie doch nicht einfach so herumlaufen lassen. Das bringt nur noch mehr Ärger. Selbst die kleinen sind schon sehr gefährlich.«

»Ich kann mich noch daran erinnern, als Murmandamus' Magier damals, als die Große Erhebung niedergeschlagen wurde, die fliegenden Dämonen in unsere Welt holten«, sagte Pug. »Das hätte mich alarmieren müssen, dass da etwas nicht stimmt. Ich habe es fälschlicherweise für einen Beschwörungszauber gehalten.«

»Man könnte sein ganzes Leben damit verbringen, seine Fehler zu bereuen«, meinte Macros und warf einen Blick in Richtung seiner Tochter, die diesen mit ausdrucksloser Miene erwiderte.

»Ja«, stimmte Nakor zu. »Reue hilft uns nicht weiter. Und jetzt zu der anderen Frage. Meiner Meinung nach gibt es da keine besonderen Schwierigkeiten. Wir besiegen die Smaragdkönigin, schicken ihre Armee wieder nach Hause, töten alle Pantathianer, die noch leben – denn sie zum Guten zu wandeln, das können wir nicht –, und verhindern, dass irgendjemand den Stein des Lebens in seine Hände bekommt. Ach ja, und wir müssen die Dämonen dorthin zurückjagen, wo sie hergekommen sind.«

»Ist das alles?«, fragte Miranda und sah ihn spöttisch an.

»Nakor«, meinte Dominic, »Ihr werft da sehr interessante Fragen auf und bietet bestechende Lösungsvorschläge, aber mir fehlen da doch ein paar Hinweise darauf, wie man diese Lösungsvorschläge in die Tat umsetzen kann.«

»Ganz einfach. Wir müssen nur das Loch stopfen.«

»Welches Loch?«, fragte Nakor.

»Na, das, durch das die Dämonen hereinkommen. Denn das könnte schon sehr bald ziemlich lästig werden.«

Pug seufzte. »Er hat recht. Die Armee der Smaragdkönigin kann uns schon überaus gefährlich werden, doch gegen eine groß angelegte Invasion der Dämonen kommen mir die Schlangenmenschen vor wie eine Bande Raufbolde, die sich einen Betrunkenen vornehmen.«

»Nun ja, ich denke, die Sache mit den Dämonen könnte warten, bis wir die Smaragdkönigin besiegt haben«, meinte Nakor. »Nach allem, was wir bisher über die Dämonen in Erfahrung gebracht haben, sind sie noch nicht in der Lage, ohne Weiteres in unsere Welt einzudringen. Und obwohl sie Einfluss auf die Smaragdkönigin ausüben, stellt sie die unmittelbare Gefahr dar. Doch sie wird den Stein des Lebens, wenn sie ihn erst einmal in der Hand hat, dazu einsetzen, die Dämonen in unsere Welt zu bringen.«

»Irgendetwas ist uns entgangen«, bemerkte Miranda.

»Was willst du damit sagen?«, fragte Pug.

»Ich weiß nicht genau.« Von ihrem Gesicht konnte man ablesen, wie besorgt sie war. »Ich habe das Gefühl, dass da noch ein Teilchen fehlt. Denn warum fallen wir sonst nicht über die Flotte her, wenn sie den tiefsten Teil des Ozeans erreicht hat, und versenken sie?«

»Auf diesen Schiffen befinden sich eine Menge pantathianische Priester«, erklärte Nakor. »Sie verfügen vielleicht nicht über Pugs oder Macros' Macht, doch zusammen ...«

»Pug könnte sie in Sekunden vernichten«, unterbrach ihn Miranda. »Ich habe mit eigenen Augen gesehen, was er in der Himmlischen Stadt vollbracht hat, und ich bin keine Anfängerin. Ich studiere seit zwei Jahrhunderten die magischen Wissenschaften, und was er geschafft hat, liegt weit jenseits meiner Fähigkeiten.«

Macros nickte. »Er hat sich in meinen Verstand gedrängt ... Sarigs Verstand ... und mich herausgerissen wie einen Korken aus der Flasche. Das war schon eine bemerkenswerte Leistung.«

Pug wandte ein: »So einfach können wir die Sache nicht angehen.«

»Doch, genau so einfach können wir sie angehen«, widersprach Miranda. »Wenn wir nicht handeln, werden viele, viele Menschen sterben.«

»Was ist, wenn wir falschliegen?«, gab Pug zu bedenken. »Was, wenn wir dabei sterben?«

»Das Leben steckt voller Risiken«, antwortete Macros' Tochter, und einen Augenblick lang fiel Pug die Ähnlichkeit zwischen Miranda und ihrem Vater deutlicher denn je auf.

»Wenn wir untergehen, wird niemand mehr die Smaragdkönigin davon abhalten, sich den Stein des Lebens zu holen.«

»Und was ist mit Tomas?«, erinnerte ihn Miranda.

Pug dachte darüber nach. Schließlich meinte er: »Zuerst müssen wir Tomas von unserem Vorhaben in Kenntnis setzen.«

»Einverstanden«, erwiderte Macros. »Schicken wir Nakor und Dominic zu Tomas.«

»Nein!«, widersprach Nakor. »Ich will sehen, was ihr tun werdet.«

»Deine Neugierde ist endlos«, sagte Pug, »doch wir werden auf etwas stoßen, das nach allen Maßstäben schrecklich sein wird.« Als Nakor einen Einwand dagegenhalten wollte, hob Pug die Hand. »Du behauptest stets, es gäbe keine Magie, aber du weißt mehr darüber als jeder andere auf Midkemia, außer Macros, Miranda und mir.«

Nakor kniff die Augen zusammen. »Ich wollte dich schon immer etwas fragen«, begann er. »Vor langer Zeit hast du James gesagt, er solle mir, um mich nach Stardock zu locken, sagen: ›Es gibt keine Magie‹.«

Pug lächelte. »Darüber können wir uns unterhalten, wenn dies alles hier vorbei ist.«

Nakor grinste zurück. »Sehr gut, aber wir müssen uns noch einiger Probleme annehmen, ehe wir zurückkehren.«

»Ja«, stimmte Dominic zu. »Keiner von uns darf mit dem Wissen über Nalar nach Midkemia zurückkehren. Auch wenn der Gott des Bösen ausgesperrt ist, ist Midkemia seine Heimat, und er wird versuchen, jeden, der dafür empfänglich ist, in seine Dienste zu stellen. So, wie Sarig das mit Macros getan hat.«

»Bist du in der Lage, unsere Erinnerung zu löschen, Dominic?«, fragte Pug. »Wir könnten unser Gedächtnis auch blockieren und so verhindern, dass wir uns erinnern, doch das Wissen wäre immer noch vorhanden.«

Dominic nickte. »In unserem Orden haben wir es oft mit diesem Problem zu tun, denn wir dürfen niemandem das Geheimnis von Ishap und den anderen Herrschergöttern verraten. Wenn ihr meinen Anweisungen folgt, werden wir ohne dieses Wissen von hier aufbrechen.« Er wandte sich an Macros. »Ihr wart gefährlich nahe daran, zu Nalars Werkzeug zu werden, doch die Magie von Sarig hat Euch davor bewahrt. Doch der Gott der Magie kann Euch nicht ewig schützen.«

»Ich weiß«, entgegnete der Magier, »doch ich musste erst begreifen, was uns gegenübersteht.«

»Dem kann ich nur zustimmen«, sagte Dominic, »wenngleich der Vater Prälat in Rillanon meine Botschaft nicht gern sehen wird.«

»Habt Ihr ihm deshalb das versiegelte Kästchen geschickt?«, fragte Miranda.

Dominic nickte. »Jeder Abt im Dienste von Sarth bereitet sich auf die Zeit des Großen Gerichts vor, in der die Abtei zerstört werden wird. Für diesen Tag haben wir eine Zuflucht, eine, die wir das ›Neue Sarth‹ nennen. Diese Zuflucht ist fertig, wir haben nur noch auf das geweissagte Zeichen gewartet.«

»Und dieses Zeichen waren wir?«

Erneut nickte Dominic. »Seit wir uns mit den Großen Göttern beschäftigen, haben wir einige Erkenntnisse sowohl von ihren Grenzen als auch von ihrer Macht erlangt. Sie sprechen auf eine Weise zu uns, die man nicht anders als unzusammenhängend nennen kann. So wurden wir gewarnt, dass einer mit seinen Gefährten kommen würde, der das Geheimnis kennt. Zu diesem Zeitpunkt würde sich die Welt verändern. Ja, eure Ankunft war das Zeichen, dass wir die Große Bibliothek von Sarth zum Neuen Sarth schaffen.«

»Aber wenn die Smaragdkönigin den Stein des Lebens in

die Hände bekommt, wird nichts mehr sicher sein«, wandte Pug ein.

»Dann sollten wir schnell die eigentliche Ursache hinter all diesen Schrecken vergessen«, meinte Miranda.

Dominic bedeutete ihnen, dass sie sich im Kreis niederlassen und einander die Hände reichen sollten. Dann sagte der alte Geistliche: »Schließt die Augen. Öffnet mir eure Seele. Wenn wir dies vollendet haben, werdet ihr nichts mehr über Nalar wissen. Ihr werdet nur wissen, dass ihr etwas vergessen habt. Doch statt Neugier werdet ihr Erleichterung verspüren. Und ihr werdet einsehen, wie lebenswichtig es ist, sich nicht daran zu erinnern, weil dies eine Gefahr heraufbeschwören würde, wie ihr sie euch nicht vorzustellen vermögt. Ihr werdet euch nur an so viel erinnern, dass ihr den Kurs, den ihr eingeschlagen habt, weiterverfolgen könnt. Von Nalar werdet ihr nur noch wissen, dass dort draußen, irgendwo, eine große Gefahr lauert, gegen die ihr euch wappnen müsst, deren Wesen ihr jedoch niemals erforschen dürft.«

Dominic begann mit seinem Zauberspruch, und alle spürten, wie eine seltsame Präsenz in ihren Geist eindrang. Einen kurzen Augenblick lang bemächtigte sich ihrer ein gewisses Unbehagen, ein Hauch von Furcht, der jedoch sofort einer kalten Gewissheit Platz machte, und dann war es mit einem Mal vorbei.

Pug blinzelte und fragte: »War das alles?«

»Ja«, antwortete Dominic. »An das, woran ihr euch erinnern müsst, könnt ihr euch erinnern. Der Rest ist sicher verschlossen. Und so muss es sein.«

Sie glaubten es ihm.

»Jetzt sollten wir aufbrechen«, fügte Dominic noch hinzu.

»Als Erstes bringe ich dich und Nakor nach Elvandar«, sagte Pug. Er blickte Miranda und ihren Vater an. »Dann werden wir uns um die Smaragdkönigin kümmern.«

Tomas wartete auf der Lichtung der Kontemplation, wo zuvor Tathar und Acaila über ihre Körper gewacht hatten. In seiner weißgoldenen Rüstung war er prachtvoll anzusehen. Hinter ihm standen die Krieger von Elvandar, an ihrer Spitze Calin und Rotbaum.

»Ist die Zeit gekommen?«, fragte Tomas, sobald sein Freund erschienen war.

»Noch nicht«, antwortete Pug. »Doch es wird bald so weit sein. Lass eine Botschaft nach Bergenstein und zu den Grauen Türmen bringen. Ruf die Zwerge zu den Waffen. Du weißt, wohin du sie zu führen hast, wenn sie sich versammelt haben.«

Tomas nickte und gab den neben ihm stehenden Elbenboten die entsprechenden Anweisungen. Pug hatte ihren Besuch angekündigt, hatte Tomas in Gedanken gerufen, wie er das vor langen, langen Jahren schon einmal getan hatte.

Nakor und Dominic rückten von den drei Magiern ab, während Pug auf Tomas zutrat. »Wir werden die Smaragdkönigin angreifen, bevor sie unsere Küste erreicht. Sollte dieses Unternehmen fehlschlagen, wird der Krieg schließlich auch zu euch kommen. Dir ist bewusst, was auf dem Spiel steht. Deshalb musst du Dolgan und Halfdan in Dorgin davon überzeugen, dem Königreich zu Hilfe zu kommen.«

Tomas nickte. »Dolgan wird kommen. Unser Verhältnis ist zu gut, als dass er meinen Ruf missachten könnte. Und Halfdan wird kommen, weil Dolgan es tut.« Er lächelte, und einen Augenblick lang sah Pug, wie unter dem maskenhaften Gesicht dieses fremdartigen Kriegers die Züge seines Jugendfreundes hervortraten. »Die Zwerge aus Dorgin haben es Dolgan noch immer nicht verziehen, dass er sie nicht zum letzten Krieg eingeladen hat.«

Pug ließ den Blick über die Lichtung schweifen, als wolle er die Schönheit und die Ruhe in sich aufnehmen, als wolle er sie sich unauslöschlich einprägen. Hier in Elvandar war es früher Abend, also würde es Morgen sein, wenn sie auf die anziehende Flotte stießen.

Pug ergriff Tomas' Hand. »Auf Wiedersehen, mein Freund.«

Tomas drückte Pugs Hand leicht. »Alles Gute! Wir sehen uns bei der Siegesfeier.«

Pug nickte nur.

Er drehte sich um, kehrte zu Macros und Miranda zurück und nahm sie an den Händen. Und schon waren sie wieder verschwunden.

»Gut«, befand Nakor. »Wir haben jede Menge zu tun und viel zu wenig Zeit.«

»Ich fürchte, du hast recht«, stimmte Tomas zu.

»Ich muss zu unserer Abtei in den Grauen Türmen«, erklärte Dominic. »Von dort aus können mich meine Brüder zu jeder anderen Abtei und jedem Tempel im Königreich teleportieren.«

Tomas winkte einen Elb herbei. »Galain, kümmere dich darum, dass morgen Früh Pferde bereitstehen.« Er wandte sich an Nakor und Dominic. »Esst und ruht euch aus. Am Morgen könnt ihr dann aufbrechen.«

»Nein, Sho Pi und ich werden hierbleiben.« Auf Nakors Gesicht fehlte das sonst allgegenwärtige Grinsen. »Ich glaube, man wird uns brauchen.«

»Fürchtet Ihr Euch?«, fragte der Abt.

»Ja«, gestand der kleine Mann offen ein. »Ich weiß, warum Pug dies tut, doch ich halte es nicht für weise. Er tut es nicht allein, um den Feind zu bekämpfen, sondern auch, um Miranda seine Liebe zu beweisen. Doch während sie seine Fähigkeiten vermutlich ganz richtig beurteilt, hat sie die Macht der Smaragdkönigin und der Pantathianer unterschätzt.« Und mit gesenkter Stimme fügte er hinzu: »Und die Macht des dritten Mitspielers.«

Dominic riss die Augen auf und zog Nakor zur Seite. »An was könnt Ihr Euch erinnern?«

»An alles«, sagte Nakor. Die Augen des kleinen Mannes funkelten eigenartig. »Ich habe meine eigenen Methoden, meinen Geist zu schützen, Abt, genauso wie du. Diese drei Magier denken, sie wüssten nahezu alles über die verschiedenen Pfade der Magie, doch sie glauben zu stark an einen bestimmten. Du und ich, wir wissen, dass es viele Pfade gibt, dass man auf vielen Wegen zum Ziel gelangen kann. Oder überhaupt keine Pfade, wenn man das Ganze aus einer anderen Perspektive betrachtet. Doch sorge dich nicht, ich werde dem Einfluss des Namenlosen nicht erliegen.«

»Wer seid Ihr?«, fragte Dominic.

Auf Nakors Gesicht machte sich wieder ein Grinsen breit. »Ich bin nur ein Spieler, der ein paar Tricks auf Lager hat.«

»Wenn Ihr nicht auf unserer Seite stündet, würde ich Euch fürchten.«

Nakor zuckte nur mit den Schultern. »Jene, die nicht meine Freunde sind, fürchten mich sehr wohl, denn, wie ich schon sagte, ich habe ein paar Tricks auf Lager.«

Und mit dieser rätselhaften Bemerkung folgte Nakor den

Elben, die sich zur Stadt in den Bäumen aufgemacht hatten, und überließ den alten Abt seinen Grübeleien.

»Und jetzt?«, fragte Miranda.

Macros zeigte nach unten. »Dort!«

Die drei Magier schwebten hoch über den Wolken. Unter ihnen breitete sich der Ozean Hunderte von Meilen weit aus.

Pug richtete den Blick auf den Punkt, auf den Macros zeigte, und entdeckte die Flotte der Smaragdkönigin.

»Sie ist riesig«, staunte Miranda.

»Es sind mehr als sechshundert Schiffe«, sagte Macros. »Fast siebenhundert.«

»Wie sollen wir jetzt vorgehen?«, fragte Miranda.

»Folgendermaßen«, schlug Pug vor. »Ich stoße hinunter und stelle mich der Smaragdkönigin und ihren pantathianischen Dienern von vorn. Wenn die Falle, die sie bestimmt für mich vorbereitet haben, zuschnappt, greift ihr beide von der Seite an und überrascht sie.«

»Nein«, widersprach Macros. »Ich werde allein dazustoßen.« Miranda wollte Einwände erheben, doch Macros schnitt ihr das Wort ab: »Du bringst uns hier fort, falls etwas schiefgehen sollte.«

Sie dachte einen Augenblick lang darüber nach, während ihr Haar im Wind flatterte. Pug fand, dass sie noch nie zuvor so schön ausgesehen hatte. »Also gut«, stimmte sie schließlich zu.

Pug gab ihr einen Kuss. »Beleg uns alle mit einem Zauber, der uns zurückbringt.«

»Wohin soll es gehen, falls wir schnell wegmüssen?«, fragte sie.

Pug hatte sich über diese Frage bereits Gedanken gemacht. »Nach Elvandar«, antwortete er. »Die Elben sind die besten Heiler der Welt, und vielleicht brauchen wir sie. Außerdem haben sie den besten Schutzzauber, falls uns jemand folgen sollte.«

Sie nickte. »Euch zu sagen, ihr sollt auf euch achtgeben, wäre vermutlich ziemlich dumm.« Sie gab ihrem Vater ein Küsschen auf die Wangen. »Gib auf dich acht.« Dann küsste sie Pug mit aller Leidenschaft. »Komm gesund zurück.«

Pug und Macros stießen zu der Flotte hinunter.

»Werde ich vielleicht in Bälde Schwiegervater?«, erkundigte sich Macros.

»Wenn wir alles heil überstehen«, gab Pug zurück.

»Dann werde ich dafür Sorge tragen, dass dir nichts passiert«, meinte Macros.

»Darauf zähle ich«, erwiderte Pug, und Macros lachte.

»Was schlägst du vor?«, fragte er.

»Ich halte es für das Beste, ihnen direkt gegenüberzutreten.« Pug dachte einen Augenblick nach. »Sie werden mich vermutlich sowieso irgendwo zwischen hier und der Straße der Finsternis erwarten.«

»Sie könnten dich auch erst dort erwarten.«

»Das wäre zu spät. Wenn ich keinen Erfolg hätte, bliebe uns keine Zeit mehr, uns neu zu formieren, doch wenn ich jetzt angreife …«

»Was soll ich tun?«

»Halte dich bereit, um sie gegebenenfalls abzulenken. Sie wissen nicht, dass du zurück bist.« Er fügte leise hinzu: »Jedenfalls hoffe ich das.« Wieder mit lauter Stimme fuhr er fort: »Sollte ich in Schwierigkeiten geraten, versuch mir eine Gelegenheit zur Flucht zu verschaffen, aber riskier nicht zu viel. Miranda wird uns ansonsten beide herauspauken wollen.«

»Ich werde das tun, was notwendig ist«, erwiderte Macros.

»Dann also los!«

Pug verschwand vor Macros' Augen.

Der jüngere Zauberer würde versuchen, sich dem Schiff der Smaragdkönigin so weit wie möglich zu nähern, ehe er sich zu erkennen gab. Macros setzte seine übernatürlichen Sinne ein, machte Pug aus und folgte ihm, während er sich der Flotte näherte.

Pug stieß im Sturzflug über die ersten Schiffe des Flottenverbandes hinunter. An der Spitze formten zwanzig Schiffe ein »V«, und auf jeder Seite schützten weitere zwanzig den Hauptteil der Armada. Hinten folgte ein Geschwader schneller Kriegsschiffe, das hin und her kreuzte und sich bereithielt, die Spitze oder die Flanken zu unterstützen, falls dies notwendig werden sollte.

Pug entdeckte das Schiff der Smaragdkönigin inmitten eines riesigen Pulks von Frachtschiffen. Mithilfe seiner magischen Sehfähigkeit versuchte er, sein Angriffsziel auszumachen.

Als würde er in eine Kristallkugel blicken, sah er die Smaragdkönigin auf einem Thron mittschiffs, auf einer Galeere, die durch die Wellen tanzte und von drei Bänken Ruderern angetrieben wurde. Umgeben war sie von einer Ehrenwache, die aus den bösartigsten Kreaturen bestand, die Pug je zu Gesicht bekommen hatte. Von jeder ging ein fauliger Gestank aus, den sie wie eine Rauchwolke hinter sich herzogen.

Zur Rechten der Königin stand ein Mensch. Pug hielt

ihn für General Fadawah. Sein Gesicht und seine ganze Haltung strahlten unnachgiebige Härte aus. Er wirkte, als wäre er aus Granit gemeißelt. Sein Schädel war glatt rasiert, nur im Nacken hatte er einen kleinen Haarknoten. Im Gesicht trug er rituelle Narben, und Pug erkannte die Symbole: Es waren die gleichen, die man ihm von dem Moredhelaufrührer Murad beschrieben hatte. Damals war Prinz Arutha auf der Suche nach der Silberdornpflanze gewesen, dem einzigen Mittel, mit dem er das Leben seiner Angetrauten hatte retten können.

Zur Linken der Königin stand eine Gestalt in einer Robe, der äußeren Erscheinung nach ein Pantathianer. Unter der Kapuze dieser Kreatur konnte Pug keinerlei Gesichtszüge ausmachen.

Vorsichtig sandte Pug einen schwachen Energiestrom aus. Vielleicht konnte er so die magischen Schutzvorrichtungen erkennen. Und tatsächlich entdeckte er welche, die er jedoch allzu leicht umgehen konnte.

Das erregte sein Misstrauen, und er machte sich daran, die Schutzzauber näher zu untersuchen. Wie er erwartet hatte, gab es noch eine zweite Kette von Alarmzaubern, die von den ersteren, eher unbeholfeneren, verdeckt war und die er beinahe ausgelöst hätte.

Er sah sich die Verteidigungsanlagen seines Feindes genau an und bereitete sich auf den Angriff vor.

Pug sammelte seine ganze Kraft und entschloss sich, die Existenz dieses Schiffes schlicht auszulöschen. Mit den anderen Schiffen und den Schlangenpriestern darauf konnte er sich danach beschäftigen.

Während sich um ihn herum Energie ansammelte, spürte Pug auf einmal eine fremdartige Kraft, deren Quelle er nicht sofort ausmachen konnte.

Plötzlich gab es Bewegung auf dem Schiff unter ihm. Eine Handvoll Gestalten in Roben erschien auf Deck und begann, Schutzzauber zu beschwören.

Aber sie waren zu spät, denn Pug setzte einen gewaltigen Strom magischer Energie frei, der ausreichen musste, um das ganze Schiff in Flammen aufgehen zu lassen. Eine blutrote Feuerkugel löste sich von seinen Fingerspitzen und zischte wie ein todbringender Komet auf das Schiff der Smaragdkönigin zu.

Die Explosion war blendend hell und ohrenbetäubend, doch im gleichen Augenblick erkannte Pug seinen Fehler.

»Flieht!«, warnte er Macros und Miranda. »Es ist eine Falle!«

Der Energieblitz traf auf einen Gegenzauber, einen, der direkt in die Materie des Schiffes eingewoben war. Wochenlange Arbeit war dazu notwendig gewesen, und es war das Raffinierteste, was die Pantathianer seit Pugs erster Begegnung mit ihnen unternommen hatten.

Das Tuch der Segel, das Pech an den Fugen, die Nägel im Rumpf, das Holz der Spieren – alles war von dieser Gegenmagie durchdrungen. Und sowohl die Schutzzauber als auch die Zaubersprüche der Pantathianer hatten nur dem Zweck gedient, die verräterischen Spuren dieser Magie zu verbergen.

Pug hatte sich kaum auf Verteidigung eingerichtet, als sich sein eigener magischer Angriff gegen ihn wandte. Der Feuerball schoss auf dem gleichen Weg zurück und suchte seinen Ausgangspunkt. Um Pug herum explodierten enorme Energien, blendeten ihn und betäubten seine Ohren, ließen ihn fast die Sinne verlieren. Reflexartig versuchte er, mehr Abstand zwischen sich und das Schiff zu bringen.

Rote Flammen zehrten an ihm, und nur seine unglaubliche Kraft und sein Instinkt bewahrten ihn davor, auf der Stelle zu verbrennen.

Dann griffen jene auf dem Schiff an, und Pug musste leiden.

Eine Präsenz enthüllte sich Pug, während er sich alle Mühe gab, der nächsten Schmerzwelle auszuweichen. »Du schwächlicher Magier! Glaubst du, wir hätten nicht mit deinem armseligen Angriff gerechnet? Du bist doch nur ein Bauer in diesem Spiel, das so viel größer ist, als du dir vorzustellen vermagst. Und jetzt stirb!«

In diesem Augenblick sah Pug das wahre Antlitz seines Feindes. Wo die Smaragdkönigin gesessen hatte, hockte nun ein Dämon auf einem goldenen Thron unter einem Baldachin, der sich quer über die ganze Galeere erstreckte. General Fadawah und die Pantathianer waren ihm unterworfen – hilflos blickten sie zu Pug auf. Um ihre Hälse trugen sie magische Bänder, an denen ebenfalls magische Ketten hingen, die der Dämon in der krallenbewehrten Klaue hielt.

»Ich bin Jakan, und ich werde hier herrschen!«

Todesqualen peinigten jede Faser seines Körpers, als Pugs eigene Schutzzauber außer Kraft gesetzt wurden. Seine Robe ging in Flammen auf, sein Haar, seine Haut begannen zu brennen. Ein Schrei löste sich aus seiner versengten, blasenwerfenden Lunge, seine Augen schrumpften in ihren Höhlen.

Sein Geist floh vor dem Schmerz, und als er die Dunkelheit um sich herum spürte, merkte er, wie er durch die Luft fiel.

Dann fassten ihn zwei Arme, und Pug, der vor Qual stöhnte, wurde in die Höhe getragen. Jede Bewegung bedeutete unsägliche, unerträgliche Schmerzen.

Macros schickte Miranda einen Gedanken: »Bring uns hier raus!«

Selbst die frostige Luft brannte auf Pugs glühend heißer Haut. Um ihn herum erhob sich Dunkelheit.

»Wird er durchkommen?«, fragte Miranda. Die Angst stand ihr in das versteinerte Gesicht geschrieben.

»Ich weiß es nicht«, antwortete Tathar.

Dominic und Nakor betrachteten voller Schrecken das Ding, das einst Pug gewesen war. Sein Körper war verkohlt, rauchte noch, und an einigen Stellen trat weißer Knochen hervor.

Acaila sagte nur: »Es ist ein Wunder, dass er überhaupt noch lebt.«

Nakor drängte sich durch die Umstehenden. »Das Leben in diesem Mann ist zäh. Es will ihn nicht verlassen. Wir müssen ihm helfen.«

Nakor hob die Hände über den Kopf und murmelte einen Spruch. Dann legte er Pug die Hände auf die Brust, aufs Herz. »Ich brauche alle Kraft, die ihr erübrigen könnt.«

Augenblicklich begannen die Zauberwirker von Elvandar, ihre Magie zu wirken. Dominic beteiligte sich, indem er den mächtigsten Heilzauber beschwor, den er kannte.

Nakor spürte, wie ihn die Energie durchfloss, wie sie von seinen Händen in Pugs Brust strömte. Schwach konnte er den flatternden Schlag von Pugs Herz spüren. Langsam wurde er kräftiger, als würde Pug die Energie der anderen in sich aufsaugen wie ein trockener Schwamm das Wasser.

Nakors Körper kribbelte von der Energie. »Einer von euch muss ihm die Hände auf den Kopf legen.«

Acaila tat dies, und Nakor schloss einen Moment lang die Augen.

Mehr und mehr Elben kamen zusammen, um die Heilung zu beobachten. Tomas reihte sich in den Kreis der Umstehenden ein, die beiseitetraten und ihn zu seinem Freund durchließen.

Nakor öffnete die Augen wieder. »Gut. Leg ihm die Hände auf den Hals. Seine Lunge ist verbrannt, und ich brauche Hilfe.«

Erneut schloss Nakor die Augen und lenkte die Energieströme, die in Pugs Körper flossen.

Die Zeit verstrich. Aus Nacht wurde Tag, und immer noch knieten sie vor Pug, ließen ihre eigenen Energien in den verletzten Zauberer fließen und wirkten die uralte Magie von Elvandar.

Gegen Mittag sank Nakor in sich zusammen. Zwei ihm wohlbekannte Hände fingen ihn auf.

»Meister?«, fragte Sho Pi.

»Es ist schon in Ordnung«, erwiderte Nakor. »Ich brauche nur etwas Ruhe.«

»Ich werde weitermachen«, bot sich Nakors Schüler an, nahm die Position seines Meisters ein und legte Pug die Hände auf die Brust.

Miranda gesellte sich zu Nakor. Ihrem kläglichen Gesichtsausdruck und ihren roten Augen nach musste sie geweint haben. »Wird er überleben?«

»Ich weiß es nicht«, antwortete Nakor. »Ein schwächerer Mann wäre auf der Stelle tot gewesen. Selbst die meisten stärkeren wären inzwischen gestorben, doch ihn hält irgendetwas am Leben.« Er betrachtete den Mann, der auf der Lichtung im Gras lag. »Wie verletzlich und klein er jetzt aussieht, nicht wahr?«

»Ja.« Mirandas Stimme verriet, dass sie von ihren Gefühlen überwältigt wurde.

Nakor seufzte. Es war ihm deutlich anzumerken, wie erschöpft er war. »Je länger er durchhält, desto größer sind seine Aussichten auf Genesung. Solange wir ihn mit unseren heilenden Energien unterstützen und er seinen Lebenswillen nicht verliert, wird er nicht sterben. Ich habe Nicholas einmal erzählt, dass das Leben in manchen Menschen schwach und in anderen stark ist. Bei jemandem wie mir, deinem Vater oder dir selbst ist es sehr stark, sonst hätten wir nicht so viele Jahre hinter uns gebracht, doch bei Pug kommt noch etwas anderes hinzu.« Um sie ein wenig zu trösten, fügte er hinzu: »Ich denke, er wird durchkommen.«

Miranda sah ihm tief in die Augen. »Das sagst du doch nur, um mich zu beruhigen, oder?«

Nakor versuchte zu grinsen, was ihm jedoch misslang. »Du hast recht. Wir tun, was wir können, doch ich habe noch nie einen Mann gesehen, der so schwer verletzt war wie er.« Seine Augen verrieten tiefes Bedauern. Aber dann schob er diese Zweifel beiseite und setzte seine gewohnte fröhliche Miene auf. »Aber was weiß ich schon? Ich bin nur ein Spieler, der ein paar Tricks kennt, und Tathar und die anderen Zauberwirker geben alles, was sie aufbieten können.« Er tätschelte väterlich ihre Hand. »Er wird wieder gesund werden, ganz bestimmt.«

Sie sah Nakor an und erkannte, dass es leere Worte waren. Dennoch wusste sie die Geste zu schätzen. Sie nickte und ging hinüber zu ihrem Vater.

Nakor blickte hinter ihr her, dann betrachtete er Pugs Gesicht, die nässende, rissige Haut, die verkohlten Arme und Beine. »Aber wenn er es tatsächlich schafft, wird es eine lange, lange Zeit dauern, bis er wieder kämpfen kann.«

Tage vergingen, und Pugs Zustand veränderte sich nicht.

Die Zauberwirker, Nakor und Sho Pi wechselten sich ab und behandelten den bewusstlosen Zauberer mit ihrer heilenden Magie, so gut es nur ging. Nur wenn sie vollkommen erschöpft waren, wichen sie von seiner Seite.

Nakor hatte gerade wieder einen halben Tag bei Pug verbracht und gesellte sich nun zu Macros und Miranda, die an einem Feuer saßen und aßen.

»Wie geht es ihm?«, erkundigte sich Miranda.

»Sein Zustand ist unverändert«, sagte Nakor und schüttelte sachte den Kopf. »Ich fürchte, er wird schwächer.«

Miranda schossen die Tränen in die Augen. Ihr Kummer war nicht zu übersehen. »Er wird nicht durchkommen, ja?«

Nakor zuckte mit den Schultern. »Ich kann es dir nicht sagen. Es wird noch lange dauern, bis wir es genau wissen.«

Macros legte seiner Tochter die Hände auf die Schultern. »Aber wir haben nicht mehr viel Zeit.«

Nakor nickte. »Ja. Und wieder stehen wir vor einem neuen Geheimnis.«

»Das ist richtig«, stimmte Macros zu.

»Ich werde eine Weile schlafen, dann sollten wir mit Tomas und der Königin Rat halten«, schlug Nakor vor.

»Einverstanden.«

Die drei erhoben sich, trennten sich und suchten sich jeder einen Schlafplatz.

Doch Nakor fand keine Ruhe, er musste noch einmal auf die Lichtung zurückkehren und nach Pug sehen.

Noch immer lag der Magier reglos da. Das einzige Lebenszeichen war das schwache Heben und Senken seiner Brust. Vielleicht bildete es sich Nakor nur ein, aber es schien ihm, als wären die Atemzüge ein wenig tiefer und regelmäßiger als zuvor. Abermals staunte er über den enormen Lebenswillen des kleinen Magiers.

Aglaranna sah in die Runde und sagte: »Tathar berichtet, dass Pug durchkommen wird. Doch es wird noch lange dauern, ehe er das Bewusstsein wiedererlangt, und noch länger, bis er wieder gesund ist. Mit unseren Künsten können wir jedoch seine verbrannte Haut und seine gebrochenen Knochen heilen.«

Überall im Rat war Erleichterung zu verspüren, besonders bei Tomas und Miranda.

»Pug hatte recht, wir hingegen nicht«, meinte Macros.

Mirandas Gesicht zeigte deutlich ihre Schuldgefühle, dass sie Pug zu diesem übereilten Angriff gedrängt hatte. »Es war mein Fehler.«

»Entweder liegt die Schuld bei uns allen oder bei keinem von uns«, meinte Nakor. »Niemand hat Pug, deinen Vater und dich gezwungen, die Smaragdkönigin anzugreifen. Wir wussten, mit welchem Risiko das verbunden war.«

»Sie waren besser vorbereitet, als wir erwartet hatten«, stellte Miranda fest.

»Mehr als das«, ließ sich Macros vernehmen. Er wandte sich an Miranda. »Du warst zu weit vom Kampf entfernt, um es zu sehen, und kannst es daher nicht wissen.«

»Was?«

»Die Frau, die deine Mutter war, ist nur eine Hülle, eine Illusion. Ich vermute, dass sie seit Langem tot ist. Die Kreatur, die an der Spitze der Armee steht, ist ein Dämon. Er hat sich Pug gegenüber als Jakan zu erkennen gegeben.«

»Jakan?«, fragte Nakor.

»Ist dir der Name etwa bekannt?«, hakte Miranda nach.

»Ich habe ihn tatsächlich schon einmal gehört«, bestätigte der kleine Mann. »Er ist ein Dämonenhauptmann, keiner der ganz großen, doch er genießt einen recht guten Ruf.«

»Wir haben in unserer Geschichte ein- oder zweimal mit diesen Wesen zu tun gehabt«, berichtete Tathar. »Doch wie kommt ihr an dieses Wissen?«

Nakor zuckte mit den Schultern. »Man schnappt eben hier und dort etwas auf.«

»Du kannst einen wirklich zur Weißglut treiben!«, fauchte ihn Miranda an.

Nakor grinste. »Deine Mutter hat das auch immer gesagt, als wir noch verheiratet waren.« Er seufzte. »Ich wünschte, ich hätte eine Tochter wie dich.«

»Wünsch dir das lieber nicht!«, äußerte Macros.

Und mit einem Male lachte die Versammlung, gleichermaßen aus Erleichterung über Pugs offenkundige Genesung wie über die spöttischen Bemerkungen.

Schließlich machte Nakor wieder ein ernstes Gesicht. »Vor vielleicht einem Jahrhundert bin ich in den Gang zwischen den Welten geraten und habe dort einige Zeit beim Ehrlichen John verbracht. Dort kann man gut spielen.« Er machte eine verdrießliche Miene. »Mit dem Mogeln klappt es weniger gut. Aber egal, jedenfalls habe ich, während ich dort war, etwas über Schwierigkeiten mit den Dämonen gehört.«

»Und was für Schwierigkeiten?«, fragte Macros.

»Dass es unter ihnen Unruhe gäbe, und dass sie versuchen, die Barrieren zu durchbrechen und aus dem Fünften Zirkel in höhere Reiche einzudringen.«

»Wahrscheinlich hat ihnen jemand den Weg frei gemacht«, vermutete Macros.

»Das ist es ja gerade, was mir Sorgen macht«, meinte Tomas. »Den Erinnerungen der Valheru zufolge haben wir mit den Dämonen gekämpft, und von unseren Feinden waren nur die Schreckensherrscher mächtiger als sie. Doch die

Schreckensherrscher und die Dämonen waren in Reiche verbannt, die weit von unserem entfernt lagen. Ihre Anwesenheit hier, sowohl zur Zeit des Spaltkriegs als auch jetzt, legt nahe, dass ein Wesen von großer Macht hinter all diesen Ereignissen steckt.«

Macros und Miranda wechselten einen Blick. »Ich fühle, dass ich etwas darüber weiß …«

»Darüber wusste«, verbesserte Macros sie. Er wandte sich an die Königin und Tomas. »Hier sind größere Mächte im Spiel, und ich spüre, dass unser Tun seine Grenzen hat. Wir sollten uns unseren nächsten Zug gründlich überlegen.«

»Es ist offensichtlich«, stellte Tomas fest, »dass die Flotte gut geschützt wird und dass sich ein zweiter Angriff kaum als klug erweisen würde.«

»Einverstanden«, meinte Macros. »Vielleicht wissen sie über meine und Mirandas Fähigkeiten nicht Bescheid, doch sie vermuten bestimmt, dass Pug Verbündete mit ähnlicher Macht hat. Dieser Dämon, der den Platz der Smaragdkönigin eingenommen hat, ist vielleicht kein großer Dämonenherrscher, doch er hat seine Untergebenen fest unter Kontrolle, so viel habe ich gesehen, als ich Pug gerettet habe. Wir sollten uns zunächst mit der Frage befassen, ob die Dämonen in der Lage sind, weitere Hauptmänner und Dämonenherrscher nach Midkemia zu schleusen. Diese Gefahr dürfen wir nicht aus den Augen lassen. Die weltlichen Belange der bevorstehenden Invasion sollten wir jenen überlassen, die am besten darauf vorbereitet sind: Prinz Patrick, Herzog James und Marschall William.«

»Gut«, stimmte Tomas zu, »doch wir werden ihnen zur Seite stehen, wenn es so weit ist.«

»Ja, das werden wir.« Macros nickte. Er erhob sich und

trat in die Mitte des Kreises. »Da Pug verletzt ist, muss ich wieder einmal die Führung in diesem Krieg übernehmen.«

»Damals kamt Ihr zu uns und habt unsere Heimat gerettet, Macros«, sagte Aglaranna. »Eure Weisheit ist hier stets willkommen.«

Macros rieb sich den Bart. »Meine Weisheit ist im Augenblick jedoch sehr eingeschränkt, Mylady. Früher verfügte ich über Sarigs Gabe, in die Zukunft sehen zu können, dazu die Fähigkeit, mich nach Belieben vorwärts und rückwärts durch die Zeiten zu bewegen. Doch jetzt bleibt mir nur ein dumpfes Gefühl dafür, was wir als Nächstes tun müssen.«

»Wir müssen den Spalt finden und ihn für immer versiegeln«, schlug Miranda vor.

»Vielleicht solltet Ihr an jenem Ort mit der Suche beginnen, wo Miranda und Calis die Artefakte gefunden haben.« Es war Tathar, der dies vorschlug. »Ich habe die Artefakte so gut studiert wie jeder andere, doch auch wenn ich diese fremde Präsenz, die sie berührt hat, nicht benennen kann, so weiß ich doch um ihre Macht. Es müssen die Dämonen sein, und dort, wo die Artefakte gefunden wurden, muss sich auch der Eingang befinden, durch den sie unsere Welt betreten haben.«

Acaila nickte zustimmend. »So ist es. Tathar und die anderen Zauberwirker haben in den Artefakten eine Magie festgestellt, die große Macht hat und raffiniert entworfen ist, gut verhüllt und getarnt, um über ihren Ursprung hinwegzutäuschen.«

»Das ist sehr wahrscheinlich«, meinte Macros.

»Ich werde mit euch beiden gehen«, sagte Tomas.

»Ich dachte, Ihr würdet Elvandar nie verlassen?«, wunderte sich Miranda.

»Ich habe geschworen, Elvandar nicht zu verlassen«, antwortete Tomas, »außer in größter Not.« Er wandte sich an seine Gemahlin. »Und eine solche Situation ist jetzt eingetreten.«

Das Gesicht der Elbenkönigin zeigte keine Regung, doch ihre Augen funkelten. Dann erwiderte sie ruhig: »Ich weiß.«

Tomas wandte sich an Macros. »Soll ich uns einen Drachen rufen?«

»Nein«, entschied Macros. »Miranda weiß, wo der Eingang zu diesem Höhlenlabyrinth liegt. Wenn du mich führst«, sagte er zu ihr, »werde ich uns drei dort hinbringen.«

Miranda nickte. »Das werde ich schon hinbekommen.«

»Warte und nähre die Hoffnung in deinem Herzen«, sagte Tomas zu seiner Gemahlin. »Ich werde zurückkommen.«

Während Tomas davonging, schwiegen alle, und als er nach ein paar Minuten zurückkehrte, keimte in Macros Ehrfurcht auf, selbst wenn er Tomas auch früher schon so gesehen hatte.

Tomas trug Haube, Helm, Kettenhemd und Harnisch, alles aus gediegenem Gold gefertigt. Sein weißer Waffenrock war mit einem goldenen Drachen geschmückt und wurde von einem schwarzen Gürtel gehalten, und auch die Stiefel waren aus schwarzem Leder. Die Schwertscheide schien aus Elfenbein zu sein, doch sie war leer.

Calin trat zu ihm, zog sein Schwert und reichte es dem Gemahl seiner Mutter. »Ich möchte dir mein Schwert leihen«, bot er seinem Stiefvater an.

Tomas nahm die Waffe entgegen, nickte und schob sie in die Scheide. »Ich werde es dir bald zurückgeben.« Dann wandte er sich an Macros und Miranda. »Kommt. Es ist an der Zeit.«

Miranda erhob sich, nahm seine Hand und die von Macros, schloss die Augen, und sie waren verschwunden.

Rotbaum sah auf die leere Stelle, wo sie eben noch gestanden hatten. »Bis ich ihn in dieser Rüstung gesehen habe, hatte ich noch Zweifel. Doch er ist wirklich ein Valheru.«

Acaila widersprach. »Kein wahrer. Ein Umstand, für den wir unendlich dankbar sein sollten.«

Schweigen machte sich breit.

Ein bitterkalter Wind fegte durchs Gebirge, als sie dort erschienen. Nach dem dämmerigen Abendlicht in Elvandar musste Miranda gegen das grelle Sonnenlicht blinzeln. Die aufgehende Sonne schien ihr direkt in die Augen. »Dort drüben.« Sie zeigte auf einen Höhleneingang.

Rasch traten sie auf die finstere Öffnung zu. Drinnen hörte das Pfeifen des Windes unvermittelt auf, und Tomas fragte: »Ich kann im Dunkeln sehen, aber was ist mit euch?«

Macros hob die Hand, und ein Nimbus aus Licht umgab ihn und erhellte die Höhle. Der Zauberer blickte sich um.

»Diesen Gang habe ich nur durch Zufall entdeckt«, erzählte Miranda. »Boldar Blut machte gerade ein paar Schlangenkrieger nieder, die uns den Weg versperren wollten, als ich von oben einen schwachen Lichtschein bemerkte.«

Bei der Erwähnung des Söldners aus dem Gang zwischen den Welten meinte Macros: »Es wäre nicht übel, wenn wir ihn und sein Schwert bei uns hätten.«

»Und all seine anderen exotischen Waffen«, fügte Miranda hinzu.

»Allerdings, bei dem Preis, den er verlangt …«, murmelte Macros.

Tomas lachte. »Euren Sinn für Humor habt Ihr noch nicht verloren, alter Freund.«

»Nun«, meinte Miranda, »vor uns liegt wenig, über das wir lachen könnten. Hier entlang.«

Sie führte ihre Gefährten in einen Gang, der so niedrig war, dass Tomas sich ducken musste. Halb kletterten, halb gingen sie einen schmalen, steilen Tunnel hinunter, der in einen weiteren Gang mündete. Rutschend drückten sie sich in eine Nische, die zwei Meter über dem Boden des anderen Tunnels lag.

Nachdem sie hinabgesprungen waren, stellte Macros fest: »Es grenzt an ein Wunder, dass du diesen Ausgang überhaupt entdeckt hast.«

»Es war ausgesprochen dringend«, erwiderte Miranda. »Boldar ist ein furchterregender Krieger, doch wir haben Elvandar nur deshalb lebend erreicht, weil wir durch diesen engen Gang fliehen konnten. Sonst wären wir überwältigt worden.«

Macros blickte sich um. In dem Tunnel lagen Knochen und ein abgebrochenes Schwertheft. »Allerdings hat hier scheinbar jemand … aufgeräumt.«

»Aasfresser?«, fragte Tomas.

»Vielleicht«, antwortete Macros. »Wo geht's lang?«, wandte er sich an Miranda.

Sie zeigte ihnen den Weg und setzte sich in Bewegung, ohne noch etwas zu sagen.

Zweimal mussten sie unterwegs anhalten, nicht, weil sie erschöpft gewesen wären, sondern um sich zu orientieren. Einmal holten sie die Marschverpflegung, die die Elben für sie vorbereitet hatten, aus Macros' Tasche, ein anderes Mal tranken sie aus dem Wasserschlauch, den Miranda mit sich trug.

Dann erreichten sie die erste große Halle der Pantathianer. »Irgendetwas ist hier in der Nähe«, stellte Tomas mit gesenkter Stimme fest.

»Ich spüre es ebenfalls«, stimmte Macros zu.

»Dann sind wir uns ja mal wieder einig«, meinte Miranda. »Dort entlang.«

Sie zeigte zum gegenüberliegenden Ende der staubbedeckten Halle. Als sie das letzte Mal hier gewesen war, hatten an diesem Ort überall tote oder sterbende Pantathianer gelegen. »Von dort«, sagte sie, »sind wir in diese Höhle hereingekommen und konnten sehen, wie der Dämon unten mit den Pantathianern kämpfte.« Sie deutete nach oben, wo sich entlang der Wände ein Weg nach oben zog. »Wir sind dort entlanggeschlichen und haben uns an einem Seil bis dorthin heruntergelassen.« An der Stelle, auf die sie nun zeigte, befand sich der Eingang zu einem weiteren Gang.

»Einige Saaur und Pantathianer haben uns Widerstand geleistet, und wir mussten uns den Weg durch den Gang freikämpfen.« Sie blickte sich um. »Wir waren kurz davor kehrtzumachen, als wir durch jenen Gang geflohen sind.«

»Irgendwann werde ich dir erzählen, wie mich ein Geist durch die uralte Mine Mac Mordain Cadal gejagt hat«, sagte Tomas. »Ich bin heute nur noch am Leben, weil ich zurückgewichen bin und ihn in dem Tunnellabyrinth abhängen konnte.«

»Erstaunlich, wie gut du dich noch an den Weg erinnern kannst«, befand Macros, »obwohl es schon ein Jahr her ist und du erst einmal hier warst.«

Miranda erwiderte trocken: »Du wirst dich wundern, an was du dich alles erinnern kannst, wenn dein Leben davon abhängt.« Sie führte sie zu dem Eingang. »Diesen Tunnel hinunter haben wir die Artefakte gefunden.«

»Dorthin können wir auch später noch gehen«, meinte Tomas. »Ich wäre geneigt herauszufinden, wer oder was sich dort oben befindet.« Er zeigte auf die Tunnelöffnung, durch die Calis' Kompanie vor einem Jahr hereingekommen war.

»In dieser Richtung liegt ein Durchgang zum zentralen Eingang, einem großen senkrechten Schacht, der vom Innersten des Berges bis zum Gipfel führt.«

»Ich weiß«, antwortete Tomas. »Die meisten Höhlen der Valheru wurden so angelegt. Sonst hätten die Drachen die Haupthalle nicht erreichen können.«

Miranda übernahm wieder die Führung, und bald waren sie erneut in einem der langen, dunklen Gänge unterwegs.

Die Zeit verstrich, und sie gingen weiter, ohne Rast zu machen. Zweimal fragte Macros seine Tochter, ob sie eine Pause brauche, doch auf diese Frage antwortete sie jedes Mal nur mit einer sarkastischen Bemerkung. Nach der zweiten Zurückweisung beschloss Macros, nicht weiter zu fragen.

Miranda wünschte, sie hätte ihre Magie einsetzen können, um sich voranzuteleportieren, doch man war sich einig, dass sie dabei vielleicht etwas übersehen könnten. Und da sie ihr Ziel nicht exakt lokalisieren konnten, bestand das Risiko, dass sie mitten im Gestein wiederauftauchen würden.

Sie stiegen den großen Schacht hinunter, den Miranda beschrieben hatte. Als wäre die Mitte des Bergs ausgehöhlt, zog sich eine breite Rampe spiralförmig in die Tiefe und nach oben. Es gab kein Geländer und auch ansonsten keine Begrenzung, und bei dem starken Wind hatte man leicht das Gefühl, über den Rand gedrückt zu werden. An verschiedenen Stellen verbreiterte sich die Rampe, aber welchem Zweck dies einst gedient hatte, mochte allein Tomas wissen. Macros würde ihn irgendwann einmal danach fragen, doch im Augenblick wollte der Magier nicht sprechen, solange es nicht unbedingt erforderlich war. Dies war weder der rechte Ort, noch die rechte Zeit für derartige Gespräche.

Als sie zum nächsten Tunneleingang gelangten, bemerkten sie einen schwachen unangenehmen Geruch.

»Es ist ganz in der Nähe«, flüsterte Tomas, und sie betraten den breiten Gang.

Macros schnüffelte und roch den Gestank der Verwesung. »Ob dort einer ihrer Unterschlupfe ist?«, flüsterte er zurück.

Tomas zog zur Antwort das Schwert und ging voran. Macros ließ Miranda den Vortritt und bildete das Schlusslicht. Der Krieger in seiner goldweißen Rüstung war somit der Erste, der eine weitere große Höhle betrat, die sich in der Nähe des Schachts befand.

Miranda trat zur Seite, um Macros Platz zu machen, während Tomas plötzlich ein Kriegsgeheul ausstieß und über den Rand der Rampe sprang. Macros eilte hinterher. Was er zu sehen bekam, ließ ihn jedoch augenblicklich erstarren.

Unten hockte eine schuppige Kreatur und knabberte an einem Knochen. Die Schuppen glänzten schwarz und schwach grünlich. Große fledermausähnliche Flügel waren auf dem Rücken zusammengefaltet, und der Kopf sah fremdartig aus, ein wenig wie der eines Krokodils, den man aus grauem Stein geschlagen hat. Oben ragte eine Art Hirschgeweih aus dem Schädel. Falls der Kopf von Haut überzogen war, war diese so straff, dass man sie auf den ersten Blick nicht erkennen konnte, und so zurückgezogen, dass das eindrucksvolle Gebiss zu sehen war.

Mächtige Schultern gingen in lange Arme über und endeten in Klauen, an denen Krallen so groß wie Dolche prangten.

»Ein Dämon!«, entfuhr es Miranda.

Macros konzentrierte sich bereits auf einen Zauberspruch, der die Kreatur erstarren lassen sollte. Inzwischen landete Tomas auf dem Steinboden vor ihr.

Der Dämon erhob sich. Er war einen guten Kopf größer als der halbmenschliche Krieger, und einen Augenblick lang sorgte sich Macros um Tomas' Sicherheit.

Anstatt anzugreifen, drückte sich die Kreatur an die Wand und sprach.

Es war nur ein einziges Wort in einer Sprache, die Miranda nicht kannte, doch Macros und Tomas reagierten sofort. Macros brach seinen Zauberspruch ab, und Tomas riss sein Schwert mitten im Hieb herum, sodass Calins Klinge funkensprühend direkt neben dem Dämon eine Kerbe in den Steinboden schlug.

Während die Bestie noch Tomas' Hieb auswich, sprang Macros schon hinunter und gesellte sich zu seinem Gefährten.

Wieder sprach das Untier das fremde Wort aus, und Tomas trat einen Schritt zurück.

»Was ist los?«, fragte Miranda von oben.

Macros stand jetzt neben Tomas. Er ließ den Dämon nicht aus den Augen. Das grässliche Wesen verharrte reglos, als würde es abwarten, und Tomas sagte: »Er ergibt sich!«

»Woher weißt du das?«

Tomas drehte sich zu seiner Freundin um. »Das hat er gerufen. Dass er sich ergibt.«

Miranda sprang ebenfalls nach unten und landete neben Macros. »Ich spreche ein Dutzend Sprachen. Aber diese habe ich noch nie gehört. Was für eine ist es?«

Tomas sah sie an. Die fremden Züge seines Gesichts waren deutlicher denn je hervorgetreten und verrieten seine Verwirrung. »Es ist die Sprache der Valheru. Die rituellen Worte der Unterwerfung. Unsere Diener haben sie zur Begrüßung gebraucht.«

Miranda blickte von Tomas zu dem Dämon, der sich zusammengekauert hatte, und stieß einen langen Seufzer aus. Wann endlich würde ihr Herz aufhören, so heftig zu klopfen? »Das ist doch schon mal etwas.«

Alarm

Erik rannte.

Während Trommelwirbel erklangen, jagte er durch die Gänge der alten Burg in Tannerus. Oben an der Treppe gelangte er an eine Tür, die auf den Hof führte. Mit einem Blick hatte er die Szene vor sich erfasst: die versammelten Soldaten, die Zeugen der Hinrichtung werden sollten, die vier Männer, die auf Holzkisten standen, die Schlingen, die man ihnen bereits um die Hälse gelegt hatte.

»Nein!«, schrie Erik und sprang über das Geländer hinab auf den nächsten Treppenabsatz, doch im Lärm der Trommeln ging sein Ruf unter. Er stürzte die letzten Stufen zum Hof hinunter. Die Trommelwirbel verstummten, und Kisten wurden unter den Verurteilten weggestoßen.

Erik rannte die letzten zwanzig Meter bis zu seinen Soldaten, die dort in Habtachthaltung standen.

Drei der Männer waren sofort tot, der Ruck hatte ihnen das Genick gebrochen, und der vierte hörte gerade auf zu zucken.

Erik blieb stehen.

»Verdammt!«, fluchte er.

Den Soldaten wurde befohlen wegzutreten, und die Männer der Garnison von Tannerus eilten wieder zu ihren

Aufgaben. Niemand wollte länger verweilen als nötig, während ehemalige Kameraden im Wind baumelten.

Atemlos stand Erik da und betrachtete seine Männer, die an dem behelfsmäßigen Galgen hingen. Der Hauptmann hatte nicht lange gezögert, das Urteil zu vollstrecken. Hätte er nur halbwegs anständige Galgen errichten lassen, wäre Erik noch rechtzeitig gekommen.

Er blickte in die Gesichter der Toten. Vom Sehen her kannte er sie, doch nicht dem Namen nach. Trotzdem, es waren seine Männer gewesen.

Hauptmann Simon de Beswick wendete sein Pferd und entdeckte Erik. »Etwas nicht in Ordnung, Hauptfeldwebel?«

Erik sah den dandyhaften Offizier an, der gerade erst aus dem Osten zurückbeordert worden war. Zusammen mit einer weiteren Kompanie des Prinzen hatte man Erik ins Feld geschickt, und de Beswick war nur vorübergehend an den Hof des Prinzen versetzt worden, denn eigentlich sollte er im Norden in einer Kaserne seinen Dienst verrichten. Die beiden Männer waren sich auf Anhieb unsympathisch gewesen. Owen Greylock war die einzige Person, der gegenüber sich de Beswick höflich benahm, und auch nur des höheren Rangs wegen. Ansonsten hatte er für seine Männer kein Wort übrig, es sei denn, es handelte sich um dienstliche Belange, und er behandelte sie gleichermaßen grob wie herablassend.

Erik war für eine Woche mit einer Hälfte seiner Soldaten ins Manöver gezogen, während die andere als Wache in der Kaserne geblieben war. Bei seiner Rückkehr hatte man ihn noch am Tor davon in Kenntnis gesetzt, dass vier seiner Männer gehängt werden sollten.

Erik ballte die Rechte zur Faust. »Warum wurden diese Männer hingerichtet?«

»Sie haben gestohlen«, erwiderte de Beswick und zog die Augenbrauen fragend hoch.

»Aber sie waren meine Männer!«, entgegnete Erik. In seiner Stimme schwang ein bedrohlicher Unterton mit.

»Dann solltet Ihr Euch mehr Mühe geben, ihnen Disziplin beizubringen, Hauptfeldwebel. Und in Zukunft sprecht Ihr mich mit ›Sir‹ an.«

Der Hauptmann wollte an ihm vorbeireiten, doch Erik packte die Zügel seines Pferdes. »Ihr hattet kein Recht, meine Männer zu hängen. Wir stehen nicht einmal unter Eurem Kommando!«

»Als Kommandant der Garnison von Tannerus hatte ich sehr wohl das Recht«, entgegnete de Beswick, »und ich brauche mein Handeln sicherlich nicht vor Euch zu rechtfertigen, Hauptfeldwebel!« Indem er langsam sein Schwert aus der Scheide zog, fuhr er fort: »Wenn Ihr jetzt bitte so gut sein würdest, mein Pferd freizugeben! Sonst wäre ich gezwungen, Euch wegen Angriffs auf einen Offizier zu töten.«

In diesem Augenblick tauchte Owen Greylock neben Erik auf. »Steckt das Schwert ein, de Beswick!«

»Hauptmann?«, fragte der Garnisonskommandant.

»Das ist ein Befehl«, sagte Greylock ruhig.

Widerstrebend schob de Beswick sein Schwert zurück in die Scheide.

Owen legte Erik die Hand auf die Schulter. »Hauptfeldwebel, kümmert Euch um Eure Männer. Diese Angelegenheit werde ich übernehmen.«

Owen wartete, bis Erik gegangen war, dann packte er de Beswicks Stiefel und drückte ihn hoch. Wie Owen beabsichtigt hatte, fiel de Beswick auf der anderen Seite aus dem Sattel, und während sein Pferd davongaloppierte, landete der Hauptmann aus Bas-Tyra im Staub.

Owen riss den jungen Mann am Kragen wieder auf die Beine. Mit einem Blick, den man nur als mörderisch bezeichnen konnte, starrte er dem Hauptmann direkt in die Augen. »Uns steht ein Krieg ins Haus, und Ihr tötet unsere Soldaten?«

»Sie waren Diebe«, verteidigte sich de Beswick eingeschüchtert.

»Die Hälfte der Soldaten dieser Armee sind Diebe, Idiot!«

Owen stieß ihn von sich, und de Beswick landete unsanft auf dem Allerwertesten.

Greylock beugte sich vor und zeigte in die Richtung, in der Erik verschwunden war. »Dieser Mann da, das ist der beste Soldat, den ich je zu Gesicht bekommen habe. Und ich bilde die Jungs seit dreißig Jahren aus. Wenn dieser Krieg losgeht, Ihr unfähiger Schwachkopf, ist er Eure beste Hoffnung, mit dem Leben davonzukommen. Und wenn Ihr nur den Verstand eines Flohs hättet, würdet Ihr versuchen, alles von ihm zu lernen, was er Euch über das Überleben in diesen Bergen beibringen kann. Solltet Ihr ihn noch einmal beleidigen, werde ich ihm die Erlaubnis erteilen, Euch herauszufordern, und wenn Ihr ihm mit dem Schwert gegenübertretet, wird er Euch töten. Habt Ihr verstanden?«

»Ja«, erwiderte der jüngere Hauptmann, aber es war offensichtlich, dass ihm das, was er sich hatte anhören müssen, nicht gefiel.

»Und jetzt geht und kümmert Euch wieder um Eure Angelegenheiten, de Beswick. Ich werde mir inzwischen überlegen, was ich in meinem nächsten Bericht an Marschall William schreibe.«

Der Hauptmann ging davon, doch Greylock rief ihn wieder zurück. »Eins noch, de Beswick.«

»Sir?«, fragte der Hauptmann.

»Wenn Hauptmann Calis zugegen gewesen wäre, hätte er Euch auf der Stelle umgebracht, darauf könnt Ihr Euch verlassen.«

Nachdem der junge Kommandant der Garnison abgetreten war, machte sich Owen auf die Suche nach Erik. Er fand ihn in den Quartieren der Soldaten, wo er seine Männer darüber ausfragte, was vorgefallen war.

»Es war doch nichts«, berichtete ein Mann namens Gunther. »Es war ein Jux, mehr nicht, Hauptfeldwebel. Wir waren müde, weil wir den ganzen Tag paradieren mussten …«

»Paradieren?«, fragte Erik dazwischen.

»Ja, in Reih und Glied stehen, rechts um, links um und solche Sachen.«

Ein zweiter Mann, ein alter Soldat namens Johnson, erklärte: »Na, so machen sie es im Osten, Hauptfeldwebel. Die kämpfen nicht, die marschieren nur.«

»Na, jedenfalls, die vier Jungs wollten sich nur ein bisschen Bier stibitzen, sonst nichts. Und das ist doch kein Verbrechen.«

Erik merkte, in welch schlechter Laune seine Männer waren, und das konnte er ihnen nicht verübeln. Die Hingerichteten hätte man zu zusätzlichen Wachschichten verdonnern können, im schlimmsten Falle hätten sie ein paar Hiebe mit der Peitsche erhalten. Sie zu hängen war unentschuldbar.

Er wollte sich gerade dazu äußern, als Greylock sagte: »Erik, ich würde gern ein paar Worte mit dir wechseln.«

Erik trat zu dem früheren Schwertmeister von Düstermoor. Als sie außer Hörweite der Soldaten waren, meinte Owen: »Eigentlich hätte der Kerl es verdient, dass du ihn umbringst, aber das geht nun mal nicht. Mach einen weiten Bogen um ihn. Vielleicht hat er es darauf abgesehen, dich herauszufordern.«

»Warum?«

»Er stammt aus Bas-Tyra, aus einer Familie mit den besten Verbindungen. Sein Vater ist ein Cousin des Herzogs von Ran.«

Langsam dämmerte Erik, worauf Owen hinauswollte. »Demnach steht er vermutlich auch denen von Düstermoor sehr nahe.«

»Vielleicht. Ich weiß jedenfalls, dass sie sich kennen, nur nicht, wie eng ihre Kontakte sind. Doch er könnte im Auftrag von Mathilda handeln.« Der hagere Mann rieb sich nachdenklich das Kinn. »Oder er ist nur ein Idiot, der glaubt, sich die Gunst der Baronin zu sichern, wenn er jemanden umbringt, der Anspruch auf den Titel ihres Sohnes erheben könnte.«

Erik seufzte. »Wie oft muss ich der Welt noch verkünden, dass ich kein Interesse am Titel meines Vaters habe?«

»Das kannst du beteuern, bis du tot umfällst. Das käme Mathilda auch sehr entgegen, denn sie wird erst zufrieden sein, wenn du nicht mehr unter den Lebenden weilst.«

»Was soll ich bloß unternehmen?«

»Ich werde Herzog James eine Botschaft schicken, damit er diesen Idioten in Absprache mit William an eine Stelle versetzt, wo er ruhmreich für den König fallen kann. Ich werde darum ersuchen, dass man ihm den Befehl über die Katapulte auf den Hafenmauern überträgt, die sie in Krondor gerade bauen.«

Erik zuckte zusammen. »Ich dachte, die würden nur mit Freiwilligen bemannt.«

»So ist es. Muss sich der junge de Beswick also nur noch freiwillig melden.« Owen lächelte. »Du wirst mit deiner

Kompanie beim ersten Tageslicht abziehen. Bleib nicht länger hier. Ich muss nach Eggly und die Verteidigungsanlagen dort überprüfen. Wir werden der Smaragdkönigin in den Bergen einen anständigen Empfang bereiten, damit ihre Armee dorthin zieht, wo wir sie haben wollen.«

Erik seufzte erneut. So viel war noch zu tun, und so wenig Zeit blieb. Die Flotte war von Novindus ausgelaufen – alle, die jenseits des Meeres unter Calis gedient hatten, wussten das. »Wie sieht es in Krondor aus?«

Owen zuckte nur mit den Schultern. »Die ersten Gerüchte machen die Runde. Ein paar der ängstlicheren Leute verlassen die Stadt. Doch die große Unruhe ist bislang ausgeblieben. An der Grenze zu Kesh gibt es einiges an Bewegung, daher glauben die meisten vermutlich, es würde wieder einmal im Süden Krieg geben.«

»Wenn die Flotte die Straße der Finsternis passiert hat, wird es schwierig werden, die Stadt unter Kontrolle zu halten«, vermutete Erik.

»Ich weiß. Und ich denke, James und William werden für diesen Fall eine Lösung parat haben.«

Erik sagte nichts weiter. Die Flotte der Königin würde die Straße der Finsternis in weniger als einem Monat passieren, zur Zeit des Mittsommerfests. Er befürchtete, dass man Krondor für das Königreich opfern wollte, und dort befand sich das Mädchen, das er liebte.

Während er sich zu seinen Männern aufmachte, um der Kompanie mitzuteilen, dass sie am Morgen die Garnison verlassen würden, fragte er sich, ob er wohl Roo überreden konnte, Kitty aus Krondor hinauszubringen.

Roo sah sich die Bücher an und meinte: »Ich verstehe das nicht.«

Jason bezog diese Äußerung auf Roos Wissen über Buchführung und setzte an, um es ihm noch einmal zu erklären.

»Nein«, unterbrach ihn Roo. »Ich kenne die Summe und die Kalkulationen. Was ich nicht verstehe, ist, wieso wir Geld verlieren.«

»Das Problem ist Folgendes: Zu viele Kunden haben ihre ausstehenden Rechnungen noch nicht beglichen, während wir immer pünktlich zahlen. Wir müssen Geld leihen, obwohl eigentlich genug in der Kasse sein sollte.«

»Was es jedoch nicht ist«, entgegnete Roo. Er hatte jeden verfügbaren Goldsovereign Herzog James geliehen. »Nun gut, ehe ich das Geld von der Krone zurückbekomme, lerne ich vermutlich vorher fliegen.« Seufzend erhob er sich vom Tisch in seinem Büro. »Was würdest du mir raten?«

Jason, der sich in den vergangenen drei Jahren kaum verändert hatte und immer noch wie der junge Mann aussah, als den Roo ihn kennengelernt hatte, sagte: »Du könntest einige unserer weniger profitablen Unternehmen verkaufen.«

»Schon, aber ich hasse es, mich von meinem Vermögen zu trennen.« Er gähnte. »Ich bin müde.« Er sah aus dem Fenster. Draußen war es dunkel geworden. »Wie spät ist es?«

Jason drehte sich um und sah in den Gang hinaus, wo ein wunderschöner keshianischer Zeitmesser aufgestellt worden war. »Es ist fast sieben.«

»Karli wird vor Wut kochen«, befürchtete Roo. »Ich habe ihr versprochen, um sechs zu Hause zu sein.«

»Ist die Familie in der Stadt?«

»Ja«, antwortete Roo nur, schnappte sich seinen Mantel und eilte den Flur entlang.

Glücklicherweise war Karli in eine Unterhaltung mit Helen Jacoby vertieft, als er zu Hause auftauchte. Die beiden Frauen hatten nach dem Tod von Randolph Jacoby Freundschaft geschlossen, wenn auch zunächst etwas zögerlich, da Randolphs Bruder für den Tod von Karlis Vater verantwortlich gewesen war. Dennoch fühlte sich jede der beiden Frauen in der Gesellschaft der anderen wohl, und die vier Kinder spielten gern miteinander. Und Roo genoss die Abende, an denen sich beide Familien versammelten.

»Da bist du ja«, empfing ihn Karli. »Das Essen wird gleich aufgetragen.«

Ein Geschrei von »Vater!« und »Onkel Rupert!« erfüllte die Eingangshalle, als die Kinder über ihn herfielen. Lachend drängelte sich Roo durch das Gewirr von Beinen und nach ihm greifenden Händen zur Treppe hin.

Als Abigail ihm die Stufen hinauf folgen wollte, sagte Roo: »Ich bin sofort wieder unten, Liebling.«

»Nein«, fuhr sie ihn herrisch an. »Geh weg!«

Sie wandte sich um und ging zum Ende der Halle, wo sie mit gekreuzten Armen stehen blieb.

Roo blickte von der Treppe aus zu den beiden Frauen im Salon hinüber. Helen lachte, während sich auf Karlis Gesicht Erstaunen zeigte.

»Das machen sie alle durch«, erklärte Helen.

Roo nickte und eilte hoch ins Schlafzimmer, wo er sich wusch und dann ein frisches Hemd anzog. Als er ins Esszimmer kam, saßen die Kinder am einen Ende des langen Tisches. Roo setzte sich zu Karli und Helen Jacoby ans andere Ende.

Er bemerkte als Erstes Helens neue Frisur. Löckchen fielen ihr in die Stirn, zwängten sich unter einem Kamm hervor. Roo fragte sich, ob es unhöflich wäre, sich nach dem Material zu erkundigen, aus dem der Kamm gemacht war, dann ging ihm auf, dass er so gut wie keine Ahnung hatte, was die neueste Mode in der Stadt des Prinzen betraf.

Er dachte, Sylvia würde das schon wissen, und dann wurde ihm bewusst, wie selten er Sylvia in letzter Zeit bekleidet gesehen hatte. Außerdem erschien es ihm unanständig, in Gegenwart seiner Frau und Helens an sie zu denken.

»Was hast du denn, Roo?«, fragte Helen. »Du wirst ja ganz rot!«

Roo hüstelte. »Ich glaube, ich habe mich verschluckt.« Er machte ein großes Aufhebens und hustete heftig, dann wischte er sich sogar nicht vorhandene Tränen aus den Augen.

Helen lachte erneut, und mit Erstaunen nahm Roo zur Kenntnis, wie wunderschön sie war. Er hatte sie schon immer für eine gut aussehende Frau gehalten – auch wenn sie keinesfalls eine Schönheit wie Sylvia war –, und in ihrem Abendkleid und mit dem hergerichteten Haar wirkte sie ausgesprochen anziehend.

»Helen hat mir erzählt, wie gut du ihre Gesellschaft führst«, berichtete Karli.

Roo zuckte mit den Schultern. »Das Geschäft läuft fast von selbst. Tim Jacoby ...« Beinahe wäre ihm herausgerutscht: ›... war zwar ein Schwein, doch er wusste, wie man Geschäfte macht.‹ Doch da die Schwägerin des Mannes neben ihm saß, sagte er stattdessen: »... hatte alles sehr gut organisiert.«

»Ja, das hatte er allerdings«, stimmte Helen zu.

Die Unterhaltung wandte sich daraufhin dem Thema Kinder zu. Man stellte fest, wie sehr sie schon wieder gewachsen waren. Die Jungen fingen allmählich an, sich wie

Jungen zu benehmen, die Mädchen wurden richtige kleine Mädchen.

Noch immer fühlte sich Roo auf diesem Gebiet unsicher. Mit der plötzlichen Erkenntnis, dass er eigentlich nichts über sie wusste, betrachtete er seine eigenen Kinder. Er zollte ihnen kaum Aufmerksamkeit, und mit einem Mal ergriff ihn deswegen ein höchst eigentümliches Gefühl. Vielleicht würde er sich mehr für sie interessieren, wenn sie erst älter waren.

Abermals fiel sein Blick auf Helen Jacoby, und sie erwiderte ihn kurz. Als er spürte, wie er sie anstarrte, fragte er: »Darf ich dir einen Brandy anbieten?«

Karli zeigte Überraschung. Bislang hatte Roo ausschließlich seinen Geschäftspartnern Brandy angeboten.

»Nein danke«, antwortete Helen. »Ich glaube, es ist Zeit, die Kinder ins Bett zu bringen.«

Die Jacobys fuhren in einer von Roos Kutschen davon, und Karli brachte die Kinder zu Bett. Roo saß eine Weile allein in seinem Arbeitszimmer und nippte abwesend an einem Brandy. Sorgenerfüllt ließ er seine Gedanken schweifen; er wusste, der Krieg stand vor der Tür, und es war an der Zeit, die Familie in den Osten oder zumindest auf das Anwesen vor der Stadt zu bringen.

In Gesprächen mit Erik, Jadow Shati und anderen, die ihm vertrauten, hatte er erfahren, dass sich bereits Invasoren auf dem Gebiet des Königreichs befanden. Die meisten hatte man ausgeschaltet, doch wer konnte schon wissen, wie gefährlich eine Reise in den Osten werden konnte, wenn die Kämpfe erst einmal begannen.

Karli schaute herein und fragte: »Kommst du mit ins Bett?«

»Ja«, antwortete Roo, »gleich.« Als sich seine Frau zum Gehen wandte, merkte er an: »Du scheinst Helen und ihre Kinder zu mögen.«

»So ist es«, bestätigte Karli. »Unsere Familien stammen aus demselben Ort, und wir haben viel gemeinsam. Und ihre Kinder sind doch wirklich niedlich.«

Eine Idee kam Roo in den Sinn. »Was würdest du dazu sagen, die Jacobys für ein paar Wochen auf unser Anwesen einzuladen, wenn das Mittsommerfest vorbei ist? Die Kinder könnten reiten und im Fluss schwimmen.«

»Roo, die sind doch noch zu klein zum Reiten.«

»Nun gut, dann besorgen wir eben Ponywagen.« Er erhob sich. »Im Sommer ist es fürchterlich heiß in der Stadt, und dort draußen wird es viel angenehmer sein.«

Vorsichtig fragte Karli: »Du versuchst nicht etwa, mich loszuwerden, Roo?«

Alarmiert, dass sie etwas von seiner Affäre mit Sylvia ahnen mochte, nahm er sie in die Arme. »Aber nicht doch. Ich habe nur gedacht, es würde mir gut gefallen, dort draußen ein wenig Ruhe im Kreis meiner Familie zu finden.«

»Mit vier Kindern anstelle von zweien wirst du wohl kaum Ruhe finden«, entgegnete Karli.

»Du weißt genau, was ich meine.« Neckend tätschelte er ihren Po und küsste sie. Sie erwiderte den Kuss. »Gehen wir ins Bett.«

Obwohl ihn die Sorgen plagten, gelang es ihm, Karli zufriedenzustellen. Nachdem sie sich geliebt hatten, lag sie in seinen Armen und schlief.

Eine seltsame Verwirrung bemächtigte sich seiner, wie es oft der Fall war, wenn er mit seiner Frau geschlafen und dabei an eine andere gedacht hatte.

Nur war es diesmal nicht Sylvia Esterbrook gewesen, sondern Helen Jacoby.

Er erinnerte sich an Gwen, das Serviermädchen in Ravensburg, an das er seine Unschuld verloren hatte, und sagte im Stillen zu sich selbst: Gwen hatte recht, wir Männer sind doch alle Schweine!

Aber die Müdigkeit bereitete diesem Augenblick der Einsicht ein baldiges Ende, und Roo fiel in tiefen Schlaf.

Erik las den Befehl. »Wir sollen zurück nach Krondor.«

Die Korporale Harper und Reed salutierten und gingen sofort los, um den Soldaten, die überall in den Hügeln verteilt lagen, die entsprechenden Befehle zu erteilen.

Erik rieb sich die Stirn und rechnete. Die meisten der Männer hier draußen gehörten zu den letzten, die ausgebildet werden mussten, zu den letzten, denen die wichtige Aufgabe anvertraut werden sollte, die Ausbreitung der Invasoren so weit einzuschränken, wie Prinz Patrick und seine Berater dies für notwendig erachteten. Viele von ihnen würden auch zur Verteidigung der Stadt eingesetzt werden, und falls Erik die Lage richtig einschätzte, würden jene Einheiten, die man in den Bergen einsetzen würde, bald in kleinen Gruppen aufbrechen, als Patrouillen getarnt, damit die Spione der Smaragdkönigin nichts Alarmierendes meldeten.

Erik bewunderte Marschall Williams Pläne, denn sie erweckten den Anschein, als würden alle Einheiten, die im Westen zerstreut waren, zur Verteidigung der Stadt zurückberufen werden.

Er blinzelte in die Sonne. In zwei Wochen war Mittsommer, dann würde sich die Flotte der Smaragdkönigin der Straße der Finsternis nähern. Es war heißer als gewöhnlich zu dieser Jahreszeit, und das bedeutete, dass der Sommer unerträglich werden würde.

Während sich seine Männer versammelten, kam ihm der Gedanke, dass der Sommer unabhängig vom Wetter unerträglich sein würde. Allerdings würde es längst Spätherbst sein, bevor die Invasoren in die Berge einfielen, und falls man sie bis zum ersten Schnee aufhalten könnte, würde das Königreich überleben.

Harper kehrte zu ihm zurück. »Die Befehle wurden erteilt, Hauptfeldwebel. In einer Stunde sind wir marschbereit.«

»Sehr gut«, meinte Erik. »Habt Ihr Hauptmann Greylock gesehen?«

»Vor etwa einer Stunde, dort drüben.« Der Korporal zeigte die Straße hinunter.

»Wenn die Männer fertig sind, wartet nicht auf mich, sondern brecht mit ihnen nach Krondor auf.« Erik sah in den Himmel. »Es wird noch vier Stunden hell sein, und wir sollten gut zehn Meilen schaffen, bevor wir das Nachtlager aufschlagen.«

»Jawohl, Hauptfeldwebel.«

Erik stieg aufs Pferd und ritt los. Bald fand er Greylock, der am Straßenrand stand und eine Karte las.

»Owen«, begrüßte ihn Erik.

»Erik«, erwiderte Owen. »Seid Ihr marschbereit?«

»Bald«, antwortete Erik und stieg ab. »Die Korporale haben die Befehle ausgegeben, und in den nächsten Minuten sollte die Truppe aufbrechen.« Er ließ sich am Straßenrand auf den Boden nieder. »Ich schätze, wir sind hier oben fertig.«

»Mit der Ausbildung sind wir fertig«, gab Greylock zurück. Er ließ sein Pferd grasen und setzte sich neben Erik.

»Beim nächsten Mal, wenn wir hier oben sind, wird es ernst.«

»Ich habe mir schon tausendmal gewünscht, wir würden noch ein paar Tage oder eine Woche haben, um diese Männer besser vorzubereiten.«

»Du hast wahre Wunder vollbracht«, lobte Greylock. »Ehrlich, Erik, niemand hätte mehr aus den Männern herausholen können. Weder Calis noch Bobby de Loungville.«

»Danke, Owen.« Erik seufzte. »Dennoch frage ich mich, ob es ausreicht.«

»Da bist du sicherlich nicht der Einzige, der sich Sorgen macht, mein junger Freund.«

»Hat dir Lord William gesagt, was als Nächstes geschehen wird?«

»Ja«, antwortete Greylock. Er deutete mit dem Kopf die Straße hinunter. »Zumindest, was deinen Teil betrifft. Und den Rest kann ich mir denken.«

»Wir werden Krondor verlieren, nicht wahr?«

»Vermutlich«, gestand Greylock ein. »Du hast mit eigenen Augen gesehen, was mit den Städten passiert, die sich der Smaragdkönigin widersetzen. Doch wir müssen sie in Krondor lange genug festhalten, damit sie die Berge erst spät erreicht.«

Erik blickte in den blassblauen Himmel hoch, der mit dünnen Wolken durchsetzt war. »Wenn das Wetter so bleibt, könnte es ein langer Sommer werden.«

Greylock seufzte. »Ich weiß. Prinz Patrick hat einige Magier beauftragt, das Wetter vorherzusagen, und alle stimmen darin überein, dass es höchstwahrscheinlich ein langer heißer Sommer wird.«

»Warum setzen wir eigentlich keine Magier ein?«, fragte Erik. »Die Königin tut es doch auch?«

Owen lächelte. »Ich denke, wir halten noch einige magische Überraschungen für sie bereit. Kannst du dich noch an Nakors Argumente erinnern, weshalb man keine Kriegsmagie einsetzen sollte? Er hat es uns doch oft genug erklärt.«

Erik lachte. »Ja, ich kann mich noch daran erinnern. ›Ein Magier hat einen Trick. Der nächste Magier setzt seinen Trick dagegen. Ein dritter setzt seinen Trick gegen den zweiten. Der vierte versucht, dem zweiten zu helfen. Dabei stehen sie alle starr herum und geben sich alle Mühe, einander zu übertreffen, und dann kommt die Armee und schlägt ihnen die Köpfe ab‹«, äffte er Nakor nach.

Greylock lachte. »Man kann sich Nakor wirklich genau vorstellen.«

Erik zuckte mit den Schultern. »Aber wenn wir ihren Magiern nichts entgegensetzen, haben sie einen enormen Vorteil.«

Greylock erhob sich. »Ach, meine Knochen werden langsam zu alt, um dauernd durchs Land zu reiten.« Und während er sein Pferd holte, ging er im Scherz in der gebeugten Haltung eines alten Mannes. Erik lachte. Greylock zog dem Pferd die Zügel über den Kopf, dann setzte er den Fuß in den Steigbügel und stieg auf. Im Sattel sagte er: »Erik, je länger du redest, desto mehr hörst du dich wie ein General an und nicht wie ein Hauptfeldwebel. Also stell solche Fragen nicht in Gegenwart des Prinzen, sonst befördert er dich noch.«

Erik musste erneut lachen. »Mit anderen Worten, ich soll den Mund halten.«

»Wie ich schon sagte«, meinte Greylock. »Der Prinz hat noch das eine oder andere Ass im Ärmel.«

Erik stieg auf sein Pferd. »Wir sehen uns, wenn ich mit meinen Männern wieder in der Stadt bin.«

»Gut.« Greylock nickte. »Ach, eine Sache noch.«

»Ja?«

»Die Kommandanten der verschiedenen Garnisonen wurden alle zu einer letzten Ratsversammlung einberufen, unter dem Vorwand, Banapis mit dem Prinzen feiern zu sollen, aber du kennst den Grund. Demnach wird sich de Beswick ebenfalls in Krondor aufhalten.«

»Ich werde die Augen offen halten.«

»Gut. Das Fest wird dieses Jahr nicht so sein wie sonst.«

Erik nickte. Seit er in die Dienste des Prinzen getreten war, hatte er Banapis noch nie in der Stadt gefeiert. »Ich werde darauf achten, dass ich mich nicht zu sehr ablenken lasse.«

Erik ritt zu seinen Männern zurück. Seit jenem Tag der Hinrichtung hatte er de Beswick nicht mehr zu Gesicht bekommen. Doch Greylocks Vermutung, der Mann könnte ein Spion von Mathilda von Düstermoor sein, hatte er nicht vergessen. Außerdem hatte Erik noch vier weitere Gründe, den Kerl auch dann nicht aus den Augen zu lassen, wenn dies nicht zutraf.

Erik stand steif im hinteren Teil des Raumes. Er war der Einzige, der weder einen Adelstitel trug noch den Offiziersrang bekleidete. Hauptmann Calis und Greylock, die einzigen beiden Männer im Saal, die er ein wenig besser kannte, saßen auf der anderen Seite bei Marschall William, dem Herzog von Krondor und dem Prinzen.

Einige der anderen Männer, Mitglieder des prinzlichen Hofes, Palastoffiziere und Adlige aus der Umgebung, kannte er vom Sehen, doch mit den wenigsten von ihnen hatte er je ein Wort gewechselt. In einer Stunde würde man ihn entlassen, und dann würde er vielleicht ein bisschen Zeit für sich haben, ehe er an die Ausführung der Befehle ging, die er sicherlich erhalten würde.

Patrick erhob sich. »Meine Lords, meine Herren. Es erfreut mich sehr, euch zu sehen. In ausgewählten Gruppen werdet ihr im Anschluss an dieses Treffen über die neueste Lage unterrichtet. Es ist kein Geheimnis, dass eine feindliche Armee auf dem Weg zu uns ist, und in den vergangenen Monaten haben wir unsere Vorbereitungen für die bevorstehende Invasion getroffen. Einige von euch wissen mehr als andere, und aus Gründen der Staatssicherheit ersuche ich euch, weder untereinander Vermutungen noch Informationen auszutauschen. Geht davon aus, dass euer Nachbar genauso sachkundig ist wie ihr und euch über die Informationen hinaus, die ihr schon kennt, keine weiteren geben kann. Ich bitte euch also, keine Fragen zu stellen.«

Einige der Adligen schienen über diesen Befehl ein wenig erstaunt, doch niemand erhob Einwände. Ein paar blickten sich im Raum um und versuchten, die Reaktionen der anderen abzuschätzen.

»Und nun zur generellen Lage. Ich werde euch berichten, was ihr wissen müsst, bevor die Feindseligkeiten beginnen.« Der Prinz machte zwei Junkern ein Zeichen, und die beiden entfernten ein großes Tuch von der Wand. Dahinter kam eine riesige Karte des Westlichen Reiches zum Vorschein, von der Fernen Küste bis zu Malacs Kreuz. Der Prinz nahm einen Zeigestock und ging zur linken Seite der Karte. »Hier«, sagte Patrick und zeigte auf die Straße der Finsternis, »erwarten wir die Flotte des Feindes in der nächsten Woche.«

Unter den Adligen erhob sich Gemurmel, doch rasch kehrte wieder Stille im Saal ein.

»Bis sie hier angekommen sind«, Patrick zeigte auf einen

Punkt nördlich von Endland, »müssen wir unsere Streitkräfte vollständig mobilisiert haben. Und aus diesem Grund werdet ihr euch in der Woche vor Banapis in Sitzungen treffen, Befehle erhalten und alles vorbereiten. Das Mittsommerfest sollten wir so feiern, als wäre alles in bester Ordnung, denn wir können die Bevölkerung noch nicht aufklären. Doch inzwischen machen bereits die ersten Gerüchte die Runde. Lord James?«

Der Herzog von Krondor berichtete: »Meine Agenten in der Stadt setzen ebenfalls Gerüchte in Umlauf. Wir gehen gar nicht gegen die Kriegsgerüchte vor, doch wir verbreiten den Eindruck, dass Groß-Kesh der Ursprung des Übels ist. Da in den letzten zweihundert Jahren jedoch keine keshianische Armee mehr in Richtung Krondor gezogen ist, richten sich die Sorgen der Menschen gegenwärtig eher auf steigende Steuern als auf eine unmittelbare Gefahr.«

James' Miene verfinsterte sich. »Das wird sich jedoch bald ändern. Wenn die ersten Schiffe aus den Freien Städten und von der Fernen Küste wegen der im Anzug befindlichen Flotte ausbleiben, wird sich rasch die Nachricht verbreiten, dass eine Bedrohung von Westen her kommt. Wenn das geschieht, werden wir die Stadttore schließen müssen.«

»Kriegsrecht?«, fragte einer der Adligen aus der Umgebung.

»Ja«, antwortete Prinz Patrick.

Herzog James fuhr fort: »Unser Feind ist gefährlich, weit gefährlicher, als die meisten von euch sich vorzustellen vermögen. Wenn wir all die Besprechungen, die in der nächsten Woche anstehen, hinter uns haben, werdet ihr die Gefahr wesentlich besser einschätzen können, doch bis dahin akzeptiert einfach, was ich euch jetzt sage: Krondor hat noch nie vor einer solchen Prüfung gestanden. Wir werden eine Ausgangssperre verhängen und, falls möglich, die Evakuierung der Stadt anordnen, bevor sie eingekreist ist. Doch sobald der Feind gelandet ist, werden die Tore geschlossen, und dann muss Krondor standhalten.«

»Standhalten?«, fragte ein anderer Adliger. »Bekommen wir keine Hilfe aus dem Osten?«

Patrick hob die Hand. »Ruhe. Wie ich bereits sagte, werden wir euch alles mitteilen, was ihr wissen müsst. Und ihr werdet dem Folge leisten.« Sein Tonfall unterband jegliche Diskussion über dieses Thema. Falls sich einer der Adligen dadurch herabgesetzt sah, gab er dies nicht zu erkennen.

Patrick fuhr fort: »Was die Befehlshierarchie anbetrifft, sie steht bereits fest. Marschall William ist der oberste Befehlshaber der Armee des Westens.« Er hielt ein Dokument in die Höhe. »Laut Befehl des Königs.«

Ein paar Adlige betrachteten das Papier interessiert, zu überraschen schien es jedoch niemanden. Es war Tradition, dass der Marschall von Krondor rangmäßig genauso hoch stand wie ein Herzog, gelegentlich hatte der Herzog von Krondor in der Vergangenheit auch schon beide Ämter innegehabt.

Patrick deutete auf Calis. »Hauptmann Calis wird den Rang eines Generals des Königreiches einnehmen.« Patrick hob ein weiteres Dokument in die Höhe.

Es dauerte einen Augenblick, bis alle das zuletzt Gesagte begriffen hatten, dann fiel einigen der Adligen die Kinnlade nach unten. Auch Erik war überrascht. Als General des Westens hatte Calis den zweithöchsten Rang in der Armee des Prinzen. Doch als General des Königreiches war er der Zweite in der Rangfolge nach Marschall William und stand somit über allen Herzögen des Königreiches.

Calis äußerte dazu lediglich: »Ich möchte jedoch darauf bestehen, auch weiterhin als ›Hauptmann‹ angesprochen zu werden.« Er zeigte auf Erik und fügte hinzu: »Mein Stellvertreter ist Hauptfeldwebel Erik von Düstermoor. Trotz seines bescheidenen Rangs wird er stets in meinem Namen sprechen, wenn er Befehle überbringt.«

Auf diese Verkündung hin erhob sich Gemurmel im Saal. Patrick zögerte nicht und beendete es sofort, indem er mit dem Zeigestock auf den Tisch schlug. »Diese spezielle Einheit wird unabhängig von der traditionellen Ordnung der Armeen des Westens operieren. Eins möchte ich jedoch von vornherein klarstellen. Falls ihr je von einem Offizier dieser speziellen Einheit, egal, welchen Ranges, einen Befehl erhaltet, so werdet ihr ihm Folge leisten, als käme er direkt von der Krone. Habe ich mich verständlich gemacht?«

Niemand im Saal ließ daran einen Zweifel. »Ja, Euer Hoheit«, sagten einige der Adligen.

»Die Einheiten dieses speziellen Kommandos, die alle unter dem Befehl von Lord Calis stehen, also die Krondorischen Späher und andere Hilfstruppen, sind in diesen Befehl mit eingeschlossen. Ihr werdet noch eine vollständige Liste dieser Einheiten erhalten.«

Erik blickte sich um. Einigen der anwesenden Herzöge war die Wut über diesen Befehl deutlich anzumerken, wenngleich sie sich Mühe gaben, sie zu verbergen.

Patrick zeigte, dass er gelernt hatte, sein Amt auszuüben, und ließ den Zeigestock erneut auf den Tisch knallen. »Meine Herren!«, sagte er mit lauter, doch beherrschter Stimme. Dann sprach er in normaler Lautstärke weiter. »Wenn dies alles vorüber ist, werdet ihr die Notwendigkeit dieser besonderen Einheiten und die Abweichung von der traditionellen Hierarchie einsehen. Ich brauche euch nicht an das zu erinnern, was wir aus dem Spaltkrieg gelernt haben: Ein geeintes Kommando ist unabdingbar. Und da wir nur einen Marschall haben, müssen wir ihm die Entscheidung darüber lassen, wer die Truppen unter seinem Kommando befehligt.«

William fiel daraufhin wie ein Schauspieler auf sein Stichwort ein: »Bei der Verteidigung der Gegend um Krondor brauchen wir die meisten eurer Soldaten. Jene von euch, deren Garnisonen sich in der Nähe befinden, werden am Tag nach Banapis dorthin zurückkehren. Wer aus weiter entfernten Garnisonen kommt, wird seine Truppen in die Garnison des Prinzen verlegen, direkt unter mein Kommando. Ich möchte nochmals darauf hinweisen, dass ihr außerhalb dieses Raumes mit niemandem über das hier Gesagte sprechen dürft. Unser Feind ist schlau und hat überall seine Spione, vielleicht auch unter euren Soldaten. Daher vertraut niemandem. Für jetzt seid ihr entlassen, aber später werden wir mit jedem von euch unter vier Augen sprechen.«

Erik blieb, während die Lords des Westlichen Reichs von Krondor den Saal verließen. Einige von ihnen konnten ihre Wut noch immer nur schwer im Zaum halten. Als sich der Raum bis auf Patrick, William, Calis, Erik und einige Beamte des Hofes geleert hatte, sagte Patrick: »Nun, das ist besser gelaufen, als wir uns erhoffen konnten.«

Auf Eriks Gesicht machte sich unverhohlenes Staunen breit. »Er meint«, erklärte ihm Calis, »dass es wenigstens keinen offenen Aufruhr gegeben hat.«

William lachte. »Wir haben es bis zur letzten Minute aufgeschoben, ihnen mitzuteilen, dass sie nur eine zweitrangige Rolle spielen werden, doch länger konnten wir es ihnen nicht vorenthalten.«

»Ganz richtig habe ich das alles noch nicht verstanden«, gestand Erik.

»So sollte es auch sein«, erwiderte Calis. Dann fragte er den Prinzen: »Würdet Ihr mich jetzt entschuldigen?«

»Ja, Ihr solltet Euch besser beeilen«, antwortete Patrick.

Erik warf William einen Blick zu, doch dieser sagte nur: »Eine besondere Mission.«

Erik hatte sich längst an Calis' besondere Missionen gewöhnt und unterdrückte seine Neugier. »Ja, Sir.«

»Ich habe noch eine Menge zu tun für Euch, Hauptfeldwebel«, sagte William. »Aber Ihr braucht damit nicht eher anzufangen, als bis ich mir all diese Adligen vorgenommen habe. Nehmt Euch den heutigen Abend frei und ruht Euch etwas aus. Von morgen Mittag an werdet Ihr bis Banapis von früh bis spät mit Arbeit beschäftigt sein.«

»Ja, Sir«, erwiderte Erik. »Sonst noch etwas?«

»Im Augenblick nicht, aber denkt einmal darüber nach, wer uns von dem letzten Schub Rekruten draußen in den Bergen von Nutzen sein könnte. Morgen Mittag möchte ich eine Liste der besten fünfzig auf meinem Schreibtisch haben.«

»Ja, Sir.«

»Ich habe bereits Befehl gegeben, dass dreihundert Eurer besten Männer unter dem Kommando von Colwin und Jadow Shati bei Tagesanbruch aufbrechen. Der größte Teil Eurer Männer wird diese Woche in kleinen Gruppen abmarschieren. Ich werde Euch morgen Mittag über den neuesten Stand der Dinge in Kenntnis setzen. Bis dahin könnt Ihr über Eure Zeit verfügen.«

Erik salutierte, wünschte dem Prinzen, dem Herzog und den anderen einen guten Tag und verließ den Ratssaal.

Er eilte in sein Quartier, setzte sich und ging die Liste

mit Männern durch, mit denen er gerade aus den Bergen zurückgekommen war.

Zunächst fühlte er sich mit der Aufgabe überfordert. Die Namen sagten ihm gar nichts. Wie sollte er fünfzig davon auswählen, die damit eine leicht höhere Aussicht aufs Überleben bekamen? Dann fiel ihm ein Name ins Auge: Reardon. Er konnte sich an den Mann erinnern, weil er in einer angespannten Situation, in der andere Männer die Beherrschung verloren hätten, nur eine witzige Bemerkung gemacht hatte. Alle in der Nähe hatten gelacht, wodurch die Anspannung von ihnen gefallen war, und die gestellte Aufgabe war schließlich bewältigt worden.

Er sah das Gesicht des Mannes vor sich, und nach und nach fielen ihm auch die anderen fünf Männer ein, die zu dieser Gruppe gehört hatten. Dann erinnerte sich Erik an eine weitere Gruppe.

Nach Ablauf einer Stunde hatte Erik fünfzig Soldaten aufgelistet, die er für den Einsatz in den Bergen tauglich hielt. Er fühlte sich wesentlich besser, da er diese unangenehme Aufgabe nun hinter sich wusste, und machte sich zum Waschraum auf, wo sich bereits andere dienstfreie Soldaten wuschen. Er lauschte auf den Klatsch, der ausgetauscht wurde, und nachdem er sich erfrischt hatte, war er überzeugt, dass die ganze Kaserne den bevorstehenden Konflikt spürte.

Nachdem er sich frische Kleidung angezogen hatte, machte sich Erik, so schnell es ging, ins Gasthaus *Zum Gebrochenen Schild* auf. Das Wirtshaus war überaus belebt, aber das hielt Kitty nicht davon ab, hinter dem Tresen hervorzustürzen und ihm in die Arme zu fliegen. Erik lachte, und nachdem ihn das schlanke Mädchen geküsst hatte, sagte er:

»Immer mit der Ruhe, Frau. Sollen die Leute denn denken, du würdest gar keinen Anstand besitzen?«

»Wen interessiert es schon, was die Leute denken«, meinte Kitty nur.

Einige der umstehenden Gäste lachten über diese Bemerkung. Und eine der Huren, die Herzog James angestellt hatte, sagte: »Mich bestimmt nicht, Kleines!«

»Wie ist es dir ergangen?«, erkundigte sich Erik.

Sie kniff ihm neckend in die Wange. »Ich war einsam. Wann musst du wieder im Palast sein?«

Erik lächelte. »Nicht vor morgen Mittag.«

Kitty kreischte fast vor Freude. »Ich habe heute schon früh mit der Arbeit angefangen und habe in zwei Stunden frei. Iss doch etwas, aber trink nicht zu viel mit deinen Kasernenkumpeln, denn ich hab später noch etwas mit dir vor.«

Erik errötete. Die Gäste, die Kittys Äußerung mit angehört hatten, brüllten vor Lachen.

Erik ging hinüber in die Ecke des Wirtshauses, wo Feldwebel Alfred mit anderen Männern aus Eriks Einheit saß. Erik zog sich einen Stuhl heran, und eines der anderen Mädchen brachte einen Krug Bier und einen frischen Becher für Erik. Sie füllte die anderen Becher wieder auf und überließ die Männer dann sich selbst.

»Warum so ernst?«, wollte Erik wissen.

»Befehle«, meinte Alfred.

Einer der anderen, ein Korporal aus Rodez namens Miguel, fügte hinzu: »Wir brechen morgen bei Sonnenuntergang auf.«

Erik nahm einen langen Zug Bier. »So?«

»Es geht los«, sagte Alfred.

Die anderen Soldaten nickten.

Erik, der einzige Mann im Raum, der Calis auf seinen Reisen nach Novindus begleitet hatte, erwiderte: »Nein, losgegangen ist es schon vor langer Zeit.« Er starrte einen Moment ins Leere, dann blickte er seinen Gefährten an. »Aber jetzt ist es hier angekommen.«

Kitty kuschelte sich an Eriks Schulter. »Ich hasse den Gedanken, dass du morgen aufbrechen musst.«

»Ich weiß«, erwiderte Erik.

»Was hast du?«

»Warum denkst du, ich hätte etwas?«

Sie lagen in ihrem Zimmer. Erik hätte es sich leisten können, ein Zimmer für sie zu mieten, doch er hatte seine Kindheit in einem ähnlichen Verschlag verbracht, und der Geruch von Tieren und Heu, Leder und Eisen war ihm angenehm vertraut.

»Natürlich hast du etwas, Erik. Du machst dir doch Sorgen.«

Erik wog seine nächsten Worte mit äußerster Sorgfalt ab. »Kennst du einen Weg raus aus der Stadt?«

»Ich weiß, wo die Tore sind«, ulkte sie.

»Nein, ich meine, falls die Tore geschlossen wären, glaubst du, du würdest irgendwie hinauskommen?«

Kitty richtete sich auf und stützte sich auf einen Ellbogen. »Warum?«

»Antworte einfach: Kennst du einen Weg?«

»Vermutlich keinen, bei dem ich nicht auf Spötter treffen würde.«

Erik dachte erneut nach. Das, was er ihr gleich mitteilen würde, grenzte an Verrat, zumindest setzte er sich über seine Befehle hinweg. »Ich möchte dich um einen Gefallen bitten.«

»Du kannst alles von mir haben.«

»Wenn das Fest nächste Woche zu Ende geht, kurz vor Sonnenuntergang …«

»Ja?«

»Schleich dich aus der Stadt. Verlass sie mit den Bauern, die in die Dörfer zurückkehren.«

»Warum?«, fragte sie, und ihre Miene zeigte ihre Verwunderung.

»Ich kann dir den Grund nicht verraten, aber ich möchte, dass du nach Banapis nicht mehr in Krondor bleibst.«

»Du meinst, du willst mir den Grund nicht verraten. Aber was hat es damit auf sich?«

»Herzog James hat an jedem Stadttor seine Agenten, die nach Spionen Ausschau halten, aber vermutlich auch Befehl haben, dich oder jeden anderen, der fliehen will, aufzuhalten. Banapis ist die beste Gelegenheit, aus der Stadt zu kommen.«

»Aber warum sollte ich Krondor verlassen?«, wollte Kitty wissen.

»Wenn du bleibst, weiß ich nicht, ob du das alles überleben wirst. Mehr kann ich dir bei den Göttern nicht sagen.«

»Du machst mir ja richtig Angst«, erwiderte sie. Kitty hatte noch nie zugegeben, vor etwas Angst zu haben.

»Gut. Vor dem, wovon ich dir nicht mehr erzählen darf, musst du mehr Angst haben als vor Herzog James' langem Arm. Verschwinde aus der Stadt und begib dich zu Roos Anwesen. Versteck dich dort. Ich werde mit ihm besprechen, wie wir dich in den Osten bringen können. Und kein Wort zu irgendwem, verstanden?«

»Wo wirst du sein, während ich mich im Osten verstecke?«

»Ich werde in den Krieg ziehen.«

Erik spürte, wie sie sich in seine Arme schmiegte. Ihre heißen Tränen fielen auf seine Brust. »Werden wir uns jemals wiedersehen?«

Er hielt sie fest, strich ihr durchs Haar und küsste sie auf die Wange. »Ich weiß es nicht, aber ich werde mir alle erdenkliche Mühe geben, meine Liebe.«

Sie erwiderte seinen Kuss. »Ich möchte am liebsten vergessen, was du gerade gesagt hast.«

»Du kannst es bis Banapis vergessen«, sagte Erik.

»Bis Banapis.«

Mittsommer

Mit einer ausladenden Geste umfasste Roo den Saal. »Das ist schon was anderes als in Ravensburg, was?«

»Damit hast du allerdings recht«, stimmte Erik zu.

Der Hofsaal war gefüllt mit Adligen, die den Palast zum Mittsommerfest besuchten und nun auf die traditionelle Eröffnung des Festes am Mittag warteten. Erik sah sich um, und in ihm stritten zwei gegensätzliche Gefühle miteinander. Banapis war traditionell der fröhlichste Tag des Jahres, der Tag, an dem jedermann im Königreich ein Jahr älter gezählt wurde. Es war ein Tag des Trinkens, des Spielens, der Liebe, des Tanzes, schlicht ein Tag mit allem, was die Menschen gewöhnlich als Vergnügen ansahen. Dienstboten hatten nach Mittag frei; nachdem sie den Tisch für die Adligen gedeckt hatten, durften sie sich unter sie mischen oder in die Stadt gehen und dort am Fest teilhaben.

In Ravensburg ging das alles viel weniger förmlich zu. Die Dienstboten arbeiteten die Nacht und den Morgen durch, um das Essen vorzubereiten. Am Mittag eröffneten dann die Mitglieder der Winzergilde die Feierlichkeiten mit ihrem Auszug aus dem Rathaus. An diesem Tag gab es in Ravensburg alles umsonst, die reicheren Bürger teilten mit den ärmeren. Was immer aufzutreiben war, kam auf die großen Tische, und um zwölf Uhr begann der Schmaus.

Hier jedoch bekamen manche Diener erst frei, nachdem sich der Prinz und seine Familie zur Nacht zurückgezogen hatten. Einige durften bereits früher gehen, mussten dann jedoch später wieder da sein, um den Platz der anderen einzunehmen. Gleichgültig, welche Traditionen in anderen Teilen des Königreichs galten, die Familie des Prinzen durfte nicht ohne Bedienung bleiben.

Erik wusste – weil er die Befehle selbst weitergegeben hatte –, dass die Soldaten ermahnt worden waren, sich nicht bis zur Besinnungslosigkeit zu betrinken. Jeder Mann, der offensichtlich betrunken in sein Quartier zurückkehrte, würde am nächsten Morgen zur Rechenschaft gezogen werden. Unter gewöhnlichen Umständen hätte diese Maßnahme nicht ausgereicht, um die jüngeren Soldaten abzuschrecken, doch die angedrohte Strafe bestand in einem Tag Arbeit an der neuen Mole im Hafen.

Und das war der Grund, weshalb Eriks ansonsten fröhliche Stimmung gedämpft war. Im Hinterkopf dachte er ständig an die bevorstehende Schlacht, und er machte sich Sorgen wegen Kittys geplanter Flucht aus der Stadt.

Und auch sein Gewissen machte ihm zu schaffen. Er hätte besser gleich zu Lord James gehen und ihn darum bitten sollen, Kitty fortschicken zu dürfen. Doch aus Angst, der Herzog könne seinen Wunsch ablehnen, hatte er stattdessen den Befehl missachtet. Sicherlich, James hatte nicht ausdrücklich verboten, dass Kitty Krondor verließ, doch dieser Einwand war nichts weiter als eine faule Ausrede.

Dennoch, Kittys Sicherheit war für ihn am allerwichtigsten. Allein die Angst um seine Mutter und Nathan, ihren Ehemann, bereitete ihm ähnliche Sorgen. Kitty würde, nachdem Roo ihr Schutz gewährt hatte, einen Brief von Erik nach Ravensburg bringen. In diesem Brief würde er Nathan auffordern, mit Freida in den Osten zu gehen.

Natürlich wusste Erik, dass niemand, sollte das Königreich fallen, irgendwo auf Midkemia sicher sein würde, aber die Kämpfe würden sich vielleicht bis nach Düstermoor ausdehnen, und selbst wenn das Königreich schließlich siegen würde, lag Ravensburg einfach auf der falschen Seite der Berge und würde mit allergrößter Wahrscheinlichkeit von den Invasoren überrannt werden.

»Was ist los mit dir?«, fragte Roo.

Mit gesenkter Stimme antwortete Erik: »Komm mal einen Augenblick mit.«

Roo gab Karli ein Zeichen, dass er bei Erik wäre, und sie nickte. Die Kleinen waren sauber geschrubbt und gekämmt und benahmen sich wie die liebsten Kinder der Welt.

Etwa zwanzig der wichtigsten Kaufleute mischten sich als Gäste des Prinzen unter die Adligen, die vor den allgemeinen Festlichkeiten zu einem privaten Empfang geladen waren.

Duncan Avery war in eine Unterhaltung mit Sylvia Esterbrook vertieft, und Erik fragte sich, ob Roo seinen flegelhaften Cousin absichtlich auf das Mädchen angesetzt hatte, damit Karli keinen Verdacht schöpfte.

»Was gibt's denn?«, fragte Roo.

»Äh«, begann Erik, »du hast ja Helen Jacoby und ihre Kinder mitgebracht.«

»Ja«, antwortete Roo. »Sie sind schon ein fester Bestandteil meines Lebens geworden.« Er grinste. »Wirklich, Helen ist eine wunderbare Frau, und sie und Karli kommen glänzend miteinander aus. Und die Kinder verstehen sich ebenfalls prächtig. Aber sag, was hast du auf dem Herzen? Du hast mich doch nicht hier herübergezerrt, um mit mir über Helen Jacoby zu sprechen, oder? Dir liegt doch etwas auf der Seele. Ich kenn dich, Erik von Düstermoor, und du weißt, ich bin dein bester Freund. Wenn es um einen Gefallen geht, dann frei heraus damit!«

»Ich möchte, dass du Kitty versteckst«, sagte Erik leise.

Roo riss die Augen auf. Von allen Männern, die nicht zum Hof gehörten, wusste er über die Vorgänge im Königreich am allerbesten Bescheid. Er hatte unter Calis gedient und mit eigenen Augen gesehen, welche Verheerungen die Smaragdkönigin angerichtet hatte. Er war zudem bestens über die Vorbereitungen für den bevorstehenden Krieg informiert, da seine Gesellschaften mehr Geschäfte mit der Krone machten als alle anderen. Und er konnte recht gut einschätzen, was für Verteidigungsmaßnahmen ergriffen wurden, weil seine Wagen Waffen und Proviant durch das ganze Fürstentum beförderten.

Zudem kannte er auch Kitty und wusste, wer sie gewesen war, ehe sie von Lord James eingefangen worden war, und was es bedeutete, wenn man dem Herzog von Krondor ins Handwerk pfuschte. So zögerte er einen Augenblick, bis er schließlich sagte: »Natürlich.«

Erik war vor Erleichterung völlig überwältigt. Tränen traten ihm in die Augen. Er riss sich zusammen und flüsterte: »Danke.«

»Wann willst du sie aus der Stadt bringen?«

Erik sah sich um, ob jemand ihr Gespräch mitanhören konnte, dann sagte er: »Bei Sonnenuntergang. Ich habe ihr normale Kleidung und eine Theaterperücke besorgt. Sie wird sich unter die Bauern mischen, die in die Dörfer zurückkehren. Im Gasthaus *Zum Stillen Hahn* in der Nähe von Essford habe ich Geld für sie hinterlegt und ein Pferd bereitgestellt. Der Gastwirt hält sie für die Tochter eines reichen Händlers, die mit mir durchbrennen will, und ich habe ihm genug gezahlt, damit er keine Fragen stellt.«

Roo grinste. Er hatte sich vor zwei Jahren Geld von Erik geliehen, um sein Unternehmen zu gründen, und diesen relativ kleinen Betrag Gold hatte er seinem Freund tausendfach zurückgezahlt. »Also hast du endlich eine Verwendung für das Geld gefunden, das ich für dich verdient habe.«

Erik brachte ein schwaches Lächeln zustande. »Ja.«

»Nun, ich hoffe nur, du hast diesem Wirt nicht zu viel bezahlt. Das Gasthaus gehört mir, und du hättest alles umsonst haben können.«

Erik lachte. »Gibt es in Krondor eigentlich noch etwas, was dir nicht gehört?«

Roo blickte hinüber zu Sylvia, die über etwas lachte, was Duncan ihr erzählt hatte, und erwiderte: »Tja, ich fürchte schon.«

Erik ignorierte die Anspielung. »Wann brichst du zu deinem Anwesen auf?«, fragte er.

»Morgen. Kitty braucht nur eine Nacht in dem Gasthaus zu verbringen. Morgen kann sie dann zu mir kommen. Ich werde sie in die Küche stecken.« Er dachte darüber nach und fügte hinzu: »Ich werde mir für Karli und das andere Personal irgendeine Geschichte ausdenken, etwa, dass sie aus einem meiner Gasthäuser kommt oder so, aus welchem, entscheide ich später, und dort Schwierigkeiten gehabt hat.« Er senkte die Stimme. »Und hinterher erzähle ich Karli die Wahrheit, und dann wird sie zufrieden sein und den Mund halten. Romantische Geschichten liebt sie über alles.«

Erik nickte. »Also gut, Roo. Und vielen Dank.«

»Komm schon«, sagte der kleine Mann. »Wir sollten uns

lieber unter die Leute mischen und uns vergnügen. Du wirst wahrscheinlich später noch zum *Gebrochenen Schild* gehen, oder?«

»Sobald ich von hier wegkann.« Erik lächelte. »Die Leute würden sich fragen, ob wir uns gestritten haben, wenn wir Banapis nicht zusammen feiern.«

Roo schoss plötzlich ein Gedanke durch den Kopf. »Geh mit ihr zum Tempel und heirate sie. Wenn James euch auf die Schliche kommt, wird er dir vielleicht nicht ganz so böse sein, weil du schließlich deine Frau vor der bevorstehenden Schlacht in Sicherheit hast bringen wollen.«

Erik stand da wie vor den Kopf gestoßen. »Heiraten?« Er sah seinen Freund an. »Daran habe ich überhaupt noch nicht gedacht.«

Roo grinste. »Du bist einfach schon zu lange Soldat, mein Freund.«

Beide lachten. Dann wandte sich Erik Karli zu, die gerade in diesem Moment zu ihnen trat. »Frau Avery, ich überlasse Euren Ehemann jetzt wieder Euch.«

Karli lächelte. »Danke. Die Kinder sind gelangweilt von all dem Gerede der Erwachsenen, und wir gehen mit ihnen zu den Jongleuren und Narren draußen im Hof.«

»Pass bloß bei den Quacksalbern auf!«, warnte Roo sie. »Kauf ja nichts! Ich komme sofort nach.«

Erik wusste, dass er nur Spaß machte, und Karli ignorierte ihren Mann einfach. Sie und Helen nahmen die Kinder, verabschiedeten sich von der Gemahlin des Herzogs und gingen hinaus.

Plötzlich durchfuhr sowohl Erik als auch Roo der Schreck, als sie bemerkten, wie Lady Gamina sie anblickte. Beide wussten um ihre Fähigkeit des Gedankenlesens und spürten, dass ihr irgendetwas aufgefallen war.

Sie zögerte einen Moment, dann mischte sich in ihrem Gesicht Traurigkeit mit Niedergeschlagenheit, und schließlich kam sie auf Erik und Roo zu. Beide verneigten sich, und Erik begrüßte sie mit den Worten: »Herzogin, es ist uns eine Ehre.«

»Ihr wart noch nie ein guter Lügner, Erik, also gebt Euch erst gar nicht die Mühe.« Sie sah Roo an und fuhr fort: »Und Ihr, versucht nicht, ihn dazu zu machen. Ehrliche Männer wie Erik sind leider allzu selten.« Sie studierte Eriks Gesicht. »Ich lese nie die Gedanken anderer Menschen, solange mich mein Gemahl nicht zum Wohl des Staates darum bittet«, ihr Blick verriet bei diesen Worten ein gewisses Bedauern, »aber gelegentlich schnappe ich ungewollt Gedanken auf bei jenen, die nicht merken, dass sie ihre Sorgen ›hinausschreien‹. Gewöhnlich hängt dies mit starken Gefühlen zusammen.« Sie lächelte schwach. »Also, warum habt Ihr plötzlich ›heiraten‹ geschrien, Erik?«

Erik errötete. »Es ist nur … Ich werde Kitty heiraten.«

Lady Gamina starrte ihn an, dann lächelte sie erneut. »Ihr liebt sie also, richtig?«

»In der Tat.«

Die alte Dame ergriff Eriks Hand und tätschelte sie sanft. »Dann heiratet sie, junger Mann. Ich weiß nicht, ob es nicht sinnlos ist, jemandem Glück zu wünschen, bei dem, was auf uns zukommt, aber dennoch: Nehmt Euch, was Ihr könnt.« Sie sah über die Schulter zu ihrem Gemahl, der von Adligen umringt war. »Genießt Eure Jugend, und wenn all das ein gutes Ende finden sollte, bewahrt sie wie einen Schatz. Ich weiß, wie schwierig dies für jemanden ist, der dem König dient. Und ich weiß noch besser, wie es ist, wenn man mit jemandem verheiratet ist, der dem König dient.«

Ohne noch etwas hinzuzufügen, machte sie sich auf den Weg zu ihrem Gemahl.

Roo blickte Erik an und gab ihm mit einem Nicken zu verstehen, dass er mit ihm aus dem überfüllten Empfangssaal kommen sollte. Draußen im Vorraum, der vergleichsweise leer war, flüsterte Roo: »Glaubst du, sie weiß Bescheid?«

Erik nickte. »Bestimmt.«

»Aber sie wird nichts sagen?«

Erik zuckte mit den Schultern. »Vermutlich wird sie ihren Gemahl meinetwegen nicht anlügen, doch ohne gefragt zu werden, wird sie es ihm nicht erzählen.« Einen Augenblick lang wurde er sehr nachdenklich. »Sie hat so etwas Trauriges an sich.«

Roo zuckte mit den Schultern. »Wenn du es sagst.« Er sah zurück in den Empfangssaal. »Ich sollte besser mal nach Duncan gucken.«

»Genau«, meinte Erik nicht ohne einen gewissen Sarkasmus. Er wusste, dass Roo sich nur mit Sylvia unterhalten wollte. »Ich habe noch ein paar Dinge zu erledigen, ehe ich mich zu Kitty aufmachen kann.« Er flüsterte seinem Freund ins Ohr: »Danke. Ich werde ihr sagen, sie soll morgen zu deinem Anwesen gehen.«

Roo flüsterte zurück: »Ich werde sie als Dienstmädchen verkleiden, wenn wir in einem Monat nach Osten reisen.«

»Das wird allerdings knapp.«

»Wenn ich mich früher verdrücke, wird mich der Herzog unter irgendeinem Einwand einsperren, darauf kannst du wetten.« Er drückte Eriks Arm und ging zurück in den Saal.

Erik ging in sein Quartier, wo er seinen schwarzen Wappenrock mit dem blutroten Adler gegen Straßenkleidung wechseln wollte. Als er sich ausgezogen hatte, betrachtete er den roten Vogel einen Moment lang.

Was mochte Calis wohl an diesem Banapis machen?, fragte er sich.

»Dort!«, sagte Calis.

Anthony schloss die Augen und murmelte leise einige Silben vor sich hin. Die Luft vor ihnen begann zu flimmern. Sie schien sich zu biegen und zusammenzuziehen, und plötzlich befand sich eine Linse vor ihnen, durch die sie deutlich sehen konnten, wie die Smaragdkönigin mit ihrer Flotte die Straße der Finsternis durchquerte.

Der alte Magier schnappte nach Luft. »Das ist vielleicht das Nützlichste, was ich je gelernt habe. Der Zauberspruch krümmt die Luft zu einer kugelförmigen Linse. Auf diese Entfernung sollten wir nicht entdeckt werden, es sei denn, die Pantathianer wären außerordentlich misstrauisch.«

Die beiden Männer standen auf einem hohen Berg, dem südlichsten Gipfel der Grauen Türme, von dem aus man die Straße der Finsternis überblicken konnte. »Setz dich«, meinte Calis. »Du bist ja ganz außer Atem.«

»Das macht nur die Höhe«, entgegnete Anthony und fügte, indem er Platz nahm, hinzu: »Und das Alter.« Er sah hinaus in die Morgensonne. »Und zu dieser unseligen Stunde gezwungen zu werden, in den Bergen herumzuklettern. Der Teleportzauber war doch anstrengender, als ich dachte.«

Anthony war ein schmaler Mann, der auf die sechzig zuging. Sein Haar, einst hellblond, war inzwischen grauweiß, doch seine Haut zeigte noch sehr wenige Falten. Er atmete tief durch. »Früher bin ich hier herumgeklettert, ohne gleich in Atemnot zu geraten.«

Calis lächelte seinen alten Freund an. »Ich glaube, du übertreibst. Der südliche Pass liegt mindestens tausend Meter niedriger als dieser Gipfel. Ich bezweifle, ob du jemals so hoch oben warst wie jetzt.«

»Also gut, dann übertreibe ich eben.« Der Schwager des Herzogs von Crydee streckte sich lang auf dem Felsen aus und versuchte, es sich so bequem zu machen wie möglich. »Ich bin zu müde. Was siehst du?«

»Die Vorhut hat die Straße der Finsternis durchquert und schwärmt in Angriffsformation aus. Wie kann ich dieses Ding drehen?«

Trotz der warmen Jahreszeit war der Wind eisig, da sie auf einem Gipfel zweieinhalbtausend Meter über dem Meer saßen. »Ich muss es drehen. In welche Richtung?«

»Zuerst nach rechts. Ich will mir ansehen, wie groß die Flotte ist.«

Anthony hob die Hand und richtete sie parallel zu der Luftlinse aus, dann drehte er die Hand langsam. Die Linse folgte seiner Bewegung.

Auf Calis' erster Reise nach Novindus hatte Anthony ihn begleitet. Er hatte damals als Hofmagier in den Diensten von Herzog Martin gestanden und war in dessen Tochter Margaret verliebt gewesen. Die Reise um die halbe Welt hatte allein dem Zweck gedient, die entführte Margaret und andere Geiseln zu befreien.

»Habe ich schon einmal erwähnt«, sagte Anthony, »dass die Dinge sich, wann immer du auftauchst, plötzlich sehr zum Schlechten für mich entwickeln?«

»Reiner Zufall«, gab Calis lächelnd zurück. »Dessen bin ich mir sicher.« Er blickte durch die Linse. »Halt sie einen Moment so.« Er betrachtete die Anordnung der Schiffe. »Verflucht!«

»Was ist?«, fragte Anthony

»Sie sind äußerst vorsichtig.«

»Inwiefern?«

»Ihre Erkundungsschiffe sind viel näher an der Küste, als Nicky gedacht hat.«

»Das ist schlecht.«

»Also wird Nicky es mit Kriegsschiffen zu tun bekommen und selbst wenn er siegt nur wenig Schaden anrichten.«

»Das ist noch schlechter.« Anthony schnüffelte. »Riechst du etwas?«

»Nein. Wieso?«

»War nur eine Frage«, antwortete Anthony und schnüffelte erneut.

»Dreh die Linse noch ein wenig.« Anthony tat es, bis Calis sagte: »Halt!« Dann meinte er: »Das Schiff der Königin ist von Kriegsschiffen umringt und ...« Er zögerte. »Ist das nicht seltsam?«

»Was?«

»Sieh es dir selbst an.«

Anthony erhob sich mit theatralischem Stöhnen und sah Calis über die Schulter. Dann aber rief er: »Bei den Göttern! Ich sehe einen Dämon auf ihrem Thron sitzen.«

»Für mich sieht es wie Lady Clovis aus«, meinte Calis.

»Nun, du bist auch kein Magier«, entgegnete Anthony. Er zog eine Tüte mit Puder hervor. »Schnüffle mal daran.«

Calis tat es und musste niesen. »Was war das?«

»Tut mir leid, eine der Zutaten ist Pfeffer. Reib es dir nicht in die Augen.«

Calis blinzelte wegen der Tränen und sah wieder durch die Linse. Einen Augenblick lang erkannte er zwei Gestalten auf dem Podest in der Mitte des Schiffes, die Illusion der Smaragdkönigin und den Dämon. »Das würde erklären, was Pug passiert ist.«

»Ich wäre dankbar, wenn du mir das erläutern könntest«, erwiderte Anthony »Schließlich bin ich nur ein einfacher Magier. Um die Wahrheit zu sagen, habe ich mir kaum noch die Mühe gemacht, etwas hinzuzulernen, seit man mir meinen Titel verliehen hat.«

»So geht's einem, wenn man in den Adelsstand heiratet«, antwortete Calis.

»Man hat auch nur wenig Zeit für die Magie, wenn man sich um seine Ländereien kümmern muss.«

»Na, bis jetzt hast du Pug doch wunderbar ersetzt«, meinte Calis. »Glaubst du, dass du dorthin fliegen und diese Kreatur vernichten könntest?«

Anthony schloss die Augen und sang leise einen Zauberspruch, dann schnaubte er und verzog das Gesicht. »Nein, ich fürchte, das könnte selbst Pug nicht.«

»Wirklich? Und warum?«

»Weil ich vielleicht nicht so mächtig bin wie Pug und nicht so schlau wie einige dieser Kerle in Stardock. Aber Magie kann ich sehr wohl riechen.«

»Du riechst Magie?«

»Frag mich nicht. Das gehört zu den Geheimnissen unseres Handwerks.«

»Augenblick, was willst du damit sagen?«

»Ich meine es ernst, ich kann es bis hier oben riechen, und wir sind Meilen entfernt. Dieses Schiff wurde von etwas Großem angegriffen, und das kann nur Pug gewesen sein. Der Geruch, der dort noch in der Luft hängt, rührt von einer enormen Auseinandersetzung magischer Mächte her. Und da diese Kreatur immer noch dort, Pug hingegen nirgends zu sehen ist, müssen wir das Schlimmste annehmen.«

Calis seufzte. »Die Dinge scheinen ständig nur noch schlimmer zu werden.«

»Können wir jetzt gehen? Mir wird kalt.«

»Gleich. Dreh die Linse doch mal nach links. Ich will mich noch ein bisschen am südwestlichen Horizont umgucken, falls das möglich ist.«

»Es ist wie mit einem Fernrohr: Du kannst nur so weit sehen, wie du mit deinen eigenen Augen blicken kannst, wenn du so weit sehen könntest. Für das, was du willst, braucht man allerdings einen Kristall, und ich habe vergessen, einen mitzubringen. Aber selbst, wenn wir einen Kristall hätten – die Person, die ihn auf diese Kreatur dort richtet, würde es wahrscheinlich die Augen aus dem Kopf brennen.«

»Nun, dann richte die Linse so weit in diese Richtung aus« – Calis zeigte sie ihm –, »wie du kannst.«

Anthony tat, worum Calis ihn gebeten hatte, und dieser brummte zufrieden.

»Und?«, fragte der Magier.

»Die Königin hatte ein Geschwader zur Nordküste Richtung Tulan geschickt. Aber ihre Südflanke ist nur leicht geschützt.«

»Na ja, dort gibt es ja auch nur einsame Inseln und das Trollheimgebirge. Und von einer Trollmarine hat man seit Menschengedenken nichts gehört.«

»Das nicht, aber das keshianische Elarial ist nur eine Woche entfernt, und Li Meth liegt nur zwei Tage weiter westlich. Und die Inseln in der Gegend sind ein ideales Versteck für Piraten.«

Anthony schwieg einen Augenblick lang, dann fragte er: »James?«

»Höchstwahrscheinlich. Er lässt schon seit Monaten das Gerücht von einem Goldtransport aus einem sagenhaften Land verbreiten.«

»Was für ein verschlagener Hundesohn«, staunte Anthony.

»Ich glaube, ich kann Segel sehen«, meldete Calis. Er streckte die Hand in Richtung Südosten aus. »Kannst du die Linse dorthin drehen?«

»Ich bekomme bei jedem Mal Kopfschmerzen«, beschwerte sich Anthony.

»Bitte«, sagte Calis.

»Also gut.«

Anthony drehte die Linse erneut, und Calis berichtete: »Da kommt eine Piratenflotte aus Durbin und Li Meth. Das müssen an die hundert Kriegsschiffe sein!« Er lachte. »Wahrscheinlich ist jeder Pirat zwischen Elarial und Durbin mit von der Partie.«

Anthony sah es sich an. »Und einige von ihnen scheint die Gegenwart ihrer Nachbarn nicht gerade zu erfreuen.«

»Die Kapitäne von Durbin werden in Li Meth nicht besonders gern gesehen. Drehst du die Linse bitte dorthin?«

Calis beobachtete, wie sich die Linse nach Westnordwest ausrichtete. »Ah, die Queganer!«

»Wie weit entfernt?«

»Zwei Tage vielleicht, wenn ich die Vergrößerung richtig einschätze.«

Anthony machte eine Handbewegung, und die Linse verschwand. »Gut. Jetzt können wir nach Hause.«

»Ja. Ich muss meinen Vater aufsuchen. Wenn Pug wirklich etwas zugestoßen ist, wird er vermutlich darüber Bescheid wissen.«

Er nahm zudem an, dass sein Vater auch wissen würde, ob Miranda etwas zugestoßen war. Nakor hatte angedeutet, dass Pug und Miranda zusammen wären, und sein Schweigen nach dieser Äußerung hatte Calis ausgesprochen nachdenklich gemacht.

Er griff in seine Manteltasche und zog eine eigentümliche Metallkugel hervor. Dann winkte er Anthony zu sich, und der Magier legte seinem Freund die Hand auf den Arm und betätigte mit dem Daumen einen Hebel an der Kugel.

Augenblicklich passierten sie das Nichts und fanden sich leicht verwirrt mitten im Hof von Burg Crydee wieder. Dort warteten drei Gestalten auf sie.

»Was habt ihr gesehen?«, fragte Herzog Marcus. Der Mann war fast ebenso groß wie Calis und einst von muskulöser Statur gewesen. Doch während man dem Halbelb das Alter kaum ansah, forderte es bei dem fünfzigjährigen Herzog bereits seinen Tribut. Dennoch war Marcus noch immer ein kräftiger Mann, wenn auch sein Haar inzwischen vollkommen ergraut war.

Neben ihm standen zwei Frauen, von denen die eine der Ähnlichkeit nach offensichtlich seine Schwester war. Sie hatte eine gerade Nase wie ihr Bruder und auch die gleichen Augen. Für ihr Alter wirkte sie ebenfalls ausgesprochen kräftig. Lady Margaret, die Schwester des Herzogs und die Gemahlin von Anthony, fragte: »Anthony?«

Er lächelte. »Da oben ist es selbst zu dieser Jahreszeit ganz schön kalt.«

Marcus grinste. »Also wart ihr dort, wo ihr hinwolltet?«

»Lasst uns etwas trinken, während wir uns darüber unterhalten«, schlug der Magier vor.

Die dritte Person, die Herzogin Abigail, meinte: »Das Essen wartet schon auf euch. Wir wussten nicht, wie lange ihr fort sein würdet.« Marcus' Gemahlin fehlte es äußerlich an Vitalität, doch sie ging raschen Schrittes und mit der Geschmeidigkeit einer Tänzerin. Mit einem Lächeln auf den Lippen winkte sie Calis und ihren Schwager zum Hintereingang der Burg.

»Viel haben wir nicht sehen können«, berichtete Anthony. »Die Schlacht hat noch nicht begonnen.« Nach einem Blick auf den Sonnenstand fügte er hinzu: »Vor morgen wird es auch nicht losgehen. Wie weit waren die Queganer noch entfernt, Calis? Zwei Tage?«

»Queganer?«, fragte Margaret.

»Wir erklären euch drinnen alles«, meinte Calis.

Sie stiegen die Treppe zum Burgfried hoch. Für Calis war Crydee immer seine zweite Heimat gewesen. Seine Großeltern hatten hier gelebt, und sein Vater war in seiner Kindheit in der Burg Küchenjunge gewesen und hatte im Hof mit den anderen Kindern gespielt.

Während der Überfälle vor dreißig Jahren war die Burg vollkommen zerstört worden. Damals war Calis zu seiner ersten Reise zum fernen Kontinent aufgebrochen, eigentlich nur als Beobachter und Vertreter seiner Eltern. Seitdem war er jedoch zu seinem Leidwesen öfter nach Novindus zurückgekehrt, als ihm lieb war.

Sie durchquerten die große Halle und betraten das Speisezimmer. Dessen Mittelpunkt bildete ein großer Tisch, der nach alter Tradition wie ein Hufeisen geformt war und an dem leicht zwanzig Personen Platz nehmen konnten. Der Herzog und seine Gemahlin saßen für gewöhnlich an der Stirnseite des Tisches, während Gäste und Höflinge der Rangfolge nach an den Seiten platziert wurden.

Calis sah sich im Saal um. Bunte Banner hingen dort, wo einst alte und zerschlissene die Wände geschmückt hatten. Calis konnte sich aus der Kindheit noch daran erinnern. Es waren die Kriegstrophäen der ersten drei Herzöge von Crydee gewesen.

»Es ist nicht mehr der gleiche Raum, nicht?«, fragte Marcus.

»Nein.«

»Wie geht es Vater?«, wollte Margaret wissen.

»Gut«, antwortete Calis. »Zumindest als ich ihn zum letzten Mal gesehen habe, und das war vor einem Jahr. Aber er führt ein erfülltes Leben, und ich wüsste nicht, was sich daran geändert haben sollte. Wäre irgendetwas passiert, hätte Mutter euch unverzüglich in Kenntnis gesetzt.«

»Natürlich«, meinte Margaret. »Wir vermissen ihn nur einfach.«

»Ja«, stimmte Marcus zu. »Dennoch ist es besser, ihn glücklich und lebendig dort zu wissen, als hier in der Gruft.«

»Nun, wenn wir das alles hinter uns haben, könntet ihr ihn doch besuchen«, schlug Calis vor. »Mutter und Tomas würden sich bestimmt darüber freuen.«

Marcus lächelte, und Calis fuhr fort: »Du solltest öfter lächeln, Marcus. Es steht dir gut, und du siehst dann wie dein Vater aus.«

Marcus hatte Anweisung gegeben, nur eine Ecke des Tisches zu decken, damit die fünf nahe beieinander sitzen konnten. Wein, Bier, heißes und kaltes Essen warteten bereits.

Anthony meinte: »Ah, nach ein bisschen Wein wird mir gleich wieder wärmer werden.«

»Es ist noch früh, also trink nicht zu viel, sonst schläfst du ein, ehe das Fest halb vorbei ist.«

Marcus bat alle mit einer Geste, Platz zu nehmen. »Wir müssen uns ein wenig beeilen, denn ich muss um zwölf Uhr im Hof sein, um das Fest zu eröffnen.«

»Es gibt auch gar nicht viel zu erzählen«, meinte Calis

und brach sich ein Stück Brot ab. »Offensichtlich ist alles genauso, wie wir es erwartet haben. Mit einer Ausnahme.«

»Und die wäre?«, fragte der Herzog.

»Wo die Smaragdkönigin sitzen sollte, auf dem größten Schiff der Flotte, hockt stattdessen ein äußerst hässlicher Dämon. Es sah aus, als würde er seine ›Berater‹ mit magischen Ketten kontrollieren.«

»Ein Dämon!« Auf Marcus' Gesicht zeigte sich Bestürzung.

»Nun, wir haben ja gewusst, dass sie mit im Spiel sind. Ich habe dir doch nach unserer letzten Reise nach Novindus davon erzählt.«

»Aber wir haben geglaubt, sie würden die Pantathianer vernichten und nicht beherrschen.«

Anthony nippte an seinem Wein. »Vielleicht gibt es noch weitere Dämonen.«

»Vielleicht«, stimmte Calis zu und nahm ebenfalls einen Schluck Wein. »Die Menschen beschäftigen sich doch auch ständig mit Politik und sorgen dafür, dass es ununterbrochen Krieg gibt. Warum sollten sich Dämonen nicht mit Politik beschäftigen?«

»Ja, warum nicht«, antwortete Marcus.

»Nun, ich glaube, ich muss aufbrechen. Ich muss mit Mutter sprechen.« Calis erhob sich. »Und ihr müsst das Fest eröffnen. Wenn mein Zeitgefühl mich nicht täuscht, ist es fast Mittag, und das Volk wird es nicht gutheißen, wenn ihr zu spät kommt.« Er streckte die Hand aus. »Vielen Dank für die Hilfe, Marcus. Könntest du mir ein Pferd leihen?«

»Willst du nicht dieses Teleportding der Tsurani benutzen?«, fragte Anthony.

Calis warf es ihm zu. »Behalte du es. Du weißt besser, wie man damit umgeht, Magier. Und du wirst es bestimmt brauchen. Ruh dich heute Nacht aus und geh morgen Früh wieder hinauf auf den Gipfel. Nimm Marcus mit und beobachtet beide die Schlacht. Falls du mir eine Nachricht zukommen lassen willst, schick einen Läufer zum Fluss Crydee. Ich kann innerhalb einer Woche wieder hier sein. Ich werde nach Elvandar reiten, und wenn Miranda und Pug dort sind, können sie mich nach Krondor zurückbringen. Wenn nicht, komme ich zurück nach Crydee und benutze das Ding.«

»Auf Wiedersehen, Calis«, verabschiedete sich Marcus. »Du besuchst uns viel zu selten.«

Margaret und Abigail küssten ihn beide auf die Wange, und Anthony schüttelte ihm die Hand.

Marcus wies einem Junker an, Calis zum Stall zu begleiten und ihm das Pferd zu satteln, das er sich aussuchte. Dann eilten der Herzog von Crydee und seine Familie zum Haupteingang der Burg, um wieder einmal das Banapisfest feierlich zu eröffnen.

Bei Sonnenuntergang strömten die Bauern und Bürger, die jenseits der Stadtmauern wohnten, durch die Tore hinaus. Die Wachen standen faul daneben und beachteten die Menschen kaum. Erik und Kitty standen im Schatten einer kleinen Gasse und hielten sich eng umschlungen.

»Ich liebe dich«, hauchte Kitty

»Ich dich auch«, erwiderte Erik.

»Wirst du zu mir kommen?«

»Bestimmt«, antwortete Erik. »Ich werde dich finden, wo immer du auch sein wirst.«

Die Straßenlampen wurden entzündet, und in den Geschäften, die noch geöffnet waren, machte man die Türen auf, damit mögliche Kunden sahen, dass noch Licht brannte. Der Lärm in den Straßen wurde lauter. Während die Feier die ganze Nacht über andauern würde, gab es doch viele Leute, die noch nüchtern waren, weil sie in der Morgendämmerung ihr Tagwerk angehen mussten.

Erik schob Kitty ein Stück von sich. Eine dunkle Perücke lugte unter der Kapuze eines einfachen Bauernmantels hervor. Das Kleid, das Kitty trug, war ebenfalls einfach. Für jeden, der sie nicht einer genauen Untersuchung unterzog, würde sie wie eine Bauerntochter auf dem Weg nach Hause aussehen. Unter dem Mantel trug sie eine kleine Tasche, in der sich ein bescheidenes Vermögen befand, alles Gold, das Erik in dieser kurzen Zeit hatte auftreiben können. Zudem hatte sie zwei Dolche griffbereit.

»Falls irgendetwas schiefgehen sollte, geh zu meiner Mutter nach Ravensburg.« Er grinste. »Sag ihr einfach, du wärest meine Frau.«

Kitty legte den Kopf wieder an seine Brust. »Deine Frau.«

Keiner von beiden konnte es richtig begreifen. Sie waren in den Tempel von Sung der Reinen gegangen und hatten sich in die Reihe der anderen wartenden Paare gestellt, die wie sie gekommen waren, um sich trauen zu lassen. Zu Banapis waren spontane Heiraten nichts Ungewöhnliches, und der Priester hatte sie nur gefragt, ob sie nüchtern wären und wie lange sie sich schon kannten. Die Zeremonie hatte kaum fünf Minuten gedauert, dann waren sie von einem Tempelgehilfen hinausgescheucht worden, damit das nächste Paar getraut werden konnte.

»Ich glaube, du musst dich jetzt bereithalten«, sagte Erik.

»Ich weiß«, nickte Kitty. Jeden Augenblick konnte eine Gruppe Bauern vorbeikommen, die Erik für geeignet hielt, und dann würde sie sofort aufbrechen müssen. »Ich will dich nicht verlassen.«

»Ich möchte es auch nicht.« Dann fügte er mit grimmiger Stimme hinzu: »Aber ich möchte ebenfalls nicht, dass dein Leben in Gefahr ist.«

Er spürte, wie ihre Tränen auf seinen nackten Arm fielen. »Verdammt. Ich hasse es, wenn ich weinen muss.«

»Dann lass es doch einfach!«, versuchte er sie aufzumuntern.

Sie wollte etwas erwidern, doch er sagte: »Jetzt!«

Ohne einen letzten Abschiedskuss drehte sie sich um und gesellte sich zu einer jungen Frau, die neben einem Heuwagen ging, auf dem ein halbes Dutzend Kinder saß. Ein alter Mann lenkte den Wagen, und dahinter folgten drei Männer und eine weitere Frau.

Kitty sprach die junge Frau an: »Entschuldige?«

Während der Wagen durch das Tor rollte, war Kitty von einer Seite vor den Augen der Wachen verborgen. Sie warf einen Blick auf die andere Wache und tat derweil so, als wäre sie in ein Gespräch mit der jungen Frau vertieft.

Erik hörte, wie sie sagte: »Du bist nicht zufällig aus Jenkstedt?«

»Nein«, antwortete die junge Fremde. »Unser Hof liegt nur wenige Meilen vor der Stadt.«

»Ach, ich habe dich mit jemandem verwechselt, den ich aus Jenkstedt kenne. Du siehst genauso aus. Na ja, eigentlich bist du viel hübscher.«

Das Mädchen lachte. »Du bist die Erste, die mich hübsch nennt«, erwiderte es fröhlich, während der Wagen das Tor hinter sich ließ.

Erik spitzte die Ohren, um auch noch die nächsten Worte zu verstehen, doch die Stimmen gingen im Lärm des Festes unter. Er wartete einen Moment ab, ob Alarm geschlagen würde. Doch er hörte nur das muntere Treiben der Stadt, und schließlich holte er tief Luft und machte sich zum Palast auf. Er entschied, es sei das Beste, sich dort blicken zu lassen. Falls er nach Kitty gefragt würde, konnte er irgendeine Ausrede vorschieben, und im Palast würde es den ganzen Abend so rege zugehen, dass kaum jemand ihre Abwesenheit bemerken würde.

Als Erik verschwunden war, traten zwei Gestalten aus dem Schatten auf der anderen Straßenseite, wo sie sich verborgen hatten. Dash wandte sich an seinen Bruder. »Ich gehe dem Mädchen nach.«

»Wozu? Wir wissen doch, dass sie entweder zu Averys Anwesen oder nach Ravensburg unterwegs ist. Woandershin würde er sie nie schicken.«

»Aber Großvater will es genau wissen«, meinte Dash.

Jimmy zuckte mit den Schultern. »Gut, gut, aber du wirst den besten Teil des ganzen Festes verpassen.«

»Es wäre nicht das erste Mal«, erwiderte Dash, »dass ich wegen Großvater auf etwas verzichten muss. Wenn Vater nach mir fragt, denk dir was aus. Und falls das Mädchen nach Ravensburg will, werde ich wohl erst in einer Woche zurück sein.«

Jimmy nickte und mischte sich unter die Menge. Sein jüngerer Bruder ging in die andere Richtung, schlüpfte durchs Tor und behielt den Heuwagen im Auge.

Als der nächste Tag dämmerte, kämpften zwei Flotten gegeneinander. Sie waren im Morgengrauen aufeinandergestoßen, lange vor Sonnenaufgang. Und jetzt, da die Sonne zwar noch nicht über die fernen Berge geklettert war, doch den Morgen schon in helles Licht tauchte, war die Schlacht so gut wie entschieden.

Nicholas fluchte und brüllte: »Übermittelt Belfors und seinen drei, sie sollen gegen den Wind segeln! Sie versuchen, uns an die Küste zu drängen!«

Der Mann oben im Mast, der die Signale gab, rief: »Aye, aye, Admiral!« Dann begann er, mit den Flaggen Zeichen zu geben. Bald rief er: »Befehle wurden bestätigt, Admiral!«

Die Schlacht lief miserabel. Wenn er noch mehr Schiffe verlor, würde sich Nicholas zurückziehen müssen, und obwohl er nicht daran zweifelte, seinem Gegner davonsegeln zu können, war sein Plan damit fehlgeschlagen.

Von allen Söhnen seines Vaters ähnelte Nicholas diesem am meisten, wenn es darum ging, ein gesetztes Ziel zu erreichen. Und er hatte sich vorgenommen, der Flotte der Smaragdkönigin ordentlich einzuheizen. Der Gegner kannte die Ferne Küste gut genug, um zu wissen, dass Gefahr für die Flotte aus dem Norden, von Tulan her drohte. Nur wenn James' Plan funktionierte und die Schiffe von Kesh und Queg die Flotte ebenfalls angriffen, wie Nicholas hoffte, würde für das Königreich überhaupt etwas herausspringen.

Er hatte es nur mit Kriegsschiffen zu tun, und das wurmte ihn noch zusätzlich. Die Truppenschiffe hatte er nicht einmal zu Gesicht bekommen, und allein ein Gedanke tröstete ihn: Falls die Queganer und Keshianer wirklich angriffen, würden sie es mit wesentlich weniger Eskortschiffen zu tun bekommen.

Da er keinen Sinn darin sah, hier zu sterben und sein Kommando mit sich in den Tod zu reißen, rief Nicholas: »Befehl zum Rückzug!«

Eine rote Fahne wurde gehisst, während der Ausguck wild mit seinen Flaggen winkte. Zwei Schiffe waren gerade dabei, ein anderes zu entern und konnten sich deshalb nicht ohne Weiteres in Sicherheit bringen.

Nicholas ging seine Möglichkeiten durch und befahl schließlich, die Schiffe sich selbst zu überlassen. Jedes der Schiffe hatte ein Dutzend Fässer Feueröl an Bord, die bei einer drohenden Übernahme in Brand gesetzt werden sollten. So hoffte man, wenigstens das feindliche Schiff ebenfalls zerstören zu können.

Die Flotte von der Fernen Küste bestand aus den besten Hochseeseglern der Welt, und die Schiffe waren außerordentlich schnell. Sobald der Befehl erteilt worden war, wendeten die Schiffe gegen den Wind und brachten genügend Abstand zwischen sich und die langsameren Schiffe aus Novindus. Nur ein paar Kriegsgaleeren konnten es mit den Schiffen des Königreichs aufnehmen, doch nur so lange, bis die Sklaven müde wurden.

Nicholas beobachtete, wie sich seine Flotte erfolgreich zurückzog, und fragte: »Kapitän Reeves, wie lautet das Ergebnis?«

Sein stellvertretender Offizier, der Sohn des Barons von Carse, ein Mann, der sein Leben auf Schiffsplanken verbracht hatte, war der eigentliche Kapitän der *Königlicher Drache,* wenngleich er niemals einen Befehl gab, sobald sich der Admiral an Bord befand. »Sieben feindliche Schiffe versenkt, drei in Brand gesetzt, fünf weitere schwer beschädigt.« Beide Männer trugen die Uniform der königlichen Marine – blaue Jacken und weiße Hosen, wie man sie auf Patricks Befehl hin eingeführt hatte –, doch selbst vom Prinzen von Krondor persönlich ließ Nicholas sich nicht zwingen, einen dieser neuen Hüte – Zweispitze – aufzusetzen, wie sie im östlichen Königreich üblich waren. Stattdessen trug Nicholas einen schwarzen Hut mit breiter

Krempe und einer ausgeblichenen roten Feder, eine Erinnerung an seine erste Seefahrt als Junge mit dem legendären Amos Trask. Kein Mann der Flotte wagte es, sich über diesen Hut lustig zu machen.

»Und bei uns?«

»Wir haben sechs Schiffe verloren, fünf weitere werden so gerade eben Carse erreichen.«

Nicholas fluchte. Mindestens fünfundsechzig Schiffe waren gegen seine eigenen sechzig Schiffe angetreten, und das Ganze war ein wenig erfolgreiches Manöver gewesen.

Nicholas blickte in die Morgensonne. »Befehle, Kapitän Reeves.«

»Ja, mein Lord?«

»Signalisiert der Flotte, sie soll sich nach Westen wenden. Soll der Gegner doch denken, wir wollten zu den Sonnenuntergangsinseln.« Er umklammerte die Reling am Quarterdeck. »Bei Sonnenuntergang drehen wir nach Süden bei. Und noch vor der Dämmerung morgen Früh wenden wir uns in Richtung Osten und greifen sie an, während sie gegen die aufgehende Sonne gut zu sehen sind und wir noch durch die Dunkelheit gedeckt werden.«

»Verstanden, Sir!«

Nicholas beobachtete, wie die schwerfälligen Schiffe der Smaragdkönigin zurückfielen und schließlich den Versuch aufgaben, die Schiffe des Königreichs einzuholen, indem sie nach Süden beidrehten. Er sah, dass im Osten eins der Schiffe, das er hatte zurücklassen müssen, langsam unterging, während das andere geenterte Schiff brannte.

»Das war noch lange nicht das Ende«, murmelte Nicholas in sich hinein.

Improvisation

Calis kniete.

»Wie lange befindet er sich schon in diesem Zustand?«, fragte er in der wohlklingenden Sprache des Volkes seiner Mutter.

»Seit Wochen«, unterrichtete ihn Calin, sein Halbbruder.

Pug lag bewusstlos in der Mitte der Lichtung, noch immer an der gleichen Stelle, wo er angekommen war, während die Zauberwirker alles Erdenkliche taten, um sein Leben zu retten.

»Tathar?«, fragte Calis.

»Nach und nach kommt er wieder zu Kräften. Die Wunden heilen ebenfalls, doch auch nur sehr, sehr langsam.«

Calis betrachtete den reglosen Magier. Sein Körper war über und über mit Schorf und Narben bedeckt, abgestorbene Haut pellte sich, als wäre sie von der Sonne verbrannt. Darunter kam rosige frische Haut zum Vorschein. Haare, Bart und Augenbrauen waren ebenfalls versengt worden, und so wirkte der Magier beinahe jünger als sonst.

»Wir haben versucht, seinen Geist anzusprechen«, berichtete Acaila, »ganz vorsichtig natürlich, doch niemand konnte ihn erreichen.«

Calis erhob sich. »Wir hatten uns so auf ihn verlassen.«

»Er hat unvorsichtig gehandelt«, meinte Calin, »doch

das kann man hinterher immer leicht sagen. Als er das Risiko eingegangen ist, dachte er wahrscheinlich, es würde sich lohnen.«

Calis nickte. »Die Flotte der Smaragdkönigin im tiefsten Teil des großen Ozeans zu versenken hätte uns die Sache viel leichter gemacht.« Er schüttelte bedauernd den Kopf. »Aber ich hätte ihn lieber gesund in Sethanon gesehen.«

»Tomas wird nach Sethanon gehen«, erklärte Calin.

»Was ist mit den Drachen?«

Calin wirkte besorgt. »Sie haben ihre Zweifel. Doch sie zweifeln nicht an Tomas' Wort, sondern daran, ob wirklich so viel auf dem Spiel steht. Denn trotz all ihrer Weisheit fehlt ihnen das Vermögen, jene Magie zu begreifen, die hier am Werk ist.«

Calis sah seinen Halbbruder eine Weile lang an. Schließlich fragte er: »Kann ich mich kurz mit dir allein unterhalten?«

Calin nickte und winkte den jüngeren Mann mit sich. Als sie sich ein Stück von den anderen entfernt hatten, fragte Calis: »Miranda?«

»Wir haben noch keine Nachricht von ihr und Macros erhalten, seit sie Pug zurückgebracht haben. Sie sind mit Tomas aufgebrochen, um weitere Informationen über die Dämonen unter den Bergen zu finden, wo sie sie zuerst entdeckt haben.«

Calis sah hoch in die Bäume von Elvandar. Lange Zeit schwieg er, und auch sein Halbbruder sagte kein Wort. Calin wusste, dass sein Gegenüber aussprechen würde, was ihm auf der Seele lag, wenn der rechte Moment gekommen war; so war es bei den Elben üblich.

Nach einigen Minuten des Schweigens sagte Calis dann: »Ich vermisse sie.«

Calin legte ihm die Hand auf die Schulter. »Liebst du sie?«

»Auf gewisse Weise«, bejahte Calis. »Nicht so, wie man sich unter den Eledhel liebt. Es fühlt sich überhaupt nicht so an wie das, was man mir über das Erkennen erzählt hat. Doch wir haben uns gefunden, als all dies begonnen hat, und sie füllt einen ansonsten dunklen, kalten Platz in meinem Herzen aus wie noch niemand zuvor.«

»Falls dieser Platz noch immer dunkel und kalt ist, wenn sie nicht anwesend ist, dann ist er nicht tatsächlich ausgefüllt.« Calin setzte sich auf einen Felsen. »Als dein Vater deine Mutter zum ersten Mal gesehen hat, war ich dabei. Ich hielt ihn nur für einen Jungen ohne Adel, der von ihrer Schönheit hingerissen war, für einen Jungen, der keine Ahnung von den Gefühlen zwischen Mann und Frau hat.« Er seufzte. »Ich konnte mir nicht vorstellen, was die Zukunft bringen würde.«

Calis kannte die Geschichte, wie seine Mutter Burg Crydee besucht hatte, als die Tsurani die Ferne Küste bedrohten, und wie sein Vater zum ersten Mal die Elbenkönigin zu Gesicht bekommen hatte.

»Du bist noch sehr jung, mein Bruder«, fuhr Calis fort. »Wenn du auch schon viel gesehen und viel erlebt hast, so hast du immer noch nicht begonnen, dich selbst zu verstehen. In vielerlei Hinsicht bist du ein Mensch, in anderer einer von uns. Dein Vater hat dies seinerzeit, als er zum ersten Mal zu uns kam, für sich selbst sehr bald erkannt, und für einen menschlichen Jungen hat er in all der Zeit viel gelernt.«

»Vater ist einzigartig. Er verfügt über ein Wissen, das zehntausende Jahre in die Geschichte zurückreicht.«

»Wirklich?«, fragte Calin.

Calis blickte seinen Halbbruder an. »Ashen-Shugar?«

»Macros hat mir ein paar Tage vor seinem Aufbruch etwas erzählt«, entgegnete Calin. »Seiner Meinung nach hat Tomas zwar die Erinnerungen von Ashen-Shugar, doch Erinnerungen sind stets zweifelhaft.«

Calis seufzte. »An dieser Geschichte ist aber auch alles zweifelhaft.«

Calin stimmte ihm zu. »Ich habe längst aufgehört, in den Maßstäben der Logik zu denken, wenn es den Feind betrifft.« Sein Blick schweifte ins Leere. »Als dein Vater nach dem Spaltkrieg zu uns kam, dachte ich, das Schlimmste würde hinter uns liegen. Der Krieg mit den Tsurani war vorbei, und die Gefahr, dass die Moredhel die Valheru durch den offenen Spalt zurückholen könnten, war gebannt.« Er lächelte halb, und Calis konnte sich in diesem Lächeln wiedererkennen. »Und nun stellen wir fest, dass Mächte, die viel rätselhafter und viel gewaltiger sind, ihre Finger im Spiel haben.«

»Was meinst du damit?«, fragte Calis, während er sich mit gekreuzten Beinen zu Füßen seines Halbbruders niederließ.

»Hier sind ursprüngliche Mächte am Werke. Mächte, neben denen die Valheru wie ein kleines Ungemach erscheinen. Andere Mächte wiederum treten ihnen entgegen. Ich fürchte, du und ich und alle, die wir leben, könnten zwischen ihnen zermalmt werden.«

»Haben diese Mächte Namen?«

»Viele«, sagte Calin. »Ich spreche von den Göttern.«

»Ein Krieg der Götter?«, fragte Calis.

»Das wäre die einzige Erklärung für all das, was wir bislang erfahren haben und die gleichzeitig noch Sinn ergibt.« Der jung wirkende Elb fuhr fort: »Tomas und ich haben uns oft über seine Erinnerungen unterhalten. Er zählt mich zu seinen ältesten Freunden, noch aus der Zeit unseres ersten Besuchs in Crydee. Vieles von dem, an das sich Tomas erinnert, ist dadurch gefärbt, wie Ashen-Shugar das Universum sah. Manches bei mir wiederum ist dadurch geprägt, dass Macros vor langer Zeit mein Bewusstsein mit seinem verband. Dennoch muss Tomas immer wieder darüber nachdenken, was er als wahr annehmen kann.«

»Die Chaoskriege?«

Calin nickte. »Wir können uns heute Abend ausführlich darüber unterhalten, nachdem wir mit Mutter gespeist haben.«

Calis erhob sich gleichzeitig mit seinem Bruder. »Ich sollte ein bisschen mehr Zeit mit ihr verbringen.«

»Es sind Jahre vergangen, seit du uns zum letzten Mal besucht hast«, erwiderte Calin ohne die geringste Schuldzuweisung, doch mit deutlichem Bedauern. »Man denkt immer, man hätte noch so viel Zeit vor sich, doch wir beide wissen, wie vergänglich das Leben ist.«

»Das ist allerdings wahr«, stimmte Calis zu. »Ich verspreche, dass ich, falls wir das alles überleben, euch einen längeren Besuch abstatten werde.«

»Warum willst du nicht bei uns bleiben?«

Calis zuckte nur mit den Schultern, während sie sich auf den Weg zum Hof der Elbenkönigin machten. Unterwegs wurde Calis von vielen Elben begrüßt. Er lächelte und erwiderte jeden Gruß. Als die Brüder kurz wieder unter sich waren, sagte er: »Ich weiß nicht, ob hier mein Platz ist. Mein Leben ist weder das eines Menschen noch das eines Elben oder das eines Valheru.«

»Es ist ein Erbe der Magie«, meinte Calin. »Du musst es für dich selbst bestimmen, denn niemand kann diese Entscheidung für dich treffen.« Nachdem er einen Augenblick nachgedacht hatte, fügte er noch hinzu: »Das gilt auch für deinen Vater. Solange das Zeichen der Valheru noch existiert, verfolgt ihn das Misstrauen.«

»Ich verstehe«, antwortete Calis.

Sie erreichten eine Lichtung, die vom Geschrei spielender Kinder erfüllt war. Ein halbes Dutzend junger Elben rannten hinter einem Ball her und schossen ihn einander zu.

»Fußball? In Elvandar?«, fragte Calis.

Calin lachte. »Siehst du die beiden dort drüben?« Er zeigte auf Zwillinge, die Calis nie zuvor gesehen hatte.

»Ja?«

»Sie haben es den anderen beigebracht. Die beiden stammen von jenseits des Meeres. Miranda hat sie und ihre Mutter hergebracht. Ihr Vater ist auf den Gesegneten Inseln.«

»Haben uns viele von drüben erreicht?«

»Nicht genug«, bedauerte Calin, während sie ihren Weg fortsetzten.

Der Ball flog zu ihnen herüber, und Calis stoppte ihn mit dem linken Fuß.

Lachend brachte er den Ball hoch, stieß ihn mit dem Kopf einige Male in die Luft und schoss ihn dann zu einem der Kinder zurück, das ihn mit dem Knie annahm und zum Staunen der anderen darauf balancierte. »In Crydee habe ich an den Sechstagen immer mit Marcus gespielt, wenn ich Großmutter und Großvater besucht habe«, erzählte Calis.

Der eine der Zwillinge, der den Ball angenommen hatte, schoss ihn zu seinem Bruder, und dieser gab ihn an ein drittes Kind weiter. Die Zwillinge warfen Calis einen misstrauischen Blick zu. »Ihr guckt aber ernst«, rief der ihnen zu.

Als sie nicht antworteten, erklärte Calin: »Sie haben noch Schwierigkeiten mit der Sprache ihres Volkes.«

Calis nickte. In dem Dialekt, wie er in den Flusslanden von Novindus gesprochen wurde, rief er: »Gut gespielt!«

Sofort hellten sich die Gesichter der beiden auf. »Kannst du uns nicht beibringen, wie man das mit den Kopfbällen macht?«, fragte der eine.

Calis ging in die Hocke. »Leider muss ich morgen wieder aufbrechen, aber eines Tages kehre ich zurück, und dann werde ich es euch beibringen.«

Der andere Zwilling fragte: »Versprochen?«

Calis nickte. »Ganz bestimmt.« Die Jungen rannten zurück zum Spiel, und Calis wandte sich wieder an seinen Halbbruder. »Sie haben sich versichert, ob sie sich auf meine Zusage verlassen können.«

»Weil sie unter Menschen aufgewachsen sind. Es ist schon sehr schwierig für die Ocedhel. Was für uns ganz natürlich ist, fällt ihnen sehr schwer. Sich an unser Leben zu gewöhnen ist nicht so leicht.«

»Das kann ich nur allzu gut verstehen.«

»Du wirst eine Lösung für deinen Konflikt finden«, gab sich Calin überzeugt, »eines Tages.«

Calis nickte und fügte leise hinzu: »Wenn ich diesen Tag noch erlebe.«

Die Schiffe brannten in der Morgendämmerung.

Nicholas' Flotte hatte bei Sonnenuntergang den Sichtkontakt zur Flotte der Smaragdkönigin verloren. Er hatte nach Süden beigedreht und alle Segel setzen lassen, und zwei Stunden später hatte die Flotte in Richtung Osten auf die Straße der Finsternis gewendet.

Noch lange vor der Dämmerung waren sie mit dem Anblick von Feuern am Horizont belohnt worden, während sie gleichzeitig an den ersten verkohlten Rümpfen vorbeifuhren, die bis zur Wasserlinie abgebrannt waren und sanken. Es handelte sich sowohl um Schiffe der Königin als auch um keshianische. Der Ausguck sichtete weitere Feuer im Westen.

Als die Sonne aufging, erblickte Nicholas die riesige Flotte, die noch immer darauf wartete, in die Straße der Finsternis einzufahren. Er konnte kaum richtig beurteilen, wie viele Schiffe die Passage schon hinter sich hatten. Vielleicht ein Drittel?

Im Süden gingen die Kämpfe weiter. Dort hatten sich die Schiffe aus Elarial mit den Kriegsschiffen der Königin angelegt.

Kapitän Reeves fragte: »Wo sind die Eskortschiffe?«

Nicholas rief: »Wir haben sie!« Zum Ausguck brüllte er: »Alle Schiffe zum Angriff!«

Während der Befehl weitergegeben wurde, wandte sich Nicholas an Reeves. »Wir haben die Schiffe, mit denen wir gestern gekämpft haben, überholt.« Er rechnete. »Jetzt haben wir ungefähr eine Stunde Zeit, so viel Schaden wie möglich anzurichten, ehe sie in Sicht kommen. Was sie sonst noch an Kriegsschiffen hat, beschäftigen die Keshianer, der Rest ist schon durch die Meeresenge hindurch!« Er ging zum Quarterdeck und rief: »Ballisten bereit machen!«

Die Ballisten-Mannschaften rannten zum Bug des Schiffes, wo zwei riesige armbrustähnliche Kriegsmaschinen standen. Von jeder konnte man ein mit einer Eisenspitze bewehrtes Geschoss von der Länge dreier Männer abschießen, um ein gegnerisches Schiff an der Wasserlinie oder in der Takelage zu beschädigen. Anstelle der gewöhnlichen Geschosse wurden jedoch solche benutzt, die mit queganischem Feueröl gefüllt waren. Mit ihnen zu hantieren war gefährlich, denn der kleinste Fehler konnte die *Königlicher Drache* in Brand setzen.

Hinter Nicholas schwärmten die verbliebenen siebenundvierzig von ehemals sechzig Schiffen in Angriffsformationen aus. Nicholas' Schiff verlangsamte die Fahrt, damit die beiden Flügel der Flottille gleichziehen konnten. Sie wollten den größtmöglichen Schaden an den vor ihnen im Wasser dümpelnden Schiffen der Smaragdkönigin anrichten, die auf den Befehl zur Einfahrt in die Straße der Finsternis warteten.

»Waffenmeister!«, rief Nicholas. »Schießt!«

Der Offizier am Bug rief zurück: »Aye, aye, Admiral!«

Zwei der größeren Schiffe am Ende der Flotte wendeten und wollten einen Gegenangriff starten. Zwar schwankten sie heftig, dennoch bildeten sie eine potentielle Gefahr. Der Ausguck meldete: »Sie haben Katapulte, Admiral!«

»Das habe ich auch schon bemerkt«, murmelte Nicholas. Eine riesige Kriegsmaschine auf dem Heck des am nächsten liegenden Schiffes schleuderte ein großes Netz voller Felsbrocken. »Setzt lieber Euren Helm auf, Kapitän Reeves.«

»Aye, aye, Sir«, antwortete der Angesprochene ruhig, während sich das Netz am höchsten Punkt seiner Flugbahn öffnete und einen Hagel von Steinen freigab, jeder so groß wie der Kopf eines Mannes oder größer.

Doch das flinke Schiff des Königreichs drehte einfach nach links ab, und die Felsbrocken platschten, ohne Schaden anzurichten, ins Wasser. »Das hätte uns die ganze Takelage ruinieren können, Sir«, meinte Kapitän Reeves.

»Mehr nach Steuerbord!«, befahl Nicholas.

Der Rudergänger führte den Befehl aus, und der Bug des Kriegsschiffs richtete sich direkt auf die Backbordseite des gegnerischen Schiffes. Sie waren nahe genug, dass Nicholas beobachten konnte, wie die Katapult-Mannschaft eilig bemüht war, ihre Kriegsmaschine neu zu laden. »Die falsche Entscheidung«, meinte Nicholas. »Dauert zu lange, bis die Katapulte wieder geladen sind, und währenddessen haben die Männer keine Deckung.«

Als hätten sie seine Gedanken gelesen, gaben die Bogenschützen in der Takelage eine Salve auf die Katapult-Mannschaft des feindlichen Schiffes ab. Die Königlichen Marineinfanteristen waren eigentlich Landsoldaten, wenngleich sie durchaus ihre Erfahrung im Kampf auf Schiffen hatten. Sie setzten ihre kurzen Bögen mit großem Erfolg ein.

Dann gab der Waffenmeister den Befehl, die Steuerbord-Balliste abzuschießen, und das Geschoss traf das feindliche Schiff in der Mitte und explodierte in einem Feuerball.

Männer schrien auf, und Nicholas sah, wie überfüllt das Hauptdeck mit Soldaten war, die zum Teil von den Monaten auf See krank wirkten. Wenigstens zwanzig gingen brennend über Bord. Andere versuchten verzweifelt und ebenso vergeblich, die Flammen auszuschlagen, mussten zu ihrem Entsetzen jedoch das Geheimnis queganischen Feueröls entdecken: Einmal entzündet, konnte man es höchstens noch mit Sand ersticken. Jene, die Eimer voller Wasser darauf gossen, beschleunigten nur das Ausbreiten der Flammen.

Nicholas riss den Blick von dieser grausigen Szene los und lenkte seine Aufmerksamkeit wieder auf den Kurs des Schiffes. »Hart nach Backbord!«, befahl er. »Wir sind verteufelt nah dran, und ich will nicht mit ihnen zusammenstoßen, weil wir keinen Platz zum Wenden haben.«

Der Befehl wurde weitergegeben, und die anderen Schiffe der Flottille taten ein Gleiches und entluden ihre feurigen Geschosse. Anschließend drehten sie ab, um nicht mit den Schiffen, die sie angegriffen hatten, zusammenzustoßen.

Der Ausguck rief von oben herunter: »In der Mitte der brennenden Schiffe befinden sich zwei Kriegsgaleeren, Admiral.«

»Sie wollen vermutlich herauskommen und mit uns kämpfen«, meinte Nicholas, »aber ihnen fehlt der Raum zum Manövrieren. Suchen wir uns weitere Ziele, die wir in Brand schießen können, ehe sie einen Weg heraus finden.«

Er ließ die Flottille einen südlichen Kurs einschlagen, dorthin, wo die Keshianer die Invasoren bereits angegriffen hatten. Im dichten Rauch konnte Nicholas kaum noch etwas erkennen. »Ausguck!«

»Sir?«

»Haltet Ausschau nach ihrem nördlichen Geschwader. Wenn Ihr sie entdeckt, will ich augenblicklich unterrichtet werden.«

»Aye, aye, Sir!«

Eine Stunde lang dauerte die Jagd. Männer schrien und starben, und noch immer schienen die gegnerischen Schiffe ohne Zahl zu sein. Nicholas hatte vier Schiffe in Brand gesteckt, und er näherte sich gerade dem fünften, als der Ausguck meldete: »Schiffe im Norden, Admiral.«

»Wie viele?«

»Mindestens zwanzig Segel … dreißig … nein, vierzig!«

»Es ist ihr nördliches Geschwader, das endlich gemerkt hat, dass wir sie überholt haben«, stellte Kapitän Reeves fest.

Nicholas fluchte. »Seht Euch diese fetten schlingernden Frachter an! Wir könnten einen nach dem anderen ohne Gefahr versenken.«

Da meldete der Ausguck: »Admiral! Die beiden Kriegsgaleeren haben gewendet und sich aus den sinkenden Schiffen befreit!«

»Jetzt wird die Sache interessant«, meinte Reeves.

Nicholas nickte. »Ein bisschen mehr Zeit wäre nicht schlecht. Waffenmeister!«

»Sir?«, kam als Antwort.

»Wie sieht es mit unseren Munitionsvorräten aus?«

»Wir haben noch vierzig Geschosse, Admiral.«

Nicholas rief dem Ausguck zu: »Wie weit sind die beiden Galeeren entfernt?«

»Weniger als eine Meile, Admiral.«

»Reeves, wer von uns ist im Norden?«

Der Admiral kannte die Aufstellung der Flottille genauso gut wie Reeves, doch er wollte sie aus dem Mund eines anderen hören, damit seine Gedanken feste Formen annahmen.

»Sharpes Geschwader, Wells' Geschwader, die Reste von Turners Gruppe und ein Drittel der schnellen Kutter.«

»Befehle!«, rief Nicholas. »Sharpe und Wells sollen nach Norden und die feindlichen Schiffe abfangen. Sie sollen sie angreifen und aufhalten, aber sich nicht in Entermanöver verwickeln lassen.«

»Verstanden!«, antwortete der Ausguck und begann, die Befehle mit Flaggen zu übermitteln.

»Und dann sollen die Kutter die beiden Galeeren in Brand schießen!«

Nicholas wusste, dass er damit das Schicksal einiger dieser schnellen kleinen Schiffe besiegelte, doch wenn zumindest zwei oder drei nahe genug herankamen, konnten sie die Galeeren unter Beschuss nehmen. Währenddessen konnten die großen Kriegsschiffe unter idealen Bedingungen drei weitere Dutzend der Truppenschiffe versenken.

»Die Befehle wurden bestätigt, Sir!«, rief der Ausguck.

Die Seeschlacht dauerte den ganzen Morgen an, und eine Stunde vor Mittag wurde gemeldet, dass die Übermacht der feindlichen Kriegsschiffe zu groß wurde. Das nördliche Element der Flotte der Smaragdkönigin hatte Wells' und Sharpes Geschwader links liegen lassen, als deutlich wurde, dass diese sich nicht auf Zweikämpfe einlassen würden. Jetzt hielt es auf das Zentrum der Schlacht zu.

Die Kutter hatten inzwischen eine der Galeeren in Brand geschossen, die zweite umzingelt. Von den Galeeren ging ein wahrhaft unablässiger Pfeilhagel auf die Schiffe nieder. Mit ruhiger Präzision bedienten die Mannschaften der Galeeren ihre Ballisten, und bei jedem Schuss wurde einer der kleinen Kutter beschädigt oder versenkt.

Nicholas warf einen letzten Blick auf den Schaden, den er angerichtet hatte. »Kapitän Reeves, es ist an der Zeit, Kurs auf Frihaven zu nehmen!«

Kapitän Reeves zögerte nicht, da er eine weitere riesige Kriegsgaleere entdeckt hatte, die sich den beiden ersten aus dem Gemenge der Truppenschiffe heraus näherte. Er gab den Befehl an den Rudergänger weiter, und Nicholas rief: »Waffenmeister!«

»Sir«, antwortete dieser mit heiserer Stimme, weil er seit Stunden den stinkenden Rauch brennenden Feueröls geatmet hatte.

»Ich würde es begrüßen, wenn Ihr dieser Galeere, die auf uns zukommt, noch ein Geschoss in den Rachen werft.«

»Aye, aye, Sir.«

Während das Schiff krängte, wurden die Ballisten abgefeuert, und das brennende Geschoss traf den Decksaufbau der Galeere. Flammen breiteten sich explosionsartig im oberen Drittel des Bugs aus, doch nur die Männer auf Deck fanden den Tod. Von unter Deck hörte man weiter den gleichmäßigen Schlag der Trommeln, und die Galeerensklaven trieben das Schiff unerbittlich auf die *Künglicher Drache* zu.

Nicholas schätzte die Situation ab. Wahrscheinlich würden sie der Galeere nicht mehr entkommen können. »Ausguck!«

»Aye, Sir?«

»Hat die Galeere einen Rammbock?«

»Einen eisenbeschlagenen, Sir, in Höhe der Wasserlinie.«

»Nun, Reeves«, sagte Nicholas, »solange nicht plötzlich Wind aufkommt, fürchte ich, dass Euer Schiff versenkt wird.«

»Mit dem Risiko muss man stets leben, Sir«, erwiderte der Angesprochene ausdruckslos.

Die Männer standen da und beobachteten schweigend, wie das riesige Kriegsschiff auf sie zuhielt. Sein Bug war inzwischen vollständig in Flammen gehüllt. Reeves sah nach oben und befahl: »Bramsegel setzen, Mister Brooks!«

Der Erste Offizier brüllte den Befehl, und sofort lösten die Männer Seile und richteten die Rahen aus.

Die *Königlicher Drache* krängte hart nach Backbord, als die Galeere sie erreichte. Nicholas konnte die Hitze des Feuers über die schwindende Entfernung spüren. Seine Infanteriesoldaten nahmen das Deck des feindlichen Schiffes unter Beschuss.

»Waffenmeister!«, schrie Nicholas.

»Sir!«

»Die Soldaten sollen den Rudergänger mit Pfeilen eindecken!«

»Aye, Sir!«

Ohne noch auf die Wiederholung des Befehls zu warten, schossen die Bogenschützen in der Takelage ihre Pfeile auf das Heck der Galeere ab. Nicholas wusste nicht, ob sie den Rudergänger sehen konnten, doch bei diesem Pfeilhagel war es nur zu wahrscheinlich, dass dieser sich duckte und das Ruder sich selbst überließ. Wenn die Galeere auch nur wenige Meter vom Kurs abwich, konnte das die *Königlicher Drache* retten.

Nicholas beobachtete in stiller Faszination, wie das feindliche Schiff weiterhin unerbittlich auf sie zuhielt. Er konnte hören, wie der Schlag der Trommeln von unter Deck schneller wurde, und wusste, dass der Befehl zum Rammen erteilt worden war. »Ich denke, Ihr solltet Euch besser etwas zum Festhalten suchen, Kapitän Reeves.«

»Aye, Sir.«

Und dann bewegte sich die *Königlicher Drache* leicht, krängte noch mehr, während der Wind zunahm. Ob es der Beschuss durch Pfeile oder der beißende Rauch vom Bug des eigenen Schiffes war, der Steuermann auf der Galeere korrigierte jedenfalls den Kurs auf sein Ziel nicht.

Stahl kreischte über Eisen, und der Rudergänger der *Königlicher Drache* wurde vom Steuerrad fortgeschleudert, als die Ramme der Galeere das Ruder des königlichen Schiffes traf. Das dumpfe Knirschen dauerte noch an, während das Feuer von der Galeere auf das Besansegel der *Königlicher Drache* Übergriff. »Befehl zum Feuerlöschen, Kapitän Reeves«, sagte Nicholas ruhig.

»Sir«, antwortete der Kapitän. Er erteilte die entsprechenden Befehle, und die Mannschaft lief zu den Sandeimern. Die Männer in der Takelage schnitten Seile durch, an denen das brennende Segel hing.

Als würde sie geschoben, schoss die *Königlicher Drache* plötzlich voran, und ein anderer Seemann eilte zum Steuerrad, neben dem der Rudergänger bewusstlos lag.

»Nun, Reeves«, sagte Nicholas, »es scheint, als würde es die Vorsehung für den Moment gut mit uns meinen.«

»Sir«, erwiderte der Kapitän, der mit Erleichterung beobachtete, wie sich der Abstand zwischen den beiden Schiffen vergrößerte. »Ich hoffe nur, dass wir ihnen so bald nicht wieder so nahe kommen.«

»Einverstanden«, sagte Nicholas, und dann riss er unvermittelt die Augen auf.

Er blickte an sich hinunter und sah den Schaft eines Pfeiles aus seinem Bauch ragen. Blut rann auf seine weiße Hose.

»O verdammt«, fluchte er. Seine Knie gaben nach.

Weitere Pfeile gingen in der Takelage über ihren Köpfen nieder. Die Schützen der Galeere hatten ins Blaue hinein auf die *Königlicher Drache* gefeuert in der Hoffnung, jemanden zu treffen. Kapitän Reeves rief: »Segelt, so schnell es geht!«

Männer kletterten in der Takelage herum, und die Flotte des Königreichs zog sich aus der Seeschlacht zurück.

»Bring den Admiral unter Deck!«, rief Reeves.

Kurze Zeit später lag Nicholas in seiner Koje, während sich der Schiffsarzt seiner Verletzung annahm. Kapitän Reeves trat ein und fragte: »Wie geht es ihm?«

»Schlecht, Sir«, antwortete der Arzt. »Ich befürchte das Schlimmste. Wenn wir ihn bis Frihaven am Leben halten können, wird ihn dort vielleicht ein Priester retten können. Aber in meinen Kräften steht dies nicht.«

Der Kapitän nickte und kehrte aufs Quarterdeck zurück, wo ihn sein Erster Offizier erwartete: »Mister Brooks?«

»Wir haben die *Prinz von Krondor*, die *Königlicher Mauersegler* und etwa zwanzig Kutter verloren. Dafür haben wir schätzungsweise dreißig oder mehr ihrer Truppenschiffe und ein halbes Dutzend Kriegsgaleeren versenkt.«

Reeves sah nach hinten, wo die feindliche Flotte nur noch wie eine schwarze Masse erschien. »Hat das denn überhaupt kein Ende mit denen?«

»Offensichtlich nicht, Sir.« Dann fragte der Erste Offizier: »Wie geht es dem Admiral?«

»Es steht auf Messers Schneide.«

»Können wir nach Tulan zurückkehren?«

»Nein, wir setzen Kurs auf Frihaven. So lauten die Befehle.«

»Aber der Admiral?«

»Das sind *seine* Befehle.« Reeves seufzte. »Wir werden in Frihaven eine Woche warten und uns dann auf den Weg nach Krondor machen.«

»Was dann?«

»Ich weiß es nicht. Solange sich Lord Nicholas nicht erholt hat, liegt alles in den Händen von Lord Vykor in Krondor.«

Der Erste Offizier bemerkte, wie beunruhigt sein Kapitän war. Prinz Nicholas, der jüngste Sohn von Prinz Arutha, war Admiral der Flotte des Prinzen gewesen, solange er denken konnte. Er war der Mann, der die Flotte zusammengehalten hatte, und darüber hinaus gehörte er auch zum Herrscherhaus, als jüngster Bruder des Königs. Sollte er sterben, zu einem Zeitpunkt, an dem das Königreich seine Flotte am dringendsten brauchte, wäre dies eine kaum vorstellbare Tragödie.

Reeves, der auf See Nicholas' Stellvertreter war, sagte: »Befehl an die Flotte: Ich übernehme das Kommando. Übermittelt die Nachricht von der Verwundung des Prinzen. Und dann: Kurs auf Frihaven!«

»Aye, Sir.«

Nakor betrachtete Pug, und Calis fragte: »Wird er bald aufwachen?«

»Vielleicht. Vielleicht auch nicht. Wer kann das schon sagen?«

Der Isalani sah zu, wie sein Schüler, von den Zauberwirkern unterstützt, weiter seine Heilkräfte spendete. Nakor hatte zusammen mit Calis, Calin und ihrer Mutter am Abend zuvor gegessen. Dabei hatten sie besprochen, wie sie weiter vorgehen sollten.

Nakor hatte zugestimmt, mit Calis nach Crydee zu reiten, von wo aus sie mittels des Teleportgegenstandes der Tsurani nach Krondor weiterreisen wollten. Sho Pi würde in Elvandar bleiben und helfen, Pug zu heilen.

»Ich wünschte nur, ich wüsste, was dort drinnen vorgeht«, sagte Nakor.

»Wo drin?«, fragte Calis.

»In Pugs Kopf. Irgendetwas passiert da, aber nur die Götter wissen, was.«

Pug schwebte in einem Nichts, und abermals wusste er, dass seine Seele sich von seinem Körper getrennt hatte. Nur war er diesmal nicht mit den Zauberwirkern von Elvandar verbunden, so wie beim letzten Mal. Er wusste nicht einmal, wie er ins Nichts geraten war.

Das Letzte, an das er sich erinnerte, war der Augenblick vor dem Angriff auf die Flotte der Smaragdkönigin. Dann hatte es einen blendend hellen Blitz gegeben, und nun schwebte er im Nichts.

Zwar konnte er fühlen, wie die Zeit verstrich, doch er wusste nicht, wie lange er sich schon im Nichts befand. Es gab keine Möglichkeit, sich zu orientieren, weder räumlich noch zeitlich.

Dann hörte er eine Stimme: *Sei gegrüßt.*

Pug antwortete in Gedanken: *Wer ist da?*

Plötzlich war Pug an einem anderen Ort, einem Reich der Schatten, doch noch immer einem Ort ohne einen räumlichen Bezugsrahmen. Riesenhafte Gestalten, in deren Gegenwart Pug sich wie ein Zwerg vorkam, umringten ihn. Sie waren nah genug, dass er ihre Größe spüren konnte, doch zu weit entfernt, um ihre ganze Form zu erfassen. Man konnte ihre Gestalt als menschlich bezeichnen, wenn man es mit dem Begriff »menschlich« nicht so genau nahm. Jede saß auf einem riesigen Thron. Pug spürte, dass diese Gestalten lebten, obwohl sie eher Statuen glichen, die aus dunklem Stein unbekannter Herkunft gehauen waren.

Pug versuchte, Einzelheiten zu erkennen, aber es war, als könnte sein Verstand das Bild vor sich nicht begreifen. Er wandte sich von Gestalt zu Gestalt, doch immer, wenn er eine Einzelheit zu erkennen glaubte, entzog sie sich seiner Wahrnehmung.

»Wer hat gesprochen?«, fragte er laut, doch der Hall seiner Stimme trug nicht durch die Luft, er hörte sie nur im Kopf.

Eine der Gestalten löste sich aus der Dunkelheit. Sie trug eine schwarze Robe. Pug wartete geduldig, während sie sich ihm näherte, und schließlich zog sie den Schleier zurück, der ihre Gesichtszüge verhüllte.

»Kenne ich Euch?«, fragte Pug.

»Wir haben uns bereits kennengelernt, Magier«, antwortete eine eisige Stimme, und Pug schien es, als würde sie ihn wie eine gefrorene Klinge durchbohren.

»Lims-Kragma!«, sagte er.

Die Göttin nickte.

Pug blickte sich um und stellte fest: »Aber dies ist nicht Euer Reich.«

»Letztendlich gehört alles zu meinem Reich«, entgegnete die Göttin des Todes. »Doch dies ist nicht der Ort, an dem unser voriges Treffen stattgefunden hat.«

»Wer sind diese riesigen Gestalten?«

Die Göttin hob die Hand. »Es sind ›Die Sieben, Die Alles Beherrschen‹.«

Pug nickte. »Und wo sind wir?«

»Dies ist das Reich der Götter«, antwortete die Göttin. »Dies ist der Ort, an dem du dich zu befinden wähntest, als du Macros den Schwarzen der Seele von Sarig entrissen hast.« Sie machte eine kleine Geste mit der Hand, und ein schwaches Bild der Himmlischen Stadt erschien und verdeckte das untere Drittel der riesigen sieben Großen Götter. »Aber das ist nur eine andere Ebene der Wahrnehmung. Trotz deiner Fähigkeiten, wie sie kaum je ein Sterblicher besessen hat, kannst du unsere Realität nicht wahrhaft begreifen.«

Pug nickte. »Was mache ich hier?«

»Du bist hier, um eine Entscheidung zu treffen.«

»Welche?«

»Du musst das Leben oder den Tod wählen.«

»Kann ich diese Entscheidung wirklich selbst treffen?«, fragte Pug.

»Du schon, Magier.« Sie legte ihm die Hand auf die Schulter, und statt Unbehagen fühlte Pug eine seltsam tröstende Berührung. »Du wirst mein Reich niemals ohne deine eigene Zustimmung betreten, denn auf dir liegt ein Fluch.«

»Ein Fluch?«

»Du wirst ihn zunächst nicht als solchen begreifen, doch schließlich wirst du wissen, worin er besteht.«

»Ich verstehe nicht.«

Die Göttin schob Pug vorwärts. Weitere Gestalten erschienen vor ihm. Die meisten von ihnen standen reglos mit geschlossenen Augen da. Zwei hatten die Augen geöffnet und sahen ihn an, während er vorbeiging.

»Dies ist die größte Nähe, Pug von Crydee, aus der ein Sterblicher die Götter betrachten darf.«

Pug blickte die Göttin an. Jetzt sah sie wieder so aus wie damals, als Tomas und er sie in ihrer Halle besucht hatten. Nur wirkte sie kleiner. Bei jenem Besuch hatte sie hoch über sie aufgeragt.

»Wieso sind wir diesmal gleich groß?«

»Das ist lediglich eine Sache der Wahrnehmung«, erklärte sie und trat einen Schritt von ihm zurück. Augenblicklich ragte sie hoch über ihm auf. »Wirf einen Blick auf die Herrscher.«

Als Pug dies tat, konnte er nur mehr die Fundamente ihrer Throne sehen, sie selbst erschienen wie ein fernes Hochgebirge, ihre Körper verloren sich wie Berggipfel im trüben Himmel.

Die Göttin nahm wieder ihre ursprüngliche Größe ein.

»Was habt Ihr mir zu sagen?«, fragte er.

»Du stehst an einem Scheideweg. Dir bieten sich drei Möglichkeiten. Entweder lässt du jetzt von deinem Leben ab und betrittst mein Reich. Dann wirst du für das Gute, was du vollbracht hast, belohnt. Oder du wählst ein ewiges Leben.«

»So wie Macros?«

»Macros geht von Vermutungen über seine Existenz aus, die nicht zutreffen. Des Zauberers Schicksal entspricht nicht dem, was er glaubt.«

»Ihr sagtet, ich hätte drei Möglichkeiten.«

»Die dritte besteht darin, dass der Fluch aufgehoben wird und du zu den Lebenden zurückkehrst, aber du wirst den Verlust jener, die du liebst, erfahren, den Schmerz Tausender und den Stachel des Versagens am Ende deines Lebens. Du wirst mit dem Gefühl sterben, dass alles vergeblich war.«

»Egal, welche Wahl ich treffe«, sagte Pug, »alle Möglichkeiten erscheinen mir gleich schwierig.«

»Ich werde dir etwas verraten, Pug«, sagte die Göttin. »Deine Position in diesem Universum ist einzigartig. Macros hat dein Potential erkannt, als du noch ein Säugling warst, und hat dich dort zurückgelassen, wo man es erkennen würde. Durch sein Eingreifen hast du deine Ausbildung bei den Tsurani erhalten, sodass du mit Erhabener Magie nach Midkemia zurückgekehrt bist. Er sorgte dafür, dass du den Spaltkrieg überlebtest. Aufgrund dieser Eingriffe des Zauberers spielst du jetzt eine Rolle, die wesentlich wichtiger ist, als man bei deiner Geburt hätte vorhersagen können. Du bist in der Lage, die Säulen zu erschüttern, welche die Götter tragen. Das konnte nicht unbemerkt vonstattengehen. Doch indem Macros dies tat, hat er auch andere Dinge heraufbeschworen, von denen du nicht einmal etwas ahnst. Am Ende bist du es, der den Preis für seine Einmischung bezahlen muss. Und dieser Preis wird fürchterlich sein.«

Pug zögerte nicht. »Ihr lasst mir keine Wahl. Ein schrecklicher Feind steht vor der Tür, der alles zerstören wird, was ich liebe. Ich muss leben.«

»Dann werde ich dir das Leben geben. Du wirst vieles wissen, und du musst handeln.« Sie legte ihm ihre Hand auf die Augen.

Plötzlich spürte Pug, wie das Nichts zerriss. Ein fürchterlicher Schmerz schoss durch seinen Körper.

Er richtete sich auf, während sich ein heiserer Schrei aus seiner Kehle löste.

Nakor stützte ihn. »Trink.«

Ein bitteres Kräutergebräu benetzte seine Lippen, und Pug trank. Er blinzelte und spürte, wie sein ganzer Körper vor Schmerz pulsierte.

»Dies wird deine Schmerzen lindern«, sagte Nakor.

Pug konzentrierte sich, und der Schmerz ließ nach. »Ich werde mit dem Schmerz schon zurechtkommen.« Seine Stimme klang wie die eines Fremden. »Hilf mir hoch.«

Sho Pi, Calis, Calin und Aglaranna standen dabei, als sich der Magier auf die wackligen Beine erhob. Eine Robe wurde ihm gebracht, und Pug sagte: »Bei den Göttern, wie sehe ich nur aus.«

»Es wird wieder heilen«, versprach ihm Nakor. »Ein guter Heilpriester kann selbst die Narben verschwinden lassen.« Er legte dem Magier die Hand auf die Wange. »Obwohl du das vermutlich selbst erledigen kannst. Irgendwann müssen wir uns mal über deine Fähigkeiten unterhalten.«

Pug lächelte, wobei sein Gesicht schmerzte. »Über deine aber auch.«

Nakor erwiderte das Lächeln. »Wir wollten nur einen letzten Blick auf dich werfen, bevor wir uns verabschieden.«

»Gut. Wohin wollt ihr?«

»Nakor und ich wollten nach Crydee«, antwortete Calis. »Anthony besitzt eine dieser alten Teleportkugeln der Tsurani, und mit ihrer Hilfe wollten wir uns nach Krondor versetzen.«

»Gebt mir einen Tag Ruhe«, bat Pug, »dann werde ich uns drei morgen direkt nach Krondor bringen.« Er blickte sich um. »Wie lange war ich bewusstlos?«

»Zwei Monate«, antwortete Nakor.

»Welches Datum haben wir heute?«

»Zwei Tage nach Banapis«, sagte Calis.

»Dann ist die Flotte der Smaragdkönigin …?«

»In der Straße der Finsternis angekommen«, antwortete der jüngere Sohn der Elbenkönigin. »Anthony und ich haben ihre Ankunft beobachtet.«

»Miranda? Macros?«, fragte Pug. Er blickte sich in der Gruppe um. »Tomas?«

»Während du bewusstlos warst, sind sie aufgebrochen, um unter dem Ratn'gary-Gebirge nach Antworten zu suchen«, erklärte Calis. »Willst du zu ihnen?«

»Ich glaube nicht«, entgegnete Pug. »Du und ich, wir werden anderenorts gebraucht.«

»In Krondor?«

»Zuerst dort, dann müssen wir nach Sethanon.«

»Ich habe noch viel zu erledigen, ehe ich nach Sethanon kann«, wandte Calis ein.

»Nein«, entschied Pug. »Du musst mit mir kommen.«

»Woher weißt du das?«, fragte Calis.

»Das kann ich dir nicht beantworten«, antwortete Pug. »Ich weiß nur, dass es so ist.« Er sah die Elbenkönigin an und verneigte sich. »Mylady, wenn Euer Gemahl zurückkehrt, lasst ihn bitte wissen, wo ich mich aufhalte.«

Aglaranna nickte. »Zuerst müsst Ihr essen und ruhen. Ihr

seid nur mit magischen Mitteln am Leben erhalten worden, und Euer Körper ist geschwächt.«

»Eine Tatsache, deren ich mir schmerzlich bewusst bin«, antwortete Pug, dann verdrehte er auf einmal die Augen und sank in Nakors Arme.

Nur langsam kam er wieder zu Bewusstsein. Sho Pi hielt bei ihm Wache. »Wie lange diesmal?«

»Einen Tag, eine Nacht und den größten Teil des heutigen Tages.«

Pug richtete sich auf. Seine Haut juckte, und seine Muskeln protestierten. Obwohl er noch immer schwach war, fühlte er sich, als könne er wieder aufstehen. Unsicher erhob er sich und sah sich um. Er fuhr sich mit der Hand über das Kinn und bemerkte, dass ihm ein Bart gewachsen war.

Man hatte Pug in einen kleinen Raum gebracht, der aus dem Inneren einer riesigen Eiche herausgeschlagen worden war. Als er durch einen schweren Vorhang trat, bemerkte er, dass dieses Zimmer an den Garten von Tomas und der Königin angrenzte. Aglaranna saß bei ihren Söhnen und besprach sich leise mit ihnen.

Calin begrüßte Pug. »Willkommen.«

Pug setzte sich langsam zu ihnen und gestattete Sho Pi, ihn dabei am Ellbogen zu stützen. »Vielen Dank für alles, was ihr für mich getan habt«, sagte Pug.

»Wir helfen nur jenen, die darum kämpfen, all dies zu beschützen«, erwiderte die Königin und umfasste mit einer Handbewegung Elvandar.

»Oder noch mehr als das«, meinte Nakor, indem er die Lichtung betrat. »Die ganze Welt.«

»Für die Eledhel ist Elvandar die ganze Welt«, antwortete die Elbenkönigin daraufhin.

Nakor ließ sich neben Pug nieder und betrachtete ihn. »Du wirst es überleben.«

»Danke. Ohne diese Versicherung hätte ich es nicht geglaubt«, gab Pug trocken zurück.

Nakor lachte. »Wann brechen wir nach Krondor auf?«

Pug blickte zum Himmel. Es dämmerte bereits. »Es ist schon Abend. Wir sollten morgen Früh aufbrechen.«

»Es wird guttun, noch eine Nacht zu ruhen«, meinte Sho Pi.

»Und außerdem, Nakor«, wandte sich Pug wieder an den kleinen Isalani, »habe ich noch etwas mit dir zu besprechen.«

»Das da wäre?«, fragte Calis.

»Etwas – ich bitte um Entschuldigung –, das zwischen mir und Nakor bleiben muss«, antwortete Pug.

Calis zuckte mit den Schultern. »Wenn es so sein soll. Aber ich werde froh sein, wenn ich wieder in Krondor bin. Ich habe noch viel Arbeit vor mir.«

»Du musst mit mir nach Sethanon kommen«, widersprach Pug.

Calis kniff die Augen zusammen. »Ich habe meine Pflichten.«

»Mag es sein, wie es will, aber du musst nach Sethanon.«

»Wegen meines Vaters?«, fragte Calis.

»Vielleicht hat es damit etwas zu tun, aber ich glaube eher, es handelt sich um etwas, das nur du persönlich erledigen kannst.«

»Und was?«, fragte die Königin.

Pug seufzte. »Ich weiß es nicht.«

Nakor lachte wiehernd. »Du hörst dich ja plötzlich an wie ich.«

Pug zuckte daraufhin mit den Schultern. »Ich kann dir

nicht sagen, woher ich es weiß, Calis. Aber du musst am Ende in Sethanon sein. Und du darfst nicht riskieren, zu spät oder gar nicht dorthin zu kommen. Aus diesem Grund kannst du nicht an der Schlacht teilnehmen. Du musst sofort nach Sethanon.«

Calis wirkte hin- und hergerissen. Pug und sein Vater waren fast legendäre Gestalten, Männer, an deren Macht und Weisheit niemand zweifelte. Doch er musste sich mit William, James und den anderen um die Verteidigung der Stadt des Prinzen kümmern. »Dennoch, es warten zu viele Aufgaben auf mich.«

»Es gibt andere Männer, die diese Aufgaben übernehmen können«, meinte Nakor. »Doch falls Pug recht hat, gibt es nur einen Mann, der in Sethanon sein muss, wenn sich diese Schlacht ihrem Ende nähert.«

»Warum?«, fragte Calis.

»Wir werden es erfahren, wenn es so weit ist.« Nakor grinste ihn an. »Dann werden wir alles erfahren.«

»Was ist mit den anderen?«, fragte Calis. »Mit meinem Vater, mit Macros und mit Miranda?«

Nakor zuckte mit den Schultern. »Die haben sicherlich ihre eigenen Sorgen.«

Macros schüttelte den Kopf. »Immer, wenn ich glaube, ich hätte alles gesehen, was es zu sehen gibt, taucht plötzlich etwas Neues und Verblüffendes auf.«

Miranda und Tomas konnten nur zustimmen, während der Dämon unruhig auf dem Boden hin- und herrutschte. Sie hatten sich mit ihm unterhalten, seit er zum ersten Mal gesprochen hatte, und waren auf ein Problem gestoßen. Der Dämon selbst schien kaum Verstand zu besitzen, und eine andere Intelligenz beherrschte ihn. Das Problem lag darin, dass diese Intelligenz den Dämon nur bis zu einem gewissen Grad unter Kontrolle halten konnte. Zweimal hatten sich Miranda und Macros anhören müssen, wie die Kreatur tagelang vor Wut gebrüllt hatte.

Doch nach Ablauf eines Monats waren alle Parteien zu einem Einverständnis gekommen.

Der Dämon wurde von einem Wesen namens Hanam beherrscht, einem Hüter des Wissens von der Saaurheimatwelt Shila. Gemeinsam hatten die vier – Macros, Hanam, Miranda und Tomas – in Einzelteilen ein Bild der Ereignisse zusammengefügt.

Eine dunkle Macht, von der Macros und Miranda nur wenig wussten und deren Name ihnen unbekannt war, hatte die Priester einer Stadt namens Ahsart beeinflusst und sie dazu gebracht, die uralte Barriere zwischen dem Dämonenreich und Shila zu öffnen. Die Dämonen waren über die Welt Shila hergefallen und hatten das alte Reich zerstört.

Dann waren die Pantathianer wie von der Vorsehung geschickt aufgetaucht und hatten den verbliebenen Saaur Zuflucht auf Midkemia angeboten, wenn sie dafür eine Generation lang – dreißig Jahre – den Schlangenpriestern dienen würden.

Die halbe Zeit war die Stärke der Saaur auf dem Kontinent Novindus angewachsen, dann hatten sie der Smaragdkönigin geholfen, ebendiesen Kontinent zu erobern, als Vorbereitung ihres Angriffs auf das Königreich.

Miranda seufzte. »Wie es scheint, haben wir zwei Möglichkeiten.«

»Die da wären?«, fragte Tomas.

»Wir können den Betrug der Pantathianer an den Saaur öffentlich machen und ihnen so die Gelegenheit geben, sich aus dem Krieg zurückzuziehen, oder wir suchen den Eingang zum Dämonenreich und versiegeln ihn.«

»Wir müssen beides tun«, war Tomas überzeugt.

»Es gefällt mir zwar nicht«, meinte Macros, »aber Tomas hat recht.«

»Können wir nicht eine Sache nach der anderen erledigen?«, fragte Miranda.

Die Stimme des Dämons klang wie knirschende Steine, als Hanam sich äußerte: »Der König der Dämonen, Maarg, wütet und hat schon viele seiner eigenen Art getötet. Er weiß nicht, dass die Pantathianer als eigenständige Macht zu existieren aufgehört haben.« Mit der krallenbewehrten Klaue zeigte er auf einen Gang. »Der Spalt zwischen Shila und dieser Welt ist nur einen halben Tagesmarsch von hier entfernt. Doch auf der anderen Seite warten Tugor und seine Untergebenen.« Der Dämon streckte die Arme aus und erreichte so von Klaue zu Klaue eine Spannweite von drei Metern. »Ich bin nur halb so groß wie er, und mir fehlt seine Verschlagenheit.«

»Mit einem Dämon würde ich wohl fertigwerden«, meinte Tomas.

»Aber es ist ihre Anzahl«, wandte Macros ein. »Vom Dämonenkönig selbst einmal abgesehen, würde es wohl keiner von ihnen allein mit einem von uns aufnehmen können.« Er blickte seine Tochter an. »Auch mit dir nicht, wenn du nur gut genug aufpasst.«

»Besten Dank«, erwiderte sie trocken.

»Doch ein Dutzend oder mehr von ihnen ...« Macros schüttelte den Kopf. »Da sähe die Sache ganz anders aus.«

»Wir zögern noch, obwohl jeder Tag die vor uns liegenden Aufgaben schwieriger macht«, sagte Tomas.

»Es gibt Zeiten, in denen man Stärke demonstrieren

muss«, antwortete Macros, »und Zeiten, in denen man im Verborgenen handeln sollte.« Er hob den Finger. »Tomas, du bist bei der Verteidigung von Sethanon unverzichtbar. Ich schlage vor, dass du mit Hanam versuchst, die Saaur abtrünnig zu machen.«

»Kommen wir nahe genug heran an …?« Tomas blickte Hanam fragend an.

»Jatuk, Sohn von Jarva.«

»Können wir nahe genug an Jatuk herankommen, um ihn von dem Verrat in Kenntnis zu setzen?«

»Und wird er einem Dämon und einem Valheru Glauben schenken?«

Macros zuckte mit den Schultern. »Wenn ich ihn dazu bringen kann, mir zuzuhören … Ich weiß Dinge, die nur der Meister des Wissens der Saaur weiß. Wenn ich mit Shadu, dem Schüler, der meinen Platz eingenommen hat, sprechen kann, werde ich ihn bestimmt überzeugen können, dass es sein alter Meister ist, der in diesem Körper steckt.«

»Was ist mit euch?«, fragte Tomas.

»Meine Tochter und ich müssen den Spalt zwischen dem Dämonenreich und unserer Welt schließen«, erklärte Macros. »Vielleicht wird Maarg darauf kommen, dass er von einem der seinen, die er hierhergeschickt hat, betrogen worden ist, selbst wenn er nicht weiß, welcher seiner Hauptmänner das ist.«

»Wenn Maarg erkennt, dass er verraten wurde«, meinte Hanam, »wird sein Zorn ohnegleichen sein. Er wird einen Angriff durch den Spalt befehlen, egal wie viele seiner Untergebenen dabei den Tod finden. Und wenn er diese Welt erreicht, wird sie dasselbe Schicksal erleiden wie Shila. Am Ende wird alles Leben den Dämonen als Fressen dienen.«

»Haben sie eine Ahnung, was sie in Sethanon erwartet?«, fragte Tomas.

Tomas und Macros hatten sich lange darüber auseinandergesetzt, ob und wie viel dem Meister des Wissens der Saaur über Sethanon anvertraut werden dürfte. Schließlich hatten sie die Notwendigkeit gesehen, ihn einzuweihen.

»Nein«, antwortete Hanam. »Jakan weiß nur, dass er mitten in einem grausamen Eroberungskrieg die Führung einer Armee übernommen hat. Und das gehört zu seiner Natur wie nur irgendetwas. Er verspeist jeden Abend einen der Seinen, um seine Macht zu erhalten, und seine Männer glauben, dass sie immer noch der Smaragdkönigin dienen. Ich glaube, er hat den Plan, diese Welt leerzufressen und dann Maarg herauszufordern. Doch sollte er den Stein des Lebens in die Finger bekommen, wird er ihn für einen großen Gewinn halten. Wer weiß, was dann geschieht?«

Macros seufzte. »So ist es also beschlossene Sache. Du, Tomas, musst unseren krallenbewehrten Freund zu seinem früheren Schüler bringen, damit dieser ihn anhört.«

»Da ist noch etwas«, meinte der Meister des Wissens in Dämonengestalt.

»Was?«

»Ihr müsst mich vernichten, sobald Jatuk überzeugt wurde. Denn es ist ein harter Kampf, diesen Körper und seinen Verstand zu beherrschen, und ich weiß nicht, wie lange mir das noch gelingt. Noch habe ich die Oberhand, doch schon bald kann das vorbei sein.«

»Na wunderbar«, meinte Miranda und erhob sich.

»Wir werden zuerst den Spalt nach Shila suchen«, sagte Macros, »und dann werden wir in diese Welt wechseln und den Eingang in die Stadt Ahsart finden. Und ihn schließen.«

»Unglücklicherweise habt ihr dabei etwas übersehen«, wandte Hanam ein.

»Und zwar?«

»Maarg könnte sich bereits auf Shila befinden, und falls das der Fall ist, müsst ihr zunächst den Dämonenkönig töten, ehe ihr den Spalt schließen könnt.«

Macros blickte seine Tochter an, und keiner von beiden wusste darauf etwas zu erwidern.

Betrug

Roo runzelte die Stirn.

Jason setzte die Auflistung der Verluste fort, die daraus resultierten, dass sie Schulden hatten machen müssen, um der Krone Geld zu leihen.

»Und jetzt will er noch mehr«, stöhnte Roo.

»Ich weiß nicht, wo wir das Geld für den Herzog auftreiben sollen«, erklärte Jason. »Wir müssten schon einige der profitableren Unternehmen verkaufen. Dadurch allerdings würde wieder weniger Geld in die Kasse kommen.« Er schüttelte den Kopf. »Kennst du nicht jemand anderen, der dem Herzog das Geld leihen könnte?«

Roo lachte. »Nun, vielleicht kann ich Jacob Esterbrook überzeugen, mit einzusteigen.«

Er wusste, wie unwahrscheinlich das war. Bei den seltenen Abendessen mit Jacob hatte er stets einen großen Bogen um die Frage gemacht, ob dieser das Königreich im bevorstehenden Krieg unterstützen würde. Doch es gab auch noch andere Geschäftsleute, und Roo wollte sehen, was er tun konnte.

»Ich bin für den Rest des Tages unterwegs«, teilte er Jason mit. »Würdest du meiner Frau eine Nachricht zukommen lassen, dass ich noch einige Tage länger in der Stadt bleibe?«

Jason schrieb die Nachricht.

»Und dann such doch bitte Duncan und sag ihm, ich würde mich gern um fünf hier mit ihm treffen. Und es wäre schön, wenn Luis dabei wäre.«

»Wo wirst du dich bis dahin herumtreiben?«

Roo lächelte. »Ich werde dem Herzog sein Geld besorgen. Um drei werde ich bei Barret sein, und danach komme ich hierher zurück. Bis dahin bin ich beschäftigt.«

Roo nahm sich seinen Mantel – einen leichten, denn draußen war es heiß – und setzte einen eleganten Hut mit breiter Krempe und gelber Feder auf. Dazu trug er ein Paar Reitstiefel aus feinstem Leder, und am Gürtel hing sein altes Schwert.

So ausstaffiert, trat er hinaus auf die belebten Straßen von Krondor, drehte sich um und bewunderte das Gebäude von *Avery und Sohn*. Das tat er häufig, wenn er das Geschäft verließ. Er betrachtete das riesige Lagerhaus, das er zu seinem Hauptgeschäftshaus umgebaut hatte. Um das Lagerhaus herum hatte er Grundstücke dazugekauft und darauf Bürogebäude errichten lassen. Seine Wagen füllten den großen Hof.

Er wandte sich ab und ging los, um seinen ersten Besuch zu machen, bei einem Bankier, den er zwar nicht als Freund bezeichnet hätte, der ihm jedoch einen Gefallen schuldete.

»Ich brauche das Gold«, sagte Herzog James.

»Ich weiß, mein Lord«, antwortete Roo. »Aber ich kann kein Gold mehr auftreiben.«

»Man kann immer noch etwas auftreiben«, widersprach Herzog James.

Roo fiel auf, wie erschöpft der Mann wirkte. Seine Augen waren dunkel gerändert, als hätte er in der letzten Zeit kaum geschlafen. Die Spannungen in der Stadt wuchsen, und Kriegsgerüchte machten die Runde. Die Nachricht von einer großen Seeschlacht bei Banapis in der Straße der Finsternis war am Tag zuvor eingetroffen, und inzwischen waren auch die Schiffe von der Fernen Küste und den Freien Städten überfällig.

»Wenn Ihr die Steuern erhöht, könnt Ihr vielleicht noch etwas aus den Händlern und Bauern herausquetschen. Doch die Geschäftswelt ist schon jetzt höchst nervös und hat einen Großteil ihres Goldes in den letzten Monaten bereits in den Osten fließen lassen.«

»Und kein geringer Teil davon gehört Euch!«, entgegnete der Herzog und schlug mit der Faust auf den Tisch.

Roo riss die Augen auf. »Ich habe nur das getan, was jeder Mann in meiner Situation getan hätte, mein Lord!« Roos Antwort kam so scharf, als hätte er vergessen, wem er gegenüberstand, und es gelang ihm nur mit Mühe, seine Wut im Zaum zu halten. »Ich habe Euch jedes Kupferstück gegeben, das ich erübrigen konnte. Falls ich Euch noch mehr überlasse, tötet Ihr die Kuh, die Euch Milch gibt.«

James blickte den kleinen Mann an. »Dann wird die Kuh eben geschlachtet. Ich brauche Geld für Waffen, und das eigentlich schon gestern.«

Roo seufzte. »Ich werde heute Abend mit Jacob Esterbrook zu Abend essen und sehen, was ich aus ihm herausholen kann.«

James sah Roo einen Augenblick lang an. »Er wird die Gelegenheit ausnutzen.«

»Wie meint Ihr das?«

»Er weiß, dass Ihr das Gold schnell braucht, und er wird etwas von Euch verlangen, das Ihr ihm nicht verkaufen wollt.«

Roo überlegte. »Falls wir diese Armee nicht besiegen, wird mein gesamter Besitz keinen Pfifferling mehr wert sein.« Er erhob sich. »Mit Eurer Erlaubnis, ich werde um drei Uhr bei Barret erwartet, und ich habe noch zwei Besuche zu machen. Ich muss mich um Geschäfte kümmern.«

Roo verneigte sich und wandte sich zur Tür. James rief ihn zurück. »Rupert?«

»Mein Lord?«, fragte der kleine Mann und drehte sich noch einmal um.

»Habt Ihr viel Besitz in Landreth und Shamata?«

»Ja, Euer Gnaden.«

James wog seine Worte genau ab. »Es wäre möglicherweise klüger, wenn Ihr Euren Besitz auf die Nordseite des Sees der Träume verlagert.«

»Aus welchem Grund, mein Lord?«

»War nur so ein Gedanke«, sagte der Herzog und richtete seine Aufmerksamkeit wieder auf die Papiere, die er durchgesehen hatte, als Roo eingetreten war.

Roo ging hinaus. Im Vorzimmer hing eine riesige Wandkarte des Westlichen Reichs. Das Tal der Träume befand sich seit fast hundert Jahren im Besitz des Königreichs. Zuvor war es Gegenstand eines langanhaltenden Konflikts zwischen dem Königreich und Groß-Kesh gewesen. Bei Endland tippte Roo mit dem Finger auf die Karte. Das war der westlichste Punkt des Königreichs an der Südküste des Bitteren Meers. Nordwestlich davon lag ein kleiner Meerbusen, die Shandonbucht. Eine kleine Stadt, Dacadia, war die einzige nennenswerte Siedlung zwischen Endland und dem Meer der Träume.

Roo fuhr mit dem Finger über die Bergkette, die sich von der Küste aus ostwärts bis zu dem Fluss zog, der das Bittere Meer und das Meer der Träume verband. Dann sah er sich die Umgebung an, das Gebiet zwischen dem Großen Sternsee und Stardock und dem Fluss zum Meer der Träume. Östlich vom Großen Sternsee erhob sich ein Gebirge, die Grauen Berge.

Plötzlich riss Roo die Augen auf. »Das kann er nicht wagen!«

James' persönlicher Sekretär fragte: »Wie bitte, Sir?«

Roo lachte. »Nichts, nichts.«

Indem er das Vorzimmer des Herzogs von Krondor verließ, murmelte er in sich hinein: »Verdammt, und ich wette, er hat es doch gewagt!«

Fast hüpfend eilte Roo die Treppe vom Palast zum Hof hinunter, wo ein Lakai sein Pferd hielt. Er nahm die Zügel, und während er das Tier in Richtung Tor herumzog, schweifte sein Blick über den belebten Exerzierplatz. Wo mochte Erik nur stecken?, fragte er sich. Seit Banapis hatte er ihn nicht mehr zu Gesicht bekommen, und inzwischen machte er sich Sorgen um den Freund.

Dann verdüsterte sich seine Stimmung, als er daran dachte, dass es nur noch einige wenige Wochen dauern würde, bis der Krieg die Stadt fest im Griff halten würde.

Er gab dem Pferd die Sporen und ritt zum Tor, wo er den wachhabenden Leutnant beiläufig grüßte. Der junge Soldat erwiderte den Gruß, denn Roo Avery wurde im Palast häufig gesehen und war als Freund des Herzogs bekannt, was ihn zusammen mit seinem schier unermesslichen Reichtum zu einem der wichtigsten Männer Krondors machte.

»Habt Ihr über mein Angebot nachgedacht?«, fragte Jacob Esterbrook.

Roo lächelte. »Es ist durchaus in Betracht zu ziehen.« Er

hielt es für das Beste, sich freimütig zu geben und seinem Geschäftsrivalen das zu verraten, was dieser sowieso schon wusste. »Ich habe der Krone einen beträchtlichen Betrag Geld geliehen, wegen des bevorstehenden Krieges, und dadurch bin ich jetzt selbst nicht mehr flüssig.«

Sylvia lächelte Roo an, als wäre das, was er sagte, von immenser Bedeutung.

Er erwiderte ihr Lächeln. »Obgleich ich nicht über die Belange der Bittermeer-Gesellschaft verhandeln kann, ohne meine Geschäftspartner zu konsultieren, glaube ich doch, dass sie allem, dem ich zustimme, ebenfalls zustimmen werden, wenn ich ihnen erkläre, wie die Dinge stehen.« Er hielt inne, aß den letzten Bissen von seinem Teller und tupfte sich den Mund mit der Serviette ab. »Hingegen kann ich über die Vermögenswerte von *Avery und Sohn* frei verfügen, und da gibt es einiges, was Euch vielleicht interessieren würde.«

Jacob lächelte. »Ihr habt ein Gegenangebot.«

»Mit einem Wort, ja«, antwortete Roo. »Da Ihr den Handel mit Kesh fest im Griff zu haben scheint, denke ich darüber nach, ob ich nicht meinen Fuhrhof in Shamata und meinen Schiffsanleger in Port Shamata veräußere. Beides sind hübsche Anlagen, doch seit sie sich in meinem Besitz befinden, haben sie bislang nicht eine einzige Kupfermünze abgeworfen, wie Ihr vermutlich wisst.« Letzterem ließ er ein bedauerndes Lachen folgen.

»Nun, was die Geschäfte im Süden betrifft, halte ich mich stets auf dem Laufenden. Glücklicherweise darf ich mich langer und lukrativer Handelsbeziehungen mit einigen der wichtigsten keshianischen Unternehmen erfreuen.« Jacob schob den Stuhl vom Tisch zurück, und ein Diener eilte herbei, um ihm beim Aufstehen behilflich zu sein.

»Ach, ich hab's mal wieder in den Knien. Sicherlich das Wetter. Wenn der Himmel klar ist und die Luft heiß und trocken, schmerzen sie fast genauso schlimm, als wenn Regen bevorsteht.«

Roo nickte, während er sich ebenfalls erhob. »Hättet Ihr an diesen Einrichtungen Interesse?«, fragte er.

»Ich habe stets Interesse daran, Rupert, meinen Besitz zu vergrößern. Es ist eher eine Frage des Preises.«

Roo grinste. »Welche Antwort sollte ich auch sonst von Euch erwarten?«

»Nehmen wir den Brandy doch draußen im Garten zu uns, und dann überlasse ich euch meiner Tochter«, schlug Jacob vor. »Ich kann des Abends nicht mehr so lange aufbleiben wie früher einmal.«

Sie gingen hinaus in die warme, sternenklare Nacht. Die Luft im Garten war erfüllt vom Duft der Sommerblumen, dem Zirpen der Grillen und dem Gesang der Nachtvögel.

Roo schnupperte am Brandy. Langsam fand er Geschmack an diesem destillierten Wein, doch noch immer konnte er einen aus Kesh nicht von einem aus Düstermoor unterscheiden. Gegen den armseligen Fusel, den Lord Vasarius ihm aufgetischt hatte, war dieser hier allerdings ein Hochgenuss. Er war scharf, schmeckte stärker nach Holz als jeder andere, den er je probiert hatte, und hinterließ ein angenehm warmes Gefühl in der Kehle. Und der feine Geschmack von Weintrauben und Holz hielt sich noch eine Weile auf der Zunge.

Sylvia setzte sich neben Roo und legte ihm, wie abwesend, die Hand aufs Bein, während ihr Vater sagte: »Warum fertigt Ihr nicht eine detaillierte Liste der Objekte an und schickt sie mir morgen?«

»Das werde ich tun«, versicherte Roo. »Und was die Besitztümer hier in Krondor angeht, so bin ich durchaus bereit, mich von einigen zu trennen, aus denselben Gründen, aus denen ich auch die in Shamata loswerden will.«

»Was ist mit Landreth?«

Roo zuckte mit den Schultern. »Also – an der Nordküste des Meers der Träume wirft der Handel sogar ein wenig Gewinn ab. Es würde ganz vom Preis abhängen.«

Noch eine Stunde sprachen sie über Geschäfte, dann erhob sich Jacob. »Ich werde mich für die Nacht zurückziehen. Falls Ihr mögt, trinkt doch noch einen Brandy. Sylvia wird Euch Gesellschaft leisten, bis Ihr aufbrecht. Gute Nacht, Rupert.«

Der alte Mann ging ins Haus, und als sie allein waren, fuhr Sylvia mit der Hand an Roos Bein aufwärts. »Soll ich dir Gesellschaft leisten?«, fragte sie neckisch.

Roo stellte sein Brandyglas ab und küsste sie. »Lass uns nach oben gehen.«

»Nein, ich will hierbleiben.«

»Im Garten?«, fragte er.

»Warum nicht?«, erwiderte sie und öffnete ihr Mieder. »Es ist so warm, und ich will nicht länger warten.«

Unter den Sternen liebten sie sich, und danach lag Sylvia neben Roo im Gras, den Kopf auf seiner Brust. »Du warst in letzter Zeit viel zu selten bei mir, Roo.«

Roo hatte vor sich hin geträumt, nun wurde er aus diesem angenehmen Dämmer gerissen. »Die Lage spitzt sich zu.«

»Ich habe gehört, es wird Krieg geben«, sagte Sylvia.

»Viele Leute meinen das.«

»Stimmt es denn?«

Roo überlegte, was er ihr darauf antworten sollte.

Schließlich sagte er: »Es stimmt tatsächlich, glaube ich, obwohl ich nicht weiß, wie bald der Krieg beginnen wird. Aber überleg dir, ob du nicht in den Osten gehen willst, wenn du hörst, dass es in Krondor Schwierigkeiten gibt.«

»Krondor?«, hakte sie nach und knabberte verspielt an seiner Schulter. »Ich dachte, Kesh würde sich wieder rühren.«

»So ist es auch«, antwortete Roo und versuchte, die volle Wahrheit zu verschweigen. Er liebte sie und wollte sie in Sicherheit wissen, dennoch vertraute er ihr nicht gänzlich, denn vermutlich war sie ihrem Vater gegenüber loyal. »Aber diesmal geht es nicht ums Tal der Träume.«

Er dachte darüber nach, welche Auswirkungen diese Mitteilung auf seine Verhandlungen mit Jacob haben würde. Sicherlich würde es nicht schaden, also entschied er, die Geschichte ein wenig auszuschmücken.

»Weißt du, dass Lord Vykor von Rillanon nach Krondor berufen wurde?«

»Wer ist das?«, erkundigte sich Sylvia.

Roo fragte sich, ob sie es wirklich nicht wusste oder ob sie ihm nur das Gefühl geben wollte, wichtig zu sein. Er strich ihr über die nackte Taille. Was änderte das schon? »Er ist der Admiral der Flotte des Westens. Er lauert mit einer großen Flottille in der Salzbucht, damit er die Keshianer, wenn sie aus Durbin kommen, aus dem Hinterhalt überfallen kann. Prinz Nicholas hat im Westen jenseits der Straße der Finsternis ein großes Geschwader versammelt und wird ihnen in den Rücken fallen.«

Sylvia spielte mit Roos Brusthaar. »Ich habe gehört, er soll eine große Schatzflotte eskortieren.«

In diesem Augenblick wurde Roo gewahr, dass sie sehr viel mehr wusste, als sie bisher zugegeben hatte. Seine Leidenschaft erlosch schlagartig, und er sagte: »Entschuldige, aber ich denke, ich muss jetzt nach Hause.«

»Oh.« Sie machte einen Schmollmund.

»Es tut mir leid, aber ich muss die Dokumente für deinen Vater zusammenstellen.«

Er zog sich an, während sie auf dem Rasen lag und im Licht des Mondes wunderschön anzusehen war. Als er fertig war, erhob sie sich und küsste ihn. »Wenn du davonrennen musst, also bitte. Werde ich dich morgen sehen?«

»Morgen nicht«, erwiderte Roo, »aber vielleicht am Abend darauf.«

»Also gut, dann werde ich nun ins Bett gehen und an dich denken, während ich ganz allein daliege«, hauchte sie und strich mit der Hand über seinen Bauch.

»Mach es mir nicht so schwer«, stöhnte er.

Sie lachte. »Du bist es, der mir das Leben schwermacht. Wie kann ich an einen anderen Mann auch nur denken, da es dich in meinem Leben gibt?« Sie küsste ihn erneut. »Mein Vater fragt dauernd, warum ich nicht heirate. Er will endlich Enkel.«

»Ich weiß«, erwiderte Roo. »Aber das ist unmöglich.«

»Vielleicht meinen es die Götter gut mit uns, und wir werden eines Tages vereint sein.«

Roo antwortete nur: »Ich muss gehen.«

Er verließ sie, und sie sammelte ihre Kleider zusammen. Anstatt sich anzuziehen, nahm sie sie mit ins Haus. In ihrem Zimmer angekommen, ließ sie das Bündel einfach auf den Boden fallen.

Vom Bett her hörte sie ein leises Stöhnen und musste lächeln. Im Dunkeln ging sie hinüber und sah zwei Gestalten unter der Decke. Sie klatschte der Magd auf den nackten Hintern, und das Mädchen schrie überrascht auf.

Duncan Avery blickte im fahlen Licht, das durch das Fenster hereinfiel, zu Sylvia auf. »Da bist du ja, mein Liebling.« Er grinste frech. »Wir haben uns gelangweilt, während wir auf dich gewartet haben.«

Sylvia schob das Dienstmädchen zur Seite und trug ihm auf: »Such meine Kleider zusammen und bring sie in die Wäsche.«

Das Mädchen sah die Herrin ausdruckslos an und schlüpfte aus dem Bett. Sie hob die eigenen Kleider und die ihrer Herrin auf und eilte hinaus.

Sylvia streckte die Hand aus und begann, Duncan zu streicheln. »Na, wenigstens hat sie dafür gesorgt, dass du bereit bist.«

»Ich bin allzeit bereit«, gab er zurück und küsste sie auf den Hals.

Sie stieß ihn zurück und setzte sich rittlings auf ihn. »Du musst etwas für mich erledigen.«

»Alles, was du willst«, sagte er, während sie sich tief in die Augen sahen.

»Ich weiß«, gurrte sie, beugte sich vor und küsste ihn.

»Du riechst nach Gras«, stellte er fest.

»Wie sollte ich auch nicht. Ich habe deinem Cousin auf dem Rasen Gesellschaft geleistet.«

Duncan lachte. »Es würde ihn umbringen, wenn er wüsste, dass du aus seinen Armen direkt in meine geeilt bist. Er nimmt solche Dinge ein wenig zu ernst.«

Sylvia umfasste sein Gesicht und drückte ihm ihre Fingernägel in die Wangen. »Und das solltest du auch, mein erregter Pfau! Ich werde dich so reich machen, wie du es dir im Leben nicht erträumt hast.«

Ihr war klar, dass sie einen Mann brauchte, der nach außen hin an der Spitze von Roos Gesellschaften und der ihres Vaters stand. Duncan war dumm genug, unter ihrem Einfluss alles zu tun, was sie wollte. Und wenn sie ihn satt hatte, würde sie ihn mit Leichtigkeit loswerden können.

Duncan ignorierte den Schmerz. »Reichtum gefällt mir.«

»Und jetzt zu dem, was du für mich erledigen sollst.«

»Was?«

»Du musst deine Schwägerin umbringen.«

Duncan erwiderte einen Augenblick lang nichts, und nur sein schwerer Atem war zu hören. Schließlich fragte er: »Wann?«

»Im Laufe dieser Woche.«

»Und warum?«

»Damit ich Roo heiraten kann, du Dummkopf!«, sagte sie. Langsam steigerte sich ihre Lust.

»Wie soll ich denn reich werden, wenn du meinen Cousin heiratest?«, fragte Duncan.

Plötzlich drückte Sylvia den Rücken durch und erschauderte, dann sank sie auf Duncan zusammen, der sich ebenso der Leidenschaft hingab wie sie. Nach einem Moment des Schweigens wiederholte er: »Und wie soll ich reich werden ...«

»Ich hab's gehört«, unterbrach sie ihn. Er ist genau wie Roo, dachte sie. Er kann mich nicht einmal eine Minute in Ruhe genießen lassen.

Schließlich wälzte sie sich von ihm herunter. »Weil wir mich nach einer angemessenen Zeit zu Ruperts Witwe machen. Und dann, wieder nach einer angemessenen Zeit der Trauer, können wir heiraten.«

Duncan lachte, griff ihr grob ins Haar und zog ihren Kopf ohne die leiseste Zärtlichkeit zu sich heran. »Du bist wirklich eine bewundernswerte Frau«, sagte er und biss ihr in die Lippe. »Romantik, nein, das zählt für dich nicht, mein Liebling.« Er drehte sie herum und sah ihr in die Augen. »Der Gedanke, aus Habgier zu heiraten, gefällt mir. Das ist etwas, das ich verstehe.«

»Gut«, fauchte Sylvia und schlug ihm mit der flachen Hand ins Gesicht, gerade so fest, dass es wehtat. »Dann wären wir uns mal wieder einig.«

Sylvia legte sich auf den Rücken, während Duncan abermals alle Anzeichen von körperlicher Erregung zeigte. Seine Nützlichkeit als Oberhaupt des Hauses nach außen hin und seine Talente im Bett wurden leider durch sein rüpelhaftes Benehmen überschattet. Wie konnte er nur mit dem Dienstmädchen anfangen, bevor sie selbst eintraf. Das war unverzeihlich. Morgen Früh würde sie das Mädchen dafür bestrafen, dass sie das Duncan nicht klargemacht hatte. Bestimmt war Sylvia nicht eifersüchtig, doch sie bestand auf Gehorsam, und sie hatte keinem der beiden die Erlaubnis erteilt, ohne sie anzufangen.

Sie seufzte und erbebte, während er ihren Körper in Wallung brachte. Ja, ein Jahr oder zwei würde sie es mit Duncan aushalten, bevor sie ihn aus dem Weg schaffen würde. Dann würde sie sich nach einem jungen Adligen umsehen, vielleicht diesem dreisten Enkel des Herzogs, der sich gegen all ihre Annäherungsversuche so resistent gezeigt hatte. Jedenfalls wäre der eine echte Herausforderung. Doch wer auch immer es am Ende sein mochte, sie würde einen Titel haben, wenn sie mit ihm fertig wäre. Und wenn es denn unbedingt notwendig war, würde sie sogar ein Balg oder zwei für einen Baron oder einen Grafen zur Welt bringen.

Dann bedachte sie den Preis der Mutterschaft. Ihr fester Körper würde seine Form verlieren. Vielleicht gab es ja

Zaubertränke oder andere magische Mittel, mit deren Hilfe sich solche Folgen vermeiden ließen. Darüber machten sich Frauen schon lange Gedanken. Dann fragte sie sich: Warum eigentlich nur einen Grafen? Warum keinen Herzog? Dieser Dashel, der für Rupert arbeitete, hatte der nicht noch einen Bruder? Und der würde doch irgendwann einen Adelsrang haben, vielleicht sogar den eines Herzogs. Würde dieser leichter zu umgarnen sein als sein Bruder, oder würde er die gleiche Herausforderung darstellen?

Während Duncan ihren Bauch mit Küssen liebkoste, wusste sie mit einem Mal, was ihr fehlte. Eine echte Herausforderung. Die Männer in ihrem Leben waren einfach so berechenbar. Und als sie die Augen schloss und ihr Körper sich anspannte, schoss es ihr durch den Kopf: Auch der Prinz ist noch nicht verheiratet!

Pug materialisierte in der Nähe des Ufers, wo eine Gruppe Schüler gerade einem Vortrag von Chalmes lauschte. Der Meistermagier hielt inne, als er die drei Männer erkannte. Pug hatte Nakor und Sho Pi mitgebracht. Und er hatte sich verändert, er war dünner, und sein Haar und sein Bart waren so kurz, als wären sie erst vor Kurzem gänzlich abrasiert worden. Zudem erweckten seine Bewegungen den Eindruck großer Erschöpfung.

»Herr«, begrüßte ihn Chalmes, »Ihr kommt so unerwartet wie bei Eurem letzten Besuch.«

»Es gibt Dinge von äußerster Wichtigkeit, die wir besprechen müssen. Versammelt die anderen Hohen Magier im Ratssaal. Ich werde mich auch gleich dazugesellen.«

Wenn der Magier, der inzwischen das Oberhaupt der Gemeinschaft war, etwas dagegen hatte, auf solche Weise Befehle erteilt zu bekommen, verbarg er dies meisterhaft.

Er legte zum Gruß die Hand aufs Herz, wie es in Kesh üblich war. »Es wird sofort erledigt, Herr.«

Nakor sah die Schüler an, die mit offenen Mündern dasaßen. »Husch, husch!«, scheuchte er sie auf, und eilig liefen sie davon.

Die drei Männer hatten sich mit Calis nach Krondor teleportiert. Pug hatte Calis dort gelassen, weil dieser die Verteidigung der Stadt vorbereiten sollte, bis Pug ihn abholte. Pugs Enkel Arutha hatte es geschafft, ihm klarzumachen, dass er dringend mit ihm sprechen musste, und so wollte Pug bald in die Stadt des Prinzen zurückkehren.

»Weißt du, was zu tun ist?«, fragte Pug.

»Sicherlich«, antwortete Nakor. »Ich weiß zwar nicht, ob es mir gefällt, aber ich kann wohl erkennen, aus welchem Grund es notwendig ist.«

Pug zuckte mit den Schultern. »Wenn wir die nächsten Monate überleben, können wir uns Gedanken darüber machen, was hier vor sich geht. Falls du nicht zufällig einen besseren Plan hast.«

Nakor rieb sich das Kinn. »Ich bin mir nicht sicher. Es gibt vielleicht eine Möglichkeit, aber diese andere Sache müssen wir trotzdem zuerst erledigen.«

»Also dann, los mit euch!«, sagte Pug und lachte. »Wenn ihr fertig seid, reitet ihr nach Sethanon. Ich glaube kaum, dass ihr in Krondor etwas ausrichten könnt. Und falls ich nicht in Sethanon bin, versucht, Tomas zu helfen, so gut es geht.«

Nakor und Sho Pi eilten zur Fähre, die sie in das Städtchen auf der anderen Seite des Sees bringen würde, während Pug sich der großen Zitadelle von Stardock zuwandte.

Er ging in das Gebäude und machte sich zum Ratssaal auf, wo sich gerade die Obersten Magier der Insel versammelten. Bei seinem Eintreten erhoben sie sich, doch er bedeutete ihnen, sie sollten sich wieder setzen, während er selbst den Platz einnahm, der traditionell dem Vorsitzenden des Rates zustand.

»Die Dinge entwickeln sich rasch«, begann er ohne Vorrede. »Ich habe euch eure Unabhängigkeit vom Königreich oder von Kesh gelassen, solange Frieden herrschte, doch so kann es jetzt nicht mehr weitergehen.«

»Den Gerüchten zufolge wird es Krieg geben«, sagte Chalmes. »Soll die Akademie für das Königreich Partei ergreifen?«

»Ja«, antwortete Pug.

»Viele der Magier hier sind keshianischer Abstammung und fühlen sich dem Königreich nicht verpflichtet«, wandte ein anderer Magier ein.

»Seid Ihr Robert d'Lyes?«

»Ja«, antwortete der junge Magier und neigte den Kopf. Für ihn war es eine große Ehre, dass Pug sich an ihn erinnerte.

»Ihr seid im Königreich geboren, nicht wahr?«

»Das stimmt. Ich wollte nur darauf aufmerksam machen, dass manche hier dem Königreich und andere dem Kaiserreich ergeben sind. An erster Stelle sind wir jedoch Stardock treu.«

»Ich will es ganz offen sagen«, erwiderte Pug. »Stardock gehört mir. Es wurde mit meinem Geld erbaut, auf Land, das ich vom König als Lehen erhalten habe, und bis ich etwas anderes sage, wird es weiterhin mir gehören.«

»Das ist sicherlich richtig«, wandte d'Lyes ein, »doch viele werden uns verlassen, und darin sehe ich eine Niederlage für die Prinzipien, die uns hier zusammengebracht haben.«

Pug lächelte. »Ich verstehe Euer akademisches Verlangen, hier zu sitzen und das Offensichtliche zu debattieren, bis Ihr zu einer profunden philosophischen Einsicht gekommen seid. Doch angesichts dessen, dass sich im Augenblick die größte Flotte in der Geschichte dieser Welt auf dem Weg nach Krondor befindet, können wir uns solchen Luxus nicht leisten.«

Bei der Erwähnung der Flotte runzelten manche unter den Magiern die Stirn. »Wir hielten die Truppenaufmärsche der Keshianer im Süden für das Vorspiel zum Krieg, Herr«, sagte Chalmes. »Was hat es mit dieser Flotte auf sich?«

»Ich will mich kurz fassen«, erklärte Pug. »Von jenseits der Endlosen See nähert sich Krondor eine riesige Armee, die unter dem Befehl eines Dämonenherrschers steht. Wenn sie die Stadt in Schutt und Asche gelegt hat, wird sich diese Armee ausbreiten, um alles zwischen dieser Insel, Ylith, Krondor und Salador zu erobern. Es wird so viel Zerstörung und Blutvergießen geben, wie es sich keiner von Euch vorzustellen vermag.«

Die Magier besprachen sich untereinander, und Pug ließ sie einen Augenblick gewähren. Dann hob er die Hand, und im Saal kehrte Ruhe ein. »Doch was uns noch mehr Sorgen bereitet, ist ihr eigentliches Ziel. Obwohl sie es selbst vermutlich nicht wissen, könnten sie alles Leben auf Midkemia vernichten, wenn sie dieses Ziel erreichen.«

»Ist das überhaupt möglich?«, fragte d'Lyes.

»Es ist nicht nur möglich, es ist sogar überaus wahrscheinlich«, antwortete Pug, »wenn ich nicht jede erdenkliche Hilfe erhalte.«

Der junge Magier nickte. »Ich werde helfen.«

Pug lächelte. »Die Jugend wird oftmals unterschätzt«,

bemerkte er, während sich die älteren Magier im Rat hinter Schweigen verschanzten.

Schließlich sagte Kalied, einer der Magier keshianischer Herkunft: »So vieles, für das wir gearbeitet haben, steht auf dem Spiel, wenn Eure Nachrichten der Wahrheit entsprechen. Wäre es nicht weiser, hierzubleiben und die Bibliothek und die anderen Einrichtungen zu beschützen?«

»Ich kann keinem von euch befehlen, mir zu folgen«, gab Pug zurück. »Ich kann euch nur befehlen, diesen Ort zu verlassen. Doch wem würde das dienen?« Er erhob sich. »Ich werde mich für zwei Stunden in meinen Turm zurückziehen. Ruft die Magier zusammen, die der Kriegsmagie, der Schutzmagie oder der Heilmagie kundig sind, und teilt ihnen mit, was ich euch gerade berichtet habe. Jene, die mir helfen wollen, nehme ich mit. Der Rest mag hierbleiben und Stardock verteidigen, sofern er dazu in der Lage ist.«

Pug verließ den Saal, während die anderen Magier über das gerade Gehörte zu debattieren begannen. Er stieg die Treppe zu seinem Arbeitszimmer hinauf und ging durch die magische Tür, die Unbefugten den Eintritt verwehrte.

Noch bevor die Tür wieder zugefallen war, teleportierte er sich zum Eiland des Zauberers.

Gathis, eine goblinähnliche Kreatur, die schon Macros als Majordomus gedient hatte, befand sich in seinem Raum, der an den wunderschönen Garten grenzte, den Pug angelegt hatte. »Meister Pug«, begrüßte Gathis ihn. »Gehe ich recht in der Annahme, dass Meister Macros zurückgekehrt ist?«

Pug lächelte. Gathis hatte ihm einst von dem geheimnisvollen Band erzählt, das zwischen ihm und Macros bestand. »Ja, es stimmt, obwohl mir nicht bekannt ist, wo sich Macros und Miranda zurzeit aufhalten.«

Gathis verneigte sich. »Wie kann ich Euch dienlich sein?«

»Ich muss die Kleider wechseln, und bring mir etwas Warmes zu essen, während ich ein Bad nehme.«

Zu den größten Annehmlichkeiten des Hauses, das Pug Villa Beata genannt hatte, gehörten die keshianischen Bäder. Pug hatte sie von Grund auf renovieren lassen. Als Gathis mit einem Teller voller Fleisch, Käse, Brot und Gemüse sowie einem Krug kühlen Weißweins hereinkam, saß Pug bereits im heißen Wasser und entspannte sich.

Beim Anblick der Narben auf Pugs Körper und der kurzen Haare auf dessen Kopf und im Gesicht meinte Gathis: »Mir will scheinen, Ihr seid in Schwierigkeiten geraten.«

Pug lachte. »Mein Freund, deine Untertreibungen haben mir schon immer Spaß bereitet.« Er nahm dem Wesen mit dem grünen Gesicht den Weinkelch aus der Hand, und nachdem er daran genippt hatte, fragte er: »Wusstest du, dass Miranda die Tochter von Macros ist?«

»Ich habe es wohl vermutet«, antwortete Gathis, »wenngleich ich nur wenig Gelegenheit hatte, mich mit ihr zu unterhalten. Aber da ist etwas an ihr, das an den Schwarzen erinnert, und so überrascht mich diese Enthüllung nicht.«

»Ich hingegen bin aus allen Wolken gefallen. Ahntest du auch, dass ihre Mutter die Lady Clovis ist?«

»Nein, das ist selbst für mich eine Überraschung«, gab Gathis zu. »Ich lernte den Schwarzen kennen, als er mich von meiner Heimatwelt rettete, vor doch schon ziemlich langer Zeit, aber da hatte er Miranda und ihre Mutter bereits verlassen, wenn ich mir das recht zusammenreime.«

»Sobald ich gegessen habe, muss ich zurück nach Stardock«, sagte Pug. »Doch bevor ich aufbreche, möchte ich mich vergewissern, ob die Verteidigungseinrichtungen der

Insel intakt sind. In den nächsten Tagen wird hier eine ausgesprochen feindselige Flotte vorbeisegeln, und obwohl ihr Ziel Krondor ist, könnten doch einige Schiffe hier anlegen, um die Insel in Augenschein zu nehmen.«

»Ich werde in dieser Hinsicht Euren Instruktionen folgen«, versicherte Gathis, dann lächelte er, wobei er sein Gebiss enthüllte. »Wenn ich solche Dinge richtig einschätze, werden Eure Schüler hier in der Lage sein, solch marodierendes Pack zu entmutigen.«

Pug lachte. »Besser hätte ich es nicht auszudrücken vermocht.«

»Werdet Ihr bald zurückkehren?«

Pugs Miene verdüsterte sich. »Ich weiß es nicht. Das Schicksal dieses Planeten steht auf dem Spiel, doch falls wir überleben, werde ich zurückkommen.«

»Und der Schwarze?«

Pug zuckte mit den Schultern. »Du kennst deinen früheren Meister weitaus besser als ich, also sag du es mir.«

Gathis konnte als Antwort ebenfalls nur mit den Schultern zucken. Mehr gab es nicht mehr zu sagen. Pug aß zu Ende, und nach dem Bad kleidete er sich in eine saubere Robe. Daraufhin teleportierte er sich in sein Arbeitszimmer zurück und ging die Treppe hinunter. Unten wartete eine große Zahl Schüler auf ihn. Als Pug sie sah, rief er: »Alle Mann raus hier!«

Die Schüler eilten auf den Haupteingang zu, doch einen packte Pug am Ärmel. »Wie heißt du?«

»John, Meister«, antwortete der Junge, der es gar nicht fassen konnte, vom Herrn von Stardock auserwählt worden zu sein.

»Geh in den Ratssaal und sag allen, sie sollen sich draußen zu uns gesellen.«

Der Schüler lief in Richtung Ratssaal davon, und Pug drängelte sich durch die anderen hinaus, die augenblicklich auseinanderwichen, als sie erkannten, wer hindurchwollte. Pug ging zu einem großen Felsen, der aus dem Boden ragte, und kletterte hinauf.

Nach einigen Minuten wandte sich Pug dem See zu und ließ den Blick darüber hinwegschweifen. Er benutzte seine magische Sehfähigkeit, um den fernen Hafen auf der anderen Seite abzusuchen, und stellte zufrieden fest, dass Nakor und Sho Pi gerade zusammen mit zwei Soldaten an Bord der Barkasse gingen, die als Fähre zwischen Insel und Festland diente.

Chalmes und die anderen Mitglieder des Rates drängten sich durch die Menge der Schüler. »Was hat das jetzt wieder zu bedeuten?«, erkundigte sich Chalmes.

Pug saß auf dem Felsen, nahm die beste Nakor-Pose ein, die ihm gelingen wollte, und antwortete: »Wir warten.«

»Worauf warten wir?«

Pug lächelte. »Ich will euch doch nicht die Überraschung verderben.«

Diese Antwort ließ sie verstummen, und eine halbe Stunde verging, während sie angespannt darauf warteten, dass die Fähre den See überquerte. Schließlich kamen Nakor und die anderen vom Anleger herauf, und Pug begrüßte sie. »Wie schön, euch zu sehen. Dies ist Hauptmann Sturgess aus der Garnison von Shamata.« Beim Anblick des zweiten Soldaten breitete sich Unruhe unter den Schülern aus, denn der Mann trug die Uniform der keshianischen Grenzlegion. »Und dies ist General Rufi ibn Salamon.«

Der General nickte. »Herr.«

Pug drehte sich zu den versammelten Magiern um. An

Chalmes gerichtet, sagte er: »Ich vermute, ihr werdet die zwei Stunden, die ich euch gegeben habe, mit leerem Geschwätz verschwendet haben, anstatt das zu erledigen, was ich euch aufgetragen habe.«

»Wir haben gerade darüber debattiert«, begann der alte Magier, »wie wir die Informationen, die Ihr uns mitgeteilt habt, am besten verbreiten …«

Pug hob die Hand und schnitt ihm so das Wort ab. »Ist Robert d'Lyes anwesend?«

Hinten in der Menge reckte der junge Magier die Hand in die Höhe.

Pug zeigte auf ihn. »Ich glaube, er ist das jüngste Mitglied des Rates, nicht wahr?«

Die Magier nickten.

»Gut. Demnach besteht also doch noch Hoffnung.«

D'Lyes schien die Bemerkung zu verwirren. »Doch noch?«, fragte er.

Pug lachte und stand auf, damit alle ihn sehen konnten. »Selbst hier werdet ihr die Gerüchte über den heraufziehenden Krieg gehört haben.«

Manche Magier bestätigten es mit lauten Rufen, andere nickten nur.

»Ein Krieg steht tatsächlich vor der Tür, doch er droht nicht von unseren Nachbarn im Süden her. Eine große Flotte kommt von jenseits des Meeres und bringt eine Armee von entsetzlicher Stärke, vielleicht eine Viertelmillion Mann unter Waffen.« Bei dieser Nachricht begannen die Magier, aufgeregt miteinander zu tuscheln. Pug hob abermals die Hand, um die Ruhe wiederherzustellen. »Das Königreich bereitet sich auf seine Verteidigung vor, und wie ihr euch sicherlich vorstellen könnt, ist es dabei von immenser Wichtigkeit, dass die Grenze zu Kesh sicher ist.

Und um dies zu gewährleisten, wurden einige Veränderungen beschlossen.«

Mucksmäuschenstill erwartete die Versammlung, was Pug als Nächstes verkünden würde.

»Groß-Kesh und das Königreich streiten sich bereits seit Jahren um das fruchtbare Ackerland im Tal der Träume. Um diesen nicht enden wollenden Disput ein für alle Mal aus der Welt zu schaffen, hat das Königreich Teile des Landes an das Kaiserreich Groß-Kesh abgetreten. Im Südwesten von Endland gibt es einen großen Felsen, der sowohl vom Land als auch vom Wasser aus deutlich zu sehen ist, bekannt unter dem Namen Morgans Ruine. Jeder Seemann kennt ihn. Von diesem großen Felsen aus östlich am Fluss Shamata entlang wurde die neue Grenze gezogen. Dem Kaiserreich Groß-Kesh wurde alles Land südlich dieser Linie zugestanden.«

Die Versammlung hielt den Atem an, und ein paar verärgerte Zwischenrufe wurden laut. Ein Mann, der offensichtlich aus dem Königreich stammte, rief: »Das ist Verrat an uns!«

»Nein«, widersprach Pug. »Prinz Erland hat lange mit dem Kaiser von Groß-Kesh über diese Angelegenheit verhandelt. Im Gegenzug für den Schutz, den Kesh unserer Südflanke gewährt, während wir es mit einem mächtigen Feind zu tun haben, hat das Königreich alte Landansprüche des Kaiserreichs anerkannt, die Kesh bereits seit gut hundert Jahren aufrechterhält. Jene von euch, die sich mit diesem Wechsel der Regierung nicht anfreunden wollen, dürfen gehen. Doch so, wie die Dinge im Augenblick stehen, gehört Stardock noch immer zum Königreich und ist weiterhin mein Herzogtum.« Pug blickte von Gesicht zu Gesicht. »Shamata wird gerade in diesem Augenblick an die Keshianer übergeben. Die Streitkräfte des Königreichs ziehen sich über den Großen Sternsee nach Landreth zurück. Jeder von euch, der mit ihnen gehen will, mag in Frieden ziehen.«

Weitere Proteste waren zu hören, doch Pug ging nicht darauf ein.

General Salamon ergriff das Wort. »Wir werden den Anspruch des Königreichs auf Stardock anerkennen. Doch die Stadt am anderen Ufer gehört ab jetzt zum Kaiserreich. Solange noch kein Anleger am Nordufer des See besteht, wird jedem Bürger des Königreichs das Wegerecht gewährt.«

Jemand aus der Menge rief: »Wann übernehmt Ihr die Stadt?«

»Wir haben sie bereits übernommen«, antwortete der General. »Meine Männer besetzen gerade das kleine Fort am Hafen von Shamata und die Garnison in der Stadt, und wir werden auch am anderen Ufer des Großen Sternsees Soldaten stationieren, um den Frieden zu sichern.« Er warf Pug einen Blick zu. »Falls das alles war, würde ich gern zu meinen Männern zurückkehren, Herr.«

Pug nickte. »Ich danke Euch für Euer Kommen.«

Der General und der Hauptmann des Königreichs gingen gemeinsam in Richtung des Fähranlegers davon.

»Das wäre die eine Sache. Und nun die andere«, sagte Pug. »Diese Invasoren, von denen ich gesprochen habe, sind ein Feind der gefährlichsten Sorte, und ich brauche all jene von euch, die willens sind, sich für unsere Sache einzusetzen. Jeden, der heilen kann, der Magie zur Spionage einsetzen oder in irgendeiner Weise der Magie des Eindringlings entgegenwirken kann.« Er hielt kurz inne und fügte dann hinzu: »In ihren Diensten stehen die Pantathianer.«

Als der Name der verhassten Schlangenpriester fiel, riefen viele, die bisher geschwiegen hatten: »Ich werde helfen!«

Pug wartete ab, bevor er fortfuhr. »Jene, die mit mir nach Krondor gehen wollen, sollen sich bei Robert d'Lyes versammeln. Er ist in dieser Angelegenheit mein Berater.«

D'Lyes blickte sich um. Verblüffung stand ihm ins Gesicht geschrieben. »Berater?«, wiederholte er, während andere junge Magier schon begannen, auf ihn einzureden.

Pug sprang von dem Felsen, und Nakor fragte ihn: »Was werden wir jetzt machen?«

Pug zog die Augenbrauen hoch. »Wir? Nun ja, ich werde jedenfalls mit diesem Haufen nach Krondor ziehen und die Männer auf ihre Aufgabe vorbereiten. Dann geht es weiter nach Sethanon. Du bleibst zunächst hier und sorgst dafür, dass diese Narren während der nächsten zwei Wochen keinen Krieg mit Kesh vom Zaun brechen. Danach würde ich dich gern in Sethanon sehen.« Er griff in seine Robe und brachte eine der Teleportkugeln der Tsurani zum Vorschein. »Mach sie nicht kaputt und verlier sie nicht. Es ist die letzte, die ich habe. Und es ist ein langer Weg nach Sethanon.«

Nakor schien der Auftrag nicht zu passen. »Endlich geht die Sache richtig los, und du verlangst von mir, dass ich hierbleibe und das Kindermädchen für diesen Haufen spiele?«

Pug grinste. »Ich wüsste nicht, wer sich besser dafür eignet.«

Mit diesen Worten schob er sich durch das Gedränge der Magier zu Robert d'Lyes.

Sho Pi stieß Nakor an. »Meister?«

»Was gibt's?«

»Hast du schon darüber nachgedacht, was Pug meinte, als er von einem zweiten Plan für Stardock gesprochen hat?«

Nakor schwieg einen Augenblick lang, dann sah er seinen Schüler mit einem breiten Grinsen an. »Natürlich habe ich darüber schon nachgedacht.«

Angriff

Erik runzelte die Stirn.

Er legte die Papiere auf Lord Williams Schreibtisch. »Das soll ich also machen?«

William und Calis nickten. »Wir haben die Pläne verändert, nachdem mein Vater aufgetaucht ist«, erklärte William. Er sah ausgesprochen müde aus. »Er hat mit Calis, dem Prinzen und meiner Wenigkeit Rat gehalten, und er hat uns davon überzeugt, dass Calis an anderer Stelle gebraucht wird.«

Erik war die ganze Zeit davon ausgegangen, dass er oben in den Bergen nördlich und östlich von Krondor darauf warten würde, bis die Stadt gefallen war, um über die Invasoren herzufallen, wenn sie nach Osten zogen. Doch die Karten waren neu gemischt worden, wie man ihm gerade mitgeteilt hatte.

»Ich bin für die Verteidigung der Stadt verantwortlich«, erklärte William. »Daran hat sich nichts geändert. Vykors Flottille hält sich in der Shandonbucht verborgen und wird die Invasoren angreifen, während sie vorbeiziehen. Und wie wir hoffen, werden ihm die Reste von Nicholas' Flotte dabei zur Seite stehen, nachdem ihre Schiffe auf den Sonnenuntergangsinseln wieder auf Vordermann gebracht wurden. Greylock hingegen wird das Kommando über die

Einheiten in den Bergen übernehmen.« Er deutete auf Erik. »Was bedeutet, dass Ihr seinen Platz einnehmen müsst.«

»Beim Rückzug«, stellte Erik trocken fest.

»Ja«, antwortete Calis. »Wenn wir die Stadt verlieren, wird die verängstigte Bevölkerung in wilder Panik fliehen, und eine aufgeriebene Armee wird sich ihr anschließen wollen. Doch das dürfen wir nicht zulassen.«

»Und wie sollen wir das verhindern?«, wollte Erik wissen.

William seufzte. »Das hat man davon. Hätten wir Euch von vornherein in die Kommandotreffen miteinbezogen, wüsstet Ihr das bereits.« Er reichte Erik einen dicken Stapel Papiere. »Lest dies! Der Plan ist dort bis ins Detail beschrieben, und Ihr solltet ihn bis heute Abend durchhaben. Dann werden wir beide gemeinsam zu Abend essen und über alle Eure Fragen reden.«

Erik wandte sich an Calis. »Wann brecht Ihr auf?«

»Sobald mein Vater aus Stardock zurück ist«, antwortete William an Calis' Stelle.

Also ging Erik davon aus, dass es niemand genau wusste. »Sehr wohl, mein Lord.«

Er machte sich zur Tür auf, als William ihn noch einmal zurückrief: »Erik, da ist noch eine Sache.«

Erik wandte sich um. »Ja, Sir?«

»Von diesem Augenblick an nehmt Ihr den Rang eines Hauptmanns in der Armee des Prinzen ein. Ich habe nicht die Zeit, Euch erst zum Leutnant zu ernennen, von daher überspringen wir einfach einen Rang.«

Greylock grinste und musste sich arg zusammenreißen, um bei Eriks erstauntem Gesichtsausdruck nicht lauthals loszuprusten. »Ich, Sir?«, fragte Erik ungläubig.

»Was ist denn, von Düstermoor?«, brüllte Calis, indem

er Bobby de Loungville nachahmte. »Hörst du plötzlich schlecht?«

Erik errötete. »Nun, demnach brauchen wir ja einen neuen Hauptfeldwebel, oder?«

»Genau. Irgendwelche Vorschläge?«

Erik lag Jadows Name auf der Zunge, da dieser der älteste Feldwebel im Dienst war, doch Calis hatte recht getan, als er Erik an seiner Stelle zum Hauptfeldwebel gemacht hatte. Jadow fehlte einfach die Gabe, Menschen zu befehligen, und das war in dieser Position unabdingbar. Und zudem war das Talent zum Organisieren erforderlich, das den meisten Feldwebeln fehlte.

»Zwei oder drei Männer für diesen Posten wüsste ich wohl«, sagte er schließlich, »aber um ehrlich zu sein, ist Duga, der Söldnerhauptmann, der geeignetste. Er ist gerissen und zäh, und er hat genau begriffen, was auf dem Spiel steht, ohne dass ich ihm irgendetwas erzählt hätte. Er war uns von großem Nutzen, als es darum ging, die anderen Söldner auf unsere Seite zu bringen.«

»Das gefällt mir nicht«, widersprach William. »Der Mann ist ein Überläufer.«

»Ihr müsst verstehen, wie die Dinge jenseits des Meeres stehen, mein Lord«, versuchte Erik zu erklären. »Die Männer dort fühlen sich keiner Stadt besonders verpflichtet, und so etwas wie Nationen gibt es dort nicht. Duga war sein ganzes Leben lang Söldner, doch dort unten folgen die Söldner einem strikten Ehrenkodex. Wenn er Treue schwört – und ich werde ihn davon überzeugen, dass es sich in diesem Fall nicht einfach um einen Vertrag handelt, bei dem er sein Schwert hinwerfen und abermals die Seiten wechseln kann –, dann wird er uns loyal dienen.«

»Ich werde es mir durch den Kopf gehen lassen«, gestand William ihm zu. »Vielleicht machen wir ihn zum Feldwebel der Hilfstruppen, doch im Augenblick wäre mir jemand anders als Hauptfeldwebel lieber.«

»Dann Alfred«, schlug Erik vor. »Er ist sicherlich kein Genie, wenn es um Taktik und Strategie geht, doch er weiß, wie man eine Aufgabe schnell und mit wenig Aufwand erledigt.«

»Also hat er den Posten«, meinte William und warf Calis einen Blick zu.

Der nickte. »Einverstanden. Er ist zuverlässig, und er wird tun, was wir ihm sagen.«

»Dann geht und teilt es ihm mit.« Mit diesen Worten war Erik entlassen.

Nachdem er hinaus war, sagte Greylock: »Ihr habt vergessen, ihm zu sagen, dass er nun mit dem Rang eines Hauptmanns auch den Titel eines Barons am Hofe trägt.«

Calis lächelte. »Wir wollen ihn doch nicht zu sehr in Aufregung versetzen.«

William seufzte erschöpft. »Das wird sich wohl nicht vermeiden lassen, wenn er die Pläne gelesen hat und weiß, welche Rolle er darin spielt.«

Calis nickte. »Daran besteht allerdings kein Zweifel.« Dann lachte er verbittert.

»Düstermoor!«, platzte Erik heraus. »Das könnt Ihr nicht ernst meinen!« Auf Williams strengen Blick hin fügte er rasch hinzu: »Mein Lord.«

William winkte Erik mit sich in den Saal. »Wir werden mit meiner Familie im gemütlichen Kreise speisen und uns dabei unterhalten.«

Nachdem sie das Speisezimmer erreicht hatten, spürte Erik, wie sich sein Ärger verflüchtigte. Zu dem Essen »im gemütlichen Kreise«, wie es der Marschall ausgedrückt hatte, kamen außer ihnen Herzog James, Lady Gamina, ihr Sohn Lord Arutha sowie dessen Söhne Dashel und James.

Erik wäre fast rot geworden, als er in die Familie des Herzogs eingeführt wurde, und er nahm rasch an Williams rechter Seite Platz. Während die Diener begannen, das Essen aufzutragen, trat der Magier Pug durch eine Tür gegenüber von Eriks Platz ein. Der frischgebackene Hauptmann meinte zunächst, der Magier habe sich Bart und Haar kurz geschoren. Erst als sich Pug zwischen William und Lady Gamina setzte, fielen Erik die blassen Brandnarben an Gesicht und Hals auf.

Jimmy und Dash erhoben sich, ebenso Arutha, James und Gamina. William zögerte einen Augenblick lang, stand dann ebenfalls auf, und Erik folgte seinem Beispiel.

»Urgroßvater«, sagte Dash zur Begrüßung.

Pug küsste Gamina auf die Wange und schüttelte James und William die Hand. »Wie schön, dass wir alle zusammenhaben«, bemerkte er.

Mit plötzlicher Klarheit erfasste Erik die feierliche Stimmung im Raum. Vielleicht war dies die letzte Gelegenheit für Pugs Familie zusammenzukommen. Einige der Anwesenden würden womöglich bald schon nicht mehr am Leben sein.

Erik flüsterte William zu: »Falls Ihr es vorzieht, Sir, können wir uns auch morgen über meine Mission unterhalten.«

William schüttelte den Kopf. »Beim ersten Tageslicht werdet Ihr in die Berge aufbrechen, um die Befestigungsanlagen im Osten vor der Stadt zu inspizieren. Und übermorgen brauche ich Euch wieder hier.« Er sah in die Runde. »Uns bleibt nicht mehr viel Zeit, wie ich leider feststellen muss.«

»Vor allem anderen«, ergriff Pug das Wort, »muss ich euch jedoch etwas mitteilen.« William wandte sich seinem Vater zu, und Pug fuhr fort: »Ich war viel zu lange von euch fort, und dafür möchte ich euch um Verzeihung bitten.« Er streckte die Hände aus und legte sie auf die von Gamina und William. »Und insbesondere muss ich euch sagen, wie überaus stolz ich auf euch bin.«

Es schien, als wüsste William nicht, was er darauf erwidern sollte. Gamina lächelte, und in ihren Augen sammelten sich Tränen, während sie sich vorbeugte und ihren Vater auf die Wange küsste. Erik hatte in den vergangenen vier Jahren viele seltsame Dinge zu sehen bekommen, und so fand er das Bild einer Frau, die alt genug erschien, um Pugs Mutter zu sein, jedoch seine Tochter war, keinesfalls außergewöhnlich.

Gamina teilte ihrem Vater etwas in Gedanken mit, und dieser lächelte. »Ich wünschte auch, sie könnte bei uns sein.«

»Danke, Vater«, meinte William.

Pug nahm seine Hand von Gaminas und legte sie über seine andere, mit der er immer noch die von William hielt. »Nein, im Gegenteil, ich muss dir danken für das, was du bist, und dafür, dass du an deinem Traum festgehalten hast, gleichgültig, welche Pläne ich für dich gemacht hatte. Zurzeit lerne ich leider etwas langsam, fürchte ich.«

William lächelte, und nun fiel Erik die Ähnlichkeit zwischen Vater und Sohn auf. In den Augen des Marschalls schimmerte es feucht, und Erik merkte, wie sich auch in seinem Hals ein Kloß bildete.

Darum geht es in diesem vermaledeiten Krieg, dachte er. Darum, jene zu beschützen, die wir lieben. An einem anderen, fernen Ort würden jetzt seine Mutter und der einzige

Mann, den er als seinen Vater akzeptierte, in der Küche eines Gasthauses zusammensitzen, und irgendwo dort draußen versteckte sich die Frau, die er liebte und die zu seiner Mutter und Nathan unterwegs war.

In diesem Augenblick spürte Erik eine Gegenwart in seinem Kopf, eine zaghafte Berührung, mehr nicht, doch er wusste, dass es Lady Gamina war. Er sah zu ihr hin, und sie lächelte ihn an. Dann erklangen Worte in seinem Kopf auf. *Deine junge Frau befindet sich ganz bestimmt in Sicherheit.*

Ohne zu wissen, wie, versuchte er zu antworten: Ja, *meine liebe Ehefrau.*

Die Herzogin sagte laut: »Unser junger Freund hat sich seit unserer letzten Begegnung verheiratet.«

Pug, William, Arutha und Gamina gratulierten, während die beiden jungen Männer ihrem Großvater einen Blick zuwarfen.

»James?«, fragte Pug.

Der Mann, der als Junge ein Dieb gewesen war, zuckte mit den Schultern und grinste, und in seinen Zügen zeigte sich etwas Verspieltes. »Ich habe es gewusst. Und Dash und Jimmy ebenfalls.«

»Ihr habt es gewusst?«, fragte Arutha erstaunt.

Herzog James lachte. »Ich musste Eriks Gedanken wieder auf die bevorstehenden schweren Tage lenken, und deshalb habe ich ihn in dem Glauben gelassen, er hätte es fürchterlich schlau angestellt, als er seine junge Frau aus der Stadt geschmuggelt hat.« Er richtete den Zeigefinger vorwurfsvoll auf Erik. »Dass Ihr Euch mir gegenüber nicht noch einmal ungehorsam zeigt, Hauptmann.«

Angesichts dieser Ermahnung und der Anrede mit seinem neuen Dienstrang errötete Erik.

»Hauptmann?«, fragte Dash und nickte dann beifällig.

»Herzlichen Glückwunsch«, sagten Gamina und Arutha.

»Wir werden nach der Schlacht sehen, ob diese Glückwünsche geholfen haben«, bemerkte William.

Bei der Erwähnung des Krieges wurde die Atmosphäre im Raum merklich kühler.

Nach einem Augenblick des Schweigens schlug Pug mit der Hand auf den Tisch. »Genug! Halten wir diesen glücklichen Moment in Ehren, solange wir es noch können.« Er blickte seinen Enkelsohn an. »Ich bedauere nur, dass deine Frau nicht bei uns sein kann.«

Arutha lächelte, und wieder einmal entdeckte Erik in seinem Gesicht die Ähnlichkeit sowohl mit seiner Mutter als auch mit seinem Vater. »Sie besucht ihre Eltern in Roldem.«

»Vielleicht sollten wir alle zu einem Besuch nach Roldem aufbrechen«, schlug Jimmy vor.

Pug lachte, und die anderen fielen mit ein.

Das Essen war bald vorüber, und die Anwesenden fanden Trost in der Gegenwart der anderen.

Erik gefiel es, bei diesem Familientreffen dabei zu sein, nicht nur, weil sich drei der wichtigsten Männer des Königreichs im Raum befanden, Lord James, sein Schwiegervater und sein Schwager. Das Essen war ohne Zweifel das beste, das Erik je genossen hatte, und der Wein war über jeden Vergleich erhaben. Obwohl er aus derselben Gegend stammte wie Erik, aus Düstermoor, war er doch viel zu teuer, als dass ihn sich ein gewöhnlicher Mann je hätte leisten können.

Leise besprach er mit William in einer Ecke die Pläne, wie man jene schützen wollte, die die Stadt verlassen würden, während der Rest der Familie über Dinge von geringerer Wichtigkeit plauderte und die Schatten der Zukunft ignorierte.

Nach dem Essen wurden Süßigkeiten und Kaffee aus Kesh serviert, dazu gehaltvoller süßer Wein aus Rodez. In Erik machte sich gerade von Kopf bis Fuß eine angenehme Wärme breit, als Calis hereingestürzt kam. »Entschuldigt bitte die Störung«, sagte er ohne Gruß, »doch gerade ist eine Nachricht eingetroffen.«

James erhob sich und streckte die Hand aus, und Calis reichte ihm die Nachricht.

»Aus Endland?«, fragte William.

»Ja, von berittenen Kurieren. Die Flotte der Invasoren wurde gestern nach Anbruch der Dämmerung gesichtet.«

»Bei günstigem Wind werden sie übermorgen hier eintreffen«, schätzte William.

James nickte. »Es geht los.«

Erik kniff die Augen zusammen und versuchte, in der Dunkelheit etwas zu erkennen. Er stand auf dem äußersten Wellenbrecher, der am weitesten vorgezogenen Gefechtsplattform. Seiner Drohung entsprechend, hatte Greylock Hauptmann de Beswick zu der zweifelhaften Ehre verholfen, der Erste zu sein, der dem Feind auf Krondors Mauern entgegentreten sollte.

Falls der zuvor so feindselige Hauptmann wegen Eriks Beförderung, die ihn über den Karrieristen aus Bas-Tyra erhob, Groll hegte, verbarg er dies bestens und gab sich außerordentlich höflich, als er Eriks Befehle empfing.

»Wo sind sie?«, fragte Erik.

De Beswick antwortete nicht, da klar war, dass es eine rhetorische Frage war. Während die Sonne im Osten den Himmel erhellte, war der Horizont im Westen nach wie vor in Nebel und Dunkelheit gehüllt.

»Ich kenne mich auf dem Meer nicht sonderlich gut

aus, Hauptmann, doch wenn das Wetter in Bas-Tyra so ist, brennt die Sonne den Dunst erst im Lauf des Vormittags fort«, sagte de Beswick.

»Am Vormittag sind die Kriegsschiffe vielleicht schon nah genug, dass man sie mit Steinen beschießen kann«, erwiderte Erik. Wahrscheinlich zum hundertsten Mal, seit er von der Inspektion der Verteidigungsanlagen im Osten vor der Stadt zurückgekehrt war, ließ er den Blick über die hiesigen Befestigungen schweifen.

Die Minuten zogen sich zäh dahin, und noch einmal machte sich Erik daran, die vorgezogenen Gefechtsstände zu überprüfen. Der äußere Wellenbrecher war so umgebaut worden, dass man den Hafen von Krondor nur noch erreichen konnte, wenn man ganz im Süden die Mole umschiffte. An deren Ende befand sich die Plattform, auf der Erik gerade stand, und auf ihr waren Katapult-Mannschaften, Bogenschützen und eine Abteilung bis an die Zähne bewaffneter Soldaten postiert. Auf jedes Schiff, das sich diesem Ende der Mole näherte, würde geschossen werden.

Die Seemauer zog sich fast bis in den Norden der Stadt und lag weniger als eine Viertelmeile vor der eigentlichen Stadtmauer. Am Nordende befand sich eine weitere Kompanie, sodass jedes Schiff, das sich in den Kanal zwischen innerer und äußerer Mauer wagen sollte, von zwei Seiten aus beschossen werden konnte.

Jenseits des Wassers war eine weitere Kompanie Soldaten an Kriegsmaschinen postiert. Erik nahm an, dass der Feind, wenn er die neuen Verteidigungsanlagen erst einmal gesichtet hatte, versuchen würde, alle drei Plattformen zugleich anzugreifen. Und wenn er dumm genug war, Schiffe in den Kanal zu schicken, ehe die Verteidigungsanlagen außer Gefecht gesetzt waren, ging er das Risiko ein, dass ein Schiff versenkt wurde und so den gesamten Kanal blockierte.

Doch selbst wenn dieser Fall nicht eintrat, eine Sache wusste der Feind ganz bestimmt nicht: Sollten die Verteidiger von den Mauern hinweggefegt werden, erwartete eine Reihe ausgeklügelter Fallen die Schiffe, die in den Kanal einfuhren.

Erik warf einen Blick auf das Boot, das sechs Meter unter ihnen im Wasser schaukelte. »Ich werde Euch das Boot hierlassen«, sagte Erik. Er wusste, dass die Männer auf diesem und den drei benachbarten Posten vermutlich überrannt werden würden, ehe sie sich zurückziehen konnten.

De Beswick zog fragend eine Augenbraue hoch.

»Falls Ihr eine Nachricht zu übermitteln habt, wird es per Boot schneller gehen als über die lange Mauer.«

»Natürlich«, antwortete de Beswick. Und einen Augenblick später fügte er hinzu: »Sehr anständig von Euch.«

Erik legte dem Mann die Hand auf die Schulter. »Auf Wiedersehen – und viel Glück.«

Er lief über den schmalen Weg oben auf der Mole, den Strafgefangene angelegt hatten, damit man die Katapult-Plattformen hatte bauen können. Nach einer Dreiviertelmeile erreichte er die zweite Plattform, wo er den Gruß der dortigen Offiziere entgegennahm. Doch er machte nicht halt, sondern trottete weiter und folgte dem Bogen des U, das die beiden Mauern formten.

Eine weitere Viertelmeile eilte der Hauptmann der Armee des Prinzen weiter, bis er sich nach Süden wandte. Es wurde inzwischen wärmer, und Erik schwitzte, als er die dritte Plattform erreichte. Dort inspizierte er Vorratslager und Ausrüstung, dann wandte er sich wieder nach Norden.

Die letzte Plattform lag so gut wie isoliert, und obwohl

sie die erste auf der äußeren Mauer bildete, würden die Männer über die alte Nordmole fliehen müssen, die eigentlich nur dem Zweck gedient hatte, Krondors Hafen vor den starken Südströmungen des Bitteren Meeres zu schützen.

Als Erik an der Stelle ankam, wo die alte Mole mit dem nördlichsten Anleger zusammenstieß, warteten dort Palastwachen auf ihn. Erik bestieg ein Pferd, das für ihn bereitgehalten worden war, und führte die Patrouille durch die dicht gedrängten Soldaten auf den Bootsanlegern. Alles, was sich anbot, hatte man dafür verwendet, Barrikaden zu errichten. In den ersten drei Blocks lauerte hinter jedem Fenster in den oberen Stockwerken eines jeden Gebäudes ein Bogenschütze, und Erik bewunderte die Verteidigungsanlagen, die sich William und James ausgedacht hatten. Die unteren Fenster waren verbarrikadiert, die Türen verschlossen, und man hatte leicht bewegliche Rampen konstruiert, über welche die Verteidiger rasch von einem Gebäude zum nächsten fliehen konnten, während ihr Rückzug von anderen gedeckt wurde.

Was Erik überrascht hatte, war nicht die große Anzahl der Bewohner gewesen, die die Stadt verließen, als man mit dem Bau der Verteidigungsmaßnahmen begonnen hatte, sondern im Gegenteil die Menge jener, die man trotz der bevorstehenden Schlacht zur Räumung hatte zwingen müssen. Viele hatten ihre Häuser nur unter Androhung von Gewalt verlassen.

An der dritten Querstraße vom Hafen aus erreichten Erik und seine Männer die erste Barrikade. Sie wurden durchgewinkt und machten sich zum Palast auf.

Während sie durchs Hafenviertel ritten, fielen Erik die ängstlichen Gesichter der Bewohner auf, die aus den Fenstern spähten. Manche erledigten noch die eine oder andere

Besorgung, ehe der Krieg Krondor erreichen würde. Viele jedoch trugen Gepäck mit ihren Habseligkeiten und waren nach Osten unterwegs, wo sie die Stadt vor Beginn der Feindseligkeiten verlassen wollten.

Solange der Feind noch nicht angelandet war, würde James die Tore im Osten offen halten, um es den Flüchtlingen zu ermöglichen, die Stadt zu verlassen, unter strenger Aufsicht jedoch, wie Erik wusste. Den Berichten zufolge, die Erik in der Nacht zuvor gelesen hatte, war die Vorstadt – der Teil der Stadt vor den alten Mauern – so gut wie verlassen. Die Wachtmeister dort hatten während der vergangenen Woche ein Dutzend Plünderer gefangen genommen und aufgehängt.

Ein Händler schob seinen Karren vorbei und bot lauthals das Essen feil, das er verkaufte. Erik war überzeugt, dass der Mann noch vor Mittag all seine Waren verkauft haben würde.

Je näher sie dem Palast kamen, desto dichter waren die Straßen bevölkert. Erik gab Befehl, in Richtung Hafen zurückzureiten und es auf einem anderen Weg zu versuchen, um dem Gedränge zu entgehen.

Also ritten sie wieder auf den Hafen zu, und plötzlich stieß einer der Männer, die in den Häusern stationiert waren, einen entsetzten Ruf aus: »Götter! Seht euch das nur an!«

Erik konnte von der Straße aus nicht so weit sehen wie der Mann, doch er nahm an, dass er wohl die feindliche Flotte gesichtet hatte. »Was siehst du?«, fragte er.

Der Soldat blickte zu ihm hinunter und entdeckte die Offizierszeichen an Eriks Waffenrock. »Schiffe, Sir! Es müssen Tausende sein!«

Erik zögerte nicht. Er trieb sein Pferd an und ritt so

schnell, wie es die Sicherheit erlaubte, zum Palast. Natürlich befanden sich dort draußen keineswegs tausend feindliche Schiffe, doch nach vorsichtigen Schätzungen mussten es mindestens vierhundert sein.

Nicholas hatte ihnen am Eingang zur Straße der Finsternis übel zugesetzt, während auf der anderen Seite der Meerespassage eine Flottille aus Elarial von Süden her angegriffen hatte. Zur selben Zeit war ein Geschwader von Kriegsschiffen aus Durbin und Queg über die Vorhut hergefallen. James hatte Berichte und Schätzungen über die Anzahl der verbliebenen Schiffe von berittenen Kurieren erhalten, die alle paar Meilen das Pferd gewechselt hatten. Die Überfälle hatten die Flotte der Invasoren um ein Viertel dezimiert.

Während manche über den angerichteten Schaden in Jubel ausgebrochen waren, hatte James nur darauf hingewiesen, dass vermutlich noch immer vierhundertfünfzig Schiffe Kurs auf Krondor hielten.

So würden in den nächsten Tagen anstelle von dreihunderttausend Soldaten nur zweihundertfünfundzwanzigtausend an Land gehen und über das Königreich herfallen.

Erik verdrängte das überwältigende Bedürfnis, sich der Verzweiflung hinzugeben.

Er gelangte durch das Seetor in den Palast und warf die Zügel einem Lakaien zu. »Ich brauche ein frisches Pferd!«, rief er dem Mann zu und rannte zu seinem letzten Treffen mit Lord James und Marschall William.

Er fand sie im Besprechungszimmer, wo William und James die letzten Befehle für die Gebietskommandanten durchgingen, ehe diese in die jeweiligen Garnisonen entsandt wurden. Das Palasttor, durch das man die Stadt verlassen konnte, wurde offen gehalten, damit Kuriere und Offiziere beim Aufbruch nicht von Aufständen der in Panik versetzten Bevölkerung aufgehalten wurden.

James stand neben William, der Befehle ausgab. »Vermutlich werden innerhalb der nächsten Stunden Schiffe im Norden der Stadt anlanden.« Er deutete auf zwei Kommandanten, welche die Aufsicht über die Verteidigungsanlagen an der Küste direkt vor der Stadt übernehmen sollten. »Es ist an der Zeit, meine Herren, sich dorthin zu begeben. Viel Glück.«

Der Graf von Tilden und ein Junker, dessen Name Erik unbekannt war, salutierten und verließen den Raum. Erik hatte die Aufstellung der Truppen studiert, seit William ihm vor einigen Tagen eine Abschrift des Schlachtplans gegeben hatte. Die Adligen und ihre Abteilungen würden die Hauptlast der ersten Angriffe abfangen müssen. Von Sarth bis Krondor und von Krondor bis zu den kleinen Dörfern nördlich der Shandonbucht stand jeder Soldat, den Patrick für die Armeen des Westens hatte aufstellen können, bereit, um den Angriff der Invasoren zurückzuschlagen.

Doch was sollten sechzigtausend Mann, von denen die Mehrheit keine Kampferfahrung hatte, gegen eine dreifache Übermacht kampfgestählter Krieger ausrichten? Der einzige Vorteil des Königreichs lag in Disziplin und Ausbildung, aber beides würde wohl erst eine Rolle spielen, wenn Krondor gefallen war.

Eriks erster Verdacht erwies sich als richtig: Krondor würde fallen. Er sah sich im Raum um. Greylock war bereits aufgebrochen, Calis ebenfalls. Greylock war zu den ersten Abteilungen unterwegs, die unter seinem Kommando standen, eine Kompanie, die sich aus Calis' Blutroten Adlern, Hadati-Kriegern und fürstlich-krondorischen Spähern zusammensetzte. Überall in den Bergen nördlich und östlich der Stadt wimmelte es von erfahrenen Gebirgsjägern.

Der Generalplan sah vor, dass man den Feind bei der Eroberung von Krondor ausbluten lassen wollte, indem man so viele der Invasoren wie möglich tötete. Dann sollten sie auf dem Weg durch die Berge aufgerieben werden, wo jeder von Greylocks Männern so viel wert war wie fünf Invasoren. Erik kannte die Armee der Smaragdkönigin. Deren Söldner waren zumeist ganz brauchbare Infanteristen, und es gab auch eine anständige Kavallerie, doch Männer, die sich im Gebirge auskannten, hatte sie nicht unter ihrem Kommando.

Einzig die Saaurreiter bereiteten Erik Sorge, denn auch, wenn sie keine Gebirgsjäger sein mochten, so waren sie doch Krieger, denen die menschlichen Verteidiger des Königreichs kaum etwas entgegensetzen konnten. Zwar nahm Erik an, dass sie die Mehrzahl ihrer Pferde auf der langen Seereise verloren hatten, denn das Futter würde in der ständigen Feuchtigkeit verfault sein und bei den Tieren Koliken ausgelöst haben. Zudem würden viele der Pferde nach einer sechsmonatigen Reise im Frachtraum eines Schiffes nicht mehr zu gebrauchen sein. Dennoch, vermutlich würden genug ihrer Reittiere übrig geblieben sein, um die Saaur zu einem gefährlichen Gegner zu machen. Und wer wusste schon, welche Magie der Feind einzusetzen wusste, damit die Pferde frisch blieben?

William wandte sich Erik zu. »Bereit?«

»Bereit oder nicht, unsere Truppen sind in Stellung. Als ich aus dem Hafen kam, wurde der Feind gesichtet.«

William ließ alles stehen und liegen und eilte zu dem großen Fenster, von dem aus man den Hafen sehen konnte. »Götter!«, stöhnte er.

Erik und die anderen folgten ihm, und jeder zeigte auf seine Weise, wie überwältigend das Bild war, das sich ihnen bot. Gleichgültig, was in den Berichten gestanden hatte, auf diesen Anblick war keiner vorbereitet gewesen.

Von der äußeren Seemauer bis hin zum Horizont, der gerade unter dem sich lichtenden Morgennebel erkennbar wurde, waren weiße Segel auszumachen. Erik reckte den Hals und blickte, so weit er konnte, nach Norden. Überall, bis in die Ferne, Segel.

»Sie müssen schon seit gestern ausgeschwärmt sein«, vermutete William, wandte sich ab und eilte zurück zum Tisch. »Und sie werden wie eine Flutwelle über uns hereinbrechen.« Zu den Adligen im Raum sagte er: »Meine Herren, Ihr wisst, was zu tun ist. Mögen die Götter uns alle beschützen.«

Erik blickte sich unter den Anwesenden um. »Wo ist der Prinz?«

»Er hat den Palast gestern Abend verlassen«, erklärte William. »Zusammen mit meiner Schwester, ihrem Sohn und ihren Enkeln.« Er lächelte Erik an. »Wir dürfen doch unseren Prinzen nicht verlieren, ausgerechnet jetzt, oder?«

Erik schüttelte den Kopf. »Lord James?«

»Ist in seinem Arbeitszimmer. Es scheint, als fühlte er sich zum Bleiben verpflichtet.«

Nachdem die Adligen sich verabschiedet hatten und aufgebrochen waren, meinte Erik: »Für mich gibt es hier nichts mehr zu tun, Herr.«

»Eine Sache noch«, erwiderte William und griff in seine Jackentasche. Er zog ein kleines Pergament hervor, das zusammengerollt und versiegelt war – das Wappen seines Amtes war in das Wachs gedrückt. »Wenn das alles vorbei ist, übergebt dies meinem Vater, falls es Euch möglich ist.«

Erik legte die Stirn in Falten. »Herr?«

William grinste. »Ich würde keinen Mann auf die Mauern schicken, wenn ich nicht selbst bereit wäre, seinen Platz einzunehmen, Erik.«

Einen Augenblick lang war Erik nicht in der Lage, sich zu rühren. Mit entsetzlicher Gewissheit wurde ihm bewusst, dass der Marschall des Königreichs die Absicht hegte, die Stadt nicht zu verlassen. Er schluckte heftig. Obwohl sie sich keineswegs nahestanden, bewunderte er den Mann doch für seine Ehrlichkeit, Tapferkeit und die kühle, klare Logik, mit der er eine Schlacht plante. Und an dem Abend, als er beim Marschall und seiner Familie zum Essen eingeladen worden war, hatte er auch Einblick in die persönliche Geschichte dieses Mannes erhalten.

Das Gefühl eines großen Verlustes bemächtigte sich seiner, ohne dass er etwas dagegen tun konnte.

»Herr«, sagte er schließlich, »auf Wiedersehen.«

William reichte ihm die Hand. »Auf Wiedersehen, Hauptmann. Ein Großteil unserer Zukunft liegt in Euren Händen. Denkt nur stets an eines: Ihr seid zu mehr fähig, als Ihr glaubt.«

Erik schob die Pergamentrolle in seine Jacke und salutierte so zackig, wie er es nur hinbekam. Dann eilte er hinaus. Er lief in den Hof, wo ein frisches Pferd auf ihn wartete. Anders als jene, die durch das Tor hinauszogen, das man von den Bürgern der Stadt freihielt, wandte er sich noch einmal dem Tor zu, durch das es zum Hafen ging. Davor hielt eine Schwadron Fußsoldaten eine kleine Menschenmenge zurück. Panik bemächtigte sich der Stadt, während sich die Nachricht von der heranziehenden Flotte ausbreitete. Einige der Menschen, die unten am Wasser in der Nähe des Palasts wohnten, ersuchten um Einlass in die Stadt.

Erik hielt kurz an und brüllte: »Hier werdet ihr keine Zuflucht finden! Doch das Osttor ist noch offen. Entweder verlasst ihr die Stadt, oder ihr kehrt in eure Häuser zurück! Und jetzt gebt den Weg frei!«

Er drängte sein Pferd vorwärts, und die Bürger stoben auseinander, als ihm seine Schwadron Reiter folgte.

Erik ritt so schnell wie möglich durch die Stadt. Theoretisch wusste er, worin seine Aufgabe bestand, doch der Unterschied zwischen Theorie und Praxis wurde sehr bald offensichtlich. Er sollte den geordneten Rückzug der Verteidiger zu den vordersten Stellungen von Greylock im Osten der Stadt überwachen, die etwa einen halben Tagesmarsch von den ersten Bauernhöfen entfernt lagen. Doch überall, wohin Erik sah, entdeckte er nur Chaos, und es war ihm schleierhaft, wie er auch nur ein wenig Ordnung in dieses Durcheinander bringen sollte. Dennoch, er hatte geschworen, seine Aufgabe zu erfüllen oder bei dem Versuch zu sterben. Er trieb sein Pferd an und drängte sich in die Menge.

Jason schnappte sich alle Kontobücher, die ihm in die Finger kamen, und steckte sie in Leinensäcke. Die reichte er den Jungen, die bereitstanden, um sie zu den Wagen zu bringen.

Roo hatte sich hinsichtlich der Zeit, die noch bis zur Ankunft der Invasoren in Krondor blieb, arg verschätzt, und jetzt überwachte er, wie seine Angestellten das Geschäft leer räumten. Alles, was er hatte zur Seite schaffen können – Gold, Kreditbriefe und andere Dinge von Wert –, war sicher auf seinem Anwesen versteckt. Dort warteten auch bereits zwei Wagen, die seine Frau, die Kinder und die Jacobys in den Osten bringen sollten. Hoffentlich hatte Sylvia auf seine Warnung gehört. Hoffentlich gesellte sie sich zu ihnen, ehe die bevorstehende Schlacht begann.

»Das war der letzte Sack!«, rief Jason.

Roo, der auf einem frischen Pferd saß, rief zurück: »Bring die Wagen hier raus!«

Fünfzehn Wagen, die mit Roos sämtlichen beweglichen Gütern beladen waren, fuhren von dem großen Hof hinaus auf die Straße. Menschen, die ihre Habe auf dem Rücken trugen, hasteten vorbei, andere rannten mit nichts als den Kleidern am Leib auf das Tor zu. Wilde Gerüchte kursierten – der Prinz sei tot, der Palast bereits eingenommen, alle Tore seien geschlossen und man säße in der Falle –, und Roo wusste, dass er die Wagen mit ihrer Fracht würde zurücklassen müssen, wenn er nicht bis Sonnenuntergang aus der Stadt heraus war.

Er hatte die besten privaten Wachleute angeheuert, die er hatte auftreiben können, doch es waren nicht viele, die in Krondor geblieben waren. Fast jeder Mann, der in der Lage war, ein Schwert oder einen Bogen zu halten, stand mittlerweile in den Diensten des Königs. Die zehn Söldner, die er hatte verpflichten können, waren alte Männer oder gerade dem Knabenalter entwachsen. Immerhin waren die Alten erfahrene Veteranen und die Jungen kräftig und voller Begeisterung.

Peitschen knallten, während die Pferde die schwer beladenen, unter dem Gewicht ächzenden Wagen anzogen. Roo versuchte, alles von Wert zu retten, Inventar, Werkzeuge und Möbel. Er hoffte noch immer, dass die Armee der Smaragdkönigin letzten Endes besiegt werden würde, und für diesen Fall wollte er vorsorgen, um nach dem Krieg so gut wie nur möglich neu anfangen zu können.

»Wo ist Luis?«, fragte er Jason, der nun auf dem vordersten Wagen saß.

»Er ist losgezogen, um Duncan zu suchen, weil der nicht aufgetaucht ist. Ich glaube allerdings, dass er gar nicht mehr in der Stadt ist.«

»Weshalb?«

»Weil Duncan sagte, er müsse für dich eine Nachricht zu deinem Anwesen bringen oder so ähnlich.«

Roo runzelte die Stirn. Er hatte Duncan schon seit zwei Tagen nicht mehr zu Gesicht bekommen, und noch nie war er so verärgert über seinen Cousin gewesen. Immer wieder hatte er Duncan seine Ausschweifungen verziehen, doch jetzt, da die Invasoren vor der Tür standen, brauchte Roo jede Hand, die zupacken konnte. Wenn Duncan wieder einmal seinem Vergnügen nachjagte, war dies unentschuldbar. »Ich reite voraus zu meinem Anwesen. Dort treffen wir uns.«

Roo würde die Fuhrleute in der Nacht in seinem Haus beherbergen und sie morgen weiter nach Ravensburg schicken. In der kleinen Stadt sollten sich alle seine Arbeiter und Diener sammeln und, wenn der Feind erschien, weiter nach Salador ziehen. Roo wusste, was nur wenige andere je erfahren würden: Falls es den Invasoren gelingen sollte, an Düstermoor vorbeizukommen, würden sie sich Richtung Sethanon wenden, um ihr vermeintliches Ziel zu erreichen – was immer das auch sein mochte. Dies hatte Calis seinen Männern vor langer Zeit in Novindus erzählt. Roo bezweifelte nicht, dass das Königreich seiner Aufgabe gewachsen sein würde. Er hatte in der Armee der Invasoren eine Weile lang gedient, als Calis sie infiltriert hatte, und obwohl sie der Anzahl nach weit überlegen war, fehlte ihr die Ausbildung der Männer des Königreichs.

Und dann fielen ihm die Saaur ein.

»Nein, wir machen es doch anders. Ihr zieht an meinem Anwesen vorbei und fahrt bis Einbruch der Dunkelheit«, wies er Jason an.

»Warum?«, fragte dieser.

»Mir ist nur gerade ein Gedanke durch den Kopf geschossen. Ihr fahrt bis zu meinem Gasthaus in Chesterton und wartet dort. Falls du innerhalb eines Tages nichts anderes von mir gehört hast, brichst du mit den Männern nach Düstermoor auf. Dort wechselt ihr die Pferde und erledigt Reparaturen, sofern welche anfallen, und fahrt dann weiter nach Malacs Kreuz. Da wartet ihr auf mich, bis ich euch Nachricht sende.«

Jason schien die Änderung des Plans zu beunruhigen, doch er wandte nichts ein. Er nickte nur und sagte dem Fuhrmann, er solle weiterfahren.

Roo ritt voran und geriet bald in die Menschenmenge, die zu den Toren im Osten strömte. Er wollte schon umkehren, weil er einen Aufruhr fürchtete, als er Soldaten des Königs in einer Seitenstraße entdeckte. Und an ihrer Spitze erkannte er ein vertrautes Gesicht. »Erik!«

Erik zügelte sein Pferd. »Ich dachte, du hättest die Stadt gestern schon verlassen.«

»Hatte mich noch um zu viele Dinge zu kümmern«, antwortete Roo. »Meine Wagen sind hierher unterwegs, und dann geht es nach Osten.«

Erik nickte. »Eine weise Entscheidung. Du kannst mit uns zum Tor kommen, doch die Wagen müssen sich leider allein durchschlagen.«

Während sie weiterritten, fragte Roo: »Wann schließen sie die Tore?«

»Bei Sonnenuntergang oder dann, wenn sich der erste Feind im Osten zeigt, je nachdem, welcher Fall früher eintritt.«

»So bald?«, sagte Roo überrascht.

»Vor einer Stunde haben sie die äußere Seemauer angegriffen«, berichtete Erik, während er sein Pferd des Gedränges wegen langsamer gehen ließ. Ab hier war die Straße von Soldaten gesäumt, die Ordnung in das Durcheinander der Menschenmenge brachten. Jene, die die Pferde näher kommen hörten, versuchten auszuweichen, doch es gab nur wenig Platz, und so kamen Erik und seine Schwadron nur im Schritttempo voran.

»Wohin bist du unterwegs?«, wollte Roo wissen.

»Einfach nur raus hier«, erwiderte Erik. »Wenn die Tore geschlossen werden, bilde ich mit meinen Leuten die Nachhut hinter den Flüchtlingen.«

»Eine miese Aufgabe«, meinte Roo.

»Nicht so mies, wie in der Stadt zu bleiben«, gab Erik zurück.

»Von dieser Seite habe ich es noch nicht betrachtet.« Roo hielt kurz inne und fragte dann: »Was ist mit Jadow und den anderen?«

Erik wusste, dass er die Handvoll Männer meinte, mit denen er und Roo jenseits des Ozeans unter Hauptmann Calis gedient hatten. »Sie sind bereits in den Bergen.«

»Was gibt es denn dort?«

»Das kann ich dir leider nicht sagen«, entgegnete Erik.

Roo dachte einen Augenblick darüber nach; er hatte Baumaterialien für den Prinzen an die eigentümlichsten Orte im Gebirge geliefert, außerdem Proviant und Ausrüstung. Ihm wurde klar, dass sich die besten Soldaten des Prinzen in den Bergen aufhielten. »Das Albtraumgebirge?«

Erik nickte. »Verrat es niemanden, aber in ungefähr einem Monat solltest du deine Familie von Düstermoor aus weiter nach Osten gebracht haben.«

»Verstanden«, antwortete Roo.

Dann tauchte vor ihnen das Tor auf. Direkt dahinter hatte ein Wagen eines seiner Räder verloren, und der Fahrer stritt sich mit den Wachen, die die Pferde losmachen und den Wagen aus dem Weg ziehen wollten. Der Fahrer jedoch bestand darauf, das gebrochene Rad zu reparieren.

Erik ritt hin. »Feldwebel!«

Der Mann wandte sich um und erkannte einen Offizier im Schwarz der Spezialeinheit des Prinzen. »Sir!«

»Hört mit den Streitereien auf und schafft den Wagen aus dem Weg!« Fußgänger konnten zwar noch vorbei, doch hinter dem liegen gebliebenen Wagen stauten sich bereits andere.

Der Fahrer war außer sich. »Herr! Meine gesamte Habe befindet sich darauf!«

»Tut mir leid«, erwiderte Erik und winkte einige Soldaten herbei, die erst den Mann fortzerren und dann den Wagen an den Straßenrand ziehen sollten. »Vielleicht könnt Ihr ihn dort drüben reparieren, aber so haltet Ihr den ganzen Verkehr auf.«

Erik ritt zu Roo zurück.

»Mach dich sofort auf, Roo.«

»Wieso?«

Erik zeigte nach Norden, und Roo sah den Staub. Seine Nackenhaare sträubten sich. »Es gibt nur eine Sache, die so viel Staub aufwirbeln kann.«

»Entweder ist es die größte Kavallerieabteilung diesseits von Kesh«, meinte Erik, »oder es sind die Saaur!«

Roo lenkte sein Pferd auf die Straße nach Osten und trieb es zum Galopp an.

Erik wandte sich an einen der Soldaten, die ihn begleiteten. »Benachrichtige den Palast, dass wir aus Norden Besuch bekommen.« Er betrachtete die Staubwolke. »Sie werden in einer Stunde hier sein.«

Erik stieg vom Pferd und ging zum Kommandanten am Tor. »Macht Euch bereit, das Tor jederzeit zu schließen.«

»Jawohl, Herr«, kam die Erwiderung.

Erik ritt eine Viertelmeile nach Norden hinaus, wo eine Kompanie schwerer Lanciere postiert war und von zwei Schwadronen Bogenschützen verstärkt wurde. »Leutnant!«

»Sir«, antwortete der Anführer der fürstlich-krondorischen Lanzenreiter.

»In ungefähr einer Stunde werden einige verdammt große Eidechsen auf riesigen Pferden von Norden her kommen. Werden Eure Männer mit ihnen fertigwerden?«

Der Leutnant grinste. »Große Ziele sind einfacher zu treffen, nicht wahr, Sir?«

Erik grinste zurück. Der junge Offizier war vermutlich ein paar Jahre älter als er selbst, doch Erik fühlte sich wie ein alter Mann, als er seine Begeisterung spürte. »Das ist der richtige Geist«, sagte er.

Dann wendete er mit seiner kleinen Patrouille und ritt nach Süden, wo eine weitere Abteilung Lanciere wartete. Diese schickte er der Gruppe im Norden als Verstärkung. Was immer aus Süden kommen mochte, stellte längst keine so große Bedrohung dar wie ein Angriff der Saaur. Und mit menschlichen Feinden würden die Männer in der Stadt fertigwerden.

Plötzlich schien sich der Himmel zu öffnen, und ein Heulen hub an, bei dem sich Erik und jeder andere Mann in der Nähe vor Schmerz die Ohren zuhielten. Das Heulen hielt an, während Reiter versuchten, ihre panischen Pferde zu besänftigen, die laut wieherten und durchgehen wollten. Mehrere Lanzenreiter wurden aus dem Sattel geworfen.

Nach einer Minute hörte das Heulen auf, doch immer noch klingelten Erik die Ohren. »Was war das?«, hörte er einen Soldaten fragen.

»Ich habe keine Ahnung«, erwiderte Erik.

William und James traten auf einen der Balkone des Palastes hinaus und blickten zum Hafen hinunter, als das seltsame Heulen gerade verhallte.

Eine riesige Staub- und Dampfsäule stieg an der Hafenmündung auf. Ein blendend heller Blitz hatte den Lärm begleitet, und obwohl sie sich zu dem Zeitpunkt im Innern des Palastes befunden hatten, mussten sie blinzeln, weil ihre Augen vom grellen Licht tränten. Die Männer unten auf den Mauern tasteten blind umher und schrien nach jemandem, der sie führen sollte.

Soldaten rannten durch den Palast und brüllten Befehle, denn der Lärm war nur die Begleiterscheinung einer Explosion gewesen, die selbst den abgebrühtesten Veteranen erschüttert hatte.

»Was war das?«, fragte William.

»Sieh nur!« James zeigte zur Hafenmündung.

Das aufgewühlte Wasser im äußeren Hafenbecken schien wieder ruhig zu werden, doch dahinter erhob sich eine riesige Welle von Schaum und Schutt und rollte auf die Anleger zu. Und auf dem Kamm dieser Wellen ritten große Schiffe, die alle Soldaten trugen.

»Sie sind schon im Hafen!«, rief William. »Verdammt! Ich dachte, wir könnten sie mindestens eine Woche draußenhalten.«

»Wie auch immer sie das angestellt haben, die beiden Seemauern sind verschwunden«, stellte James fest.

William fluchte. »Ich hatte tausend Männer auf diesen Mauern.«

»Das wär's dann wohl mit den Fallen, die du im Kanal vorbereitet hast.«

William nickte. »Die müssen mit fortgefegt worden sein, als der Feind die Verteidigungsanlagen zerstört hat. Aber wie?«

»Ich weiß es nicht«, gab James zurück. »Ich habe mitangesehen, wie Guy du Bas-Tyra während der Großen Erhebung Armengar mit fünfundzwanzigtausend Fässern Naphtha in die Luft gejagt hat, doch jene Explosion konnte man meilenweit sehen. Hierbei hat es sich um etwas anderes gehandelt.«

»Vielleicht Magie?«, fragte William.

»Wenn ich bedenke, wo du aufgewachsen bist«, erwiderte James trocken, »solltest du das eigentlich besser wissen als ich.«

William wandte sich ab. »Wir haben die Schüler in Stardock nicht ermuntert, Sachen in die Luft zu jagen. Das stört nur die Ruhe.« Er eilte zu den wartenden Boten, die bereitstanden. Dem ersten sagte er: »Allgemeiner Befehl Nummer fünf. Sie sind in der Stadt.«

William kehrte zu James zurück und beobachtete, wie die fremden Invasoren in seine Stadt einfuhren.

»Ich werde nicht zulassen, dass das geschieht«, sagte der Herzog.

»Es *ist* bereits geschehen.« William legte seinem Schwager die Hand auf die Schulter. »Was war noch einmal der allgemeine Befehl Nummer fünf?«

»Wir schließen die Tore im Osten und schießen auf alles, was sich der Stadt von Westen her nähert«, erklärte William. »Häuserkampf in den ersten drei Straßen am Hafen.«

James sah William direkt an. »Hast du alle rausgebracht?«

William wusste, wen James mit »alle« meinte: seine Schwester, ihren Sohn und die beiden Enkel. James hatte William gebeten, für ihre Sicherheit zu sorgen. »Sie sind aus der Stadt. Gestern Abend sind sie in einer Kutsche aufgebrochen.«

»Dann ist es an der Zeit, auf Wiedersehen zu sagen«, meinte James.

William sah seinem Schwager in die Augen. So viel hatten sie gemeinsam erlebt, seit William seinen Dienst als junger Leutnant in der Leibwache des Prinzen angetreten hatte. James hatte seinerzeit auf die beiden wilden Zwillinge aufgepasst, Borric und Erland, die heute König beziehungsweise Prinz waren.

»Wie lange ist das her?«, fragte James. »Dreißig Jahre?«

»Fast schon vierzig.«

Sie umarmten sich.

Als sie sich voneinander trennten, sagte James: »Nur schade, dass du nie jemanden gefunden hast.«

»Habe ich doch, einmal«, gab William zurück.

James schwieg. Er konnte sich noch an die Magierin aus Kesh erinnern, die William als junger Mann geliebt hatte, bis sie viel zu früh gestorben war.

»Ich beneide dich um Arutha und die Jungen«, sagte William.

James erwiderte darauf nur: »Ich muss gehen.«

»Falls ich es irgendwie schaffen sollte, hier lebend herauszukommen«, sagte William, »werde ich noch einmal darüber nachdenken, ob ich mir eine gute Frau suchen und mich zur Ruhe setzen soll, das verspreche ich dir.«

James lachte. Abermals umarmte er seinen Schwager. »Wir sehen uns in Düstermoor oder in der Hölle.«

»Das eine ist so gut wie das andere.« William gab James einen leichten Stoß in Richtung Tür.

Der Herzog eilte davon, so schnell es ihm seine alten Beine erlaubten. Draußen wartete ein Trupp Soldaten auf ihn, die ohne Ausnahme schwarze Hemden, Hosen und schwarzgestrichene Kettenhemden trugen. Keiner von ihnen trug Rangabzeichen, und schweigend folgten sie James zu seinem Amtszimmer.

Dort legte der Herzog die Insignien seines Amtes ab: die goldene Kette mit dem Siegel des Herzogs von Krondor, mit dem Dekrete für das Fürstentum beglaubigt wurden, und den herzoglichen Ring. Beides platzierte er auf seinem Schreibtisch. Dann wandte er sich an einen der Soldaten. »Im Audienzsaal des Prinzen hängt ein Schwert über dem Kamin. Hol es mir bitte.«

Der Soldat lief los, während sich James auszog und die gleiche Kleidung wie die Soldaten anlegte. Als er damit fertig war, kehrte der Soldat mit dem Schwert zurück. Es war ein altes Rapier, in dessen Stärke ein eigentümlicher Gegenstand, ein winziger Kriegshammer, eingearbeitet war.

Er tat das Schwert zu den anderen Sachen und wickelte Schwert, Ring, Kette mit Siegel und einen Brief, den er in der vergangenen Nacht geschrieben hatte, zu einem Bündel zusammen und reichte es einem Soldaten in der Uniform der prinzlichen Leibgarde. »Überbring dies Lord Arutha in Düstermoor.«

»Jawohl, mein Herr«, erwiderte die Wache und eilte davon.

Zu den übrigen Soldaten, den schweigenden Männern in Schwarz, sagte James: »Es ist an der Zeit.«

Sie verließen das Amtszimmer und eilten nach unten in die Katakomben des Palastes, lange Wendeltreppen hinunter in die Tiefen des Kerkers. An den Zellen vorbei gingen sie zu einer scheinbar nackten Wand.

»Packt hier an und hier«, wies James die Männer an, »und schiebt sie hoch.«

Zwei Soldaten taten wie geheißen, und die Wand glitt ohne Mühe hoch in die Decke. Hinter der falschen Wand kam eine Tür zum Vorschein. Zwei Soldaten drückten sie auf; nach all den Jahren der Ruhe protestierte sie zwar quietschend, öffnete sich jedoch. Hinter ihr führte eine lange Treppenflucht weiter nach unten.

Laternen wurden angezündet, zwei Soldaten gingen voraus, und James folgte ihnen. Als der letzte der acht Soldaten durch die Tür getreten war, wurde sie geschlossen, wodurch die falsche Wand wieder in ihre ursprüngliche Position glitt.

Die Männer eilten die Treppe hinunter und erreichten eine weitere geschlossene Holztür. Einer der Männer lauschte daran. »Alles ruhig, mein Lord.«

James nickte. »Mach sie auf.«

Der Mann folgte dem Befehl, und plötzlich hörte man das Plätschern von Wasser. Unter der alten Zitadelle, dem zentralen Teil des Palastes von Krondor, führte eine unterirdische Wasserstraße aus der Stadt in die Bucht. Der Geruch, der an diesem Ort herrschte, verriet jedermann, was alle bereits wussten: Dieser Kanal gehörte zum Abwassersystem der Stadt, das sich vielleicht eine Meile von diesem Ort entfernt zur Bucht hin öffnete.

Ein neues Boot schaukelte an dem steinernen Anleger,

und die acht Soldaten stiegen hinein, wobei sie in der Mitte Platz für den Herzog ließen. James stieg als Letzter ein.

»Los«, sagte er.

Das Boot wurde von dem Anleger abgestoßen, und die Männer begannen zu rudern, doch nicht in Richtung Bucht, sondern gegen die Strömung zurück in die Abwasserkanäle der Stadt.

Als sie in einen Kanal einbogen, der doppelt so hoch war wie ein Mann, murmelte James in sich hinein: »Jimmy die Hand kehrt heim.«

Gefechte

Erik gab ein Zeichen.

»Dort drüben!«, rief er.

Die Männer wendeten die Pferde und griffen an. Die Schlacht um die Stadt wütete seit dem gestrigen Tag vor dem nördlichsten Tor in der Ostmauer. Die Invasoren waren jedoch schlecht organisiert, während sie von Bord der Schiffe an Land gingen.

Eriks Abteilung war zweimal angegriffen worden, einmal bei Sonnenuntergang und dann, von einer großen Einheit Saaurreiter, am Morgen. Mit Freude hatte Erik zur Kenntnis genommen, dass die Pferde der Saaur ungeachtet ihrer Größe von den Strapazen der Reise genauso mitgenommen waren, als wären es die Tiere, auf denen Menschen ritten. Und zum ersten Mal, so weit sie zurückdenken konnten, standen die Saaur nicht einfach nur menschlichen Söldnern gegenüber, sondern richtigen Soldaten, den schweren Lanzenreitern des Königreichs, und die Wucht der Attacke dieser disziplinierten Gegner mit ihren vier Meter langen und eisenverstärkten Lanzen hatte die Saaur in die Flucht geschlagen. Erik wusste zwar nicht, ob sich dies zum Wohl des gesamten Feldzugs auswirken würde, doch immerhin hob der Sieg über die Eidechsenmenschen die Moral seiner Männer.

Jetzt hatten sie es mit einer Kompanie menschlicher Söldner zu tun, und obwohl diese lange nicht so furchterregend waren wie die Saaur, erwies sich der Kampf gegen sie wegen ihrer schieren Masse als wesentlich schwieriger. Außerdem waren sie noch verhältnismäßig frisch, während Eriks Männer in den letzten zwölf Stunden bereits zwei Gefechte ausgetragen hatten.

Doch als sich nun von Süden her Nachschub näherte, gelang es Eriks Einheit, die Invasoren zurückzudrängen, sodass sie in den Wald im Norden flohen. Erik wandte sich um und suchte nach seinem Stellvertreter, einem Leutnant namens Gifford.

Er winkte den Mann zu sich. »Verfolgt sie, aber haltet Euch außerhalb der Schussweite der Bäume. Ich möchte nicht, dass Ihr in irgendwelche Hinterhalte geratet. Dann kommt Ihr mit den Männern zurück und bringt sie wieder in Stellung. Ich reite währenddessen zum Tor und frage nach, ob es neue Befehle gibt.«

Der Leutnant salutierte und ritt davon, um seinen Auftrag auszuführen.

Erik trieb sein erschöpftes Pferd die Straße entlang auf das Tor zu, vorbei an Häusern, die man mit Brettern vernagelt hatte, als würden ihre Besitzer zurückkehren, um sie dann unversehrt vorzufinden, gerade so, als würde nur ein Sturm über Krondor hinwegfegen. Andere Häuser hatte man offensichtlich aufgegeben, denn ihre Türen standen offen.

Ein steter Strom Flüchtlinge zog über die Straße in die Richtung, aus der Erik kam, und immer wieder musste er die Leute mit lauten Rufen aus dem Weg scheuchen.

Allein die nahezu panische Stimmung der Flüchtlinge verriet Erik, dass er vermutlich zum letzten Mal Befehle aus der Stadt holen würde. Er brauchte fast eine halbe Stunde für eine Entfernung, die er unter normalen Umständen in einem Drittel der Zeit zurückgelegt hätte, und als er das Tor erreichte, bemerkte er dort hektische Aktivität.

Zwei weitere Wagen hatte man inzwischen von der Straße geschoben, einen davon in den kleinen Fluss, der neben der Straße in die Stadt hineinfloss, durch die Abwasserkanäle strömte und schließlich in der Bucht mündete. Abwesend fragte sich Erik, ob einer der Wagen Roo gehören mochte. Doch vermutlich waren Roos Wagen alle heil aus der Stadt herausgekommen, noch bevor die Kämpfe am vergangenen Tag bei Sonnenuntergang begonnen hatten, und nun sicher auf dem Weg nach Düstermoor.

Als Erik nahe genug war, rief er: »Feldwebel Macky!«

Der befehlshabende Feldwebel drehte sich um und sah nach, wer ihn da gerufen hatte. Als er Erik entdeckte, rief er zurück: »Sir?«

»Irgendwelche Befehle?«

»Nein, Sir. Alles wie gehabt!« Das war alles, was der Mann sagte, ehe er sich wieder der Aufgabe widmete, unter den Menschen, die durch das Tor drängten, Ordnung zu schaffen.

»Viel Glück, Feldwebel!«, rief Erik noch.

Der Soldat, ein alter Haudegen, mit dem Erik und andere Mitglieder der Blutroten Adler gelegentlich das eine oder andere Bier getrunken hatten, erwiderte: »Euch auch. Wir können eine Menge davon brauchen.«

Erik hätte viel für ein frisches Pferd gegeben, doch in die Stadt wollte er sich nicht wagen. Stattdessen wollte er sich zu seinem Befehlsstand aufmachen und sehen, ob er sich nicht dort ein ausgeruhtes Tier beschaffen konnte. Den Nachschub an Pferden hatte er weit von den wahrscheinlichsten Kampfplätzen entfernt unterbringen lassen, wo die Tiere sicher waren, jedoch auch schlecht zu erreichen.

Er drängte sich abermals durch die Masse der Flüchtlinge aus der Stadt. Obwohl er den Plan kannte, fragte er sich, ob er je so grausam wie der Prinz und der Herzog sein könnte. Viele von jenen, an denen er jetzt vorbeikam, würden den Angriffen der Smaragdkönigin auf die Königsstraße zum Opfer fallen. Erik konnte sie nicht alle beschützen.

Am Rande der Vorstadt erreichte er seine Männer, die im Schatten eines Baumes ausruhten. »Bericht!«, forderte er einen von ihnen auf, und der Soldat erhob sich.

»Wir wurden nochmals angegriffen, Hauptmann. Sie kamen aus den Bäumen und haben sich arg gewundert, als wir Pfeile auf sie hageln ließen.« Er zeigte zu den fernen Bäumen. »Leutnant Jeffrey ist irgendwo dort drüben.«

Es dauerte einen Moment, bis Erik das Gesicht zu dem Namen vor Augen hatte, und plötzlich wurde ihm bewusst, wie groß sein Kommando inzwischen geworden war. Im ersten halben Jahr hatte er noch jeden neuen Mann persönlich kennengelernt, doch während der vergangenen zwei Monate hatte sich die Armee des Prinzen durch Einheiten von der Fernen Küste, aus Yabon und aus dem Osten verdoppelt. Viele der Männer, deren Überleben von ihm abhing, waren Fremde, während die Soldaten, die er selbst ausgebildet hatte, bereits in den Bergen östlich von Krondor Posten bezogen hatten.

Er ritt weiter und fand den Leutnant kurze Zeit später. Der Soldat, der den Wappenrock von LaMut trug, einen Wolfskopf auf blauem Grund, salutierte. »Hauptmann, diese Einheit ist in uns reingestolpert, als hätten sie nicht mal geahnt, dass wir da sein könnten.«

Erik betrachtete die Leichen, die überall in dem offenen

Gelände südlich der Bäume verteilt lagen. »Sie schicken ihre Kompanien ohne jede gegenseitige Abstimmung los«, stellte er fest. »Die Saaur und die anderen Kompanien, mit denen wir es gestern zu tun hatten, haben noch nicht weitergegeben, dass wir hier auf sie warten.«

»Aber das kann doch nicht mehr lange dauern, oder?«

Erik erinnerte sich an seine eigenen Erfahrungen in der Armee der Königin. »Bis zu einem gewissen Punkt doch. Ihnen fehlt ganz einfach eine innere Kommunikationsstruktur und die Disziplin, wie wir sie haben, doch sind sie uns zahlenmäßig überlegen, und wenn sie zuschlagen, werden sie *richtig* zuschlagen.« Mit einem Blick nach dem Stand der Nachmittagssonne fuhr er fort: »Schickt einen Boten zu unserer Reserve, und holt zwei Kompanien, die Eure Männer ablösen, hier und dort.« Er zeigte auf die Banner der Lanzenreiter, die im Wind flatterten. »Und sagt den Lanzenreitern, sie müssen noch ein paar Stunden durchhalten.«

»Haben wir sie zurückgeschlagen?«

Erik lächelte. Der ältere Leutnant aus LaMut wusste es sicherlich besser. Er wollte nur wissen, aus welchem Holz dieser junge Hauptmann geschnitzt war, von dem er Befehle entgegennehmen musste. »Wohl kaum«, erwiderte Erik. »Das ist nur die Ruhe vor dem Sturm. Und die sollten wir zu unserem Vorteil ausnutzen.«

Ehe der Leutnant wegtrat, fragte er noch: »Und was ist mit diesen Schlangenpriestern?«

»Ich weiß es nicht, Leutnant«, antwortete Erik. »Doch es wird uns kaum entgehen, wenn sie kommen.«

Jeffrey salutierte, und als er ging, rief Erik ihm noch hinterher: »Und bringt mir ein frisches Pferd!«

Miranda flüsterte kaum vernehmbar: »Da ist etwas vor uns.«

Ihr Vater stand hinter ihr; Schweiß perlte ihm auf der Stirn, während er hart daran arbeitete, den Unsichtbarkeitszauber um sie herum aufrechtzuerhalten.

Sie hatten den Spalt entdeckt, der zur Welt Shila führte, und Miranda untersuchte ihn und versuchte herauszufinden, was sie auf der anderen Seite zu erwarten hätten. Nach dem, was Hanam ihnen erzählt hatte, würden sie vermutlich äußerst wütenden Dämonen direkt in die Arme laufen, wenn sie einfach hindurchgingen.

Sie traten bis auf Sichtweite an das Spaltportal heran, welches dem gewöhnlichen Auge wie eine schlichte Wand erscheinen mochte. Für Macros und seine Tochter waren die magischen Energien in diesem Bereich jedoch deutlich zu erkennen. »Jemand wollte es von dieser Seite aus versiegeln«, stellte Macros fest.

Miranda erkundete den Spalt mit ihren magischen Sinnen. Auf der anderen Seite konnte sie etwas wahrnehmen, und sofort zog sie sich ins Dunkel zurück. »Du brauchst den Zauber jetzt nicht mehr aufrechtzuerhalten. Hier ist niemand.«

Macros beendete den Unsichtbarkeitszauber.

»Was sollen wir nun machen?«, fragte Miranda.

Indem ihr Vater sich auf dem Boden niederließ, antwortete er: »Wir werden versuchen, uns heimlich durch den Spalt zu stehlen, oder wir kämpfen uns durch oder suchen einen anderen Weg nach Shila.«

»Die beiden ersten Möglichkeiten klingen nicht so verlockend, vor allem die zweite nicht«, meinte Miranda. »Was hältst du von der dritten?«

»Falls es noch einen Weg nach Shila durch den Gang zwischen den Welten geben sollte, müsste Mustafa der Wahrsager davon wissen«, erwiderte Macros.

»Taberts Wirtshaus?«, fragte Miranda.

»Das ist so gut wie jeder andere Eingang«, gab Macros zurück. »Ich bin müde. Kannst du uns dorthin bringen?«

Miranda legte besorgt die Stirn in Falten. »Du bist müde?«

»Vor Pug würde ich das niemals zugeben«, sagte Macros, »doch ich vermute, dass ich wieder zu einem Sterblichen geworden bin, als er mich Sarig entrissen hat. Der größte Teil meiner Kraft stammte vom toten Gott der Magie, und nachdem diese Verbindung unterbrochen wurde …« Er zuckte mit den Schultern.

»Na, das kommt ja genau zur richtigen Zeit!«, brauste Miranda auf. »Wir haben es mit einem Dämonenherrscher zu tun, und du bekommst plötzlich Alterswehwehchen.«

Macros zog eine Grimasse, während er sich erhob. »Ich brauche noch lange keinen Haferschleim und kein Lätzchen, meine liebe Tochter. Wenn es sein müsste, könnte ich immer noch diesen Berg versetzen.«

Miranda grinste nur, nahm seine Hand und brachte sie beide zu dem Gasthaus in LaMut.

Die Gäste bei Tabert waren ein wilder Haufen, doch sie sprangen bis zum letzten Mann auf und wichen zurück, als der Zauberer und seine Tochter plötzlich wie aus dem Nichts vor dem Tresen auftauchten.

Tabert stand dahinter und zog kaum die Augenbrauen hoch, als Miranda sagte: »Wir brauchen deine Vorratskammer.«

Der Wirt seufzte, als wollte er fragen, welche Geschichte er sich jetzt wieder ausdenken sollte, um diesen Zauber zu erklären, doch er nickte. »Viel Glück!«, wünschte er ihnen noch.

Die beiden eilten in das Hinterzimmer. Miranda führte Macros eine Treppe hinunter und einen schmalen Gang entlang. Am Ende des Gangs befand sich eine Nische; sie war durch einen schlichten Vorhang abgetrennt, der von einer Metallschiene herabhing. Dieses Portal hatte Miranda auch benutzt, als sie zum ersten Mal den Gang zwischen den Welten betreten hatte. Sie zogen den Vorhang beiseite, und als sie über die Schwelle traten, befanden sie sich bereits im Gang zwischen den Welten.

»Ich kenne nur den langen Weg zum Ehrlichen John«, erklärte Miranda und zeigte nach links. »Kennst du eine Abkürzung?«

Macros nickte. »Hier entlang«, sagte er und deutete in die entgegengesetzte Richtung.

Sie eilten los.

William beobachtete die Schlacht von seinem Aussichtspunkt aus. Die Verteidiger am Hafen hatten begonnen, auf die Schiffe zu schießen, die sich aufs Ufer zubewegten. Geschickt versteckte Ballisten und Katapulte hatten drei Schiffe versenkt, die zu nahe herangekommen waren, doch die Flotte ließ sich davon nicht aufhalten.

Eines von Williams wertvollsten Besitztümern war ein Perspektiv, das ihm Herzog James vor Jahren geschenkt hatte. Wie jedes gute Fernrohr vergrößerte es Gegenstände auf ein Dutzendfaches, doch es hatte noch eine weitere, höchst ungewöhnliche Eigenschaft: Es konnte Illusionen enthüllen. James hatte ihm niemals verraten, wie er in den Besitz dieses Gegenstandes gekommen war.

William nahm das Kommandoschiff ins Visier und sah den entsetzlichen Dämon, der mittschiffs auf dem Deck hockte. Trotz seiner Abscheu betrachtete er die Kreatur eingehend. Alle in seiner Nähe wurden mithilfe magischer Ketten unter Kontrolle gehalten.

Der Gesichtsausdruck des Dämons war schwierig zu deuten, ihm fehlten jegliche menschlichen Züge. Pug hatte Prinz Patrick, James und William davor gewarnt, was der Tod der Smaragdkönigin und die Übernahme ihres Platzes durch einen Dämon mit sich bringen würde, doch dieses Wissen war nur einer Handvoll Offizieren bekannt. Nach Williams und James' Auffassung hatten ihre Männer bereits genug Sorgen, als dass sie sich zusätzlich noch vor der Macht eines Dämonenherrschers ängstigen sollten.

William drehte das Glas um neunzig Grad, und der Dämon verschwand. Stattdessen saß nun die Illusion einer Frau dort, die in ihrer Majestät und Schönheit auf seltsame Weise fast noch furchterregender war als der Dämon, der seinen Zorn und seinen Hass nicht vor der Welt verbarg.

Abermals stellte er das Fernrohr so ein, dass er durch die Illusion hindurchsehen konnte, und wieder erschien der Dämon. Dann nahm er das Perspektiv vom Auge.

»Befehle«, sagte er ruhig, und einer der Palastpagen trat vor. Die Junker dienten unten auf den Mauern verschiedenen Offizieren als Adjutanten, während die Pagen Botendienste erledigten. Einen Augenblick lang betrachtete William das Gesicht des Jungen, der mit Eifer seine Befehle überall hintragen würde. Der Junge konnte kaum älter als vierzehn Jahre sein.

Kurz war William versucht, dem Jungen zu sagen, er solle fortlaufen, solle die Stadt verlassen, so schnell ihn seine jungen Beine trugen, doch stattdessen sagte er: »Teil dem Hafenkommando mit, sie sollen warten, bis die Feinde näher gekommen sind. Wenn das große Schiff mit dem grünen Rumpf weit genug heran ist, sollen sie schießen, was das Zeug hält. Das ist ihr Kommandoschiff, und ich will, dass es versenkt wird.«

Der Junge lief davon, und William wandte sich wieder um. Es war wahrscheinlich eine vergebliche Geste; das Schiff des Dämons war vermutlich von allen Schiffen der Flotte am besten geschützt.

In kurzer Folge trafen immer wieder Berichte ein, denen zufolge der Feind an der ganzen Küste gelandet war; Einheiten der Kavallerie waren am nördlichsten Tor mehrfach angegriffen worden. William bedachte seine Möglichkeiten und rief einen weiteren Boten herbei und trug ihm auf: »Lauf runter in den Hof und sag einem der Reiter dort, er solle einen Befehl zum Osttor bringen. Das Tor soll geschlossen werden.«

Während sich der Junge bereits umdrehte, fügte William hinzu: »Page!«

»Herr?«

»Du nimmst dir ein Pferd und reitest mit dem Kurier! Verlass die Stadt und teil Hauptmann von Düstermoor mit, es sei an der Zeit, sich nach Osten aufzumachen. Du bleibst bei ihm.«

Der Junge zeigte sich überrascht, als man ihm auftrug, die Stadt zu verlassen, doch er antwortete nur: »Herr.« Dann lief er davon.

Ein Hauptmann der Fürstlichen Wache sah den Marschall an, der jedoch nur den Kopf schüttelte. »Wenigstens einer von ihnen wird so vielleicht gerettet«, meinte William.

Der Hauptmann nickte grimmig.

Die feindliche Flotte griff den Hafen an. Leinen wurden von den Schiffen ausgeworfen. Die Männer an der Reling versuchten, mit den Schlaufen die Klampen an den Anlegern zu treffen. Pfeile hagelten auf jeden nieder, der sich nicht mit einem Schild schützte. Soldaten der Invasoren fielen ins Wasser, von unzähligen Schäften durchbohrt.

Doch dann hatte das erste Schiff an Land festgemacht, schließlich ein zweites, und an den Seilen wurden sie auf die Anleger zu gezogen. Die einzige Stelle, an der sie nicht näher herankommen konnten, war dort, wo zuvor die drei Schiffe versenkt worden waren.

Anderen Schiffen wurden Leinen zugeworfen, und nun erkannte William ihren Plan. Ursprünglich hatten sie geglaubt, es würde eine lange Belagerung geben, nachdem dieser Teil der Stadt unter Kontrolle wäre. Doch nun sah er, dass sie nicht den Versuch unternehmen würden, leere Schiffe wieder von den Anlegern fortzubringen.

Nur einige wenige Schiffe würden überhaupt anlegen und den Schiffen weiter draußen als Schild dienen. Man würde sich Enterhaken zuschleudern, und bald wären alle Schiffe miteinander vertäut. Ein regelrechtes Floß aus Schiffen würde sich über die ganze Bucht ausbreiten, eine Plattform, über die Tausende von Soldaten von Deck zu Deck laufen und schließlich an den Anlegern von Krondor von Bord gehen würden, über die ganze Breite der Hafenanlagen. Es war ein riskantes Manöver, denn sollte es den Verteidigern gelingen, auch nur ein Schiff in Brand zu setzen, wären alle Schiffe in Gefahr.

Als das Schiff der Königin nahe genug herangekommen war, wurden alle Kriegsmaschinen abgeschossen. Hundert schwere Felsbrocken flogen durch die Luft, begleitet von einem Dutzend brennender feuerölgetränkter Heuballen. Wie William vermutet hatte, prallten alle Geschosse an einer unsichtbaren Barriere ab. Mit Genugtuung beobachtete er, wie einer der größeren Felsbrocken auf eines der ungeschützten Nachbarschiffe zurückfiel und dort unter den auf Deck dicht zusammengedrängten Soldaten viele Opfer forderte.

William drehte sich um und wollte den Befehl geben, so viele der vorderen Schiffe wie möglich in Brand zu schießen. In diesem Augenblick erhoben sich über die gesamte Länge des Balkons explosionsartig Flammen.

William wurde zurückgeworfen, als hätte ihn der Schlag einer blendend hellen Hand aus reinem Feuer getroffen, und er ging wie betäubt auf dem Balkon zu Boden. Er blinzelte, weil ihm die Augen tränten; er konnte kaum mehr etwas erkennen, alles war irgendwie rot gefärbt.

Dann wurde ihm bewusst, dass seine Augen verbrannt waren und bluteten. Nur aus einem einzigen Grund war er nicht erblindet: weil er sich im Augenblick des Angriffs gerade umgedreht hatte. Er tastete umher und sah unscharf eine Gestalt neben sich, die stöhnte, als er sie berührte. Schließlich hoben ihn zwei Hände hoch, und eine Stimme fragte: »Marschall?«

Er erkannte die Stimme eines der Pagen, die im Zimmer gestanden hatten. »Was ist passiert?«, fragte William heiser und krächzend.

»Entlang der ganzen Mauer sind Flammen explodiert, und alle … alle sind verbrannt.«

»Hauptmann Reynard?«

»Ich glaube, er ist tot, Herr.«

Im Gang vor dem Zimmer waren Rufe zu hören, dann kamen Männer hereingestürmt. »Wer ist da?« William konnte nur noch schattenhaft Umrisse erkennen.

»Leutnant Franklin, mein Lord.«

»Wasser, bitte«, sagte William, und er spürte, wie ihn der Leutnant von dem Pagen übernahm, aufrichtete und zu einem Stuhl führte. In die Nase stach ihm der Gestank seiner eigenen verbrannten Haare und Haut, und gleichgültig, wie oft er blinzelte, trübten die roten Tränen weiter seine Sicht.

Als er saß, bat er den Leutnant: »Sagt mir, was gerade passiert.«

Der Leutnant lief zum Balkon. »Sie schicken ihre Männer an Land. Wir empfangen sie mit einem mörderischen Pfeilhagel, doch sie kommen voran, Sir.«

Der Page brachte eine Schale mit Wasser und ein sauberes Tuch, das sich William vors Gesicht drückte. Der Schmerz war unsäglich, doch mithilfe eines Tricks, den ihm als Kind einer seiner Lehrer in Stardock beigebracht hatte, konnte William ihn ertragen. Das Wasser half ihm kaum, seine Sehfähigkeit wiederzuerlangen, und er dachte daran, dass er vielleicht für den Rest seines Lebens blind sein würde – wie lange auch immer es noch dauern mochte.

Man hörte lautes Krachen von Holz, auf das Schreie und Kampflärm folgten. »Leutnant«, fragte William, »würdet Ihr mir bitte verraten, was im Hof vor sich geht?«

Der Leutnant berichtete: »Sir, sie haben den fürstlichen Anleger erobert. Feindliche Soldaten landen.«

William wandte sich an den Pagen. »Junge, hilf mir bitte auf.«

»Sehr wohl, mein Lord«, erwiderte der Junge, wobei er sich alle Mühe gab, seine Stimme zu beherrschen. Doch es gelang ihm nicht, seine Angst zu verbergen.

William spürte die jungen Arme um seine Hüfte, als er sich erhob. »Bring mich zur Tür«, sagte er ruhig.

Der Kampflärm hallte nun durch den Gang vor dem Zimmer. Gleichzeitig war er auch vom Hof her zu hören.

Feindliche Soldaten stiegen die Treppe zu Williams Kommandoposten hoch.

»Leutnant Franklin«, sagte William.

»Sir?«

»Steht zu meiner Linken.«

Der Offizier tat, worum er gebeten worden war, und William zog langsam sein Schwert aus der Scheide. »Stell dich hinter mich, Junge«, flüsterte er dem Pagen zu, während der Kampflärm im Gang draußen lauter wurde.

Der Junge folgte dem Befehl, hielt den Marschall jedoch weiter an der Hüfte fest, damit der verletzte Mann aufrecht stehen konnte.

William wünschte nur, es gäbe etwas zu sagen, was es für den Jungen einfacher machen würde, doch er wusste, dass für ihn alles in Schrecken und Schmerz enden würde. Er betete, dass es wenigstens schnell gehen würde.

Während die Kampfgeräusche näher und näher kamen und die verbliebenen Soldaten im Raum zur Tür liefen, um sie zu verteidigen, fragte William schließlich: »Page?«

»Sir?«, erwiderte dieser leise, doch die Angst in seiner Stimme blieb dem Marschall nicht verborgen.

»Wie heißt du?«

»Terrance, Sir.«

»Und woher kommst du?«

»Mein Vater ist der Junker von Belmont, Sir.«

»Du hast dich wacker geschlagen. Und nun hilf mir, fest zu stehen. Der Marschall von Krondor soll schließlich nicht auf Knien sterben.«

»Sir ...« Die Stimme des Jungen verriet William, dass er weinte.

Plötzlich ließ sich ein Ruf vernehmen, und William sah eine schattenhafte Gestalt auf sich zustürzen. Er hörte mehr, als dass er sah, wie Leutnant Franklin zuschlug und der Angreifer zurückwich.

Ein zweiter Schatten erschien links vom ersten, zu Williams rechter Hand, und der fast blinde Marschall von Krondor schlug mit dem eigenen Schwert zu.

Dann spürte William, Sohn von Pug, dem Magier, und Katala, der Frau von einer fremden Welt, nur noch Schmerzen, denen bald undurchdringliche Dunkelheit folgte.

James watete durch den knietiefen Schlamm. Kampflärm hallte durch die Abwasserkanäle, und seine Männer hielten die Schwerter gezückt. Von Zeit zu Zeit öffneten sie die Blenden der Laternen und orientierten sich, doch meist zogen sie in dem fahlen Licht voran, das von der Straße durch die Gitter der Kanalschächte fiel.

»Da wären wir«, sagte jemand.

»Gebt das Signal«, erwiderte James, und jemand stieß in eine Pfeife.

Einer der Männer trat eine Tür ein, und James hörte, wie auch andere Türen in der Nähe aufgebrochen wurden. James folgte den ersten beiden Männern in das Gewölbe, dann eine Treppe hinauf. Sie stürmten in einen Raum, der ebenfalls unter der Erde lag und von Kerzen erhellt wurde.

Wie James erwartet hatte, trafen sie auf Widerstand. Beinahe hätte ihn ein Armbrustbolzen erwischt, der von hinter einem zum Schutz umgekippten Tisch aus abgefeuert worden war.

»Hört auf zu schießen!«, rief er. »Wir wollen nicht kämpfen.«

Einen Augenblick lang herrschte Stille, dann fragte jemand: »James?«

»Hallo, Lysle.«

Ein großer alter Mann erhob sich hinter dem Tisch. »Was für eine Überraschung, dich hier zu sehen.«

»Nun, ich dachte, da ich schon einmal in der Nähe bin, könnte ich dir auch die Möglichkeit geben, hier herauszukommen.«

»Stehen die Dinge so schlecht?«

»Noch viel schlechter«, erwiderte der Herzog und winkte den Mann zu sich, der unter dem Namen Lysle Rigger, Brian, Henry und einem Dutzend anderer bekannt war, der jedoch, egal, unter welchem Namen, der Aufrechte war, der Anführer von Krondors Gilde der Diebe, den Spöttern. James blickte sich um. »Hier hat sich nicht viel verändert – aber früher war hier etwas mehr los.«

Der Mann, der für James stets Lysle gewesen war, antwortete: »Die meisten Brüder haben die Stadt verlassen und rennen um ihr Leben.«

»Und du bist geblieben?«

Lysle zuckte mit den Schultern. »Ich bin eben ein Optimist.« Dann fügte er hinzu: »Oder ein Narr.« Er seufzte. »Das Königreich der Spötter ist nur klein, aber es ist *mein* Königreich.«

James nickte. »Das ist allerdings wahr. Komm mit. Es gibt einen Ort, an dem wir vielleicht überleben können.«

James und seine Soldaten nahmen Lysle und seinen heruntergekommenen Haufen Diebe mit sich und gingen zurück in den Abwasserkanal. »Wohin wollt ihr?«, fragte Lysle, während sie durch den Schlamm wateten.

»Kennst du die Stelle, wo der Fluss neben der alten Mühle in die Stadt fließt?«

»Dort, wo er unterirdisch wird?«

»Genau dort«, erwiderte Jimmy. »Die Stelle haben wir immer benutzt, wenn wir mit Trevor Hull geschmuggelt haben, vor ich weiß nicht wie vielen Jahren. Wärst du in Krondor gewesen, als die Spötter und Hulls Schmuggler zusammengearbeitet haben, würdest du davon wissen. Da ist ein riesiger Sammelplatz, den wir seit Monaten ausgebaut haben.«

»Seit Monaten?«, fragte Lysle. »Wie habt ihr das geschafft, ohne dass wir es bemerkt haben?«

James lachte. »Von oben. Wir haben es tagsüber gemacht, während du und deine Diebe geschlafen haben.«

»Warum hast du mich geholt?«

»Nun, du bist mein einziger Bruder«, erwiderte James. »Zumindest der einzige, von dem ich weiß, und da kann ich dich doch nicht allein hier unten sterben lassen.«

»Bruder? Bist du dir da sicher?«

»Ich würde jedenfalls drauf wetten.«

»Ich habe mir auch schon oft Gedanken darüber gemacht«, sagte Lysle. »Kannst du dich noch an deine Mutter erinnern?«

»Nur noch wenig«, sagte James. »Sie wurde ermordet, als ich noch ein kleiner Junge war.«

»Im Zeichen des Eberkopfes?«

»Ich weiß es nicht. Könnte sein. Ich musste auf die Straße und wurde von den Spöttern aufgezogen. Und du?«

»Ich war sieben, als meine Mutter ermordet wurde. Aber ich hatte einen kleinen Bruder. Ich dachte, der wäre auch tot. Mich hat's nach Romney verschlagen, und dort bin ich aufgewachsen.«

»Vater wollte seine Söhne nicht in der Nähe haben, glaube ich. Wer immer unsere Mutter ermordet hat, hatte es vielleicht auch auf uns abgesehen.«

Als sie eine große Kreuzung zweier Kanäle erreichten, wo von oben Wasser herabrieselte, sagte Lysle: »Ich fand es stets seltsam. Meine Stiefeltern haben mich in Romney aufgezogen, nur damit ich schließlich Dieb in Krondor werde.«

»Nun«, meinte James, während sie den kleinen Wasserfall umgingen, »wir werden es nie erfahren. Vater ist seit vielen Jahren tot, ihn können wir nicht mehr fragen.«

»Hast du je herausgefunden, wer es war? Ich jedenfalls nicht.«

James grinste in die Dunkelheit. »Ja, tatsächlich habe ich es herausgefunden. Ich habe seine Stimme einmal gehört, und dann, viele Jahre später, nachdem ich ein wenig herumgeschnüffelt hatte, bekam ich heraus, wer der ursprüngliche Aufrechte gewesen ist.«

»Und wer war das?«

»Hattest du je das zweifelhafte Vergnügen, einen besonders mürrischen und hinterlistigen Krämer am Südende in der Nähe des Palastes kennenzulernen?«

»Kann nicht sagen, dass ich mich an ihn erinnere. Wie war sein Name?«

»Donald. Falls du ihn je kennengelernt hättest, hättest du ihn nie vergessen. Er war ein mieser Kerl.«

»Und trotzdem ein kriminelles Genie.«

»Wie der Vater, so der Sohn«, meinte James.

Sie erreichten eine Stelle in dem langen Tunnel, wo dieser abzweigte. »Werden wir hier lebend herauskommen?«, fragte Lysle.

»Wahrscheinlich nicht«, antwortete James. »Aber aus dem Leben kommt sowieso niemand lebend raus, nicht wahr?«

»So kann man es auch sehen. Aber du hast nicht zufällig noch einen Trumpf im Ärmel?«

»Nun, wenn ich noch einen Trumpf habe, dann diesen.«

James deutete auf eine breite Tür, groß genug, dass ein Wagen mit Gespann hätte hindurchfahren können. »Falls es einen Weg gibt, lebend hier herauszukommen, dann jedenfalls nur dort entlang.«

»Jetzt verstehe ich, was du eben mit dem Schmuggeln gemeint hast«, sagte Lysle, während zwei Soldaten die zweiflügelige Holztür öffneten. Dahinter kamen in einem hellerleuchteten Raum hundert Soldaten zum Vorschein, die ihnen mit angelegten Bögen, Armbrüsten oder gezogenen Schwertern entgegentraten.

»Da wären wir also.«

Lysle stieß leise einen anerkennenden Pfiff aus. »Wie ich sehe, wolltest du jedem, der hier vorbeikommt, einen warmen Empfang bereiten.«

»Weitaus wärmer, als du dir vorstellst«, erwiderte James. Er winkte Lysle und sein halbes Dutzend Spötter herein. »Willkommen in der letzten Bastion von Krondor.«

Nachdem James und seine Begleiter eingetreten waren, wurden die Türen mit einem lauten Donnern, dem etwas Endgültiges innewohnte, zugeschlagen.

Erik hörte die Trompete und begann augenblicklich, Befehle auszugeben. Ständig hatten sie gegen kleinere Gruppen der Invasoren gekämpft, und den Berichten zufolge hatte der Kampf mittlerweile auch am Seetor, dem nordwestlichen Tor, begonnen. Da zu diesem Zeitpunkt nur wenige Angreifer am Südtor gesichtet wurden, hatte Erik so viele Männer wie möglich zum Nordtor abkommandiert.

Durch beide Tore ergoss sich ein steter Strom von Flüchtlingen nach Osten über die Straße des Königs. Eine Meile östlich davon, von der Stelle, an der Erik mit seinen Kompanien stand, würden sich diese beiden Ströme zu einer langsam vorankriechenden Schlange erschöpfter, verängstigter und verzweifelter Menschen vereinigen.

Eriks Aufgabe war es, diese schier endlos scheinende Kolonne von Bürgern des Königreiches so lange wie möglich zu beschützen. Und das bedeutete von hier bis halb nach Ravensburg, wenn er die Lage richtig einschätzte. Irgendwann würde der Feind es aufgeben, sie zu jagen. Schließlich galt es, eine Stadt zu plündern und Vorräte aufzufrischen, und wenn die Invasoren auch vielleicht viele Gefechte gewannen, waren sie noch immer von der langen Seereise geschwächt.

Von den Saaur hatte Erik nur wenige gesehen, und er wunderte sich, weshalb sie nach der ersten Feindberührung zurückgehalten wurden. Aber es blieb ihm wenig Zeit, seinen Gegner zu locken, denn zu oft musste er sich jetzt selbst verteidigen. Immer wieder warf der Feind kleinere Einheiten gegen seine Stellung. Die Gefechte waren kurz, aber heftig, und bisher hatte Erik sie alle gewonnen, doch die Männer wurden allmählich müde, und die Verluste wurden immer größer.

Er hatte einen Wagen kommen lassen, auf den die Verwundeten geladen und mit den Flüchtlingen nach Osten losgeschickt worden waren. Jetzt hörte er das Trompetensignal, das ihm verkündete, dass die Tore geschlossen wurden, und sofort begann er, den Rückzug zu organisieren.

In diesem Augenblick ritt ein Junge auf ihn zu. »Hauptmann?«

»Ja, Junge, was gibt's?« Wie Erik bemerkte, trug er die Uniform der Palastpagen. Das Gesicht des Jungen war tränenüberströmt.

»Lord William hat mir befohlen, Euch mitzuteilen, dass Ihr Euch zurückziehen sollt.«

Das wusste Erik längst durch das Trompetensignal, und deshalb hatte er keine Ahnung, was der Junge hier wollte. »Und weiter?«

»Ich soll mit Euch gehen.«

Nun verstand Erik. Zumindest einer der Palastpagen würde verschont bleiben. »Reite nach Osten und such den Wagen mit den Verwundeten. Bleib bei ihnen und mach dich nützlich.«

»Jawohl, Sir.«

Der Junge ritt davon, und Erik machte sich daran, den Rückzug in die Wege zu leiten. Wenn er in Williams Bibliothek eines gelernt hatte, dann die Tatsache, dass ein ordentlicher Rückzug die schwierigste Aufgabe war, die sich einem Kommandanten in der Schlacht stellen konnte. Der Drang, einfach davonzulaufen, war schier überwältigend, und während des Rückzugs auch noch zu kämpfen, war den Männern fremd, die man darauf gedrillt hatte vorwärtszumarschieren.

Während der letzten beiden Jahre hatte er diese Situation immer wieder mit William besprochen, vor allem, seit man ihn in der letzten Woche auf diesen neuen Posten versetzt hatte. Und so war es Eriks vorrangiges Ziel, dass keine seiner Einheiten in wilder Flucht davonrannte.

Den ganzen Nachmittag über hallte der Kampflärm zu Erik herüber, wenngleich sein Kommandoposten von Auseinandersetzungen verschont blieb. Vermutlich lag das daran, dass die Invasoren bereits in die Stadt eingedrungen waren und nicht die Notwendigkeit sahen, den Druck im Süden oder Osten zu verstärken.

Doch er wusste, dass sich das ändern würde, da James und William einige Überraschungen für den Feind bereithielten.

Eine ferne Explosion und einen Augenblick später eine riesige Rauchwolke verrieten ihm, dass sie die erste ihrer kleinen Gemeinheiten in Gang gesetzt hatten. Fässerweise war queganisches Feueröl in den Hafen und die Keller und Erdgeschosse der Gebäude ringsherum verbracht worden. In dem Moment, in dem es entzündet wurde, ging das gesamte Hafenviertel in einer Feuersbrunst auf, wie sie sich kaum jemand vorstellen konnte, und alle feindlichen Soldaten im Umkreis von fünfzig Metern würden ihr Leben verlieren. Jene, die nicht zu Asche verbrannten, würden ersticken. Das Feuer würde ihnen die Luft förmlich aus den Lungen saugen.

Erik warf einen Blick in Richtung Südwesten, zum Palast. Der fürchterliche Gedanke, die Soldaten der Smaragdkönigin könnten sich bereits bis in den Bergfried vorgekämpft haben, durchfuhr ihn. Dann gab es einen erschütternden Knall, und Erik wusste, was geschehen war.

Ein Leutnant, den Erik kaum kannte, ein gewisser Ronald Bumaris, fragte: »Was war das, Hauptmann?«

»Das war der Palast, Leutnant«, erwiderte Erik.

Der Leutnant sagte nichts und erwartete seine Befehle.

Eine halbe Stunde später versiegte der Strom der Flüchtlinge am nördlichsten Tor nach und nach, und Erik befahl seinen Männern, sich als Nachhut zu formieren.

Er beobachtete, wie die Zivilisten nach Osten zogen, in die hereinbrechende Nacht hinaus, dann wandte er sich nach Westen, wo ferne Feuer lichterloh brannten, und wartete.

Der Ehrliche John ging seinen gewohnten Geschäften nach, und Macros und Miranda drängten sich durch die Gäste. Höflich winkten sie dem Wirt zu, lehnten seine Einladung, etwas zu trinken, jedoch ab. Zielstrebig hielten sie auf die Treppe zu und stiegen nach oben zur Galerie.

Schließlich erreichten sie Mustafas Laden und traten ein. Der alte Mann blickte auf. »Ach, Ihr mal wieder.«

»Ja«, gab Miranda zurück.

»Habt Ihr Pug seinerzeit noch eingeholt?«

Miranda lächelte. »So könnte man es ausdrücken.«

»Was kann ich für Euch tun? Braucht Ihr eine Weissagung?«

Miranda ließ sich in dem Stuhl gegenüber dem Wahrsager nieder. »Kennt Ihr meinen Vater?«

Mustafa blinzelte. »Nein, sollte ich?«

»Ich bin Macros.«

»Oh«, entfuhr es dem alten Wahrsager. »Ich hatte gehört, Ihr wäret tot. Oder würdet vermisst. So etwas in der Art.«

»Ich brauche Informationen«, kam Miranda auf das eigentliche Thema zu sprechen.

»Mit solchen handele ich.«

»Ich suche einen Weg in die Welt Shila.«

»Da würde es Euch kaum gefallen«, erwiderte Mustafa. »Ist dort zurzeit ein wenig von Dämonen überlaufen. Irgendein Idiot hat das Siegel der Barriere zwischen dem Fünften Zirkel und dieser Welt gebrochen, und jetzt ist dort die Hölle los.«

Macros lachte trocken. »Nett formuliert.«

»Warum müsst Ihr dorthin?«

»Um zwei Spalte zu schließen«, erklärte Miranda. »Einmal den zwischen Midkemia und Shila und zum zweiten den zwischen Shila und dem Dämonenreich.«

»Das dürfte schwierig werden.« Der alte Mann rieb sich das Kinn. »Ich habe einige Informationen, die für Euch nützlich sein könnten, glaube ich. Ich kenne ein Portal zu einem Ort nicht weit von der Stadt Ahsart, wo Ihr vermutlich hinwollt, oder?«

»Woher wisst Ihr das?«, wollte Macros wissen.

»Wie könnte ich behaupten, ich würde mit Informationen handeln, wenn ich das *nicht* wüsste?«

»Wie viel?«, fragte Miranda.

Mustafa nannte als Preis ein Dutzend Seelen von Kindern, die nie geboren werden sollten, und Miranda erhob sich. »Vielleicht wird uns Querl Dagat einen weniger unverschämten Preis machen.«

Bei Erwähnung eines seiner Hauptkonkurrenten beeilte sich Mustafa zu sagen: »Wartet doch! Macht mir ein Gegenangebot.«

»Ich besitze ein Wort der Macht, eines, mit dem Ihr Euch einen größeren Wunsch erfüllen könnt.«

»Wo ist der Haken?«

»Ihr müsst es auf Midkemia aussprechen.«

Der alte Mann seufzte. »Midkemia ist, nach allem, was man hört, im Augenblick ein Ort, den zu besuchen nicht gerade angenehm ist.«

»Das ist einer der Gründe, weshalb wir diese Portale schließen müssen. Falls uns das gelingt und wir dann erst einmal die Lage bereinigt haben, könnt Ihr nach Midkemia reisen, Euch Euren Wunsch erfüllen lassen und wieder zurück sein, bevor Ihr überhaupt bemerkt habt, dass Ihr fort gewesen seid.«

Mit einem erneuten Seufzen sagte der alte Mann: »Es würde mir wohl gefallen, ein paar Jahre jünger zu werden. Hier altere ich nicht, wie Ihr wohl wisst, doch habe ich den Gang erst spät in meinem Leben entdeckt, und die meisten Jungbrunnen-Kuren, von denen ich bislang gehört habe, beinhalten recht unappetitliche Rituale, wie zum Beispiel, dass man das noch schlagende Herz seiner Liebsten verspeisen soll oder einen Säugling in der Wiege töten muss. Meine Moral verbietet mir solcherlei.«

»Wenn ich an Eurer Stelle wäre«, schlug Miranda vor, »würde ich mir ewige Gesundheit wünschen. Auch junge Leute können krank werden.«

»Die Idee klingt nicht schlecht. Ich schätze, Ihr habt nicht zufällig zwei solcher Wünsche zur Verfügung?«

Miranda schüttelte den Kopf.

»Also gut, ich akzeptiere das Angebot.«

»Abgemacht.«

Der alte Wahrsager griff unter den Tisch und holte eine Karte hervor. »Wir sind hier.« Er zeigte auf ein großes schwarzes Viereck, das auf allen Seiten von Linien umgeben war, die sich wölbten, nachdem man sie berührte. »Wenn Ihr aufbrecht, sagt der Hexe an der Tür, Ihr wolltet Ausgang Nummer sechshundertneunundfünfzig.« Er stach mit dem Finger auf die Karte. »Dann kommt Ihr hier raus. Geht nach rechts, zählt sechzehn Türen auf der rechten Seite ab. Denkt dran, die Türen sind versetzt, und wenn Ihr auf der linken Seite zählt, erwischt Ihr die falsche. Die sechzehnte Tür wird Euch in eine Höhle auf Shila bringen, etwa einen Tagesritt von Ahsart entfernt. Ich schätze, die Reise dort wird für Euch kein Problem darstellen.«

»Bestimmt nicht.«

»Haltet Euch nur immer in Richtung Süden, dann wird die Stadt zu Eurer Rechten auftauchen. So, und jetzt werde ich Euch noch ein wenig Einblick in das geben, was Euch begegnen wird.« Er legte die Karte beiseite. »Ich will Euch noch ein bisschen über die Dämonen erzählen. Es gibt sieben Zirkel dessen, was die Menschen die Hölle nennen.

Die oberste Ebene ist nichts weiter als ein sehr unangenehmer Ort, von Kreaturen bevölkert, die sich nicht allzu sehr von jenen auf Midkemia unterscheiden. Der Siebte Zirkel wird von solchen bewohnt, die Ihr unter dem Namen Schreckensherrscher kennt. Sie sind Wesen von fremdartiger Energie und saugen allem das Leben aus. Sie können in Eurer Welt nicht existieren, ohne das zu töten, was sie berühren. Und sie stehen mit dem Leben so sehr auf Kriegsfuß, dass sie nicht einmal beim Ehrlichen John willkommen sind.«

Vermutlich ist das etwas Besonderes, dachte Miranda, aber irgendwie verstand sie nicht recht, was es bedeuten sollte. Da sie aber zu erpicht darauf war, die bevorstehende Aufgabe endlich anzugehen, verzichtete sie auf eine entsprechende Frage.

»Die Dämonen des Fünften Zirkels sind nicht ganz so fremdartig. Einige der zivilisierteren kommen auch hier von Zeit zu Zeit mal rein, und solange sie nicht versuchen, die anderen Gäste zu fressen, lässt John sie in Ruhe.«

»Und was hat das mit uns zu tun?«, wollte Macros wissen.

»Für einen Zauberer Eurer Weisheit und Macht seid Ihr reichlich ungeduldig, wie?«, entgegnete Mustafa. Er hob die Hand, als Macros protestieren wollte. »Ich werde es Euch schon erklären. Die Dämonen ernähren sich von Leben. So wie Ihr auch, wenn Ihr Pflanzen oder Tiere esst, nur essen sie Fleisch *und* Leben. Was Ihr Leben, Seele oder Geist nennt, ist für sie wie ein Getränk. Das Fleisch hält ihre Körper am Leben, so wie bei Euch oder bei mir, doch der Geist, die Seele, verstärkt ihre Macht und ihre Schlauheit. Ein alter Dämon hat schon viele Feinde verspeist und bewahrt sich Seelen auf für den Fall, dass er sie später braucht.«

»Ich verstehe nicht ganz«, meinte Miranda.

»Dämonen sind wie ... Haie. Habt Ihr Haie auf Midkemia?«

»Ja«, antwortete Miranda.

»Sie schwimmen in Gruppen, doch aus Gründen, die niemand kennt, greift einer plötzlich den anderen an und zerreißt ihn. Wenn sie in einen Fresswahn verfallen, wird ein Hai vielleicht von einem anderen gefressen, während er sich selbst gerade an einem dritten gütlich tut. Dämonen sind manchmal genauso. Sie fressen sich gegenseitig, wenn sie Fleisch und Geist aus keiner anderen Quelle bekommen können. Wenn sie eine Welt auf einer höheren Ebene erreichen, wird sie geplündert, und sie stopfen sich mit Fleisch und Seelen voll. Indem sie Seelen, Geist und Verstand stehlen, werden sie schlauer, doch wenn ihnen eine Nachschubquelle fehlt, werden sie wieder dümmer. So brauchen die mächtigeren Dämonen mehr Seelen, um nicht ... zu *verblöden.*«

»Ich glaube, jetzt habe ich es verstanden«, sagte Macros.

»Ja«, stimmte Miranda zu. »Der Dämon, durch den Pug verwundet wurde, hat seinen Meister betrogen, damit er auf unserer Welt fressen kann!«

Mustafa nickte. »Das klingt wahrscheinlich. Sie besitzen nicht gerade viel von dem, was wir Loyalität nennen.«

»Danke.« Miranda wollte sich erheben.

»Wartet, da ist noch etwas.«

»Und zwar?«, fragte Macros.

»Wenn Ihr Dämonen außerhalb ihres eigenen Reiches einsperrt – dort verspüren sie keinen so großen Drang zum Fressen –, werden sie schließlich alles Leben auf Shila vernichten. Und dann werden sie sich gegenseitig fressen.«

»Sollte uns das etwas ausmachen?«, fragte Macros.

»Nicht wegen der Dämonen. Am Ende wird nur noch ein einziger Dämon übrig sein, wahrscheinlich ihr König Maarg, falls dieser nach Shila gegangen ist, oder Tugor, sein Hauptmann. Und ohne Nahrungsquelle wird er schwächer werden und schließlich sterben. Doch bevor er zu einem sterbenden, dummen Dämon wird, wird er ein sehr wütender, sehr mächtiger Dämon sein.«

»Was bedeutet ...?«, fragte Miranda.

»Was bedeutet, dass Ihr die Tür hinter Euch zumachen solltet, wenn Ihr von Shila aufbrecht.«

Miranda zwinkerte, dann begann sie zu lachen. Indem sie aufstand, sagte sie: »Genau das werden wir tun.«

»Ihr müsst nicht nur die nach Midkemia schließen, sondern auch die in den Gang. Ein zorniger Dämonenkönig, der im Gang wütet, wäre höchst unangenehm.«

»Wir werden daran denken.«

»Was ist mit meiner Bezahlung?«, fragte Mustafa und erhob sich ebenfalls.

Miranda lächelte ihn hinterhältig an. »Ich werde Euch das Wort auf unserem Rückweg sagen.«

Mustafa setzte sich wieder, während die beiden seinen kleinen Laden verließen. »Warum lasse ich mich bloß jedes Mal aufs Neue von einer hübschen Frau betören?« Er schlug auf den Tisch. »Ab sofort verlange ich immer zuerst die Bezahlung!«

Vernichtung

Erik fluchte.

»Jawohl, Sir!« Feldwebel Harper nickte. »So hätte ich das auch aus gedrückt!«

Die Nachricht war von Greylock, und Erik verstand nun auch, weshalb die Angriffe während der beiden vorangegangenen Tage nachgelassen hatten. Die Invasoren waren durch den Wald gezogen und hatten Greylocks Verteidigungsstellungen attackiert, die einen halben Tagesritt weiter östlich lagen. Greylocks Nachricht war insgesamt beruhigend, denn er hatte bislang nur wenig Probleme mit den Invasoren, doch er äußerte seine Besorgnis über die Flüchtlinge, die vielleicht unterwegs überfallen werden konnten.

Eriks Männer hatten sich gerade ihr Lager eingerichtet, als die Nachricht eintraf. Der Strom der Flüchtlinge aus der Stadt war so gut wie versiegt. Erik hatte sich gelegentlich mit ihnen unterhalten, doch niemand hatte irgendwelche nützlichen Informationen. Alle waren schlicht verängstigt, hatten keine Ahnung, was sie da mit angesehen hatten, und sorgten sich nur um ihre Flucht aus einer Stadt, die kurz vor der Plünderung stand.

Ein Mann war durch einen unterirdischen Kanal hinausgeschwommen, den er noch aus seiner Kindheit kannte. Noch immer nass, trug er seine kümmerlichen Habseligkeiten in einem Rucksack auf dem Rücken. Doch auch er wusste nur, dass der größte Teil der Stadt in Flammen stand.

Das brauchte er Erik nicht extra zu erzählen. Schließlich konnte der die Rauchsäule, die sich im Westen erhob, mit eigenen Augen sehen. Er hatte damals auch den Rauch der Stadt Khaipur gesehen, aus einer Entfernung von mehr als hundert Meilen. Die Säule schwarzen Rauchs hatte sich mehrere hundert Meter in die Luft erhoben, wo sie sich dann ausgebreitet hatte wie ein grauer Regenschirm. Der Wind hatte ihnen den Geruch des Feuers tagelang hinterhergeweht, und Hunderte von Meilen entfernt war noch feiner Ruß niedergegangen. Erik zweifelte nicht daran, dass Krondor das gleiche Schicksal bevorstand.

Er gab seine Befehle aus, und seine Männer beeilten sich, sie zu befolgen. Die Hälfte seiner Kompanie, die schweren Lanzenreiter, sollte hinter den Zivilisten herziehen. Die Lanzenreiter wurden von einer Schwadron Bogenschützen verstärkt, die zu Erik gestoßen waren, nachdem sie von ihrem eigentlichen Kommando abgeschnitten worden waren. Die Leichte Kavallerie und die berittenen Bogenschützen würde Erik mit zu Greylocks Stellung nehmen.

Wie er befürchtet hatte, waren sie noch keine Meile vorangekommen, als sie die ersten Anzeichen von Überfällen auf die Flüchtlinge bemerkten. Zwei brennende Wagen standen am Straßenrand, und der Boden darum war mit Leichen übersät. Mehrere Frauen lagen entblößt da; offensichtlich hatte man sie vor ihrem Tod vergewaltigt. Kein Paar anständiger Stiefel, kein Schmuckstück von möglichem Wert war zurückgelassen worden.

Erik untersuchte die Wagen und bemerkte eine Spur aus Getreide, die von dem einen fortführte. »Sie haben Hunger«, sagte er zu Feldwebel Harper.

»Sollen wir ihnen nachsetzen, Hauptmann?«

Erik verneinte. »Das würde ich nur zu gern tun, doch wir müssen Greylock helfen. Wenn sie das Vorgebirge im Norden erreichen, werden sie sich nach Osten wenden, und dann kriegen wir die Kerle noch früh genug.«

»Jawohl, Sir«, erwiderte Harper.

Sie ritten, so schnell sie konnten, gestatteten den Pferden nur dann eine Pause, wenn es unerlässlich war, denn Erik war entschlossen, nach Möglichkeit noch vor Sonnenuntergang auf Greylock zu stoßen. Er wusste, dass am Ende dieses Gewaltritts einige der Pferde lahmen würden, aber die Pläne zur Verteidigung des Königreichs mussten umgesetzt werden, und sie durften dem Feind nicht erlauben, die ersten Verteidigungsstellungen im Sturm zu überrennen.

Krondor stand im Begriff zu fallen, und es hatte nur drei Tage gedauert. Erik vermutete, dass es die Smaragdkönigin und ihre Magier eilig hatten, an Land zu gehen. Die Magie, mit der sie die Verteidigungsanlagen vor dem Hafen weggeblasen hatten, hatte Erik überrascht. Denn er hatte nur ein einziges Mal gesehen, wie die Pantathianer der Smaragdkönigin Magie angewendet hatten: als sie eine Brücke aus Licht über den Fluss Vedra geschaffen hatten. Diese hatte Pug jedoch zerstört und damit Tausende von Invasoren in den Tod stürzen lassen.

William hatte Erik den Bericht per Boten überbringen lassen, und Erik hatte ihn nicht glauben mögen, doch angesichts der Feuer im Hafen musste der Feind in Krondor eingedrungen sein.

Während sie dahinritten, fragte sich Erik, wie es Roo wohl ergangen war. Ob er sein Anwesen sicher erreicht hatte?

Roo ließ sich auf einen Stuhl plumpsen, in der Hand einen Becher frischen Wassers aus dem Brunnen. »Danke, Helen.«

Helen Jacoby und die Kinder hatten in der Halle des Hauses gewartet. Roo war gerade eingetroffen, nach einer fürchterlichen Nacht, in der er verzweifelt versucht hatte, seine Wagen zusammenzuhalten und vor Plünderern zu schützen. Sein Anwesen hatte er am Tag zuvor erreicht, und da alles friedlich war, hatte er sich aufgemacht, um sich zu Luis zu gesellen und seine Wagen sicher nach Hause zu bringen. Die Häufigkeit, mit der sie Kämpfer der Invasoren sichteten, verriet ihnen allerdings mehr als genug über die Lage in Krondor. Er hatte mit eigenen Augen gesehen, wie die Smaragdkönigin eine Stadt hatte plündern lassen, und ihm fehlte jegliches Verlangen danach, so etwas noch einmal zu erleben.

Drei zusätzliche Wagen hatte er bereits vor zwei Tagen losgeschickt, und nun waren die Diener eifrig damit beschäftigt, diese mit dem Hausrat für die Reise nach Osten zu beladen. Wegen der Geschwindigkeit, mit der der Feind anmarschierte, würde Roo noch vor Sonnenaufgang den Befehl zum Aufbruch geben müssen, gleichgültig, was auch immer er hinter sich zurücklassen musste. Er hatte beschlossen, den gesamten Wagenzug nach Düstermoor fahren zu lassen und in Ravensburg keine große Verzögerung in Kauf zu nehmen. Er würde nur Eriks Mutter und Nathan, vielleicht auch Milo, Rosalyn und ihrer Familie anbieten, mit ihm zu kommen. Das war er Erik schuldig.

Einen längeren Halt würde er aber keinesfalls einlegen. Der Feind war zu schnell, und Krondor hatte nicht so lange standgehalten, wie er gehofft hatte.

Er trank das Wasser, stellte den Becher ab und fragte: »Wo ist Karli?«

»Sie ist oben, mit deinem Cousin Duncan.«

Roo lächelte. »Ich habe mich schon gefragt, wo er sich rumtreibt.« Er erhob sich. »Ich sollte wohl besser mal nachschauen, was sie so machen.«

Helen wirkte besorgt. »Er hat gesagt, er wolle ihr beim Tragen helfen.«

Roo blickte sie an. »Wir haben immer noch genug Zeit, um von hier fortzukommen. Mach dir keine Sorgen.«

Sie lächelte bemüht. »Ich werde mir Mühe geben.«

Roo ging nach oben und fand die beiden im Schlafzimmer. Duncan hob gerade eine Kiste hoch, in der sich Karlis beste Kleider befanden.

»Ich habe dich zwei Tage lang gesucht!«, begrüßte Roo seinen Cousin.

Duncan grinste. »Es herrschte plötzlich ein solches Durcheinander in Krondor … Ich habe dich bei Barret gesucht, aber da warst du nicht. Als ich ins Geschäft gekommen bin, hat Luis mir gesagt, du wärst noch einmal zu Barret gegangen, und als ich wieder im Kaffeehaus ankam, hab ich dich dort wieder nicht angetroffen. Also bin ich zurück ins Geschäft. Auf den Straßen spitzte sich die Lage inzwischen schon zu. Als ich endlich wieder im Geschäft ankam, fuhren die Wagen gerade los. Ich habe gesehen, was am Nordtor los war, deshalb habe ich mich zum Südtor aufgemacht und bin hierhergeritten. Ich dachte, du würdest es vorziehen, wenn sich jemand, der einigermaßen mit einem Schwert umgehen kann, bei deiner Familie befindet.«

Nach diesen Worten trug er die Kiste an Roo vorbei nach unten.

»Glaubst du ihm?«, fragte Karli.

»Nein«, erwiderte Roo. »Höchstwahrscheinlich hat er sich mit irgendeiner Hure herumgetrieben, bis er es mit der

Angst zu tun bekam und sich sofort hierher abgesetzt hat. Zumindest, was euren Schutz betrifft, hat er jedoch recht.«

Karli trat zu ihm und legte die Arme um ihn. »Ich habe Angst, Roo.«

Er grunzte aufmunternd und klopfte ihr auf die Schulter. »Mach dir keine Sorgen. Es wird schon alles gut gehen.«

»Krondor war meine Heimat.«

»Wir werden dorthin zurückkehren, wenn all das vorbei ist. Ich habe einmal ein Vermögen gemacht, warum sollte mir das nicht ein zweites Mal gelingen? Wir werden alles wieder aufbauen. Doch als Erstes müssen wir die Kinder in Sicherheit bringen.«

Als er die Kinder erwähnte, verflüchtigte sich ihre Furcht. »Wann brechen wir auf?«

»Beim ersten Licht. Luis kommt mit den letzten Wagen. Er hat so viele Söldner als Wachen bei sich, wie er anheuern konnte. Dann fahren wir nach Düstermoor. Dort habe ich Pferde und Ausrüstung, um die Wagen reparieren zu lassen, und wenn wir uns ausgeruht haben, geht es weiter nach Malacs Kreuz.«

»Warum dorthin?«

Roo überlegte, ob er ihr erzählen sollte, was er wusste. Doch das würde sie nur verwirren und ihr noch mehr Angst einjagen. »Weil der Feind in Düstermoor aufgehalten werden wird«, sagte er. »Malacs Kreuz ist weit genug von den Kämpfen entfernt. Dort werden wir in Sicherheit sein.«

Karli glaubte Roo aufs Wort und eilte nach unten, um das Einpacken zu überwachen. Währenddessen passte Helen auf die Kinder auf, und es erstaunte Roo zu sehen, mit welcher Ruhe sie sie aufmunterte, ablenkte und mit ihnen spielte. Er blieb ein paar Minuten bei den vieren und hörte sich ihr Geplapper über Dinge an, die ihnen wichtig erschienen, die für ihn allerdings wenig Sinn ergaben.

Gegen Abend wurden kalte Speisen zubereitet, und alle aßen. Duncans Anwesenheit empfand Roo als merkwürdig, denn Duncan hatte so gut wie kein Interesse an Roos Familie, obwohl er immer wieder mal ein wenig mit Karli flirtete. Irgendwie erschien Roo sein Cousin mit seinen Gedanken woanders.

Nach dem Essen sagte er zu Duncan: »Warte unten am Stall und lass es mich wissen, wenn Luis mit dem letzten Wagen eintrifft.«

Duncan lächelte freundlich. »Wenn er da ist, werde ich mir ein paar Männer nehmen und das Grundstück absuchen. Man weiß nicht, ob nicht irgendwelche Invasoren aus den Bergen kommen. Oder vielleicht versuchen auch Banditen, aus dem Durcheinander Vorteil zu schlagen.«

Roo sah zu den beiden Frauen und den Kindern hinüber und bedachte Duncan mit einem verdrießlichen Blick.

Duncan fügte rasch hinzu: »Natürlich ist es höchst unwahrscheinlich, dass sich hier welche herumtreiben, aber Vorsicht kann nie schaden.«

Nachdem er gegangen war, fragte Helen: »Rupert, sind wir wirklich in Gefahr?«

Ihre ruhige und offene Art ließ die Kinder die Nervosität vergessen, und Roo dankte den Göttern für ihre Anwesenheit. »Krieg ist immer gefährlich, besonders dann, wenn die Invasoren hungrig und weit von zu Hause weg sind. Deshalb nehmen wir auch alles mit, was sie gebrauchen könnten, und was wir hierlassen müssen, zerstören wir.«

»Zerstören?« Karli sah ihn verwirrt an. »Doch nicht meine Möbel, oder?«

Roo entschied, besser gar nicht zu erwähnen, dass die

Invasoren höchstwahrscheinlich das Haus verwüsten und bis auf die Grundmauern niederbrennen würden. »Nein, wir verbrennen nur das Essen, das wir nicht mitnehmen können, und stellen sicher, dass wir keine Waffen und Werkzeuge zurücklassen. Wenn wir einen Wagen nicht mitnehmen können, zerschlagen wir die Speichen und zerschneiden das Geschirr. Den Garten werden wir auch umgraben. Wir müssen nur sichergehen, dass nichts zurückbleibt, was dem Feind helfen könnte.«

Karli gefiel der Gedanke, ihren geliebten Garten zu verlieren, gar nicht, doch sie schwieg.

»Vater, wohin fahren wir?«, fragte Abigail.

Roo lächelte. »Morgen werden wir auf einem Wagen fahren, mein Schatz. Es wird eine lange Reise, und du musst so lieb sein, wie du nur kannst. Aber wir werden durch die Stadt kommen, wo dein Vater geboren wurde, und wir werden viele interessante Orte sehen. Ist das nicht schön?«

»Nein«, widersprach Abigail. »Ich will nicht.«

Helen grinste. »Ist doch nur Kindergeplapper.«

Roo warf Karli einen Blick zu, und die sagte: »Sie weiß doch überhaupt nicht, worum es geht.«

»Kinder, wir machen eine Reise«, sagte Roo, »und es wird ein großes Abenteuer werden.«

Helmut grinste breit, während Helens Junge, Willem, fragte: »Wie in den Sagen?«

Roo nickte. »Ja, genau wie in den Sagen! Wir brechen zu einem großen Abenteuer auf, und ihr müsst brav sein und das tun, was eure Mutter und Karli euch sagen. Da wird es viele Männer mit Schwertern geben, und ihr lernt neue Orte kennen.«

»Wird es auch Kämpfe geben?«, fragte der Junge mit großen Augen.

Roo seufzte. »Wenn es die Götter gut mit uns meinen, dann nicht. Aber wenn doch, werden wir euch beschützen.« Er blickte in die Runde, und als er Helens empörtes Gesicht sah, fügte er hinzu: »Wir werden euch *ganz bestimmt* beschützen.«

Bei Einbruch der Dunkelheit erreichte Erik Greylocks Stellung. Auf dem Weg dorthin war er ein halbes Dutzend mal in Gefechte mit den Soldaten der Smaragdkönigin geraten und hatte mit eigenen Augen das Gemetzel sehen müssen, das diese hinter sich zurückließen. Überall lagen Leichen am Straßenrand, und eines war deutlich: Die Invasoren waren vor allem an Nahrungsmitteln interessiert. Gelegentlich fand man Wertgegenstände, Münzen oder Schmuck, die zurückgelassen worden waren, doch niemals etwas, das essbar war.

Nachdem die Parole gewechselt worden war, ritt Erik mit seiner Kompanie ins Lager, wo er von Owen begrüßt wurde. »Wie stehen die Dinge?«, fragte Greylock. »Schlecht?«

»Schlechter«, erwiderte Erik und stieg ab. Einer von Greylocks Männern nahm ihm das Pferd ab, und Erik folgte dem früheren Schwertmeister von Düstermoor zu einem Lagerfeuer in einiger Entfernung hinter den Barrikaden, mit denen die Straße abgesperrt war.

Erik entließ seine Offiziere und Feldwebel, damit sie sich um ihre Tiere kümmern und Essen für ihre Männer besorgen konnten. Greylock deutete auf einen Kessel mit Eintopf. »Bedien dich.«

Erik nahm sich eine Holzschale und einen Löffel. Plötzlich spürte er, wie ausgehungert er war. Während er die Schale füllte, holte ihm Greylock ein Stück Brot und einen Schlauch mit Wein. »Erzähl, was du weißt«, forderte er

Erik auf, nachdem dieser ein paar Löffel in sich hineingeschaufelt und einen Schluck Wein getrunken hatte.

»Wenn Krondor nicht heute gefallen ist, dann wird es morgen so weit sein. Der Palast existiert nicht mehr.«

Beide Männer wussten, was das bedeutete. Marschall William war so gut wie sicher tot. Herzog James war vielleicht entkommen, vielleicht auch nicht. Der Prinz und der Rest des Hofes, die Adligen, die nicht im Feld standen, befanden sich in Düstermoor, wenn alles nach Plan verlaufen war.

»Wir haben uns ziemlich ruhig verhalten«, berichtete Greylock. »Ein paar der feindlichen Kundschafter kamen ziemlich nahe heran, doch wir haben sie verjagt. Und wenn sie unsere Befestigungsanlagen sehen, suchen sie sowieso lieber das Weite.«

Erik nickte und kaute, dann sagte er: »Wenn alles nach Plan läuft, verschwenden sie viel Zeit, indem sie von Norden nach Süden laufen, ehe sie begreifen, dass ihr Weg hier entlangführt. Vielleicht können wir so etwas von der Zeit herausschinden, die sie in Krondor gewonnen haben.«

Greylock fuhr sich mit der Hand durchs Gesicht, und Erik fiel auf, wie erschöpft der ältere Mann war. »Ich hoffe es. Es gibt immer noch so viel zu tun.«

Erik stellte die leere Schale ab und trank noch etwas Wein. »Nun, wenigstens sind hinter uns keine Flüchtlinge mehr, um die wir uns kümmern müssten.«

Owen nickte. »Jetzt werden wir uns einfach verteidigen und diese Bastarde für jeden Zoll Boden bluten lassen.« Dann grinste er Erik an. »Wollte dich nicht beleidigen«, fügte er hinzu, weil ihm eingefallen war, dass auch Erik unehelich geboren war.

»Hab ich auch nicht so verstanden«, erwiderte Erik. »Ich

bin der Geburt nach ein Bastard, aber diese Invasoren geben sich alle Mühe, welche *zu werden.*« Er seufzte. »Ich war schon einmal müder, aber ich kann mich nicht mehr erinnern, wann.«

Owen nickte. »Es ist der Druck. Dauernd muss man auf der Hut sein. Also, da du und deine Jungs uns morgen hier ablösen, werden wir heute Nacht die Wache übernehmen. Dann kannst du eine Nacht richtig schlafen.«

»Danke, Owen.«

Greylock lächelte, und sein schmales Gesicht wirkte im Licht des Feuers fast boshaft. »Ich denke, du solltest wissen, dass Prinz Patrick mich zum General ernannt hat.«

»Herzlichen Glückwunsch, sag ich dann mal«, meinte Erik und fügte hinzu: »Sir!«

»Beileid wäre angebrachter. Jetzt hab ich Calis' Aufgabe und muss das gesamte Gebirge vom Hogewald bis hin nach Dorgin verteidigen, und ich glaube, ich werde mir nur allzu bald wünschen, du würdest diese Aufgabe übernehmen.«

»Ich stecke schon bis über beide Ohren drin. Manchmal weiß ich gar nicht mehr, was ich eigentlich als Erstes tun soll.«

»Du bist nur erschöpft. Schlaf dich aus, und morgen Früh wirst du alles viel klarer sehen. Und falls du alles andere vergisst, denk nur an eins: Wir müssen die Bastarde so lange wie möglich aufhalten. Die nächsten drei Monate müssen wir sie in den Bergen festsetzen.«

Erik seufzte. »Bis zum Winter.«

»Wenn sie beim ersten Schnee noch auf der Westseite sind, haben wir gewonnen. Dann werden sie verhungern, während wir aufs Frühjahr warten, damit wir sie dorthin zurückjagen können, wo sie hergekommen sind.«

Erik nickte, doch seine Lider wurden schwer, und er

konnte keinen klaren Gedanken mehr fassen. »Ich werde mich mal auf die Suche nach meinem Pferd begeben. Wer weiß, wo dein Mann es gelassen hat. Dann hole ich mir meine Decke und lege mich schlafen.«

»Nicht notwendig«, meinte Owen und deutete auf eine Decke, die in der Nähe lag. »Das habe ich für dich vorbereiten lassen. Deine Männer sollen auch ein bisschen Ruhe finden. Vergiss deine Sorgen einfach für die Nacht.«

»Da werde ich nicht Nein sagen«, bedankte sich Erik und ging zur Decke. Er nahm sein Schwert ab und zog sich die Stiefel aus. Ohne noch an irgendetwas zu denken, wickelte er sich ein und fiel in den tiefen Schlaf der Erschöpfung.

Roo küsste Karli auf die Wange.

»Das gefällt mir gar nicht, Rupert«, sagte sie, den Tränen nahe.

»Ich weiß, aber ich muss nachsehen, ob alles bereit ist. Warte nicht auf mich, und pass auf Helen und die Kinder auf. Ich bin vor Sonnenaufgang zurück.«

Sie standen an der Tür ihres Landhauses, und Roo küsste seine Frau abermals auf die Wange, dann trat er hinaus und schloss die Tür hinter sich. Er eilte zum Dienstbotenhaus und zur Scheune, wo das Dutzend Wagen stand, die nach Sonnenuntergang eingetroffen waren.

Luis de Savona war einer seiner alten Gefährten aus der Zeit, als er noch in Calis' Armee gedient hatte. Inzwischen war er der Berater, dem er am meisten vertraute. Der Mann überwachte die Reparaturen an den Wagen. Über seine Vergangenheit vor dem Tag, an dem die beiden sich im Gefängnis kennengelernt hatten, hatte Luis nie viele Worte verloren. Er hatte nur erzählt, dass er einstmals zum Hof von Rodez gehört hatte, einem der östlichsten Herzogtümer des Königreichs. Roo hatte ihn nie zu mehr gedrängt. Wie viele andere, die ihr Leben dadurch gerettet hatten, dass sie in den Dienst der Krone getreten waren, wollte auch Luis die Zeit davor am liebsten vergessen, und Roo respektierte diesen Wunsch.

Luis' Charakter hatte einen dunklen Zug, einen Jähzorn, der stets zu den seltsamsten Zeiten auszubrechen drohte, aber dennoch vertraute Roo ihm. Es gab nicht viele Männer, denen Roo vertraute, und im Augenblick jedenfalls brauchte er jemanden, auf den er sich ganz und gar verlassen konnte.

Dreimal hatten die angeheuerten Wachen und Ruperts Fuhrleute Angriffe von Banditen abwehren müssen. Zwei Fuhrleute waren verletzt worden, zwei der Söldner waren desertiert, als der Kampf zu ihren Ungunsten auszugehen drohte. Doch obwohl Luis rechte Hand verkrüppelt war, stellte er mit einem Messer in der Linken immer noch einen gefährlichen Gegner dar. Er hatte drei der Banditen mit eigener Hand getötet und so die anderen dazu gebracht, es sich noch einmal zu überlegen, ob sie ihm seinen Wagen wirklich abjagen wollten.

»Luis, wird bei Sonnenaufgang alles fertig sein?«, fragte Roo.

Luis nickte. »Ja. Vielleicht sollten wir jedoch eine Stunde früher aufbrechen, damit wir auf der Straße des Königs keine unliebsamen Überraschungen erleben.«

»Ich mache mir nicht wegen der Straße Sorgen«, erwiderte Roo. »Erik und die Armee halten die Straße. Die Banditen, die sich in den Bergen herumtreiben, durch die wir müssen, erscheinen mir viel gefährlicher.« Roos Anwesen lag ein ganzes Stück von der Straße entfernt, und niemand wusste, wie es dort aussah. »Ich muss Jacob Esterbrook einen Besuch abstatten«, erklärte er und winkte nach einem frischen Pferd. »Und ich werde mich auf der Straße umsehen, ob sie noch frei ist oder wir uns einen anderen Weg suchen müssen.«

»Einen anderen Weg?«

Roo nickte. »Ja, ich kenne noch einen anderen.«

»Warum verrätst du ihn mir nicht?«, fragte Luis. »Nur zur Vorsicht.«

Roo behagte der Gedanke nicht, der sich hinter »nur zur Vorsicht« verbarg, doch er sah die Notwendigkeit ein. »Es gibt eine Straße, über die Erik und ich vor Jahren nach Krondor gefahren sind. Sie ist sehr schmal, aber die Wagen kommen durch. Allerdings nur hintereinander.« Er erklärte Luis, wie man diese Straße erreichte, die an manchen Stellen kaum breiter als ein Ziegenpfad war. »Wenn du die Ausläufer des Gebirges erreichst, verzweigt sich der Weg. Wenn du dich dann Richtung Südosten hältst, kommst du an Bauernhöfen und Weinbergen vorbei und im Norden von Ravensburg heraus. Dort triffst du auch wieder auf die Königsstraße.«

Luis nickte. »Wann bist du wieder zurück?«

»Falls ich nicht irgendwo auf Schwierigkeiten stoße, vor Sonnenaufgang. Wenn ich eine Stunde vor Sonnenaufgang noch nicht zu Hause bin, brecht ohne mich auf. Sag Karli, ich würde euch schon einholen.«

Luis blickte sich um. »Und Duncan?«

»Er macht eine Runde ums Anwesen, damit wir hier nicht belästigt werden.«

Luis nickte. Er und Duncan hatten fast ein Jahr den Herd geteilt, und während dieser Zeit hatten sie eine starke Abneigung gegeneinander entwickelt. Luis traute Duncan nicht über den Weg und vertrug sich mit ihm nur Roo zuliebe.

Das Pferd wurde gebracht, und Roo stieg auf.

»Wir sehen uns irgendwann morgen.«

Luis winkte zum Abschied, während Roo davonritt. Er wusste, was unausgesprochen geblieben war: Wenn Roo bis zum Morgen nicht zurück wäre, würde das bedeuten, dass er tot war.

»Das gefällt mir überhaupt nicht«, meinte Miranda.

Sie hatten sich in der Höhle des Orakels von Aal versammelt, nachdem Miranda und Macros nach Midkemia zurückgekehrt waren und die anderen zusammengerufen hatten.

»Wem gefällt das schon«, gab Pug zurück, »aber wir müssen an zwei Orten zur selben Zeit sein.«

»Die Zeit wird knapp«, knurrte Hanam. »Bald werde ich den Zorn und den Hunger dieser Kreatur nicht mehr im Zaum halten können.« Der Saaurmagier in Gestalt eines Dämons wandte sich an Pug. »Ihr wisst, was getan und gesagt werden muss.«

Calis hatte bisher nur dagesessen, dem Wortwechsel zugehört und die anderen vier im Raum schweigend beobachtet. »Es besteht die Gefahr, dass keiner von euch zurückkehrt.« Während er diese Worte an alle richtete, hing sein Blick an Miranda.

Sie nickte. »Wir wissen um das Risiko.«

Er seufzte. »Ich sollte in Düstermoor sein.«

»Nein«, widersprach Pug. »Ich kann dir nur den Grund nicht sagen.« Er blickte Macros und Miranda an. »Unserem Geist bleibt etwas verborgen, und wir spüren, wie wichtig es ist, dass dieses Wissen verborgen bleibt, zu unserem eigenen Schutz und dem der anderen. Doch eines weiß ich ganz genau: Du musst hierbleiben.«

Miranda und ihr Vater hatten das Tor im Gang zwischen den Welten gefunden und die Höhle auf Shila betreten. Vom Höhleneingang aus hatten sie beobachtet, wie Dämonen durch die Lüfte flogen, und aus der Richtung, in der die Stadt Ahsart lag, kam ein steter Strom Dämonen jeder Größe. Es waren viel mehr, als sie je besiegen konnten, und so waren sie durch den Gang nach Midkemia zurückgekehrt und hatten Pug aufgesucht.

Zwei Tage lang hatten sie über einem Plan gebrütet, und nun sollten Macros und Miranda in die Höhlen unter dem Ratn'gary-Gebirge zurückgehen, während sich Pug und Hanam nach Shila aufmachen würden. Hanam würde in seiner Dämonengestalt nicht auffallen, und Pug konnte sich besser unsichtbar machen als Macros und Miranda.

Miranda und ihr Vater würden versuchen, den Spalt nach Midkemia für immer zu versiegeln, so wie Macros das einst mit dem Spalt zwischen Midkemia und Kelewan gemacht hatte, während Pug und Hanam alles daransetzen würden, den Zugang zum Dämonenreich zu schließen.

Miranda sah ihren Vater an, dann Pug. »Ich möchte mich kurz mit Calis allein unterhalten.«

Sie erhob sich, trat zu dem halbelbischen Krieger und bedeutete ihm, er möge sie ein Stück weit begleiten.

Sie gingen an der riesigen Gestalt des Orakels vorbei, einem Drachen von ungeheuren Ausmaßen, der tief im Schlaf der Regeneration lag. Um das Orakel schwärmten Männer herum, junge wie alte, die Gefährten des Orakels, die sein Wissen weitergaben. Das Orakel und seine Gefährten würden sterben, wenn ihre Zeit gekommen war, doch das Wissen würde weiterleben, solange neue Körper gefunden wurden, in die ihre Seelen einziehen konnten.

Während sie sich von den anderen entfernten, fragte Miranda: »Was bereitet dir Sorgen?«

Calis lachte. »Alles.« Dann fügte er hinzu: »Ich fürchte, ich werde dich niemals wiedersehen.«

Sie seufzte und berührte seine Wange. »Wenn das unser Schicksal sein soll, dann müssen wir es akzeptieren. Falls nicht, werden wir uns bestimmt wiedersehen.«

Mit der für Elben typischen, fast ausdruckslosen Mimik zog er kaum merklich die Augenbraue hoch und fragte: »Pug?«

Sie nickte. »Es gibt Dinge, die einfach sein müssen.« Sie trat dicht an ihn heran und legte den Kopf an seine Brust. »Wenn es so weit ist, wirst du so viel mehr wissen als jetzt, und du wirst das, was zwischen uns war, als Geschenk, als ein wertvolles und wunderbares Geschenk betrachten. Doch es war auch eine Lektion für uns beide, denn wir mussten beide lernen, was wir wirklich brauchen.«

Er schloss sie in seine Arme und hielt sie einen Augenblick lang fest, dann gab er sie langsam wieder frei. »Ich habe dich zwar nicht verstanden, aber ich akzeptiere das, was du sagst, als wahr.«

Sie berührte erneut seine Wange und sah ihm tief in die Augen. »Mein süßer Calis. Immer bereit zu dienen. Immer bereit zu geben. Und trotzdem hast du noch nie jemanden für dich beansprucht. Warum nur?«

Er lächelte und zuckte mit den Schultern. »Es liegt in meiner Natur. Ich habe noch viel zu lernen. Und wie du mich gerade erinnert hast, bin ich noch jung. Ich spüre, wie ich durch Dienen lernen kann, und während ich lerne, finde ich heraus, wer ich eigentlich bin.«

»Du bist jemand Wunderbares und Einzigartiges«, hauchte sie und küsste ihn sanft auf die Wange.

Er nickte. »Während ich hier in dieser Höhle warte, könntest du mir doch wenigstens einen Hinweis auf das geben, was ich tun soll?«

»Ich weiß nur das, was Pug mir erzählt hat«, erwiderte sie.

»Dann will ich ihn noch einmal fragen.« Er schob sich an ihr vorbei und ging hinüber zu Pug, Macros und Hanam.

»Wenn du schon nicht weißt, weshalb ich hier bin, kannst du mir nicht wenigstens deine Vermutungen mitteilen?«, fragte er.

Pug zeigte auf ein riesiges Podest, das auf dem Steinboden stand, nur wenige Meter von dem schlummernden Drachen entfernt. »Deswegen«, sagte er, und alle im Raum spürten einen Ruck, als würden sie leicht bewegt, doch niemand hatte sich gerührt.

Doch wo das leere Podest gestanden hatte, befand sich nun ein riesiger, schimmernder grüner Edelstein, in dem ein goldenes Schwert steckte. Der Stein pulsierte, als würde Leben in ihm stecken, und augenblicklich fühlte sich Calis von ihm angezogen und ging hinüber.

»Der Stein des Lebens«, flüsterte er.

»Man muss sich nur ein wenig in der Zeit bewegen, um ihn zu sehen.«

Calis betrachtete das Schwert. »Das Schwert meines Vaters.«

»Jener Valheru, der ihn in Gestalt von Draken-Korin zu erobern suchte«, erzählte Pug, »warf sich über den Stein, und dein Vater trieb sein Schwert tief hinein. Ich weiß nicht, wie es genau vor sich ging, doch dadurch wurde der Spaltkrieg beendet. Die Valheru wurden in den Stein gesogen, und dein Vater wollte es nicht riskieren, das Schwert wieder herauszuziehen.«

Calis nickte, wandte den Blick jedoch nicht von dem Edelstein ab. »Ich werde mir dieses Ding genau ansehen.«

»Wir können nicht länger warten«, sagte Miranda zu Pug.

Pug stellte sich zu Hanam. Er stellte sich das Zeichen über dem Portal nach Shila vor. Miranda hatte es sich gemerkt und Pug diese Erinnerung übermittelt. Pug nickte, und schon war er mit dem Dämon verschwunden.

Miranda warf einen letzten Blick auf Calis, nickte ihrem Vater zu, nahm seine Hand und brachte sich und ihn zurück in die Höhlen unter den Bergen jenseits des Ozeans.

»Nachricht von Hauptmann Breyer, Sir.«

Erik rieb sich die Augen und blinzelte. Er hatte nach dem letzten Gefecht eine Stunde schlafen können. Seit gestern, als Greylock gen Osten aufgebrochen war, hatten die Invasoren dreimal angegriffen, zuletzt bei Sonnenuntergang. Sie hatten den Feind leicht zurückschlagen können, was zum Teil Greylock zu verdanken war, da ihnen dieser fünfzig Bogenschützen mit Langbogen überlassen hatte. Diese waren jedoch nicht beritten, und deshalb wusste Erik, dass er sie wenigstens einen Tag, bevor er sich zurückziehen würde, abmarschieren lassen musste, denn sie würden mit der Kavallerie nicht Schritt halten können. Dennoch war er über ihre Gegenwart höchst erfreut.

Sein Auftrag bestand darin, die Straße so lange zu halten, bis der Druck der Invasoren zu stark wurde. Dann sollte er sich zurückziehen und ein offensichtliches Loch in der Verteidigungslinie hinterlassen. Der Plan sah vor, dass sich der Feind zwischen Krondor und Düstermoor sammelte, genau an der Stelle, wo das Königreich ihn haben wollte.

Erik las die Nachricht. »So weit, so gut«, bemerkte er. Dann entließ er den Soldaten und sah den Kurier, einen Hadati, an. »Hol dir etwas zu essen und ruh dich aus. Beim ersten Tageslicht brichst du auf.«

Der Mann aus den Bergen nickte und ging davon. Erik drehte sich um, wickelte sich in seine Decke und versuchte, wieder einzuschlafen.

Eine Weile lag er da und dachte an Kitty. Ob es ihr wohl gut ging? Er war sich sicher, dass sie früh genug aufgebrochen war, um allen Gefahren auf der Straße zu entgehen, die nun jenen drohten, die draußen in der Dunkelheit unterwegs waren. Dann schweiften seine Gedanken zu Roo. Hoffentlich waren er und seine Familie in Sicherheit.

Jacob Esterbrook saß mit versteinertem Gesicht hinter seinem Schreibtisch, während Roo ihn drängte, dem Personal zu befehlen, die Sachen zu packen.

»Ich erkenne die Gefahr wohl, junger Mann«, sagte er schließlich. Er erhob sich, trat um den Schreibtisch herum und zeigte auf eine Karte des Königreichs, die an der Wand zwischen zwei großen Bücherregalen hing. »Ich habe mit dem Kaiserreich Groß-Kesh schon Handel getrieben, als Ihr noch nicht geboren wart. Und ich habe mit Queg Geschäfte gemacht. Wenn sich die politischen Gegebenheiten hier ändern, kann ich mit jedem Geschäfte machen, der an der Macht ist, nachdem sich die Lage wieder beruhigt hat.«

Roo riss in schierem Unglauben die Augen auf. Er war die Nacht durchgeritten, hatte Esterbrooks Haus am nächsten Abend zwei Stunden nach Sonnenuntergang erreicht und um ein Gespräch mit dem Kaufmann gebeten. »Jacob, ich will Euren Geschäftssinn nicht anzweifeln, aber so, wie die Dinge stehen, ist eine Armee mörderischer Halunken auf dem Weg hierher. Und ich kenne diese Armee. Ich habe eine Zeitlang in ihr gedient.«

Bei diesen Worten zog Esterbrook interessiert die Augenbrauen hoch. »Ach, wirklich?«

»Ja, doch wir haben zu wenig Zeit, als dass ich Euch die Einzelheiten erzählen könnte. Glaubt mir, diese Leute haben kein Interesse an Geschäften. Sie werden hierherkommen und das Haus bis auf die Grundmauern niederbrennen, nachdem sie alles, was mehr als ein Kupferstück wert ist, herausgeschleppt haben.«

Jacob lächelte, und dieses Lächeln gefiel Roo ganz und gar nicht. »Ihr seid so ein begabter Junge, Rupert, und ich glaube, Ihr hättet Eure Ziele sogar ohne die Hilfe des Herzogs erreicht. Nicht ganz das, was Ihr mit dieser Hilfe aufgebaut habt, nein. Doch dieses Geschäft während der Getreidekrise in den Freien Städten war schlicht brillant.« Er ließ sich wieder hinter dem Schreibtisch nieder, zog eine Schublade auf und entnahm ihr ein Pergament, das er auf den Tisch legte. »Ohne diese Unterstützung hätte ich Euch sicherlich töten lassen, bevor Ihr zu einem Ärgernis geworden wärt, doch so, wie sich die Dinge entwickelt haben, konnte ich mich nicht beschweren.« Er seufzte. »Um es offen zu sagen, dieses Dokument«, er deutete auf das Pergament, »ist eine Vollmacht, mit den Invasoren zu verhandeln, um die Feindseligkeiten zu beenden.«

»Nachdem sie Krondor in Schutt und Asche gelegt haben?«, fragte Roo.

Jacob grinste breit. »Was soll sich Groß-Kesh um die Zerstörung einer Stadt des Königreichs sorgen?«

»Groß-Kesh?«

»Rupert, seid doch nicht so dumm. Habt Ihr denn nie daran gedacht, dass es außer meinen unzweifelhaften Fähigkeiten als Geschäftsmann noch etwas gibt, weshalb ich den Handel mit dem Süden so fest in Händen halte? Ich habe Freunde an hoher Stelle am Hofe des Kaisers, und sie haben es mir leicht gemacht, Euch aus diesem Geschäft zu drängen. Und jetzt wollen sie zu einer schnellen Einigung mit den Invasoren und dieser Smaragdkönigin kommen und die neuen Grenzen festlegen.«

Roo saß wie vom Schlag getroffen da. »Neue Grenzen?«

»Prinz Erland hat ein Abkommen mit Groß-Kesh geschlossen, Land im Tal der Träume abzutreten. Im Gegenzug verpflichtet sich das Kaiserreich, sich nicht einzumischen.« Er zeigte auf Roo. »Was Ihr doch vermutlich gewusst habt, da Ihr mir Euren Besitz in Shamata verkauft habt. Ihr wusstet jedoch nicht, dass der neue Gouverneur von Shamata mehr als glücklich war, meine Ansprüche auf diese Geschäfte zu bestätigen. Zwar haben wir in diesem Abkommen zugesagt, nicht ins Königreich einzumarschieren, doch haben wir mit keinem Wort versprochen, uns nicht mit den neuen Herrschern des Landes nördlich des Kaiserreiches ins Einvernehmen zu setzen. Und in diesem Augenblick, in dem wir uns hier unterhalten, ist eine große Armee auf dem Weg ins Tal der Träume und wird das Gebiet besetzen, und zwar nicht nur den Teil, der uns laut Abkommen zusteht. Dieses Land wird unser Besitz sein, sobald dieses Ungemach sein Ende gefunden hat.«

»Ihr seid ein Keshianer!«, stieß Roo leise hervor.

Jacob breitete die Arme aus und zuckte mit den Schultern. »Nicht von Geburt, mein lieber Rupert, von Beruf!«

»Ihr seid ein Spion!«

»Ich ziehe es vor, mich als Förderer zu betrachten, als

jemanden, der alle möglichen Arten von Handel zwischen dem Königreich und Groß-Kesh dirigiert, Waren, Dienste und ... Informationen.«

Roo erhob sich. »Nun, dann könnt Ihr von mir aus in der Hölle schmoren, Jacob. Aber Sylvia werde ich nicht hier mit Euch sterben lassen.«

»Meiner Tochter steht es frei, mit Euch zu gehen, sollte sie das wünschen«, erwiderte Jacob. »Ich habe es schon lange aufgegeben, ihr etwas vorschreiben zu wollen. Falls sie mit Euch zu reisen wünscht, mag sie es tun.«

Ohne ein weiteres Wort ließ Roo den alten Mann in seinem Arbeitszimmer allein. Er eilte die Treppen hoch zu Sylvias Zimmer. Er klopfte nicht erst an, sondern öffnete gleich die Tür.

Sylvia saß auf dem Bett, Duncan stand vor ihr, einen Fuß auf die Bettkante gestellt. Er hatte sich zu Sylvia vorgebeugt und ihr die Hand auf vertrauliche Weise auf die Schulter gelegt. Dazu trug er sein charmantestes Lächeln zur Schau.

Sylvia schien sich über das, was Duncan gerade gesagt hatte, zu ärgern, und sie waren so in ihren Streit vertieft, dass sie Roo im ersten Moment überhaupt nicht bemerkten.

»Nein!«, herrschte sie Duncan an. »Du gehst zurück und erledigst es heute Nacht, du Narr! Wenn er das Anwesen erst einmal verlassen hat, ist es zu spät!«

»Wozu ist es dann zu spät?«, wollte Roo wissen.

Sylvia sprang auf, während Duncan zur Seite trat.

»Was hast du denn, Cousin?«, fragte Duncan. »Ich wollte die junge Frau Esterbrook nur davon überzeugen, dass sie fliehen muss.«

Roo betrachtete einen Augenblick lang die Szene, die

sich ihm bot, dann zog er langsam das Schwert. »Jetzt verstehe ich, was für ein Dummkopf ich war.«

»Roo!«, rief Sylvia. »Du denkst doch nicht etwa … doch nicht Duncan und ich …!«

Duncan hob beschwichtigend die Hände. »Cousin? Was glaubst du denn, was ich hier getan habe?«

»Seit all dies angefangen hat, habe ich nie begriffen, wieso wir Jacob nie übertrumpfen konnten. Und jetzt erfahre ich, dass er ein Spion von Groß-Kesh ist und dass mein eigener Cousin meine Geliebte mit Informationen versorgt hat.«

Duncan wirkte, als wolle er etwas sagen, doch dann erstarb das Grinsen auf seinem Gesicht, und er riss sein Schwert aus der Scheide. »Verdammt, ich habe genug von dieser Scharade.«

Er schlug zu. Roo parierte und setzte zu einer Riposte an. Duncan wich seiner Klinge mit Leichtigkeit aus.

»Dem kann ich nur zustimmen«, erklärte Roo.

Duncan grinste, jedoch bösartig und voller Hass. »Du kannst dir nicht vorstellen, wie lange ich mich schon auf diesen Augenblick freue, Cousin. Immer musste ich mich mit den Krumen zufriedengeben, die von deinem Tisch fielen, musste deine Botengänge erledigen, während du diesen einhändigen Hund aus Rodez bevorzugt hast. Also gut, bringen wir es zu Ende, damit ich Sylvia nicht länger mit dir teilen muss.«

»Dann ist es also wahr?«

»Natürlich, du Idiot!«, schrie Sylvia. Sie wälzte sich vom Bett, als sie Gefahr lief, zwischen die wilden Schwerthiebe zu geraten.

»Meine Liebe«, sagte Duncan, »ich brauche die fette Kuh gar nicht zu töten. Ich bringe einfach Rupert um, und dann heirate ich Karli. Und wenn genug Zeit verstrichen ist, beseitigen wir sie, und dann kannst du mich heiraten.«

Rupert zielte mit einem Hieb auf Duncans Kopf, und der riss sein Schwert hoch, um zu parieren. Da zog Roo die Klinge nach unten und versuchte, Duncan an der Seite zu erwischen. Doch sein Cousin brachte sein Schwert allein mit einer Drehung des Handgelenks nach unten und wehrte Roos Klinge ab.

»Nicht schlecht, Cousin«, bemerkte Duncan hämisch. »Was das Fechten betrifft, konntest du mir nie das Wasser reichen, und das weißt du. Irgendwann machst du einen Fehler, und dann werde ich dich töten.«

Roo erwiderte nichts. Hass erfüllte ihn, als er erkannte, wie sehr man ihn zum Narren gehalten hatte. Er täuschte links an und setzte dann rechts zum Hieb an, wobei er beinahe getroffen hätte, doch als der größere der beiden Fechter tänzelte Duncan leichtfüßig zurück. »Karli würde dich niemals heiraten, du Schwein. Sie hasst dich.«

Grinsend antwortete Duncan: »Sie kennt mich nur noch nicht. Und sie weiß meine wahren Qualitäten noch nicht zu schätzen.«

Er streckte den Schwertarm aus und hätte Roo fast an der Schulter erwischt. Roo duckte sich leicht und schlug die Klinge seines Cousins zur Seite.

Sylvia stand hinter dem Bett in der Ecke und klammerte sich an die Vorhänge. »Töte ihn, Duncan!«, kreischte sie. »Spiel nicht mit ihm!«

»Mit Vergnügen«, gab Duncan zurück und griff plötzlich mit größerer Schnelligkeit an, als Roo es für möglich gehalten hätte.

Er tat sein Bestes, um sich zu verteidigen, und bemerkte, dass er ebenso schnell wie sein Cousin war. Dennoch, Duncan war der erfahrenere Fechter. Roo blieb nur ein schwacher Vorteil: Erst vor einem Jahr hatte er ein Duell auf Leben und Tod ausgefochten, während Duncan seit Jahren keinem ernsthaften Gegner mehr gegenübergestanden hatte.

Duncan setzte mit einem neuen Angriff nach, und plötzlich wusste Roo, wie er Duncan besiegen konnte. Nur wenn es ihm gelang, den besseren Fechter zu ermüden, würde er diesen Kampf überleben.

Vor und zurück ging es, Hieb auf Hieb, Parade auf Parade. Das Licht zweier flackernder Kerzen ließ Schatten über die Wände tanzen. Das Klingen des Stahls rief die Dienstboten auf den Plan. Eine Magd blickte mit aufgerissenen Augen herein, und Sylvia schrie: »Hol Samuel!«

Roo kannte Samuel, den Kutscher, einen stiernackigen Kerl, der, wie ihm jetzt klar wurde, für Jacob als Spion gearbeitet haben musste. Wenn Samuel hier im Zimmer eintraf, würde er Roo genügend ablenken, damit Duncan zu einem tödlichen Stoß ansetzen konnte.

Roo gab sich zögerlich, und als Duncan angriff, setzte er zu einer Riposte an und drängte seinen Cousin bis an die Wand zurück. Dann drehte sich Roo um und eilte zur Tür, warf sie zu und legte den Riegel vor. »Du wirst noch eine Zeitlang ohne Hilfe auskommen müssen«, sagte er, keuchend vor Anstrengung.

»Ich brauche auch gar keine«, erwiderte Duncan und ging auf Roo los.

Roo duckte sich und wartete.

Sylvia stand reglos in der Ecke. Ihr Gesicht war zu einer Maske des Hasses erstarrt, während sie beobachtete, wie die beiden Männer umeinander herumschlichen.

Immer wieder schlugen sie aufeinander ein, doch keiner

wurde verwundet. Beide kannten sie den anderen bis in jede Einzelheit, viele Stunden hatten sie zusammen geübt. Und so waren sie sich letzten Endes ebenbürtig.

Der Schweiß strömte ihnen über die Gesichter und durchnässte ihre Hemden. In der stickigen Luft dieser heißen Sommernacht waren sie bald beide außer Atem.

Vor und zurück ging es wieder, und keiner der Männer konnte sich einen Vorteil erkämpfen. Roo achtete genau darauf, ob Duncan eine neue Finte ausprobieren wollte, und versuchte zu erkennen, ob der Gegner allmählich ermüdete. Duncan wurde immer deprimierter, denn bei den Fechtübungen hatte er Roo jedes Mal besiegt, doch nun hielt sich der kleine Mann wacker und schien sogar leicht die Oberhand zu gewinnen.

Ein Pochen an der Tür verkündete die Ankunft von Samuel, dem Kutscher. »Herrin!«, rief er durch die Tür.

»Ich werde angegriffen!«, kreischte sie. »Rupert Avery will mich umbringen. Sein Cousin Duncan verteidigt mich. Brich die Tür auf!«

Einen Augenblick später krachte es laut an der Tür, als Samuel versuchte, sie aufzubrechen, indem er und vermutlich ein zweiter Diener sich mit den Schultern dagegenwarfen. Roo wusste, dass die Tür aus schwerer Eiche und mit einem eisernen Bolzen verriegelt war; er hatte sie selbst oft genug verschlossen. Sie würden etwas suchen müssen, das sie als Ramme einsetzen konnten. Mit den Schultern allein würden sie gegen das massive Holz nichts ausrichten.

Dann bemerkte Roo aus den Augenwinkeln eine Bewegung. Sylvia wollte über das Bett hinweg und an ihm vorbei zur Tür rennen, um sie zu entriegeln. Er sprang zurück und schlug wild mit dem Schwert in ihre Richtung, woraufhin sie aufschrie und zurückwich. »Nicht ganz so schnell, meine Liebe«, sagte er. »Wir haben noch eine Rechnung zu begleichen.«

Duncan seufzte niedergeschlagen, während er einen Ausfall machte und Roo neben das Bett trieb, gegenüber von Sylvia. Er blickte zur Tür, als würde er seine Möglichkeiten abmessen, sie öffnen zu können. Roo nutzte diesen Moment der Unaufmerksamkeit und stach zu – und ein blutroter Fleck breitete sich an der Schulter auf Duncans weißem Seidenhemd aus.

Roo grinste. Wenngleich die Wunde nur winzig war, hatte der Hieb Duncans Eitelkeit doch immens getroffen. Roo hatte das erste Blut vergossen, und nun würde Duncan noch waghalsiger und unbesonnener angreifen.

Duncan fluchte und griff Roo so heftig an, wie er konnte. Er drängte Roo in die Ecke, machte einen Ausfall und versuchte, den kleineren Mann aufzuspießen.

Roo hatte diesen Zug vorhergesehen, da er wusste, dass Duncan seinen Gewohnheiten treu blieb. Über die Jahre hinweg hatte Roo eine gewisse Neigung erkennen lassen, nach rechts auszuweichen, wenn er einen Hieb parierte. Das war Duncan ebenfalls aufgefallen. Doch nun tat Roo das Unerwartete. Er sprang auf das Bett zu seiner Linken und federte auf und ab wie ein Akrobat. Er hörte mehr, als dass er sah, wie Duncans Klinge auf die Wand schlug. Dann sprang er neben Sylvia, wandte sich Duncan zu und sah, wie dieser die Klinge zurückriss und nun seinerseits aufs Bett sprang.

Sylvia hatte einen Dolch unter ihrem Kopfkissen hervorgezogen und stach nun kreischend auf Roo ein. Roos Aufmerksamkeit galt allein Duncan, doch er bemerkte die Bewegung und duckte sich leicht nach vorn. Schmerz schoss durch seine Schulter, als der Stich, der ihn im Hals hatte treffen sollen, das eigentliche Ziel verfehlte und ihn stattdessen an der Schulter erwischte.

Wieder riss Duncan das Schwert zurück, um Roo aufzuspießen, wie er es schon beim letzten Mal beabsichtigt hatte. Roo wich zurück, und ohne wirkliche Absicht stieß er Sylvia zur Seite, die zwischen ihn und Duncan geriet.

Einen Augenblick lang erstarrten beide Männer, als Duncans Schwertspitze tief in Sylvia Esterbrooks Seite eindrang. Die wunderschöne junge Frau, deren Gesicht von Hass und Wut verzerrt war, wurde plötzlich steif und riss erstaunt die Augen auf.

Sie blickte nach unten, als würde sie nicht verstehen, was gerade geschehen war. Dann wurde sie schlaff. Als sie zusammenbrach, bog sie Duncans Klinge leicht nach unten, und als dieser sie aus Sylvias sterbendem Körper ziehen wollte, stach Roo zu.

Sein Arm war von der Verletzung geschwächt, doch Duncan hatte das Gleichgewicht verloren und war ohne Deckung, und Roos Schwertspitze traf ihn genau im Hals.

Duncan riss ebenso erstaunt wie Sylvia die Augen auf. Er taumelte nach hinten und fiel aufs Bett. Sein Kopf kam auf einem der Kissen zu liegen, auf dem sie sich geliebt hatten, und er fasste sich an den Hals. Blut strömte aus der Wunde und aus Mund und Nase, und während er den Strom mit den Händen aufzuhalten versuchte, begann er zu gurgeln.

Roo stand da, blutete, verspürte nur den Schmerz, war vollkommen außer Atem. Er betrachtete seinen Cousin, der auf Sylvias Bett lag, dessen Blut sich auf den Seidenlaken und Kissen ausbreitete. Duncans Hand wurde schlaff, rutschte vom Hals, und sein Kopf rollte nach links, als wollte er in seinem letzten Moment noch einmal Roo und Sylvia ansehen. Dann brach sein Blick.

Roo wandte sich Sylvia zu, die zu seinen Füßen lag und mit leeren Augen zu ihm hochstarrte. Das Pochen an der Tür wurde regelmäßiger, hartnäckiger, und Roo konnte sich denken, dass sie nun einen Tisch oder irgendetwas anderes Schweres als Ramme benutzten.

Er taumelte zur Tür und rief: »Haltet ein.«

Er zog den Eisenriegel zurück und öffnete die Tür. Davor standen drei Diener, Samuel, ein Stallknecht, an dessen Namen sich Roo nicht erinnern konnte, und der Koch, alle mit Waffen in der Hand. Der Koch hielt ein Küchenbeil, die anderen beiden jeweils ein Schwert.

Roo bedachte die drei mit einem finsteren Blick. »Tretet zur Seite oder sterbt!«

Beim Anblick des blutigen Gemetzels hinter dem kleinen Mann mit dem Schwert in der Hand wichen die drei Dienstboten zurück. Roo trat in den Gang.

Hinter den drei Männern warteten Mägde, Küchenhilfen, Gärtner und der Rest.

»Sylvia ist tot«, sagte Roo.

Eines der Mädchen schrie auf, während ein anderes mit offener Genugtuung lächelte.

»Eine riesige Armee ist in diese Richtung unterwegs«, fuhr Roo fort. »Sie wird irgendwann morgen hier eintreffen. Schnappt euch, was ihr könnt, und flieht nach Osten. Wenn ihr das nicht tut, werdet ihr morgen Abend schon vergewaltigt und tot oder versklavt sein. Und jetzt geht mir aus dem Weg.«

Niemand zögerte auch nur einen Moment. Alle drehten sich um und rannten die Treppe hinunter.

Roo taumelte ebenfalls nach unten, und dort angekommen sah er, wie die Dienerschaft eifrig das Haus nach Gegenständen durchsuchte, die leicht mitzunehmen waren.

Er dachte kurz daran, noch einmal zu Jacob ins Arbeitszimmer zu gehen und den Verräter zu töten, doch er war zu erschöpft. Er würde all seine Kraft brauchen, um nach Hause zurückzukehren. Er war nicht schwer verletzt, dennoch musste die Wunde versorgt werden.

Er stolperte nach draußen und fand sein Pferd dort vor, wo er es festgebunden hatte. Er schob das Schwert in die Scheide und musste seinen ganzen Willen zusammennehmen, um aufzusteigen. Dann lenkte er das Pferd zum Tor, stieß ihm die Hacken in die Flanken und galoppierte davon – nach Hause.

Luis kümmerte sich um Roos Schulter, derweil Karli eine Schüssel mit Wasser hielt und sich aufregte. »Es ist doch gar nicht so schlimm«, beruhigte Luis sie. »Der Stich ist zwar bis auf den Knochen durchgegangen, aber es ist nur das Schulterblatt.« Er nähte die Wunde gerade mit einem Seidenfaden und einer Nadel aus Karlis Nähkästchen. »Sieht viel schlimmer aus, als es ist.« Roo zuckte, und Luis sagte zu ihm: »Muss trotzdem höllisch wehtun, wie?«

Roo war aufgrund des Blutverlustes und des Schmerzes bleich geworden. »Darauf kannst du dich verlassen.«

»Also, wenn es die Arterie erwischt hätte, wärst du inzwischen längst verblutet. Du kannst dich wirklich glücklich schätzen.« Luis zog den letzten Stich fest, winkte nach einem Tuch und säuberte die Wunde. »Wir wechseln den Verband zweimal am Tag. In die Wunde darf kein Dreck kommen. Wenn sie sich entzündet, wirst du ernsthafte Schwierigkeiten kriegen.«

Beide Männer waren darin unterwiesen worden, Wunden zu versorgen, und so wusste sich Roo in guten Händen.

»Es tut mir leid wegen Duncan«, bemerkte Helen Jacoby.

Roo hatte ihnen erzählt, er wäre mit Duncan zusammen von Banditen überfallen worden, die sich auf der Flucht vor der Armee der Invasoren befunden hätten.

Er blickte Karli an und entschied, ihr die ganze Wahrheit zu sagen, wenn all das vorbei wäre, wenn er seine Familie in Sicherheit gebracht hatte und er sie um Verzeihung bitten konnte. Vielleicht würde er seine Frau niemals lieben, doch nun wusste er, dass das, was er an ihr hatte, weitaus mehr wert war als die Illusion von Liebe, die er für Sylvia empfunden hatte.

Auf dem ganzen Weg nach Hause, während die Wunde mit jedem Herzschlag pochte, hatte er sich einen Narren gescholten. Wie hatte er nur glauben können, Sylvia hätte ihn tatsächlich geliebt? Niemals in seinem Leben war er geliebt worden, außer vielleicht von Erik und den Männern, mit denen er jenseits des Ozeans gedient hatte. Aber dabei handelte es sich um die Liebe zwischen Freunden. Die Liebe einer Frau hatte er nie erfahren, nur ihre Umarmungen.

Immer wieder waren ihm die Tränen über das Gesicht gelaufen, als er daran dachte, wie er sich diese mörderische Hure als Mutter seiner Kinder erträumt hatte, und sein Zorn auf sich selbst schwoll noch an.

Und auch Duncan hatte er vertraut ... Wie konnte er nur so blind gewesen sein? Er hatte sich durch die Blutsbande und den billigen Charme des Mannes über dessen wahren Charakter hinwegtäuschen lassen: Der Kerl war faul, selbstsüchtig und verräterisch gewesen. Ein richtiger Avery, sagte sich Roo.

Er trank Wasser aus dem Becher, den Helen ihm hingehalten hatte. »Luis, falls mir irgendetwas zustößt, möchte ich, dass du *Avery und Sohn* für Karli weiterführst.«

Karli starrte ihn aus großen Augen an, in denen sich Tränen sammelten. »Nein!« Sie kniete sich vor ihrem Gatten hin und sagte: »Nichts wird dir zustoßen!« Allein bei dem Gedanken, Roo zu verlieren, geriet sie in Verzweiflung.

Roo lächelte. »Heute Nacht *wäre* mir beinahe etwas zugestoßen. Ich habe keineswegs vor, diese Welt so bald zu verlassen, aber ich habe den Krieg nur zu gut kennengelernt. Da wird ein Mann nicht erst gefragt, ob es für ihn an der Zeit ist zu sterben.« Er setzte den Becher ab und nahm ihre Hände. »Ich habe gesagt, *falls*, mehr nicht.«

»Ich verstehe.«

Er blickte Helen an. »Ich würde es begrüßen, würdest du eine Zeitlang bei uns bleiben. Nachdem das alles vorbei ist, meine ich. Wir werden alles wieder aufbauen, und dabei werden wir viele Freunde brauchen, die uns helfen.«

Sie lächelte. »Natürlich. Du warst immer sehr großzügig zu mir und den Kindern. Sie betrachten dich fast als ihren Vater, und ich kann dir nicht genug dafür danken, dass du dich um meine Geschäfte gekümmert hast.«

Roo erhob sich. »Ich fürchte, unsere Unternehmungen werden sich in einem äußerst miserablen Zustand befinden, wenn der Krieg vorbei ist.«

Helen nickte. »Doch zuerst müssen wir überleben. Erst dann können wir alles wieder aufbauen.«

Roo lächelte und sah seine Frau an, auf deren Gesicht sich noch immer Furcht abzeichnete. »Ihr beide schlaft jetzt ein wenig. Wir brechen in ein paar Stunden auf. Ich habe noch einiges mit Luis zu besprechen, ehe es so weit ist.«

»Und deine Wunde?«, fragte Karli. »Auch du brauchst Ruhe.«

»Ich werde mich in der Kutsche ausruhen, versprochen. Ein oder zwei Tage lang werde ich nicht reiten.«

»Also gut«, gab sie sich zufrieden und winkte Helen zu, sie nach oben zu begleiten.

Die beiden Frauen waren aufgewacht, als Roo nach Hause gekommen war, und trugen noch ihre langen Nachthemden. Während sie die Treppe hinaufstiegen, folgte Luis Helen mit den Augen, bis sie nicht mehr zu sehen war. »Sie ist schon ein Prachtstück von einem Weib«, meinte Roos alter Gefährte.

Roo hatte gesehen, wie sich der dünne Stoff ihres Nachthemds an ihre Hüfte schmiegte, als sie die Treppe hinaufgegangen war. »Das ist mir schon vor Langem aufgefallen.«

»Also, was ist wirklich passiert?« erkundigte sich Luis.

Roo sah den Mann an. »Was willst du damit sagen?«

»Ich erkenne doch die Wunde von einem Dolch. Hab schließlich selbst oft genug welche verteilt. Dich hat es seitlich von hinten erwischt. Wäre es wirklich ein Bandit gewesen, wärest du jetzt tot.« Er setzte sich auf einen Stuhl Roo gegenüber. »Und Banditen überfallen bewaffnete Männer nicht, wenn die nichts bei sich tragen, was sich zu rauben lohnt.«

»Ich war bei Esterbrook.«

Luis nickte. »Und du hast Duncan mit Sylvia erwischt.«

»Du hast es gewusst?«

Der alte Haudegen nickte. »Natürlich hab ich es gewusst. Man müsste schon ein blinder Idiot sein, um es nicht zu bemerken.«

»Ich denke, dann hast du einen blinden Idioten vor dir.«

»Die meisten Männer sind Idioten, wenn sie damit denken.« Er zeigte auf Roos Schritt. »Duncan schläft schon seit über einem Jahr mit dem Mädchen.« Luis seufzte. »Der

Grund dafür, warum ich Rodez in Schande verlassen habe, war eine Frau. Die Gemahlin eines Adligen hat mich zum Narren gehalten. Ich hab den Adligen in einem Duell verwundet. Als ich in Krondor eintraf und verhaftet wurde, war er der Verletzung erlegen, und ich sollte wegen Mordes gehängt werden. Bei der Gelegenheit haben wir uns im Kerker kennengelernt.« Er nickte, als er daran zurückdachte. »Ich weiß, wie man denkt, wenn man verliebt ist, wie blind einen Schönheit machen kann und wie dumm man sich wegen einer sanften Berührung und eines süßen Dufts anstellt. Heute weiß ich, dass die Dame, die mein Leben ruiniert hat, eine berechnende Hure war, die, nachdem ich ihr Bett verlassen hatte, für mich nicht mehr übrig hatte als für den Diener, der ihr die Schuhe geputzt hat. Und dennoch, selbst jetzt erregt mich die Erinnerung an ihren Anblick im sanften Kerzenlicht.« Er schloss die Augen. »Ich meine, wenn sie draußen stünde und mich einladen würde, abermals mit ihr das Bett zu teilen, ich weiß nicht, ob ich Nein sagen könnte. Manche Männer lernen es eben nie, und manche lernen es gerade rechtzeitig, bevor es zu spät ist. Zu welcher Sorte gehörst du?«

»Auf keinen Fall will ich mich noch einmal so zum Narren machen«, antwortete Roo.

»Und trotzdem wirfst du Helen Jacoby Blicke hinterher und fragst dich, wie es wohl sein würde, in ihren lieblichen Armen zu liegen, deinen Kopf auf ihrem wohlgeformten Busen zu betten und ihre Beine zu spüren, wie sie dich umklammern.«

Roo kniff die Augen zusammen. »Was willst du damit sagen?«

Luis zuckte mit den Schultern. »Zum Teil, dass es jedem gesunden Mann so ergehen würde, denn Helen ist eine wunderschöne Frau, die zudem einen warmherzigen und großzügigen Charakter hat – ich denke manchmal ebenfalls an so etwas, doch ich behalte es für mich, alle Männer tun dies –, doch ich glaube, Rupert Avery sucht einfach nach etwas, das er nicht hat.«

»Und das wäre?«

»Ich weiß es nicht, mein Freund.« Luis erhob sich. »Aber du wirst es nicht in den Armen einer anderen Frau finden, genauso wenig, wie du es in den Armen von Sylvia Esterbrook gefunden hast.« Er streckte die Hand aus und tippte Roo gegen die Stirn. »Dort wirst du es finden.« Und dann tippte er ihm vor die Brust. »Und dort.«

Roo seufzte. »Vielleicht hast du recht.«

»Ich weiß, dass ich recht habe«, gab sich Luis überzeugt. »Außerdem ist Helen auf ihre Art ebenso gefährlich wie Sylvia.«

»Inwiefern?«, fragte Roo. »Sylvia hat mich betrogen und wollte Duncan benutzen, um Karli zu töten, und sie wollte mich dann heiraten, um schließlich mich umzubringen und mein Vermögen zu bekommen.« Er blickte Luis scharf an. »Du glaubst doch nicht, Helen wäre genauso?«

»Nein.« Luis seufzte. »Sie ist auf andere Art gefährlich. Sie liebt dich wirklich.« Er wandte sich zur Tür. »Wenn dies alles vorbei ist, würdest du besser daran tun, sie fortzuschicken. Sorge für sie, wenn es sein muss, aber lass sie gehen, Roo. Und jetzt muss ich mich um die Wagen kümmern, und du wirst dich ausruhen.«

Roo saß allein da und spürte, wie ihn alle Kraft verließ. Er schaffte es gerade noch, aufzustehen und zu dem Diwan hinüberzugehen, auf den er sich bäuchlings legte.

Helen war in ihn verliebt? Das konnte nicht wahr sein.

Vielleicht hatte sie ihn gern, ja. War ihm dankbar, weil er für sie und ihre Kinder sorgte, ja. Aber dass sie ihn liebte? Das durfte einfach nicht wahr sein.

Dann merkte Roo, wie all die Wut, der Schmerz und die Einsamkeit in seinem Leben an die Oberfläche drängten. Er hatte sich nie zuvor so dumm gefühlt, so unbeholfen, so ausgenutzt. Zwei Menschen, von denen er geglaubt hatte, sie würden ihn lieben, hatten einen Plan geschmiedet, ihn zu töten – und waren jetzt selbst tot.

Und nun erzählte ihm Luis auch noch, dass jene Frau, die er von allen in der Welt am meisten bewunderte, in ihn verliebt war und dass er sie fortschicken müsse.

Während er dalag, traten ihm die Tränen in die Augen. Er tat sich selbst leid und ärgerte sich über seine eigene Unzulänglichkeit.

Der Schlaf kam bald, als die Erschöpfung das Selbstmitleid übermannte, und es schien ihm, als habe er nur wenige Augenblicke Ruhe gefunden, da weckte ihn Luis und sagte, es sei an der Zeit, das Haus zu verlassen.

Roo erhob sich wackelig und ließ sich von Luis stützen, während sie zu den Wagen gingen. Roo blinzelte. Karli, Helen und die Kinder saßen bereits in der Kutsche. »Ich habe dich bis zur letzten Minute schlafen lassen«, erklärte Luis und bedeutete ihm, er solle in die Kutsche steigen.

Roo blickte nach Osten, wo die Sonne aufging. »Wir hätten schon vor einer Stunde aufbrechen müssen«, sagte er.

Luis zuckte mit den Schultern. »Wir hatten viel zu tun und zu wenig Zeit. Eine Stunde hätte uns auch nicht gerettet.« Er zeigte nach Westen.

Im grauen Licht der Dämmerung sah Roo in der Ferne Rauchsäulen. Dort mussten Häuser brennen. Im Nordosten war Feuerschein auszumachen. »Sie sind nah«, sagte er.

»Ja«, erwiderte Luis. »Brechen wir auf.«

Roo stieg in die Kutsche und setzte sich neben Karli. Helmut, sein Sohn, saß auf der anderen Seite, während Helen gegenüber zwischen ihren beiden Kindern saß. Abigail hockte auf dem Boden der Kutsche zu Karlis Füßen, spielte mit einer Puppe und sang ein Kinderlied.

Roo legte seinen Kopf auf die Schulter seiner Frau und schloss die Augen.

Die Fahrt war holperig, wahrscheinlich würde er nicht schlafen können, doch wenigstens würden seine Augen ein bisschen Ruhe finden. Als er dann doch in Schlaf fiel, dachte Roo gerade daran, wie Jacob Esterbrook wohl die Verhandlungen mit den Invasoren angehen würde.

Jacob Esterbrook saß ruhig hinter seinem Schreibtisch. Er wusste, dass die ersten Momente des Aufeinandertreffens mit den Invasoren entscheidend waren. Falls er Furcht oder gar Panik zeigte oder sonst irgendein Zeichen von Unsicherheit oder Feindseligkeit, würde ihn das teuer zu stehen kommen. Doch solange er ruhig blieb und nur einfach darum bat, einen der Vorgesetzten zu sprechen, jemanden, der seine Botschaft vom keshianischen Hof zur Smaragdkönigin weiterleiten würde, konnte ihm nichts geschehen.

Überraschenderweise hatte es ihm Kummer bereitet, als er vom Tod seiner Tochter erfahren hatte. Er hatte das Mädchen nie leiden können, doch sie war nützlich gewesen, so wie ihre Mutter vor ihr.

Jacob fragte sich, warum sich manche Menschen solche Sorgen um ihre Kinder machten. Sein Kind war für ihn stets ein Rätsel geblieben.

Draußen verkündete Hufschlag die Ankunft der Invasoren, und Jacob riss sich zusammen. Er hatte sich genau überlegt, was er sagen wollte. Schritte hallten durch die Eingangshalle, dann wurde die Tür aufgestoßen.

Zwei eigentümlich gekleidete Männer traten ein, einer mit Schild und Schwert bewaffnet, der andere mit Pfeil und Bogen. Beide hatten das Haar mit Fett bestrichen und trugen es in langen halbkreisförmigen Zöpfen. Auf ihren Wangen sah Jacob Narben, rituelle Narben, wie er meinte.

Er hob beide Arme, um zu zeigen, dass er unbewaffnet war. Die Rolle mit dem Referenzschreiben hielt er in der Linken. Seinen Informationen über den fernen Kontinent nach sprachen die dortigen Bewohner eine Variante des Keshianischen, wie sie vor langer Zeit um das bittere Meer herum verbreitet gewesen war.

»Seid gegrüßt«, sagte Jacob langsam. »Ich möchte mit einem eurer Vorgesetzten sprechen. Ich habe eine Botschaft vom Kaiser von Kesh für ihn.«

Die beiden Krieger sahen sich an. Der Mann mit dem Bogen stellte dem anderen eine Frage in einer Sprache, die Jacob noch nie zuvor gehört hatte, und der mit dem Schild nickte. Der Bogenschütze hob die Waffe und ließ den Pfeil von der Sehne schnellen, und das Geschoss nagelte Jacob an die Lehne seines Stuhls.

Mit seinem letzten Blick sah Jacob, wie die beiden Männer ihre Messer zogen und auf ihn zutraten.

Später am Morgen traf einer der Hauptleute der vielen Söldnerkompanien im Dienst der Smaragdkönigin mit einer Schwadron von zwanzig Männern ein. Sie schwärmten aus, zehn Mann umkreisten das Anwesen, und während acht andere abstiegen und hineineilten, hielten die verbliebenen zwei die Pferde. Jeder Mann in der Kompanie war vollkommen ausgehungert, und alles außer Essen interessierte sie zunächst nicht.

Einige Augenblicke später trat einer der Soldaten aus dem Haus. Auf seinem Gesicht spiegelte sich Ekel. »Was ist los?«, fragte der Hauptmann.

»Diese verdammten Jikanji-Kannibalen. Sie sitzen dort drinnen und fressen jemanden.«

Der Hauptmann schüttelte den Kopf. »Im Moment bin ich fast so weit, dass ich es ihnen gleichtue.« Er sah sich um. »Wo ist Kanthuk? Er spricht doch ihr Kauderwelsch. Er soll ihnen sagen, dass sie die Straße runtergehen und nach Vorräten suchen sollen.«

Die Männer, die das Haus umritten hatten, kehrten zurück. »Hinten gibt es noch Tiere: Hühner, einen Hund und ein paar Pferde.«

Ein anderer Reiter kam angeritten. »Draußen auf der Weide sind Rinder, Hauptmann!«

Lachend stieg der Hauptmann ab. »Die Pferde nehmen wir als Ersatztiere mit. Doch jetzt wollen wir erst mal die Hühner schlachten. Los, macht Feuer!«

Die Männer rannten los, um den Befehl auszuführen. Der Hauptmann wusste, dass er die Rinder dem Quartiermeister der Smaragdkönigin würde abliefern müssen, doch zuerst würden sich er und seine Männer über die Hühner hermachen. Beim Gedanken daran verkrampfte sich sein Magen. Nie in seinem Leben war er so hungrig gewesen.

Während die Männer die Hühner schlachteten, rief der Hauptmann: »Und schlachtet den Hund auch!«

Er fühlte sich erleichtert, dass es nun endlich etwas zu essen gab. Wie ein Land so fruchtbar aussehen konnte und dennoch so wenig zu essen bot, war ihm ein Rätsel. Sie hatten Gold und Edelsteine gefunden, feine Kleider und Gegenstände von seltener Schönheit, doch nichts zu essen. In seinem ganzen Soldatenleben hatten die Flüchtlinge immer Gold, Juwelen und Wertgegenstände mit sich genommen, doch nicht Getreide, Mehl, Gemüse und Geflügel. Selbst Wild gab es kaum, als wäre es vertrieben worden. Es war, als würde sich der Feind zurückziehen und alles Essbare mit sich schleppen. Aber das ergab keinen Sinn.

Der Söldnerhauptmann setzte sich, als ein Mann aus dem Haus trat, in den Händen mehrere Flaschen Wein. Gierig trank der Hauptmann den Wein und fragte sich abwesend, wie lange er wohl noch widerstanden hätte, bis er den Jikanji bei ihrem Schmaus Gesellschaft geleistet hätte.

Wenigstens darum brauche ich mir in den nächsten Tagen keine Gedanken mehr zu machen, dachte er und wischte sich den Mund ab. In einiger Entfernung verstummte ein bellender Hund, nachdem er ein einziges Mal gejault hatte, und der Hauptmann hörte das Gegacker der Hühner, denen man den Hals umdrehte.

Eine Verzögerung

Ein lautes Rumpeln ließ den Boden vibrieren.

»Hast du vor, die ganze Stadt in die Luft zu jagen?«, fragte Lysle.

Im Dämmer des Lagerhauses sah James die anderen an und erwiderte leise: »Wahrscheinlich.« Er warf seinem Bruder, dessen Gesicht vom Licht der einzigen Laterne schwach erhellt wurde, einen Blick zu. Seit zwei Tagen hatten seine Soldaten Streifzüge durch die Kanäle gemacht, Informationen gesammelt, den Fortschritt der Kämpfe oben ausgekundschaftet und die Verteidigung der Stadt koordiniert. James hatte schon geahnt, dass der Dämon seinen Truppen mithilfe von Magie einen raschen Zutritt zur Stadt verschaffen würde. Anstelle alle Kräfte auf den Mauern zu postieren und keine in der Stadt, hatte er daher die Leben einiger hundert Soldaten geopfert, damit der Feind glaubte, Krondor würde aufs Heftigste verteidigt, nur um festzustellen, dass die Schlacht um Krondor gerade erst begonnen hatte.

Während er die Verteidigung der Stadt von seinem unterirdischen Kommandoposten aus koordinierte, gönnte sich James nur kurze Pausen zum Essen und Schlafen. Aber es blieb ihm genug Zeit, um endlich seinen Bruder ein wenig kennenzulernen. Nun war er schon fast siebzig Jahre alt und hatte erst wenige Stunden mit ihm verbracht, stellte er mit einem Gefühl der Trauer fest. Er wusste, Lysle war ein Mörder, ein Dieb, ein Schmuggler, ein Kuppler, er war so vieler Verbrechen schuldig, wie ein Misthaufen Fliegen hatte. Und dennoch fand er sich in Lysle selbst wieder, wie er geworden wäre, wenn er nicht zufällig vor vielen, vielen Jahren Prinz Arutha über den Weg gelaufen wäre.

Er hatte Lysle von dieser ersten Begegnung erzählt, wie er den Prinzen zum ersten Mal gesehen hatte, als er auf der Flucht vor Jocko Radburns Geheimpolizisten gewesen war, und wie er später Arutha vor einem Meuchelmörder gerettet hatte. Dadurch war schließlich aus Jimmy der Hand, einem jungen Dieb, der Junker James geworden, und jetzt, fast fünfzig Jahre später, James, Herzog von Krondor.

James seufzte. »Ich hätte dich in all diesen Jahren so oft brauchen können, hätte ich nur gewusst, dass ich dir trauen kann.«

Lysle lachte. »Jimmy, in der kurzen Zeit, die wir miteinander verbracht haben – drei Treffen in vierzig Jahren waren es, oder? –, habe ich angefangen, dich wie meinen Bruder, der du bist, zu lieben, aber gleich vertrauen? Du machst Scherze.«

James fiel in sein Lachen ein. »Vermutlich. Hätte man dir die Gelegenheit gegeben, dann hättest du mich wegen Verrats aufgehängt und wärst an meiner Stelle Herzog von Krondor geworden.«

»Ganz bestimmt nicht. Einen solchen Ehrgeiz habe ich nie gehegt.«

Die beiden Männer hörten erneut ein dumpfes Rumpeln, und eine der Wachen meinte: »Das müssen die verlassenen Lagerhäuser bei den Mühlen sein, unten am Fluss. Dort haben wir zweihundert Fässer untergebracht.«

Kurz vor Beginn der Belagerung waren James' Männer

durch die Stadt gezogen und hatten an strategisch wichtigen Stellen queganisches Feueröl eingelagert. »Ihr hättet Armengar sehen sollen«, erzählte James der Wache. »Die Stadt war der Traum eines jeden Verteidigers, aber der Albtraum eines jeden Angreifers.« Er machte eine Bewegung mit dem Arm, als wäre der eine Schlange, die sich durchs Gras schlängelt. »Alle Straßen, die länger als ein Bogenschuss waren, hatten eine Kurve. Kein Gebäude hatte im Erdgeschoss Fenster zur Straße. Die Türen waren aus schwerer Eiche und konnten nur von innen aufgebrochen werden, und jedes Dach war flach.«

Die Soldaten grinsten und nickten, und einer sagte: »Plattformen für Bogenschützen.«

»Ja, und die Verteidiger konnten sich über lange Planken von Dach zu Dach bewegen«, fuhr James fort, »und die Planken hinter sich einziehen, während die Angreifer unten bei jedem Schritt Pfeilen ausgesetzt waren. Als Murmandamus und seine Truppen in die Stadt eingezogen waren, hat Guy du Bas-Tyra fünfundzwanzigtausend Fässer Naphtha entzündet ...«

»Fünfundzwanzigtausend!«, platzte Lysle heraus. »Du machst wieder Scherze.«

»Ganz bestimmt nicht. Und als die Stadt in die Luft ging ...« Er ließ sich gegen die Wand sinken. »Unbeschreiblich. Stellt euch eine Feuersäule vor, die bis in den Himmel reicht, dann habt ihr eine Ahnung. Und der Lärm. Ich war fast taub von dem Knall. Eine ganze Woche lang haben meine Ohren geklingelt.«

Von der Tür her hörte man ein Klopfen, und einige der Männer zogen die Waffen. Das Klopfsignal wurde wiederholt, man blendete die Laterne ab und gewährte der Patrouille Einlass.

Rasch waren ein halbes Dutzend Soldaten eingetreten, denen drei Zivilisten folgten. »Die haben sich hier unten herumgetrieben«, erklärte der Anführer der Patrouille.

Rigger warf einen Blick auf sie. »Die gehören zu mir.«

»Und wer bist du?«, fragte einer der drei Männer.

James lachte. »Anonymität hat ihren Preis.« Zu den drei Dieben sagte er: »Das ist euer Anführer, der Aufrechte.«

Die drei sahen sich gegenseitig an, und einer meinte: »Sicher, und Ihr seid ohne Zweifel der Herzog von Krondor, was?«

Alle im Raum, außer den dreien, brachen in schallendes Gelächter aus. Eine junge Frau, eine von Lysles Diebinnen, kam herbei und erklärte den dreien, wie der Hase lief. Als ihnen klar wurde, dass sie nicht scherzte, und als auch einer der schwer bewaffneten Soldaten die Geschichte bestätigte, verstummten die drei Männer. Der Herzog und der Anführer der Diebe der Gilde mochten zwar in einem Keller in direkter Nachbarschaft zu den Abwasserkanälen sitzen, dennoch blieben sie die beiden mächtigsten Männer der Stadt.

In regelmäßigen Abständen brachen Kundschaftertrupps auf oder kehrten zurück und brachten Nachrichten über die Kämpfe oben in der Stadt. Die Verteidiger ließen die Invasoren für jede Straße und jedes Haus bluten, aber am Ausgang des Kampfes um Krondor konnten sie wenig ändern.

Nachdem sie mehrere Tage eingepfercht gewesen waren, fragte Lysle: »Wenn die Schlacht verloren ist, warum schickst du deine Männer nicht raus aus der Stadt?«

»Ich kann ihnen die Befehle nicht überbringen, wie ich leider zugeben muss«, erklärte James, und auf seinem Gesicht zeichnete sich tiefes Bedauern ab. »Und damit unser Plan funktioniert, müssen die Invasoren glauben, sie hätten hier unsere gesamte Armee aufgerieben.«

»Bei den Göttern, du bist eiskalt«, meinte Lysle. »Ich glaube nicht, ob ich so vielen Menschen befehlen könnte, in den sicheren Tod zu ziehen.«

»Natürlich könntest du das«, erwiderte James nüchtern. »Wenn es deine Aufgabe wäre, das Königreich zu retten, würdest du dafür auch eine Stadt opfern, selbst die Stadt des Prinzen.«

»Und wie sieht dein Plan aus?«

»Ich habe hier unten ein paar tausend Fässer queganisches Feueröl, und das werden wir in die Kanäle leiten. Früher oder später werden die Schweinehunde oben herausfinden, dass sich einige der Bewohner hier unten verstecken, und dann habe ich eine Überraschung für sie.«

»Ein paar tausend?« Rigger pfiff anerkennend. »Das ist nicht schlecht. Das Feuer wird auf dem Wasser brennen, wie?«

»Nicht nur das«, sagte James. Er zeigte auf eine Kette, die dem Aussehen nach recht neu war und nahe der einen Wand hing. Die ganze Zeit über hatte stets einer der Soldaten daneben Wache gestanden.

»Darüber habe ich mich schon gewundert.«

»Das habe ich damals vom alten Guy du Bas-Tyra gelernt, als wir aus Armengar geflohen sind. Wenn du an der Kette ziehst, setzt du einen Sprühregen von Naphtha in die Tunnel frei. Es gibt viele kleine Tunnel, die …«

»Die kenne ich. Die ersten Kanäle der alten Stadt. Aber sie wurden verschlossen, als vor hundert Jahren die neuen gebaut wurden.«

»Nun, wir haben sie wieder geöffnet.« James lehnte sich

zurück. »Es hat so seine Vorteile, wenn man Pläne von allen Gebäuden und Häusern und Umbauten der Stadt hat. Über diese Tunnel jedenfalls gelangen die Naphthagase in die großen Kanäle. Dort vermischen sie sich mit den Fäulnisgasen, die da sowieso vorhanden sind. Und das queganische Feueröl schwimmt auf der Oberfläche der Brühe. Wenn man das in Brand setzt, wird die ganze Stadt in die Luft geblasen.«

»Geblasen?«

»Explodieren«, erklärte James. »In Krondor wird kein Stein mehr auf dem anderen sitzen, wenn sich der Staub gesenkt hat.«

»Teufel, nein!«, entfuhr es Rigger.

»In dieser Stadt war ich zu Hause«, sagte James, »ob nun in den Abwässern oder im Palast, ob als Dieb oder als Adliger. Hier in Krondor bin ich geboren, hier ist meine Heimat.«

»Na ja, wenn du planst, hier zu sterben, würdest du mir erlauben, mich ein gutes Stück von dir zu entfernen, ehe du an dieser Kette ziehst?«

James lachte. »Sicher. Wenn ich an dieser Kette gezogen habe, bleibt uns noch ungefähr eine Stunde, solange nicht irgendwo in den Kanälen schon vorher ein Feuer ausbricht.« Er zuckte mit den Schultern. »Ich weiß nicht, wie viel Zeit wir in diesem Fall noch hätten.« Er zeigte auf eine Tür in der Ostmauer des Kellers. »Dahinter liegt ein Tunnel, durch den man zu einem Gebäude in der Vorstadt kommt. Wie ich schon sagte, dies war einst Trevor Hulls bester Schmuggelweg nach Krondor rein und wieder hinaus.«

»Also schickst du alle vor, ziehst an der Kette und rennst dann wie der Teufel?«

James grinste. »So ungefähr.«

Rigger beugte sich zu seinem Bruder hinüber. »Also, ich mag zwar den Gedanken nicht, bei helllichtem Tageslicht inmitten einer riesigen Armee aus dem Keller zu steigen, aber das ist mir immer noch lieber, als hier unten geröstet zu werden.«

Ein Geräusch von oben veranlasste alle, zur Decke aufzublicken, dem Fußboden der alten Mühle. Der Eingang in den Keller war zwar gut versteckt, trotzdem schlichen die Wachen leise zu der Falltür und hielten die Waffen bereit.

»Hört sich an, als wären sie bis zu diesem Ende der Stadt vorgedrungen«, sagte James leise.

»Oder jemand sucht ein Versteck«, flüsterte Lysle zurück. »Vielleicht sind das welche von meinen Leuten.«

James gab einer der Wachen ein Zeichen. Der Mann nickte und legte leise sein Schwert und seinen Schild ab, dann kletterte er die schmale Stiege hinauf, die zur Falltür im Boden führte. Er öffnete die Tür nur ein wenig, sodass er durch den Spalt spähen konnte, und wich, offensichtlich überrascht, zurück. »Mylady«, sagte er ehrerbietig.

James zuckte zusammen, als er seine Gemahlin die Stiege herunterkommen sah. »Was machst du denn hier?«, brüllte er.

Gamina hob die Hand. »Bitte, sprich nicht in diesem Ton mit mir, Jimmy!«

Doch James konnte seine Wut kaum im Zaum halten. »Du solltest längst in Düstermoor bei Arutha und den Jungen sein. Wie, im Namen aller Götter, bist du hierhergekommen?«

Ihr Gesicht war schmutzig, ihr Haar aufgelöst, und sie war über und über mit Ruß bedeckt. »Du hast wohl vergessen, dass Pug dir eine dieser Tsurani-Teleportkugeln geschenkt hat. Ich aber nicht.«

»Und wie hast du mich gefunden?«, fragte er, und in seiner Stimme lag noch immer schäumende Wut.

Sie legte ihrem Gemahl die Hand auf die Wange und sagte: »Du alter närrischer Mann, glaubst du, ich könnte deine Gedanken nicht noch eine Welt entfernt hören?«

Seine Wut verrauchte. »Warum bist du gekommen? Du weißt, es besteht die Gefahr, dass wir dies nicht überleben.«

Ihre Augen wurden feucht. »Ja, dessen bin ich mir bewusst. Aber glaubst du, ich könnte nach all den Jahren ohne dich weiterleben?«

James schloss sie in die Arme und hielt sie fest. »Du musst zurückgehen.«

»Nein, das werde ich sicher nicht«, entgegnete sie entschlossen. »Und ich kann es gar nicht. Die Kugel ist kaputt. Ich konnte gerade noch bis zum Marktplatz an der Mauer gelangen, dann habe ich sie irgendwo in den Dreck geworfen. Hierher musste ich zu Fuß gehen.« Im Flüsterton fügte sie hinzu: »Wenn du nicht ohne diese verdammte Stadt leben kannst, wie sollte ich dann ohne dich leben?«

Er hielt sie schweigend im Arm. Nach fast fünfzig Jahren Ehe wusste er, dass er diesen Streit nicht gewinnen konnte. Er hatte die Absicht gehabt, die Stadt als Letzter zu verlassen, und falls das Schicksal es so wollte, in Krondor zu sterben. Seit er die Pläne für die Verteidigung der Stadt ausgearbeitet hatte, hatte es ihm stets zu schaffen gemacht, welch fürchterlichen Preis die Bewohner der Hauptstadt des Prinzen zu zahlen hatten. Man konnte sie nicht warnen, nicht geordnet evakuieren, denn wäre der Feind davon ausgegangen, dass sich in der Stadt weder Reichtümer noch Vorräte befänden, hätte er sie einfach links liegen lassen. Darüber hinaus sollte der Feind denken, die Hauptmacht der Armee des Königreichs in Krondor vernichtet zu haben.

Den Gedanken, dass so viele Menschen und so vieles, was sein Leben gewesen war, sterben mussten und er überleben würde, konnte er nicht ertragen. Vielleicht war es die Angst vor den Geistern jener, die James geopfert hatte, um dem Königreich Zeit zu verschaffen; er wusste es nicht. Er wusste nur eins, und das war ihm irgendwann klar geworden, während er die Verteidigungspläne geschmiedet hatte: Wenn diese Stadt sterben musste, die Stadt von Prinz Arutha, dann würde er am liebsten mit ihr sterben.

Doch jetzt würde er sie verlassen müssen, denn Gamina würde sich um keinen Preis der Welt noch einmal von ihm trennen.

»Ist das deine Frau?«, fragte Lysle.

James nickte und ergriff Gaminas Hand. »Dies ist die einzige Frau, die ich je geliebt habe, Lysle.« Er lächelte sie an.

Sie drehte den Kopf und riss die Augen auf. »Dein Bruder?«

Er nickte.

Sie wandte sich an Lysle. »Ich habe viel von dir gehört, doch ich hatte kein Bild von dir vor Augen.« Ihr Blick ging von einem zum anderen. »Aber da gibt es kein Vertun.«

James bedeutete seiner Frau, sich zu setzen. »Ich erzähle dir, wie ich diesen Kerl kennengelernt habe, als sich oben in Tannerus alle Leute mit mir anlegen wollten, weil sie mich mit ihm verwechselt haben.«

Lysle lachte. »Das ist eine gute Geschichte.«

James begann, indem er erklärte, wie ihn Prinz Arutha auf eine eigentümliche Mission mit seinem guten Freund Locklear geschickt hatte, dem jungen Sohn eines hiesigen Adligen. Gamina kannte die Geschichte, sie hatte sie schon ein Dutzend mal gehört, und James wusste das. Doch sie lehnte sich neben ihrem Gemahl an die Wand, legte den Kopf auf seine Schulter und ließ ihn erzählen. Die Soldaten und die Diebe, die sich hier in der Dunkelheit versteckt hielten, würden durch die Geschichte von den Schrecken der Zukunft abgelenkt werden, die ihnen drohten. Es tat gut, von besseren Tagen zu hören, als die Helden noch siegreich gewesen waren und die Mächte des Bösen bezwungen hatten. Außerdem, dachte sie, hatte Lysle gesagt, es sei eine gute Geschichte.

Calis sah genau hin. Da befand sich etwas im Stein des Lebens. Er hatte es fast sofort bemerkt, nachdem Pug den Stein in der Zeit verrückt hatte, damit er für alle sichtbar war. Calis spürte die Energie darin, und weil er ihn seit Stunden ohne Ende anstarrte, glaubte er, sie sehen zu können.

Die Gefährten des Orakels kamen manchmal zu ihm, wenn sie ihre magischen Lektionen unterbrachen, und standen eine Weile bei ihm. Sie teilten ihr Essen mit ihm, obwohl er sich kaum daran erinnern konnte, etwas zu sich genommen zu haben. Der riesige Edelstein hatte ihn ganz in seinen Bann geschlagen.

Calis entspannte sich und ließ den Gedanken freien Lauf, und von Zeit zu Zeit blitzten Bilder vor seinem inneren Auge auf. Er sah Wesen, die ihn sehr an seinen Vater erinnerten, und er sah Dinge, Erscheinungen an Orten, die sich in unüberwindbarer Entfernung befanden. Manchmal sah er auch andere Kreaturen und Wesen. Und hin und wieder entdeckte er Hinweise auf die Mächte, die hinter diesen Bildern standen, und diese beeindruckten ihn am meisten.

Die Stunden verstrichen, wurden zu Tagen, und Calis verlor sich in der Zeit, während er tiefer und tiefer in die Geheimnisse des Lebenssteins eindrang.

Erik rief Befehle, und seine Männer begannen mit dem geordneten Rückzug. Der Feind stand eine halbe Meile weiter die Straße hinunter, und von Greylock war die Nachricht gekommen, dass die nächste Rückzugstellung gesichert sei.

Krondor war viel rascher gefallen, als alle gedacht hatten, und Erik hatte entschieden, dass es am besten sei, wenn man dadurch etwas von der verlorenen Zeit aufholen würde, indem man jede Stellung länger hielt, als eigentlich geplant gewesen war. Die erste Verteidigungsstellung hatte laut des ursprünglichen Schlachtplanes sieben Tage gehalten werden sollen – daraus waren schließlich neun geworden.

Bis zum Bergpass nach Düstermoor lagen noch sieben weitere Befestigungen vor ihnen, und falls sie jede davon drei bis vier Tage länger hielten, würden sie viel der verlorenen Zeit wieder herausgeschunden haben. Allerdings war Erik nicht optimistisch, was die Umsetzung dieses Plans betraf. Die nördlichsten und südlichsten Stellungen sollten unerbittlichen Widerstand leisten, während sich Erik in der Mitte nach und nach zurückziehen sollte. Auf diese Weise würde der Hauptteil der Armee der Smaragdkönigin auf die Königsstraße und somit auf einen Korridor von fünf Meilen zu beiden Seiten gelenkt. Damit tauchte jedoch das

Problem auf, dass Tag für Tag mehr feindliche Soldaten gegen Eriks Männer antreten würden.

Mehr als einmal in dieser ersten Woche des Kampfes hatte sich Erik gewünscht, dass Calis nicht dorthin abberufen worden wäre, wo auch immer er gebraucht wurde, und dass Greylock in der Mitte das Kommando führte. Seine ursprüngliche Aufgabe, die nördliche Flanke zu halten, wäre Erik lieber gewesen.

Es war wesentlich einfacher, eine starke Befestigung zu halten, als sich im ständigen, verzögerten Rückzug zu befinden.

Seine vorgeschobenen Beobachtungsposten meldeten mit erhobenem Schlachtenbanner, als sich der Feind zu einem großangelegten Angriff auf Eriks Position vorbereitete. Erik hatte vorgehabt, noch wenigstens eine Meile weiterzuziehen, ehe der Feind hier erschien. Mit Handsignalen befahl er seinen Männern, die Gegend zu verlassen. Die Bogenschützen sollten sich ebenfalls zurückziehen. Eigentlich sollten sie dem Feind während seines Marsches ständig zusetzen, doch den Berichten zufolge hatten sich schon zu viele gegnerische Soldaten zusammengezogen, um die Bogenschützen ohne großes Risiko zum Einsatz zu bringen. Erik würde unterwegs eine andere Stelle finden müssen, wo er den Vormarsch des Feindes verlangsamen und trotzdem bei Bedarf ausweichen konnte.

Die eigentliche Schwierigkeit lag in der ersten Phase des Rückzugs, denn wenn der Feind angriff, gab es nur wenig Zeit, sich darauf vorzubereiten. Solange sie sich anschleichen und nahe genug herankommen konnten, war es möglich, zuzuschlagen und wieder zurückzuweichen, doch wenn sie selbst während des Rückzugs angegriffen wurden, konnte die zahlenmäßige Überlegenheit des Gegners leicht zu einer Katastrophe für Eriks Kommando führen.

Er musste seine Männer also in Bewegung setzen, damit sie bald die nächste Verteidigungsstellung erreichten, wo Greylock und sein Kommando warteten. Beide Einheiten würden die Stellung gemeinsam verteidigen, bis sich der Feind zurückzog, woraufhin Greylocks Männer zur nächsten Stellung marschieren würden. Nach diesem Muster würde es die vor ihnen liegenden drei Monate lang weitergehen, oder zumindest so lange, bis sie Düstermoor erreichten. Während sich der Feind von den Flanken im Norden und Süden mehr und mehr fernhielt, würden diese Einheiten weiter in die Mitte marschieren und Erik mit frischen Soldaten versorgen, doch diese Phase der Operation war erst für den nächsten Monat vorgesehen. Falls der Feind sich nicht von den Flanken zurückzog, würde der Nachschub gänzlich ausbleiben.

Während seine Männer aufbrachen, blieb Erik hinten bei der Nachhut, die warten würde, bis der Feind in Sicht kam. Er blickte nach Westen, in einen Himmel, an dem die späte Nachmittagssonne hing, und sah den Rauch. Krondor brannte, und Erik fragte sich, wie es wohl William, James und den anderen ergangen war. Er sprach ein stilles Gebet zu Ruthia, der Göttin des Schicksals, und bat darum, dass sie irgendwie aus der Stadt herauskommen würden.

Dann wendete er sein Pferd und galoppierte davon, um sich an die Spitze des Kommandos zu setzen. Er wusste, er hatte knapp drei Stunden vor sich, bis er die nächste Position erreicht hatte, und eine Stunde später würde die Nacht anbrechen. Doch er hatte keine Ahnung, ob der Feind bis zum Anbruch der Dunkelheit weitermarschieren und dann angreifen würde oder erst in der Morgendämmerung. Wie dem auch sei, Erik beabsichtigte, auf beide Fälle vorbereitet zu sein.

Selbst in die Gewölbe des Kellers drang der Schlachtenlärm vor. Die Wachen hatten sich auf die verschiedenen Posten in den Abwasserkanälen verteilt, und James hatte eine ungefähre Vorstellung davon, wie die Truppen des Feindes in der Stadt aufgestellt waren. In der Stadtmitte von Krondor wüteten Feuerstürme, und im östlichen Viertel kam es noch sporadisch zu Kämpfen.

Der größte Teil der feindlichen Soldaten wartete jenseits der Flammenwände, während die Feuer nach und nach ausbrannten. Der einzige Kundschafter, der einen Blick riskiert hatte, berichtete, dass Tausende bewaffneter Männer in den verkohlten Überresten des westlichen Viertels der Stadt ausharrten. Vom Palast war kaum mehr als ein rauchender Trümmerhaufen geblieben, und für James war damit klar, dass sein Schwager tot sein musste. Gamina konnte William zudem nicht mehr mit ihren Gedanken erreichen. Obwohl ihre Fähigkeiten durch die Entfernung begrenzt waren, spielte diese Einschränkung kaum eine Rolle, wenn es sich um Angehörige ihrer Familie handelte. James zum Beispiel hatte sie über mehrere Meilen hinweg aufgespürt.

Der Herzog von Krondor hielt seine Gemahlin im Arm, während sie auf dem Steinboden des feuchten und dunklen Kellers saßen. Unter den Anwesenden hatte sich Schweigen breitgemacht, da sich das Verhängnis nun scheinbar nicht mehr abwenden ließ. Das Gelingen des Fluchtplans erforderte viel Glück, und im Augenblick schien gerade dies zu fehlen.

James gab dem Kundschafter, der den Weg in den Westen gefunden hatte, neue Anweisungen, und der Mann eilte davon, um seine Befehle auszuführen. Gamina döste, an die Schulter ihres Gemahls gelehnt, während dieser wartete, und als es schätzungsweise Sonnenuntergang war, kehrte der Kundschafter zurück.

»Mein Lord!« Etwas in seiner Haltung alarmierte die Menschen im Keller, und aufmerksam lauschten sie seinem Bericht.

»Ja?«

»Die Invasoren werden von Schiffen aus angegriffen.«

Gamina schloss die Augen. »Nicholas ist aber nicht in der Nähe.«

»Dann ist es Lord Vykors Flotte aus der Shandonbucht«, vermutete James. Er klopfte seiner Gemahlin auf die Schulter und erhob sich langsam. »Ich bin zu alt, um auf diesen kalten Steinen zu sitzen.« Er half Gamina auf. »Es ist an der Zeit.«

»Was werden wir jetzt machen?«, fragte Lysle.

»Wir versuchen, am Leben zu bleiben«, antwortete James und sah seine Gemahlin an. »Lord Vykor hat seine Flotte in der Shandonbucht versteckt gehalten und sollte sich mit den Resten von Nicholas' Flotte vereinen, die die Invasoren seit der Straße der Finsternis verfolgt hat. Sobald die Invasoren vor Anker gegangen waren, sollte Lord Vykor sie so hart wie eben möglich attackieren und so viele der Schiffe wie möglich in Brand setzen, während wir die Stadt niederbrennen. Doch wie du weißt, haben sich die Dinge nicht so entwickelt, wie wir es geplant hatten. Da sich der Hauptteil der Armee im Westviertel der Stadt befindet und darauf wartet, dass die Feuer ausbrennen, können wir das Naphtha in die alten Kanäle leiten. Dann jagen wir die gesamte Stadt in die Luft, und wenn dann noch ihre Schiffe brennen, können sie dem Feuer nicht entkommen.«

»Du scheinst dich an dem Gedanken ja richtig zu erfreuen«, sagte Lysle.

»Es ist *meine* Stadt«, presste James zwischen zusammengebissenen Zähnen hervor.

»Also, was zuerst?«

»Beobachte meine Männer und steh ihnen nicht im Weg«, wies ihn James an, während er seinen Soldaten Zeichen gab.

Still und zielstrebig gingen sechs von ihnen zu einer großen zweiflügeligen Tür und öffneten sie, während zwei andere die Türen nach außen aufstießen. Dann rollten die sechs Mann auf der anderen Seite Fässer aus einem großen Lager hinüber, und zwei weitere hantierten an einem uralten, verrosteten Eisenhebel.

»Sag deinen Jungs, sie sollen sich nützlich machen«, sagte James zu seinem Bruder und zeigte auf den hartnäckigen Hebel.

Lysle winkte nur mit der Hand, und vier seiner Diebe eilten hinüber und halfen mit ihrer Muskelkraft. Der Hebel bewegte sich schließlich, und man hörte Wasser fließen.

James erklärte: »Hinter der Wand befindet sich eine alte Zisterne, und jetzt fließt das Wasser in den Hafen ab.«

Lysle beobachtete fasziniert, wie sechs schwarz gekleidete Soldaten die Naphthafässer die Rampe hinunter ins Wasser rollten. Dieses strömte nun deutlich schneller, und die Fässer schwammen rasch davon.

Eines der Fässer rollte gegen den Türrahmen und zerbrach. Der Geruch von queganischem Feueröl erfüllte die Luft. »Ein wenig davon auf der Oberfläche kann nicht schaden«, meinte James und lächelte grimmig.

»Wenn du das sagst«, entgegnete Lysle. »Und jetzt erzähl mir doch noch einmal, wie du dir unsere Flucht genau vorgestellt hast.«

»Sobald alle Fässer in Richtung Hafen unterwegs sind«, antwortete James, »bleibt uns ungefähr eine Stunde Zeit. Hoffen wir nur, dass die Flotte ihren Teil der Sache ordentlich erledigt.«

Lord Karoyle Vykor, Admiral der Königlichen Flotte des Ostens, schrie: »Schießt!«

Und wieder schleuderten ein Dutzend Katapulte von den umliegenden Schiffen ihre brennende Fracht hoch in die Luft, die einen Augenblick später auf die Schiffe im Hafen krachte.

»Mister Devorak«, sagte der Admiral.

»Sir?«

»Ist doch sehr zuvorkommend von den Bastarden, dass sie ihre Schiffe für uns zu einem riesigen Pulk miteinander vertäut haben, nicht wahr?«

»Sir, das muss man wohl so sagen.«

Die Familie des alten Admirals stammte aus Roldem, er selbst war in Rillanon geboren und hatte nie einen Fuß in den Westen gesetzt, bis er im späten Frühjahr durch die Straße der Finsternis gesegelt war. Zwei Schiffe hatte er in der Passage verloren, ein akzeptabler Preis, wenn man die frühe Jahreszeit bedachte, und glücklicherweise war man auf dem Weg zur Shandonbucht nur einem einzigen fremden Kriegsschiff begegnet, einem keshianischen Einmaster, der eingeholt und versenkt worden war, bevor er die Nachricht vom Eintreffen der Königlichen Flotte des Ostens im Bitteren Meer hatte verbreiten können.

Die Kunde von Admiral Nicholas' Tod hatte Vykor hart

getroffen, denn obwohl er den Mann nur zweimal bei gesellschaftlichen Anlässen in der Hauptstadt gesehen hatte, kannte er seinen Ruf und seine Taten. Vykor fühlte sich glücklich, weil er zumindest einmal in seinem Leben einem Feind unter Segeln begegnen durfte, mit geladenen Kriegsmaschinen und zum Nahkampf bereiten Männern. Den größten Teil seiner Laufbahn hatte er zerlumpte Piraten gejagt, aufrührerischen Nachbarn gegenüber Flagge gezeigt oder schlicht Verwaltungsaufgaben im Palast des Königs erledigt. Jetzt endlich tat er das, wofür er ausgebildet worden war, was der Sinn seines Daseins war, und falls er glauben durfte, was man ihm vor Monaten erklärt hatte, als er Rillanon verlassen hatte, hing von dieser Schlacht das Schicksal des Königreichs ab.

»Befehle an die Flotte, Mister Devorak.«

»Sir?«, fragte der Kapitän.

»Die Angriffe verstärken. Kein feindliches Schiff darf entkommen.«

»Aye, aye, Sir.«

»Bei Sonnenuntergang will ich von hier bis nach Ylith kein Schiff des Gegners mehr sehen. Dies ist Nicholas' Meer, und verdammt soll ich sein, wenn ich sie darauf herumsegeln lasse.«

Teile der Flotten des Bitteren Meers und der Sonnenuntergangsinseln machten sich gen Norden auf, um jene Schiffe aufzuspüren, die zwischen der Stadt und Sarth angelandet waren, während andere Schiffe noch weiter nach Norden fuhren. Die Schiffe, die zwischen Endland und Krondor angelegt hatten, waren von Vykors Flotte im Vorbeifahren beschossen worden, und bis zum letzten war ein jedes entweder bis zur Wasserlinie abgebrannt oder gesunken.

Das Entzücken des Admirals nahm noch zu, als er sah, dass sein Plan funktionierte. Er hatte Befehl gegeben, alle Katapulte auf die erste Reihe der Schiffe auszurichten und so innerhalb von Minuten ein Inferno angerichtet, noch ehe die Schiffe weiter innen losgemacht werden konnten. Jetzt breiteten sich die Brände in Richtung Land aus, auf die Stadt zu, und Schiff um Schiff fing Feuer. Die Geschosse, die auf den Pulk herabhagelten, trugen das ihre zu dieser Zerstörung bei.

»Und habt ein Auge auf jeden, der versucht freizukommen«, fügte Vykor hinzu.

Kapitän Devorak antwortete erneut mit: »Aye, aye, Sir.«

Lord Vykor beobachtete, wie die *Königlicher Drache* unter dem Kommando von Kapitän Reeves eine Flottille nach Norden führte, um alle Schiffe zu versenken, die sich dort blicken ließen. »Signal an die *Königlicher Drache*: Weidmannsheil!«, befahl der Admiral.

»Aye, Sir«, bestätigte der Kapitän und gab den Befehl an den Signalgast weiter.

Vykor wusste, dass Nicholas eine Seebestattung zuteilgeworden war auf dem Weg zu den Inseln des Sonnenuntergangs, wo das Geschwader Vorräte an Bord genommen und die Schäden repariert hatte. Daraufhin war es in Rekordzeit zurückgesegelt. Doch der Admiral spürte, was jeder alte Seebär gespürt hätte: dass Nicholas noch immer auf irgendeine Weise über das Achterdeck dieses Schiffes wandelte. Vykor salutierte vor dem Schiff und dem Andenken an einen der beiden besten Seeleute, die er je kennengelernt hatte und die wie Lehrer und Schüler gewesen waren: Amos Trask und Nicholas conDoin.

Als er seine Aufmerksamkeit wieder auf die anstehende Aufgabe richtete, sah er ein kleines Schiff aus dem Hafen freikommen. »Das Schiff dort, Mister Devorak. Versenken, Sir!«

»Aye, aye, Admiral!«

Während sie auf das gegnerische Schiff zuhielten, beobachtete Admiral Karoyle Vykor, wie die Stadt des Prinzen, Hauptstadt des Westlichen Reiches, brannte. Eine tiefe Trauer ergriff ihn, als er mit ansah, wie eine solche Pracht der Zerstörung anheimfiel. Doch diese Gefühle musste er sich für später aufheben, denn noch galt es, die Schlacht zunächst einmal zu gewinnen.

James zog an der Kette. Ein lautes Rumpeln über ihm verriet, dass der Mechanismus funktionierte. »Das Naphtha wird durch die Tunnel und Kanäle fließen und sich überall verteilen. Wenn wir Glück haben, bleibt uns eine Stunde, um hier rauszukommen.«

»Dann sollten wir besser aufbrechen«, meinte Lysle.

Soldaten rannten die Treppe zum oberen Kellergeschoss empor. Einer lief eine weitere kleine Treppe hinauf und spähte durch die Falltür. Nachdem der Soldat signalisiert hatte, dass die Luft rein war, eilten sie hinauf in den Abend.

Es war dunkler, als es hätte sein dürfen, da die Luft voll schwarzen Rauchs war. Die Männer husteten und holten Tücher hervor, die sie sich vor Nase und Mund banden. Die Diebe rissen Stoffstücke aus ihren Hemden und taten es ihnen nach, und einer von ihnen reichte Gamina einen Fetzen.

Überall hörten sie Kampflärm, doch nirgendwo war jemand zu sehen. James' Kundschafter eilte voraus und spähte um die Ecke.

Er winkte sie zurück, und alle suchten Deckung, wo es

nur ging. Manche warfen sich sogar flach auf den Boden in der Hoffnung, in Rauch und Dunkelheit übersehen zu werden.

Reiter sprengten vorbei, abgerissene, blutende, verängstigte Soldaten des Königreichs, die sich offensichtlich in wilder Flucht befanden. James flüsterte den Kameraden in seiner Nähe zu: »Wir müssen uns einen anderen Weg suchen. Wer immer sie jagt, wird in Bälde hier sein.«

Während sie sich durch die Falltür in ihre unterirdische Zuflucht zurückzogen, erwiesen sich James' Worte als prophetisch: Donnernd kam ein Trupp Saaur angeritten. Zum ersten Mal sah James die Eidechsenmenschen mit eigenen Augen. »Bei den Göttern, Calis' Beschreibungen erscheinen mir noch untertrieben.«

Die gesamte Gesellschaft schaffte es zurück in den Unterschlupf, ohne entdeckt zu werden, und als sie sich alle in der Sicherheit des Kellergewölbes versammelt hatten, fragte Lysle: »Und nun?«

»Welcher andere Abwasserkanal wird vermutlich als einziger nicht bewacht?«, fragte James zurück.

»Derjenige, der am Nordtor rauskommt«, antwortete Lysle, »aber dann landen wir im Norden der Stadt und nicht im Osten.«

»Richtig«, meinte James und ging auf die Rampe zu, die hinunter in die Kanäle führte. »Nur haben wir weniger als eine Stunde Zeit, und bis zu diesem Tor müssen wir eine halbe Stunde laufen. Ich wäre lieber außerhalb der Stadt, wenn sie in die Luft geht, als mich innerhalb ihrer Mauern zu fragen, wer dort draußen sein mag. Wenn wir es bis in die Wälder nördlich von Krondor schaffen, können wir uns von dort aus vielleicht nach Osten durchschlagen.«

Er sah seine dreißig Soldaten und das Dutzend Diebe an und wusste, dass es wahrscheinlich vergebens war.

Aber du musst es versuchen.

James warf Gamina einen Blick zu. »Ja, wir müssen es versuchen.«

Er führte sie in die Kanäle.

Lord Vykor riss vor Erstaunen die Augen weit auf. Das Wesen schien wie aus dem Nichts auf den brennenden Decks der feindlichen Flotte aufzutauchen.

Auf dem Weg nach Krondor hatten sie fünfzig Schiffe am Strand erwischt. Die meisten hatte man in Brand gesteckt, indem man von kleinen Einmastern aus ölgefüllte Flaschen geworfen hatte, oder die größeren Schiffe hatten, ihre Katapulte oder Ballisten eingesetzt, und fast zwanzig hatte man auch geentert und anschließend versenkt. Mit den zerstörten Schiffen im Hafen war die Flotte des Feindes damit um mehr als die Hälfte dezimiert. Grob geschätzt, verteilten sich wohl noch hundertfünfzig bis zweihundert Schiffe an der Nordküste des Bitteren Meeres, die vermutlich zum Teil schon in Gefechte mit Kapitän Reeves' Flottille verwickelt waren.

Und plötzlich kam aus dem Inferno, in das sich Krondors Hafen verwandelt hatte, ein Dämon und stampfte zielstrebig über die Decks der brennenden Schiffe.

In aller Gemütsruhe zog der Admiral das Schwert. »Schätze, dieses Ungeheuer hat die Absicht, bei uns an Bord zu kommen, Mister Devorak.«

»Schießt!«, rief der Kapitän, und mit Ballisten und Bogen wurde auf die Kreatur geschossen.

Die fünf Meter große Kreatur heulte auf, als der Hagel sie traf, doch sie stampfte weiter und erschien eher gereizt denn verletzt.

»Abdrehen, Mister Devorak!«

»Aye, aye, Admiral.«

Die Flotte zog sich zurück, doch Vykors Flaggschiff, die *Königliche Glorie,* war den feindlichen Schiffen am nächsten. Das Ungeheuer erreichte das letzte brennende Schiff im Hafen und stieg auf dessen Reling. Mit einem unglaublichen Satz und einem herausgebrüllten Wutschrei entfaltete es seine riesigen Schwingen und segelte über die Kluft zu Vykors Schiff hinweg.

»Signal an die Flotte!«, rief Vykor, als sein Verhängnis auf das Schiff zugeflogen kam. »So schnell wie möglich weg hier!«

Er sollte nie erfahren, ob der Befehl noch übermittelt wurde, denn Jakan, der selbsternannte Dämonenkönig der Armeen von Novindus, schwebte auf ihn zu, riss ihn in die Höhe und biss ihm den halben Kopf weg. Dem Admiral blieb nur die kurze Genugtuung, dass er dem Ungeheuer doch das Schwert tief in die Seite hatte rammen können. Doch dessen Schmerzgeheul sollte er nicht mehr hören, da er schon tot war, ehe Jakan die Wunde spürte.

Kapitän Devorak setzte zu einem Hieb mit der Klinge an, doch ein Prankenhieb riss ihm den Kopf von den Schultern. Die Bogenschützen schossen von oben weiter auf die Kreatur, während die weniger tapferen Mitglieder der Mannschaft vom Schiff sprangen.

Nun waren die beiden obersten Kommandanten der Königlichen Marine tot, und jeder Kapitän würde seine eigenen Entscheidungen treffen müssen und Rat bei den Dienstältesten unter ihnen suchen, bis ein neues Kommando eingesetzt worden war. Zumindest aber hatte man den größten Teil der feindlichen Flotte vernichtet.

Jakan tötete und fraß jeden Mann, den er finden konnte, bis er gewahr wurde, wie weit das Schiff nordwestlich von der Stadt fortgetrieben war. Er hasste die Berührung von Seewasser – es saugte die Kraft aus ihm heraus –, wenngleich er es eine kurze Weile ertragen konnte. Er sprang in die Luft und flog zurück auf das Inferno, auf die brennende Stadt und die brennende Flotte zu. Feuer bereitete ihm keinen Schmerz, aber dennoch – welch unvergleichliche Verschwendung von Lebensenergie und Fleisch.

Da rief etwas nach ihm. Etwas Unaussprechliches sagte ihm, er könne nicht einfach diese Armee vertilgen, die er besiegt hatte, sondern müsse sie benutzen, müsse nach Osten aufbrechen, müsse dieses Ding finden, das nach ihm rief.

Und aus einer finsteren Quelle, über eine riesige Entfernung hinweg, erreichte ihn ein Wort, ein Ort, ein Ziel.

Sethanon!

James sah, wie die Wache an der Spitze die Hand hob. Ein jeder blieb stehen. Sie waren unterwegs anderen begegnet, Flüchtlingen wie Invasoren. Niemand jedoch schien hier unten in den dunklen Kanälen auf ein Gefecht erpicht zu sein. Da sich die Invasoren nun schon in den unterirdischen Gängen herumtrieben, dachte James, musste die Stadt ganz in ihrer Hand sein.

Er rechnete im Kopf nach, wie viel Zeit ihnen bliebe. Kaum mehr als zehn Minuten. Sie waren ein Dutzend Schritte vom Nordtor entfernt, in der Nähe des sogenannten Meertores, jenem Tor, das zumeist von Schmugglern und Dieben benutzt wurde, um in die Stadt hinein- und aus ihr hinauszugelangen.

Lysle schickte einen seiner Diebe vor, eine junge Frau,

die flink hinaufkletterte und meldete, dass der Weg frei sei. James gab das Zeichen, und der Ausstieg begann.

»Raus mit dir!«, sagte Lysle.

»Nein«, entgegnete James, »ich gehe als Letzter.«

»Der Kapitän und das sinkende Schiff?«, fragte der Bruder von Jimmy der Hand.

Mit einem Lächeln, das nur Schmerz und Erschöpfung enthüllte, antwortete der Herzog: »So in der Art.«

»Ich warte bei dir«, erklärte Gamina.

»Mir wäre es lieber, du würdest schon hinausgehen.«

In seinem Kopf hörte James sie sagen: *Du willst doch gar nicht gehen, nicht wahr?*

Ich will nicht sterben, aber ich habe so viel Tod und Zerstörung angerichtet. Dies ist der einzige Ort, der jemals so etwas wie eine Heimat für mich war, Gamina. Ich weiß nicht, wie ich mit dieser Katastrophe leben soll.

Glaubst du, ich würde das nicht verstehen?, fragte sie. *Ich höre deine Gedanken, ich spüre deinen Schmerz. Es gibt nichts, was du sagen kannst, das ich nicht verstünde.*

Er blickte ihr in die Augen und lächelte, und dieses Mal war es ein Lächeln voller Liebe und Vertrauen.

Dann explodierte die Welt um sie herum. Die sechs Männer auf der anderen Seite des Tores wurden zu Boden geworfen und verloren die Besinnung. Drei, die genau im Tor standen, wurden wie die Korken einer Flasche durch die Luft geschossen, wobei der eine sich das Genick brach, als er zwanzig Meter weiter aufschlug, während die beiden anderen mit gebrochenen Knochen davonkamen.

Für einen Augenblick verwandelte sich die Luft im Tunnel in reinste Flammen. In diesem kurzen Moment waren Gamina und James in Gedanken vereint, und ihre Erinnerungen an ihre erste Begegnung, als James im See bei Stardock geschwommen war und die Liebe seines Lebens beim Bad entdeckt hatte, verbanden sich miteinander.

Dem Ertrinken nahe, war er von dieser Frau gerettet worden, die tief in seine Seele geschaut und sein ganzes Sein erkannt hatte, alles, was er war, und alles, was er gewesen war, und die ihn geliebt hatte, trotz der Dinge, die er seitdem getan hatte, trotz der Dinge, die er sie zu tun gebeten hatte und die ihr große Schmerzen zugefügt hatten.

Die Welt um sie herum war vergessen, während sie sich an diese reine Liebe klammerten, jene Liebe, die ihnen einen Sohn geschenkt hatte, der sich weit fort in Sicherheit befand, und zwei Enkel, die sie vergötterten. Einen Augenblick lang durchlebten sie noch einmal ihr gemeinsames Leben, angefangen mit der Reise nach Kesh bis hin zur Rückkehr nach Krondor. Und als ihnen die Flammen das Fleisch von den Knochen brannten, waren ihre Seelen tief in Liebe vereint, und sie verspürten keinen Schmerz.

Pug schrie auf. »Gamina!«

»Was ist, Magier?«, fragte Hanam.

Die Verzweiflung stand ihm ins Gesicht geschrieben, als Pug flüsterte: »Meine Tochter ist tot!«

Die Kreatur wagte es nicht, dem Magier zum Trost die Hand auf die Schulter zu legen. Der Hunger war zu groß, und die Berührung menschlichen Fleisches mochte sie in den Fresswahn treiben. »Es tut mir leid«, sagte die Kreatur nur.

Pug atmete durch und seufzte tief. »Mein Sohn und meine Tochter, jetzt sind sie beide tot.« Zwei Tage zuvor hatte er Williams Tod gespürt, und mit Gaminas Dahinscheiden ging nun ein ganzer Abschnitt seines Lebens zu Ende.

»Ich wusste, ich würde sie beide überleben, Hanam, aber etwas zu wissen und etwas zu erleben sind zwei verschiedene Dinge.«

»Dem ist so«, stimmte der Meister des Wissens der Saaur aus dem Dämonenkörper heraus zu. »In unserem Volk gibt es einen Segen, der gesprochen wird, wenn ein Junge zum Mann heranwächst und seine erste Waffe erhält: ›Großvater stirbt, Vater stirbt, Sohn stirbt.‹ Jeder Saaur wiederholt dies, wenn er in die Schlacht reitet, Söhne neben ihren Vätern, denn es gibt kein grausameres Schicksal für Eltern, als ihre Kinder zu überleben.«

»Macros nannte das lange Leben einen Fluch, und nun verstehe ich ihn. Als vor vielen Jahren meine Frau starb, war das eine Sache, aber dies …« Pug weinte eine Weile. Dann riss er sich wieder zusammen. »Ich wusste, welche Gefahren William drohten, als er das Leben eines Soldaten wählte. Doch Gamina …« Die Stimme versagte ihm, und erneut weinte er.

Die Zeit verstrich, und schließlich sagte die Dämonenkreatur: »Wir müssen uns beeilen, Magier. Ich spüre, wie ich die Macht über ihn verliere.«

Pug nickte und erhob sich, und die beiden verließen die Höhle.

Macros und Miranda sollten inzwischen ihr Ziel erreicht haben.

Pug sang einen Zauberspruch, und von einem Augenblick zum anderen waren sie unsichtbar. Er verstand, welche Schwierigkeiten Macros gehabt hatte, denn zwei Dinge zur selben Zeit zu tun, war stets ein Problem, aber dazu noch die Aussicht zu haben, jederzeit angegriffen zu werden, und die Sorge, das gesetzte Ziel nicht zu erreichen, war eine Aufgabe, die für Pug eine der schwierigsten war, die sich ihm je gestellt hatten.

Er ließ sich frei schweben und stellte fest, dass es, hatte man die Anstrengung des Abhebens erst einmal überwunden, leichter war zu fliegen, als die Stadt Ahsart zu Fuß zu erreichen.

Aus der Luft hörte er die Stimme des Dämons: »Flieger!«

Ein halbes Dutzend geflügelter Wesen schoss durch den Himmel nach Süden, und wären Pug und der Wissensmeister der Saaur nicht unsichtbar gewesen, wären die Wesen gewiss hinabgestoßen und hätten angegriffen. Wie vorausgesagt, war so gut wie alles Leben auf dieser Welt verzehrt worden. Die einst saftigen Wiesen waren verwelkt und braun. Diese Abwesenheit von Leben war nicht mit dem Winterschlaf zu vergleichen, nach welchem die Pflanzen im Frühjahrsregen wieder sprießen würden.

Bäume, schwarz und knorrig, standen vereinzelt in der Landschaft, und das Wasser war so klar, dass nicht einmal mehr Algen in den Tümpeln leben konnten. Kein Summen von Insekten erfüllte die Luft, nicht das leiseste Vogelzwitschern war zu hören. Das einzige Geräusch verursachte der Wind.

»Hier ist es am schlimmsten«, stellte Hanam fest, als hätte er Pugs Gedanken gelesen. »An dieser Stelle sind die Ungeheuer zuerst in unsere Welt eingedrungen.«

»Und bald wird es überall so sein?«

»Bald.«

»Jetzt verstehe ich, warum sie so verzweifelt nach neuen Welten suchen. Doch wieso konnten sie in Eure Welt eindringen, in unsere hingegen nicht?«

Hanam bellte, was Pug für ein Lachen hielt. »In ihrem Rausch zu fressen haben die Dämonen als Erstes die Priester von Ahsart verspeist, die Einzigen auf dieser Welt, die in der Lage waren, das Portal zu handhaben. Nach allem, was Ihr mir über die Pantathianer auf Eurer Welt erzählt habt, fehlt es den Dämonen dort an Verbündeten, die sie hereinholen wollen.«

»Nichts, was wir bislang über Jakan erfahren haben«, sagte Pug, während sie sich der Stadt Ahsart näherten, »zeigt seine Bereitschaft, den Weg für seine Brüder zu öffnen.«

»Dann lasst mich Euch eine Warnung geben, Pug von Midkemia. Sie erlangen Wissen, indem sie Seelen fangen und verspeisen. Dieser Möchtegern-Dämonenkönig weiß womöglich vom Gang zwischen den Welten und von den Fähigkeiten einiger Eurer Menschen, kontrollierbare Spalte zu erzeugen. Falls dem so ist, wird er, wenn er einen ausreichenden Teil Eures Landes unter seine Herrschaft gebracht hat, vielleicht in andere Welten eindringen.«

»Daran habe ich auch schon gedacht«, stimmte Pug zu.

»Demnach wisst Ihr also, dass Ihr, auch wenn wir hier siegen, zurückkehren und Jakan bekämpfen müsst.«

»Wenn nicht ich, dann wird es Tomas tun.«

Sie betraten die ausgebrannte Stadt und machten sich auf die Suche nach dem großen Tempel, dem Eingang, durch den die Dämonen ursprünglich eingedrungen waren. Im Inneren stießen sie auf Saaurknochen, tote Priester, die vor Jahren von den einfallenden Dämonen buchstäblich auseinandergerissen worden waren.

»Hier ist es nicht!«, fuhr Pug auf.

»Was?«

»Das Portal. Der Spalt in die Welt der Dämonen. Er ist nicht hier.« Pug machte sie wieder sichtbar. »Wo ist er?«

»Darauf gibt es nur eine Antwort.«

»Und?«

»Sie haben das Portal mit magischen Mitteln versetzt, irgendwie, damit es näher beim Spalt in Eure Welt ist. Das bedeutet, sie bereiten für Maarg den Weg in Eure Welt! Er wird vermutlich bald herüberkommen!«

»Wo befindet sich der Spalt?«

»Auf der anderen Seite der Welt.«

»Ich kann uns nicht gleichzeitig dorthin fliegen und uns unsichtbar halten!« Pug seufzte. »Und ich kann uns nicht an einen Ort teleportieren, den ich noch nie gesehen habe.«

»Dann müssen wir eben fliegen, so schnell es geht«, sagte der Dämon mit der Seele des Wissensmeisters, »und mit jedem kämpfen, der uns in die Quere kommt.« Er sprang in die Luft und stieß etwas aus, das wie ein Schlachtruf klang.

Pug folgte ihm.

Die Katastrophe

Roo verzog das Gesicht.

Bei jeder Berührung schmerzte die Wunde, doch Luis versicherte ihm, sie sei nicht entzündet. Nachdem der Verband gewechselt war, meinte Luis: »Das sollte erst einmal genügen. Wir säubern sie morgen Abend wieder, wenn wir in Wilhelmsburg ankommen.«

Roo seufzte. »Ein Bett!« Er grinste Karli, Helen und die Kinder an. In den ersten Tagen war den Kleinen die Reise wie ein Abenteuer erschienen, doch seit dem Morgen fragte Abigail ständig, wann sie wieder nach Hause könnten. Karli hatte ihr zu erklären versucht, dass es noch lange Zeit dauern würde, aber alles, was länger als fünf Minuten war, war für ein dreijähriges Kind natürlich eine extrem lange Zeit.

Im Lager war es recht ruhig, obwohl die angeheuerten Söldner von Tag zu Tag nervöser wurden. Roo und Luis hatten genug Zeit unter Soldaten verbracht, um zu wissen, dass diese Männer gewöhnlich nur herumsaßen und Banditen verschreckten, wobei sie selten zum Schwert oder zum Bogen greifen mussten.

Krondor war gefallen. Das war offensichtlich geworden, als zwei Tage nach ihrem Aufbruch im Westen eine riesige schwarze Rauchsäule aufgestiegen war, und auch der starke Verkehr auf der Straße nach Osten bestätigte dies.

Immer wieder beobachtete Roo aus den Augenwinkeln, wie sich die Söldner verstohlen besprachen. Er vermutete, dass sie beim ersten Anzeichen wirklicher Schwierigkeiten davonlaufen würden.

Er hatte mit Luis unter vier Augen über seine Zweifel an der Zuverlässigkeit der Söldner gesprochen, und Luis hatte ihm zugestimmt. Er hielt sich ständig in ihrer Nähe auf, wodurch er einerseits ihre Entschlossenheit stärkte und ihnen gleichzeitig deutlich machen wollte, dass er sich jeden, der sein Geld nicht wert war, vorknöpfen würde. Roo wusste, dass sich die Aussichten für ihre kleinen Karawane erheblich verbessern würden, wenn sie erst Wilhelmsburg erreicht hätten. Dort würden sie sich eine Nacht in einem von Roos Gasthäusern ausruhen können und anschließend nach Ravensburg weiterziehen. Roo hatte den Männern versprochen, ihnen dann auch einen Teil ihres Lohns auszuzahlen, und ein wenig Gold in der Tasche würde sie bei der Stange halten.

Falls Eriks Eltern und Milo noch in Ravensburg waren, würde er sie mit nach Düstermoor nehmen, und dort würde auch Erik irgendwann eintreffen. Roo hatte sich noch einmal vergegenwärtigt, wohin er während des vergangenen Jahres Waffen und Vorräte hatte befördern lassen und wohin seine Wagen Werkzeuge und Ausrüstung gebracht hatten. Und eine Sache hatte ihm Erik selbst verraten: »Albtraumgebirge.«

Die Ingenieure des Königs hatten alte Straßen ausgebaut oder neue durch den Berg geschlagen, und zwar entlang der Rückseite der Berge, die sich Hunderte von Meilen entlang der östlichen Hälfte des Calastiusgebirges hinzogen. Diese Gebirgskette sah wie ein gequetschtes, umgekehrtes Y aus, das ein langes und ein kurzes Bein hatte. Das lange Bein erstreckte sich östlich von Krondor bis hoch zu den Zähnen der Welt, jenem großen Gebirge, das die Nordgrenze des Königreichs bildete. Das kurze Bein zog sich nördlich von Düstermoor bis zur Stadt Tannerus, wo sich die beiden Beine trafen. Wenn das eigentliche Ziel der Invasoren Sethanon war, würden sie, so hatte sich Roo ausgerechnet, das Gebirge nicht bei Tannerus überqueren, weil der Ort zu weit entfernt lag, sondern weiter südlich, und wenn dort die Hauptmacht der Königlichen Armee lag, bestand Aussicht, dass das Königreich diesen Krieg überstand. Ja, falls der Feind bis zum ersten Schnee jenseits dieses Granitwalls gehalten werden könnte, würde das Königreich sogar den Sieg davontragen.

Doch noch lag der Mittsommertag keine drei Wochen zurück, und an Schnee war an diesem lauen Abend kaum zu denken. Da Roo in Ravensburg aufgewachsen war, war ihm wohlbekannt, wie früh der Winter hereinbrechen konnte, allerdings konnte er auch lange auf sich warten lassen, und allein ein Orakel mochte wissen, wie es in diesem Jahr sein würde. Ganz unabhängig davon würde der erste Schnee frühestens in sechs Wochen fallen, wobei zehn oder zwölf wahrscheinlicher waren. Vielleicht gab es heftigen Regen, das kam nicht selten vor, doch bis zum ersten Schneefall würden noch Monate ins Land ziehen.

Roo ging zum Feuer, unterhielt sich ein wenig mit Karli und Helen und versuchte, mit den Kleinen zu sprechen. Kinder waren noch immer ein Geheimnis für ihn, obwohl ihm ihre bloße Gegenwart nicht mehr so unangenehm war wie früher einmal. Er fand es sogar lustig, wie der kleine Helmut stets alles in den Mund stecken musste, was Karli hingegen die Nerven raubte. Jason verbrachte viel Zeit mit den Kindern und lenkte sie ab, wofür ihm Roo außerordentlich dankbar war.

Helens Kinder waren schon älter, und sich mit Nataly und Willem zu unterhalten war wesentlich leichter, wenngleich die Dinge, für die sie sich interessierten, ihm ein Rätsel blieben.

Helen war inmitten dieses Chaos eine Insel der Ruhe, ihr stetes Lächeln und ihre sanfte Stimme waren allen ein Trost. Wie er da im Feuerschein saß, während die Kinder plapperten, fiel ihm plötzlich auf, dass er Helen anstarrte, und er sah zur Seite. Karli hatte ihn beobachtet, und er lächelte sie an. Sie erwiderte das Lächeln zaghaft, und er zwinkerte ihr zu und formte mit den Lippen stumm die Worte: »Alles ist bestens.«

Und so lehnte er sich zurück, wobei er seine verwundete Schulter nicht belastete, und ließ den Blick abermals zu Helen schweifen. Er gähnte und schloss die Augen, doch ihr Bild verschwand nicht, sondern blieb in seinen Gedanken. Sie war keine ausgesprochene Schönheit, obwohl ihre Züge keineswegs »grobschlächtig« waren, wie diese Hure Sylvia es behauptet hatte. Sie war, so würden es andere Männer wohl sagen, ansehnlich. Doch das Anziehendste an ihr waren diese großen braunen Augen und das immerwährende Lächeln. Zudem hatte sie einen festen, schlanken Körper.

Er fragte sich, ob Luis nicht verrückt sein musste, wenn er glaubte, dass diese wundervolle, fürsorgliche Mutter eine Gossenratte wie Roo lieben könnte. Seufzend gab er sich einem angenehmen Schlummer hin, die Unterhaltung am Feuer bekam er kaum mehr mit, und die wohlige Wärme des Abends und der Klang von Helens Stimme lullten ihn ein.

Doch urplötzlich war Roo wieder hellwach, als sich im Lager Unruhe breitmachte. Die Männer rannten herbei, und einen Augenblick blinzelte Roo verwirrt, bis er die Situation erfasst hatte. Die Kinder lagen inzwischen unter ihren Decken, also musste er einige Zeit gedöst haben.

Es dauerte nur sehr kurz, bis Roo seine Sinne wieder beisammenhatte und sich seine Kriegserfahrung bemerkbar machte. Leise, damit er die Kinder nicht erschreckte, sagte er: »Karli, Helen, steht auf!«

Helen wurde sofort wach. »Was?«

»Bring die Kinder dort rein!« Er zeigte auf den ihnen am nächsten stehenden Wagen. »Die Kutsche wird auf dieser Straße nicht weit kommen, wenn wir fliehen müssen.«

Luis kam angelaufen. »Reiter, und sie kommen rasch in diese Richtung.« Er hielt seinen Dolch in der Hand. Seit der Verletzung seiner Rechten trug Luis kein Schwert mehr, doch mit der Linken konnte er ein Messer immer noch tödlich führen.

Roo und Luis löschen rasch das niedergebrannte Feuer in der Hoffnung, die Reiter hätten die schwachen Flammen aus der Ferne noch nicht bemerkt. Noch vor Stunden hätten sie das Lager ohne Schwierigkeiten entdeckt.

Einige der Söldner rannten zu ihren Pferden, und Roo rief: »Bringt die Wagen auf die Straße!« Die Dämmerung würde erst in zwei Stunden oder noch später einsetzen, doch die Pferde hatten fast die ganze Nacht ausruhen können. Mit etwas Glück würde die Gesellschaft aufbrechen können, ohne von denen, die sich näherten, entdeckt zu werden. Sie würden ihren Weg fortsetzen können und, früher als erwartet, in Wilhelmsburg eintreffen.

Die Fuhrleute beeilten sich, die Pferde einzuspannen, und Roo ging ihnen, soweit es ihm mit seiner verletzten Schulter möglich war, zur Hand. Jason kannte sich weder mit Waffen noch mit Gespannen aus, doch er tat, was immer man ihm auftrug, und Luis war ein wahrer Rückhalt.

Die Söldner hingegen bereiteten Roo Sorge. Würden sie sich gegen harte, üble Kerle, die seit Jahren an Kämpfe gewöhnt waren, als standhaft erweisen?

Die Wagen setzten sich in Bewegung, und Roo stieg zum ersten Mal seit jenem Morgen wieder in den Sattel. Seine Schulter war steif, als er sein Schwert zog, doch seine eigene Klinge war eine der wenigen, auf die er sich verlassen konnte.

Roo hielt sich am Ende der Karawane und suchte den Westen aufmerksam nach Reitern ab. Während die Wagen auf die Straße zurumpelten, erblickte er die Gestalten, die sich gegen die Dunkelheit noch finsterer abzeichneten. Er konnte nur beten, dass sie vorsichtig sein würden und fürchteten, auf Teile der Armee des Königreichs zu stoßen und nicht auf einen Trupp verzweifelter Zivilisten.

Lange, angsterfüllte Minuten ging es über Gras hinweg, bis sie den festen Boden der Straße erreichten. Als schließlich die metallbeschlagenen Räder auf dem Kies der Straße knirschten, spürte Roo, wie seine Anspannung nachließ. Je weiter sie waren, je näher sie Wilhelmsburg kamen, desto höher wurden ihre Aussichten zu überleben.

Eine halbe Stunde später rief ein Mann von vorn etwas, ein zweiter schrie auf. Rufe von südlich der Straße verrieten Roo, dass die Reiter sie entdeckt und die Straße überquert hatten. Offensichtlich waren sie parallel geritten, bis sie sich vergewissert hatten, dass sie es nicht mit Soldaten zu tun hatten, und waren dann vorgeprescht, um aus dem Hinterhalt anzugreifen.

»Nach Norden!«, schrie Roo, und ohne den Schmerz in seinem Arm zu beachten, trieb er sein Pferd an.

Er entdeckte einen zerlumpten Reiter, der auf die Wache eines der Wagen einhieb. Die Wache verteidigte sich recht ordentlich, doch weitere Reiter preschten heran.

Roo hielt sich nicht mit Spielereien auf. Er trat seinem Pferd hart in die Flanken und zwang es, etwas zu tun, was dem Tier gar nicht gefiel: mit dem anderen Pferd zusammenzustoßen. Der Reiter der Armee der Smaragdkönigin wurde abgeworfen, als sein Pferd sich unerwartet auf die Hinterbeine stellte, und Roo rief der Wache zu: »Töte ihn!«

Roo trieb sein Pferd auf die Reiter zu, die kaum eine Wagenlänge vor ihm waren. Dann war Luis bei ihm, der sich die Zügel ums rechte Handgelenk gebunden hatte und in der Linken seinen Dolch hielt. Roo wollte ihm zurufen, er solle sich heraushalten, die Frauen beschützen, doch er war zu beschäftigt damit, sein eigenes Leben zu verteidigen.

Roo tötete einen Mann und schlug den nächsten in die Flucht, dann wendete er sein Pferd und sah, wie Luis sich um einen Schnitt an seinem rechten Arm kümmerte, während er in der Linken noch immer den blutigen Dolch hielt. »Du bist verrückt«, fuhr Roo ihn an. »Nächstes Mal bleibst du hinten bei den Frauen, und wenn du jemandem die Kehle durchschneiden willst, dann machst du es dort!«

Luis grinste nur. »Hast recht. Ich bin noch nie ein besonders guter Reiter gewesen.« Er deutete mit dem Kinn auf die Wunde. »Zu Fuß wird es besser gehen.«

Roo bewunderte seine Ruhe. »Geh zu Karli und lass dich verbinden. Ich werde nachsehen, wie es den anderen ergangen ist.«

Er ritt zur Spitze der kleinen Karawane und erfuhr, dass zwei seiner Wachen tot und zwei weitere im morgendlichen Dunkel verschwunden waren. Die verbliebenen sechs, dazu Luis, er selbst und Jason reichten kaum aus, um zwei Wagen zu verteidigen, geschweige denn ein Dutzend.

Roo zögerte keinen Augenblick, dann wies er die Söldner an: »Reitet zum letzten Wagen.« Während sie dies taten, wandte er sich jenen Fuhrleuten zu, die noch auf ihren Kutschböcken saßen. »Setzt euch in Bewegung! Auf nach Wilhelmsburg, ins Gasthaus *Zum Morgennebel*. Wenn ihr dort heil ankommt, zahl ich euch einen Jahreslohn extra.«

Die Kutscher zögerten nicht länger, sondern schnalzten mit der Zunge und brachten ihre Tiere in Gang.

Roo ritt zu den verbliebenen sechs Wachen. »Wir verteidigen nur den letzten Wagen. Und ich werde persönlich jeden umbringen, der abhauen will.«

»Glaubst du, sie werden noch einmal angreifen?«, erkundigte sich Luis.

»Ganz sicher. Ich denke, es hat sie nur überrascht, dass wir uns auf einen Kampf mit ihnen eingelassen haben.«

»Wie viele?«, fragte Jason, wobei er sich alle Mühe gab, nicht verängstigt zu wirken. Der ehemalige Kellner, der sich zum Buchhalter gemausert hatte, war über eine Wirtshausprügelei hinaus noch nie mit Gewalt in Berührung gekommen, doch er versuchte, der Kinder wegen die Ruhe zu wahren.

»Zu viele«, erwiderte Roo. Er stieg ab, führte sein Pferd zur Rückseite des Wagens und band die Zügel an die Ladeklappe. Dann ging er nach vorn, stieg auf den Kutschbock und nahm dem Fuhrmann, der nun zitternd neben ihm saß, die Zügel ab. »Halt dich fest!«

Er wendete den Wagen in Richtung Norden und rief: »Folgt mir!«

Die sechs Wachen, Luis, Jason, seine Familie und die Jacobys verließen die Straße. Roo wusste, auf welch riskantes Spiel er sich einließ, doch falls sie weit genug von der Straße entfernt waren, wenn die Plünderer zurückkehrten, würden diese den einen Wagen, der zu der kleinen, kaum benutzten Straße ostwärts unterwegs war, nicht vermissen, während sie die anderen Wagen ausraubten.

»Sie werden es niemals schaffen«, mutmaßte Luis.

»Wahrscheinlich nicht, aber wenn es doch jemand schafft, werde ich mein Wort einlösen und ihnen auf der Stelle einen Jahreslohn zahlen.«

Luis setzte sich hinten im Wagen. Es war eng, denn er und Jason saßen zwischen den Kindern und den beiden Frauen. Doch wenigstens für den Augenblick befanden sie sich in Sicherheit.

Lange hielt ihr Glück nicht an. Roo hatte einen kleinen Wildwechsel entdeckt, der in ein offenes Waldgebiet führte, aber sie waren gezwungen, durch einen breiten Graben zu fahren, der schließlich zu eng für den Wagen wurde. Sie fuhren zurück, bis sie an einen kleinen Weg kamen, auf dem es nach Norden ging, und suchten nach der kleinen Straße Richtung Osten.

Gegen Mittag hörten sie hinter einem kleinen Hügel Reiter, und einige angespannte Minuten warteten Roo, Luis und die Söldner mit gezogenen Waffen, während Karli, Helen und Jason die Kinder beruhigten. Als der letzte Reiter vorbei war und sich knapp zwanzig Meter entfernt befand, doch außer Sicht, brach Roo nach Osten auf, wo er erneut einen anderen Weg suchen wollte.

Als die Sonne unterging, hatten sie sich vollkommen im Wald verirrt. Sie schlugen ein Lager auf, verzichteten jedoch auf ein Feuer, und besprachen die Möglichkeiten, die ihnen blieben. »Warum lassen wir nicht den Wagen stehen«, schlug einer der Söldner vor, »und schlagen uns so nach Osten durch, Herr Avery?«

»Wie gut kennst du diese Berge?«, fragte Roo zurück.

»Nicht sehr gut, aber unsere Jungs sind im Osten, habt Ihr gesagt, und auf jeder noch so kleinen Straße wird sich die feindliche Kavallerie herumtreiben. Wenn wir uns jedoch im Wald halten, könnten wir zwischen ihnen hindurchschlüpfen.«

»Zwischen hier und der Provinz Düstermoor gibt es ungefähr ein Dutzend kleiner Orte, und vielleicht finden wir einen von ihnen«, erklärte Roo, »doch ohne einen Führer, der sich hier auskennt, werden wir uns in den Hügeln und Bergen hoffnungslos verirren.« Er warf einen Blick in den Wald ringsum, in dem es bald stockfinster sein würde. »Im Wald läuft man nur allzu leicht im Kreis. Außerdem könnten wir dem Feind geradewegs in die Arme rennen.«

Die Kinder waren ganz still, weil es im Lager so düster war, und blickten Roo und die anderen Erwachsenen mit großen Augen an. Karli und Helen taten ihr Möglichstes, um sie zu trösten, allerdings ganz leise, damit sich auch die Kleinen still verhielten.

Nach einer Weile fuhr Roo fort: »Aber vielleicht hast du recht. Ladet die Wagen ab, und holt die Decken und die Vorräte. Den Rest lassen wir hier, und morgen brechen wir auf.«

Die Söldner warfen einander Blicke zu, doch niemand schien noch etwas sagen zu wollen, und so erledigten alle, was man ihnen aufgetragen hatte.

Roo saß schweigend da und beobachtete im schwindenden Licht seine eigenen Kinder, die Jacobys und die anderen.

Helen hatte ihren Sohn auf dem Schoß, sang ihm leise etwas vor, während Karli die kleine Abigail in den Arm genommen hatte. Willem drückte sich an die Schulter seiner Mutter, kämpfte gegen den Schlaf an, entschlossen, wach zu bleiben, während Nataly bereits eingeschlummert war und auf einer Decke zwischen Helen und Karli lag. Jason machte sich nützlich, indem er die Vorräte so zusammenpackte, dass sie getragen werden konnten, und Luis blieb bei den Söldnern, beruhigte sie und versprach ihnen Belohnungen, die sie erhalten würden, sobald sie Wilhelmsburg erreichen sollten.

Als die Kinder schliefen, setzte sich Karli zu Roo. »Wie geht es deiner Schulter?«, fragte sie.

Seit dem Kampf mit den Plünderern hatte er nicht mehr an die Wunde gedacht. Er bewegte er die Schulter vorsichtig. »Ein wenig steif, aber sonst ganz gut.«

Sie lehnte sich an ihn und flüsterte: »Ich habe Angst.«

Er nahm sie in den Arm. »Ich weiß. Aber wenn wir Glück haben, sind wir morgen schon in Sicherheit.«

Sie erwiderte nichts darauf, saß einfach da und schöpfte Trost aus seiner Gegenwart.

Die ganze Nacht lang hockten sie schweigend am Boden, dösten, ohne festen Schlaf zu finden, da die nächtlichen Geräusche aus dem Wald ihnen Angst machten.

Als der Morgen allmählich zu dämmern begann, ein paar Stunden vor Sonnenaufgang, sagte Roo leise: »Weck die Kinder.«

Während Karli es erledigte, wandte sich Roo an Luis. »Wir müssen unterwegs sein, bevor es richtig anfängt zu dämmern.«

»In welche Richtung?«

»Nach Norden und Osten. Wenn wir in einer Richtung

auf ein Hindernis stoßen, nehmen wir die andere. Nach Süden oder Westen gehen wir jedoch nur, wenn es gar nicht mehr anders geht. Letzten Endes werden wir schon noch die Straße erreichen, von der ich dir erzählt habe, oder wir treffen auf die Bauernhöfe vor Wilhelmsburg.«

Luis nickte. »Den Söldnern können wir nicht vertrauen.«

»Ich weiß, aber falls wir ihnen klarmachen können, dass sie mit uns zusammen als Gruppe eine größere Aussicht haben, dies hier zu überstehen, als jeder für sich ...«

In diesem Augenblick schreckte sie Hufschlag auf. Beide drehten sich um – und sahen die sechs Söldner in die vormorgendliche Dunkelheit davonpreschen.

»Verdammt!«, fluchte Luis.

»Wir haben keine Zeit, noch etwas zu essen«, erklärte Roo Jason und Helen, die inzwischen aufgewacht waren. »Schnappt euch, was ihr könnt, und dann müssen wir los! Falls irgendwelche Plünderer in der Nähe sind, werden sie den Hufschlag gehört haben und herkommen.«

Die Kinder jammerten, doch die Mütter beruhigten sie rasch und gaben jedem ein Stück Brot, auf dem sie unterwegs kauen konnten. Roo hatte sich am Abend zuvor die Gegend angesehen und ein schmales, ausgetrocknetes Bachbett entdeckt, das nach Nordwesten führte. Es würde sie höchstwahrscheinlich hinauf in die Ausläufer des Gebirges bringen, und deshalb müssten sie ihm folgen, bis sie einen Weg nach Osten oder Norden fanden.

Es war ein langsamer Marsch. Die Kinder konnten nicht schnell laufen und wurden bald müde, doch immerhin kamen sie eine Stunde lang gut voran, dann mussten sie eine Rast einlegen.

Von Verfolgern war keine Spur zu sehen.

Nachdem sie sich eine Viertelstunde ausgeruht hatten, nahm Jason Helmut auf den Arm und befreite so Karli von der Last, das jüngste der vier Kinder zu tragen.

Sie gingen weiter, doch der Weg war beschwerlich, ständig mussten sie umgestürzte Bäume und Geröll umgehen. Als es schon fast Mittag war, hörten sie Kampflärm durch die Bäume. Aus welcher Richtung er kam, war nicht auszumachen.

Sie zogen weiter.

»Wir haben es gut gemacht«, meinte Erik.

»Ja, wenn man bedenkt, dass Krondor schon gefallen ist, haben wir unser Bestes gegeben«, antwortete Greylock. Er blickte auf die Berichte, die von den Stellungen im Norden und Süden eingetroffen waren, und fügte hinzu: »Es gibt nur eine böse Überraschung.«

»Und die wäre?«

»Groß-Kesh hat damit begonnen, das gesamte Tal der Träume zu besetzen.«

»Ich dachte, Prinz Erland hätte ein Abkommen mit ihnen abgeschlossen.«

»Offensichtlich haben sich die Keshianer nicht daran gehalten.«

Erik zuckte mit den Schultern. Er nahm gerade sein Mittagsbrot mit Greylock ein. Owens Kommando würde aufbrechen, wenn sie mit dem Essen fertig waren und nachdem Eriks Männer die Stellungen besetzt hatten, die Greylocks Leute gegraben hatten. Eriks Männer waren froh darüber, dass sie keine Barrikaden errichten mussten und sich daher ausruhen konnten, bis sich der Feind zeigte.

»Wie ich die Lage beurteile«, meinte Greylock, »müsst ihr die Stellung hier fünf anstatt vier Tage halten.«

»Ich werde versuchen, sechs daraus zu machen«, sagte Erik.

Greylock nickte. »Die Nachrichten aus dem Norden sind gut. Hauptmann Subai und die Späher haben ihre Leute ohne großen Ärger durch die Berge gebracht.«

Erik lachte freudlos. »Warte nur, bis der Feind dort in voller Stärke auftaucht.«

»Nun, das wollten wir mit unserem Plan ja gerade verhindern.« Owen seufzte. »Den Berichten zufolge sind die Kämpfe im Norden am heftigsten. Dort liegt eine Kompanie Hadati neben unseren Jungs, und sie haben sich in einem kleinen Pass südöstlich von Questors Sicht verschanzt.«

Erik rief sich die Karten, die er studiert hatte, ins Gedächtnis, dann nickte er. Diese Stellung musste unbedingt gehalten werden. Wenn der Feind dort durchbrach, würde er ohne Probleme auf der Ostseite des Gebirges nach Sethanon ziehen und Düstermoor ganz umgehen können.

»Doch bislang ist der Feind dort noch nicht in großer Zahl aufgetreten«, fügte Owen hinzu.

»Ich bin zu müde, um einen klaren Gedanken fassen zu können«, erklärte Erik. »Wenn wir uns erst eingegraben haben, werde ich schlafen.«

Owen erhob sich und lachte. »Das möchte ich bezweifeln. Du wirst alles zweimal überprüfen, bis du zufrieden bist, und dann wird es schon dunkel sein.«

Erik zuckte abermals mit den Schultern. »Wie viel Zeit haben wir gewonnen?«

»Zwei Tage. Wir müssen immer noch drei Wochen aufholen.«

»Ich weiß nicht, ob wir das schaffen«, zweifelte Erik.

»Wenn nicht, wird es in Düstermoor und hinter den Bergen zu schweren Kämpfen kommen.«

»Was ist mit den Armeen des Ostens?«

»Sie liegen hinter den Bergen und warten ab«, erklärte Owen.

»Ich wünschte, wir hätten sie hier drüben.« Erik zeigte auf seine Männer, die Waffen und Ausrüstung bereit machten.

Owen legte ihm die Hand auf die Schulter. »Ich verstehe. Es ist schwierig, wenn man mit ansehen muss, wie die eigenen Männer Stück um Stück aufgerieben werden. Aber leider muss das nun einmal sein.«

»Prinz Patrick hat mir das schon klargemacht und Marschall William ebenso. Aber niemand kann verlangen, dass es mir gefallen muss.«

»Natürlich nicht«, erwiderte Owen. Er wandte sich an einen Feldwebel seines Kommandos. »Feldwebel Curtis!«

»Ja, General?«

»Die Männer sollen sich zum Abmarsch fertig machen.«

»Sir!« Der Feldwebel drehte sich um, eilte davon und brüllte Befehle.

»›General‹«, meinte Erik darauf grinsend. »Vermutlich wird es Manfred schwer bedauern, seinen Schwertmeister entlassen zu haben.«

»Frag ihn doch, wenn du nach Düstermoor kommst.« Owen stieg auf sein Pferd. »Außerdem hatte er darauf gar keinen Einfluss. Es war Mathilda, die mich rausgeschmissen hat.«

Bei der Erwähnung der Witwe seines Vaters sagte Erik: »Ich nehme an, ich werde es bald mit ihr zu tun bekommen.«

»Nur, wenn du dich nicht vorher umbringen lässt, mein Freund«, meinte Owen dazu, dann wendete er sein Pferd und ließ es davontraben. Über die Schulter fügte er noch hinzu: »Also lass dich nicht umbringen!«

»Lebe wohl, Owen.«

Erik verließ das Lagerfeuer und machte sich an die Inspektion der Stellungen. Owen sollte recht behalten, erst zwei Stunden nach Sonnenuntergang fand Erik Zeit zum Schlafen.

Roo, Jason und Luis standen mit gezogenen Waffen bereit, während die beiden Frauen mit den Kindern in eine Höhle am Ufer eilten. Zwei Tage lang waren sie auf keine größeren Schwierigkeiten gestoßen, hatten stets Pfade gefunden, die in Richtung ihres Ziels führten. Sie hatten die Hütte eines Waldbewohners entdeckt, die zwar verlassen, jedoch noch bewohnbar war, und dort hatten sie eine Nacht verbracht und sogar riskiert, Feuer zu machen, obwohl Roo befürchtet hatte, dass der Rauch sie verraten könnte.

Nun hatten sie die Hütte mit ihren kärglichen Annehmlichkeiten hinter sich gelassen und waren nicht mehr weiter als eine Tagesreise von der Straße entfernt, die Roo beobachtete, als sie Hufschlag hörten, der lauter und lauter wurde. Roo wusste nicht, ob die Reiter ihre Spur gefunden hatten oder sich nur zufällig in ihre Richtung bewegten, doch mochte es sein, wie es wollte, sie kamen jedenfalls rasch näher.

Wie es sich anhörte, war es ein kleiner Trupp, vielleicht ein halbes Dutzend, doch mit Roos Schulterverletzung, mit Luis' verkrüppelter rechter Hand und Jason, der mit Waffen gar keine Erfahrung hatte, waren selbst zwei Söldner für sie eine gefährliche Bedrohung. Falls die Reiter Bogen hatten, war die kleine Gesellschaft verloren, dessen war sich Roo sicher.

Die Frauen und Kinder sollten sich verstecken. Roo

und die beiden anderen Männer waren entschlossen, die Reiter so lange aufzuhalten, bis die Familien in Sicherheit waren.

Roo blickte über die Schulter, sah, wie Helen die Kinder in den Höhleneingang scheuchte, und glaubte, sie habe ihn angelächelt. Auf diese Entfernung konnte er es aber nicht mit Bestimmtheit sagen.

Bald kamen vier Reiter in Sicht, auf der anderen Seite des kleinen Bachbetts, durch das die Gesellschaft gewandert war. »Wenn's hart auf hart kommt«, zischte Roo Jason zu, »versuch nicht, den Helden zu spielen. Schlag auf die Beine der Pferde ein und lass dich nicht umbringen. Luis und ich kümmern uns um die Reiter.«

Als diese die drei Männer entdeckten, ließen sie die Pferde im Schritt gehen. »Wenn sie in einer Reihe bleiben«, sagte Luis, »wollen sie mit uns sprechen. Wenn sie sich verteilen, wird es einen Kampf geben.«

Die vier Reiter blieben zusammen. Als sie nur noch ein Dutzend Schritte entfernt waren, hob der Anführer die Hand, ließ sein Pferd ein Stück vortreten, betrachtete sich die drei Männer, und einen Augenblick später fragte er: »Wer seid Ihr?«

Roo erkannte die Sprache von Novindus, doch mit einem eigentümlichen Tonfall, und so schloss er, dass diese Männer aus einem Teil des Kontinents stammten, den er noch nicht besucht hatte. Roo wagte eine Täuschung. »Mein Name ist Amra.«

Beim Klang ihrer eigenen Sprache entspannten sich die Reiter ein wenig. Der Anführer zeigte auf Luis. »Und du?«

»Haji, aus Maharta«, antwortete dieser ohne zu zögern.

»Und du?«, wandte sich der Anführer der Reiter an Jason.

Ehe der noch den Mund aufmachen konnte, sagte Roo: »Er ist stumm. Sein Name ist Jason.«

Jason konnte kein Wort dieser seltsamen Sprache verstehen, doch als er seinen Namen hörte, nickte er.

»Welche Kompanie?«, fragte der Anführer, während der zweite Reiter aus der Reihe ausscherte und neben ihn ritt. Beide Männer hielten noch immer die Waffen in der Hand, bereit zu handeln, sollte ihnen die Antwort nicht gefallen.

Roo dachte hektisch nach. In der Armee der Königin hatte sich sicher vieles verändert, seit Calis' Blutrote Adler in ihr gedient hatten. Er kannte die Namen einiger anderer Kompanien, hatte jedoch keine Ahnung, ob diese überhaupt noch existierten oder wo sie sich zurzeit aufhielten. Doch wenn er keine Antwort gab, würde er genauso rasch sterben, als wenn er eine falsche gab.

»Wir wurden nach der Schlacht von Maharta zu Shingas Schwarzen Schwertern gesteckt«, sagte er leise.

»Deserteure?«, fragte der zweite Reiter.

Roo schüttelte den Kopf. »Nein, wir sind auf die Lanciere des Königreichs gestoßen und wurden von den anderen abgeschnitten.«

Luis senkte leicht den Dolch, als würde er sich entspannen, und sagte: »Wir haben uns verlaufen. Und irgendwo sind wir dann völlig von der Straße abgekommen. Und jetzt streifen wir schon eine Woche lang durch diese Wälder. Wir haben nur wenig Essbares gefunden und sind völlig ausgehungert. Wir wollen wieder auf unsere Seite zurück.«

»Könnt ihr uns dabei helfen?«, fragte Roo. »Wir sind wirklich keine Deserteure.«

Die beiden anderen Reiter lenkten ihre Pferde zu den Flanken, während ihr Anführer sagte: »Keine Deserteure? Zu schade. Wir sind nämlich welche.«

Und schon griffen sie an!

Luis und Roo warfen sich zur Seite. Roo landete auf dem Boden, wälzte sich herum und kam in der Hocke wieder hoch, gerade rechtzeitig, um zu sehen, wie Jason, der vor Schreck wie angewurzelt dastand, vom zweiten Reiter niedergeritten wurde, der gleichzeitig mit dem Schwert auf ihn einschlug. Jason schlug mit seinem eigenen Schwert zu, doch es wurde ihm aus der Hand geprellt, als er zu Boden ging, und der Huf des Pferdes traf ihn an der Schulter. Das Wiehern des Pferdes zeigte Roo an, dass der junge Buchhalter doch einigen Schaden angerichtet hatte, allerdings lag er vom Schmerz blind am Boden und konnte sich nicht mehr rühren.

Das Pferd, das Jason verwundet hatte, taumelte, aus dem tiefen Schnitt an seinem rechten Vorderbein strömte Blut. Roo stand bereits wieder und machte sich auf den nächsten Angriff gefasst. Luis warf seinen Dolch und traf einen der Männer in den Hals. Der war tot, bevor er noch ganz aus dem Sattel gekippt war.

Der abgeworfene Reiter stöhnte und lag am Boden, und nun hatten es Roo und Luis nur noch mit jeweils einem Gegner zu tun. Luis zog einen zweiten Dolch aus dem Stiefel und duckte sich. Die beiden Männer besprachen sich leise, da ihnen nicht entgangen war, dass Luis' gekonnte Handhabung des Dolches ihn zu einem äußerst gefährlichen Gegner machte.

Mit lauten Schreien trieben sie ihre Pferde an, und scheinbar wollten sie beide Männer angreifen, doch im letzten Augenblick riss der eine, der auf Roo losgestürmt war, sein Pferd herum und ging Luis von hinten an. Luis warf seinen Dolch auf den Reiter vor ihm, der sich jedoch hinter dem Hals seines Pferdes duckte und so fast kein Ziel bot.

Luis hatte dies erwartet und niedriger gezielt, auf den Schenkel des Mannes. Die Klinge traf auch, und der Mann heulte vor Schmerz auf, während er versuchte, von Luis wegzukommen, der von seinem Gefährten angegriffen wurde.

Doch Luis hatte noch einen dritten Dolch, den er unter dem Hemd verborgen trug, und warf diesen in dem Augenblick, als sich der Reiter wieder aufrichtete. Die Klinge traf den Mann in der Kehle, und er fiel rücklings aus dem Sattel.

Roo ging auf den anderen Reiter los, der Luis von hinten angriff. Während der auf Luis einschlug, der sich gerade umdrehte und einen weiteren Dolch aus der Schärpe zog, hob Roo das Schwert über den Kopf.

Der Reiter hieb auf Luis ein, der auszuweichen versuchte, doch der Reiter kam nach und verpasste Luis an der rechten Schulter einen tiefen Schnitt. Roos Klinge traf den Reiter von hinten und fuhr tief in dessen Bein. Der Knochen lag offen, und der Reiter schrie vor Schmerz auf, versuchte, das Pferd herumzureißen, doch er verlor das Bewusstsein, als ihn der Schock übermannte.

Roo tötete ihn sofort.

Er rannte zu Luis, der ebenfalls kaum mehr bei Bewusstsein war. Gerade wollte er etwas zu ihm sagen, als er hinter sich einen Schrei vernahm.

Roo wirbelte herum. Der Reiter, der abgeworfen worden war, stand über Jason. Der junge Buchhalter stützte sich auf einem Ellbogen hoch, das Blut lief ihm aus einer Kopfwunde übers Gesicht, und eben holte der Soldat zum tödlichen Schlag aus.

»Nein!«, brüllte Roo und rannte los. Seine Beine waren schwer wie Blei, jeder Schritt erschien ihm unwirklich langsam. Er wollte schneller voran, doch der Hieb des Soldaten senkte sich wie ein Blitz, und Jason schrie vor Schmerz auf. Er hatte sich herumgeworfen, und der Hieb, der ihn zum Verstummen hätte bringen sollen, ließ ihn aufschreien.

Roo holte mit dem Schwert aus und legte alle Kraft in den Schlag. Er verfehlte den Körper des Soldaten, doch er traf das Handgelenk des Mannes, und das Schwert flog durch die Luft – die Hand hielt immer noch das Heft.

Der Mann starrte ungläubig auf den blutenden Stumpf und sah den nächsten Hieb gar nicht kommen, der den ungedeckten Hals traf und sein Leben beendete.

Roo kniete sich neben Jason, der vor Schmerz und Schreck die Augen weit aufgerissen hatte. »Roo«, stöhnte er und krallte sich in Roos Hemd fest.

»Ich bin da«, antwortete Roo und hob vorsichtig Jasons Kopf.

Jasons Blick ging ins Leere, als könnte er nicht mehr sehen, und Roo stellte fest, dass sein Buchhalter tödlich verwundet war. Die Verletzung am Kopf stammte vom Huf des Pferdes, doch aus der Bauchwunde wurde Blut in schnellen Stößen gepumpt. Tief in seinen Eingeweiden musste eine Arterie durchtrennt worden sein. Jasons Leben ergoss sich buchstäblich auf den Boden.

»Es tut mir leid.«

»Du hast dich wacker geschlagen«, tröstete ihn Roo.

»Es tut mir leid, dass ich dich betrogen habe.«

»Was meinst du damit?«, fragte Roo.

»Ich war derjenige, der Sylvia Esterbrook mit Informationen für ihren Vater versorgt hat«, sagte Jason und spuckte Blut.

»I-ich verstehe nicht«, stammelte Roo. »Woher hast du sie gekannt?«

»Als du zum ersten Mal zu Barret gekommen bist, habe

ich dir von ihr erzählt und dir gesagt, wie wunderbar sie sei.«

Roos schwirrte der Kopf. Der Kampf, seine Wunde und jetzt dies. »Jason, wie habt ihr das gemacht, Sylvia und du?«

»Ich habe Nachrichten an ihre Dienerin geschickt« erklärte Jason. »Sie hat mir zurückgeschrieben. Sie hat mir versprochen, eines Tages, wenn ich reich wäre, würde sie mich ihrem Vater vorstellen.«

Roo war wie vor den Kopf gestoßen. Sylvia hatte ihn selbst, Duncan und auch noch Jason zum Narren gehalten.

»Roo«, fuhr Jason einen Augenblick später fort, »bitte, vergib mir.«

Roos Blick schweifte im Wald umher, wo Luis bewusstlos oder vielleicht sogar tot lag und sich die Frauen und Kinder in einer Höhle versteckten. »Es macht nichts, Jason. Es ist nicht schlimm ...« Das war alles, was er über die Lippen brachte.

»Einmal hat sie mich geküsst, Roo«, sagte Jason leise. »Als uns niemand gesehen hat, während sie in die Kutsche stieg, hat sie sich zu mir rübergebeugt und mich auf die Wange geküsst.«

Er verdrehte die Augen und starb.

Roo saß reglos da und wusste nicht, ob er weinen oder lachen sollte. Der Junge war in dem Glauben gestorben, diese mörderische Hure wäre ein vollkommener Engel gewesen. Roo hatte nur Luis erzählt, dass Sylvia tot war. In Gedanken zog er den Hut vor dieser Schlampe, denn sie hatte gewusst, wie sie von einem Mann das bekommen konnte, was sie wollte. Duncan hatte sie Macht und Geld versprochen. Jason hatte sie die Geschichte von der Prinzessin und dem einfachen Mann erzählt, die in wahrer Liebe zueinanderfinden – ein Kuss auf die Wange und Liebesbriefe. Und Roo? Er lachte verbittert, während er Jasons Kopf auf den feuchten Boden sinken ließ.

Nachdenklich erhob er sich. Roo hatte sie eine vollkommene Liebe versprochen, die es nicht gab.

Ehe er Sylvia kennengelernt hatte, war Liebe für Roo nur ein Mythos gewesen, an den Menschen glaubten, die nicht so intelligent waren wie er selbst, oder eine zweckdienliche Lüge, mit der man ein Mädchen dazu brachte, die Beine zu spreizen. Doch nie zuvor hatte er die Liebe so sehr als Lüge empfunden wie in diesem Augenblick. Selbst im Grab verfolgte ihn Sylvia noch.

Er trat an Luis' Seite und verstand nicht, wie drei Männer in derselben Frau drei völlig verschiedene Menschen sehen konnten, wie jeder ihren Lügen so bereitwillig Glauben hatte schenken können. Und wieso verspürte er noch immer solche Sehnsucht nach ihr, obwohl er sie zugleich zutiefst verabscheute?

Luis' Atem ging flach, sein Gesicht war leichenblass. Er stöhnte, als Roo ihn bewegen wollte, und er versuchte Roo zu unterstützen, als Roo ihn anhob und seine unverletzte Schulter unter Luis' guten Arm schob. Halb taumelnd zog Roo seinen Freund auf die Höhle zu.

Als er nur noch ein Stück davon entfernt war, lugte Helen Jacoby heraus, sah, wie sich Roo mit Luis abkämpfte, und eilte herbei, um ihm zu helfen.

Sie brachten Luis in die Höhle, die groß, wenn auch nicht tief war. Von draußen fiel ausreichend Licht herein. Karli hielt erschrocken die Luft an, als sie die Höhle betraten, und mit Tränen in den Augen fragte sie: »Jason?«

Roo schüttelte den Kopf.

Helen versorgte Luis, während Karli sich alle Mühe gab, ihren Kummer vor den Kindern zu verbergen, um sie nicht noch mehr in Angst und Schrecken zu versetzen. »Was waren das für Männer?«, fragte Karli.

»Deserteure aus der Armee der Königin.«

»Werden noch mehr kommen?«, erkundigte sich Helen.

»Sehr wahrscheinlich«, antwortete Roo und ruhte sich auf dem Boden der Höhle einen Augenblick lang aus. »Ich weiß nicht, ob sie unbedingt hier entlangkommen, doch auf jeden Fall müssen wir uns vor allen Reitern oder Männern zu Fuß hüten, bis wir sicher sind, dass es sich um Soldaten des Königreichs handelt.« Er seufzte und erhob sich. »Ich werde ihre Pferde suchen und nachschauen, ob ich bei ihnen irgendetwas Brauchbares finde.«

Er musste auch Jason und die vier anderen Toten begraben, hielt es jedoch für besser, das nicht zu erwähnen.

So taumelte er den Hügel hinunter.

Das verwundete Pferd stand nur ein paar Meter entfernt, die anderen hingegen waren den Hügel hochgezogen und fraßen von dem kargen Gras, das auf einer kleinen Lichtung wuchs. Was Pferde betraf, konnte Roo lange nicht so gut mit ihnen umgehen wie Erik, doch ein Blick auf die tiefe Wunde des Pferdes verriet ihm, dass es sich ohne die Hilfe eines Heilers nicht erholen würde; das Tier hinkte, als wären seine Beine gefesselt.

Ruhig ging er zu den anderen Pferden hinüber, schnalzte mit der Zunge und sprach leise auf sie ein. Zwei der Tiere wichen vor ihm zurück, beim dritten erwischte Roo die Zügel. Roo durchsuchte die zusammengerollten Schlafdecken und fand nur wenig von Wert, einen silbernen Kerzenleuchter und ein paar Münzen.

Roo band das Pferd an einen Ast und fing das zweite ein.

Auch bei ihm entdeckte er nur wenig Wertvolles und ansonsten nichts Brauchbares.

Das dritte Pferd war mehr daran interessiert, Fangen zu spielen als zu fressen, und nachdem Roo es fünfzig Meter weit gejagt hatte, warf er Steine nach ihm, wodurch er es ganz verscheuchen wollte, damit das Tier, falls jemand es finden sollte, denjenigen nicht zu Roo führte.

In einem der toten Männer steckte einer von Luis' Dolchen, und Roo zog ihn heraus. Rasch tötete er das lahme Pferd – sein Wiehern ließ die zwei verbliebenen Pferde scheuen. Allerdings hatte er die fest angebunden.

Dann wandte er sich der grausigen Aufgabe zu, die Leichen zu durchsuchen.

Wie alle ehemaligen Soldaten ekelte ihn der Gedanke, die Toten auszuplündern, aber wenn die Männer etwas von Wert bei sich getragen hatten, dann am Leib. Er entdeckte drei Beutel mit Gold und einen mit Juwelen. Roo verstaute die Wertsachen auf einem der verbliebenen Tiere und warf danach die Waffen auf einen Haufen. Es waren sechs Dolche, ein langes Messer und sechs Schwerter.

Er trug die Waffen zur Höhle und legte sie darin ab. »Wie geht's Luis?«, fragte er Helen.

»Nicht gut«, antwortete sie leise. Sie blickte Roo an und schüttelte leicht den Kopf.

Roo hatte in seinem Leben genug Wunden gesehen, um zu wissen, dass Luis die Nacht vielleicht nicht überleben würde. Er wandte sich ab und ging den Hügel hinunter. Die Pferde würde er holen, wenn er sich um die Toten gekümmert hatte.

Er hatte keine Schaufel, daher kam es nicht in Frage, sie in der Erde zu begraben, es sei denn, er würde dafür sein Schwert benutzen. Dann fand er eine kleine Bodenspalte in dem trockenen Bachbett und wälzte die Leichen hinein. Der Gedanke, Jason mit diesen vier Deserteuren zu bestatten, war ihm zuwider, doch die Sicherheit seiner Familie ging vor.

Mit dem schlechtesten der sechs Schwerter wühlte er Erde auf und bedeckte die Leichen, dann holte er Steine, um sie darüberzulegen. Nach einer Stunde war er von der schweren Arbeit erschöpft und kniete vor dem Grab, um die Steine so gut wie möglich aufzuschichten. Danach deckte er Zweige und Äste darüber, damit niemand, der des Weges kam, das Grab bemerken würde.

Gerade als er den letzten Stein auf dem Grab platzierte, stieß ihn etwas von hinten an.

Roo drehte sich um und wollte schon nach dem Schwert greifen, als er sah, dass ihm ein Pferd ins Auge blickte. Es war das Tier, das er verjagt hatte und nun neugierig herangekommen war, weil es wissen wollte, was er da tat. Und da nun diese Arbeit dem Pferd ebenfalls uninteressant erschien, hatte es Roo auf sich aufmerksam gemacht.

Roo schnappte sich die Zügel. Das Pferd scheute, wich zurück und zog Roo so auf die Beine. Er riss einmal kräftig an den Zügeln, rief »Hü!« und ließ wieder locker, damit das Pferd nicht in Panik geriet.

Das Tier gehorchte und blieb stehen. Roo führte es zu den anderen und band es an einem Baum fest. Er durchstöberte die zusammengerollte Decke hinter dem Sattel und brachte erneut Gold und Edelsteine zum Vorschein.

Roo sah sich nach einer Stelle um, wo er die Pferde besser verstecken konnte, fand jedoch keine.

Erschöpft stapfte er den Hügel hinauf. Was für eine Ironie des Schicksals war das: Mit großer Mühe hatte er die fünf Leichen begraben, und jetzt standen die drei Pferde da und verrieten jedem, der des Weges kam, seine Anwesenheit.

Ein Blick auf das tote Tier sagte ihm, dass er es nicht verbergen konnte, dennoch entschied er, mit dem Aufbruch noch bis zum nächsten Tag zu warten. Das tote Tier zu verstecken war zudem sinnlos, solange er die lebenden nicht irgendwo in den Wald führte.

Als er in die Höhle kam, hatte Karli den Kindern gerade Brot und Käse gegeben. Er nahm das, was sie ihm reichte, und setzte sich. Nie zuvor hatte er sich so müde gefühlt.

»Seine Atmung geht wieder besser, glaube ich«, sagte Helen.

Roo blickte zu Luis hinüber und konnte keinen Unterschied feststellen. »Du hast recht«, log er.

Roo kaute auf dem Brot herum, das während der letzten Tage trocken geworden war. Wenigstens war es etwas zu essen, so wie auch der harte Käse.

»Wir haben noch einen Schlauch mit Wein«, sagte Karli und reichte ihn Roo.

Er dankte ihr und nahm einen Schluck. Der Wein schmeckte zusammen mit dem Käse eigentümlich, dennoch war Roo zufrieden.

»Was werden wir nun tun?«, fragte Helen.

»Wir haben drei Pferde. Wenn wir Luis auf eins heben können und die Kinder auf die beiden anderen steigen, können wir morgen aufbrechen.«

Helen warf einen Blick auf Luis, und der Zweifel stand ihr ins Gesicht geschrieben, doch sie erwiderte nichts. Karli versuchte, tapfer zu lächeln, was ihr allerdings misslang.

Roo kaute und schluckte und lehnte sich so bequem wie möglich gegen den Fels. Nachdem er gegessen hatte, ging er noch einmal den Hügel hinunter und kehrte mit den vier zusammengerollten Decken der Deserteure zurück. Es war ihm gleichgültig, wie schmutzig sie waren, in diesen Wäldern konnte es nachts sehr kalt werden, und ein Feuer durften sie nicht machen.

Nachdem sie die Decken ausgebreitet und sich alle schlafen gelegt hatten, saß Roo da und starrte in die Nacht hinaus. Die Stunden verstrichen, und trotz all seiner Erschöpfung wagte er es nicht einzuschlafen.

Irgendwann um Mitternacht erschien Helen Jacoby an seiner Seite und setzte sich neben ihn. Leise, als wollte sie die anderen nicht wecken, sagte sie: »Ich glaube, es wird schon wieder mit ihm werden.«

Roo flüsterte zurück: »Du hast noch keinen Verwundeten gesehen, den man zwei Tage am Sattel festgebunden hat. Vielleicht bringen wir ihn dadurch um.«

»Können wir nicht noch einen Tag hierbleiben?«

»Nein«, antwortete Roo. »Und Luis würde darauf bestehen, euch in Sicherheit zu bringen. Mit jedem Tag kommen mehr Soldaten und auch mehr Deserteure in dieses Gebiet.«

Helen schob den Arm unter seinen und legte ihren Kopf an seine Schulter, als wäre dies die natürlichste Sache der Welt. Sie drückte seinen Arm, und er spürte deutlich ihre vollen Brüste und roch den Duft ihres Haares. Endlich sagte sie: »Danke, Roo.«

»Wofür?«

»Weil du ein so freundlicher und fürsorglicher Mann bist. Du hast für meine Kinder alles getan, was ein Vater tun würde. Du hast uns beschützt, wo andere Männer uns mittellos in die Not entlassen hätten.«

Lange Zeit schwiegen sie, und dann bemerkte Roo etwas Warmes an seiner Schulter, als ihre Tränen den Stoff seines Hemdes nässten. Er tätschelte ihre Hand und wusste nichts zu sagen.

Schließlich legte sie ihm die Hand auf die Wange und drehte sein Gesicht herum. Sie küsste ihn sanft auf die Lippen und hauchte: »Du bist ein guter Mann, Roo. Die Kinder lieben dich.« Und nach einer Pause fügte sie hinzu: »Und ich liebe dich auch.«

Roo schwieg zunächst, dann sagte er: »Du bist die beste Frau, die ich kenne, Helen. Ich bewundere dich.« Er ließ den Kopf hängen, konnte ihr nicht in die Augen sehen, obwohl man in der Dunkelheit sowieso nicht viel erkennen konnte. »Und ich wäre ein Lügner, würde ich behaupten, ich hätte noch nie auf jene Weise an dich gedacht, wie Männer an Frauen denken. Doch um die Wahrheit zu sagen, ich kann einfach nicht an die Liebe glauben.«

Lange Zeit erwiderte sie kein Wort, dann erhob sie sich und kehrte zu den Kindern zurück.

Roo blieb den Rest der Nacht allein.

Entscheidungen

Miranda schritt hin und her.

Macros fuhr sie an: »Könntest du damit nicht aufhören, bitte?«

Sie setzte sich. Seit Tagen hatten sie den Spalt zwischen Midkemia und Shila studiert und einige ungewöhnliche Eigenschaften daran festgestellt.

Macros hatte viel Zeit damit verbracht, die Struktur der Magie zu untersuchen, und war zu dem Schluss gekommen, dass der Spalt von dieser Seite aus versiegelt worden war. Er hatte seine Vermutungen Miranda mitgeteilt, die daraufhin nur gesagt hatte, sie hätte keine Ahnung, wovon er spräche.

»Wie lange willst du das Ding denn noch anstarren?«, fragte sie.

»Bis ich weiß, womit ich es zu tun habe.«

Sie seufzte. »Was musst du denn noch wissen?«

»Da gibt es noch einiges. Ich würde zum Beispiel gern wissen, wie es den Pantathianern gelungen ist, einen Spalt zu öffnen, den Pug nicht bemerkt hat. Ich würde gern wissen, wieso dieser einige wichtige Eigenheiten besitzt, die ich noch bei keinem anderen gesehen habe. Dieser ähnelt sehr stark jenen Spalten, die durch ein Zuviel an Magie zustande kommen, obwohl er trotzdem sehr stabil ist, so wie die künstlichen Spalte der Tsurani. Was mir am meisten Sorgen bereitet, ist die Art der Magie. Einer solchen Magie bin ich noch nie begegnet. Diese ist fast ›organisch‹, wenn ich es benennen müsste, fast lebendig.«

»Lebendig?«

»Die meisten Spalte sind wie Tunnel oder Türen. Dieser ist wie … eine Wunde.«

»Du scherzt doch?«

»Sieh zu«, sagte er und machte eine Geste mit der Hand. Magische Energien wurden zum Leben erweckt, ein schimmerndes Tor aus blauweißem Licht, das mit Strängen blaugrüner Energie verwoben war, so dicht, dass sich nichts hindurchquetschen konnte.

»Das weiße Licht ist die Energieschwingung des Spalts. Merkst du, wie es sich leicht bewegt, als würde es atmen?«

»Energieschwingung?«

»Jede Erscheinung von Magie hinterlässt ihre eigene Kennung, ein Muster von Kräften, das dir viel darüber verraten kann, was passiert ist. Spalte sind, jeder für sich, einzigartig, und doch haben sie vieles gemein. Sie sind einzigartig, weil jeder sich auf seine besondere Art und Weise verhält, und zwar im Hinblick darauf, wo er herkommt und wohin er geht, doch gemeinsam haben sie viele Eigenschaften. Dieser Spalt ist *einzigartiger* als andere. Tatsächlich ist er *vollkommen* einmalig.« Er rieb sich das Kinn. »Zu gern würde ich jetzt den Spalt in das Dämonenreich untersuchen. Er könnte uns einen Hinweis darauf geben, wer diesen hier geschaffen hat.« Seufzend lehnte er sich zurück. »Ganz bestimmt waren das nicht die Pantathianer. Jemand anders hat ihnen die Werkzeuge in die Hand gegeben, dies zu vollbringen.«

»Wer?«

»Ich weiß es nicht.« Er zeigte auf den Spalt. »Dieser wurde von der anderen Seite geöffnet. Wenn du genug dieser Risse in Raum und Zeit studiert hast, kannst du zwischen der sendenden und der empfangenden Seite unterscheiden. Und du kannst auch sehen, ob es ein Portal von beiden Seiten ist, was hier der Fall ist.« Er schüttelte den Kopf und gab damit seiner Verwunderung Ausdruck. »Also, diese andere Energie«, fuhr er fort und deutete auf das Gewebe, »die ist sogar noch ungewöhnlicher.«

»Worum handelt es sich denn?«

»Offensichtlich um eine Barriere, aber eine, deren Verständnis sich mir verschließt.« Er winkte sie mit sich und trat näher heran. »Was kannst du dort sehen?«, fragte er, indem er auf einige der Stränge zeigte.

»Dunkelgrüne Stränge.«

»Hmm. Für mich sind sie eher hellgrün. Nun ja, sieh genauer hin.«

Sie beugte sich vor und studierte die Stränge. »Sie sind nicht ganz gleichmäßig.«

»Ja!«, sagte er entzückt. »Ich glaube, sie wurden durchbrochen und wieder verbunden.«

»Von wem?«

Macros setzte sich. »Wenn stimmt, was Hanam uns erzählt hat, war er ungebetenerweise dabei, als der dritte Dämon hindurchgeschickt wurde. Vermutlich sind die beiden ersten auf Pantathianer gestoßen. Der erste hat mit ihnen gekämpft und viele getötet, während der zweite, dieser Jakan, entkommen konnte. Der erste Dämon war vielleicht jener, den ihr entdeckt habt, als ihr mit Calis hier gewesen seid, der gewaltige Töter, der von der Magie der Pantathianer in den Wahnsinn getrieben worden ist.«

»Also ist Jakan entkommen, hat in diesen Höhlen herumgeschnüffelt, unterwegs getötet und so seine Kraft vergrößert«, meinte Miranda.

»Ja. Schließlich haben sich die Pantathianer hier versammelt und diesen Spalt abermals versiegelt.«

»Das muss zu dem Zeitpunkt gewesen sein, als sie ihre tiefste Höhle entdeckt und ihre Hohepriester getötet haben.«

Macros nickte. »Ich frage mich nur, was mit dem ersten Dämon geschehen ist.«

Miranda blickte sich um. »Er wird doch wohl tot sein, hoffe ich.«

Macros lachte. »Er treibt sich hier immer noch herum, aber ich denke, wir beide zusammen sollten mit ihm fertigwerden. Er wird hier nicht mehr viel zu fressen finden, und nach dem, was du mir erzählt hast, ist auch von seinem Verstand nicht viel geblieben.«

»Es ist schwierig, den Verstand eines Dämons einzuschätzen, wenn er gerade im Kampf mit einem Dutzend pantathianischer Schlangenpriester steht.«

»Das ist wahr«, stimmte Macros zu. »Wir haben also drei Möglichkeiten, dieses Problem anzugehen. Wir können abwarten, ob noch jemand versucht, von der anderen Seite her hier einzudringen. Wir können diese Barrieren entfernen, dann wäre jedoch alles, was sich auf der anderen Seite befindet, in der Lage, ohne fremde Hilfe herüberzukommen. Oder wir können die Barriere zerstören und durch den Spalt hindurchgehen.«

»Mir würde die vierte Möglichkeit am besten gefallen.«

»Die da wäre?«

»Wir geben unser Bestes, um diese Barriere zu verstärken.«

Macros schüttelte den Kopf. »Nein, das werden wir bestimmt nicht tun.«

»Warum nicht?«

Macros sah seine Tochter an. »Ich nehme an, du hast dich noch nicht sehr oft mit Spalten beschäftigt?«

»Eher noch gar nicht. Ich weiß so gut wie nichts darüber.«

Macros zuckte mit den Schultern. »Nun, zu diesem Thema befinden sich einige meiner Werke in Pugs Bibliothek. Da wir jedoch nicht warten können, bis du dort hingegangen bist und sie studiert hast, werde ich sie für dich zusammenfassen: Egal, welche Barrieren wir zu den bereits bestehenden hinzufügen, solange es den Spalt gibt, kann man ihn auch öffnen. Wir müssen ihn nicht nur zerstören, wir müssen zudem dafür sorgen, dass die Dämonen keinen neuen schaffen.«

»Bisher hatte ich stets den Eindruck, die Dämonen wären dem pantathianischen Spalt gefolgt«, meinte Miranda. »Oder hast du mir etwas verschwiegen?«

»Eigentlich nicht. Es ist nur närrisch, Vermutungen anzustellen. Wir wissen beide, hier oben«, er tippte sich mit dem Finger an die Stirn, »ist einiges von unserem Wissen verschlossen. Uns beiden ist es aus gutem Grund lieber, dieses verborgene Wissen nicht anzutasten, aber wir wären dumm, wenn wir allein aus dieser Tatsache nicht einige Schlüsse ziehen könnten.«

»Und zwar?«

»Und zwar, dass noch jemand bei der Erzeugung dieser Spalte seine Hand im Spiel hatte. Nach allem, was wir wissen, haben es die Dämonen ausgenutzt, als die wahnsinnigen Priester von Ahsart das Siegel zwischen dem Dämonenreich und Shila geöffnet haben, doch noch niemand hat die Frage gestellt, wer dieses Portal ursprünglich geschaffen hat. Und was hat die Priester dazu gebracht, den Spalt zum Dämonenreich zu öffnen? Welcher Zwang, welche Besessenheit hat sie zu dieser wahrlich närrischen Handlung veranlasst? Außerdem wissen wir, wie leicht die Pantathianer mit den Saaur hindurchkamen, während die Dämonen hart um den Zugang kämpfen müssen. Ausgehend von dem Konflikt zwischen ihnen, sind sie bestimmt keine Verbündeten.«

»Oder Verbündete, die sich zerstritten haben.«

»Das wäre immerhin möglich«, gestand ihr Vater ein.

»Na ja, darüber könnten wir bis ans Ende der Zeit streiten. Was schlägst du also vor?«, fragte Miranda.

»Wir warten ab. Ich habe so ein Gefühl, dass es hier, sobald Pug und Hanam ihre Aufgabe auf ihrer Seite des Spalts erledigt haben, recht lebendig werden könnte.«

Miranda seufzte. »Haben wir denn dafür Zeit?«

Macros zuckte abermals mit den Schultern. »Ein paar Tage jedenfalls.«

Miranda erhob sich. »Dann werde ich mich zum Eiland des Zauberers teleportieren und ein Bad nehmen. Ich bringe dir auch etwas zu essen mit.«

Macros schüttelte den Kopf. »Lass nur. Sag Gathis, ich würde in Kürze vorbeikommen. Ich werde ihn besuchen und etwas bei ihm essen. Es wird schön sein, ihn mal wieder zu sehen. Dann werde ich mir ebenfalls ein Bad genehmigen.«

Sie lächelte. »Gut. Ich wollte eigentlich nichts sagen …«

Er erwiderte ihr Lächeln. »Ich weiß, ich bin dir nie ein Vater gewesen, doch die Frau, die aus dir geworden ist, mag ich sehr.«

»Danke«, gab sie steif zurück.

»Ehe du gehst, würde ich gern noch eins wissen.«

»Ja?«

»Pug.«

»Was ist mit ihm?«

»Wirst du ihn heiraten?«

»Wenn er um meine Hand anhält«, antwortete sie. »Ich liebe ihn, und ich glaube, wir würden ein schönes Leben zusammen führen.«

»Ohne Frage habe ich mich nicht als Experte erwiesen, wenn es um Liebe geht.« Macros seufzte, als ihn die Erinnerung heimsuchte. »Deine Mutter war eine bemerkenswert schöne und dabei außergewöhnlich arglistige Frau. Ich kann zwar nicht behaupten, dass ich damals jung war, doch ich war unerfahren, und zuerst hatten wir es sehr schön zusammen.« Mit einem Stirnrunzeln fuhr er fort: »Als du geboren wurdest, sind wir beide damit nicht zurechtgekommen, und dafür möchte ich dich um Verzeihung bitten.«

»Was geschehen ist, ist geschehen«, meinte Miranda nur.

»Das ist wahr, aber zumindest bedaure ich doch einiges.«

»Nur einiges?«

»Nun, es gefällt mir, was aus dir geworden ist, und selbst wenn ich könnte, wüsste ich nicht, ob ich etwas anders machen würde, denn durch eine Veränderung deiner Vergangenheit würdest du heute vielleicht weniger sein, als du es nun bist.«

»Oder mehr.«

Er lächelte. »Ich wüsste nicht, wie das möglich sein sollte.«

Sie lächelte ebenfalls. »Danke.«

»Ich meine es wirklich so.« Er lehnte sich zurück und starrte den Spalt an. »Pug kann sich glücklich schätzen, und falls er dich nicht fragt, wirst du das übernehmen. Ich glaube, ihr beide braucht einander.«

»Ich dachte, du wärst kein Experte in diesen Dingen.«

»Es ist das Vorrecht eines Vaters, unwillkommene Ratschläge zu geben. Und jetzt mach dich auf und nimm ein Bad.«

Sie verschwand, und er seufzte erneut. Doch das Bedauern über seine Fehler in der Vergangenheit verflüchtigte sich, als er seine Aufmerksamkeit wieder dem Spalt zuwandte und sich fragte, was wohl auf der anderen Seite vor sich gehen mochte.

Pug stand keuchend da, seine Robe war zerrissen, sein Gesicht schweißüberströmt. Er und Hanam hatten gerade mit sechs mannsgroßen Fliegern gekämpft, und die Auseinandersetzung hätte ihre Mission beinahe zu einem vorzeitigen Ende gebracht.

Eine dieser Kreaturen allein hätte gegen keinen von ihnen auch nur den Hauch einer Chance gehabt, doch drei gegen Pug und drei gegen den Meister des Wissens der Saaur, da war die Sache schon enger geworden. Pug hatte drei der Dämonen verdampfen lassen. An den verbliebenen dreien tat sich Hanam gütlich.

Fasziniert beobachtete Pug, wie Hanam das Fleisch fraß und die Energien trank. Indem er eine andere Wahrnehmungsebene einnahm, konnte er sehen, wie der Meister des Wissens den Dämon, dem er innewohnte, mit seiner Intelligenz ausspielte. Nachdem der Schmaus vorüber war, erklärte Hanam: »Jetzt werde ich mich leichter konzentrieren können.«

»Wie weit haben wir es noch?«

»Die Dämonen sind nicht gerade schlau, doch ihre Patrouillen schwärmen auf der Suche nach Fressbaren immer weiter aus.« Er zeigte auf die Überreste der Flieger, die überall auf dem Fels verteilt lagen. »Diese hier haben alles, was sie finden, nach Cibul bringen sollen, um die Hauptleute zu stärken, die versuchen, den Spalt in Eure Welt zu öffnen.« Er blickte sich um, als würde er befürchten, erneut von Dämonen entdeckt zu werden. »Wenn wir diesem Kurs folgen, werden wir viele Dämonen umgehen.«

»Länger als einen Tag fliegen wir nun schon über Eis«, sagte Pug.

»Ja.« Der Dämon zeigte nach Süden. »Dort werden wir Cibul finden. Erst wenn wir nahe dran sind, werden wir uns vor den Sinnen der Dämonen verbergen müssen. Doch seid gewarnt, die Magie, mit der Ihr die einfachen Dämonen in Verwirrung stürzen könnt, mag bei den Hauptleuten und Herrschern keine Wirkung zeigen.«

»Ich werde tun, was getan werden muss.«

»Dann sollten wir einen Plan entwerfen«, erwiderte Hanam. »Ich hege nicht den Wunsch, dieses Leben noch lange fortzusetzen. Meine Seele sehnt sich nach meinen Brüdern in der Himmlischen Horde hier in Shila. Also schlage ich Folgendes vor: Ich werde jeden großen Herrscher angreifen, auf den wir stoßen, und seine Wachen und Diener auf mich ziehen. So findet Ihr Zeit, den Spalt zum Dämonenreich zu untersuchen und zu schließen.«

»Ein tapferer Plan«, meinte Pug, »doch ich weiß nicht, ob er mir ausreichend Zeit einbringt. Es gibt da einige Dinge, die mir Sorge bereiten. Ich bin zwar eitel genug zu behaupten, dass ich mehr über das Wesen der Spaltmagie als jeder andere weiß, Macros eingeschlossen, doch bis zu dem Zeitpunkt, da ich den leeren Altar in Ahsart gesehen hatte, war ich der festen Überzeugung, dass man einen offenen

Spalt nicht verrücken kann. Demzufolge sind hier Mächte im Spiel, die mich an Wissen bei Weitem übertreffen. Und vielleicht wird es mir sogar unmöglich sein, den Spalt zu schließen.«

»Was werdet Ihr in diesem Fall tun?«

»Ich glaube«, antwortete Pug, »dann bleibt mir nichts anderes übrig, als den Spalt nach Midkemia zu zerstören und zu hoffen, dass dies ausreicht.«

»Wird Euch das möglich sein, während Macros das Gleiche von der anderen Seite her versucht?«

»Sicherlich wird einer von uns Erfolg haben.«

»Dann sollten wir uns unter sie mischen und tun, was wir können.«

Die Dämonengestalt warf sich mit einem gewaltigen Flügelschlag in die Luft und segelte den Berghang mehr hinunter, als dass sie flog. Als sie eine gewisse Geschwindigkeit erreicht hatte, stellte sie die Flügel auf und stieg hoch in den Himmel. Pug folgte ihr mittels seiner Magie.

Schließlich stießen sie hinab und flogen sehr niedrig, weil sie hofften, so der Entdeckung zu entgehen. Pug blickte nach Westen, wo die Sonne gerade unterging. Die Dunkelheit würde ihnen ein wenig helfen, wenngleich Dämonen des Nachts fast so gut sahen wie Katzen.

Sie schwebten über eine Welt hinweg, die von den fremdartigsten Mächten, die Pug je in seinem Leben kennengelernt hatte, verwüstet worden war. In dem Gebiet um die einst so prächtige Stadt Cibul gab es kein Leben mehr, weder Bäume noch Gräser, weder Menschen noch das kleinste Insekt. Es ging weit über die Zerstörung durch Krieg oder Waldbrände hinaus, denn an solchen Orten fand man immer noch Spuren von Leben, und sei es nur ein einzelner Grashalm.

Hier gab es nichts.

Als sie sich bis auf eine Meile der Stadt genähert hatten, sagte Hanam: »Verbirg uns, Magier.«

Pug konzentrierte sich auf die schwierige Aufgabe, sie beide unsichtbar zu machen, während sie weiterflogen. Die ungewohnte Anstrengung bereitete ihm fürchterliche Schmerzen. Nach ein paar Minuten ließ der Schmerz wieder nach, da Pug nun die Kombination der beiden Magien meisterte.

Während sie über die Stadt hinwegschwebten, richteten mehrmals Dämonen den Blick nach oben, als würden sie etwas spüren, doch keiner schlug Alarm. Pug hoffte nur, bald ans Ziel zu gelangen.

Hanam landete an einer Stelle, an der sich früher ein grüner Garten befunden hatte, von dem nun nur noch tote Pflanzen auf hartem Fels geblieben waren. Kein Moos, keine Flechten, keine Algen und nicht einmal Schimmelpilze waren an diesem einst blühenden Ort zu finden.

Nachdem sie den angrenzenden großen Saal betreten hatten, beendete Pug den Unsichtbarkeitszauber. »Seid Ihr wohlauf?«, fragte der Meister des Wissens.

»Ich werde einen Augenblick brauchen, bis ich meine Kraft wiedererlangt habe. Erst einmal muss ich tief durchatmen.« Pug brachte ein Lächeln zustande. »Es fällt mir zwar immer leichter, aber es wäre mir lieber, wenn ich mich nicht länger solchen Strapazen aussetzen müsste.«

»Verstehe. Ruht Euch hier eine Weile aus. Ich bin bald zurück.«

Und damit verließ der Dämon den Raum.

Pug setzte sich auf die Überreste eines großen Betts. Auch im schwachen Abendlicht konnte er erkennen, wie prächtig der Ort einst gewesen war. Hier hatte ein Edler der Saaur geschlafen, wenn nicht gar ihr Anführer oder seine Gattin.

Von draußen hörte Pug ein leises Schlurfen und war längst auf den Beinen, als Hanam eintrat und einen um sich tretenden Dämon hereinschleppte. Während Pug zusah, spaltete der Wissensmeister dem Dämon den Schädel und trank seine Lebensenergie.

»Ist das klug?«, fragte Pug.

»Notwendig. Ich werde mich Tugor oder Maarg entgegenstellen müssen, und wenn ich sie auch nur ein paar Minuten im Zaum halten will, muss ich so viel Kraft wie möglich sammeln. Wenn es mir um den Sieg ginge, würde ich noch monatelang Dämonen töten, bis sie auf mich aufmerksam würden und mir nachsetzten. Sollte es mir gelingen, die Jäger zu besiegen, würde ich mich demjenigen erklären, den ich herausfordern will. Dann würde es zu einem Duell kommen. Doch mein Verlangen steht nicht nach einem solchen Sieg. Ich will nur aus diesem Gefängnis raus.« Er tippte an die Kristallphiole, die an einer Kette um seinen Hals hing. »Und um diesen einen Gefallen möchte ich Euch bitten, Magier.« Er nahm die Phiole ab und reichte sie Pug. »Wenn dieser Kampf zu Ende ist, befreit meine Seele, indem Ihr die Phiole zerbrecht.«

»Was wird dann geschehen?«

»Ich werde frei sein, und der Dämon, dessen Körper ich beherrsche, wird vernichtet. Aber solange diese Phiole nicht zerbrochen wurde, kann jeder Dämon, dem sie in die Hände fällt, meine Gefangenschaft fortsetzen.«

Pug nickte, nahm die Phiole an sich und verstaute sie in seiner Robe.

»Die Zeit wird knapp«, sagte der Meister des Wissens. »Kommt.«

Sie eilten durch die Gänge bis zu einer großen Halle, in der sich mehrere Dämonen versammelt hatten. Zwei Spalte hingen in der Luft, nur wenige Meter voneinander entfernt, während seltsam gekleidete, gebeugte Gestalten zwischen ihnen hin und her schlurften. Die Dämonen bemerkten sie nicht.

»Wer sind sie?«, fragte Hanam.

»Ich erkenne sie«, antwortete Pug. »Sie sind Shangri, die man auch Panath-Tiandn nennt, Wesen, denen ich schon einmal begegnet bin. Sie leben auf der Welt Timiri, auf der Magie eine feste Form hat und durch Maschinen und Willen gesteuert wird. Es mag sein, dass sie mit den Pantathianern verwandt sind. Ich weiß nicht, welche Rolle sie in diesem Spiel eingenommen haben.«

»Und was tun sie hier?«

»Sie bewegen sich zwischen den beiden Spalten!«, fuhr Pug auf. »Sie wollen eine direkte Verbindung zwischen dem Dämonenreich und Midkemia herstellen!«

»Dann wird auch Maarg bald hindurchkommen.«

Einer der Dämonen drehte sich um und schlug Alarm. Hanam zögerte nicht, sondern warf sich auf die Kreatur zu. Doch anstatt sich länger mit ihr zu befassen, sprang er an ihr vorbei und schlitzte ihr dabei die Kehle mit den Krallen auf.

Ein Dämon, größer, als Pug es für möglich gehalten hätte, wandte sich um und rief: »Halt!«

»Tugor!«, brüllte Hanam. »Ich fordere dich heraus! Kämpfe mit mir und stirb!«

Die anderen Dämonen wichen zurück. Pug wusste nicht, ob sie ihn der Herausforderung wegen nicht beachteten, dennoch machte er sich schnell unsichtbar.

Hanam und Maargs Hauptmann hoben die Fäuste. Sofort wurde Pug klar, wie recht Hanam gehabt hatte, denn in einem fairen Kampf hätte Tugor den kleineren Dämon rasch getötet. Nur begriff der Hauptmann nicht, dass sich ihm keinesfalls ein kleinerer Dämon, sondern der Wissensmeister der Saaur entgegenstellte, der außerdem bereit war, in diesem Kampf sein Leben zu lassen.

Pug eilte zu den beiden Spalten und versuchte, sie zu ergründen. Die beiden schlurfenden Gestalten achteten nicht auf die Dämonen und arbeiteten teilnahmslos weiter an den Spalten. Als Pug ihnen vor Jahren zum ersten Mal begegnet war, hatte er sie als nahezu geistlose Diener einer unbekannten dunklen Macht kennengelernt, die geschickt mit diesem festen Stoff, der auf Midkemia eine unsichtbare Kraft war, umgehen konnten, ansonsten jedoch wenig Verstand hatten. Damals waren sie Diener gewesen, und so verhielt es sich auch hier.

Wieder einmal fiel Pug das verschlossene Wissen in seinem Kopf ein, und er ahnte, dass diese Kreaturen jener großen Macht dienten, die hinter all diesem Wahnsinn stand. Wenn er jedoch weiter darüber nachdachte, würde es ihn nur ablenken.

In aller Stille betäubte er beide Wesen, sodass sie zu Boden sanken.

Schnell untersuchte er den Spalt zum Dämonenreich. Er würde sich ohne Weiteres jederzeit öffnen lassen. Offensichtlich wartete Maarg, der große Herrscher, in seinem Reich, bis sein Hauptmann den Spalt nach Midkemia geöffnet hatte. Dann würde er leicht in die üppige, von Leben erfüllte Welt wechseln können, ohne sich lange auf Shila aufhalten zu müssen.

Pug wandte sich dem anderen Spalt zu, wobei er daran dachte, welche unangenehme Überraschung dort auf ihn warten würde, sollte Jakan den Stein des Lebens in die Finger bekommen.

Schreie des Schmerzes und der Wut ertönten. Der Dämonenherrscher war verletzt, denn anstatt Abstand zu halten, hatte der kleinere Dämon angegriffen und Wunden hingenommen, um dem größeren ebenfalls zu verletzen.

Pug versuchte, nicht auf den Kampf zu achten, denn er wusste, dass jede Sekunde zählte. Er betrachtete den Spalt nach Midkemia; die Shangri hatten kurz davorgestanden, die Barrieren auf der anderen Seite zu durchstoßen, woraus auch immer sie bestehen mochten. Sein Eingreifen hatte dem einen Riegel vorgeschoben.

Und dann hielt Pug mitten in der Bewegung inne, als er eine eiskalte Präsenz hinter sich spürte. Eine Stimme, die seine Knochen zu zermalmen schien, sagte: »Was haben wir denn hier?«

Pug drehte sich um und blickte in eine Fratze des Schreckens. Ein Gesicht von der Größe eines Drachen sah ihn durch den Spalt an.

Einen Augenblick lang verspürte Pug lediglich Erstaunen, weil dieser Spalt, der wie ein Loch in der Wand zwischen zwei Welten wirkte, so durchsichtig wie ein Fenster war. Doch die Faszination dauerte weniger als eine Sekunde an, verlangte doch das, was sich ihm da durch den Spalt hindurch entgegenstellte, seine ungeteilte Aufmerksamkeit.

Während andere Dämonen muskulös und stark aussahen, war Maarg fett. Die Wangen dieses Gesichts, das von der Stirn zum Kinn leicht acht Fuß maß, hingen schlaff nach unten. In den Augenhöhlen brannte ein Feuer, und von diesem Wesen ging das Böse aus wie schwarzer Rauch. Das Gesicht der Kreatur schien aus den Häuten lebendiger Wesen zu bestehen, die im Todeskampf noch zuckten. Ein Gesicht, das vor Qual verzerrt war, erstreckte sich über Maargs rechte Wange und stieß stumme Schreie aus. Einzelheiten der verschiedenen Körper, die der Dämonenkönig verschlungen und sich einverleibt hatte, wurden sichtbar, als sich die Kreatur der anderen Seite des Spalts näherte, um Pug genauer zu betrachten.

Der Körper hinter dem Gesicht war riesig. Maarg musste ungefähr zwölf Meter hoch sein, wenn er sich aufrichtete. Sein Leib war wie das Gesicht mit Wesen bedeckt, die im schwachen roten Licht der Heimatwelt der Dämonen zuckten und wogten. Flügel, hinter denen die Sonne verschwand, breiteten sich hinter ihm aus, und ein langer Schweif mit dem Kopf einer Schlange an der Spitze schlängelte und zischte und spuckte Pug über Maargs Schulter an.

Pug wartete nicht länger. Er wusste, dass es sonst im nächsten Augenblick um ihn geschehen wäre. Er drehte sich um, und mit aller Macht, die ihm zur Verfügung stand, drückte er den Spalt nach Midkemia auf.

»Tugor!«, rief es aus dem Dämonenreich, als der Raum von den Kräften, die Pug freigesetzt hatte, erbebte. Der Spalt nach Midkemia schien sich zusammenzuziehen, dann wieder auszuweiten, dann schoss er vor, mit einem Geräusch, als würde etwas reißen.

Und Pug stand Macros und Miranda gegenüber.

Macros kehrte zurück, nachdem er gegessen und gebadet hatte. »Das war wunderbar. Ich kann dir gar nicht sagen, wie sehr ich das Eiland des Zauberers vermisst habe.«

»Und, hat sich viel verändert?«, wollte Miranda wissen.

»Sehr vieles. Es wimmelt dort von Schülern, von denen manche wirklich interessant sind, wie ich zugeben muss. Gathis ist noch so wie immer. Als wäre ich erst gestern fortgegangen.« Macros seufzte. »Ich fürchte, er gehört inzwischen zum Inventar. Es wäre eine Schande, wenn ich ihn bitten müsste, mit mir zu kommen, wo er doch so gute Arbeit für Pug leistet. Warum …«

Plötzlich wurden seine Augen größer.

»Was ist?«, fragte Miranda.

»Ich weiß nicht. Etwas …«

Bevor er noch fortfahren konnte, wurde die Stille in der Höhle von einem scharfen Geräusch zerrissen. Im nächsten Moment brach der Spalt vor ihnen auf, und Pug stand auf der anderen Seite eines Fensters zwischen den Welten und sah sie an. Hinter ihm wurde ein riesiges Schreckensbild sichtbar.

Miranda erzeugte reflexartig einen magischen Schild, um sich zu schützen, doch ihr Vater reagierte, indem er vorsprang und auf der anderen Seite des Spalts neben Pug landete. Er erzeugte einen magischen Energiestoß von ungeheurer Heftigkeit, den er durch den offenen Spalt ins Dämonenreich richtete und dem Dämonenkönig ins Gesicht schleuderte. Der Schrecken, der den Namen Maarg trug, wich zurück und heulte vor Schmerz auf.

Miranda folgte ihrem Vater und rief: »Was ist passiert?«

»Sie haben den Spalt versetzt«, antwortete Pug. »Wir sind eingetroffen, als Maarg gerade herüberkommen wollte.«

»Du musst beide Spalten sofort schließen!«, rief Macros.

Pug blickte Mirandas Vater an und fragte: »Was willst du machen?«

»Dieses Ding ablenken«, gab Macros zurück und sprang durch den Spalt in das Dämonenreich.

»Vater!«, schrie Miranda. »Nein!«

Pug warf einen schnellen Blick hin zum anderen Kampf.

Hanam war es gelungen, seine Fangzähne in Tugors Hals zu schlagen. Pug konnte es nicht richtig einschätzen, doch es schien ihm, als würde der Meister des Wissens seinen Gegner mit sich in den Tod reißen. Die anderen Dämonen im Raum schreckten zurück, denn einer würde als Sieger hervorgehen, entweder Tugor, den sie fürchteten, oder der andere, der Tugor dann vernichtet hätte und den sie daher noch mehr fürchten mussten.

Auf der anderen Seite des Spalts zum Dämonenreich zog sich Maarg weiter zurück, während Macros' Flammen sein Gesicht versengten. Er hob zum Schutz den Arm und schrie vor Schmerz auf. Macros zielte mit einem blauen Flammenstoß direkt auf den Kopf des Dämonenkönigs.

Pug machte sich in aller Eile daran, den Spalt zu untersuchen. »Dieser ist jenen sehr ähnlich, die die Erhabenen der Tsurani geschaffen haben, als sie nach Midkemia kamen«, stellte er fest. »Man kann ihn zerstören, von innen.«

»Von innen?«, fragte Miranda erstaunt. »Wie kommen wir in einen Spalt hinein?«

Pug blickte sich ein letztes Mal um. »Indem man ihn aus dem Nichts angeht.«

Beide riskierten einen Blick auf Macros, der seinen Angriff auf den zurückweichenden Dämonenkönig fortsetzte. Vielleicht lag es daran, dass es ein so kleines Wesen war, das den Dämon anzugreifen wagte, vielleicht hatte er sich auch seit Jahren keinem Herausforderer mehr stellen müssen, jedenfalls befand sich Maarg in der Defensive. Er setzte schon seine riesigen Flügel ein, um Macros' Flammen von seinen Augen fernzuhalten.

Macros' Zauber endete, und die Flammen erloschen. Maarg betrachtete den Eindringling und langte nach vorn, als wolle er Macros mit seiner großen Hand ergreifen.

Macros hob beide Arme über den Kopf und riss sie sofort wieder nach unten, und gelbe Flammen schienen aus seinem Körper zu schießen. Der Dämonenkönig packte ihn an der Hüfte und schrie vor Schmerz und Zorn auf, als der Zauberer dieser Attacke widerstand.

»Können wir ihm nicht helfen?«, fragte Miranda.

»Nein«, antwortete Pug. »Wir müssen diesen Spalt schließen!«

»Das können wir nicht. Dann wäre Vater im Dämonenreich gestrandet.«

»Er wusste das vorher«, erwiderte Pug ruhig.

Miranda starrte ihren Geliebten einen Augenblick lang an, dann nickte sie.

»Wir werden es womöglich ebenfalls nicht überleben«, fügte Pug hinzu.

»Sag mir, was zu tun ist«, verlangte Miranda.

»Zuerst müssen wir uns den Rücken freihalten.« Er zeigte auf die beiden Dämonen, die nun in Augenschein nahmen, was sich zwischen den beiden Spalten zutrug.

Miranda meinte: »Nur zu gern«, und sandte einen magischen Energieblitz aus, ein blaues Licht, das die beiden Dämonen einhüllte und sie im Todestanz zucken ließ, während Pug mit seiner Untersuchung des Spalts zum Ende kam.

Daraufhin wandte er seine Aufmerksamkeit auf den Kampf jenseits der Stelle, wo der Dämon gerade versuchte, Macros mit bloßen Händen zu zerquetschen.

Der Zauberer saß im Griff des Dämons fest, doch er hatte seine Hände frei und konnte so einen weiteren Zauberspruch vollenden, während ihn die magischen Flammen davor schützten, zermalmt zu werden. Funkelnde weiße Lichter erschienen rings um den Dämonenkönig und begannen sich zu drehen. Jedes sah wie ein Diamant aus und reflektierte Licht von Myriaden von Facetten. Immer wieder stürzten sie in wogendem Muster auf Maarg zu, und wenn sie ihn berührten, schrie der Dämon jedes Mal in Todesangst auf.

»Keltons Messer«, erklärte Pug.

»Das ist ein besonders gemeiner Zauber«, meinte Miranda.

Die magischen Klingen wurden schneller und schneller und umsirrten den Dämonenkönig, doch während er inzwischen über und über mit Stichen bedeckt war, hielt er Macros noch immer fest. »Mensch!«, kreischte er. »Du sollst bis in alle Ewigkeit in einem Seelenglas sitzen und jeden Augenblick davon Qualen erleiden.«

Macros gelang es zu rufen: »Zuerst musst du mich töten.«

»Es ist an der Zeit«, sagte Pug. »Komm mit mir.«

Er nahm Miranda an der Hand, und sie sprangen in den Spalt, doch anstatt auf der anderen Seite wieder zum Vorschein zu kommen, beendete er ihren Flug im Nichts.

Miranda wartete, bis Pug ihr sagen würde, was sie zu tun hatte. Pug hatte sie gewarnt, dass manche Spalte nur von innen zu schließen waren, und ihr Vater und er hatten das während des Spaltkriegs einmal vollbringen müssen. Der Unterschied war nur, dass Pug damals aus dem Nichts nach Midkemia hatte zurückkehren können, weil er von Macros einen Stab bekommen hatte. Dieser war mit einem ähnlichen Stab verbunden gewesen, den Pugs alter Lehrer Kulgan auf Midkemia in die Erde gesteckt hatte.

Pug hoffte nur, dass ihm all die Fähigkeiten, die er während der letzten fünfzig Jahre erworben hatte, die Rückkehr nach Hause durch reinen Willen ermöglichen würden.

Mirandas Gedanken kamen durch das Nichts zu ihm. *Ich liebe dich.*

Ich dich auch, erwiderte Pug. *Lass uns anfangen.*

Eine Kälte, wie Miranda sie noch nie zuvor verspürt hatte, umfing sie beide. Ihre Lungen schrien nach Luft. Doch ihre Magie schenkte ihnen Minuten, wo schwächere Wesen noch im selben Augenblick zugrunde gegangen wären.

Pug wob mächtige Magie. Miranda unterstützte ihn, wo sie nur konnte, nahm Anweisungen von ihm entgegen. An diesem Ort ohne Zeit schien es ewig zu dauern, bis der große Zauber Form annahm. Als sie schon dachte, sie würden ihre Aufgabe nie vollenden, war es plötzlich vorbei.

Jetzt!, sagte Pug.

Miranda überließ ihm ihre ganze Macht und spürte, wie alle Kräfte aus ihrem Körper herausgesogen wurden.

Pug zerschmetterte den Spalt.

Einen Moment sahen sie das graue Gewebe des Nichts in Scherben zerspringen, und dahinter erhaschten sie einen Blick auf eine andere Realität. Pug erkannte sie als die aus seinem Fiebertraum, als er verwundet darniedergelegen hatte, und nun wusste er, dass sich hinter dem Nichts das Reich der Götter befand.

Und dann sahen sie, wie durch ein Fenster, den Kampf im Dämonenreich.

Maarg hielt Macros fest im Griff, und die Flammen, die vom Zauberer ausgehend seinen Arm hinaufliefen, verschmorten das Fleisch des Dämons, doch Maarg ließ nicht nach und versuchte, Macros' Verteidigung zu zermalmen. Der Zauberer schrie vor Schmerz auf, als sein Wille schwächer wurde. Der Dämonenkönig fiel auf die Knie, die Attacken des Zauberers forderten ihren Zoll, aber er widerstand der Versuchung, seinen Griff um den Schwarzen zu lockern.

»Stirb!«, dröhnte er und wollte Macros den Kopf von den Schultern beißen. Doch die Verteidigung des legendären Zauberers hielt, und die fußlangen Fangzähne kamen nicht bis zu Macros durch.

Der Schwanz des Dämons erschien über seiner Schulter, und der Schlangenkopf zischte und enthüllte lange, gifttriefende Zähne. Die Schlange stieß zu, mit unglaublichem Willen und unglaublicher Kraft.

Macros aber ergriff die Schlange und drehte sie so, dass ihre Giftzähne sich in Maargs Handgelenk bohrten.

Der Dämonenkönig schrie auf und ließ Macros auf den heißen Steinboden seiner Behausung fallen.

Dann schien sich das Fenster zu schließen, wurde kleiner oder entfernte sich, Miranda hätte nicht zu sagen vermocht, was genau sie sah, und sie rief: *Vater!*

Macros wurde seiner Tochter gewahr und wagte einen Blick in ihre Richtung. Er schickte ihr einen Gedanken: *Sie sind Kreaturen des Feuers!* Dann setzte er seinen Angriff auf den Dämon mit doppelter Wucht, mit doppeltem Zorn fort.

Und während sich das Fenster, durch das sie blickten, schloss, tauchte eine eisige Präsenz auf. Pug durchfuhr eine Angst, wie er sie noch nie zuvor in seinem Leben verspürt hatte, eine Angst, die seine Konzentration zu zerstreuen drohte, als er versuchte, sich und Miranda zurück nach Cibul zu bringen.

Die Präsenz war außerhalb des Fensters, durch das sie spähten, und jenseits davon, ihnen nahe und doch weit entfernt. Sie war überall, sie war von Grund auf böse, und sie war wachsam. Dennoch schien sie von innerhalb des Spalts zu sprechen, aus dem Dämonenreich.

So bist du denn endlich mein!, sagte die Präsenz.

»Niemals!«, schrie Macros, und ehe Pug und Miranda ihn aus den Augen verloren, hob er die Hände hoch über den Kopf, und statt des Zauberers mit dem einfachen Eichenstab, in seiner braunen Robe mit Kordel und in seinen kreuzgeschnürten Sandalen, sahen sie ein Wesen von alles durchdringender Weisheit und Stärke, ein gottähnliches Wesen, unbegreiflich geheimnisvoll. Es schlug mit einem weißen Elfenbeinstab zu, der aus der Luft aufzutauchen schien, und als dieser den Dämonenkönig berührte, erzeugte es einen grellen Blitz weißen Lichts, der das sich schließende Fenster ausfüllte.

Mit dem ersterbenden Schrei des Dämonenkönigs, der, seiner Wut und Macht beraubt, nun zu jammern begann, überflutete Pug und Miranda ein triumphierendes Gefühl des Sieges.

In diesem Augenblick spürte Pug die Gegenwart von Sarig, als sich Macros über Zeit und Raum hinweg mit seinem Gott wiedervereinte.

Dann war der Spalt geschlossen, und Pug sagte: *Jetzt!*

Mit letzter Kraft drängte er sich durch das Nichts und zog sich und Miranda zurück in die Halle der Saaur in Cibul.

Sie kamen gerade rechtzeitig an, um das Ende von Hanams Kampf mit Tugor zu erleben. Die beiden lagen am Boden, jeder zu schwach, um den anderen zu überwältigen oder ihm zu entkommen. Als offenbar wurde, dass keiner der beiden überleben würde, fielen die anderen Dämonen über sie her und rissen sie in Stücke.

Pug erinnerte sich an sein Versprechen, holte die Phiole hervor, die Hanam ihm gegeben hatte, und zerschlug sie auf den Steinen.

Ein kurzer Gedanke erreichte Pug: *Danke!*

Dann war es vorbei.

Miranda war von ihrem Erlebnis halb betäubt, und Pug musste sie fast durch den Spalt nach Midkemia schieben.

Auf der anderen Seite, in den Minen der Pantathianer unter dem Ratn'gary-Gebirge, ließ sich Miranda sofort zu Boden sinken und lehnte sich an den kühlen Fels.

Pug setzte sich neben sie. »Wir dürfen nur einen Augenblick verschnaufen. Wir müssen den Spalt schließen.«

»Wie?«, fragte sie.

»Dieser unterscheidet sich von dem anderen. Wir müssen ihn schließen, so wie man eine Wunde zunähen würde.«

Eine Weile saß er da, dann holte er tief Luft. Er machte eine Geste mit den Händen, und blasse Energien gingen von seinen Fingern aus und schlängelten sich auf den Spalt zu.

Sie bewegten sich um die Säume herum, und während Miranda langsam spürte, wie ihre Kräfte in der Wärme zurückkehrten, sah sie Pugs Energien ein Gitter um die Kanten des Spalts wirken.

Pug veränderte den Zauber, und die bindenden Energien, die er entlang der Kanten gesetzt hatte, zogen sich zusammen. Miranda sah einen Augenblick zu. »Aha, ich verstehe.«

Sie sammelte ihre Kräfte und beobachtete fasziniert, wie sich der Spalt schloss. Während sie sich ausruhte, dachte sie über all das nach, was sie gerade erlebt hatte. Sie hatte ihren Vater nur kurze Zeit gekannt, hatte ihn den größten Teil ihres Lebens als Legende betrachtet. Er hatte sie nicht mehr besucht, seit sie sechzehn oder siebzehn gewesen war, genau konnte sie sich nicht mehr erinnern, und die längste Zeit hatte sie schlicht nur Verachtung für ihn empfunden.

Doch nachdem sie erfahren hatte, dass ihre Mutter für die Auslöschung Hunderttausender Leben verantwortlich war, hatte sie die Rolle ihres Vaters neu überdacht. Und trotz ihres fortgeschrittenen Alters fühlte sie sich in mancherlei Hinsicht noch immer wie ein Kind.

Sie erkannte, dass sie ihren Vater irgendwann gerngehabt, vielleicht eines Tages sogar geliebt hätte, doch nun würde dieser Tag nicht mehr kommen. Das bedauerte sie sehr.

Aber angesichts der Tausenden von Toten würde sie vielleicht irgendwann Trauer wegen seines Todes empfinden oder zumindest um die verlorene Gelegenheit – später, wenn sie dafür Zeit hätte. *Falls* sie noch Zeit dafür haben würde.

Plötzlich tauchte von der anderen Seite des Spalts ein Gesicht auf, das aussah wie der Schädel einer Kuh, mit schwarzem Fell überzogen und mit einem Hirschgeweih. Augen wie glühende Kohlen starrten die beiden Menschen an. Mit einem Freudenschrei setzte der Dämon, offensichtlich der Sieger des Gemetzels in der großen Halle in Cibul, das gerade mit einem großen Fressen sein Ende gefunden hatte, zum Sprung durch den Spalt an.

»Halt!«, rief Pug, und Miranda schlug mit all der Kraft, die sie noch aufzubringen in der Lage war, zu. Es genügte, um den Dämon zurück in seine Welt zu stoßen und ihn zu betäuben.

Von der Anstrengung wurde sie fast ohnmächtig. Mit heiserer Stimme krächzte sie: »Beeil dich. Ich kann nicht mehr.«

Pug konzentrierte sich ganz darauf, den Spalt zu schließen. Miranda sah, dass es immer schneller ging, je kleiner der Spalt wurde.

Dann war der Dämon wieder da, näherte sich nun jedoch nur vorsichtig. Er täuschte einen Angriff vor, wich zurück und hielt einen Augenblick inne.

Als aber von Miranda kein erneuter Angriff erfolgte, versuchte er, durch den Spalt hindurchzuklettern, wie ein Mensch durch ein Fenster steigt.

Zuerst steckte die Kreatur den Kopf hindurch, darauf den einen Arm. Der Dämon langte nach Pug, allerdings war dieser zu weit entfernt. Er drehte sich seitlich und wollte sein Bein nachholen, wobei ihn seine Flügel jedoch behinderten. Also drehte er sich abermals und versuchte es erneut, wobei ihm entging, dass sich die Öffnung mit jedem Moment verkleinerte.

Da er nicht hindurchkam, geriet der Dämon in Wut und wollte es blindlings mit Gewalt versuchen, doch dabei verkeilte er sich im Spalt.

Der Druck nahm zu, da Pug seine Arbeit fortsetzte.

Wut verwandelte sich in Panik, in Schmerz und in Schrecken, als sich der Spalt um die Kreatur schloss. Heulend schlug der Dämon wie ein Fisch auf dem Trockenen um sich, während er regelrecht in zwei Teile geschnitten wurde.

Miranda holte tief Luft und half Pug mit ihrer Kraft aus. Der Spalt schloss sich daraufhin noch schneller. Die Schreie des Dämons verhallten in den Höhlen der Pantathianer und ließen den Berg erbeben.

Staub rieselte auf Miranda und Pug nieder, als das Aufbegehren des Dämons noch wilder wurde und dann plötzlich aufhörte.

Im nächsten Moment war der Spalt zu, und die obere Hälfte des Dämons fiel in die Höhle.

Miranda warf einen Blick darauf. »Haben wir es geschafft?«, fragte sie.

Dann kippte sie um.

»Ja«, antwortete Pug und brach ebenfalls bewusstlos am Boden zusammen, hatte er doch seine Kraft bis zum letzten Quäntchen verbraucht.

Eskalation

Erik hielt Ausschau.

In den Feldern am Fuße der Berge wurde in großem Rahmen mobilgemacht. Er hatte eine Woche lang eine gewisse Ruhe genießen können, doch damit war es nun offensichtlich vorbei.

Im letzten Monat war es ihnen gelungen, die Invasoren auf jene Route zu drängen, auf der sie sie haben wollten. Den Berichten zufolge hatte es im Norden und Süden erbitterte Kämpfe gegeben, doch die Linien des Königreichs hatten an beiden Flanken gehalten, während die Streitkräfte in der Mitte langsam zurückwichen und die Invasoren mit sich zogen.

Zweimal waren sie nur knapp der Katastrophe entgangen und nur haarscharf auf der Fluchtroute entkommen; bei jeder neuen Stellung auf ihrem Weg fanden sie jedoch frische Nachschubtruppen bereitstehen. Erik war sich des Erfolgs ihres Planes noch immer nicht gewiss, aber Stück für Stück kam man diesem näher.

Seit dem Fall von Krondor hatten sie eine Woche der verlorenen Zeit wieder aufgeholt. Diese Stellung hielten sie nun schon zehn Tage anstatt sieben. Jetzt mussten sie den Vormarsch des Feindes in Rückzugsgefechten weiter verzögern und den Gegner glauben machen, er würde in

Wilhelmsburg auf starken Widerstand stoßen. Solange der Feind Vorsicht walten ließ, würden sie ihn in die Position drängen können, in der sie ihn haben wollten, wenn die Kriegshandlungen Düstermoor erreichten.

Jedes Mal, wenn Erik ihren Plan, die gegnerischen Truppen auf dieser Seite der Berge zu halten, überdachte, fragte er sich, ob sie wohl mit einem späten Wintereinbruch gestraft werden würden.

Als von Vorteil hatte sich die Ankunft eines Mannes namens Robert d'Lyes erwiesen, eines Magiers, der einiger brauchbarer Zaubersprüche fähig war. So konnte er Nachrichten zu einem anderen Magier übermitteln, der sich bei Greylock befand, und er konnte vorhersagen, wie das Wetter am nächsten Tag sein würde. Zudem konnte er besser sehen als ein Mann mit einem Perspektiv, wenngleich nur für begrenzte Dauer. Zwar mangelte es ihm an Eriks Wissen, *wonach* er eigentlich Ausschau halten sollte, aber er schien dies mehr und mehr zu begreifen.

Überall in der Armee der Verteidiger verteilt hielten sich weitere Magier auf, die halfen, so gut sie konnten. Dafür war Erik ausgesprochen dankbar. Er verstand nicht, weshalb die Pantathianer sich nicht blicken ließen. Letzten Endes würden sie jedoch bestimmt eingreifen, und dann, so hoffte Erik, könnten die Magier des Königreiches diesen Vorteil des Feindes schmälern.

D'Lyes trat zu Erik. »General Greylock lässt fragen, ob Ihr heute einen Angriff erwartet.«

»Mit ziemlicher Sicherheit«, antwortete Erik.

Er sah sich um. Im Norden verschwanden die Berge im Dunst des späten Nachmittags. Die Armeen standen kurz vor den hügeligen Weinbergen und Hainen, die er seit seiner Kindheit kannte. Für den Ortsfremden sah dieses

Gelände einfacher zu durchwandern aus als die niedrigen Hügel im Westen, doch das täuschte. Unerwartet konnte der Feind auf Berggrate und tiefe Rinnen von Wasserläufen stoßen, die seinen Vormarsch verlangsamten. Inbrünstig hoffte Erik, dies möge der Fall sein, und daher hatte er seine erfahrensten Soldaten in Schlüsselpositionen am Rande dieses Gebietes postiert. Er würde sich auf Hauptmann Subai und seine Späher sowie die Hadati verlassen müssen – Greylock nannte sie immer das »Krondorische Gemischte Kommando« –, dass sie die jenseitigen Stellungen hielten.

Erik hatte in den Süden seine größeren Kontingente geworfen, die frischen Reserven, die bisher noch nicht gekämpft hatten. Sie würden es des Geländes wegen einfacher haben, doch ihnen fehlte auch noch der rechte Kampfeswille. Manche von denen, die Waffen trugen, waren Jungs aus der Stadt, die kaum zwei Monate lang gedrillt worden waren und nie zuvor gekämpft hatten.

»Bittet Greylock, er möge sich bereithalten, mich im Süden zu unterstützen«, wandte sich Erik an d'Lyes. »Ich glaube, die Nordflanke ist sicher.«

Der Magier schloss die Augen, legte vor Konzentration die Stirn in Falten und sagte dann: »Die Nachricht ist angekommen.« Er setzte sich, offensichtlich benommen.

»Alles in Ordnung mit Euch?«, erkundigte sich Erik.

Der Magier nickte. »Ich bin nur nicht daran gewöhnt, dies öfter als ein- oder zweimal im Monat zu machen. Ein- oder zweimal am Tag ist ein bisschen viel.«

»Nun, ich werde versuchen, den Nachrichtenverkehr auf ein Minimum zu beschränken.« Erik lächelte. »Ich wünschte nur, ich hätte mehr von Eurer Sorte zur Verfügung.«

Der Magier nickte. »Solange wir von Nutzen sind.«

»Ihr seid mehr als nützlich«, erwiderte Erik, »und Ihr könntet Euch sogar als lebenswichtig erweisen.«

»Danke«, gab der Magier zurück. »Ich möchte helfen, so gut es mir möglich ist.«

Erik wartete, und während der Feind unten seine Stellungen einnahm, sinnierte er laut: »Was hat das zu bedeuten?«

»Hauptmann?«, fragte der Magier.

»Reine Neugier. Sie bringen sich in Angriffsstellung, doch sie sind schlecht koordiniert.«

»Wie kommt Ihr darauf?«

»Diese Armee besteht hauptsächlich aus Söldnern«, erklärte Erik, »von denen jeder für sich gut kämpfen kann, denen jedoch die Fähigkeit fehlt, große Schlachten auszutragen. Sie sind daran gewöhnt, den Gegner durch reine Übermacht niederzuringen.« Er zeigte auf eine kleine Gruppe uniformierter Männer, über denen ein grünes Banner wehte. »Das sind die Reste der regulären Armee von Maharta, die beim Fall der Stadt noch recht intakt war. Jetzt haben sie nur noch die schwere Infanterie. Die anderen zu Fuß sind Männer, die ihre Pferde zurücklassen mussten oder deren Tiere unterwegs verendet sind. Sie sind so gut wie nutzlos, außer wenn es darum geht, durch eine Bresche zu stürmen.« Erik kratzte sich am Kinn und spürte den vier Tage alten Bart.

»Ich glaube, ich verstehe«, sagte der Magier. »Oder vielleicht doch nicht. Wollt Ihr sagen, sie hätten ihre Männer anders aufstellen sollen?«

»Ja«, antwortete Erik. »Die Kavallerie muss im hügeligen Gelände angreifen, während die schwere Infanterie in die am besten verteidigten Bereiche der Front vorstößt. Der Rest der Armee sieht aus, als sollten sie über das offene Gelände hinweg angreifen, wo unsere Katapulte und

Bogenschützen ihnen einen warmen Empfang bereiten werden.«

»Ich verstehe«, wiederholte der Magier.

Erik grinste. »Ihr seid zu höflich. Sagen wir mal, wenn ich auf der anderen Seite stünde, würde ich meine Kavallerie in der Mitte zum Einsatz bringen, während ich die schwere Infanterie ein wenig weiter nördlich vorstoßen ließe.« Er zeigte auf eine problematische Stellung in der Verteidigungslinie, einen kleinen Graben, bei dem ihm nicht die Zeit geblieben war, ihn ausreichend zu befestigen. »Wenn ich dort durchbrechen könnte, würde ich den Rest der Armee hinterherschicken, und die würde dann schweren Schaden anrichten.«

»Hoffentlich kommen sie nicht auf die Idee.«

»Sollten sie aber«, sagte Erik leise. »Was ich nicht begreife, ist, wieso sie es nicht tun.« Plötzlich fuhr er auf: »Sendet eine Nachricht an Greylock, wenn Ihr schon wieder dazu in der Lage seid. Teilt ihm mit, diese Truppenmassierung hier sei vielleicht nur ein Ablenkungsmanöver, damit wir uns hier versammeln, während sie an anderer Stelle der Front angreifen.«

Der Magier lächelte, wirkte jedoch erschöpft. »Ich werde es versuchen.«

Erik wartete nicht ab, ob der Magier erfolgreich sein würde, sondern schickte sofort Kuriere nach Norden, Süden und Osten.

Nach ein paar Minuten schüttelte der Magier den Kopf. »Es tut mir leid, aber ich kann einfach die Konzentration nicht mehr aufbringen.«

»Ihr habt auch schon genug getan. Wir werden morgen abziehen. Ich glaube, es wäre klug, wenn Ihr bereits zur nächsten Verteidigungsstellung im Osten reitet. Brecht jetzt auf, damit Ihr das Lager dort noch vor Sonnenuntergang erreicht. Sagt dem Quartiermeister, ich hätte Euch erlaubt, ein Pferd zu nehmen.«

»Ich kann nicht reiten, Hauptmann.«

Erik blickte ihn über die Schulter hinweg an. »Habt Ihr irgendwelche magischen Möglichkeiten, Euch schnell von einem Ort zum anderen zu bewegen?«

»Nein, muss ich leider gestehen.«

Am Fuß des Hügels ertönten Trompeten. »Dann schlage ich vor, Ihr lauft, so schnell Euch Eure Füße tragen. Wenn Ihr kein Lager mehr erreicht, sucht Euch eine andere geschützte Stelle, an der Ihr übernachten könnt. Irgendwann morgen Früh werden Euch die Wagen mit den Verwundeten einholen. Haltet sie an und fahrt mit ihnen. Ich werde Befehl geben, Euch mitzunehmen.«

»Kann ich nicht hierbleiben?«

Wieder erklang eine Trompete, und Erik zog das Schwert. »Ich würde Euch davon abraten.« Während er sich abwandte, fügte er noch hinzu: »Wenn Ihr mich nun entschuldigen mögt.«

Ein Pfeil flog über ihre Köpfe hinweg, ein ungezielter Schuss von jemandem unten, der übereifrig war. Erik blickte über seine Schulter zurück und sah den Magier mit plötzlich erstaunlich frischen Kräften davonrennen. Er gestand sich eine Sekunde zu, um über diesen Anblick zu lachen, dann richtete er seine Aufmerksamkeit auf die blutige Arbeit, die vor ihm lag.

»Also gut!«, rief er. »Bogenschützen, sucht euch eure Ziele, aber wartet auf meinen Befehl!«

Hinter sich hörte er die wohlvertraute Stimme von Feldwebel Harper: »Hauptmann von Düstermoor, Ihr vergesst Euch. Wenn Ihr erlaubt, Sir?« Er drehte sich um und rief:

»Der erste von euch Muttersöhnchen, der seinen Pfeil fliegen lässt, ehe ich das Kommando gegeben habe, wird losrennen und ihn mir zurückbringen! Verstanden?«

Erik musste abermals lächeln. Er war nie ein rechter Schleifer gewesen so wie Harper, Alfred und die anderen Feldwebel unter seinem Befehl.

Und dann kam der Feind …

Erik hieß die Dunkelheit willkommen. Der Feind zog sich hügelabwärts zurück, doch er hatte seinen Männern arg zugesetzt. Was das Ablenkungsmanöver betraf, so hatte sich Erik getäuscht. Doch diese Stellung konnte er nur noch halten, weil sich der Feind als unfähig erwiesen hatte. Die gegnerischen Truppen waren bergauf vorgestoßen, in den Beschuss der Bogenschützen des Königreichs, dann war ein Hagel von kurzen Eisenspeeren auf sie niedergegangen, mit denen die Soldaten schon übten, seit Erik in Calis' Dienste getreten war. Hunderte von Feinden waren für jeden Meter gefallen, den sich die Armee vorwärtswälzte, doch sie hatten den ersten Graben erreicht.

Die Verteidigungsanlagen bestanden aus einer Reihe von Gräben und Wällen, die entlang der Hügel angelegt waren, und wo immer der Feind auch angriff, stets wurde er mit einem Hagel von Geschossen empfangen. Als die Überlebenden die erste Schanze erreichten, standen sie vor einem hohen Wall gestampfter Erde, aus dem angespitzte Holzpfähle ragten. Die Pfähle an sich richteten wenig Schaden an, zwangen die Angreifer jedoch, langsam voranzugehen, was sie zu leichten Zielen für die Verteidiger machte.

Doch immer mehr und mehr kamen. Nach der ersten Stunde fühlte sich Erik, als könnte er seine Arme nie wieder heben, und dennoch musste er weiterkämpfen. Irgendwann war jemand mit einem Eimer voll Wasser zu ihm getreten – ein Knappe oder ein Junge aus der Stadt, das wusste er anschließend nicht mehr zu sagen – und hatte ihm eine Zinnkelle gereicht. Schnell hatte Erik etwas getrunken, die Kelle dem Jungen zurückgegeben und im nächsten Augenblick schon wieder weitergekämpft.

Es war Erik wie eine Ewigkeit erschienen, während er auf jeden Schädel einschlug, der sich auf der anderen Seite der Schanze zeigte. Dann endlich war der Feind geflohen, hatte den Angriff nicht länger fortsetzen wollen, als die Sonne am Horizont im Westen unterging.

Fackeln wurden angezündet, mehr um der Beruhigung willen, als dass man sie gebraucht hätte – zu dieser Zeit des Jahres zog sich die Dämmerung dahin –, und Jungen aus der Gegend, alte Männer und Frauen sowie die Junker und Pagen vom Hof hatten sich darangemacht, die Lebenden und die Verwundeten mit Wasser und Essen zu versorgen und die Toten fortzuschaffen.

Erik drehte sich um, ließ sich an der Stelle nieder, wo er gekämpft hatte, und achtete nicht auf die toten Soldaten von Novindus, die neben ihm im Dreck lagen. Als ein Junge mit Wasser vorbeikam, nahm Erik einen Schluck und reichte den Rest an die Männer neben ihm weiter.

Bald erschien ein Kurier mit einer Nachricht. Erik öffnete und las sie, und dann, wobei er eine Erschöpfung verspürte, die ihn zweifeln ließ, ob er sich überhaupt noch bewegen konnte, rief er: »Rückzug!«

Wie durch Magie tauchte Feldwebel Harper vor ihm auf. »Wir ziehen ab, Herr?«

»Genau.«

»Dann brechen wir zur nächsten Verteidigungsstellung auf?«

»Das tun wir.«

»Demnach bekommen wir heute Nacht nicht besonders viel Schlaf, ja?«, fragte der gewiefte alte Feldwebel.

»Ich fürchte, nein«, erwiderte Erik. »Worauf wollt Ihr hinaus, Feldwebel?«

»Oh, auf nichts, Hauptmann. Ich wollte mich nur vergewissern, ob ich den Befehl richtig verstanden habe.«

Erik blickte den Feldwebel drohend an. »Ich glaube, Ihr habt sehr richtig verstanden.«

»Nun, wenn dem denn so ist, bin ich nicht derjenige, der die Männer, die einen halben Tag lang hart gekämpft haben, ohne einen Tropfen Wasser oder einen anständigen Bissen zwischen die Zähne zu bekommen, zusammenpacken und weiterziehen lässt.«

Die Männer waren zum Umfallen müde, das sah auch Erik. »Ich glaube, wir können noch so lange warten, bis sie etwas gegessen haben.«

»Das ist zu liebenswürdig, Sir. Dann haben wir wenigstens genug Zeit, die Toten herauszusuchen und die Verwundeten auf die Wagen zu laden. Eine weise Entscheidung, Sir.«

Erik setzte sich abermals. Während Harper davonging, sagte Erik zu sich selbst: »Und ich hatte die Vermessenheit, mich Feldwebel zu nennen.«

Der Rückzug gestaltete sich schwieriger, als Erik sich gewünscht hätte. Trotz des Essens und einer Ruhepause von zwei Stunden waren die Männer noch immer hundemüde, als sie zum Marsch nach Osten aufbrachen.

Erik machte eine Bestandsaufnahme seiner Truppe und entdeckte etliche jener Männer, die er über die letzten beiden Jahre ausgebildet hatte, zwei Kompanien, die aus einer Stellung weiter nördlich von hier eingetroffen waren.

Die Nachricht, dass der Feind im Norden durchgebrochen war, wurde überbracht, allerdings hatte man die Bresche wieder schließen können. Doch ein Kontingent des Feindes, wenigstens dreihundert Mann, war auf der falschen Seite der Marschroute gelandet. Erik schickte seine besten Kundschafter nach Norden aus, in der Hoffnung, die Invasoren würden dort entlangkommen und dann auf eine der stärkeren Einheiten treffen. Dreihundert Plünderer konnten bei einer der kleineren Kompanien einen ganz hübschen Schaden anrichten, solange nicht Verstärkung in der Nähe war.

Kurz vor Sonnenaufgang traf Erik auf eine einsame Gestalt, die entlang des Weges wanderte. Es war der Magier Robert d'Lyes. »Hallo, Magier.«

»Hallo, Hauptmann. Ich habe einen kleinen Felsüberhang gefunden, unter dem ich übernachtet habe«, erklärte er mit trockenem Humor, »doch anstelle von Wagen reist gleich eine ganze Armee in meine Richtung.«

»Ich habe Euch doch gesagt, wir würden aufbrechen«, erwiderte Erik ebenso trocken. »Ich wusste nur nicht, dass es so bald sein würde.«

»Aha. Und wie steht es mit dem Krieg?«

»Ich wünschte, das wüsste ich zu sagen«, antwortete Erik. »Bislang haben wir uns tapfer gehalten, doch der letzte Angriff hat mir gezeigt, wie sehr wir zahlenmäßig immer noch unterlegen sind.«

»Könnt Ihr sie aufhalten?«

»Wir müssen«, gab Erik zurück, »wir haben keine Wahl.«

Vor sich sahen sie Lichter, als die Stadt Wilhelmsburg vor ihnen auftauchte. Später, in der Stadt, stellten sie fest, dass diese nun vollständig ein Militärlager war. Die Bewohnerwaren schon vor Tagen evakuiert worden, und wenn sich Eriks Männer erst mal einen Tag ausgeruht, gegessen und sich um ihre Wunden gekümmert hatten, würden auch die Soldaten die Stadt verlassen und alle Gebäude in Brand setzen, wie er wusste.

Eine kleine Gestalt kam auf Erik zugelaufen und rief: »Hauptmann von Düstermoor!«

Erik erkannte den Jungen, trotz des Schmutzes auf dem Wappenrock des Pagen vom fürstlichen Hofe in Krondor. »Ja … wie heißt du noch?«

»Samuel, Sir. Eine Dame bat mich, Euch dies zu geben.«

Erik sah sich den Brief an und entließ den Jungen. In dem Brief stand in einfacher Handschrift zu lesen: »Bin nach Ravensburg, um deine Mutter aufzusuchen. Ich liebe dich, Kitty.«

Erik fühlte sich erleichtert, weil Kitty wohlbehalten hier angekommen war und sich vermutlich nun bereits im Gasthaus *Zur Spießente* befand, wo Erik aufgewachsen war. Er wandte sich an den erschöpften Magier und schlug vor: »Wir sollten etwas essen gehen.«

»Eine hervorragende Idee«, erwiderte der Zauberer.

Sie kamen ins Gasthaus *Zur Pflugschar,* wo er zum ersten Mal Korporal Alfred und Roos Cousin Duncan begegnet war. Erik fragte sich, wo sein Jugendfreund wohl im Augenblick stecken mochte.

Der Schankraum des Gasthauses war überfüllt. Die eine Hälfte war in ein behelfsmäßiges Hospital verwandelt worden, in der anderen drängten sich hungrige Soldaten und aßen, was auch immer ihnen über den Tresen gereicht wurde.

Ein Korporal, dessen Name Erik entfallen war, sagte: »Wir haben oben einige Räume für die Offiziere, Hauptmann. Wir schicken Euch das Essen hoch.«

»Danke«, meinte Erik.

Er führte Robert die Treppe hinauf, und als er die erste Tür öffnete, sah er einen Offizier im Waffenrock von Ylith auf dem blanken Boden schlafen, während zwei weitere Männer beim Essen saßen. Sie blickten zu ihm hinüber, und Erik machte nur eine entschuldigende Geste mit der Hand und schloss die Tür wieder.

Das Zimmer hinter der nächsten Tür war leer. Drinnen gab es zwei einfache Matratzen, Wolldecken, die man zusammengenäht und mit Heu ausgestopft hatte. Erik kämpfte sich aus seinen Stiefeln, und der Korporal trat mit zwei Holzschüsseln voll heißem Eintopf und zwei großen Krügen Bier ein. Plötzlich war alle Erschöpfung vergessen, Erik lief das Wasser im Munde zusammen.

Während sich der Korporal zum Gehen anschickte, wies ihn Erik an: »Sorgt dafür, dass mich jemand eine Stunde vor Anbruch der Dämmerung weckt.«

»Jawohl, Hauptmann.«

»Man kann Euch nicht beneiden«, sagte Robert. »So früh auf nach einem Tag wie dem gestrigen?«

»Ihr seid schließlich auch seit dem ersten Licht auf den Beinen, Magier.«

»Es muss sein, oder?«

»Ja, wir müssen diese Stadt hinter uns gelassen haben, wenn der Feind hier auftaucht. Das ist der schwierigste Teil dieser Mission, dem Gegner immer einen Schritt voraus zu sein. Wenn er Wilhelmsburg erreicht, soll er nur noch Feuer und Ruinen vorfinden.«

»Was für eine Verschwendung«, bemerkte Robert.

»Es wäre eine noch größere Verschwendung, dem Feind etwas zu überlassen, was ihm auf seinem Marsch hilft.«

Der Magier aß ein paar Löffel, dann sagte er: »Pug hat uns erzählt, die Dinge stünden schlimm, und obwohl er sich nicht deutlicher geäußert hat, ließ er uns doch wissen, dass hier mehr auf dem Spiel steht als nur das Königreich. Oder hat er nur übertrieben?«

»Dazu kann ich nichts sagen«, erwiderte Erik zwischen zwei Bissen. Nachdem er etwas Bier nachgekippt hatte, fügte er hinzu: »Aber ich will es mal so ausdrücken: Niemand von uns kann es sich leisten, diesen Krieg zu verlieren. Niemand.«

Robert lehnte sich zurück an die Wand und streckte die Beine aus. »Ich bin diese langen Märsche nicht gewöhnt.«

»Ich habe Euch ein Pferd angeboten.«

»Um die Wahrheit zu sagen, habe ich Angst vor ihnen.«

Erik blickte den Mann an, dann lachte er. »Ich habe mein ganzes Leben mit Pferden verbracht, darum vergebt mir, wenn ich lache, aber ich finde das lustig.«

Robert zuckte mit den Schultern. »Nun, es gibt so viele Menschen, die sich vor Magiern fürchten, also kann ich Euch schon verstehen.«

Erik nickte. »Es gab eine Zeit, als ich noch in Ravensburg war, da hätte ich mir wegen Euch Sorgen gemacht, ja, vielleicht hätte ich mich sogar vor Euch gefürchtet. Doch während der letzten Jahre habe ich so viel mit ansehen müssen, dass ich mich entschlossen habe, mir nur noch wegen Dingen Sorgen zu machen, denen ich mit dem Schwert in der Hand gegenübertreten kann. Sollen sich doch die Götter, Priester und Magier über den Rest den Kopf zerbrechen.«

»Ihr seid ein weiser Mann«, meinte Robert und lächelte müde. »Wenn Ihr mich nicht für unhöflich haltet«, er stellte seine Schüssel und seinen Krug ab, »würde ich mich jetzt gern ein wenig schlafen legen.« Sein Kopf hatte kaum die Matratze berührt, da begann er schon zu schnarchen.

Erik trank sein Bier aus und legte sich dann ebenfalls

hin, doch es schien nur eine Minute vergangen zu sein, nachdem er die Augen geschlossen hatte, als ihn der junge Korporal an der Schulter rüttelte. »Hauptmann, Zeit zum Aufstehen.«

Mit einer Geste gebot Roo allen stehen zu bleiben.

Luis war kaum halb bei Bewusstsein, seine Füße waren an die Steigbügel des Sattels gebunden, damit er nicht herunterfallen konnte, während er auf dem Hals des Pferdes lag. Aus seiner Wunde sickerte immer noch Blut, und Roo wusste, dass er keine weitere Nacht ohne Ruhe und bessere Fürsorge überleben würde. Nur konnte dies unterwegs niemand leisten. Willem saß auf einem der anderen Pferde und hatte die Arme um den kleinen Helmut gelegt, während Nataly Abigail im Sattel vor sich hatte. Roo, Karli und Helen führten die Pferde.

Sie hatten die Höhle am Morgen zuvor verlassen und einen sicheren Weg zur nördlichen Straße gesucht. Zweimal waren sie im Wald auf unpassierbare Stellen gestoßen, und Roo war seinem Plan gefolgt und nach Osten abgebogen, wenn es nordwärts nicht mehr weiterging.

Nur ein einziges Mal war der Weg sowohl nach Norden als auch nach Osten versperrt gewesen, und da waren sie nach Westen zurückgekehrt und hatten eine andere Route nach Norden gewählt.

Roo ließ anhalten, weil er in einiger Entfernung Reiter gehört hatte, und wollte ein Versteck suchen. »Wartet hier«, sagte er leise und reichte die Zügel seines Pferdes, auf dem Luis saß, an Helen weiter. Daraufhin zog er sein Schwert und eilte davon, wobei er sich nach einer Erhebung umsah, um einen besseren Blick über das Gelände zu haben.

Bald fand er im Osten eine Anhöhe und klomm hinauf, von dort eine weitere hoch, und schließlich erreichte er einen relativ freien Bergrücken. Der Hufschlag hallte von überall zurück, doch wenn er still stand, konnte er erkennen, dass die Reiter nördlich von ihm waren.

»Verdammt«, fluchte er leise und lief zurück zu den anderen.

Die Kinder waren verstummt. Auf diese Weise reagierten sie auf die Angst, die ihren Eltern in den Knochen saß, die sie aber vor ihnen verstecken wollten.

»Ein großer Trupp Reiter nördlich von uns«, berichtete Roo.

»Auf der Straße?«, fragte Helen.

»Ich glaube.«

»Was sollen wir machen?«, wollte Karli wissen.

»Wir ziehen leise und langsam weiter und können nur hoffen, dass es die Kavallerie des Königreichs ist.«

Karli konnte ihre Furcht besser beherrschen, als Roo es je für möglich gehalten hätte. Er bewunderte, wie sie ihre eigene Angst verdrängte, um ihre Kinder zu beschützen.

Roo warf einen Blick auf Luis, der halb vor sich hin dämmerte und kaum fähig war, aufrecht zu sitzen. Der Schweiß rann ihm übers Gesicht, obwohl es ein kühler Morgen war, und Roo wusste, dass er Fieber hatte.

»Luis braucht unbedingt einen Heiler«, sagte Roo, und Helen und Karli nickten gleichermaßen.

Dann brachen sie in den Wald auf. Eine halbe Stunde später blieb Roo erneut stehen. Er blickte sich auf einer Lichtung um. »Diese Stelle kenne ich.«

»Wo sind wir?«

»Karli, hier haben dein Vater, Erik und ich gelagert, in der zweiten Nacht unserer gemeinsamen Reise«, erklärte

Roo. »Wir sind ihm einen halben Tagesritt östlich von hier begegnet.« Er rechnete. »Verdammt. Wir müssen irgendwo die Richtung verloren haben und nach Nordwesten anstatt nach Norden gelaufen sein. Wir sind nicht so weit östlich, wie ich gehofft habe.«

»Wo sind wir?«, wiederholte Helen die Frage von Karli.

»Immer noch einen Tagesritt von der Straße entfernt, die sich nach Wilhelmsburg verzweigt.«

Karli senkte die Stimme. »Luis kann nicht noch einen Tag reiten.«

»Ich weiß«, gab Roo zurück. »Aber wir haben keine Wahl.«

Er führte sie über die Lichtung hinweg, und ein kurzes Stück weiter nördlich stießen sie auf die Straße, die sie die ganze Zeit gesucht hatten. Hufspuren verkündeten, dass die Patrouille, die Roo gehört hatte, hier entlanggeritten war. Er machte Karli und Helen ein Zeichen, der Straße zu folgen.

Der Tag verstrich ohne weitere Ereignisse. Kurz vor Sonnenuntergang kamen sie aus dem Wald und entdeckten einen verlassenen Bauernhof, ein plumpes Haus aus Stein und Baumstämmen, das mit Grassoden gedeckt war. »Hier können wir übernachten«, meinte Roo. »Die Straße nach Wilhelmsburg fängt vielleicht eine Stunde östlich von hier an.«

Sie holten Luis vom Pferd und brachten ihn ins Haus, wo sie ihn vorsichtig auf einen Strohballen legten. Roo führte die Pferde in die leere Scheune, sattelte sie ab und fand sogar noch etwas Heu, mit dem er sie fütterte. Noch aus seiner Ausbildung zusammen mit Erik und den anderen wusste er, dass die Pferde Koliken bekommen und verenden würden, wenn das Heu verdorben sein sollte, doch wie es aussah, war es noch genießbar.

Dann schloss er das Tor und ging hinüber zu dem kleinen Haus.

Helen kümmerte sich gerade um Luis' Schulter. »Wir müssen die Wunde säubern«, sagte sie.

Roo ließ den Blick durch den Raum schweifen, entdeckte jedoch nichts Brauchbares. »Ich werde mich umsehen, vielleicht finde ich einen Brunnen.«

Er ging erneut nach draußen, und tatsächlich gab es einen Brunnen, und selbst ein Eimer war noch drin. Er schöpfte frisches Wasser, band den Eimer los und brachte das Wasser ins Haus.

»Seht mal, was ich gefunden habe.« Karli hielt ein kleines Säckchen in die Höhe. »Salz.« Roo nahm es, während Karli hinzufügte: »Es muss heruntergefallen sein, als wer immer hier gelebt hat, das Haus verlassen hat.«

»Es könnte nützlich sein«, meinte Roo.

»Können wir nicht ein Feuer machen?«, fragte Willem.

»Nein«, gebot Roo. »Selbst wenn die Flammen nicht zu sehen sind, ist der Rauch weit zu riechen und würde Plünderer anlocken.«

Helen senkte die Stimme. »Wenn ich etwas Wasser kochen kann, würde ich auch seine Wunden säubern können.«

»Ich weiß«, antwortete Roo. Er hielt ihr das Salz hin. »Trinkt aus dem Eimer, und wenn er halb leer ist, schütte das Salz hinein. Wasch seine Wunden damit.« Er sah seinen bewusstlosen Freund an. »Es wird brennen wie Feuer, aber ich glaube, er wird es gar nicht merken. Ich werde etwas suchen, womit wir ihm einen Umschlag machen können.«

Roo verließ die Hütte, blieb jedoch nahe bei den Gebäuden, nur für den Fall, dass jemand die Straße entlangkommen sollte. Er wollte nicht das Risiko eingehen, entdeckt zu werden. So eilte er an der Scheune und den nun leeren Feldern vorbei in den Wald. Unterwegs hatte er auf den Felsen verschiedene Moosarten gesehen. Nakor hatte ihnen gezeigt, wie man Umschläge machte, und nun wünschte sich Roo, er hätte besser aufgepasst. Doch er glaubte zu wissen, wonach er Ausschau halten musste.

Nach einer Stunde, bei Einbruch der Dunkelheit, entdeckte Roo das spinnwebähnliche Moos auf Baumstümpfen und Felsen in der Nähe eines kleinen Wasserlaufs. Er sammelte, so viel er in den Händen tragen konnte, und lief zurück zum Bauernhaus.

Karli und Helen hatten Luis inzwischen das Hemd ausgezogen und die Wunde mit Salzwasser gereinigt. »Er hat sich nicht gerührt«, sagte Helen.

»Das ist vermutlich sogar das Beste«, meinte Roo. Er betrachtete das Gesicht seines Freundes eingehend und sah den Schweiß darauf. Ihm fiel auch auf, dass die Wunde an der Schulter bislang von getrockneten Blut bedeckt gewesen war und nun offen lag. »Das muss genäht werden.«

»Ich habe Nadeln«, sagte Karli.

»Was?«, fragte Roo.

Sie langte in ihr Kleid. »Nadeln sind teuer, und als wir alles zurücklassen mussten, wollte ich wenigstens meine Nadeln retten.« Sie riss die Naht am Saum ihres Kleides auf und holte ein winziges zusammengerolltes Stück Leder hervor, das im Saum gelegen hatte. Dieses öffnete sie und präsentierte Roo sechs fein geschmiedete Stahlnadeln.

Roo zwinkerte ihr zu. »Wie schön, dass du so gern nähst«, meinte er. »Du hast nicht zufällig auch Faden dabei, ja?«

»Nichts ist leichter als das.« Helen stand auf und hob den Saum ihres Kleides. Sie griff darunter und zog einen ihrer Unterröcke aus. Mit den Zähnen löste sie den Saum und ribbelte ihn auf. »Wie lang muss der Faden sein?«

»Einen Fuß und einen halben«, sagte Roo.

Sie nahm eine der Nadeln und bearbeitete das Gewirr der Fäden, fischte den heraus, den sie haben wollte, nahm ihn zwischen Daumen und Zeigefinger und zog. Roo fürchtete schon, er würde reißen, doch zu seiner Überraschung ribbelte Helen drei Fuß Faden frei. Dann biss sie ihn durch und reichte ihn Roo.

Der meinte darauf nur: »Ich wünschte, ich wüsste, was ich hier tue.« Er ließ Helen den Faden in die Nadel einfädeln und wies die beiden Frauen dann an: »Eine am Kopf, eine an den Füßen, falls er sich bewegt.«

Die beiden Frauen gehorchten, und Helen packte Luis an den Beinen, während Karli ihm die Hände auf die Schultern legte, wobei sie achtgab, die Wunde nicht zu berühren. Roo begann zu nähen.

Die ganze Nacht hindurch lag Luis im Fieber. Einmal war er lange genug wach, um einen Schluck Wasser zu trinken. Und einmal mussten sie ihn davon zurückhalten, den Umschlag abzukratzen, den Roo auf seine Wunde gelegt hatte.

Karli und Helen saßen in der Ecke, die Kinder um sich geschart. Alle versuchten zu schlafen. Roo hatte es sich auf der Türschwelle mit dem Schwert in der Hand bequem gemacht.

Am Morgen sah Luis schon viel besser aus. »Ich glaube, er hat das Fieber überstanden«, meinte Roo.

»Können wir ihn schon wieder bewegen?«, fragte Helen.

Roo verzog das Gesicht. »Eigentlich sollten wir das nicht, doch wir dürfen nicht länger hierbleiben. Falls diese Soldaten, die gestern vorbeigeritten sind, zur Kavallerie des Königreichs gehören, wird sich heute im Laufe des Tages der Feind zeigen. Und falls es Soldaten der Smaragdkönigin waren, befinden wir uns bereits hinter den feindlichen Linien.«

Luis schlug die Augen auf und flüsterte: »Ich kann reiten.«

»Ich wünschte, wir hätten etwas zu essen«, seufzte Karli. »Er muss wieder zu Kräften kommen.«

»Mit etwas Glück sind wir gegen Mittag in Wilhelmsburg«, sagte Roo. »Dann essen wir, bis wir platzen.« Er grinste die Kinder an, und diese versuchten, mit einem Lächeln zu antworten.

Sie sattelten die Pferde, und es gelang ihnen mit großen Mühen, Luis in den Sattel zu heben. »Soll ich dich an den Steigbügeln festbinden?«, fragte Roo.

»Nein«, antwortete Luis und blinzelte in die grelle Morgensonne. »Ich werde es schon schaffen.« Er warf einen Blick auf seine dick verbundene Schulter. »Was hast du damit gemacht?«

»Salzwasser und dann einen Moosumschlag«, erklärte Roo. »Wie fühlt sie sich an?«

»Sie juckt wie der Teufel.«

»Wenn's juckt, ist es gut«, sagte Roo.

»Nur wenn es bei jemand anderem juckt«, erwiderte Luis.

Roo nahm die Zügel des Pferdes, und Luis hielt sich in dessen Mähne fest.

Die Kinder ritten wie tags zuvor, und Roo führte die Gesellschaft an, die Straße hinunter nach Osten.

Erik ritt rasch durch die Stadt und rief: »Legt überall Feuer!«

Die Männer am westlichen Ende von Wilhelmsburg liefen durch die Stadt und warfen Fackeln auf die Häuser. Die größeren Steinhäuser würden ebenfalls ausbrennen, da man Heuballen hineingeschafft hatte, die Gebäude mit reetgedeckten Dächern würden allerdings als erste in Flammen aufgehen.

Als Erik am östlichen Ende der Stadt ankam, brannte der westliche Teil bereits lichterloh. Erik wartete, bis alle seine Männer aus der Stadt heraus waren, dann sagte er: »Auf geht's!«

Noch vor Sonnenaufgang waren die ersten Soldaten von Wilhelmsburg aus aufgebrochen und nun zu einem Bergrücken unterwegs, den sie, wenn möglich, eine weitere Woche verteidigen würden. Erik wusste, je näher sie Düstermoor kamen, desto öfter würden Ortschaften wie diese unter den Kämpfen leiden: Wolfsburg, Ravensburg, Halle und Gotsbus. In allen würde man kurz Quartier machen, doch eine jede würde schließlich den Flammen zum Opfer fallen, wenn die Verteidiger abzogen.

Robert d'Lyes ritt vorüber und fühlte sich offensichtlich auf dem Pferd, das Erik ihm hatte geben lassen, sehr unwohl. »Wie geht es Euch?«, fragte Erik.

»Allein schon der Gedanke daran, in dieser Hitze noch einen Tag marschieren zu müssen, hat mich überzeugt, Hauptmann.«

Erik lächelte. »Diese Stute ist ein freundliches Tier. Zieht nicht zu kräftig an den Zügeln und kümmert Euch ein wenig um sie, dann wird sie schon auf Euch aufpassen. Und denkt dran, Ihr müsst die Hacken unten lassen.«

Erik wandte sich ab und ritt davon, während der Magier sein Bestes gab, um nicht aus dem Sattel zu fallen.

Roo lehnte sich an die Wand der Schlucht, das Schwert an die Brust gedrückt. Als sie auf der südlichen Straße plötzlich in Richtung Wilhelmsburg Rauch gesehen hatten, waren sie kurz davor gewesen, sich von ihrer Verzweiflung überwältigen zu lassen. Roo brauchte sich die Stadt nicht noch anzusehen, um zu wissen, dass man sie in Brand gesteckt hatte.

Sie hatten auf der Straße angehalten und mussten nun entscheiden, was sie tun sollten: Entweder riskierten sie es, die brennende Stadt zu umgehen, um die fliehende Armee des Königreichs einzuholen, oder sie mussten umkehren und die wenig befahrene Straße nach Ravensburg nehmen.

Während sie noch darüber nachdachten, hatte ihnen ein Ruf von einer großen Lichtung verraten, dass sie von Reitern entdeckt worden waren.

Roo brachte sie sofort in den Wald und trieb die verängstigte Gruppe zu größter Eile an. Er fand eine kleine Schlucht, die bald tiefer wurde und sich zunächst nach Norden, dann nach Osten wandte. Die ganze Zeit scheuchte er alle vorwärts, dann war er selbst zurückgegangen, mit dem Schwert in der Hand. Luis folgte ihm, den Dolch in der Linken. Er war schwach und immer noch benommen, doch er wollte unbedingt kämpfen.

Während sich Karli, Helen und die Kinder tief in der Schlucht zwischen Felswänden versteckten und versuchten, die Pferde ruhig zu halten, warteten Roo und Luis direkt hinter der ersten Biegung der Schlucht.

Ganz aus der Nähe hörten sie Stimmen, und Roo erkannte die Sprache von Novindus. Luis nickte, und sein Daumen am Heft des Dolchs zuckte.

Der Hufschlag kam näher, und Roo duckte sich. Die Stimmen wurden lauter. »Hier sind Spuren. Die sehen frisch aus.«

»Nicht so laut. Du willst sie doch nicht verscheuchen?«

Der erste Reiter kam um die Biegung, blickte jedoch über die Schulter nach hinten, während er sagte: »Wenn du mich bezahlst, kannst du mir Befehle geben, und du …«

Roo sprang auf und stach dem Mann in den ungeschützten Bereich unter dem Arm. Der plötzliche Schmerz ließ den Kerl erstarren, und Roo riss ihn von seinem Pferd herunter.

Das Pferd scheute und lief an Luis vorbei tiefer in die Schlucht hinein.

»Was hast du gesagt?«, fragte der andere Reiter.

Roo sah am Gürtel des gefallenen Mannes einen Dolch, zog ihn heraus und warf ihn Luis zu. Mochte der noch so erschöpft und krank sein, dennoch gelang es ihm, blitzschnell seinen eigenen Dolch zwischen die Zähne zu nehmen und den anderen zu fangen.

Luis warf die Klinge in die Luft, packte sie an der Spitze, holte bis hinters Ohr aus und ließ sie fliegen, als der zweite Reiter um die Biegung kam. »He! Ich habe dich was gefra …« Die Klinge traf den Mann in der Kehle.

Er gurgelte noch, als Roo ihn aus dem Sattel zerrte. Roo warf die Leiche neben die erste und schickte das Pferd mit einem Klaps hinter dem anderen her zu Karli, Helen und den Kindern.

Roo gab Luis ein Zeichen, und die beiden eilten zu den Familien zurück. »Sie können jeden Moment hier sein«, verkündete Roo.

»Was machen wir jetzt?«, fragte Karli.

Roo deutete auf die Felsen, die vier Meter hoch waren. »Wir klettern da hoch. Dann können sie uns nicht folgen.«

Er zögerte nicht länger, sondern begann, die Felswand hinaufzusteigen. Oben angekommen, konnte er die anderen Reiter durch die Bäume sehen, wie sie sich gegenseitig Fragen zuriefen und nach den beiden Vermissten suchten. Roo winkte Willem zu, er möge hochklettern, und streckte die Hände nach unten aus, damit Helen, die größer war als Karli, ihm Helmut hochreichen konnte. Das kleinste der Kinder sah so aus, als wollte es im nächsten Moment losbrüllen, und Roo sagte: »Bitte, Kleiner, nicht jetzt.«

Während Roo seinen Sohn in die Arme schloss, begann dieser herzzerreißend zu kreischen, als würden all die Angst, der Hunger und die Erschöpfung, die er in den letzten drei Tagen hatte erdulden müssen, sich einen Weg nach draußen bahnen.

Luis drehte sich um und zog seinen Dolch, denn nur einen Augenblick später wurde Helmuts Geschrei durch die Rufe der Reiter beantwortet.

Abigail und Nataly kletterten die Felsen hoch, wobei sie von ihren Müttern geschoben wurden. Willem schaffte es ohne Hilfe. Luis blickte nach oben, der Schweiß rann ihm in die Stirn, und er sagte: »Ich schaff es nicht.«

»Komm schon! Es ist doch nur ein kurzes Stück.«

Luis hatte nur eine gesunde Hand, dazu noch eine verletzte Schulter. Er langte nach oben, biss die Zähne zusammen und zog sich hoch. Er fasste Tritt und holte tief Luft. Dann ließ er los und schob sich aufwärts, wobei er mit der guten Hand nach Halt suchte, während seine verkrüppelte Rechte nutzlos über den Stein glitt. Roo beugte sich vor und packte sein Handgelenk. »Ich hab dich!«

Roo spürte, wie seine Arme länger wurden, denn der größere Mann hing wie ein Toter daran. Fast außer Atem keuchte Luis: »Lass mich los! Ich schaff es doch nicht.«

»Du wirst es schaffen, verdammt!«, fluchte Roo und zog, obwohl er wusste, dass er den Mann allein nicht nach oben holen konnte.

Luis versuchte zu klettern, kam ein wenig voran, als zwei Reiter in Sicht kamen. »Da sind sie!«, rief der eine.

»Lass mich los!« verlangte Luis. »Flieht!«

»Nein!«, rief Roo. Zu Helen und Karli sagte er: »Bringt die Kinder unter die Bäume!«

Roo zog, und Luis trat mit den Beinen, doch die Reiter kamen mit gezogenen Schwertern näher. »Ihr Bastarde habt Mikwa und Tugon getötet! Wir werden …«

Ein Pfeil riss den Reiter aus dem Sattel, und ein zweiter warf den Soldaten hinter ihm ebenfalls zu Boden.

Starke Arme griffen an Roo vorbei, packten Luis' Handgelenk und zogen ihn ohne Mühe bis zur Felskante hoch. Roo drehte sich um und blickte in ein fremdartiges, doch ansehnliches Gesicht. Der Elb lächelte. »Ihr scheint mir in Schwierigkeiten, Fremder.«

»So könnte man es ausdrücken«, antwortete Roo und stützte sich keuchend auf die Ellbogen. Ein zweiter Elb trat vor und schulterte seinen Langbogen. Roo bewegte prüfend seinen Arm und sagte: »Ich weiß nicht, wie viel länger ich ihn noch hätte halten können.«

Ein Mann in schwarzem Gewand stellte sich neben den Elb, und ein vertrautes Grinsen erhellte das dunkle Gesicht. »Wenn ihr nicht die armseligsten Vögel seid, die mir je untergekommen sind, dann weiß ich es auch nicht.«

Luis grinste. »Jadow! Wie schön, dich zu sehen.« Dann wurde er ohnmächtig.

»Was ist denn mit dem los?«, fragte Jadow Shati, während er sich neben seinen alten Weggefährten kniete, der ihn auf der Reise nach Novindus begleitet hatte.

»Die Schulter. Er wurde verletzt, und die Wunde hat sich entzündet. Blutverlust und das Übliche.«

»Wir werden uns um ihn kümmern«, bot der Elb an. »Aber zunächst sollten wir Euch und Eure Kinder hier fortschaffen.«

Roo erhob sich und stellte sich vor: »Rupert Avery«

»Ich heiße Galain«, erwiderte der Elb. »Ich bin mit Nachrichten unterwegs zu General Greylock.«

»General?«, fragte Roo. »Die Dinge ändern sich.«

»Mehr, als du denkst«, meinte Jadow. »Wir sollten ein bisschen Abstand zwischen uns und diese Reiter bringen, dann können wir uns unterhalten.«

»Wie viele seid ihr?«, erkundigte sich Roo, während er hinter Jadow und Galain ging.

»Sechs Elben vom Hof der Elbenkönigin, dazu eine leichte Kompanie.«

Wie Roo wusste, bestand eine leichte Kompanie aus zehn Gruppen zu je sechs Männern. »Wo liegen die?«

»Eine halbe Meile von hier«, erklärte Jadow »Unsere Freunde«, er deutete auf Galain, »verfügen über ein bemerkenswertes Gehör und haben uns gesagt, hier drüben seien Pferde, also haben wir gedacht, wir sehen uns das mal an.« Er legte Roo die Hand auf die Schulter. »Wir sind unterwegs nach Ravensburg. Du willst nicht vielleicht mit uns kommen?«

Roo lachte. »Danke. Ein wenig Gesellschaft wäre uns ganz angenehm. Übrigens, was gibt's bei euch zu essen?«

Ravensburg

Erik strahlte wie ein Honigkuchenpferd.

Kitty flog ihm in die Arme, ließ ihm kaum Zeit abzusteigen. »Ich hatte solche Angst, ich würde dich niemals wiedersehen«, sagte sie.

Er küsste sie und drückte sie fest an sich. »Ich auch.«

Im Hof des Gasthauses *Zur Spießente* wimmelte es von Soldaten, durch die sich Nathan und Freida zu ihm nach draußen drängten.

Freida nahm ihren Sohn in die Arme, dann schüttelte ihm Nathan die Hand. »Herzlichen Glückwunsch!«, sagte der Schmied grinsend. »Hauptmann ist er geworden, und dazu noch verheiratet.«

»Warum hast du uns denn keine Nachricht zukommen lassen?«, wollte Freida wissen. »Als das arme Mädchen hier eintraf, habe ich es zuerst für verrückt gehalten. Verheiratet mit meinem Jungen!« Sie warf Kitty einen zweifelnden Blick zu. »Doch mit der Zeit hat sie mir genug erzählt, um mich zu überzeugen, dass sie dich ganz gut kennt.«

Erik errötete. »Nun, die Dinge haben sich überschlagen, und wir mussten uns sofort entscheiden.«

»Das hat sie mir auch erzählt«, meinte Freida.

»Nun kommt doch rein«, forderte Nathan sie auf. »Erik, nimm erst mal ein Bad und iss was.«

»Sicher«, gab Erik zurück, »doch zuerst muss ich dafür sorgen, dass die Leute die Stadt verlassen. Ihr werdet alle spätestens übermorgen früh aufbrechen müssen.«

»Die Stadt verlassen?«, fragte Nathan.

Erik nickte. »Der Feind ist kaum fünf Tage hinter uns, vielleicht sogar nur noch drei, und einige seiner Kavallerieeinheiten sind womöglich noch näher. Wir werden die Stadt verteidigen, so lange wir können, nachdem ihr aufgebrochen seid.«

»Und dann?«, wollte Nathan wissen.

Erik senkte den Blick, schämte sich fast wegen der Antwort, die er geben musste. »Wir werden die Stadt bis auf die Grundmauern niederbrennen.«

Nathan wurde bleich. »Wisst ihr genau, was ihr da tut?«

»Ja«, antwortete Erik. »Wir haben auch schon Wilhelmsburg, Wolfsburg und ein halbes Dutzend anderer Städte niedergebrannt.«

Nathan fuhr sich mit der Hand durchs Gesicht. »Ich hatte nicht geglaubt, so etwas noch einmal erleben zu müssen.«

Erik erinnerte sich daran, was Nathan vor langen Jahren bei der Plünderung der Fernen Küste durchgemacht hatte. »Leider ist es unbedingt notwendig.«

Eine ausgesprochen erschöpft wirkende Gestalt in grauer Robe, die auf ihrem Pferd keine gute Figur machte, kam in den Hof geritten und hielt neben Erik. Robert d'Lyes stieg ab, wobei ihn seine zitternden Beine kaum mehr tragen wollten. O-beinig trat er zu Erik. »Kann man sich daran jemals gewöhnen?«

Erik grinste. »Mutter, Nathan, dies ist Robert. Er lernt gerade reiten.«

Nathan zuckte vor Mitleid zusammen. »Kommt herein.

Ich werde einen guten Wein auftischen, um Euer Leid zu lindern.« Er gab Gunther, seinem Lehrling, ein Zeichen, er solle dem Magier das Pferd abnehmen. Der Junge rannte herbei, lächelte Erik an und blickte fragend auf das Tier des früheren Schmieds.

»Ich brauche mein Pferd noch eine Weile«, sagte Erik. »Ich komme später wieder, dann kannst du dich um die Stute kümmern.« Zu Nathan sagte er: »Die Männer werden hier und in den anderen Gasthäusern der Stadt Quartier machen, auch in der Halle der Winzer und überall sonst, wo ich Platz für sie finde. Du wirst also eine Menge Pferde beschlagen und Sattelzeug reparieren müssen. Und außer dem Schmied in unserer Kompanie bist du der Einzige, der Waffen und Rüstungen reparieren kann.« Man konnte ihm sein Bedauern ansehen, als er fortfuhr: »Du wirst wohl in der nächsten Zeit nicht viel Schlaf finden.«

Nathan schüttelte den Kopf. »Kommt mit mir, Robert, ich trinke ein Glas mit Euch. Ich glaube, ich kann auch eins gebrauchen.«

Kitty küsste Erik noch einmal. »Bleib nicht zu lange fort.«

Freida küsste ihn ebenfalls und flüsterte: »Sie scheint mir ein gutes Mädchen zu sein, Erik, wenn auch ab und zu ein wenig seltsam.«

Erik grinste. »Du kennst erst die halbe Wahrheit. Ich werde zum Essen zurück sein.« Als sich seine Mutter bereits zum Gehen umgedreht hatte, fragte er noch: »Habt ihr etwas von Roo gehört?«

Sie blieb stehen. »Zwei seiner Wagen sind vorgestern hier eingetroffen. Ich glaube, die Fuhrleute sind drüben bei Gaston abgestiegen. Aber von ihm selbst haben wir nichts gehört. Wieso?«

»Er war hierher unterwegs, und die Lage … ist sehr schwierig geworden.«

Freida, die Rupert nie besonders gemocht hatte, jedoch wusste, dass ihr Sohn mit ihm befreundet war, nickte. »Ich werde ihn in meine Gebete einschließen.«

Erik lächelte. »Danke, Mutter.« Er stieg wieder auf und ritt zurück nach Ravensburg hinein, um seine Männer bei ihren Aufgaben zu beaufsichtigen und um alles für die Zerstörung jener Stadt vorzubereiten, in der er den größten Teil seines Lebens verbracht hatte.

»Wie geht es dir?«, erkundigte sich Roo.

Luis antwortete: »Besser.« Er ritt neben Roo und sah tatsächlich schon viel besser aus.

Jadow drehte sich zu ihnen herum. »Mann, wenn man bedenkt, dass du ihn mit diesem Umschlag fast umgebracht hast, sieht er aus wie neugeboren.«

»Ich habe eben geglaubt, Nakor hätte uns dieses Moos gezeigt.«

Die Elben hatten Roos Brei entfernt, die richtigen Kräuter für einen Wundumschlag gefunden und Luis damit versorgt.

Jadows Soldaten hatten die Tiere der Plünderer, die sie getötet hatten, mitgenommen, und so konnten nun auch Roo und die beiden Frauen reiten. Die Elben waren alle zu Fuß, zwei von ihnen führten die Pferde mit den Kindern, während Karli und Helen stets ein waches Auge auf ihre Nachkommenschaft hatten.

Den Schauplatz des Kampfes hatten sie hinter sich gelassen und später dann ein Lager aufgeschlagen. Jadow verzichtete auf jegliche Verteidigungsmaßnahmen, da die Elben außerhalb des Lagers Wache schoben. Es erschien ihm sinnvoller, zwei Stunden länger voranzukommen, als das Lager zu sichern.

Zweimal, seit sie das Lager am Morgen verlassen hatten, waren ihnen Berichte von anderen Kompanien, die sich auf dem Weg nach Süden befanden, zugetragen worden: östlich von ihnen Truppen des Königreichs, Invasoren im Westen. So wie es aussah, zogen beide Armeen in die nächste Schlacht. Roo kannte die Umgebung recht gut und wusste, dass hinter Ravensburg die einzige größere Stadt lag, Wolfsstedt, und die Gegend um diesen Weiler herum war nicht gerade leicht zu verteidigen. Sie würden Ravensburg eine Weile halten und sich dann nach Düstermoor zurückziehen müssen.

»Wie weit ist es noch bis nach Ravensburg?«, fragte Jadow.

»Keine ganze Stunde mehr«, antwortete Roo.

»Gut«, meinte Luis. »Ich könnte ein Gläschen von diesem Wein vertragen, mit dem Erik immer so angegeben hat.«

»Du wirst bestimmt nicht enttäuscht sein«, versprach Roo. Dann dachte er an die große Abteilung der Armee des Königreichs, die bereits in Ravensburg stationiert sein musste, und fügte hinzu: »Jedenfalls, wenn sie uns noch etwas übrig gelassen haben.«

Zehn Minuten später trafen sie auf das erste Lager, das auf einer sehr gut zu verteidigenden Anhöhe errichtet worden war. Sie grüßten die Wachen und konnten ohne weitere Fragen passieren.

Während sie vorankamen, sahen sie mehr und mehr Einheiten der Armee des Königreichs, die sich eingruben. »Sieht aus, als würden sie auf einer Front von zehn Meilen Breite kämpfen.«

Jadow deutete über die Schultern zurück nach Norden. »Seit Wochen lotsen wir sie auf diesen Weg. Allerdings haben wir genug Leute zurückgelassen, damit sie uns nicht vortäuschen können, sie würden hier entlangkommen, und dann nördlich von uns durchbrechen.«

Roo kannte die hiesige Gegend. »Selbst wenn sie hier an euch vorbeikommen«, stellte er fest, »müssen sie sich doch wieder südwärts wenden, wenn sie über das Albtraumgebirge wollen.«

»Genau so sieht der Plan aus«, sagte Jadow.

Je näher sie Ravensburg kamen, desto hektischer wurde das Treiben. Die Straße verlief parallel zu einer niedrigen Bergkette, einer Reihe miteinander verbundener Hügel, die seit Urzeiten als Weinberge bewirtschaftet wurden.

Soldaten schnitten die Weinpflanzen ab, von denen manche so groß wie kleine Bäume waren, und schichteten sie zusammen mit allem anderen, was sie fanden, zu Schanzen entlang der Bergrücken auf. Obwohl Roo kein Winzer war, hatte er doch lange genug hier gelebt, um zu wissen, welch einen Schaden diese Behandlung der Weinstöcke darstellte. Manche waren dreihundert Jahre alt, ein Verlust, der niemals zu ersetzen war.

Er bemerkte, dass überall Feldarbeiter Wein schnitten, von dem sie Ableger machen wollten, wohl in der Hoffnung, eines Tages zurückzukehren und dann von vorn anzufangen. Im Stillen wünschte Roo ihnen Glück.

Sie erreichten Ravensburg am Nachmittag. Roo entdeckte Erik, während dieser gerade die Errichtung einer Barrikade über die Hauptstraße beaufsichtigte. Er winkte, und Erik ritt zu ihnen herüber.

»Roo! Luis! Jadow!«, grüßte Erik, und die Erleichterung stand ihm ins Gesicht geschrieben.

Galain wartete, bis die Begrüßung vorbei war, dann fragte er: »Hauptmann von Düstermoor?«

»Ja«, antwortete Erik. »Was kann ich für Euch tun?«

Galain übergab ihm einen zusammengerollten Brief. Erik las ihn und sagte: »Gut.« Er zeigte auf ein Gasthaus auf der anderen Seite des Platzes. »Wenn Ihr etwas essen wollt, geht dorthin und sagt dem Wirt, ich hätte Euch geschickt.«

»Danke«, erwiderte Galain.

Erik warf einen Blick auf Karli, Helen und die Kinder. »Wenn Ihr so freundlich wärt, die Pferde noch ein Stück weiter zu führen, wäre ich Euch sehr dankbar.« Er wandte sich an Karli. »Sag meiner Mutter, ich hätte euch geschickt, und sie solle den Kindern nicht zu viel Süßes geben.«

Karli lächelte, und eine Träne der Erleichterung lief ihr über die Wange, wenngleich sie sich alle Mühe gab, sie zurückzuhalten. »Danke«, sagte auch sie.

Während die beiden Frauen und die vier Kinder von den Elben davongeführt wurden, wandte sich Erik an Luis: »Was ist denn mit deiner Schulter passiert?«

»Das ist eine lange Geschichte«, antwortete der Angesprochene. »Die werde ich dir heute Abend erzählen.«

Erik nickte und fragte Roo: »Warum begleitest du nicht deine Familie, und wir treffen uns dann später? Ich habe noch jede Menge Arbeit.«

»Offensichtlich«, meinte Roo. »Bis später.«

Sie ritten davon, und Erik nahm Jadows halb spöttischen Salut entgegen. »Bericht, Feldwebel.«

»Jawohl, Sir, Hauptmann, Sir!«, antwortete Jadow grinsend.

»In Ordnung, das genügt.«

»Wie Ihr sagt, Hauptmann, Sir!«

Erik beugte sich vor. »Du wärst wohl gern wieder Korporal, Feldwebel!«

»Versprich mir nicht Dinge, die du dann doch nicht halten kannst.«

Erik grinste. »Was gibt's Neues?«

»Da oben im Norden sitzt ein zäher Bastard an der Spitze der feindlichen Armee, ein Kerl namens Duko, General Duko. Immer wieder stößt er gegen den kleinen Pass zwischen Eggly und Tannerus vor. Der Graf von Pemberton und der Herzog von Yabon haben dort beide ihre Infanterie eingegraben, zusammen mit einigen cortesischen Bogenschützen, die die oberen Bergkämme halten und den Feind im Pass festsetzen. Sie sind miese kleine Bastarde und können dir mit einem Pfeil einen Zahn rausschießen. Daher greifen die meisten von Dukos Männern immer und immer wieder die Barrikaden auf der Straße an. Es ist eine blutige Scheiße, ein richtiges Gemetzel, doch davon abgesehen, sind die meisten Truppen des Feindes hierher unterwegs.«

»Hast du irgendwas von Fadawah gehört?«

»Nichts. Es scheint, als würde sich Lord Obermies in der Nähe dieser smaragdgrünen Hure herumtreiben.« Jadow kratzte sich am Kinn. »Diese Invasion ist wirklich eine richtige Scheiße, wenn du verstehst, was ich meine.«

»Ich verstehe nur allzu gut, was du meinst«, sagte Erik. »Hol dir was zu essen, und wenn du deine Männer untergebracht hast, ruhst du dich die Nacht über aus. Du und deine Kompanie, ihr werdet zur nächsten Stadt, Wolfsstedt, reiten und sehen, was ihr da tun könnt. Der Feind sollte dort durchkommen, also überlegt euch ein paar kleine gemeine Überraschungen, mit denen ihr ihn ein wenig aufhaltet.«

Jadow grinste. »Kleine gemeine Überraschungen sind meine Spezialität, Hauptmann.«

»Wenn du damit fertig bist, kommst du wieder hierher. Ich brauche dich, um die Kompanie an der Nordflanke zu führen.« Erik salutierte, und Jadow und seine sechzig Männer ritten davon.

Erik wandte seine Aufmerksamkeit wieder der vor ihm liegenden Arbeit zu, doch gelang es ihm nicht, seine Familie aus seinen Gedanken zu verdrängen, vor allem nicht seine junge Frau, die kaum zehn Reitminuten von ihm entfernt war.

Der Schankraum war überfüllt, daher schickte Milo, der Wirt, Roo, Karli, Helen Jacoby, Erik und Kitty in die Küche, wo sie sich um den Tisch drängten, an dem die Speisen vorbereitet wurden. Die Kinder hatten schon zu essen bekommen und waren danach ins Bett geschickt worden. Selbst ohne sie war es so eng, dass Kitty auf Eriks Knie sitzen musste, was allerdings keinem von beiden viel auszumachen schien.

Erik aß hastig, schließlich war es seine erste warme Mahlzeit seit Tagen, noch dazu von seiner Mutter gekocht. Milo hatte einige Flaschen seines besten Weins entkorkt und schenkte ständig nach.

Robert d'Lyes teilte sich mit Gunther, Nathans Lehrling, dessen Kammer, doch Milo wusste überhaupt nicht, wohin er seine ganzen anderen Gäste stecken sollte. Freida meinte: »Die Kinder können doch unser Zimmer haben.«

»Milo hat sie nach oben verfrachtet«, sagte Nathan.

»Nicht Roos Kinder, ich meine Erik und seine Frau.«

Erik errötete, und Nathan lachte. »Ich würde ihn nicht gerade ein Kind nennen, Teuerste.«

»Er ist mein Junge, und sie ist ja wohl auch kaum mehr als ein Mädchen. Aber gleichgültig, die beiden sollen mal ein bisschen allein miteinander sein können.«

»Nun«, sagte Nathan daraufhin, »ich werde sowieso die ganze Nacht in der Schmiede zu tun haben, also musst nur du für dich einen Platz zum Schlafen suchen.«

»Ich werde einfach eine Decke unter den Tisch hier legen und in der Küche schlafen. Morgen muss ich in aller Frühe raus, es gibt eine Menge hungriger Mäuler zu stopfen.«

Wie Erik wusste, wohnten seine Mutter und Nathan in einem kleinen Häuschen neben der Schmiede, und während dies einst nichts weiter als eine heruntergekommene Hütte gewesen war, als Tyndal, Eriks erster Meister, noch der Besitzer gewesen war, hatten sich Nathan und Freida ein ordentliches und sauberes kleines Schlafzimmer darin eingerichtet.

»Erik«, fragte Milo, »müssen wir die Stadt wirklich verlassen?«

Erik nickte. »Übermorgen beim ersten Licht. Zwei Tage später wird hier eine Schlacht stattfinden. Wir müssen sie aus der Stadt fernhalten, während sich die nördliche und südliche Flanke zurückzieht. Dann weichen wir weiter zurück, und wenn alles nach Plan läuft, werden wir sie in Düstermoor besiegen.«

Milo seufzte. »Dieses Gasthaus ist alles, was ich habe.«

Erik nickte. »Ich habe etwas Geld gespart. Wenn dieser Krieg vorüber ist, werde ich dir helfen, es wieder aufzubauen.«

Milo schien das nicht so recht zu überzeugen.

»Wie geht es eigentlich Rosalyn und dem Kleinen?«, fragte Erik.

»Gut«, berichtete Milo, und sein Gesicht hellte sich ein wenig auf. »Sie und Rudolph haben noch ein Kind bekommen, einen Sohn, den sie nach mir genannt haben!«

»Glückwunsch!«, sagte Erik.

»Ich hab ihnen sagen lassen, dass du zurück bist, obwohl es ihnen kaum entgangen sein kann, bei all diesen Soldaten, die herumrennen und deinen Namen rufen. Ich weiß auch nicht, warum sie noch nicht hier sind.«

»Nun, Rudolph und seine Familie müssen doch die Bäckerei abbauen und auf Wagen verladen«, meinte Erik.

»Das stimmt allerdings. Trotzdem, ich denke, sie werden dich noch sehen wollen, bevor sie aufbrechen.«

»Ich muss ebenfalls noch mit ihnen sprechen«, sagte Erik.

Kitty küsste ihn auf die Wange. »Aber vielleicht hat das ja Zeit bis morgen.«

Erik grinste und errötete abermals. »Na gut«, flüsterte er. Dann fügte er mit einem Blick in die Runde hinzu: »Nun, ich muss morgen sehr früh aufstehen.«

Alle lachten. Erik wurde noch röter, nahm Kittys Hand und führte sie aus der Küche.

Nachdem sie gegangen waren, sagte Nathan: »Roo, du hast dich tapfer geschlagen.«

Roo blies übertrieben die Wangen auf und stieß zischend die Luft aus, um seine Erleichterung zu zeigen. »Jetzt, da ich weiß, dass ich noch am Leben bin, würde ich sagen: Ja, ich habe mich tapfer geschlagen.«

Die anderen lachten, und dann unterhielt sich einer mit dem anderen, und im Kreise der Familie rückten für den Augenblick alle Bedrohungen in weite Ferne.

Bei Tagesanbruch saß Roo auf dem Kutschbock und seine Frau neben ihm. Hinten im Wagen hockten Luis, Helen und die Kinder. Roo lächelte, als er fragte: »Sehen wir uns bald wieder?«

Erik saß auf seinem Pferd und nickte. »So bald nun auch wieder nicht, falls du schlau bist. Wenn ich Düstermoor erreiche, solltest du schon auf halbem Weg nach Malacs Kreuz sein. Außerdem, hast du nicht noch einige Häuser im Osten, um die du dich kümmern musst?«

Roo zuckte mit den Schultern. »Ich besitze genug, um mich über Wasser zu halten, wenn wir das alles hier überstehen. Irgendwie möchte ich das, was jetzt kommt, gar nicht verpassen.«

Erik grinste. »Ich glaube aber doch.«

Roo erwiderte das Grinsen. »Du hast recht. Ich werde die Kinder an einen Ort bringen, wo sie spielen und wachsen und gedeihen können.«

Erik lachte. »Dann raus mit dir!«

Roo hatte herausgefunden, dass zwei seiner Wagen es bis nach Ravensburg geschafft hatten. Wie versprochen, hatte er den beiden Kutschern einen Jahreslohn gezahlt. Danach hatte er sie entlassen und den einen Wagen Milo und Nathan geschenkt, während er den zweiten für sich behielt.

Erik ritt zu dem hinteren Wagen. Milo und Nathan saßen auf dem Kutschbock, Kitty, Freida, Rosalyn, ihr Mann Rudolph und ihre Söhne Gerd und Milo hockten auf der Ladefläche. Erik lächelte den älteren Jungen an, der nun deutlich nach Eriks richtigem Vater, Stefan von Düstermoor, kam. Der Junge saß auf dem Schoss seines Stiefvaters und fragte ihm im Plapperton eines Zweijährigen Löcher in den Bauch. Seine Mutter hielt den Säugling in den Armen. Erik wandte sich an Nathan. »Wenn ihr in Düstermoor ankommt, sucht Owen Greylock auf. Er wird eine sichere Bleibe für euch finden.«

Kitty stand auf, und Erik drängte sein Pferd nah genug an den Wagen, damit er sie in die Arme schließen konnte. Ohne ein Wort zu sagen, hielten sie einander fest, dann ließ Erik sie los.

Nathan ließ die Zügel schnalzen, und die Pferde setzten sich in Gang. Erik sah zu, wie sein ganzes Leben davonzog: seine Mutter; ihr Ehemann, ein anständiger Kerl, wie man ihn selten fand; Milo, der früher wie ein Vater für Erik gewesen war; Rosalyn, die ihm so sehr eine Schwester gewesen war, als hätte seine Mutter ihr das Leben geschenkt; und Gerd, sein Neffe, was jedoch nur wenige wussten. Und – das war das Erstaunlichste – Kitty!

Bevor er ihr begegnet war, hätte er es nicht für möglich gehalten, dass ihm in seinem Leben je ein Mensch so viel würde bedeuten können.

Erik sah den Wagen hinterher, bis sie im Treiben der Stadt verschwunden waren. Die anderen Bewohner Ravensburgs waren damit beschäftigt, ihr Hab und Gut auf Wagen oder Karren zu stapeln oder es zu Bündeln zusammenzuschnallen, die sie dann auf dem eigenen Rücken forttragen würden. Überall bereitete man sich darauf vor, sein Heim zu verlassen. Alles, was für den Unterhalt der Familie wichtig war, wurde verstaut: Werkzeuge, Samen, Ableger der besten Weine, Bücher und Schriftrollen, Inventar. Rudolphs Familie hatte ihre ganze Bäckerei zerlegt und nahm selbst die eisernen Ofentüren und -roste und Backbleche mit, alles von Wert, sodass nur die leeren Steinöfen und ein paar hölzerne Regale zurückblieben.

Manche Familien hatten ihre Habseligkeiten hoch auf ihre Wagen oder Karren gestapelt, andere konnten nur wenig Wertvolles mitnehmen, während sie über Jahre Angesammeltes, Möbel wie Kleider und andere Haushaltsgüter, der drängenden Eile wegen opfern mussten. Manche Bürger der Stadt waren längst unterwegs, trieben kleine Herden von Schafen, Ziegen oder Rindern vor sich her oder trugen Hühner, Enten und Gänse in Holzkisten davon.

Soldaten eilten vorüber und nahmen Positionen ein, die schon Monate ehe Erik hier eingetroffen war, festgelegt worden waren. Für Erik zerbrach eine Welt in Scherben, aber er unterdrückte dieses Gefühl und wandte seine Aufmerksamkeit der bevorstehenden Verteidigung seiner Heimatstadt zu.

Er überdachte die Anweisungen, die er von Greylock erhalten hatte, und dankte den Göttern, dass der General und Hauptmann Calis so gründlich gearbeitet hatten. Denn bald würde der heftigste Kampf seit dem Fall von Krondor beginnen.

Alles, was Erik in Marschall Williams Bibliothek gelesen hatte, lief letztlich auf einen Punkt hinaus: Der Krieg war immer eine ungewisse Sache, und jene, die am besten auf alle Eventualitäten vorbereitet waren und jeden Vorteil nutzen konnten, würden am wahrscheinlichsten überleben.

Und genau darum kreisten in diesen Tagen immer wieder Eriks Gedanken ums Überleben. Nicht um den Sieg, sondern einfach darum, länger durchzuhalten als der Feind. Er betete, dass der zuerst zugrunde ging. Und er wusste, falls ihm bei der Vorbereitung manche Einzelheiten entgingen, so lag es nicht daran, dass er nicht alle Anstrengungen unternommen hätte, deren er fähig war.

Erik wendete sein Pferd und ritt davon, um die erste Verteidigungsreihe zu inspizieren.

Die Männer gruben hektisch und bauten Schanzwerk am Pass westlich von Ravensburg. Axtschläge hallten durch den Nachmittag von den Stellen her, wo Bäume gefällt wurden. Erik wischte sich den Schweiß von der Stirn und sah zur Sonne hoch, die gnadenlos auf ihn herabbrannte. Der Gedanke an Schnee lag an einem Tag wie diesem in weiter Ferne. Dennoch wusste er, dass der Winter in den Bergen seiner Heimat schon in einem Monat einbrechen konnte. Allerdings sagte ihm sein Instinkt, dass es dieses Jahr vermutlich einen späten und milden Winter geben würde. Betrachtete man die Pflanzen oder das Verhalten der wilden Tiere, mochten noch acht oder mehr Wochen vergehen, bis die ersten ernst zu nehmenden Schneefälle einsetzten, ja, selbst drei Monate könnte es noch dauern.

Erik erinnerte sich an das Jahr – damals war er vielleicht sechs gewesen –, als den ganzen Winter lang überhaupt kein nennenswerter Schnee gefallen war; nur gelegentlich hatte es einen nassen Schneeregen gegeben, und auch der hatte nicht lange angehalten.

Erik entschied, sich nicht weiter Sorgen über das Wetter zu machen und seine Aufmerksamkeit auf jene Dinge zu richten, die er beeinflussen konnte.

Zwei Reiter kamen auf ihn zu, einer von Süden, der andere von Westen.

Der Reiter von Westen her traf als Erster bei ihm ein und salutierte. Er trug die Uniform der Krondorischen Einheiten, blutbefleckt und voller Dreck. »Hauptmann«, begann er, »wir sind auf eine Kompanie Saaur gestoßen. Diese grünhäutigen Bastarde haben uns auseinandergenommen, ehe wir noch in Aufstellung gehen konnten.« Er blickte über die Schulter, als würde er erwarten, der Feind könne jeden Augenblick in Sicht kommen. »Sie scheinen es ziemlich übel genommen zu haben, was die Lanciere mit ihnen gemacht haben, und darum halten sie nach leichter Kavallerie und berittener Infanterie Ausschau, um sich zu rächen. Jedenfalls bin ich ihnen entkommen. Ich nehme an, sie werden sich mit den Vortrupps neu ordnen und morgen bei Sonnenuntergang oder übermorgen bei Sonnenaufgang hier eintreffen.«

»Gut«, sagte Erik. »Reite in die Stadt, iss etwas und ruh dich aus.« Er blickte sich um. »Ich glaube, in der nächsten Zeit werden wir keine Nachhut mehr brauchen, also wirst du dich morgen bei meinem ersten Feldwebel melden, einem Schleifer namens Harper.« Erik lächelte. »Er wird schon Arbeit für dich finden.«

Nachdem der erste Reiter davongeritten war, erreichte ihn der zweite und salutierte ebenfalls. Er trug die Uniform der Späher. »Wir sind unter stärkeren Druck geraten, als wir erwartet haben, Hauptmann. Ich weiß nicht, wie lange wir unseren geordneten Rückzug noch durchhalten können.«

Erik ging in Gedanken die Aufstellung der südlichen Truppen noch einmal durch. »Eigentlich solltet ihr doch nur mäßigem Druck ausgesetzt sein. Was ist geschehen?«

»Ich weiß nicht, aber der Graf von Landreth hat das Kommando übernommen.«

»Was ist mit Herzog Gregory?« Der Herzog der Marken des Südens, Statthalter des Tals der Träume, hatte für den Rückzug den Befehl über die südlichen Einheiten erhalten und sein Vorgehen mit Greylocks Verteidigung der Mitte abgestimmt. Unter seinem Kommando standen große Kräfte, da man ihm die Truppen aus den Garnisonen von Shamata und Landreth unterstellt hatte.

»Tot, Sir. Wir dachten, Ihr wüsstet das. Die Kuriere sind schon letzte Woche aufgebrochen.«

Erik fluchte. »Bei General Greylock oder mir sind sie nie angekommen.« Man war davon ausgegangen, dass die Invasoren einen großen Teil ihrer Armee gegen Kesh werfen würden, um zu verhindern, dass das Kaiserreich die Wirren der Lage ausnutzte und versuchte, sein Gebiet zu vergrößern, doch dem Bericht des Soldaten zufolge schien der südliche Flügel der Verteidigungslinie zu schnell zusammenzubrechen. »Reite in die Stadt, hol dir ein frisches Pferd und etwas zu essen. Ich werde euch zwei Kompanien Bogenschützen schicken, die euch beim Rückzug helfen sollen.« Indem er sich die Karten vor Augen rief, die er auswendig kannte, fügte er hinzu: »Schlag dem Grafen vor, er soll seinen südlichen Flügel zurückziehen und auf seiner linken Seite postieren. Dann kann er sich in Pottersville verschanzen. Die Stadt muss er jedoch mindestens drei Tage halten; vier wären besser. Bis dahin werden die Kämpfe auch uns erreicht haben, und der Feind darf uns nicht in die Seite fallen. Wenn er so lange durchhält, kann er entlang der Linie nordwärts ziehen, über die Straße nach Breonton. Dort angekommen, kann er Fersengeld geben und sich nach Düstermoor aufmachen, aber nicht eher.«

Der Späher nickte und lächelte müde. »Ich nehme an, es wird Euch nichts ausmachen, wenn ich diese Vorschläge als die von General Greylock ausgebe?«

Erik erwiderte das Lächeln. »Natürlich nicht. Mir würde es niemals einfallen, dem Grafen irgendetwas befehlen zu wollen.« Das Lächeln verschwand von seinem Gesicht. »Aber uns fehlt die Zeit, erst nach Düstermoor zu reiten und von Owen exakt die gleichen Anweisungen einzuholen. Falls der Graf also fragt, sag ihm, es wären die Befehle des Generals. Ich werde für alle Probleme geradestehen, die sich aus dieser Notlüge ergeben könnten.«

Der Späher nickte. »Hauptmann, wenn wir erst alle in Düstermoor sind, werden wir ein ziemlich gemischtes Kommando haben. Und vielen der Adligen wird es nicht gefallen, sich Befehle erteilen zu lassen.«

Erik lächelte erneut. »Nun, genau aus diesem Grund hat Prinz Patrick sich dort eingefunden.«

»Der Prinz hält sich in Düstermoor auf?«

»Das habe ich jedenfalls gehört. Und jetzt iss etwas, und dann reitest du zurück zum Grafen von Landreth.«

Der Späher salutierte und machte sich auf.

Erik beobachtete, wie man die gefällten Bäume herüberschleppte, um die Königsstraße zu befestigen. Die Stellung wurde von zwei hohen Bergrücken gesäumt, und unter Eriks Augen wurden nun mit Maultieren Katapulte über Ziegenpfade in die Geschützstände gebracht, die man von Hand aus dem Fels geschlagen hatte. Wenn der Feind über die Straße herandrängte, würde er große Verluste erleiden.

Erik nickte beifällig. Er würde noch mehr Zugtiere hinausschicken, die die Baumstämme fortschleppten, zudem würde er die Männer arbeiten lassen, bis dort der letzte Baum gefällt war. Der Feind würde auf seinem Anmarsch auf Ravensburg keinerlei Deckung finden, jedenfalls, wenn es nach Erik von Düstermoor ginge.

Zweimal hatten sich die feindlichen Plänkler den Verteidigungsstellungen von Ravensburg genähert, waren jedoch stets im letzten Augenblick nach Westen abgezogen. Erik hatte sich auf dem zweiten Bergkamm an der Straße des Königs postiert, wo er hoch genug stand, um das Zentrum des Schlachtfeldes zu überblicken, und gleichzeitig dicht genug an der Front war, um schnell Befehle übermitteln zu lassen.

Vor einer Stunde war die Nachricht eingetroffen, dass sowohl am südlichen als auch am nördlichen Ende der zehn Meilen langen Verteidigungslinie heftige Kämpfe aufgeflammt waren. Dies waren die gefährlichsten Schwachstellen, denn alles hing davon ab, ob sie halten und so den Feind auf den vorbereiteten Weg in die Mitte drängen würden, wo Erik ihn bluten lassen konnte.

Wenn er schließlich den Befehl zum Rückzug gab, würden die nördlichen und südlichen Einheiten, soweit möglich, die Kampfhandlungen beenden und sich auf den Eilmarsch nach Düstermoor machen. Erik würde versuchen, einen weiteren Tag herauszuschlagen, dann würde sich die gesamte Truppe zurückziehen, und zwar ohne weitere Rückzugsgeplänkel. Owen und Erik hatten Calis' ursprünglichen Plan noch einmal überdacht und entsprechend angepasst. Calis hatte Rückzugsgefechte gewollt, um den Feind weiter zu verlangsamen. Erik hatte Owen jedoch davon überzeugt, dass der Feind inzwischen an solche Rückzugsgeplänkel in der Mitte gewöhnt war und aus diesem Grund mit großer Vorsicht voranziehen würde, nachdem die Verteidiger Ravensburg verlassen hatten. Dadurch würde Erik jene Zeit gewinnen, die er brauchte, um so viele Männer wie möglich herauszubringen. Und einer Sache war sich Erik gewiss: jeder Mann, der nicht in Rückzugsgefechten fiel, würde sich bei der Verteidigung von Düstermoor als doppelt wertvoll erweisen.

Jetzt warteten sie ab. Schwerter, Speere und Pfeile wurden geschärft, Fallen wurden aufgestellt, die Pferde ruhten sich aus. Die Männer saßen schweigend herum, manche überprüften Rüstung und Waffen wieder und wieder, damit sie auf keinen Fall auch nur den kleinsten Fehler übersahen, der möglicherweise tödliche Folgen nach sich ziehen konnte. Andere saßen reglos da und warteten, einige schliefen, und noch andere beteten Tith-Onanka um Mut für die Schlacht an oder machten ihren Frieden mit der Göttin des Todes, vor der sie vielleicht bald stehen würden.

Erik beobachtete das alles, ging ein ums andere Mal durch, ob alle Vorbereitungen zufriedenstellend getroffen worden waren, und suchte nach Fehlern, Fehleinschätzungen und möglichen Schwierigkeiten. Die Signalgeber standen mit ihren Flaggen neben ihm bereit, um jederzeit seine Befehle an die Einheiten auf den Bergkämmen im Norden und Süden zu übermitteln.

Das Gebiet, das sie als Schlachtfeld ausgewählt hatten, war ein kleines, flaches Stück Land, das wie ein Trichter von den Bergen entlang der Königsstraße begrenzt wurde, und die erste Verteidigungslinie lag auf jenen niedrigen Hügeln, welche die Straße durchschnitt. An der Stelle hatte Erik die erste Barrikade errichten lassen: Eine Schanze aus Baumstämmen sicherte die Straße. Der Feind würde vielleicht versuchen, die Felshänge zu beiden Seiten zu erklettern, doch für diesen Fall zählte Erik auf seine Bogenschützen.

Die Barrikade war so gebaut worden, dass sie von außen den Anschein erweckte, wahllos und in großer Eile errichtet worden zu sein, doch dieser Eindruck trog. Erik hoffte, dass der Feind die Möglichkeiten der Verteidiger, den großen Ansturm abzuwehren, unterschätzen würde.

Der Tag zog sich langsam dahin. Dann hörte man schließlich von der anderen Seite der freien Fläche den Hufschlag der feindlichen Pferde. Ein Dutzend Reiter erschien auf dem höchsten Punkt der Königsstraße, der letzten Erhebung vor dem freigeräumten Schlachtfeld. Sie zügelten die Pferde und betrachteten still die Verteidigungsanlagen. Dann sagte ein Mann, der wohl der Anführer war, etwas, und zwei der Reiter ritten zurück. Daraufhin zeigte der Anführer auf die Barrikade der Verteidiger, und zwei seiner Leute trieben ihre Tiere im Kantergalopp voran.

»Befehl ausgeben«, sagte Erik. »Falls sie sich der Barrikade mehr als zwanzig Meter nähern, werden sie getötet. Wenn sie jenseits davon bleiben, können sie so viel herumreiten, wie sie wollen!«

Entlang der Barrikade war ein schmaler Graben angelegt worden, den man mit großer Mühe getarnt hatte. Erik wollte nicht, dass die feindlichen Kundschafter den nun ausspähten, doch er hatte nichts dagegen, wenn sie zurückritten und ihren Anführern erzählten, der Weg wäre frei.

Der Bote salutierte und lief zur Barrikade los, wo er die Befehle weiterleitete. Knapp innerhalb der Reichweite der feindlichen Bogen schwenkten die beiden Reiter von der Straße ab und schlugen rasch einen Bogen, wobei sie erwarteten, von den Verteidigern beschossen zu werden. Als jedoch nicht ein einziger Pfeil auf sie niederging, hielten sie auf der Straße an und blickten zurück zu ihrem Anführer. Der Mann gab ihnen ein Zeichen, und einer der Reiter winkte zur Antwort.

Die beiden verließen die Straße des Königs und trabten langsam auf dem Grassaum vorwärts.

»Die Kerle suchen nach Fallen«, hörte Erik Feldwebel Harper sagen. »Nicht dumm.«

Erik hatte nicht bemerkt, dass sich Harper zu ihm gesellt hatte, so sehr galt seine ganze Aufmerksamkeit den Reitern. »Alles bereit?«, fragte er.

»Schon seit Stunden«, erwiderte Harper. »Was sollen wir mit den beiden machen?«

»Nichts. Mögen sie glauben, wir würden unsere Pfeile für die erste Angriffswelle aufsparen.«

»Und wenn sie zu nah an unseren Graben kommen?«

»Dann sind sie des Todes. Den entsprechenden Befehl habe ich schon ausgegeben.«

Harper nickte zustimmend. »Es ist gut, dass wir mal ein bisschen innehalten und die Bastarde bluten lassen. Diese ganzen Rückzüge machen einen ganz müde.«

»Ich glaube, nichts an dem, was hier stattfindet, kann man ›gut‹ nennen, Feldwebel.«

»Na ja, genau das habe ich doch gemeint, Hauptmann. Ich hab's nur anders ausgedrückt.«

Erik schüttelte den Kopf und grinste. »Nun, wenn Ihr so erpicht darauf seid, Köpfe abzuschlagen, sollte ich Euch vielleicht in die vorderste Reihe stellen.«

»Also, wir wollen doch nichts überstürzen«, meinte Harper daraufhin rasch. »Ich vermute, es wird heute noch genug Gelegenheit zum Kämpfen geben.«

»Das vermute ich allerdings auch«, stimmte Erik zu.

Die Späher näherten sich entlang der Straße, und als sie nur noch einige Meter von der Linie entfernt waren, hinter der sie auf Eriks Befehl getötet werden sollten, wendeten sie die Pferde und ritten eilig zu ihrem Anführer zurück. Dort verharrte die Vorhut regungslos und wartete auf die Kolonne, die die Straße herunterkommen würde …

Der größte Teil des Tages war vergangen, als von Westen her der dröhnende Gleichschritt marschierender Truppen herüberhallte. Zunächst noch leise, wurde das Getrampel lauter und lauter, bis Harper schließlich meinte: »Hört sich an, als würden sie uns diesmal alles entgegenwerfen, Hauptmann.«

»In der Tat«, erwiderte Erik.

Am anderen Ende der Straße, wo die Reiter warteten, befand sich zu beiden Seiten der Königsstraße dichter Wald. Das Getrampel der anmarschierenden Armee wurde lauter, doch kein einziger Soldat war zu sehen.

Dann plötzlich traten Männer in einer Linie aus dem Wald, Schilde, Kriegsäxte, Schwerter, Speere und Bogen in den Händen. Sie marschierten weiter, bis sie die Mitte zwischen Bäumen und den Verteidigern erreicht hatten, dann hielten sie an.

»Was haben wir denn da?«, fragte Harper leise.

»Scheint, als hätten sie das eine oder andere dazugelernt, seit sie gelandet sind«, meinte Erik. »Wenn sie die Infanterie vorschicken, sind einige unserer Vorteile dahin.«

Seit der Zeit, als Calis' Kompanie unter der Smaragdkönigin gedient hatte, bestand die Taktik der Invasoren gewöhnlich darin, die Kavallerie gegen jegliche Verteidigungsstellungen stürmen zu lassen. Die Infanterie beschränkte sich auf Belagerungen und darauf, sich auf Breschen in den Verteidigungslinien des Feindes zu stürzen.

Erik fluchte. »Ich dachte, wir würden allein einen Tag dadurch gewinnen, dass wir ihre Kavallerie abschlachten können.«

»Gebt die Hoffnung nicht auf, Hauptmann«, sagte Harper. »Kann immer noch sein, dass sie irgendetwas Unüberlegtes tun.«

Eine Reiterkolonne ritt über den fernen Hügel und zog zur Straße, wo sie kurz vor der Infanterie anhielt. Dort wartete sie. Offiziere kamen angeritten und nahmen vor ihren

Männern Stellung ein. Noch immer marschierten sie nicht weiter vor.

»Wenn die Reiter über die Straße vorpreschen, während die Infanterie über den freien Grund vorrückt, könnte es recht interessant werden«, bemerkte Harper.

Erik erwiderte nichts darauf.

Weitere Reiter erschienen auf dem Hügel, dann ertönte ein Trompetensignal, drei kurze Stöße. Mit Gebrüll stürmte das Fußvolk über das Feld.

»Signal an die Katapulte«, sagte Erik. Er hob die Hand, und der Signalgeber wiederholte die Geste mit einer roten Flagge.

Erik beobachtete, wie die Angreifer auf seine Stellungen zurannten. Er hatte das Gelände so gut studiert, dass er die Entfernungen ohne Markierungen abschätzen konnte. Als die vorderste Linie der Angreifer in Reichweite der Katapulte kam, zögerte er noch kurz, dann ließ er die Hand sinken. Die Flagge folgte einen Augenblick später, und schon schickten die gut getarnten Kriegsmaschinen auf dem zweiten Bergkamm ihre Last los.

Ein Hagel von Steinen, manche so groß wie Fäuste, andere so groß wie Melonen, senkte sich auf die Angreifer. Männer brüllten und stürzten, tot oder mit gebrochenen Knochen. Jene hinter ihnen konnten nicht anhalten, und so wurden etliche der Verwundeten von ihren eigenen Kameraden zu Tode getrampelt.

Als wären die Steine das Signal gewesen, jagte die Kavallerie über die Königsstraße voran. »Sie wollen hier sein, ehe die Katapulte neu geladen sind«, erkannte Harper.

»Schwarze Flagge!«, rief Erik und hob wieder die Hand. Eine zweite Flagge ging nach oben, und als die angreifenden Reiter die richtige Entfernung erreicht hatten, riss Erik die Hand nach unten. Die schwarze Flagge ging ebenfalls nach unten, und erneut hagelte es Geschosse. Pferde wieherten, und Männer wurden abgeworfen, als die zweite Katapult-Kompanie ihren tödlichen Regen auf die Invasoren abfeuerte.

»Grüne Flagge!«, befahl Erik, und die dritte Flagge ging hoch. Als sie niederging, wurden zwei ganz besondere Katapulte ausgelöst, Mangen, wie man sie nannte, große, mit Gegengewichten versehene Holzbalken, die aus ihrem Korb Metallsterne mit sechs scharfen Spitzen verschossen. Jene, die nicht gleich einen Angreifer trafen, blieben mit einer Spitze nach oben in der Erde stecken. Auf diese widerlichen Spitzen traten dann Pferde oder Männer – die Pferde lahmten, die Männer stürzten.

Als sich die Angreifer durch das Gewühl der Verwundeten in den vorderen Reihen gedrängt hatten, waren die Kriegsmaschinen wieder geladen und wurden erneut abgeschossen. Und als sich die grüne Flagge schließlich zum dritten Mal senkte, war die Front der Angreifer aufgebrochen und befand sich in ungeordnetem Rückzug.

Hunderte Männer und Pferde lagen tot am Boden, während die Abendsonne die Szene beschien. Nicht ein einziger Soldat des Königreichs war verletzt worden.

Erik wandte sich an den grinsenden Harper. »Die Außenkompanien sollen ausschwärmen und nach Eindringlingen suchen. Der Feind wird versuchen, die Katapulte unbrauchbar zu machen, deshalb erwarte ich heute Nacht eine Menge unerwünschter Besucher in den Hügeln.«

»Sir!«, erwiderte Harper und ging los, um den Befehl auszuführen.

Erik beobachtete den Rückzug. Heute waren seine Männer so gut davongekommen, wie es nur möglich war. Doch er wusste, dass die Dinge von morgen an um einiges schwerer werden konnten.

Sterbende Männer stöhnten vor Schmerz, bettelten um Wasser oder heulten. Manche riefen nach den Göttern, nach ihren Müttern oder Frauen, während andere nicht mehr in der Lage waren zu sprechen. Erik betrachtete das Blutbad, während im Westen die Sonne hinter den Bergen unterging.

Was seine Voraussage betraf, dass die Invasoren nicht eher wieder angreifen würden, bis sie zumindest versucht hätten, die Katapulte der Verteidiger auszuschalten, hatte er recht behalten. Gruppen von Eindringlingen waren die ganze Nacht gegen die vermeintlichen Schwachstellen vorgegangen, wo sie jedoch stets auf den Widerstand der Verteidiger gestoßen waren. Jadows Männer waren im Norden von Bresche zu Bresche gejagt, um den Bedrängten zu helfen, und eine zweite Kompanie unter dem Befehl eines Korporal Wallis hatte diese Aufgabe im Süden übernommen.

In der Morgendämmerung war deutlich geworden, dass die Angreifer den Versuch, eine Schwachstelle zu finden, aufgegeben und entschieden hatten, ihre Männer einfach gegen die Verteidiger zu werfen. Viermal an diesem Tag beobachtete Erik, wie Tausende von Invasoren über das Schlachtfeld rannten, das er bei sich den »Trichter« nannte, nur um im verheerenden Geschosshagel der Verteidiger zu fallen.

»Werden sie denn nicht um Waffenstillstand bitten, um die Verwundeten zu bergen?«, fragte Harper.

»Nein«, antwortete Erik. »Das ist nicht ihre Art. Ihre Verwundeten machen sie nur langsamer.«

»Das ist allerdings bitter. Demnach werden wir in der

Zukunft auch keine Gelegenheit bekommen, unsere Jungs zu bergen?«

»Ja«, bestätigte Erik. »Ich kann Euch nur einen Rat geben, falls Ihr verwundet werdet: Tut so, als wärt Ihr tot, und hofft, dass sie sich nicht die Zeit nehmen, das zu überprüfen. Und dann krabbelt davon, wenn sie abgezogen sind.«

»Ich werde mir das merken, Sir.«

Drei Kompanien der Angreifer hatten im letzten Vorstoß die Barrikade erreicht, und obwohl keiner seiner Männer bei der Verteidigung gefallen war, hatten doch einige Verletzungen davongetragen.

Die Angreifer hatten auf die harte Tour Bekanntschaft mit Eriks Fallen gemacht. Die Gruben mit angespitzten Pfählen und der schlau verborgene Graben vor der Barrikade hatte Hunderte von feindlichen Soldaten das Leben gekostet. Erik warf einen Blick zur Sonne und dachte, dass vor Sonnenuntergang vielleicht noch ein weiterer Angriff erfolgen würde. Er betete darum, dass dies nicht der Fall sein würde. Denn er hatte geplant, sich im Schutze der Nacht zur zweiten Verteidigungslinie zurückzuziehen, einer weiteren, wohl platzierten Barrikade, von der aus die Bogenschützen freies Schussfeld auf die Angreifer hatten, während diese über die erste Barrikade kletterten. Auf den fünfzig Metern offenen Geländes bis zur zweiten Barrikade wäre der Feind seinen Schützen ohne Deckung ausgesetzt, und den morgigen Tag wäre dies an der zweiten Barrikade ebenso, dann mussten die Flüchtlinge aus Ravensburg Düstermoor erreicht haben und in Sicherheit sein.

Patrouillen ritten die östlichen Hänge der Berge ab und überprüften, ob nicht kleinere Kompanien des Feindes durchgeschlüpft waren, um den Verteidigern von hinten in den Rücken zu fallen. Doch vor allem fürchtete Erik, dass die Angreifer noch eine Überraschung parat hatten, die all seine schlauen Pläne zunichtemachen würde.

Trompeten erschollen, und Erik fluchte: »Verdammt! Ich hatte gehofft, sie würden uns endlich eine Pause gönnen.«

»Nicht sehr wahrscheinlich, Sir!«, meinte Harper, zog das Schwert, das er mit beiden Händen halten musste, so lang und schwer war die Klinge, doch er zog es Kurzschwert und Schild vor.

Zwischen den Bäumen auf der anderen Seite des Feldes rannten Männer hervor und spornten sich mit Gebrüll gegenseitig an, bis zur Verteidigungslinie vorzustoßen und sie zu durchbrechen.

Erik ließ Signale geben, und die Katapulte und Mangen warfen ihre tödliche Last auf die Angreifer. Sodann ließen die Bogenschützen ihre Waffen singen. Doch diesmal wälzte sich der Angriff voran.

Als die ersten Männer die Barrikade erreichten und in dem Versuch, sie zu erklettern, fielen, sah Erik, dass mehr und mehr Soldaten aus dem Wald kamen und in den Trichter marschierten. Wer immer auf der gegnerischen Seite das Kommando hatte, warf all seine Truppen ins Feld.

Erik zog ebenfalls das Schwert. »Feldwebel, die Reservekompanien sollen sich bereithalten. Sie sollen sich direkt hinter unseren Männern auf der Barrikade postieren.«

»Sir!«, rief Harper und gab die Befehle aus.

Jede der Reservekompanien bestand aus drei Schwadronen, also insgesamt hundertachtzig Mann, die unter dem Befehl eines Feldwebels standen. Dessen Aufgabe war es, jegliche Bresche sofort aufzuspüren und auszufüllen. Der Bereich zwischen den beiden Barrikaden wäre wertlos gewesen, wenn sich dort Angreifer mit Verteidigern vermischten; die Bogenschützen oben auf den Felsen und auf der zweiten Barrikade hätten dann nicht schießen können, ohne die eigenen Leute zu gefährden.

Erik entdeckte einen federbesetzten Helm, einen Hauptmann der Armee der Smaragdkönigin. Der Mann versuchte, sich an einem entschlossenen Angreifer, der einen der Verteidiger bezwungen hatte, vorbeizudrängen. Erik wollte den Bogenschützen schon Befehl geben, auf den Offizier zu schießen, doch oben auf dem Hügel hatte ihn bereits jemand gesehen und schickte einen Pfeil los, ehe Erik noch ein Wort sagen konnte.

Entlang der Barrikade tobte die Schlacht, und niedergeschlagen stand Erik auf dem hinteren Hügel, das Schwert in der Hand; er wusste, dass alle Vorteile verloren wären, wenn er erst selbst kämpfen müsste. Er dachte daran, dass er nunmehr ein Offizier war und den Befehl über die gesamten Truppen hatte, daher schob er das Schwert in die Scheide zurück und fügte sich in seine Rolle als Beobachter.

Als die Sonne hinterm Horizont verschwand, war die Schlacht an der Barrikade noch immer nicht entschieden. Die Verstärkung der Angreifer schwärmte durch den Trichter, um die Gefallenen zu ersetzen. Von beiden Flanken trafen Nachrichten ein: Die Kämpfe waren dort gleichermaßen heftig, doch alle Stellungen hielten.

Dann schließlich wurde der Himmel im Westen dunkel, und Erik erwartete das Signal zum Rückzug. Es kam nicht. Während es dunkler und dunkler wurde, waren im Westen Fackeln auszumachen, und Soldaten trugen diese herüber, um die Kämpfe in der Dunkelheit fortzusetzen.

»Verdammt!«, fluchte Harper. »Die wollen gar nicht mehr abhauen!«

»Offensichtlich nicht«, antwortete Erik. Er musste eine

Entscheidung treffen. Wenn er mit dem Rückzug begann, würde er seine Männer dabei nicht über den Bereich zwischen den beiden Barrikaden decken können, aber die meisten von ihnen würden dennoch die zweiten Barrikade erreichen und diese die Nacht über halten. Oder er setzte die Kämpfe fort und versuchte standzuhalten, bis sich der Angreifer zurückzog. Sollte dies gelinge, hätten sie einen großen Erfolg errungen, denn dann konnte er den Feind noch einige Zeit hier in Ravensburg festsetzen. Doch falls die Verteidigungslinie zusammenbrach und die Invasoren die zweite Barrikade überrannten, bevor sich die Truppen des Königreichs zurückgezogen hatten, drohte ihnen allen eine Katastrophe.

Erik zögerte. Zum ersten Mal, seit er nach Ravensburg zurückgekehrt war, verfluchte er Calis, weil dieser nicht bei ihm war. Er oder Greylock hätten diese Entscheidung treffen sollen, nicht ein junger Soldat, der solcherlei Situationen nur aus Büchern kannte.

Harper hatte das Schwert bereits gezogen. »Was machen wir nun, Sir?«

Erik schwirrte der Kopf. Er suchte nach einer Möglichkeit, wie er seine Männer bei Sonnenaufgang zur zweiten Barrikade zurückziehen konnte, ohne dass der Feind ihnen sogleich folgte.

»Vielleicht stolpern diese Kerle mit ihren Fackeln ja über etwas«, sagte Harper, »und stecken sich gegenseitig in Brand.«

Erik riss die Augen auf. »Harper, Ihr seid ein Genie!«

»Ich weiß, Sir, aber das hilft uns im Moment nicht weiter.«

»Greift an«, erklärte Erik. »Bringt jeden Mann, den wir haben, auf die Barrikade und haltet sie bis Sonnenaufgang.«

»Sehr wohl, Sir.« Harper drehte sich um und brüllte Befehle, und die Reserve sprang über die zweite Barrikade nach vorn, um die erste zu verstärken.

»Jetzt wird alles gut«, meinte Erik.

»Wenn Ihr das sagt, Sir«, entgegnete Harper. »Bleiben wir hier stehen oder kämpfen wir mit?«

Erik zog das Schwert. »Wir kämpfen!«

Die beiden Männer stürmten nach vorn.

Der Rückzug

Erik brüllte.

Es war ein sinnloses Geschrei, geboren aus Schmerz und Erschöpfung, und es diente allein dem Zweck, die eigene Wut anzustacheln, damit er den Kampf fortsetzen konnte. Es war ein animalisches Gebrüll, ohne jeden Sinn. Ein Gebrüll, wie es im Laufe der Nacht von Tausenden herausgeschrien worden war.

Zum ersten Mal seit dem Fall von Krondor stand das Hauptheer der Armee der Invasoren gegen das Königreich in der Schlacht. Die ganze Nacht hindurch war Angriffswelle auf Angriffswelle gefolgt.

Als sich im Osten die ersten Vorboten der Dämmerung andeuteten, als sich der Himmel von seiner Grabesschwärze in mattes Grau verwandelte, schien der Kampf um ein Dutzend Meter Grund seit Ewigkeiten anzudauern. Auf beiden Seiten der Barrikaden stapelten sich die Toten, doch Erik und Harper standen wie Felsen in der Brandung.

Dreimal hatten sie in dieser Nacht etwas Ruhe gefunden; dann waren ihnen die Eimer mit Wasser gebracht worden, und die Jungen aus der Gepäckkompanie hatten die Verwundeten, Sterbenden und Toten fortgebracht. Doch der größte Teil der Nacht war mit grausiger Metzelei ausgefüllt gewesen, einem Schwertkampf, bei dem man keine besonderen Fertigkeiten brauchte, sondern nur schlicht die Klinge heben und senken musste, genauso wie damals, als Erik noch Stahl geschmiedet hatte. Doch dieses Meer von Fleisch, diese nicht enden wollende Flut von Leibern, die sich willig durchbohren und niederschlagen ließen, hielt nicht inne.

In einem Augenblick der Klarheit, als er gerade wieder einen Mann, der die Barrikade erklimmen wollte, niedergemacht hatte, sah Erik nach hinten. In weniger als zwei Stunden würde es hell sein. Er keuchte Harper zu: »Haltet mal ein paar Minuten lang für mich die Stellung.«

Harper grunzte nur zur Erwiderung, während Erik sich aus dem Kampfgeschehen zurückzog. Er taumelte ein paar Schritte, als seine Beine unter ihm wegrutschten. Er kam wieder hoch und bemerkte, dass er über das Bein eines Mannes gestolpert war. Wo sich der Rest des Mannes befand, wusste Erik nicht.

Er war dankbar dafür, dass es noch so dunkel war. Wenn die Sonne erst einmal aufgegangen war, würde sich ein unglaubliches Blutbad vor ihm erstrecken. Das schlimmste Schlachthaus des Königreichs würde im Vergleich zu dem, was diese beiden Armeen hier in der letzten Nacht angerichtet hatten, wie das Nähzimmer einer Gräfin erscheinen.

Ein Botenjunge wartete neben einem Eimer mit Wasser. Erik fiel auf die Knie, hob den Eimer und schüttete sich mit offenem Mund das Nass übers Gesicht. Das Wasser rann ihm die staubtrockene Kehle hinunter und erfüllte ihn mit neuem Leben. Als er seinen Durst gelöscht hatte, sagte er dem Jungen: »Lauf nach hinten und such Leutnant Hammond. Kennst du ihn?«

Der Junge nickte.

»Er ist bei der Reservekompanie. Sag ihm, ich würde ihn jetzt brauchen. Und er soll Fackeln mitbringen. Und Öl, falls es welches gibt.«

Erik erhob sich auf die Beine, die so schwer waren, dass er sie kaum noch hochbekam, doch als er wieder an Harpers Seite war, trieben ihn Instinkt und langjährige Ausbildung abermals nach vorn, ließen in ihm das Feuer des Kampfes auflodern, den Willen, den Feind zu töten und zu überleben.

Die Zeit schien stillzustehen, Schwerthieb folgte auf Schwerthieb und immer so fort. Irgendwann im Laufe der Nacht hatte Erik seinen Schild verloren, und jetzt hielt er sein Schwert mit beiden Händen, so wie Harper, der mit weiten Schwüngen zuschlug. Jene, die sich unter dem langen Schwert hinwegduckten, bekamen einen Tritt ins Gesicht, oder Harper zog das Schwert nach unten und zerhackte Rückgrate, schlug Köpfe ab.

Plötzlich hörte Erik von hinten einen Ruf: »Hammond, Sir. Was gibt es für Befehle?«

Erik blickte über die Schulter, und das hätte ihn fast das Leben gekostet. Nur aus den Augenwinkeln sah er die Schwertspitze, die auf seine Seite gerichtet war, und er konnte ihr im letzten Moment ausweichen. Er schlug mit dem Schwert zu, spürte, wie die Klinge auf Widerstand traf, und hörte zugleich, wie Knochen krachend barsten. Ein Mann schrie.

Erik zog sich aus dem Kampfgeschehen zurück und wandte sich an Hammond. »Habt Ihr Öl mitgebracht?«

»Wir haben nur noch ein Dutzend kleine Fässer.«

»Steckt die Barrikade in Brand!«, befahl Erik und richtete die nächsten Worte an Feldwebel Harper. »Sobald sie brennt, zieht sich die gesamte Truppe zurück.«

»Sir«, antwortete Harper und schlitzte im selben Moment einem Mann die Brust auf, sodass Erik die weißen Knochen durchschimmern sah.

Erik roch das Öl, das die Männer am Fundament der Barrikade vergossen. Schließlich fragte Leutnant Hammond: »Bereit?«

»Ja!«, rief Erik, während er einen weiteren Mann tötete.

Harper bellte über den Schlachtenlärm: »Rückzug!«

Trompeter bliesen zum Rückzug, und während Erik und alle anderen von der Barrikade fortrannten, wurden Dutzende von Fackeln ins Holz gesteckt. Die wenigen Invasoren, die gerade in diesem Moment die Barrikade erklommen, verbrannten entweder in den Flammen, oder sie landeten auf der falschen Seite des Feuers und wurden von den Soldaten des Königs niedergemacht.

Halb taumelnd, halb rennend, brachten die Verteidiger den Weg zur zweiten Barrikade hinter sich. Dort warteten Wasser und Essen auf sie. Diejenigen, die noch dazu in der Lage waren, aßen und tranken, während sich andere, die für jede weitere Bewegung zu müde waren, einfach an Ort und Stelle fallen ließen. Einige Männer verloren wegen der hinter ihnen liegenden Anstrengungen das Bewusstsein, während andere die Augen schlossen und die Gelegenheit zum Schlaf nutzten, und mochte es nur für ein paar Augenblicke sein.

Einige der Männer begaben sich sofort zu ihren Stellungen entlang der Barrikade, falls es dem Feind gelingen sollte, ihnen auf dem Fuße zu folgen, doch als die Flammen auf der ersten Barrikade aufloderten, war abzusehen, dass zumindest in der nächsten Stunde niemand dort durchkommen würde.

»Ihr seid ein verrückter Hund, Hauptmann«, sagte Harper, »aber die Idee war verdammt gut!«

Erik saß mit dem Rücken an die Barrikade gelehnt. Er hatte gerade die dritte Kelle Wasser getrunken und nahm nun ein feuchtes Tuch entgegen, mit dem er sich Dreck, Schweiß und Blut von Gesicht und Händen wischte. »Danke, Feldwebel. Das gibt uns eine Stunde Ruhe, und außerdem können wir sie jetzt in dem Bereich zwischen den Barrikaden abschießen.« Er blickte nach Osten, wo bald die Sonne über die Berge steigen würde. »Wenn wir sie hier noch heute und die Nacht durch festhalten können, sollten wir es mit den meisten Männern sicher nach Düstermoor schaffen.«

Er erhob sich und rief nach einem Boten.

»Such einen zweiten Boten«, befahl Erik dem jungen Mann. »Der Norden und der Süden sollen benachrichtigt werden, dass der Rückzug bevorsteht. Sag den beiden Kommandeuren an den Flanken, wenn sie sehen, dass sich der Feind in die Mitte rührt, sollen sie so tun, als würden sie einen Gegenangriff starten, und dann, sobald der Feind sich bewegt, in größter Eile nach Ravensburg aufbrechen.«

Der Bote lief los.

Erik ließ sich wieder an die Barrikade sinken. »Ich muss ein wenig schlafen.«

»Eine Stunde solltet Ihr jetzt haben«, meinte Harper mit einem Blick auf das Feuer. Als keine Antwort kam, wandte er sich wieder Erik zu; der hatte die Augen bereits geschlossen.

»Das ist eine hervorragende Idee, Sir«, sagte Harper und schnappte sich einen Reservesoldaten am Ärmel. »Ich werde mir eine Mütze voll Schlaf genehmigen, also sei so gut und hab ein Auge auf die Lage, ja?«

Ohne die Antwort abzuwarten, ließ sich Harper neben Erik nieder und schlief schon, ehe sein Kinn die Brust berührt hatte.

Überall entlang der Front versuchten die Männer, die die ganze Nacht durchgekämpft hatten, ein wenig Ruhe zu finden, während die Reserve die brennende Barrikade vor ihnen bewachte.

Pug stöhnte.

»Halt still!«, verlangte Miranda.

Er lag auf einem Tisch, der mit einem frischen weißen Tuch bedeckt war, während sie seinen Rücken massierte.

»Benimm dich nicht wie ein Kleinkind«, schimpfte sie.

»Es tut aber weh«, hielt Pug dagegen.

»Natürlich tut es weh«, antwortete sie. »Du wirst von einem Dämon fast zu Asche verbrannt, und sobald du wieder aufstehen kannst, suchst du dir den nächsten Dämon, mit dem du dich anlegen kannst.«

»Eigentlich waren es sieben«, verbesserte Pug sie.

Sie saß rittlings auf seinem Rücken und massierte ihn. »Nun, einen hast du dir ja noch aufbewahrt, aber den wirst du dir erst vornehmen, wenn du wieder bei Kräften bist.«

»Wir haben nicht mehr so viel Zeit«, erwiderte Pug.

»Tomas sollte bald in Sethanon eintreffen, und solange es nicht weitere Überraschungen gibt, sollte er mit diesem Jakan fertigwerden.«

»Ich weiß nicht«, meinte Pug. »Nach dem wenigen, was ich aus dem Kampf deines Vaters gegen Maarg und aus meinem eigenen gegen Jakan gelernt habe, sollten wir besser alle in Sethanon sein, wenn der Dämon dort eintrifft.«

Miranda stieg von seinem Rücken, und Pug bewunderte ihre langen Beine, die unter dem kurzen Rock nach queganischer Mode so wunderbar zur Geltung kamen. Er setzte sich auf und reckte sich. »Das hat gutgetan.«

»Schön«, erwiderte sie. »Dann lass uns essen. Ich sterbe vor Hunger.«

Sie machten sich auf den Weg zum Speisezimmer der Villa Beata, Pugs Heim auf dem Eiland des Zauberers. Ein Diener, ein Realitätenmeister der Jikora, erschien. Dieses Wesen sah aus wie eine große, auf zwei Beinen gehende Kröte. Ein Jahr zuvor hatte er einfach vor der Tür gestanden und um Aufnahme in Pugs Schule gebeten, und Pug hatte zugestimmt. Wie die anderen Schüler auf dem Eiland des Zauberers musste er als Schulgeld Arbeiten im Haus erledigen.

»Ihr Essen?«, fragte er.

»Bitte«, antwortete Pug, und die hässliche Kreatur stolzierte in Richtung Küche davon.

Das Mittagsmahl war hervorragend, wie es jeden Tag der Fall gewesen war, seit sie aus den Minen der Pantathianer zurückgekehrt waren. Obwohl es erst eine Woche her war, erschien es Pug, als wären Ewigkeiten vergangen, seit sie orientierungslos und erschöpft in der Dunkelheit aufgewacht waren. Miranda hatte ihre letzte Kraft aufbringen müssen, um ein magisches Licht zu entzünden, mit dem sie wenigstens sehen konnten.

Bei dem in zwei Hälften geteilten Dämon hatte bereits die Verwesung eingesetzt, also waren sie mindestens zwei Tage, wenn nicht drei bewusstlos gewesen. Pug hatte seine letzten Kraftreserven eingesetzt, um sie zum Eiland des Zauberers zu teleportieren, wo Gathis sich sofort um sie gekümmert hatte.

Man hatte sie in ihre Zimmer und ins Bett gebracht, wo sie noch einen Tag verschlafen hatten. Nach dem Aufstehen hatten sie gegessen, waren sodann wieder ins Bett zurückgekehrt und hatten abermals einen Tag geschlafen. Mittlerweile war eine Woche vergangen, und Pug fühlte sich wieder einigermaßen bei Kräften.

Gathis näherte sich, als sie ihre Mahlzeit beendeten. »Dürfte ich mich wohl kurz mit Euch unterhalten?«

Miranda erhob sich. »Ich lasse euch allein.«

»Nein, bitte«, widersprach das goblinähnliche Wesen. »Es betrifft Euch gleichermaßen, Mylady.«

Sie setzte sich wieder.

»Wie ich Euch einst erzählt habe«, begann Gathis, »war ich auf gewisse Weise mit dem Schwarzen Zauberer verbunden« – er sah Miranda an –, »Eurem Vater, Mylady.«

Sie nickte.

Wieder an Pug gewandt, fuhr Gathis fort: »Als Macros beim letzten Mal Midkemia verlassen hat, am Ende des Spaltkriegs, habe ich Euch gesagt, ich würde es merken, falls er sterben sollte.«

»Glaubst du, er ist tot?«, fragte Pug.

»Ich weiß, dass er tot ist«, erwiderte Gathis.

Pug blickte Miranda an, doch ihrem Gesicht konnte er nicht das Geringste ablesen. Zu Gathis sagte er: »Von uns allen hast du ihn am besten gekannt. Der Verlust muss dich schwer treffen. Mein Beileid.«

»Vielen Dank für Eure Anteilnahme, Meister Pug, doch ich fürchte, Ihr habt mich falsch verstanden.« Er winkte den beiden zu, ihm zu folgen. »Es gibt etwas, das ich Euch zeigen muss.«

Sie erhoben sich und folgten ihm einen langen Korridor hinunter. Er führte sie nach draußen, über die Wiese, die sich auf der Hinterseite des großen Hauses erstreckte, zu einem kleinen Hügel. Als sie den Hügel halb hinaufgestiegen waren, machte Gathis eine Bewegung mit der Hand, und ein Höhleneingang erschien.

»Was ist das für ein Ort?«, fragte Pug.

»Das werdet Ihr bald sehen, Meister Pug«, antwortete Gathis und führte sie in die Höhle.

Innen fanden sie einen kleinen Altar mit einem Standbild vor. Es stellte einen Mann dar, der auf einem Thron saß. Und dieser Mann war nicht nur Pug, sondern auch Miranda bestens vertraut.

»Vater«, flüsterte sie.

»Nein«, entgegnete Pug. »Sarig.«

Gathis nickte. »Es ist in der Tat der Gott der Magie.«

»Was für ein Ort ist dies?«, fragte Miranda.

»Ein Schrein«, antwortete Gathis. »Als mich der Schwarze fand, war ich der Letzte meiner Art, die einst eine wichtige Stellung auf unserer Welt innehatte.«

»Du hast mir einmal erklärt, du wärest mit den Goblins so verwandt wie die Elben mit den Moredhel«, meinte Pug.

»Nun, das ist doch ein wenig einfach dargestellt. Elben und Dunkle Brüder gehören zur selben Art und sind lediglich verschiedene Wege gegangen. Mein Volk, wenngleich entfernt mit den Goblins verwandt, unterscheidet sich doch viel mehr von diesen. Wir waren ein Volk von Gelehrten und Lehrern, Künstlern und Musikern.«

»Was ist aus deinem Volk geworden?«, erkundigte sich Miranda.

»Die Chaoskriege dauerten Jahrhunderte an. Für die Götter waren das nur Augenblicke, für die niederen Wesen waren es Generationen. Menschen, Goblins und Zwerge gehörten zu jenen, die am Ende der Chaoskriege nach Midkemia kamen. Mein Volk verblieb auf unserer Heimatwelt. Während andere gediehen, war dies bei uns nicht der

Fall. Macros fand mich, den Letzten meines Volkes, und hat mich hierhergebracht.«

»Wie traurig«, sagte Miranda.

Gathis zuckte mit den Schultern. »Das ist der Lauf des Universums: Nichts hält ewig, vielleicht nicht einmal das Universum selbst. Doch neben dem, was ich bereits erwähnt habe, war mein Volk vor allem eine Priesterschaft.«

Pug machte große Augen. »Ihr wart eine Priesterschaft der Magie!«

»Genau.« Gathis nickte. »Wir haben Sarig verehrt, allerdings unter anderem Namen.«

Pug blickte sich um und entdeckte einen Steinsims, auf den er sich setzte. »Fahr fort, bitte.«

»Als Letzter meiner Art war ich natürlich auf der verzweifelten Suche nach jemandem, der den Dienst am Gott der Magie fortführen konnte. Ich wollte, dass jemand vor meinem Tod unsere wichtigste Aufgabe übernahm, die Magie nach Midkemia zurückzubringen.«

»Auf Midkemia hat es doch immer Magie gegeben«, wandte Miranda ein.

»Ich glaube, Gathis meint die Erhabene Magie«, erklärte Pug.

»Noch mehr«, sagte Gathis. »Die Rückkehr der Magie in die erwünschte Ordnung.«

»Von wem erwünscht?«, fragte Miranda.

»Von der Natur der Magie selbst.«

»Es gibt keine Magie«, sagte Pug und lachte.

»Genau«, stimmte Gathis zu. »Nakor glaubt, es gäbe eine grundlegende Realität im Universum, die jeder beeinflussen, zum Wohl aller benutzen und aus der jeder Vorteile ziehen könne, wenn er es nur versucht. Damit hat er teilweise recht. Was den Menschen als Niedere Magie bekannt ist, stellt eigentlich eine intuitive Magie dar, eine Magie der Poesie und der Lieder, der Gefühle und Empfindungen. Aus diesem Grund benutzt die Niedere Magie Totems und Sinnbilder zur Identifikation. Die Priester der anderen Orden glauben, dass Magie ein Gebet ist, das beantwortet wird. Das ist richtig, doch nicht auf solche Weise, wie sie annehmen. Es sind nicht ihre Götter, die auf ihre Gebete reagieren, sondern die Magie selbst, die entsprechend der jeweiligen geistlichen Anrufung antwortet.«

»Du willst damit sagen, dass alle Magier im Grunde Sarig verehren?«, fragte Miranda.

»Man könnte es so ausdrücken, doch so ganz richtig ist auch das nicht. Jedes Mal, wenn ein Zauber der Erhabenen Magie beschworen wird, ist das wie ein Gebet, durch das Sarig ein wenig Verehrung zuteilwird und seine Rückkehr zu uns ein bisschen näher bringt.«

»Nun, also«, fragte Miranda, »warum bist du dann nicht drüben in Stardock und sammelst Anhänger?«

Pug lachte. »Politik.«

»Genau«, stimmte Gathis zu. »Könnt Ihr Euch vorstellen, was geschähe, wenn jemand wie ich dort auftauchen und behaupten würde, was ich Euch gerade mitgeteilt habe?«

Miranda nickte. »Ich verstehe, worauf du hinauswillst. Ich weiß genug, um sagen zu können, dass du vermutlich recht hast, und dennoch fällt es mir schwer, daran zu glauben.«

»Du bist eben auch nur ein Produkt deiner Ausbildung, genauso wie ich«, erklärte Pug. »Wir müssen uns davon freimachen.«

»Aber was hat das alles mit uns zu tun? Ich meine, warum erzählst du uns das gerade jetzt?«

»Macros der Schwarze war der mächtigste Meister der Magie auf Midkemia, bis Meister Pug von Kelewan zurückkehrte«, erklärte Gathis. »Mein Auftrag ist es, den Rest meines Lebens so nahe wie möglich bei diesem mächtigsten Magier zu verbringen, wer immer das auch sein mag. Solange der Schwarze gelebt hat, gleichgültig, wie weit entfernt er sich aufhielt, war ich mit ihm verbunden. Jetzt, da er nicht länger existiert, muss ich meine Arbeit im Sinne Sarigs fortsetzen.«

»Also willst du einen ähnlichen Bund mit mir eingehen?«, fragte Pug.

»Gewissermaßen schon. Doch Ihr solltet genau wissen, was dies bedeutet. Der Bund zwischen Macros und Sarig war Euch bekannt. Sarig betrachtete Macros als den Seinen, als seine ausführende Hand auf Midkemia, und stattete ihn deswegen mit seiner Macht aus. Ihr wart derjenige, der diesen Bund getrennt hat.«

»Doch am Ende hat Macros Sarigs Macht benutzt, um Maarg zu besiegen«, sagte Pug.

»Das mag sein«, erwiderte Gathis. »Ich war nicht Zeuge dieses Kampfes, doch falls es so ist, wie Ihr es mir geschildert habt, dann war Sarigs letztes Geschenk an Macros die Macht, sich selbst und diesen Dämon zu zerstören, anstatt dem zum Opfer zu fallen, was hinter diesem Dämon steht.«

»Und was steht hinter diesem Dämon?«, fragte Miranda, und plötzlich wurde sie sich des Wissens bewusst, das in ihrem Kopf verschlossen lag. »Ich glaube, ich verstehe.«

Gathis nickte. »Das glaube ich auch. Meister Pug, Ihr seid hingegen nicht mit Sarig verbunden. Ihr habt Eure Macht nicht einmal auf dieser Welt erlangt. Eure Erfahrungen mit dem Erbe der Tsurani und ihren Praktiken sowie Eure Abstammung von Midkemia geben Euch eine neutrale Stellung in all diesem. Und aus diesem Grund habt Ihr jetzt die Wahl.«

»Und worin besteht diese?«

»Ihr begreift jetzt, um welch einen jahrhundertealten Konflikt es sich handelt, zwischen so riesigen und uralten Mächten, die unsere sterblichen Seelen kaum erfassen können. Wir können nur unseren kleinen Teil in diesem großen Konflikt beisteuern. Zwischen Folgendem dürft Ihr wählen: Entweder dient ihr weiterhin als Unabhängiger jenen Zielen, die Ihr für würdig erachtet, oder Ihr widmet Euch ganz Sarig und nehmt den Platz von Macros ein. Falls Ihr dies tut, erlangt Ihr noch größere Macht, als Ihr schon habt, denn Euch würde nicht nur das gesamte Wissen und die gesamte Macht der Götter von Midkemia zur Verfügung stehen, sondern zudem noch das Wissen von Kelewan.«

»Willst du damit sagen, ich würde als Macros' Nachfolger ausgewählt und ausgebildet?«

Gathis blickte Pug einen Moment schweigend an. »Was die Götter betrifft, habe ich gelernt: Oftmals handeln wir aus Gründen, die sich uns verschließen. Wer könnte schon sagen, ob Macros jemals etwas ohne Sarigs Einfluss getan hat? Macros hat Euch gefunden, als Ihr noch ein kleines Kind gewesen seid, und er hat etwas Seltenes und Mächtiges in Euch freigesetzt. Ich weiß nicht zu sagen, ob er Euch als seinen Nachfolger ausgewählt hatte, jedenfalls seid Ihr jetzt in der Position, selbst entscheiden zu können, ob Ihr diesen Platz einnehmen wollt. Es hängt allein von Euch ab.«

»Was würde ich dabei aufgeben?«, fragte Pug.

»Eure Freiheit«, antwortete Gathis. »Ihr werdet den Drang verspüren, bestimmte Dinge zu tun, ohne zu verstehen, weshalb. Macros hat behauptet, er könnte in die

Zukunft sehen, und das entsprach zum Teil der Wahrheit. Doch teilweise war es auch nur Schauspielerei, der Trick eines eitlen Mannes, der alle glauben lassen wollte, er wäre weitaus mehr, als er eigentlich war. Was nicht einer gewissen Ironie entbehrt, war er doch tatsächlich der mächtigste Mann, den ich je kennengelernt habe – bis ich Euch begegnet bin, Meister Pug. Allerdings hat selbst der Mächtigste Eurer Art seine Fehler, wie ich über die Jahrhunderte hinweg festgestellt habe. Wie dem auch sei, Ihr werdet merken, dass Eurer Leben nicht mehr Euch selbst gehört.«

»Du bietest mir sehr viel an«, erwiderte Pug, »aber du verlangst auch viel.«

»Nicht ich, Meister Pug.« Gathis zeigte auf die Statuette des Gottes. »Er.«

»Wie lange kann er sich die Antwort überlegen?«, fragte Miranda.

»So lange er will«, antwortete Gathis. »Die Götter wandeln auf ihren eigenen erhabenen Wegen, und die Leben der Sterblichen sind ihnen nicht mehr als flüchtige Herzschläge.«

»Du hast mir viel zum Nachzudenken gegeben«, sagte Pug. »Was geschieht, wenn ich Nein sage?«

»Dann werden wir warten, bis ein anderer erscheint, einer, dessen Charakter und Macht von jener Art sind, dass der Gott ihn zu seinem Stellvertreter auswählt.«

Pug sah Miranda an. »Na, dann haben wir ja *noch* etwas, worüber wir uns streiten können.«

Sie nickte.

»Ich werde Euch nun allein lassen«, sagte Gathis. »Vielleicht wird der Gott selbst Eure Gedanken lenken. Falls Ihr etwas braucht, findet Ihr mich im Haus.«

Der grüngesichtige Haushofmeister der Villa ging hinaus, und Pug sagte: »Was soll ich tun?«

»Ein Gott sein? Ein Angebot, das man kaum ausschlagen kann.«

Pug streckte die Hand aus und zog Miranda an sich. Während er sie im Arm hielt, sagte er: »Dennoch kann ich es auch nur schwer annehmen.«

»Nun, wir haben Zeit«, meinte Miranda und erwiderte seine Umarmung.

»Haben wir wirklich Zeit?«, fragte er, während sich seine Gedanken wieder dem Krieg zuwandten.

Erik brüllte Befehle, während die Schlacht ihren Höhepunkt erreichte. Seit zwei Tagen dauerten die Kämpfe an der zweiten Barrikade an, und nur einmal war der Feind durchgebrochen. Daraufhin hatte Erik alle Reservetruppen in die Bresche geworfen, um sie zu schließen, und mit großem Erfolg hatte er seine Stellung verteidigt. Nach einem genauen Plan wurden jene Soldaten, die am längsten gekämpft hatten, abgelöst, damit sie etwas Ruhe fanden.

Die Verwundeten wurden inzwischen mit den Versorgungszügen nach Düstermoor befördert. Und schon in wenigen Minuten würde Erik den Befehl zum Rückzug geben. Dann würde er auch das Haus, in dem er seine Kindheit verlebt hatte, den Flammen überantworten.

Oftmals in den vergangenen Monaten, seit ihm Calis' Plan für die Schlacht zum ersten Mal vor Augen gekommen war, hatte er mit Bedauern an diesen Moment gedacht. Doch nun war er so erschöpft, dass er überhaupt nichts mehr empfand. Vielleicht würde sich das ändern, wenn er das Gasthaus *Zur Spießente,* die Halle der Winzer und all die anderen so vertrauten Gebäude von Ravensburg erst in

Flammen stehen sah, doch im Augenblick sorgte er sich allein um den geordneten Rückzug.

Der Feind schien keine Zahl zu haben. Eriks Berechnungen nach hatten die Invasoren an den beiden Barrikaden sechstausend Mann verloren, während die Verteidiger einen Verlust von weniger als fünfzehnhundert Soldaten hatten hinnehmen müssen. Doch ein Verhältnis von vier zu eins würde die Smaragdkönigin akzeptieren, während es für das Königreich schon fast katastrophal war. Es brauchte ein Verhältnis von sechs zu eins, um dem Feind auf Dauer zu widerstehen.

Erik parierte den Axthieb eines kräftigen Kerls und durchbohrte ihn dann mit dem Schwert. Er trat aus dem Kampfgeschehen zurück und überließ seinen Platz einem seiner Soldaten. Dann warf er einen Blick in die Runde. Es war Zeit, zum Rückzug zu blasen. Wenn sie Düstermoor erreichten, würde schon die Nacht anbrechen. Er entfernte sich weit genug aus der Schlacht, damit er außer einem verirrten Pfeil nichts mehr zu befürchten hatte, und winkte die Boten zu sich. Vier von ihnen traten an und salutierten. »Verbreitet folgenden Befehl auf ganzer Linie: Allgemeiner Rückzug auf mein Signal hin!«

Die Soldaten eilten davon, und Erik bemerkte, dass der Magier Robert d'Lyes auf ihn zukam. »Kann ich Euch irgendwie helfen?«, fragte der Magier.

»Nicht, solange Ihr nicht irgendeinen Trick kennt, mit dem Ihr die Bastarde auf der anderen Seite für ein paar Minuten nach hinten drängen könnt, damit wir uns sicher zurückziehen können.«

»Wie viele Minuten bräuchtet Ihr?«, fragte der Magier.

»Zehn, fünfzehn. Mehr wäre natürlich besser, doch in der Zeit schaffen wir es immerhin, die Verwundeten auf die

Wagen zu verladen, und die Reste der berittenen Infanterie können in die Sättel steigen. Die berittenen Bogenschützen können den Feind in Schach halten, während das Fußvolk abzieht. Falls das gelingt, würden wir alle lebend Düstermoor erreichen, um dort weiterzukämpfen.«

»Ich habe da eine Idee«, sagte Robert. »Ich weiß nicht, ob sie funktioniert, aber es könnte klappen.«

»Wir ziehen sowieso ab, also versucht es einfach«, ermunterte ihn Erik.

»Wann werdet Ihr den Befehl geben?«

»In fünf Minuten«, antwortete Erik, der das Zeichen gab, man möge ihm sein Pferd bringen.

»Das sollte eigentlich genügen.«

Der Magier eilte nach vorn, fast bis ins Kampfgetümmel, wobei er das Risiko einging, einen verirrten Pfeil als Lohn für seine Bemühungen einzufangen. Er schloss die Augen und begann eine Beschwörungsformel, dann schob er die Hand in sein Hemd und zog einen kleinen Lederbeutel hervor. Diesen öffnete er, nahm etwas heraus – Erik konnte nicht erkennen, was es war – und machte etliche Bewegungen mit der Hand.

Plötzlich stieg eine Wolke grünlich schwarzen Rauchs von der Barrikade auf. Die Invasoren husteten und würgten. Der Rauch breitete sich aus, folgte der gesamten Frontlinie, und auf beiden Seiten wichen die Männer zurück.

»Gift!«, schrie d'Lyes.

Erik blinzelte erstaunt. Dann rief er in der Sprache der Invasoren: »Gift! Gift! Rückzug! Rückzug!«

Der Ruf wurde entlang der Linien wiederholt, und die Armee des Königreichs zog sich von der Barrikade zurück.

Robert d'Lyes eilte an Eriks Seite. »Sie werden sich nicht

allzu lange davon täuschen lassen. Wenn sich die Männer, die sich gerade übergeben, etwas erholt haben, sind sie wieder da.«

»Was habt Ihr da eigentlich gemacht?«

»Das ist ein kleiner Zauberspruch, mit dem man normalerweise Mäuse, Ratten und anderes Ungeziefer in Scheunen vernichtet. Wenn man den Rauch einatmet, wird einem für etwa eine Stunde sehr übel, aber danach geht es einem wieder gut.«

»Schön, dass Euch das eingefallen ist.«

»Keine Ursache. Es wäre noch nützlicher, wenn ich die giftige Wirkung erhöhen könnte, damit der Feind wirklich daran stirbt.«

»Sollte Euch das je gelingen, müsst Ihr auch eine Möglichkeit finden, den Rauch auf der richtigen Seite des Schlachtfelds zu halten.«

»Das ist allerdings richtig«, stimmte der Magier zu. »Das wäre ein Problem. Also, was machen wir jetzt?«

»Wir laufen wie der Teufel«, erklärte Erik.

»Sehr wohl«, erwiderte d'Lyes und machte sich eilig zu seinem Pferd auf.

Erik gab den Befehl und beobachtete erleichtert, wie diejenigen, die zu verwundet zum Gehen waren, von ihren Kameraden zum letzten Gepäckwagen getragen wurden. Andere liefen zu den Pferden. Die Bogenschützen in den Felsen kletterten, so schnell es ging, nach unten und bestiegen ihre Reittiere oder schlossen sich dem allgemeinen Rückzug an, je nachdem, welche Aufgabe der jeweiligen Einheit zugedacht war.

Erik sah den Feind nach Westen fliehen, viele hielten sich die Bäuche und wälzten sich – im Todeskampf, wie sie glaubten – auf dem Boden. Ein paar seiner Männer, die ebenfalls den Rauch eingeatmet hatten, wurden von ihren Kameraden in Sicherheit gebracht.

Die Leichte Kavallerie bildete mit wurfbereiten Speeren die vorletzte Einheit vor den berittenen Bogenschützen. Erik passierte sie und sah erschöpfte, blutende Männer, die jedoch einen Blick in den Augen hatten, der seine Brust mit Stolz erfüllte. Er salutierte vor ihnen und trieb sein Pferd im Kantergalopp zur Stadt.

Während er von der Barrikade fortritt, sah er auf den Bergen die Katapulte und Kriegsmaschinen, die in Brand gesetzt worden waren. Die Maschinen waren zu schwer, um sie schnell genug abzutransportieren, deshalb wurden sie vernichtet, damit sie dem Feind nicht in die Hände fielen.

In Ravensburg sah er Männer, die bereits Fackeln bereithielten. Er blickte sich noch einmal in seiner Heimatstadt um, während die Gepäckzüge hindurchrollten und Ausrüstung wie Verwundete in die nächste Verteidigungsstellung schafften. Erik stieg ab und lockerte den Sattelgurt, damit sich sein Tier ein wenig ausruhen konnte. Er führte das Pferd zu einem Wassertrog und ließ es trinken. Dabei hielt er Ausschau nach dem Signal der Nachhut, das ihm mitteilen sollte, dass die Hatz begonnen hatte und er seine Heimatstadt niederbrennen musste.

Doch die Zeit verstrich, und kein Feind zeigte sich. Vermutlich waren sie misstrauisch und fürchteten, dass d'Lyes den Ort vergiftet hatte. Diese zusätzliche Stunde verhalf den Soldaten des Königreichs zu einem wichtigen Vorteil.

»Die Bogenschützen und Lanciere sollen sich zurückziehen!«, rief Erik schließlich.

Ein Bote ritt nach Westen, um den letzten Soldaten des Königreichs den Rückzugsbefehl zu überbringen, und Erik machte sich zum Gasthaus *Zur Spießente* auf. Als er es erreichte, stand ein Soldat bereit, das Heu zu entzünden, das am Zaun und an der Außenwand aufgeschichtet war. »Gib sie mir«, sagte er und deutete auf die Fackel.

Der Soldat gehorchte, und Erik warf die Fackel ins Heu. »Niemand außer mir persönlich wird mein Elternhaus in Brand stecken«, sagte er. Dann wandte er sich um und rief: »Brennt alles nieder!«

Überall in der Stadt ritten oder rannten Soldaten herum und legten Feuer. Erik konnte es nicht über sich bringen, die Zerstörung des Gasthauses mit anzusehen, daher ritt er zurück in die Stadtmitte. Schon schlugen die Flammen aus den Häusern, während die ersten Einheiten der leichten Kavallerie durch die Straßen trabten. Die Bogenschützen würden die Letzten sein, und Erik wollte sich ihnen anschließen.

Die berittenen Bogenschützen kamen in großem Tempo näher und vollführten dabei ein Manöver, das ihnen Calis beigebracht hatte und das, so sagte man, ursprünglich von den wilden Reitern in Novindus, den Jeshandi, stammen sollte. Die halbe Truppe ritt dabei vor, während die andere Hälfte stehen blieb und ihre Pfeile verschoss. Dann hielt die erste Hälfte an und deckte den Rückzug der zweiten Gruppe. Dieses Manöver erforderte große Genauigkeit und viel Übung, doch Calis hatte diese berittenen Bogenschützen bis hin zur Perfektion gedrillt, und so verlief der Rückzug ohne Fehler.

Nur wenige feindliche Pfeile wurden ihnen hinterhergeschossen, als die Feuer den Invasoren verkündeten, dass sich die Armee des Königreichs zurückzog, doch die meisten hatte man blind abgeschossen, in hohem Bogen aus dem Schutz von Felsen heraus, und sie fielen, ohne Schaden anzurichten, zu Boden.

Als jedoch mehr und mehr Pfeile kamen, wusste Erik, dass es an der Zeit war. »Das reicht!«, brüllte er. »Rückzug!«

Die Bogenschützen wendeten wie ein Mann, gaben ihren Pferden die Sporen und galoppierten in Richtung Osten davon. In wildem Ritt ging es voran, bis sie den Feind abgeschüttelt hatten, dann ließen sie die Tiere in mäßigem Kanter laufen, um deren Kräfte zu schonen.

Gewöhnlich brauchte man drei Stunden, um die Nachbarstadt Wolfsstedt zu erreichen, wenn man das Pferd im Schritt laufen ließ. Erik kam nach einer Stunde dort an. Den ganzen Weg war er an Gepäckwagen vorbeigeritten, die über die Straße rumpelten, und als er in Wolfsstedt eintraf, sah er, wie die Wagen langsamer wurden und um ein Haus am Stadtrand herumfuhren. Jadow und ein weiterer Mann seiner Kompanie winkten Erik zu, und er ritt zu ihnen hinüber. »Was gibt's?«

»Der größte Teil deiner Kavallerie und Infanterie ist vor zehn, fünfzehn Minuten hier vorbeigekommen. Es hätte fast ein Unglück gegeben, als sie die Wagen überholt haben.«

»Hast du den Verkehr gelenkt?«

Jadow grinste. »Nicht nur das. Hab ein paar Fallen aufgestellt, um die du mich gebeten hast, und die sollten den Feind ein wenig aufhalten.«

Sie warteten, während die Wagen vorüberrollten. Wieder gönnte Erik seinem Pferd etwas Ruhe. Sowohl er als auch Jadow waren zu besorgt darüber, ob der Feind den letzten Gepäckzug einholen würde, sodass sie kaum ein Wort wechselten.

Zwei Stunden lang rollte Wagen auf Wagen an ihnen

vorbei, bis plötzlich eine Kompanie Reiter auftauchte, Eriks Nachhut. Jadow zeigte auf die Reiter. »Sind das die Letzten?«

Erik nickte. »Wenn du noch länger hierbleiben willst, kann ich dir nur einen Rat geben: Den nächsten Reiter, der kommt, solltest du töten.«

Jadow zeigte auf die beiden Pferde, die an den Resten eines Zauns festgebunden waren. »Ich glaube, ich reite lieber mit dir.« Jadow und der Soldat gingen zu den Pferden, stiegen auf und kehrten zu Erik zurück. »Folgt mir einfach, Jungs, und alles wird gut.«

Erik ließ Jadow mit einer Handbewegung den Vortritt und folgte ihm in die kleine Stadt Wolfsstedt hinein. »Was habt ihr vorbereitet?«

»Nun«, begann Jadow, »du wolltest ja ein paar gemeine Überraschungen. Ein paar Gruben hier, ein paar Fässchen mit Öl dort, ein paar Fackeln in einigen Gebäuden, die wir gerade erst angezündet haben, und noch andere Kleinigkeiten. Nichts von sonderlich großer Zerstörungskraft, doch es sollte sie ein wenig aufhalten, wenn sie die Gebäude durchsuchen.«

Erik nickte zufrieden. »Sehr gut.«

Sie ritten durch Wolfsstedt. Die Stadt lag an der Königsstraße und wurde im Norden wie im Süden von weitläufigen Wiesen und Wäldchen gesäumt, was es unmöglich machte, sie als Verteidigungsstellung zu nutzen. Wenn Jadows Überraschungen den Feind nur ein wenig aufhielten und dazu zwangen, die Stadt zu umgehen, anstatt mitten hindurchzuziehen, würden die gewonnenen Minuten Leben retten.

Erik und Jadow erreichten den letzten Wagen, der langsam über die Königsstraße fuhr. Erik wandte sich an Jadow.

»Du wirst diesen Wagen und den anderen Nachzüglern mit den berittenen Bogenschützen Deckung geben. Ich muss schon vorreiten.«

»Jawohl, Sir!«, sagte Jadow, grinste dabei wie gewohnt und salutierte ein wenig spöttisch.

Erik trieb sein erschöpftes Pferd voran, passierte den letzten Wagen und ein paar Verwundete, die daneben hergingen, weil sie keinen Platz mehr darin gefunden hatten. Zweimal sah er Männer, die am Rand der Straße Rast machten, und ihnen befahl er weiterzuziehen, damit sie nicht zu weit zurückblieben und dem Feind in die Hände fielen.

Als der Sonnenuntergang nicht mehr fern war, musste er seinem Pferd erneut eine Pause gönnen. Die Straße führte auf einen Berg und stieg steil an. Er blickte zurück und stellte mit Erstaunen fest, wie lang die Reihe der Männer und Wagen war, die da über die Königsstraße zogen. Er war an jedem einzelnen Wagen vorbeigeritten, und doch war ihm bis zu diesem Moment nicht klar gewesen, wie viele seiner Männer noch immer unterwegs waren. Hier und dort hatte man Fackeln angezündet, und bald sah es aus, als würde eine lange, brennende Schlange über die Königsstraße kriechen.

Plötzlich verspürte Erik den Drang, nicht länger unnütz herumzustehen, also führte er sein Pferd am Zügel weiter. Er passierte einen Wagen, der am Straßenrand stand, während Männer hektisch damit beschäftigt waren, eine gebrochene Speiche zu reparieren, und als er einer Wegbiegung folgte, sah er es vor sich liegen: Düstermoor.

Mitten auf der Straße des Königs gelegen, erstreckte sich die Stadt, die von einer Mauer umgeben war. Im Osten befand sich das Albtraumgebirge. Dort würde sich, wie Erik wusste, das Schicksal des Königreichs und der ganzen

Welt Midkemia entscheiden. Die Stadt war nun von Laternen und Fackeln entlang der Mauer erleuchtet, und aus der Ferne sah es aus, als wäre ein Fest im Gange. Natürlich war dies nicht der Fall, das wusste Erik. Jene Lichter verkündeten ganz im Gegenteil, dass bald die versammelten Streitkräfte des Westlichen Reiches in Kampfbereitschaft stehen würden.

Die Region Düstermoor lag eigentlich im Süden und Osten der Stadt, die ihren Namen trug. Burg Düstermoor war einst als wesentlichste Befestigung der Grenzen des Königreichs erbaut worden, lange bevor man Krondor gegründet hatte. Über die Jahre hinweg war die Stadt stetig gewachsen, bis man sie mit einer Mauer umfasst hatte. Hinter Wolfsstedt war Erik nur noch durch relativ leere Landstriche geritten, da das Gebiet um die Stadt felsig und kaum zur Landwirtschaft zu nutzen war. Kleine Bäumchen und zähe Berggräser, niedriges Gebüsch und ein paar Blumen säumten die Straße. Weiter hinten wuchsen tief in den Felsspalten und Tälern der Westseite des Gebirges Bäume. Um die Stadt herum jedoch waren die Wälder schon vor langer, langer Zeit abgeholzt worden. Versorgt wurde die Stadt von den tiefer liegenden Weilern.

Auf der höchsten Spitze der Königsstraße erhob sich wie ein Wächter der ursprüngliche Bergfried von Burg Düstermoor. Jetzt war er eine Zitadelle, die einst als Fort angelegt worden war, und man hatte Mauer und Wassergraben belassen, wie sie waren. Die Stadt breitete sich über den Pass aus und wurde von hohen Türmchen flankiert, die alle zinnenbewehrte überhängende Brustwehre aufwiesen. Niemandem, der versuchen würde, das Tor zu erreichen, würde dies gelingen, ohne einem ständigen Pfeilhagel, Katapulten und heißem Wasser und Öl von oben ausgesetzt zu sein.

Die Abendsonne tauchte die Burg in rotes Licht, und Erik wandte sich nach Westen. In der Ferne versank die Sonne im Dunst und Rauch der Feuer, die in Ravensburg und Wolfsstedt brannten.

Erik erreichte das Stadttor, wo er feststellte, dass sich überall in den Straßen die Flüchtlinge aus dem Westen drängten. Er führte sein Pferd an mutlosen Soldaten vorbei, die den Menschenstrom zu ordnen versuchten, der sich in die Stadt schob.

»Wo geht es zur Burg?«, rief Erik.

Ein Soldat warf ihm einen Blick über die Schulter zu und antwortete, als er den blutroten Adler auf Eriks Gewand und das Rangabzeichen sah: »In die Stadtmitte, Hauptmann, und dann die Hohe Straße entlang!«

Erik lenkte sein Pferd durch das Gedränge, wobei er gelegentlich jemanden zur Seite schieben musste, um an den Trauben von besorgten Bürgern und erschöpften, ungeduldigen Soldaten vorbeizugelangen. Er brauchte fast eine Stunde für den Weg.

Schließlich kam er an einer alten Zugbrücke an, die über den Burggraben führte und die Zitadelle vom Rest der Stadt trennte. Eine Schwadron Soldaten hatte die Straßen auf hundert Meter vor der Burg in alle Richtungen abgesperrt, damit jene, die raschen Zugang zum Hauptquartier des Prinzen brauchten, nicht aufgehalten wurden.

Erik stieg ab, näherte sich der Wache und zeigte nach Westen. »Sagt mir, gibt es einen freien Weg zum Westtor?«

»Ja«, antwortete die Wache. »Die Mauer entlang um die Ecke dort.«

Erik seufzte. »Ich wünschte, das hätte man mir am Tor mitgeteilt.« Er wollte an der Wache vorbei, doch diese senkte ihren Spieß vor Eriks Brust.

»Was denn? Was glaubt Ihr, wo Ihr hinwollt?«

»Zum Prinzen und zu General Greylock«, sagte Erik vollkommen erschöpft.

»Dann werdet Ihr mir wohl Eure Befehle zeigen können.«

»Befehle?«, fragte Erik. »Von wem?«

»Von Eurem Offizier, es sei denn, Ihr wärt ein Deserteur, der dem General irgendeine Lügengeschichte darüber auftischen will, dass er von seiner Einheit abgeschnitten wurde.«

Erik langte langsam nach oben, packte den Speerschaft und drückte ihn, ohne dass man ihm die geringste Anstrengung hätte anmerken können, nach hinten, dem Versuch des Soldaten, ihn so zu halten, wie er war, zum Trotz. Als der Mann die Zähne zusammenbiss und die Augen aufriss, sagte Erik: »Ich bin Offizier. Ich weiß, meine Uniform sieht ein wenig mitgenommen aus, dennoch muss ich sofort zum Prinzen vorgelassen werden.«

Andere Soldaten kamen hinzu, als sie die Auseinandersetzung bemerkten. Einer rief: »He, Feldwebel!«

Ein Feldwebel in der Uniform von Düstermoor, einem schwarzen Schild mit einem roten Raben auf einem Zweig vor gelbbraunem Grund, lief herbei. »Was gibt's denn schon wieder?«

Der Soldat erwiderte: »Dieser Kerl will zum Prinzen vorgelassen werden.«

Der Feldwebel, ein zäher alter Haudegen, der strengsten Gehorsam von seinen Leuten verlangte, fauchte: »Und wer, zum Teufel, bist du, dass der Prinz dich sehen wollte?«

Erik schob den Speer zur Seite und trat vor, wobei er dem Feldwebel grimmig in die Augen blickte. »Erik von Düstermoor, Hauptmann der Spezialeinheit des Prinzen!«

Als sein Name fiel, traten einige der Soldaten zurück, während andere den Blick auf den Feldwebel richteten. Der alte Veteran grinste. »Mir scheint, Hauptmann, als hättet Ihr einiges Ungemach hinter Euch.«

»So könnte man es ausdrücken. Und jetzt tretet zur Seite!«

Der Feldwebel zögerte nicht länger und gab Erik den Weg frei. Während er vorbeiging, reichte Erik dem Feldwebel die Zügel seines Pferdes. »Es braucht Wasser und Futter. Es ist fix und fertig. Und sagt mir Bescheid, in welchem Stall Ihr es untergebracht habt. Es ist ein gutes Tier, und ich will es nicht verlieren.«

Der Feldwebel nahm die Zügel. Erik rief ihm, während er schon davonging, noch über die Schulter zu: »Ach, und wenn mein Feldwebel kommt, schickt ihn sofort zu mir. Ihr werdet ihn leicht erkennen. Groß, sieht aus wie ein Keshianer, dunkle Haut, und er wird Euch den Kopf von den Schultern reißen, wenn Ihr ihm nur halb so viel Ärger macht wie mir.«

Erik überquerte die Zugbrücke und blickte hoch zu den vielen hell erleuchteten Fenstern der alten Burg. Obwohl von seinen Vorfahren erbaut, war Burg Düstermoor für Erik ein fremder Ort. In seiner Kindheit hatte er stets davon geträumt, eines Tages hierher zu seinem Vater gerufen zu werden und, als unehelicher Sohn anerkannt, seinen Platz in seinem Haus einzunehmen. Schließlich stand jedoch fest, dass sich diese Träume nicht erfüllen würden, doch geblieben war die Neugier. Und dann hatte auch die Neugier nachgelassen. Jetzt erweckte die Burg nur noch Beunruhigung in ihm. Es war ein schlechter Ort zum Sterben, und während er durch das Torhaus schritt und den alten Burghof betrat, wurde ihm bewusst, dass dieses Gefühl nicht nur von der Armee herrührte, die hierher unterwegs war. Nein, in dieser Burg wohnte eine Frau, die ihm tödliche Rache geschworen hatte: Mathilda von Düstermoor, die Witwe seines Vaters und Mutter seines Halbbruders, den er mit eigener Hand getötet hatte.

Einen tiefen Seufzer auf den Lippen, wandte sich Erik an den Hauptmann der Wache. »Bringt mich zu Greylock. Ich bin Hauptmann von Düstermoor.«

Ohne ein Wort zu antworten, salutierte der Hauptmann, drehte sich flotten Schritts um und führte Erik in die Heimstatt seiner Vorfahren.

Düstermoor

Calis betrachtete den Stein.

Er war so in diese Beobachtung vertieft, dass er das Erscheinen der vier Gestalten in der großen Halle des Orakels fast nicht bemerkt hätte. Er blickte hinüber zu den Dienern des Orakels, und da sie keinerlei Anzeichen von Beunruhigung zeigten, ging von den Neulingen vermutlich keine Gefahr aus.

Er erkannte seinen Vater, der in seiner prächtigen goldweißen Rüstung neben Nakor, Sho Pi und einem Mann im Gewand eines Mönchs des Ishap stand. Calis zwang sich, seine Studien am Stein zu unterbrechen, und erhob sich, um die vier zu begrüßen.

»Vater«, sagte er und umarmte Tomas. Dann schüttelte er Nakor die Hand.

»Das ist Dominic«, stellte Nakor den Unbekannten vor, »der Abt von Sarth. Ich dachte, es könnte sich als nützlich erweisen, ihn dabeizuhaben.«

Calis nickte.

»Du warst in den Stein vertieft, als wir eintrafen?«, stellte Tomas fest.

»Ich sehe etwas darin, Vater«, antwortete Calis.

»Wir müssen uns unterhalten.« Tomas sah die anderen an. »Doch zuerst muss ich jemandem meinen Respekt zollen.«

Er durchquerte die Halle, trat zu dem großen ruhenden Drachen und blieb neben dessen riesigem Kopf stehen.

»Du hast es wohl getroffen, meine alte Freundin«, sagte er leise. Dann wandte er sich an den ältesten ihrer Gefährten und fragte: »Ist sie wohlauf?«

Der alte Mann verneigte sich kaum merklich. »Sie träumt, und in ihren Träumen durchlebt sie tausend Leben aufs Neue und teilt sie mit der Seele, die diesen Körper danach besitzen wird.« Er deutete auf einen Jungen, der nun herüberkam. »Das Gleiche mache ich mit demjenigen, der mich ersetzen wird.«

Tomas nickte. »Wir haben euch, das älteste aller Völker, von einem düsteren Schicksal befreit und vor das nächste gestellt.«

»Es gibt stets ein Risiko«, sagte der alte Mann, »und es gibt stets einen Sinn. Das wissen wir.«

Tomas nickte erneut und kehrte zu den anderen zurück.

Dominic blickte mit großen Augen an Tomas vorbei. »Das hätte ich niemals geglaubt.«

Nakor lachte. »Gleichgültig, was ich auch sehe, ich denke nie, ich hätte schon alles gesehen. Das Universum hält unendlich viele Überraschungen bereit.«

»Wie kommt es, dass ihr alle zusammen hier eingetroffen seid?«, fragte Calis.

»Das ist eine lange Geschichte«, erklärte Nakor. Er holte eine der Tsurani-Teleportkugeln hervor. »Von diesen gibt es leider nicht mehr viele. Wir sollten uns noch einige besorgen.«

Calis lächelte. »Unglücklicherweise befindet sich der Spalt nach Kelewan in Stardock, und soviel ich mitbekommen habe, befindet sich dieses nun fest in der Hand von Kesh.«

»So fest nun auch wieder nicht«, erwiderte Nakor und grinste.

»Was meinst du damit?«, wollte Calis wissen.

Nakor zuckte mit den Schultern. »Pug hat mich gebeten, mir ein paar Kleinigkeiten auszudenken, also habe ich das getan.«

»Was denn?«, fragte Tomas.

»Das erzähle ich euch, wenn wir die bevorstehende Probe überstanden haben und das Schicksal von Stardock wieder von Bedeutung für uns ist.«

Tomas wandte sich an seinen Sohn. »Calis, was wolltest du damit sagen, du siehst etwas in dem Stein?«

Calis blickte seinen Vater überrascht an. »Kannst du sie nicht sehen?«

Tomas richtete seine ganze Aufmerksamkeit auf den Stein des Lebens, ein Artefakt, das er in mehrerlei Hinsicht besser kannte als jedes andere Lebewesen auf Midkemia. Er entspannte seinen Geist und betrachtete die kühle grüne Oberfläche, und einen Augenblick später bemerkte er ein pulsierendes Licht, schwach und kaum wahrnehmbar, wenn man sich zu sehr darauf konzentrierte. Schließlich sagte er: »Ich kann keine Bilder sehen.«

»Merkwürdig«, sagte Calis. »Sie sind mir gleich aufgefallen, nachdem ich den Stein ein paar Sekunden betrachtet habe.«

»Was siehst du denn?«, erkundigte sich Nakor.

»Ich weiß nicht, ob ich die richtigen Worte dafür finde«, antwortete Calis. »Doch ich glaube, ich sehe die wahre Geschichte dieser Welt.«

Nakor setzte sich auf den Boden. »Oh, das hört sich sehr interessant an. Komm, erzähl mir, was du zu sehen glaubst.«

Calis setzte sich ebenfalls, als könne er so seine Gedanken besser sammeln.

In diesem Augenblick erschienen Pug und Miranda wie aus dem Nichts.

Tomas hieß seinen alten Freund und Miranda willkommen und bat sie mit einer Geste, ebenfalls Platz zu nehmen.

»Was gibt es denn?«, fragte Pug.

»Calis wollte uns gerade erzählen, was er im Stein des Lebens entdeckt hat.«

Calis warf erst Miranda und dann Pug einen Blick zu, und Letzteren ließ er einen Moment lang nicht aus den Augen. Dann lächelte er: »Wie schön, euch beide endlich wiederzusehen.«

Miranda gab sein Lächeln zurück. »Das geht uns genauso.«

»Ich muss euch vom Stein des Lebens erzählen«, sagte Calis.

Nakor drehte sich zu Sho Pi um. »Du merkst dir jedes Wort, wenn du dich weiterhin als meinen Schüler bezeichnen willst, ja?«

»Ja, Meister.«

»Der Stein des Lebens ist Midkemia«, begann Calis, »in seiner reinsten Form, eine Spiegelung allen Lebens, das war, das ist, das sein wird, von der Dämmerung der Zeit bis zu ihrem Ende.«

Niemand unterbrach die Stille, während Calis sich seine nächsten Worte überlegte.

»Am Anfang gab es nichts, und dann kam das Universum. Pug und mein Vater wurden Zeugen dieser Schöpfung, so wie ich die Geschichte gehört habe.« Er grinste seinen Vater an. »Und nicht nur einmal. Als das Universum geboren wurde, hatte es ein Bewusstsein, doch eines, das unser Begreifen übersteigt. Wir können uns keine verständliche Vorstellung von diesem Bewusstsein machen.«

Nakor lächelte. »Man stelle sich Ameisen vor, die Futter zu ihrem Haufen schleppen, während über ihnen ein Drache auf einem Berg sitzt. Die Ameisen haben auch keine Vorstellung von dem Drachen.«

»Nun«, sagte Calis, »es geht noch darüber hinaus, doch der Vergleich trifft den Sachverhalt recht gut. Dieses Bewusstsein ist mehr, als jeder von uns – alle von uns zusammen – je begreifen könnte. Es ist so riesig, so zeitlos ...« Er hielt inne. »Ich glaube, mehr kann ich auch nicht darüber sagen. Doch als Midkemia entstand, war es die Heimat von großen Mächten, grundlegenden Kräften der Natur. Diese Kräfte waren nicht mit Geist versehen, aber sie schufen und zerstörten.«

»Rathar und Mythar«, ergänzte Tomas, »die zwei blinden Götter des Ursprungs.«

»Dieser Name ist für jene Kräfte genauso gut wie jeder andere«, meinte Nakor.

»Dann begannen sich die Dinge neu zu ordnen«, fuhr Calis fort. »Bewusstsein erhob sich, und die Wesen, die keinen Geist hatten, bekamen einen Sinn. Wir sind es, die die Götter definieren, auf eine Weise, die für uns Sinn ergibt, doch sie stellen so viel mehr dar als das. Die Ordnung des Universums ist wie ein Edelstein mit vielen Facetten, und wir sehen nur eine, jene, welche die Existenz unseres Universums spiegelt.«

»Wird sie mit anderen Welten geteilt?«, fragte Pug.

»O ja«, antwortete Calis leise, »mit allen Welten. Das ist der wichtigste Grund dafür, dass alles, was wir hier tun, eine solch tief gehende Wirkung auf alle anderen Welten im Kosmos hat. Es ist der ursprüngliche Widerstreit zwischen

Gut und Böse, und dieser Kampf findet in jedem Winkel der Schöpfung statt.«

Er wandte sich den anderen in der großen Höhle zu.

»Ich könnte noch Stunden so weitersprechen, doch lasst mich kurz zusammenfassen, was ich glaube, entdeckt zu haben.« Calis sammelte erneut seine Gedanken und fuhr fort: »Die Valheru waren mehr als nur die ersten Wesen, die auf Midkemia lebten. Sie waren eine Brücke zwischen den Unsterblichen und den Sterblichen. Sie waren das erste Experiment der Götter, wenn ihr so wollt.«

»Experiment?«, warf Nakor ein. »Was denn für ein Experiment?«

»Ich weiß es nicht«, antwortete Calis. »Ich bin nicht einmal sicher, ob das, was ich euch erzählte, wahr ist. Doch es fühlt sich wahr an.«

»Es *ist* wahr«, sagte Nakor, und alle Augen richteten sich auf den kleinen Isalani. Der grinste. »Das alles ergibt einen Sinn.«

»Was ergibt einen Sinn?«, erkundigte sich Pug.

»Hat sich außer mir denn noch niemals jemand gefragt, warum wir denken können?«, fragte Nakor.

Die anderen wechselten erstaunte Blicke. Pug lachte. »In letzter Zeit nicht, nein.«

»Wir denken, weil uns die Götter die Kraft der Auffassung geschenkt haben«, sagte Dominic.

Nakor drohte dem Abt mit dem Zeigefinger. »Du weißt, das ist nur ein Dogma, und du weißt auch, dass die Götter genauso die Schöpfung der Menschen sind wie die Menschen die Schöpfung der Götter.«

»Und worauf willst du hinaus?«, fragte Pug.

»Oh, ich habe mich nur darüber gewundert«, erwiderte Nakor. »Ich habe an diese Geschichte gedacht, die du mir erzählt hast, als du mit Tomas aufgebrochen bist, Macros zu suchen, und später die Schöpfung des Universums mit angesehen hast.«

»Und?«, wollte Tomas wissen.

»Nun«, meinte Nakor, »mir scheint, ihr müsst am Anfang anfangen.«

Pug starrte den kleinen Mann an und platzte lachend heraus. Einen Augenblick später lachte die ganze Gesellschaft.

»Na, seht ihr«, sagte Nakor, »Humor ist eine Eigenschaft der Intelligenz.«

»Ja, ja, Nakor«, mischte sich Miranda ein. »Aber was willst du uns eigentlich mitteilen?«

»Irgendetwas hat mit allem begonnen«, antwortete Nakor.

»Ja«, sagte Dominic. »Es gab einen ursprünglichen Trieb, einen Schöpfer, irgendetwas.«

»Angenommen«, schlug Nakor vor, »es hat sich selbst geschaffen?«

»Das Universum hätte sich eines Tages entschlossen, einfach aufzuwachen?«, fragte Miranda.

Nakor dachte über diese Frage einen Moment nach. »Es gibt da etwas, das wir nie aus den Augen verlieren sollten: Alles, worüber wir sprechen, wird von unseren eigenen Wahrnehmungen begrenzt, unseren Fähigkeiten des Begreifens, kurz unserer eigentlichen Natur.«

»Das ist wahr«, stimmte Pug zu.

»Wenn man also sagt, das Universum wäre eines Tages einfach erwacht, so ist das gleichzeitig die treffendste und dabei die unvollkommenste Beschreibung.«

»Diese Art Debatte kennen wir in den Tempeln sehr gut«, meinte Dominic. »Solche Exerzitien zur Logik und zum Glauben nehmen oft ein enttäuschendes Ende.«

»Aber Abt, ich glaube, wir haben hier etwas, was Euren Brüdern fehlt«, hielt Nakor dagegen. »Augenzeugen der Schöpfung.«

»Falls es tatsächlich die Schöpfung war, die sie gesehen haben«, wandte Dominic ein.

»Aha.« Nakor konnte seine hinterhältige Freude kaum verbergen. »Wir können uns also über nichts sicher sein, nicht wahr?«

»›Was ist Realität?‹ ist eine der häufigsten Fragen in den Debatten, die ich gerade erwähnt habe«, erwiderte der Abt.

»Realität ist das, wogegen du im Dunkeln stößt«, warf Miranda trocken ein.

Nakor lachte. »Du hast mir von dieser großen Kugel erzählt, die explodierte und so das Universum schuf.«

Pug nickte.

»Also befand sich alles in dieser Kugel?«

»Davon gehen wir aus«, bestätigte Pug.

»Nun, und was befand sich dann außerhalb der Kugel?«

»Wir«, antwortete Pug rasch, »und der Garten und die Ewige Stadt.«

»Aber ihr stammt doch eigentlich aus dieser großen Kugel«, bohrte Nakor weiter, erhob sich und begann, hin und her zu schreiten, von dem Gefühl getrieben, am Rande der Erkenntnis zu stehen. »Ich meine, vom Zeitpunkt der Schöpfung aus gesehen, wart ihr doch weit in der Zukunft geboren worden, und zwar aus dem Stoff dieser Kugel, nicht wahr?«

»Was ist mit der Ewigen Stadt?«, fragte Miranda.

»Vielleicht wurde sie in der fernen Zukunft gebaut. Was meint ihr?«

»Von wem?«, wollte Pug wissen.

Nakor zuckte mit den Schultern. »Ich weiß es nicht, und

im Moment ist es mir auch gleichgültig. Vielleicht wirst du, wenn du tausend Jahre alt bist, die Ewige Stadt erschaffen und sie zurück in die Dämmerung der Zeit schicken, damit du und Macros einen Ort habt, von dem aus ihr die Geburt des Universums beobachten könnt.«

»Universen in den Kinderschuhen und tausend Jahre alte Magier«, schnaubte Dominic, der sich offensichtlich geduldig zeigen wollte, was ihm jedoch gründlich misslang.

Nakor hob die Hand. »Warum nicht? Wir wissen, dass Reisen durch die Zeit möglich sind. Was uns zu der Frage bringt: Was ist eigentlich die Zeit?«

Sie blickten einander an, und jeder wollte antworten, doch keiner ergriff das Wort.

»Die Zeit ist eben die Zeit«, erklärte Dominic schließlich. »Sie markiert den Fluss der Ereignisse.«

»Nein«, entgegnete Nakor. »Die Menschen markieren den Fluss der Ereignisse. Der Zeit ist das gleichgültig, sie ist einfach da. Aber was ist sie?« Er hatte ein entzücktes Grinsen im Gesicht, als er seine eigene Frage beantwortete: »Die Zeit ist das, was die Ereignisse davon abhält, alle im selben Moment zu passieren.«

Pug runzelte die Stirn. »Also wäre in der Kugel alles zur gleichen Zeit passiert?«

»Und dann hat sich das Universum verändert!«, sagte Nakor ausgelassen.

»Warum?«, fragte Miranda.

Nakor zuckte mit den Achseln. »Wer soll das wissen? Es geschah eben einfach. Pug, du hast mir erzählt, als du Macros beim letzten Mal gefunden hast, hätte er begonnen, mit Sarig zu verschmelzen. War er noch Macros, oder war er Sarig?«

»Für eine Zeitlang war er beide, doch im Wesentlichen war er noch Macros.«

»Ich würde ihm jetzt zu gern folgende Frage stellen: ›Als du verschmolzen bist, hast du dabei das Gefühl verloren, Macros zu sein?‹« Einen Augenblick lang war Nakor tiefstes Bedauern anzusehen, doch dann kehrte das Grinsen auf sein Gesicht zurück. »Ich denke, ich darf behaupten, dass man, je mehr man zum Gott wird, desto weniger man selbst ist.«

»Jetzt verstehe ich endlich«, sagte Dominic.

»Was?«, fragte Miranda.

»Worauf dieser Verrückte hinauswill.« Der alte Abt tippte sich mit dem Finger an die Schläfe. »Verstand. Der Geist der Götter, dieses ›Alles‹, über das er redet wie über seinen ›Stoff‹ ... Wenn alles im selben Moment passieren würde, vor dieser Schöpfung, dann wäre alles alles. Es gäbe keine Unterscheidungen.«

»Jawohl!«, meinte Nakor, entzückt über die Beobachtungen des Abtes.

»Aus Gründen, die uns auf ewig unbekannt sein werden, hat die Ganzheit der Schöpfung also gehandelt, um sich selbst zu differenzieren. Diese ›Geburt‹ des Universums war für das Universum eine Möglichkeit ...« Der Abt riss die Augen auf. »Es war der Versuch des Universums, sich bewusst zu werden!«

Tomas legte die Stirn in Falten. »Ich kann Euch nicht mehr folgen. Menschen haben ein Bewusstsein, so wie andere intelligente Arten auch, und die Götter haben ein Bewusstsein, doch das Universum ist ... Das Universum ist eben, und das ist alles.«

»Nein«, widersprach Nakor. »Warum die Menschen? Warum andere denkende Geschöpfe?«

»Ich weiß es nicht«, sagte Pug.

Nakors Miene wurde ernst. »Weil Sterblichkeit das Mittel ist, mit dem sich das Universum, dieser ›Stoff‹, von dem ich immer spreche, seiner selbst bewusst wird. Jedes Leben ist ein Experiment des Universums, und jeder von uns bringt dem Universum Wissen zurück, wenn er stirbt. Macros hat danach gestrebt, mit einem Gott eins zu werden, und dabei hat er etwas Wichtiges gelernt: Je weiter man sich von der Sterblichkeit entfernt, desto mehr schwindet auch das Bewusstsein von sich selbst. Die Niederen Götter sind von diesem ›Selbst‹ weiter abgerückt als die Sterblichen. Und die Großen Götter noch weiter, möchte ich wetten.«

Dominic nickte. »Die Träne der Götter erlaubt es unserem Orden, mit den Großen Göttern Kontakt aufzunehmen. Das ist ein schwieriges Unterfangen. Wir versuchen es nur selten, und wenn wir es tun, ist die Verständigung oft nicht begreiflich.« Der alte Abt seufzte. »Die Träne ist eine sehr wertvolle Gabe, denn mit ihrer Hilfe können wir Magie ausüben, die unseren Dienern beweist, dass Ishap noch lebt, damit wir ihn verehren und auf seine Rückkehr hinarbeiten können. Doch die Natur der Götter, selbst die des Gottes, den wir verehren, übersteigt unsere Auffassungsgabe.«

Nakor lachte. »Nun gut, falls das Universum tatsächlich an dem Tag geboren wurde, als Macros, Pug und Tomas dabei zusahen, was sagt uns das dann über das Universum?«

»Ich weiß es nicht«, musste Pug eingestehen.

»Es ist noch ein Kleinkind«, sagte Nakor.

Pug lachte. Er konnte nicht anders. »Das Universum ist mehrere Milliarden Jahre alt, wenn ich mich nicht verrechnet habe.«

Nakor zuckte nur mit den Schultern. »Das könnte in unseren Begriffen einem zweijährigen Kind entsprechen. Und was, wenn das der Fall ist?«

»Worauf willst du hinaus?«, fragte Miranda.

»Ja«, meinte Tomas, »das ist alles sehr faszinierend. Aber trotzdem liegen einige schwerwiegende Probleme vor uns, die der Lösung harren.«

»Das ist wahr«, entgegnete Nakor, »doch je besser wir verstehen, womit wir es zu tun haben, desto größer unsere Aussicht, diese Probleme zu bewältigen.«

»Gut, doch wo sollen wir anfangen?«

»Ich habe vorhin gefragt, warum wir überhaupt denken. Mir scheint, ich habe da eine Idee.« Nakor hielt kurz inne und fuhr dann fort: »Nehmen wir einmal an, das Universum, alles darin und alles, was war, und alles, was sein wird, ist miteinander verbunden.«

»Als hätte alles etwas gemeinsam?«, fragte Dominic.

»Nein, noch darüber hinaus. Als wären wir alle dasselbe.« Nakor blickte Pug und Miranda an. »Ihr nennt es Magie. Ich nenne es Tricks.« Er wandte sich an Dominic. »Und du nennst es Gebete. Aber dennoch ist es dasselbe. Und was wäre …«

»Nun?«, drängte Pug.

»Das ist genau der Punkt, wo es problematisch wird. Ich nenne es ›Stoff‹.« Er seufzte. »Es ist etwas Grundlegendes, etwas, aus dem alles gemacht ist.«

»Du könntest es auch Geist nennen«, schlug Dominic vor.

»Du könntest es genauso gut Wäsche nennen«, meinte Miranda trocken.

Nakor lachte nur darüber. »Was auch immer es ist, wir sind ein Teil davon, und es ist ein Teil von uns.«

Pug schwieg einen Augenblick lang. »Das treibt einen doch in den Wahnsinn. Ich fühle mich, als wäre ich kurz davor, es zu verstehen, und doch kann ich es nicht greifen.«

»Und was hat es mit unseren anstehenden Angelegenheiten zu tun?«

»Alles. Nichts. Ich weiß es nicht«, sagte Nakor überrascht. »Ich habe eben nur darüber nachgedacht.«

»Vieles von dem, was du sagst«, meinte Tomas, »erinnert mich an Dinge, die ich einst wusste, als ich eins mit Ashen-Shugar war.«

»Das kann ich mir vorstellen«, entgegnete Nakor. »Das Universum lebt, es ist ein Wesen von unglaublicher Komplexität und Größe. Es ist … nun, ich weiß kein besseres Wort, ein Gott. Vielleicht *der* Gott. Ich kann es nicht sagen.«

»Macros hat es ›das Höchste‹ genannt«, sagte Tomas.

»Das gefällt mir!«, meinte Nakor. »Der Höchste Gott, der Eine über Allen. So nennen die Anhänger von Ishap ihren Gott.«

»Aber du sprichst nicht von Ishap«, wandte Dominic ein.

»Nein, der ist zwar ein wichtiger Gott, aber er ist nicht der Höchste. Ich glaube, dieser Höchste hat überhaupt keinen Namen. Er ist einfach.« Nakor seufzte abermals. »Könnt ihr euch ein Wesen mit Sternen im Kopf vorstellen, mit Milliarden Sternen? Wir haben Blut und Galle, und dieses Wesen hat Welten und Kometen und intelligente Arten … einfach alles!«

Nakor war offensichtlich von diesem Bild vollkommen hingerissen, und Pug warf Miranda einen Blick zu. Ihrem Lächeln entnahm er, dass sie sich ebenso wie er über die Freude des kleinen Mannes amüsierte.

»Der Höchste, wenn ihr so wollt, weiß alles, ist alles, doch Er ist ein Kleinkind. Wie lernen kleine Kinder?«

Pug, der zwei Kinder großgezogen hatte, meinte: »Sie beobachten, sie lernen von ihren Eltern, sie ahmen nach …«

»Aber«, unterbrach ihn Nakor, »wenn du Gott bist, hast du weder Mama noch Papa, wie lernst du dann?«

Miranda lachte. »Ich habe keine Ahnung.«

»Du experimentierst«, sagte Dominic.

»Ja«, stimmte Nakor zu und grinste noch breiter. »Du probierst verschiedene Dinge aus. Du erschaffst Dinge, etwa Menschen, und du lässt sie los, um zu sehen, was passiert.«

Miranda fragte: »Also sind wir so etwas wie ein kosmisches Puppentheater?«

»Nein«, widersprach Nakor. »Gott betrachtet uns nicht auf einer himmlischen Bühne, Gott ist *in* den Puppen.«

»Jetzt begreife ich gar nichts mehr«, gestand Pug ein.

»Wir sind wieder bei der Frage, warum wir denken«, erklärte Nakor. »Falls Gott alles ist, Verstand, Geist, Gedanke, Handlung, Dreck, Wind«, er blickte Miranda an, »Wäsche, also alles, das ist, und alles, das sein kann, dann muss jedes Ding, das Er ist, einen Sinn haben. Weshalb leben wir? Es ist eine Möglichkeit, Gedanken zu entwickeln. Und wofür sind Gedanken gut? Sie sind eine Möglichkeit, sich bewusst zu werden, ein Stadium zwischen dem Körperlichen und dem Geistigen. Und Zeit? Die Zeit ist die beste Möglichkeit, die Dinge voneinander zu trennen. Und warum gibt es letztlich Menschen und Elben und Drachen und all die anderen denkenden Geschöpfe?«

»Damit der Geist ein Bewusstsein von sich selbst erlangt?«, fragte Dominic.

»Richtig!«, sagte Nakor. Er sah aus, als würde er gleich vor Freude zu tanzen anfangen. »Jedes Mal, wenn einer von uns in Lims-Kragmas Halle geht, teilt er seine Lebenserfahrung mit Gott. Dann geht er wieder zurück und lebt noch einmal und immer und immer wieder.«

Miranda machte keinen besonders überzeugten Eindruck. »Willst du damit sagen, wir leben in einem Universum, in dem Gott für das Böse genauso verantwortlich ist wie für das Gute?«

»Ja«, bestätigte Nakor. »Weil Gott es nicht als gut oder böse ansieht. Gott lernt nur über Gut und Böse. Für Ihn ist es nur eine seltsame Weise, wie sich Geschöpfe verhalten.«

»Er scheint aber ziemlich langsam zu lernen«, warf Pug ein.

»Nein, Er ist nur so riesig!«, beharrte Nakor. »Er macht es immer und immer wieder, eine Milliarde Mal jeden Tag auf einer Milliarde Welten!«

»Irgendwann einmal haben Pug und ich Macros gefragt«, sagte Tomas, »warum es, da wir doch in einem so riesigen und komplexen Universum leben, so schlimm wäre, wenn ein einziger kleiner Planet in die Hände der Valheru fiele. Er erklärte uns, die Natur des Universums hätte sich nach den Chaoskriegen gewandelt, und das abermalige Hervortreten der Valheru auf Midkemia würde diese neue Ordnung der Dinge erneut umstoßen.«

»Ich glaube das nicht«, wandte Nakor ein. »Oh, ich meine, es wäre ein großes Unglück für alle auf Midkemia, doch schließlich würde das Universum alles wieder in Ordnung bringen. Gott lernt. Natürlich würden Milliarden von Menschen sterben, bevor geschähe, was die Dinge wieder ins Lot rückt.«

»Wenn man dir zuhört«, meinte Miranda, »wird plötzlich alles so belanglos!«

»Nun ja, so könnte man es sehen«, gestand Nakor ein. »Doch ich sehe es lieber so: Wir lehren Gott, das Richtige zu tun, wir verbessern ihn wie ein kleines Kind. Und es lohnt sich immer, für das Gute zu kämpfen, denn Liebe ist besser als Hass, und Schöpfung ist besser als Zerstörung und so weiter.«

»Jedenfalls«, stellte Pug fest, »ist diese Frage für die Menschen im Königreich allenfalls von akademischer Bedeutung.«

»Nakor hat recht«, sagte Calis. »Er hat mir gerade geholfen zu verstehen, was getan werden muss und warum ich hier bin.«

»Und warum?«, fragte Miranda.

Calis lächelte. »Ich muss den Stein des Lebens entsiegeln.«

Erik nahm einen tiefen Schluck. Es war gekühlter Weißwein, wie er in diesem Teil des Herzogtums viel getrunken wurde. »Danke«, sagte er, als er den Kelch absetzte.

Prinz Patrick, Owen Greylock und Manfred von Düstermoor saßen mit Erik am Tisch. Um sie herum stand ein halbes Dutzend anderer Adliger, von denen einige wie feine Höflinge gekleidet waren, andere jedoch wie Erik von Blut und Schmutz starrten.

»Ihr habt viel geleistet, wenn man den verfrühten Fall von Krondor bedenkt«, sagte Patrick.

»Danke, Euer Hoheit«, erwiderte Erik.

»Ich wünschte nur«, meinte Greylock, »wir hätten mehr Zeit für unsere Vorbereitungen.«

»Man hat nie genug Zeit«, erwiderte Patrick darauf. »Wir müssen uns darauf verlassen, dass wir genug getan haben und sie hier in Düstermoor aufhalten können.«

Ein Bote eilte herein, salutierte und reichte Greylock einen Brief.

Greylock öffnete ihn. »Schlechte Nachrichten. Die südliche Reserve ist überrannt worden.«

»Überrannt?«, fragte Patrick und schlug wütend mit der Faust auf den Tisch. »Sie sollten doch auf jeden Fall versteckt bleiben und den Feind von hinten angreifen und bluten lassen. Was ist passiert?«

Owen reichte das Pergament an den Prinzen weiter und gab den anderen im Raum den Inhalt bekannt. »Kesh. Sie haben ihre Armee bis zu einem Punkt südlich von Dorgin vorgeschoben. Dadurch ist die südliche Flanke des Feindes in Bedrängnis geraten, und als sie auf die Keshianer gestoßen sind und die Zwerge vor sich hatten, haben sie sich nach Norden gewandt und unsere Befestigungsanlagen überrannt.«

»Kesh hat sich eingemischt?«, fragte ein alter, müde wirkender Adliger, den Erik nicht kannte.

»Das war nicht anders zu erwarten«, erwiderte Patrick. »Wenn wir diesen Krieg überleben, werden wir uns anschließend mit Kesh beschäftigen.«

»Was ist mit Lord Sutherland?«, fragte der Adlige.

»Der Herzog der südlichen Marken ist tot«, erklärte Greylock. »Gregory und auch der Graf von Landreth sind in den Kämpfen gefallen. Mylords, falls dieser Bericht stimmt, existiert keine Reserve im Süden mehr, all unseren Bemühungen zum Trotz.«

Einer der adrett gekleideten Höflinge sagte: »Vielleicht sollten wir darüber nachdenken, ob wir uns bis Malacs Kreuz zurückziehen, Hoheit?«

Der Prinz warf dem Mann einen verächtlichen Blick zu und würdigte die Frage keiner Antwort. Er sah Erik an. »Diejenigen, die gerade erst eingetroffen sind, mögen sich doch von den Junkern in ihre Gemächer führen lassen.

Dort warten sowohl ein Bad wie auch frische Kleider. Es wäre mir angenehm, wenn ich in einer Stunde mit Euch speisen könnte.« Er erhob sich, und die anderen folgten seinem Beispiel. »Wir werden die Debatte morgen in aller Frühe fortsetzen. Bis dahin haben wir hoffentlich weitere Berichte erhalten.« Er drehte sich um und verließ den Saal.

Nachdem der Prinz gegangen war, winkte Manfred Erik und Greylock zu sich. »Nun, meine Herren, ich fürchte, wir haben da ein kleines Problem.«

Erik nickte. »Das ist mir in dem Augenblick klar geworden, als ich die Zugbrücke überschritten habe.«

»Wir stehen in den Diensten des Prinzen, wenn ich Eure Lordschaft daran erinnern darf«, sagte Owen.

Manfred tat die Bemerkung mit einer Handbewegung ab. »Erzählt das meiner Mutter.« Dann lächelte er bedauernd. »Im Augenblick aber vielleicht besser noch nicht.«

»Wir können hier nicht Krieg führen«, sagte Erik, »und gleichzeitig ständig auf der Hut vor deiner Mutter sein, Manfred.«

»Erik hat recht«, stimmte Owen zu.

Manfred seufzte. »Sehr wohl, Owen. Ich habe unseren jetzigen Schwertmeister angewiesen, er möge Euch Eure alten Gemächer überlassen. Ich dachte, Ihr hättet es dort bequemer, und um die Wahrheit zu sagen, ist es hier im Haus zurzeit ein wenig eng.«

Owen lächelte. »Ich möchte wetten, Percy wird das gar nicht gefallen.«

»Euer früherer Gehilfe war nie ein glücklicher Mann. Ich glaube, er ist schon mit einem langen Gesicht zur Welt gekommen.« Er wandte sich an Erik. »Du wohnst in einem

Zimmer ganz in meiner Nähe. Je näher du bei mir bist, desto geringer ist die Wahrscheinlichkeit, dass Mutter jemanden auf dich ansetzen wird.«

Erik sah ihn misstrauisch an. »Herzog James wollte ihr doch ins Gewissen reden.«

»Niemand kann Mutter ins *Gewissen* reden. Ich nehme an, das wirst du noch am eigenen Leib spüren, ehe der Abend vorbei ist.« An Greylock gerichtet, fügte er hinzu: »Owen, ich sehe Euch beim Abendessen.«

»Mein Lord«, erwiderte Owen. Die drei verließen den Ratssaal, und während Owen in die andere Richtung verschwand, nahm Manfred Erik mit sich.

»Die Burg ist ziemlich groß«, erklärte Manfred. »Man kann sich nur allzu leicht verirren. Falls dir das passiert, brauchst du nur einen der Diener zu fragen.«

»Ich weiß nicht, wie lange ich hierbleiben werde«, erklärte Erik. »Owen und der Prinz haben mir noch nicht mitgeteilt, wo ich als Nächstes eingesetzt werde. Während des Rückzugs von Krondor habe ich Calis' Position eingenommen, doch diese Phase ist nun zu Ende.«

»Das scheint mir auch so«, antwortete Eriks Halbbruder. »Doch offensichtlich hast du ganze Arbeit geleistet.« Er blickte sich in den alten Hallen von Burg Düstermoor um. »Ich hoffe nur, ich werde meine Sache ebenso gut machen, wenn die Zeit gekommen ist.«

»Das wirst du gewiss«, meinte Erik.

Sie traten um eine Ecke, und Erik wäre fast gestolpert. Den Gang entlang kam ihm gemessenen Schritts eine Prozession entgegen, eine alte Frau in fürstlichen Gewändern, der zwei Wachen und eine Reihe Zofen folgten. Sie blieb kurz stehen, als sie Manfred sah, und dann, als sie Erik erblickte, riss sie die Augen weit auf. »Es ist der Bastard. Der mordende Bastard!« Sie wandte sich an die Wachen und rief: »Tötet ihn!«

Die wie vom Blitz getroffenen Wachen blickten von Mathilda, der Mutter des Barons, zu Manfred, der sie mit der Hand zurückscheuchte. Die Wachen nickten und traten zur Seite.

»Mutter«, sagte Manfred, »das haben wir doch schon besprochen. Erik wurde vom König begnadigt. Was immer geschehen ist, es ist vorbei.«

»Niemals!«, fauchte die alte Frau mit einem Hass, der Erik vollkommen unvorbereitet traf. Er hatte immer gewusst, dass sie ihn nicht mochte, allein schon deshalb, weil Eriks Mutter Freida jahrelang vom alten Baron von Düstermoor verlangt hatte, er solle Erik als Sohn anerkennen. Doch so etwas wie diesen Hass, der ihm jetzt entgegenschlug, hatte er noch nie erlebt. Von allen Männern, denen er in der Schlacht gegenübergestanden hatte, hatte ihn niemals einer mit solch deutlicher, nackter Ablehnung angestarrt, wie sie sich nun in Mathilda von Düstermoors Augen offenbarte.

»Mutter!«, fuhr Manfred auf. »Das reicht. Ich gebiete dir Einhalt!«

Die Frau richtete den Blick auf ihren Sohn, und Erik bemerkte, dass sich ihr Hass nicht auf ihn allein beschränkte. Sie trat vor, und einen Moment lang fürchtete Erik, sie würde ihren Sohn ins Gesicht schlagen. In aufgebrachtem Flüsterton zischte sie: »Du wagst es, mir Befehle zu erteilen?« Sie musterte ihren Sohn von oben bis unten. »Wenn du der Mann wärst, der dein Bruder gewesen ist, hättest du diesen mörderischen Bastard getötet, ehe er davonkommen konnte. Und wenn du nur halb der Mann wärest, der dein Vater war, hättest du längst geheiratet und würdest nun einen Sohn haben, und der Anspruch dieses Bastards wäre ein für alle Mal hinfällig. Soll er vielleicht auch erst noch dich umbringen? Willst du im Staub liegen, während dieser Mörder sich deinen Titel aneignet? Willst …«

»Mutter!«, brüllte Manfred. »Genug!« Er wandte sich an die Wachen. »Bringt meine Mutter zurück in ihre Gemächer.« Seiner Mutter sagte er: »Falls du dich beherrschen kannst, speise heute Abend mit uns, doch solltest du vor Prinz Patrick nicht ein Fünkchen Würde zeigen, dann erweise uns den Gefallen und speise in deinem Zimmer. Und jetzt geh!«

Manfred drehte sich um und ging los, und Erik folgte ihm, doch er sah noch einmal über die Schulter zurück. Sie ließ ihn keinen Moment aus den Augen, und Erik war sich nur zu bewusst, wie sehr ihm diese alte Frau den Tod wünschte.

Erik war so mit der Baronin beschäftigt, dass er Manfred fast umgerannt hätte, als er um eine Ecke bog. »Es tut mir leid, Erik.«

»Das habe ich nicht erwartet. Ich dachte, ich hätte verstanden …«

»Mutter verstehen? Da wärst du der Erste.« Er winkte Erik mit sich. »Dein Zimmer ist dort hinten, am Ende des Gangs.«

Als Erik die Tür öffnete und eintrat, folgte ihm Manfred.

»Ich habe es dir aus zwei Gründen ausgesucht«, erklärte Manfred. Er zeigte zum Fenster. »Dort kann man schnell hinaus. Und es ist eines der wenigen Zimmer in Düstermoor, das keinen geheimen Zugang hat.«

»Keinen geheimen Zugang?«

»Den hat hier fast jedes Zimmer, wirklich. Die Burg wurde viele Male erweitert, seit der erste Baron den Bergfried gebaut hat. Es gab Notausgänge für den Fall einer Erstürmung der Burg und geheime Gemächer, in denen sich der Lord mit seiner Lieblingsmagd des Nachts treffen konnte. Manche hatten auch den Zweck, dass sich die Diener unsichtbar durch die Burg bewegen konnten, doch die meisten sind einfach alte Nebengänge, die nur Spionen oder Meuchelmördern von Nutzen sind.«

Erik ließ sich auf einem Stuhl in der Ecke nieder. »Ich danke dir.«

»Keine Ursache«, erwiderte Manfred. »Wenn ich dir das raten darf, bade schnell und wechsle die Kleidung. Ich lasse die Diener sofort Wasser bringen. Die Kleider in dem Schrank dort sollten dir eigentlich passen.« Er grinste. »Sie haben Vater gehört.«

»Macht es dir Spaß, deine Mutter zu brüskieren?«, fragte Erik.

Auf Manfreds Gesicht zeigte sich eine Spur Wut. »Mehr, als du es jemals für möglich halten wirst.«

Erik seufzte. »Ich habe viel über das nachgedacht, was du mir damals im Kerker über Stefan erzählt hast. Ich schätze, ich habe nie so recht einschätzen können, wie hart das alles für dich sein muss.«

Manfred lachte. »Das wirst du wohl nie erfahren.«

»Dürfte ich dich vielleicht etwas fragen?«

»Ja?«

»Warum hasst sie dich? Ich weiß, warum sie mich hasst, doch dich hat sie genauso hasserfüllt angesehen wie mich.«

»Das, Bruder, ist etwas, das ich dir vielleicht eines Tages erklären werde. Vielleicht jedoch auch nicht. Für den Augenblick wollen wir es dabei belassen: Mutter hat es nie gefallen, wie ich mein Leben führe. Als ich nur der Zweitgeborene war, der den Titel nicht erbt, hat ihr das nur wenig

Ungemach bereitet. Doch seit Stefans … Ableben sind die Spannungen zwischen uns ständig gewachsen.«

»Tut mir leid, dass ich gefragt habe.«

»Ist schon in Ordnung. Ich kann deine Neugier verstehen.« Manfred wandte sich zur Tür. »Und irgendwann werde ich dir vielleicht alles erzählen. Nicht, weil du ein Recht darauf hast, es zu wissen, sondern weil es Mutter höchst unglücklich machen würde, wenn ich das tue.«

Mit einem bösartigen Grinsen auf den Lippen verließ Manfred das Zimmer.

Erik lehnte sich zurück und wartete auf die Diener, die das Wasser bringen sollten. Er war gerade eingedöst, als es klopfte. Verschlafen stand er auf und öffnete die Tür. Ein halbes Dutzend Diener traten mit Eimern dampfenden Wassers und einer großen Zinnwanne ein.

Er erlaubte den beiden Männern, die die Wanne getragen hatten, ihm die Stiefel auszuziehen. Als er schließlich im heißen Wasser saß, ließen Schmerzen und Beschwerden allmählich nach.

Plötzlich saß er kerzengerade, denn einer der Diener begann, ihn zu waschen.

»Stimmt etwas nicht, mein Lord?«

»Ich bin kein Lord. Nenn mich ›Hauptmann‹, und danke, ich kann mich allein waschen.« Erik nahm dem Mann Seife und Waschlappen aus der Hand. »Das wäre dann alles.«

»Sollen wir die Kleider herauslegen, bevor wir gehen?«

»Ach ja, das wäre schön«, sagte Erik, nun wieder hellwach. Die anderen Diener gingen hinaus, während der eine, der gesprochen hatte, Kleider aus dem Schrank nahm. »Soll ich Euch Stiefel holen, Hauptmann?«

»Nein, ich trage meine eigenen.«

»Ich werde sie putzen, bevor Ihr aufbrecht, Sir.« Er war schon aus der Tür, ehe Erik widersprechen konnte. Also zuckte Erik nur mit den Schultern und begann, sich zu waschen. Den Luxus eines heißen Bades hatte er in letzter Zeit selten genossen, und als das Wasser nach und nach abkühlte, spürte er, dass seine Lebensgeister wieder erwachten. Wenn das Abendessen erst vorbei wäre – und falls der Prinz nicht noch ein weiteres Treffen an setzte –, würde er sich zurückziehen und in einen tiefen, todesähnlichen Schlaf fallen.

Dann dachte er noch einmal darüber nach und entschloss sich, besser nur leicht zu schlafen, selbst mit verriegelter Tür.

Erik wusste nicht, wie spät es war, doch er wollte zum Abendessen mit dem Prinzen pünktlich sein. Er trocknete sich ab und begutachtete die Kleider, die der Diener für ihn ausgesucht hatte. Eine blassgelbe enge Hose, ein hellblaues Hemd und einen eleganten hellgrauen, fast weißen Mantel. Erik beschloss, den Mantel nicht zu tragen, und legte die Hose und das Hemd an. Gerade, als er damit fertig war, öffnete der Diener die Tür. »Eure Stiefel, Hauptmann.«

Erik war verblüfft. In den paar Minuten war es dem Mann gelungen, Blut und Dreck abzuputzen und das Leder wieder zum Glänzen zu bringen. »Danke«, sagte Erik, als er die Stiefel entgegennahm.

Der Diener fragte: »Soll ich den Zuber fortbringen lassen, während Ihr speist?«

»Ja«, antwortete Erik, während er sich die Stiefel anzog. Der Diener zog sich zurück, und Erik fuhr sich mit der Hand über das Kinn. Er wünschte, er hätte ein Rasiermesser und Seife zur Hand, und nahm an, er hätte vorhin nur danach zu fragen brauchen, doch nun entschied er, dass es ein paar Stoppeln nicht wert wären, den Prinzen von Krondor warten zu lassen.

Er trat hinaus in den Gang und ging um die Ecke, in die Richtung, wo der Ratssaal lag. Vor dem Saal standen zwei Wachen. Er fragte sie nach dem Weg zum Speisezimmer, und die eine Wache salutierte. »Folgt mir bitte, Hauptmann.«

Genau das tat er, und der Mann führte ihn durch eine Reihe von Gängen, die Erik für einen Teil des ursprünglichen Bergfrieds hielt oder einen Teil, der noch in der Frühzeit der Burg angebaut worden war.

Der Speisesaal war überraschend klein. Ein viereckiger Tisch bot vielleicht einem Dutzend Gäste Platz, doch nur wenige Fuß hinter jedem Stuhl befand sich schon die Wand, sodass es recht eng werden mochte, wenn sich zu viele Leute gleichzeitig erhoben. Erik nickte einigen der Adligen, die er in Krondor kennengelernt hatte, zu und wurde von einigen anderen, die in private Gespräche vertieft waren, geflissentlich übersehen.

Owen war bereits anwesend und bat ihn, neben sich Platz zu nehmen.

Erik trat um den Tisch herum, wo rechts von Greylock noch drei Stühle frei waren. »Nimm diesen«, sagte Greylock und deutete auf den Stuhl links von ihm. »Dieser ist für den Prinzen«, fügte er noch schnell hinzu, indem er auf den für Patrick bestimmten Stuhl klopfte.

In diesem Augenblick bemerkte Erik, dass ihn alle Adligen am Tisch ansahen, und plötzlich wurde er verlegen. Herzöge und Grafen, Barone und Junker, alle waren in der Tischordnung unter ihm platziert worden. Wie er wusste, war es für die Stellung am Hofe von großer Bedeutung, wo man, vom Prinzen aus gesehen, saß, und mit einem Mal verspürte Erik den Wunsch, er hätte daran gedacht, einen Stuhl auf der anderen Seite des Tisches dem Prinzen gegenüber zu wählen.

Einige Minuten später öffnete sich die Tür hinter ihm, und als er sich umdrehte, sah er Prinz Patrick eintreten. Er erhob sich zusammen mit den anderen Adligen, und alle neigten die Köpfe.

Dann trat Baron Manfred ein, ihr Gastgeber, dem seine Mutter folgte.

Der Prinz wählte den Platz in der Mitte des Kopfendes, während Manfred denjenigen rechts von ihm wählte. Mathilda ging auf ihren Stuhl zu, doch als sie Erik erblickte, erklärte sie: »Ich werde nicht am selben Tisch sitzen wie der Mörder meines Sohnes.«

»Dann, Mylady«, erwiderte Manfred kalt, »werdet Ihr allein speisen müssen.« Mit einem Kopfnicken wies er die Wachen an, seine Mutter aus dem Saal zu geleiten.

Sie drehte sich um und verließ schweigend den Raum.

Einige der anwesenden Adligen besprachen den Vorfall leise untereinander, bis sich der Prinz vielsagend räusperte. »Können wir anfangen?«, fragte er.

Manfred neigte den Kopf, und der Prinz setzte sich. Die anderen taten es ihm nach.

Das Essen war vorzüglich, der Wein der beste, den Erik je gekostet hatte, doch die Erschöpfung ließ es ihm schwerfallen, aufmerksam zu bleiben. Dennoch waren die Gespräche um ihn herum von großer Wichtigkeit, da alle Männer nur über die bevorstehende Schlacht redeten.

Einmal merkte jemand an, dass es sich als ratsam erweisen könnte, zur Unterstützung von Düstermoor Soldaten von der nördlichen Flanke abzuziehen, weil diese sich so gut hielt. Der Prinz hörte die Bemerkung und sagte: »Das wäre nicht besonders weise. Wir wissen nicht, ob sie nicht ausgerechnet dort am nächsten Tag mit doppelter Kraft angreifen.«

Die Gespräche am Tisch widmeten sich nun verstärkt Spekulationen über die bevorstehende Schlacht, und nach einer Weile sagte Prinz Patrick: »Hauptmann von Düstermoor, Ihr kennt den Feind aus erster Hand und somit besser als jeder andere hier im Raum. Was dürfen wir erwarten?«

Alle Blicke im Saal wandten sich Erik zu. Der sah Greylock an, der ihm kaum merklich zunickte.

Erik räusperte sich. »Wir dürften mit etwa hundertfünfzig bis hundertfünfundsiebzigtausend Soldaten rechnen, die vor den Stadtmauern und entlang des gesamten Albtraumgebirges aufmarschieren.«

»Wann?«, wollte einer der prächtig gekleideten Höflinge wissen.

»Jederzeit«, antwortete Erik, »von morgen an.«

Der Mann wurde angesichts dieser Neuigkeiten blass. »Vielleicht sollten wir die Armeen des Ostens zu Hilfe rufen, Hoheit. Die liegen doch gleich hinter den Bergen im Osten.«

»Die Armeen des Ostens werde ich rufen, wenn ich die Zeit für gekommen halte.« Patrick sah Erik an. »Was für Männern werden wir gegenüberstehen?«

Wie Erik wusste, hatte der Prinz alle Berichte gelesen, die Calis von seinen drei Reisen nach Novindus geschickt hatte – während der Regentschaft seines Großvaters Arutha, während der Regierung seines Onkels Nicholas und während der letzten Fahrt. Er hatte selbst noch mehrfach persönlich mit dem Prinzen über dieses Thema gesprochen, nicht weniger als fünfmal. Also fragte der Prinz nur im Interesse jener Adligen, die noch keinerlei Erfahrung auf dem Schlachtfeld gesammelt hatten.

Erik warf Greylock abermals einen Blick zu, und dieser nickte erneut. Erik kannte Owen gut genug, um zu wissen, was dieser von ihm erwartete.

Er räusperte sich. »Hoheit, die feindlichen Truppen setzen sich aus vormaligen Söldnerkompanien zusammen, Männern, die für Lohn und unter strengem Regiment kämpfen. Man hat sie durch Mord, Terror und dunkle Magie zu einer Streitmacht zusammengeschmiedet, wie man sie in der Geschichte des Königreichs nie gesehen hat.« Er warf einen Blick in die Runde. »Manche dieser Söldner haben sich durch die halbe Welt gekämpft, von den Westlanden auf Novindus bis hin zur Zerstörung von Krondor. Seit zwanzig Jahren kennen sie nichts anderes als Krieg, Plünderungen und Vergewaltigung.« Er sah dem Höfling in die Augen. »Manche von ihnen sind Kannibalen.«

Der Mann wurde noch blasser, fast schien es, als würde er ohnmächtig werden.

»Sie werden über uns herfallen«, fuhr Erik fort, »weil sie keine andere Wahl haben. Wir haben ihre Flotte hinter ihnen zerstört, und sie haben nichts zu essen. Unter ihnen befinden sich außerdem zehn- bis zwanzigtausend Saaur – wir kennen ihre genaue Zahl nicht.« Manchen der Adligen aus dem Osten schien diese Bezeichnung nichts zu sagen. »Für die, die bisher nicht in Kenntnis gesetzt wurden: Die Saaur sind Eidechsenmenschen, die mit den Pantathianern verwandt sind, doch drei Meter groß werden. Sie reiten Streitrösser, die am Widerrist fünfundzwanzig Hände messen, und ihr Schlachtruf dröhnt wie Donner über die Berge.«

»Bei den guten Göttern!«, fuhr der Höfling auf, erhob

sich und schlug sich die Hand vor den Mund. Er eilte aus dem Zimmer, und nach einem Augenblick des Schweigens brachen einige der Lords lauthals in Gelächter aus.

Der Prinz fiel mit ein. Dann, nachdem sich die Fröhlichkeit gelegt hatte, sagte er: »Meine Lords, meine Herren. Trotz dieser Erheiterung, jedes Wort des Hauptmanns von Düstermoor entspricht der Wahrheit. Mehr noch, wenn überhaupt, hat er bei der Beschreibung des Feindes untertrieben.«

»Was sollen wir denn tun?«, fragte einer der anderen wohlgekleideten Lords, der aussah, als wüsste er nicht, an welchem Ende man ein Schwert halten musste.

»Mein Lord, wir werden kämpfen. Hier stehen wir, in Düstermoor, am Albtraumgebirge. Und wir werden keinen Zoll weichen, denn sollte der Feind an uns vorbeikommen, ist das Schicksal des Königreichs besiegelt. Es gilt Sieg oder Tod. Eine andere Alternative haben wir nicht.«

Schweigen breitete sich im Saal aus.

Offenbarungen

Trommelschlag dröhnte.

Trompeten erschollen, und Männer liefen die Wehrgänge der Mauern von Düstermoor entlang. Erik zog sich, so schnell er konnte, an und eilte zum Ratssaal.

Er kam als Dritter dort an, nach Patrick und Greylock, und einige Augenblicke später strömte ein halbes Dutzend anderer Adliger herein.

Manfred trat ein, blickte kühl in die Runde und verkündete: »Sie sind da!«

Niemand brauchte zu fragen, wer »sie« waren.

Patrick verlor keine Zeit. »Owen«, begann er, »Ihr und Graf Montrose reitet nach Süden, zum Bergrücken im Osten. Nehmt eine Kompanie mit und seht nach, wie die Dinge dort auf der Flanke stehen. Wenn die gesamte südliche Reserve verloren ist, wie berichtet wurde, muss ich wissen, was der Feind nach Norden wirft. Geht allen Kämpfen aus dem Weg, solange Ihr nicht angegriffen werdet, und dann möchte ich Euch so bald wie möglich wieder hier sehen. Falls Ihr auf Überreste der Reserve stoßt, bringt sie mit.«

In diesem Augenblick trat Arutha, Graf am Hof, mit seinen beiden Söhnen ein. Erik nickte ihm zu.

»Arutha«, sagte Patrick. »Du kommst gerade zur rechten Zeit. Ich möchte, dass du die Verwaltung der Stadt übernimmst. Wir werden die Tore schließen lassen, und die Vorräte werden rationiert. Vor allem darf niemand unsere Sicherheit gefährden, indem er schmuggelt oder versucht, die Stadt zu verlassen.« Er wandte sich an Manfred. »Euch untersteht die Zitadelle, wie es Euch zusteht, doch ich werde die Kriegshandlungen von hier als meinem Hauptquartier führen.«

Manfred nickte. »Hoheit.«

Der Prinz richtete das Wort an Erik. »Ihr reitet nach Norden und überwacht unsere Stellungen dort. Falls der Süden so schwach ist, wie ich befürchte, darf es im Norden auf keinen Fall Breschen geben.« Er suchte Eriks Blick. »Solange Ihr nicht zurückgerufen werdet, verteidigt Ihr die Stellungen bis zum letzten Mann.«

Erik nickte. »Verstanden.« Er wartete keine weiteren Befehle ab, sondern eilte aus dem Raum und bis in den Burghof, wo er sich sein Pferd bringen ließ, und ritt davon.

Eine Stunde war Erik auf einer der neu gebauten Straßen unterwegs, die in die östliche Seite der Berge geschlagen worden waren, ein Dutzend Meter unterhalb der Kammlinie. Entlang der Gipfel über ihm konnte er die Verteidigungsstellungen ausmachen. So wie es aussah, waren die Männer in Bereitschaft, denn sie liefen umher, brachten Ausrüstung dorthin, wo sie gebraucht wurde, Befehle wurden ausgeteilt und Waffen ein letztes Mal überprüft. Die Kämpfe hatten zwar noch nicht begonnen, doch der Feind war nah.

Erik trieb sein Pferd an. Und unterwegs studierte er jeden Meter des Bergrückens.

Obwohl die Front etwa hundert Meilen lang war, ungefähr fünfzig auf jeder Seite von Düstermoor, lag der nördliche Kommandoposten nur ungefähr zwanzig Meilen nördlich der Stadt. Erik erreichte ihn gegen Mittag.

Jadow Shati stand vor einem kleinen Kommandozelt und stritt sich offenbar mit einem kleinen Mann im Waffenrock von Loriel. Als Erik ins Lager einritt, rief Jadow: »Mann, bin ich froh, dich zu sehen!«

Während er einem Soldaten die Zügel übergab, fragte Erik: »Was gibt's?«

Jadow deutete mit dem Kopf auf den anderen Mann.

Der Kurze, der einen eckigen Kopf, kurz geschorenes graues Haar und ein gedrungenes Kinn hatte, fragte: »Wer, zum Teufel, seid Ihr?«

Erik fiel ein, dass er in der Eile seine Uniform in Düstermoor zurückgelassen hatte. Er taxierte den Mann rasch und sagte: »Ich bin Euer Kommandant. Wer, zum Teufel, seid *Ihr*?«

Der Mann blinzelte. »Ich bin der Graf von Loriel!« Dann senkte er die Stimme. »Und Ihr?«

»Hauptmann von Düstermoor, von der Spezialeinheit des Prinzen. Ich habe den Befehl über die Nordflanke.«

»Nun, das wird sich noch erweisen«, sagte der Mann, dessen Hautfarbe sich zusehends rötete. »Ich bin Vasall des Herzogs von Yabon, und ich bin auch dem Prinzen von Krondor zu Gehorsam verpflichtet. Doch diese Spezialeinheiten mit ihren emporgekommenen Jungoffizieren … Da dreht sich mir der Magen um! Ich werde runter nach Düstermoor reiten und mit dem Prinzen persönlich sprechen.«

»Mein Lord«, erwiderte Erik leise, doch mit fester Stimme.

»Was?«

»Guten Ritt.«

Nachdem der Mann gegangen war, brach Jadow in schallendes Gelächter aus. »Mann, dieser Kurze ist ungefähr so angenehm wie ein Furunkel am Arsch. Ich hoffe, er bleibt einen Monat weg.«

»Nun, wenn ich bedenke, in welcher Stimmung unser Prinz war, als ich aufgebrochen bin, wird Ihre Lordschaft mit Ihrem Protest auf äußerst taube Ohren stoßen. Abgesehen davon, wie ist die Lage?«

»Soweit ich es beurteilen kann, haben wir sechs Kompanien hier, dazu ausreichend Vorräte unten am Berg. Einige der Jungs sind ziemlich zerschlagen, das sind die, die den ganzen letzten Monat an der Nordfront gekämpft haben, doch wir haben auch ein paar frische Reserven, insgesamt sieht es also nicht so übel aus. Die schlechte Nachricht ist: Wir werden gegen Duko antreten müssen.«

»Ich habe von ihm gehört. Was wissen wir über ihn?«

»Nicht viel. Hauptsächlich Gerüchte. Ein paar Dinge haben wir aus den Gefangenen rausgeholt. Er ist verdammt schlau, hat überlebt, wo es anderen, wie Gapi, nicht gelungen ist, und er hat immer noch ein großes Kontingent zur Verfügung. Mann, ich weiß nicht. Wenn du mich fragst, das ist nach Fadawah ihr bester Mann.«

»Na«, meinte Erik, »dann haben wir uns ja mal wieder die richtige Aufgabe ausgesucht.«

»Wie lauten die Befehle?«, fragte Jadow.

»Ganz einfach. Jeder, der den Hang heraufkommt, wird getötet.«

»Ich mag es einfach«, gab der frühere Söldner aus dem Tal der Träume zurück. »Ich habe diese ganzen Rückzüge satt.«

»Damit hat es jetzt ein Ende«, erklärte Erik. »Wenn wir uns das nächste Mal zurückziehen, haben wir verloren.«

»Nun«, stellte Jadow fest, »dann sollten wir uns darum kümmern, dass das nicht geschieht.«

Eine Trompete erscholl, und Jadow meinte: »Sieht so aus, als würden sie kommen.«

Erik zog das Schwert. »Auf geht's. Begrüßen wir sie.«

Während sie den Hang zur Kammlinie hinaufstiegen, fragte Erik: »Wer ist noch auf dieser Flanke?«

»Dein alter Freund Alfred. Er hat eine Kompanie nördlich von dieser, dann kommt Harper, und Jerome bildet das Ende. Im Süden steht Turner, dann Frazer und als Nächstes das Hauptquartier des Prinzen in der Stadt.«

Erik grinste. »Mit solchen Feldwebeln können wir einfach nicht verlieren.«

Jadow grinste nur zurück.

Erik blickte den Westhang hinunter, der jenseits der Kammlinie lag. »Ein Haufen Männer wird wegen zwanzig Metern Dreck das Leben lassen.«

»Das ist wahr. Doch wenn auch wahr ist, was uns Hauptmann Calis damals am Strand in Novindus erzählt hat, sind es verdammt wichtige zwanzig Meter.«

»Daran gibt es keinen Zweifel«, erwiderte Erik. Er drehte sich um und betrachtete die Menschen, die den Hang erklommen. Die Bogenschützen schossen ihre Pfeile ab, und Erik spürte, wie sich seine Schulter spannte, als er auf den ersten Mann wartete, der ihm entgegentreten würde. Er wollte die Sache hinter sich bringen.

Dann, als würden sie aus dem Boden wachsen, erschien eine Flut von Angreifern vor ihm. Der Kampf ging los.

Pug runzelte die Stirn. »Den Stein des Lebens entsiegeln? Und was schlägst du vor, wie wir das bewerkstelligen?«

»Was soll das heißen?«, fragte Tomas und sah seinen Sohn an. »Kommen die Valheru dadurch frei?«

Calis schüttelte den Kopf. Er seufzte, als wäre er müde.

»Ich weiß nicht, ob ich eure Fragen beantworten soll. Und ich weiß ebenfalls nicht, wie ich die Kräfte in diesem Ding freisetzen kann.« Er zeigte auf den pulsierenden grünen Stein, aus dem das goldene Schwert ragte. »Ich weiß nur, dass ich, wenn ich erst einmal damit begonnen habe, in der Lage sein sollte, die Energien darin zu beeinflussen.«

»Und woher weißt du das?«, fragte Nakor.

Calis lächelte ihn an. »Wie du immer so gern sagst: ›Ich weiß es eben.‹ Doch wenn ich einmal angefangen habe, kann ich das Ganze vielleicht nicht mehr aufhalten, und deshalb wollte ich mich vergewissern, ob ich das Richtige tue.« Er zeigte erneut auf den Stein. »Dieses Ding hätte es niemals geben dürfen.«

Tomas rieb sich das Kinn. »Ashen-Shugar hat das gleiche zu Draken-Korin gesagt.«

»Dadurch wurden die Chaoskriege ausgelöst«, meinte Nakor.

Alle Blicke richteten sich auf ihn. »Wie kannst du dir da so sicher sein?«, fragte Tomas.

»Denk doch mal drüber nach. Du hast die Erinnerungen des Valheru. Warum wurde der Stein des Lebens geschaffen?«

Tomas ließ seine Gedanken in die Vergangenheit zurückschweifen, rief Erinnerungen wach, die er zum ersten Mal vor fünfzig Jahren durchlebt hatte, die jedoch von einem Wesen stammten, das seit Äonen tot war. Und plötzlich überfluteten ihn die Erinnerungen …

Ein Ruf ertönte. Ashen-Shugar saß allein in seiner Halle, tief unter den Bergen. Sein Reittier, der goldene Drache Shuruga, hatte sich zum Schlafen unter dem tiefen Schacht zusammengerollt, der ihm Zutritt zum Himmel von Midkemia gewährte.

Es war ein eigentümlicher Ruf, so wie er noch keinen gehört hatte. Eine Aufforderung, doch eine ohne die Blutgier, die das Drachenheer gewöhnlich zusammentrieb, um zum Plündern zwischen den Sternen umherzufliegen. Hier, in seiner Halle, hatte Ashen-Shugar gespürt, wie er sich veränderte, als eine fremde Präsenz, ein Wesen namens Tomas, zu ihm gekommen war, in Gedanken, während sich sein Körper an einem fernen Ort aufhielt. Seiner Natur gemäß hätte er gegenüber der Präsenz in seinem Kopf Zorn und Mordgelüste verspüren sollen, doch dieser Tomas schien ebenso ein Teil von ihm zu sein wie seine rechte Hand.

Mit einem Gedankenbefehl weckte er Shuruga und sprang auf den Rücken des Untiers. Der Drache erhob sich und stieg mit mächtigem Flügelschlag in den Himmel, hinaus aus den Bergen, dem Hort des Herrschers, der »So weit die Adler fliegen« hieß.

Er folg nach Osten, über die Gebirgskette hinweg, die eines Tages Graue Türme, und über eine zweite, die Calastiusgebirge heißen würde, zu einer riesigen Ebene, wo sich alle seiner Art trafen. Er erschien als Letzter.

Er ließ Shuruga einen Kreis ziehen und befahl dem großen Drachen dann zu landen. Alle Valheru warteten, während der Mächtigste unter ihnen herabstieß. In der Mitte ihres Kreises stand eine Gestalt in schwarzorangefarbener Rüstung, Draken-Korin, der sich selbst Herr der Tiger nannte. Zwei seiner Kreaturen, Tiger, die durch Magie seit Geburt sprechen und aufrecht gehen konnten, standen fauchend zu seiner Rechten und seiner Linken, die kräftigen Arme verschränkt. Sie bedeuteten dem Herrscher namens So weit die Adler fliegen nichts, denn trotz ihres bedrohlichen Äußeren stellten diese niederen Geschöpfe keine Gefahr für den Valheru dar.

Gemeinhin hielt man Draken-Korin für den seltsamsten Abkömmling des Volkes. Er hatte Ideen, Ideen von neuen Dingen. Niemand wusste, woher diese Ideen kamen, doch er war von ihnen besessen …

Tomas blinzelte. »Draken-Korin! Er war anders!«

»Hast du dich nie gefragt, wieso?«, fragte Nakor.

»Nein«, antwortete Tomas. »Ich meine, Ashen-Shugar hat sich das nie gefragt.«

»Scheinbar waren die Valheru eine Art, der es an einer gesunden Portion Neugier fehlte«, stellte Nakor fest. »Doch das ist gleichgültig. Woran kannst du dich noch erinnern?«

»Ich erinnere mich daran, dass ich gerufen wurde.«

»Wohin?«, fragte Pug.

»Draken-Korin rief uns alle zusammen, und er verkündete, dass sich die Ordnung des Universums verändere. Die alten Götter, Rathar und Mythar, seien geflohen …« Tomas riss die Augen auf. »Er sagte, sie seien ›ihres Amtes enthoben‹!«

»Ihres Amtes enthoben?«, hakte Miranda nach.

»Von den Herrschergöttern!«, entfuhr es Dominic.

»Wartet!«, meinte Tomas. »Ich muss mich erinnern!« Er schloss die Augen.

»… doch aus welchem Grund auch immer, Ordnung und Chaos haben keine Bedeutung mehr. Mythar ließ die Stränge der Macht fallen, und aus ihnen erhoben sich die neuen Götter«, sagte Draken-Korin.

Ashen-Shugar betrachtete seinen Bruder-Sohn und entdeckte etwas in seinen Augen, etwas, dass er als Wahnsinn erkannte.

»Wenn Rathar die Stränge der Macht nicht mehr zusammenknotet, werden diese Wesen die Macht ergreifen und eine neue Ordnung einführen. Dem müssen wir uns entgegenstellen. Diese Götter wissen, haben Bewusstsein, und sie fordern uns heraus.«

»Wenn sich einer zeigt, töte ihn«, antwortete Ashen-Shugar, den Draken-Korins Worte nicht beunruhigten.

Draken-Korin wandte sich seinem Bruder-Vater zu. »Sie sind uns an Macht ebenbürtig. Im Augenblick streiten sie noch untereinander und streben nach der Vorherrschaft untereinander und danach, die Macht, welche die zwei blinden Götter des Anfangs hinterlassen haben, zu erlangen. Doch dieser Streit wird ein Ende finden, und dann werden sie unsere Existenz bedrohen. Sie werden sich auf uns stürzen.«

»Was sollen wir uns darum sorgen?«, erwiderte Ashen-Shugar. »Wir werden kämpfen, wie wir zuvor gekämpft haben. Das wird unsere Antwort sein.«

»Nein, wir müssen mehr tun. Wir müssen sie gemeinsam bekämpfen, nicht jeder für sich, sonst werden sie uns überwältigen.«

»Tu, was du willst«, sagte Ashen-Shugar. »Ich werde mich nicht beteiligen.« Er stieg auf Shuruga und flog nach Hause.

»Ich habe nie geträumt«, sagte Tomas.

»Wie?«, fragte Pug.

Den Blick auf Miranda gerichtet, fuhr Tomas fort: »Dein Vater hat es gewusst! Er hat nicht nur einfach eine Waffe geschaffen, um die Eroberungen der Tsurani aufzuhalten oder selbst die Rückkehr des Drachenheeres nach Midkemia zu verhindern, sondern er hat uns auch auf diesen Kampf vorbereitet!«

»Das musst du uns erklären«, bat Nakor.

»Etwas hat Draken-Korin verändert«, erzählte Tomas. »Nach den Maßstäben seiner eigenen Art war er verrückt. Er hatte diese seltsamen Vorstellungen und litt unter eigentümlichen Zwängen. Er war die treibende Kraft hinter der Erschaffung des Lebenssteins. Und er war der führende Kopf, als die Valheru ihre Macht dem Stein übertrugen.«

»Nein«, widersprach Calis. »Er war nur ein Werkzeug. Geführt wurden sie von etwas anderem.«

»Von wem?«

»Nicht von wem«, warf Nakor ein, »von was?«

»Was meinst du damit?«, fragte Pug.

»In jedem von euch ist etwas verborgen.« Nakor zog mit der Hand einen Bogen durch die Luft, und ein goldener Nimbus hellen Lichts erhob sich und erfüllte den Raum.

Pug riss die Augen auf, denn er hatte zwar gewusst, dass Nakor weitaus mehr Macht besaß, als er für gewöhnlich zugab, doch diese Schutzhülle war etwas, das Pug noch nie gesehen hatte. Er erkannte sie als das, was sie war, hatte aber nicht den geringsten Hauch einer Ahnung, wie der kleine Mann sie ohne jegliche Anstrengung erzeugt hatte.

»Wer bist du?«, fragte Miranda.

Nakor grinste. »Nur ein kleiner Mann, das hab ich doch schon so oft gesagt.«

»Aber du bist mehr«, meinte Dominic daraufhin trocken.

Nakor zuckte mit den Schultern. »Auch ich bin ein Werkzeug in gewissem Sinn.« Er sah einen nach dem anderen an. »Einige von euch haben mich bereits aus meinem Leben erzählen hören, und alles, was ich gesagt habe, entspricht der Wahrheit. Als ich noch ein Kind war, kamen diese Kräfte über mich, und mein Vater warf mich wegen meiner Schabernacke raus. Ich reiste viel umher und habe gelernt, und den größten Teil meines Lebens war ich das, was ihr nun vor euch seht. Dann begegnete ich einer Frau namens Jorna, die ich zu lieben glaubte – junge Männer verwechseln die Triebe des Körpers oft mit Liebe –, und in meiner Eitelkeit dachte ich, sie würde mich ebenfalls lieben. Wir können das Ganze auch etwas logischer betrachten, wenn es unserem Zweck dient. Seht mich an!« Er lächelte. »Eine junge und wunderschöne Frau sollte meinem Werben erliegen?« Er zuckte mit den Schultern. »Doch das ist nicht weiter von Belang. Etwas anderes aber ist es: Diese Frau ließ einen weiseren, wenn auch ungleich traurigeren Mann zurück.« Er sah Miranda an. »Du weißt, was als Nächstes geschah. Deine Mutter suchte nach jemandem, der ihr mehr beibringen konnte als ich, denn ich bin, wie ich stets gesagt habe, nur ein Mann, der ein paar Tricks kennt.«

Miranda unterbrach ihn. »Warum habe ich dann das Gefühl, dass du der einzige Mann auf diesem Planeten bist, der das über sich sagt?«

»Sei es, wie es will«, fuhr Nakor fort, »Jorna wurde Macros' Frau, und ich wurde wieder ein Reisender.« Er blickte sich im Raum um. »Mein Leben veränderte sich, als ich eines Nachts in einer ausgebrannten Hütte am Rand der Berge in Isalani schlief. Ich hatte immer die Fähigkeit, Tricks auszuüben, kleine Sachen, doch in dieser Nacht träumte ich, und in meinem Traum wurde mir befohlen, etwas zu suchen.«

»Was?«, fragte Pug.

Nakor öffnete seine stets präsente Tasche und langte hinein. Es war nicht das erste Mal, dass Pug sah, wie der kleine Mann den Arm bis zur Schulter hineinsteckte, obwohl die Tasche von außen so aussah, als ob sie höchstens zwei Fuß tief wäre. Pug wusste, dass sich darin etwas befand, etwas wie ein kleiner Spalt, der es Nakor erlaubte, durch die Tasche hindurch zu einem Ort zu greifen, wo er eine erstaunliche Ansammlung von Gegenständen deponiert hatte. »Ah!«, sagte der Isalani und zog etwas heraus. »Ich habe es gefunden.«

Dominic machte große Augen, während die anderen nur neugierig schauten. Nakor hielt einen Zylinder hoch, vielleicht achtzehn Zoll lang und mit vier Zoll Durchmesser. Das Ding war von kalter, gräulich weißer Farbe. An beiden Enden des Zylinders befand sich ein geriffelter Knauf.

»Was ist das?«, fragte Miranda.

»Ein sehr nützliches Ding«, erklärte Nakor. »Du würdest dich wundern, welches Wissen darin steckt.« Er drehte an einem Ende, und der Zylinder öffnete sich klickend. Der Deckel gab einen halbzollbreiten Spalt frei, und Nakor holte ein langes, blassfarbenes, durchscheinendes Pergament oder Papier hervor. »Wenn du lange genug ziehst, kannst du den ganzen Raum damit füllen.« Er zog und zog, und immer noch spuckte der Zylinder mehr und mehr von dem langen Papierstreifen aus. »Dieser Stoff ist erstaunlich. Man kann ihn nicht schneiden oder zerreißen oder darauf schreiben. Schmutz bleibt nicht daran haften.« Das Papier war mit einer wunderschönen Handschrift bedeckt. »Doch was immer du wissen willst, du findest es bestimmt darauf.«

»Erstaunlich«, meinte Pug. Er betrachtete die Schrift. »Was für eine Sprache ist das?«

»Ich weiß es nicht«, sagte Nakor, »doch über die Jahre hinweg habe ich die Fähigkeit erlangt, einiges davon lesen zu können.« Er drehte an dem geriffelten Ende, und augenblicklich glitt der Streifen zurück in den Zylinder, der sich sodann wieder schloss und an dem man danach weder die Öffnung noch irgendeinen Makel feststellen konnte – ein massives Stück Metall. »Ich wünschte nur, ich wüsste, wie man es richtig bedienen muss.«

»Du hättest ein jahrelanges Studium vor dir, denn es enthält die Reste der verlorenen Überlieferungen der Götter des Wissens«, erklärte Dominic, von Ehrfurcht ergriffen. »Es ist der Codex.«

»Und das wäre …?«, fragte Miranda.

»Der Codex von Wodar-Hospur. Man glaubte ihn verloren.«

»Nun, ich habe ihn wohl gefunden«, sagte Nakor. »Das Problem ist nur, sobald ich ihn öffne, verrät er mir Dinge, doch niemals das Gleiche zweimal. Einiges davon ist nicht im Geringsten zu verstehen. Manches ist fürchterlich langweilig. Ich glaube, es gibt einen Weg, wie man an das Wissen gelangt, das man sucht, doch bisher habe ich den noch nicht herausgefunden.« Er grinste. »Aber ihr wärt erstaunt, was man alles lernt, wenn man es sich im Schlaf unter den Kopf legt.«

»Der Codex ist auch unter dem Namen ›Räuber der Träume‹ bekannt«, sagte Dominic. »Jenen, die zu nah bei ihm schlafen, raubt er die Träume, und nach einiger Zeit werden sie in den Wahnsinn getrieben.«

»Nun ja, du wärst nicht der Erste, der mich für ein wenig verrückt hält«, meinte Nakor. »Abgesehen davon, habe ich schon seit über hundert Jahren nicht mehr in meinem Zimmer in seiner Nähe geschlafen. Allerdings habe ich eine Weile gebraucht, bis ich herausgefunden habe, dass er mich vom Träumen abhält.« Er schüttelte den Kopf. »Es geschehen seltsame Dinge, wenn man des Nachts nicht träumt.

Ich bekam Halluzinationen, und ehrlich gesagt, ich war ein wenig reizbar.«

»Was ist es denn nun?«, fragte Miranda. »Diese Namen sagen mir gar nichts.«

»Es ist das heiligste Artefakt aus dem Tempel der Götter des Wissens«, erklärte Dominic. »Es ist ein Text, in dem alles Wissen aus dem Tempel der Verlorenen Götter des Wissens enthalten ist. Wodar-Hospur war einer der niederen Götter, doch einer, der all jene Fragen, mit denen wir uns gerade beschäftigen, für wichtig erachtete. Was dieser Vagabund wer weiß wie viele Jahre lang mit sich herumgetragen hat, hätte unserem Orden ein unglaubliches Wissen und nicht vorstellbare Einsichten gewährt, hätten wir den Codex gehabt.«

»Vielleicht«, sagte Nakor, »aber auf der anderen Seite hättet ihr wahrscheinlich einige Jahrhunderte herumgesessen und das Ding angestarrt, ohne zu verstehen, was in ihm steckt.« Er blickte in die Runde. »Wissen ist Macht. Ihr alle habt Macht. Ich habe Wissen. Zusammen können wir den Namenlosen besiegen.«

Als Nakor diesen Satz aussprach, wurde es im Raum ein wenig dunkler und kälter.

»Der Namenlose?«, fragte Miranda, und dann griff sie sich an den Kopf. »Da ist doch etwas, ich weiß, aber ich ... weiß nicht.«

Nakor nickte. »Ich werde seinen Namen nicht aussprechen.« Er blickte Dominic demonstrativ an. »Es hat seine Vorteile, wenn man ein bisschen verrückt ist und über ein riesiges Wissen verfügt.« Erneut sah er einen nach dem anderen an. »Ich bin euch noch das Ende der Geschichte schuldig. Also, der Namenlose hat keinen Namen, weil man, selbst wenn man ihn nur denkt, seine Aufmerksamkeit auf sich lenkt. Wenn man dies tut, ist man verloren, denn kein sterbliches Geschöpf besitzt die Macht, seinem Ruf zu widerstehen.« Nakor grinste. »Außer mir.«

»Wie ist das möglich?«, fragte Dominic.

»Wie ich gerade sagte, es hat seine Vorteile, wenn man ein bisschen verrückt ist. Und es gibt Tricks, mit denen man etwas denken kann, ohne zu wissen, dass man eigentlich daran denkt. Hört nun also der Namenlose seinen Namen und kommt, um nach dir zu suchen, findet er dich einfach nicht. Selbst ein Großer Gott kann dich nicht dort finden, wo du nicht bist.«

»Jetzt bin ich vollständig durcheinander«, meinte Miranda.

»Und damit stehst du nicht allein«, stimmte Pug zu.

Calis lächelte. »Ich denke, ich kann dir noch folgen, Nakor.«

Nakor grinste ihn an. »Das kommt nur, weil du noch jung bist.« Er sah die anderen an. »Als die Chaoskriege wüteten, versuchte einer der Sieben Herrschergötter, ebenjener Namenlose, dessen Wesen ihr als böse bezeichnen würdet, das Gleichgewicht der Dinge auf den Kopf zu stellen. Er war es auch, der Draken-Korin verdrehte und die Valheru auf ihren selbstzerstörerischen Weg brachte. Sie hatten nämlich eins übersehen: Die Götter stellten überhaupt keine Bedrohung für sie dar. Für die Valheru war es ein unmöglicher Gedanke, doch die Götter hätten sich mit ihnen als jene, die sie anbeten, genauso zufriedengegeben wie mit den Menschen, Elben, Goblins und anderen intelligenten Arten, die heutzutage hier leben.«

Tomas lächelte. »Ich möchte behaupten, du hast recht. ›Unmöglicher Gedanke‹ fasst es sehr gut zusammen.«

»Jedenfalls«, fuhr Nakor fort, »als die Valheru sich erhoben, um die Götter herauszufordern, folgten darauf die Chaoskriege.« Er sah Tomas an. »Wie lange haben sie gedauert?«

»Also«, antwortete Tomas, »ich weiß nicht.« Er schloss die Augen, als versuche er, sich zu erinnern, und schließlich öffnete er sie wieder. »Ich habe keine Ahnung.«

»Sie zogen sich über Jahrhunderte dahin«, sagte Nakor. »Die Götter, wie wir sie uns vorstellen, sind an einen Ort gebunden, an Midkemia, aber sie spiegeln größere Realitäten wider, die Millionen von Welten berühren.«

»Ich komme schon wieder nicht mehr mit«, warf Miranda ein. »An einen Ort gebunden und trotzdem über eine riesige Anzahl von Welten ausgebreitet?«

»Es ist dasselbe, als würden wir alle um einen Berg verteilt sitzen«, erklärte Nakor. »Jeder sieht denselben Berg aus einer anderen Perspektive. Trotzdem ist es derselbe Berg. Die Göttin, die ihr und ich Sung die Reine nennen, repräsentiert einen bestimmten Aspekt der Realität, etwas Grundlegendes, Wichtiges, Unbeflecktes, Makelloses, Perfektes, und dieser Aspekt der Realität existiert an mehr Orten als nur hier um die Ecke.« Er sah Miranda an. »Damit will ich sagen: Falls du versuchen würdest, Sung die Reine zu vernichten, würdest du nicht nur hier auf Midkemia, sondern auch in einem großen Teil der Realität Verwüstungen anrichten.«

»Alles ist miteinander verwoben«, sagte Calis und schob seine Finger ineinander. »Du kannst nicht einen Teil der Realität zerschlagen, ohne einen anderen zu beschädigen.«

»Also dieser Namenlose«, nahm Nakor seine Geschichte wieder auf, »ist auf Zerstörung aus, auf Vorteile. Darauf, in der Ordnung der Dinge Unordnung zu erzeugen. Er verleitete Draken-Korin und die Valheru zu zwei Taten: den

Stein des Lebens zu erschaffen und sich gegen die Götter zu erheben. Das Ergebnis war, dass viele der Niederen Götter vernichtet wurden oder zumindest so vernichtet, wie dies bei einem Gott möglich ist, was bedeutet, dass er lange Zeit nicht anwesend ist. Andere … veränderten sich. Killians Macht erstreckt sich heute über das Meer, wo Eortis einst herrschte. Das ergibt einen gewissen Sinn, da sie die Göttin der Natur ist, doch eigentlich ist es nicht ihre Aufgabe.« Nakor schüttelte den Kopf. »Wisst ihr, dieser Namenlose hat einigen ernsthaften Schaden angerichtet, wenn man so darüber nachdenkt, und wir haben es noch immer mit ihm zu tun.« Er zeigte nach Westen, wo Düstermoor lag. »Ein großer Dämon befindet sich auf dem Weg hierher, mit einer riesigen Armee hinter sich, und er will dieses Ding.« Nakor deutete auf den Stein des Lebens. »Vermutlich weiß er nicht einmal, warum er dieses Ziel hat oder dass der Stein des Lebens hier ist. Und wenn er ihn erst in den Fingern hat, wird er nicht wissen, was er damit anstellen soll. Dennoch wird er alles tun, um ihn zu bekommen. Und dann …«

»Dann wird er dem Leben auf dieser Welt, wie wir es kennen, ein Ende setzen«, ergänzte Calis, und alle Blicke richteten sich nun auf ihn. »Es liegt in der Natur des Steins des Lebens, dass er alles in dieser Welt miteinander verbindet. Wenn man ihn zerschlägt, stirbt alles.«

»Das genau ist der Fallstrick«, sagte Nakor. »Und den hat Draken-Korin nicht gesehen, als er geglaubt hat, die perfekte Waffe erschaffen zu haben. Er glaubte, wenn er die Macht des Steins freisetzt, würde die Energie die Götter einfach wegpusten oder etwas in der Art.« Er warf Tomas einen Blick zu.

Der nickte.

»Aber so funktioniert es nicht«, fuhr Nakor fort. »Die ganze Welt wäre gestorben, nur die Götter nicht. Die Niederen Götter wären geschwächt worden, weil niemand sie mehr verehrt hätte. Doch die Herrschergötter wären genauso geblieben, wie sie immer waren.«

»Ich bekomme allmählich Kopfschmerzen«, beschwerte sich Miranda. »Wenn sich für die Herrschergötter nichts verändert hätte, was hätte dann der Namenlose davon?«

»Nichts«, antwortete Nakor. »Das ist die Ironie an der ganzen Sache. Ich glaube, er hatte sich vorgestellt – wenn ihr mir erlaubt, kurz einmal wie ein Gott zu denken –, dass die allgemeine Zerstörung seinen Zielen dienen und für die Herrschergötter einen Nachteil bringen würde.«

»Wäre es nicht so?«

»Nein«, erklärte Dominic. »Jeder Gott füllt eine festgelegte Rolle aus, und innerhalb dieser Rolle kann er agieren, doch nicht gegen seine Natur.«

Miranda erhob sich, offensichtlich verzweifelt. »Was geht denn dann eigentlich vor sich? Warum handelt dieser Gott gegen seine Natur?«

»Weil er wahnsinnig ist«, erklärte Calis.

»Die Tage des Wahnsinnigen Gottes Zorn«, sagte Tomas. »So nennt man die Chaoskriege auch.«

»Was treibt einen Gott in den Wahnsinn?«, fragte Sho Pi.

Die anderen wandten sich dem Schüler zu, der bislang geschwiegen hatte. »Du bist doch nicht so ein Dummkopf, wie ich immer dachte, Junge«, sagte Nakor. »Was für eine wunderbare Frage.« Er blickte in die Runde. »Hat jemand eine Antwort?«

Niemand sagte etwas.

»Vielleicht liegt es in seiner Natur, doch der Namenlose

hat Dinge getan, die seinen eigenen Zielen zuwiderliefen. Er hat eine Situation heraufbeschworen, die darin gipfelte, dass man ihn verstoßen und weit, weit entfernt eingekerkert hat. Einst lebten sieben Götter im Gleichgewicht, jeder entsprechend seiner Natur. Aus welchem Grund auch immer, das Gleichgewicht wurde gestört. Die Chaoskriege endeten mit der Vernichtung zweier Herrschender, denn sie mussten handeln, um das zu bewahren, was von dieser Welt noch übrig war. Die Substanz, Ishap, der Wichtigste der sieben, ist vernichtet. Die Göttin des Guten, Arch-Indar, ist ebenfalls vernichtet, und der Namenlose wurde verbannt, von den verbliebenen vieren eingesperrt. Sein Gegenpart ist tot, und der Gott, der das Gleichgewicht bewahrte, ebenfalls. Also mussten die restlichen vier, Abrem-Sev, Ev-Dem, Graff und Helbinor, handeln. Sie hatten keine Wahl. Doch letztendlich blieben wir in einer Welt zurück, die außer Kontrolle geraten ist, aus dem Gleichgewicht, einer Welt, der es an Zusammenhalt fehlt. Aus diesem Grund ereignen sich auf Midkemia so viele eigentümliche Dinge. Sicherlich ein interessanter Ort zum Leben, allerdings ein wenig gefährlich.«

»Sind das Vermutungen, oder weißt du diese Dinge?«, fragte Pug.

Nakor deutete auf das Artefakt. »Dominic?«

»Er weiß es«, sagte der Abt von Sarth. »Dieser Gegenstand wurde von dem Hohepriester des Wodar-Hospur getragen, dem Gott des Wissens. Angeblich beantwortet der Codex jede Frage, die ein Mensch stellen kann. Doch der Preis, den der Hohepriester dafür zahlen musste, war enorm hoch. Es bedarf der gemeinsamen Anstrengungen eines Dutzends anderer Priester im Tempel, um den Wahnsinn, der daraus resultiert, dass der Hohepriester nicht träumen kann, im Zaum zu halten.« Er sah den Isalani an. »Nakor, wie bist du diesem Wahnsinn entgangen?«

Nakor grinste. »Wer sagt denn, dass ich das wäre?«

»Ich habe dich schon oft für ein wenig eigenartig gehalten«, meinte Pug, »aber als wahnsinnig habe ich dich noch nie betrachtet.«

»Nun, die Sache mit dem Wahnsinn verhält sich so: Man kann nur eine gewisse Zeit verrückt sein. Entweder bringt man sich dann um, oder man wird wieder gesund. Ich bin wieder gesund geworden.« Nakor grinste. »Es hat vor allem geholfen, dass ich nicht mehr mit dem verdammten Ding in einem Zimmer geschlafen habe.«

»Wie kommt es, dass Ihr«, Sho Pi zeigte auf Tomas, »der Ihr die Rüstung des Valheru tragt, und Ihr«, er zeigte auf Pug, »der Ihr der Meister zweier Welten der Magie wart, und du«, er zeigte auf Nakor, »der du diesen Gegenstand besitzt, und Macros, der Sarigs Stellvertreter war, an diesem Punkt der Geschichte zusammengekommen seid?«

»Wir sind hier, um zu helfen«, erklärte Nakor. »Die Götter haben es vielleicht so geplant, doch aus welchem Grund auch immer müssen wir den Schaden reparieren, der vor so vielen Jahrhunderten angerichtet wurde.«

»Wird uns das gelingen?«, fragte Miranda.

»Uns nicht«, erwiderte Nakor. »Nur ein einziges Wesen in dieser Welt kann es überhaupt versuchen.« Er wandte sich Calis zu. »Kannst du es?«

»Ich weiß es nicht«, antwortete Calis. »Aber ich *muss* es versuchen.« Sein Blick suchte den Stein des Lebens. »Und zwar bald.«

»Unsere Aufgabe dabei ist es, sein Leben zu schützen«, sagte Nakor, »während er sich an dieser Aufgabe versucht.«

Erik stand hinter den Linien, beobachtete, wie seine Männer wieder einen Angriff zurückschlugen, und wartete auf den nächsten. Duko war gut, und keiner seiner Angriffe während des heutigen Tages war eine vergebliche Anstrengung gewesen. Erik hatte alle Tricks, die er kannte, benutzen und zudem Reserven hinzuziehen müssen, um standzuhalten. Boten mit Nachrichten von anderen Stellungen entlang der Front trafen ein, und keiner von ihnen brachte gute Neuigkeiten.

Das Königreich widerstand, doch entlang der gesamten Front wurde es erbittert bedrängt. Patrick befürchtete, dass der Feind schließlich doch durchbrechen würde. Aus diesem Grund hielt er die Armeen des Ostens noch zurück, die in den östlichen Ausläufern des Gebirges ihr Lager aufgeschlagen hatten. Sie standen bereit, um bei einem eventuellen Durchbruch einzugreifen. Eine kleine Armee war hierherbeordert worden, um zu verhindern, dass Truppenteile des Gegners, die die Front durchdrungen hatten, bis nach Sethanon weiterziehen konnten.

Es war später Nachmittag, und als Erik das Trompetensignal zum Rückzug hörte, atmete er erleichtert auf. Aus Düstermoor war ein Bote mit seiner Uniform zurückgekehrt, und frische Kleidung kam ihm jetzt gerade recht. Er war mit Dreck und Blut besudelt, und auch wenn er nicht baden konnte, würden ein frisches Hemd und eine neue Hose seine Laune ein wenig heben.

Nachdem er sich umgezogen hatte, kam Jadow in sein Zelt. »Wir haben einen Bericht erhalten, demzufolge der Feind irgendwo über den Kamm geschlüpft ist und sich in einem kleinen Canon eine Meile nördlich von hier verkrochen hat.«

»Nimm dir eine Schwadron und merze sie aus«, sagte Erik. »Falls du Hilfe brauchst, schnapp dir, wer immer in der Nähe ist, aber vertreib diese Männer dort.«

Jadow brach sofort auf, und Erik seufzte. Er blätterte den Stapel Berichte und Meldungen durch, fand jedoch nichts, was sofort seiner Aufmerksamkeit bedurft hätte. Also erhob er sich, trat aus dem Zelt und eilte zur Essensausgabe. Er wollte sich nicht an die Spitze der Schlange dort vordrängeln, und er war gerade fast an der Reihe, als sich ein Reiter näherte.

Es war Dashel Jameson, der ihm zuwinkte. Erik warf einen bedauernden Blick auf den großen Topf, in dem der Eintopf blubbernd köchelte, und trat aus der Reihe.

Dash stieg ab. »Der Prinz hat mich geschickt, um dir mitzuteilen, dass für den Grafen von Loriel andere Aufgaben gefunden wurden.« Er senkte die Stimme, bevor er fortfuhr: »Falls hier noch irgendein anderer Adliger vorbeikommt und dir Schwierigkeiten machen will, soll ich … die Dinge regeln.«

»Danke.« Erik fiel es nicht leicht, die Frage zu stellen, die ihm auf der Seele brannte. »Gibt es Nachricht von deinem … Großvater?«

Dashels Miene verfinsterte sich grimmig. »Nein. Weder von ihm noch von Großmutter.« Er richtete den Blick Richtung Westen, nach Krondor. »Wir haben uns mit der Tatsache abgefunden, dass sie es vorgezogen haben, gemeinsam in den Tod zu gehen.« Er seufzte. »Mein Vater kommt damit nicht sehr gut zurecht, und um die Wahrheit zu sagen, mir fällt es auch nicht gerade leicht.« Er sah Erik an. »Wie kann ich dir helfen?«

»Ich brauche jemanden, der alle Meldungen sichtet, die eingehen, und mich vor jenen verschont, die nicht dringend sind. Die Kommandostruktur hier ist nicht sehr gut organisiert.«

»Wir haben viele Adlige verloren«, sagte Dash, »und viele ihrer Stellvertreter sind Kasernenratten, die keine Erfahrung auf dem Schlachtfeld haben.«

»Das ist mir auch schon aufgefallen«, erwiderte Erik. Dann stutzte er. »Viele Adlige?«

»Der Herzog der Südlichen Marken ist gefallen. Der Herzog von Yabon liegt verwundet danieder, und niemand weiß, ob er die Verletzung überleben wird. Wenigstens ein Dutzend Grafen und Barone sind gefallen. Und ehe dies vorbei ist, werden noch etliche hinzukommen, fürchte ich.« Dash senkte wieder die Stimme. »Während du in den Bergen warst und Rekruten ausgebildet hast, hat Patrick alle Lords, die sich hier versammeln würden, angewiesen, falls möglich einen Sohn daheim zu lassen. Sollten wir dies überstehen, wird es nächstes Jahr in der Versammlung der Lords eine Menge neuer Gesichter geben. Dieser Krieg verlangt einen hohen Blutzoll.«

In diesem Augenblick erschollen Trompeten, und während der nächste Angriff erfolgte, wurde Alarm geschlagen.

»Und wir werden einen hohen Blutzoll vom Feind fordern«, sagte Erik entschlossen, indem er das Schwert zog und zu der Stelle eilte, die er sich als Kommandoposten ausgesucht hatte.

»Es ist an der Zeit«, erklärte Calis.

Pug stellte sich neben den Sohn seines alten Freundes. »Bist du sicher?«

»Ja.«

Calis sah seinen Vater an, und zwischen ihnen ging etwas vor sich, etwas Stilles, aber trotzdem Schwerwiegendes, etwas, das keiner Worte bedurfte. Dann blickte Calis zu Miranda hinüber, und sie lächelte ihn an.

Calis trat vor den Stein des Lebens, diesen riesigen, grünen Smaragd, der vor Energie pulsierte, und forderte seinen Vater auf: »Zieh dein Schwert heraus!«

Tomas zögerte nicht. Er sprang auf das Podest, auf dem der Stein ruhte, ergriff das Heft des weißgoldenen Schwertes und zog. Zuerst widerstand das Schwert seinen Anstrengungen, doch schließlich kam es frei.

Tomas reckte das Schwert in die Höhe, und zum ersten Mal seit dem Ende des Spaltkriegs fühlte er sich wieder ganz. Ein urtümlicher Siegesschrei löste sich aus seiner Kehle.

Der Stein begann zu pulsieren, und Calis legte die Hände darauf. »Ich bin Valheru! Ich bin Mensch!« Er schloss die Augen. »Ich bin Eledhel!«

»Interessant«, meinte Nakor. »Er ist einzigartig. Er weist die Merkmale dreier Arten auf.«

Calis öffnete die Augen und starrte in den Stein. »Es ist so offensichtlich!«, sagte er und senkte den Kopf, bis seine Stirn den Stein berührte. »Es ist so einfach!«

Pug sah Tomas an, und beide stellten sich schweigend die gleiche Frage: Was war so offensichtlich und was so einfach?

In einem großen Pavillon, von Dienern und Beratern umringt, schäumte Jakan vor Wut. Etwas rief nach ihm, etwas Zwingendes, Befehlendes, etwas, das darauf bestand, dass er zu ihm kommen sollte. Er wusste nicht, was für ein Ding es war, das ihn da rief, doch es spukte durch seine Träume und sang zu ihm. Er wusste, wo es sich befand, an einem Ort nordöstlich, in Sethanon, und er wusste, dass jene, die ihm entgegentraten, ihm dieses Ding streitig machen würden.

Der selbsternannte Dämonenkönig von Midkemia erhob sich, doch für jene, die sich in seiner Gegenwart befanden, hatte noch immer die Illusion der Smaragdkönigin Bestand. Sie schien es zu sein, die ihnen befahl, den Pavillon zu verlassen, nur nicht jenen Begleitern, die stets in ihrer Nähe waren, dem verbliebenen pantathianischen Schlangenpriester namens Tithulta und dem Menschen, General Fadawah. Diese wussten von der Täuschung und waren die einzigen Überlebenden jener blutigen Nacht, in der Jakan die Smagardkönigin gefressen hatte.

Es war so einfach gewesen. Sie war mit einem ihrer Opfer allein, einem Mann, der in ihren Armen starb, während sie sein Blut trank. Jakan war in ihr Zelt geschlichen und hatte sie und ihren letzten Liebhaber rasch getötet. Die Frau hatte eine beachtenswerte Macht besessen, doch sie hatte zu viel Energie auf ihre jugendliche Erscheinung verschwendet. Dem Dämon war dies unbegreiflich. Es war so viel einfacher, eine Illusion zu erzeugen, so wie er es tat.

In dem Augenblick, als er die Frau verschlungen hatte, war dem Dämon Fremdartiges und dennoch Vertrautes widerfahren. Er war von dieser Kraft berührt worden und kannte ihren Namen – Nalar. Doch über das Wissen um ihre Gegenwart hinaus hatte sich der Dämon über den magischen Widerhall in der Seele der Smaragdkönigin keine Gedanken gemacht.

Maarg hatte einen Pakt abgeschlossen mit jemandem, der diese seltsamen Kreaturen, die wie Pantathianer aussahen, dazu gebracht hatte, den Spalt zur Welt der Saaur und zu dieser Welt zu öffnen. Aber das sollte Maargs Sorge sein. Sollte er doch auf Shila verrotten oder ins Dämonenreich mit seinen kargen Freuden zurückkehren. Jakan war der Einzige seiner Art auf dieser Welt, und seine Macht wuchs von Tag zu Tag.

Er betrachtete seinen Arm und stellte fest, wie sehr er gewachsen war. Den letzten Menschen hatte er schon in einem Stück verschlungen, und es war ein wunderbarer Moment gewesen, als die Kreatur fast eine Minute lang in seinem Schlund geschrien hatte. Jetzt sah er mit Freuden, wie das Gesicht des Menschen auf seinem Bauch erschien. Er bewegte die Schultern und spürte, wie seine großen Flügel fast die Seiten und die Decke des Pavillons berührten. Er würde ihn vergrößern lassen müssen. Die Illusion der Smaragdkönigin konnte sich mit Leichtigkeit in diesem Zelt bewegen, doch Jakan war nun über sechs Meter groß, und solange er fressen konnte, würde er weiterwachsen. Einen Augenblick lang überlegte er, ob er das Fressen einschränken sollte, aber dieser Gedanke war ihm fremd, und so verscheuchte er ihn.

Er duckte sich, als er durch den Zelteingang trat, den die Wachen der Königin für ihn aufhielten. Fadawah und Tithulta erschienen und folgten ihm in respektvollem Abstand; niemand ohne die Sehfähigkeiten eines Zauberers konnte die magischen Ketten und Halsringe erkennen, mit denen Jakan sie an sich band.

Die Armee sah, wie die Smaragdkönigin das große Zelt erreichte, das sie für die Verwundeten hatte errichten lassen. Sie trat ein. Soldaten kümmerten sich um die Sterbenden. »Geht hinaus!«, befahl sie, und alle, die dazu in der Lage waren, folgten ihrem Befehl, denn man ahnte, was geschehen würde.

Jakan trat zu dem ersten Mann, der zwar bewusstlos war, aber noch lebte. Der Dämon hob ihn mit einer Hand hoch, biss ihm den Kopf ab und schluckte ihn. Das Blut und die Lebenskraft, die dem Dämon die Kehle hinunterrannen, erfüllten ihn mit einem fast schmerzlichen Vergnügen. Niemals zuvor war ein Dämon so rasch gewachsen, so mächtig geworden, und dabei hatte er noch große Möglichkeiten vor sich. Er würde der mächtigste Dämonenkönig in der Geschichte seiner Art werden! Nichts würde ihn auf seinem Marsch aufhalten können, und wenn er diesen Planeten erst leer gefressen hatte, würde er das Wissen dieser Leute benutzen, um in andere Welten vorzudringen. Schließlich, dachte er, werde ich ein Gott sein!

Er wandte sich einem Mann zu, der sich wegen seiner Verletzungen kaum mehr regen konnte, dessen Blick jedoch voller Entsetzen über das war, was er gerade mit angesehen hatte. Jakan hatte, wie er jetzt bemerkte, in seiner Blutgier die Illusion nicht mehr aufrechterhalten, und die verwundeten, sterbenden Männer stöhnten vor Grauen.

Grinsend trat Jakan zum Nächsten, spießte ihn mit einer einzigen Kralle auf und hob ihn zu sich hoch. Mit einem Bissen verschlang er ihn und ergötzte sich an dem Gefühl des zuckenden Körpers, der durch seinen riesigen Schlund glitt. Niemals zuvor hat es jemanden wie mich gegeben, dachte er.

Jakan wandte sich seiner Marionette Fadawah zu. »Gebt den Befehl zum Angriff! Wir werden diese schwächlichen Menschen heute überrennen!«

In Fadawahs leeren Augen war keine Reaktion zu erkennen. Er steckte den Kopf aus dem Zelt und rief: »Befehlt alle Einheiten zum Angriff!«

Bald, dachte Jakan, werde ich Tausende verschlingen, und dann werde ich diesen Ort erreichen, dieses Sethanon, und erfahren, was mich dorthin ruft.

Calis lächelte. »Es ist, als würde man einen Knoten lösen!«

Seine beiden Hände lagen auf dem Stein des Lebens, und das pulsierende grüne Licht umhüllte ihn, überflutete ihn, drang in ihn ein. Obwohl er keinen einzigen Muskel bewegte, hatten ihn jene, die ihn kannten, noch nie so lebendig und kraftvoll gesehen.

Sein Vater trat zu ihm und fragte: »Was kannst du sehen?«

»Vater«, antwortete Calis verzückt, »ich kann *alles* sehen!«

Eine zwei Meter hohe wirbelnde Säule grüner Energie entwich dem Stein wie eine Stichflamme, wogte und erzeugte einen scharfen Ton. In der Flamme flackerten Gesichter auf, und Tomas zog die goldene Klinge.

»Die Valheru!«, krächzte er heiser und bereitete sich mit allen Sinnen auf den Kampf vor.

»Nein«, entgegnete Calis. »Dies ist nur ein Widerhall ihrer früheren Existenz. Was sie zu werden erstrebten, hat sich ihnen entzogen. Was sie zurückerlangen wollten, wurde niemals ihres.« Er drehte den Kopf und blickte seinen Vater an. »Mach dich bereit.«

»Wofür?«

»Für die Verwandlung.« Calis schloss die Augen, und die Flamme schoss in die Höhe, hinauf zur Höhlendecke, wo sie sich auf dem Felsgestein kreisförmig ausbreitete. Und währenddessen verging sie, bis nur noch ein schwacher grüner Schein blieb, der sich über den goldenen Schimmer von Nakors Schutzhülle legte.

Tomas fiel auf die Knie, das Schwert glitt ihm aus den Händen, und ein schmerzerfülltes Stöhnen entrang sich seiner Kehle. Er presste die Hände auf Brust und Bauch, als winde er sich in Todeskrämpfen.

Pug lief zu ihm. »Was ist los?«

Tomas biss die Zähne zusammen und schüttelte sich. Er war nicht in der Lage zu antworten.

»Die, welche die Valheru waren, sind auf die Welt zurückgekehrt«, erklärte Calis.

Pug trat auf Calis zu. »Wird er das überleben?«

»Das wird er«, antwortete Calis. »Er ist mehr als ein Valheru. So wie ich.«

Dann erkannte Pug, dass sich auch Calis einer schmerzhaften Verwandlung unterzog, denn der Teil von ihm, der das Erbe der Valheru darstellte, wurde ihm entrissen. Der Schweiß rann ihm in Strömen über die Stirn, seine Arme zitterten, doch seine Augen funkelten, und er wandte den Blick keinen Moment vom Stein ab.

»Was geschieht?«, fragte Pug leise.

»Etwas, das dieser Welt genommen wurde, wird ihr zurückgegeben«, antwortete Calis. »Und ich bin das Werkzeug, das diese Rückkehr möglich macht.«

Einen Augenblick später wirbelten kleine grüne Lichtpunkte von dem glühenden Nimbus fort, der Calis und den Stein einhüllte, und flogen in alle Richtungen davon. Pug duckte sich vor dem ersten Sprühregen aus Licht, doch als er wieder hochkam, traf ihn der zweite in die Brust. Doch anstelle von Schmerz spürte er nur Energie, etwas Warmes, Heilendes, das ihn durchflutete.

Er sah zu Tomas, der sich noch immer in Krämpfen krümmte, doch als auch ihn die winzigen grünen Punkte trafen, begann sich auch er zu erholen. Schließlich blickte sein Jugendfreund auf, und in seinen Augen konnte Pug keinen Schmerz mehr entdecken.

Tomas erhob sich und kam langsam zu Pug und Calis. Er blickte Pug an, und dem Magier entging das Erstaunen in

Tomas' Augen nicht, ein Erstaunen, wie er es nicht mehr bei ihm erlebt hatte, seit Tomas die Rüstung von Ashen-Shugar, dem letzten Valheru, angelegt hatte. Zum ersten Mal seit fünfzig Jahren schien Tomas wieder der Junge aus Crydee zu sein, und mit einer Stimme, die voller Verwunderung war, sagte Tomas: »Mein Sohn heilt die Welt.«

Dann hallte ein Freudengeschrei durch die Höhle, ein Laut, der durch und durch ging und von dem Pug nicht hätte sagen können, ob er ihn wirklich hörte oder nur fühlte. Der Stein schien zu explodieren, und eine Ehrfurcht gebietende Flamme des Lebens breitete sich im ganzen Raum aus. Nakor tänzelte verzückt umher, während Dominic das Schutzzeichen seines Gottes in die Luft malte.

»Den brauchen wir nicht mehr«, sagte Nakor und beendete seinen Schutzzauber.

Und während die Schutzhülle verschwand, hallte etwas aus der Welt zurück, so finster und böse, wie es zuvor lebendig und gut gewesen war.

Nakor riss die Augen auf.

Der Dämon hob den Kopf von seinem Schmaus.

»Nein!«, brüllte er, als er spürte, wie ihm etwas entrissen wurde.

Sethanon!, kreischte die Stimme in seinem Kopf.

Alle Träume von Macht und Ruhm waren vergessen. Die magischen Fesseln seiner beiden Sklaven fielen zu Boden, als der Dämon zum Zelteingang schritt.

Zwei Wachen drehten sich um, als Jakan heraustrat. Sie erbleichten und ergriffen voller Panik die Flucht.

General Fadawah blinzelte, als würde er aus einem Dämmerschlaf erwachen. Der Dämon hatte den Eingang des Zeltes zerfetzt. Er erhaschte nur einen kurzen Blick auf das

Ungeheuer, bevor es sich in die Lüfte schwang, doch der genügte.

Der General drehte sich zu dem verwirrten pantathianischen Hohepriester um, der gleichfalls aus dem Dämmer erwachte. Zorn ergriff den General, und er zog seinen Zierdolch, riss die Klinge hoch und versenkte sie zwischen Hals und Schulter des Pantathianers.

Der Schlangenpriester ging in die Knie. Einen Augenblick schwankte die Kreatur noch, dann brach sie zusammen.

Fadawah machte sich gar nicht erst die Mühe, seine Klinge aus dem letzten, nun im Sterben liegenden Pantathianer herauszuziehen. Er trat durch die Rückwand aus dem Pavillon der Smaragdkönigin und eilte zum Kommandozelt, wo er seine entsetzten Offiziere vorfand. Als er ihren Blicken folgte, entdeckte er den Dämon, der in Richtung der Berge nach Düstermoor aufstieg.

Einer der Hauptleute der Söldnerkompanien, der in den Offiziersstab der Armee aufgenommen worden war, bemerkte seinen Kommandanten und stammelte: »Befehle, Sir?«

»Was ist geschehen?«, fragte Fadawah. »Ich stand unter dem Einfluss dieses Ungeheuers und weiß nicht, was passiert ist. Berichtet mir!«

»Ihr habt gerade den Generalangriff befohlen. Alle Einheiten. Wir sind auf ganzer Front entlang des Bergrückens in Gefechte verwickelt.«

»Verdammt!«, fluchte der General. Er hatte keine Ahnung, wie lange ihn der Dämon im Bann gehalten hatte, doch eins wusste er: Er musste sich so schnell wie möglich über die Geschehnisse ein Bild machen. Das Letzte, an das er sich deutlich erinnern konnte, war, dass er im Zelt der

Smaragdkönigin vor der Stadt am Schlangenfluss gewesen war; danach hatte er in einem zeitlosen Dunst gelebt, in einem vagen Traum voller Furcht und Entsetzen. Und nun befand er sich auf der anderen Seite der Welt mitten in einer Schlacht, ohne die geringste Ahnung, gegen wen er kämpfte und wie seine Truppen aufgestellt waren oder ob sie siegten oder verloren. Und da die Königin tot war, wusste er nicht einmal, ob sie den Kampf fortsetzen oder beenden sollten.

Er sah seine Offiziere an. »Karten! Ich will sehen, wo wir stehen, wo die Einheiten liegen und was wir über den Feind wissen.«

Während die Offiziere eilends den Befehlen nachkamen, warfen einige von ihnen der im Osten verschwindenden Gestalt des Dämons noch verstohlene Blicke hinterher. Fadawah hingegen kannte nur noch einen Gedanken: Überleben.

Konfrontation

Erik kämpfte.

Was mit mäßigem Druck begonnen hatte, wie ein Austesten der möglichen Schwachpunkte in der Verteidigungslinie, war ohne Vorwarnung zu einer Großoffensive geworden.

Erik stieß den Mann, den er gerade getötet hatte, mit dem Fuß zurück, sodass dieser den Hang hinunter zu den Bäumen rollte.

Entlang des ganzen Albtraumgebirges kämpfte die Armee des Königreichs gegen die Invasoren, ein Gemetzel ohnegleichen seit den Tagen des Spaltkriegs. Erik warf einen Blick ringsum, als der Sturm einen Moment lang nachließ. Die Verwundeten und Toten wurden von ihren Kameraden geborgen, andere labten sich rasch aus den Wassereimern, die die Jungen vom Gepäckzug gebracht hatten.

Jadow kam angerannt, Feldwebel Harper folgte ihm auf dem Fuß. »Sie haben die Nordflanke heftig attackiert«, berichtete Harper, dessen Gesicht mit Blutspritzern übersät war. »Jerome ist tot, und seine ganze Kompanie wurde ausgelöscht. Duko hat seine Leute auf dieser Seite des Bergrückens, und sie drängen uns nach Süden zurück.«

»Verdammt!«, fluchte Erik. Er wandte sich an einen Boten. »Befehle an die Reserveeinsatztruppe …«

»Es gibt keine Reserve mehr. Ich habe sie losgeschickt, als Harper bei mir eintraf. Sie sind jetzt dort oben.«

Erik rieb sich das Gesicht. Es fühlte sich an, als hätte sich die Erschöpfung wie Sand in seine Haut gegraben. Seine Gedanken schwirrten wild durcheinander, da er in den letzten beiden Tagen nur noch gekämpft und nicht mehr geschlafen hatte. »Gut«, sagte er zu den beiden Feldwebeln. »Nehmt jeden dritten Mann von hier und verstärkt den Norden. Wenn ihr euch nicht mehr halten könnt, zieht euch zurück, und wenn ihr die erste Verteidigungsstellung auf unserer Seite Richtung Norden erreicht, grabt euch dort ein. Haltet sie dort auf, und wenn sie sich dann nach Osten über die Berge wenden, ist es das Problem der Armeen des Ostens.« Er wandte sich an den Boten. »Geh nach Düstermoor. Sag dem Prinzen, die Flanke im Norden sei eingebrochen und wir würden versuchen, uns einzugraben. Aber wir brauchen Verstärkung. Verstanden?«

Der junge Soldat salutierte. »Jawohl, Sir.«

Dann rannte er zu seinem Pferd.

Erik sah, dass Jadow und Harper bereits losgegangen waren, um jeden dritten Mann abzuziehen und nach Norden zu bringen. Dash stand mit gezogenem Schwert in der Nähe, Hemd und Hose über und über mit Blut verschmiert. »Ich dachte, ich hätte dich angewiesen, die Meldungen zu lesen«, sagte Erik.

Dash lächelte. »Im Augenblick wäre da nichts, was nicht warten könnte, und ein Schwert mehr kann doch wohl nicht schaden.«

Erik nickte. »Da hast du wohl recht.«

Plötzlich drängte der Feind abermals über den Kamm, und Erik wurde in den nächsten Kampf verwickelt.

»Es kommt etwas!«, sagte Tomas.

Pug nickte. »Ich kann es ebenfalls spüren.« Er hielt inne. »Ich erkenne diese Präsenz. Es ist Jakan!«

»Sho Pi«, sagte Nakor, »du und der Abt, ihr müsst euch verstecken.«

»Ich werde hier bei euch bleiben, Meister«, widersetzte sich Sho Pi.

Nakor schnappte sich den jungen Mann und schob ihn auf ein Loch in der Wand zu. Dort hindurch gelangte man zu den unterirdischen Ruinen des letzten Kampfes, der in der uralten Stadt der Valheru stattgefunden hatte, unter dem zerstörten Sethanon. »Mein Schutztrick hat uns zwar vor den Ohren des Namenlosen versteckt, doch ich kann damit einen wütenden Dämon nicht aufhalten! Rein da!«, beharrte Nakor. »Versteckt euch in dem Loch, denn das, was jetzt auf uns zukommt, könnte uns alle vernichten. Doch wenigstens haben wir, die wir hierbleiben, gewisse Mittel, uns zu wehren!«

Das Mauerwerk war in einem Kampf der Titanen zerschmettert worden, ausgetragen von dem Drachen Ryath, dessen schlafender Leib nun vom Orakel von Aal vereinnahmt war, und einem Schreckensherrscher, den Nalar als Ablenkung geschickt hatte, um die Rückkehr der Valheru zu decken. »Geht da runter und lasst euch nicht blicken.«

Nakor eilte zurück und blieb neben Miranda stehen, während Pug und Tomas bei Calis Position bezogen.

»Kannst du dich verteidigen?«, fragte Miranda.

»Ich bin um einiges zäher, als ich aussehe«, erwiderte Nakor, doch dieses Mal grinste er nicht.

Calis arbeitete weiter versunken daran, den Stein des Lebens zu entsiegeln, und in seinem Gesicht mischten sich

Verzückung und Ruhe. Die Augen hatte er fest auf einen Punkt in der Mitte des Steins gerichtet, der kleiner und kleiner wurde, je mehr Funken der Lebensenergie von ihm fortstoben.

»Was immer das ist«, meinte Miranda, »es fühlt sich gut an.«

»Wenn wir nicht gerade auf das Eintreffen eines wütenden Dämonenkönigs warten würden, könnten wir es richtig genießen.«

Miranda spürte, wie ein großes Stückchen grüner Lebenskraft durch ihren Bauch ging, und sie machte große Augen. »Oh!«

Nakor kicherte. »Das sieht interessant aus.«

»Es hat sich auch interessant angefühlt«, erwiderte sie. Sie strich sich über den Bauch. Besorgnis und Unsicherheit zeichneten sich auf ihrem Gesicht ab, und sie sagte: »Es passiert etwas.«

Nakor blickte sich in der Halle um, die nun fast zur Gänze von dem grünen Licht erhellt war. »Die Lebensstruktur dieser Welt wird in Ordnung gebracht. Es ist ein Heilprozess, eine Verjüngung. Alte Seelen, die seit Jahrhunderten in diesem Ding gefangen waren, kommen frei und kehren ins Universum zurück.« Er sah Miranda an. »Aber die Nebenwirkungen könnten überraschend sein.«

»Das möchte ich nicht bezweifeln«, gab Miranda zurück.

Tomas kniff die Augen zusammen und neigte den Kopf, als würde er auf etwas lauschen. »Er kommt.«

»Wer?«, fragte Miranda.

»Jakan«, antwortete Pug.

Tomas packte sein Schwert fester. »Und zwar schon bald. In der nächsten Stunde, höchstens in zweien.«

Pug blickte zu Calis hinüber, der immer noch in seine Aufgabe vertieft war. »Wird er dann fertig sein?«

Tomas zuckte mit den Schultern. »Ich weiß es nicht.«

Sie warteten.

Erik duckte sich, als der nächste Schwarm Pfeile über ihn hinwegsauste. Im nächsten Augenblick erhoben sich seine eigenen Bogenschützen und schossen zurück. Der Angriff hatte während des Nachmittags noch an Heftigkeit zugenommen, und jetzt befürchtete er, dass sie die Kontrolle über den Höhenrücken verloren.

Plötzlich standen feindliche Soldaten oben, und wieder sah er sich dem Kampf Mann gegen Mann gegenüber. Die Entschlossenheit seiner Männer kannte keine Grenzen, doch ihr Durchhaltevermögen erlahmte.

Seit er Jadow und Harper losgeschickt hatte, um die Nordflanke zu verstärken, hatte er nichts mehr von ihnen gehört, und die Männer, die er ihnen mitgegeben hatte, hätte er nun dringend hier gebraucht. Erik machte sich Sorgen, ob er so nicht beide Stellungen in Gefahr gebracht hatte.

Das Tosen der Schlacht lenkte seine Gedanken jedoch von diesen Sorgen ab, als die Front um ihn herum mehr und mehr unter Druck geriet, da Feind auf Feind erschien und immer weniger Verteidiger blieben. Erik ließ das Schwert kreisen wie eine Sense, mähte die Angreifer nieder wie Weizen. Er hörte Männer schreien, grunzen, fluchen und richtete seine Aufmerksamkeit ganz auf das Hier und Jetzt. Die Schlacht war an einem Punkt angelangt, wo man keine Ordnung mehr aufrechterhalten konnte; sie würde sich ganz allein nach der Stärke der Männer entscheiden, die sie austrugen. Falls sich die Entschlossenheit der Angreifer als größer erwies, würden sie den Sieg davontragen.

Erik sah zwei Gegner vor sich, und in diesem Moment spürte er tief in seiner Seele, dass die Schlacht verloren war. Er schlug den ersten Mann nieder, zerschmetterte seinen Schild mit einem gewaltigen Hieb, konnte jedoch dem Hieb des zweiten kaum ausweichen.

Und dann gingen ein dritter und ein vierter Mann auf ihn los, und dies war der Augenblick, in dem er wusste, dass er würde sterben müssen. Er schlug zu und erwischte den zweiten im Gesicht und schlitzte ihm die Haut bis zum Knochen auf, der zersplitterte, als ihn die Klinge traf. Sofort riss Erik sein Schwert zurück und stieß den Mann den beiden anderen entgegen.

Erik wusste, es war nur noch eine Frage von Momenten, und er war entschlossen, so viele Feinde wie nur möglich mit sich in den Tod zu nehmen, ehe sie ihn überwältigten.

Er senkte einen Hieb in den nächsten Mann, als ihn ein Schlag in die Rippen traf. Als er daraufhin herumfuhr, öffnete er seine Deckung für einen weiteren Schwerthieb. Eine Klinge erwischte ihn am Arm, schlitzte das Leder seines Handschuhs und hinterließ einen blutig roten Streifen auf seinem Unterarm.

Dann traf ihn ein Hieb an der Schläfe, und seine Knie gaben unter ihm nach. Er konnte sich nicht mehr auf den Beinen halten, und als er zurückweichen wollte, rutschte er aus, was ihm das Leben rettete. Er fiel nach hinten, landete zwischen Steinen und Staub und wälzte sich kopfüber ein paar Meter davon. Er blieb auf dem Rücken liegen und sah über seine Stiefel hinweg den fünf feindlichen Soldaten entgegen, die auf ihn zuliefen, um sein Leben zu beenden.

Als der erste seiner Gegner, das Schwert hoch über den Kopf zum tödlichen Stoß ausholend, bei Erik ankam, ragte plötzlich ein mit Gänsefedern besetzter Pfeil aus seinem

Hals. Der Mann schaffte noch einen Schritt, ging auf die Knie und brach dann vornüber zusammen.

Erik krabbelte rückwärts, während sich die Angreifer nach links – von Erik aus rechts – wandten, und der nächste Pfeil riss einen der Angreifer von den Beinen und warf ihn rücklings zu Boden.

Nur ein Langbogen konnte eine solche Wucht haben. Erik sah sich um und entdeckte ein halbes Dutzend in Leder gekleidete Männer, die auf die Angreifer schossen, während Kinder vorwärtsstürmten.

Erik blinzelte. Das waren keine Kinder, das waren Zwerge in Rüstung, die ihre Kriegshämmer und Äxte schwangen. Sie stießen ihren Schlachtruf aus, warfen sich auf die Invasoren und metzelten sie nieder.

Starke Hände packten Erik unter den Achseln und zogen ihn auf die Beine. »Wie geht's dir, Mann?«, fragte eine wohlvertraute Stimme, und Erik blickte in das grinsende Gesicht von Jadow Shati.

»Jetzt geht's mir besser«, seufzte Erik. »Viel besser.«

Feldwebel Harper berichtete: »Uns ging es schon an den Kragen, Sir, als die Kerle, die uns gerade den Garaus machen wollten, plötzlich sorgenvoll nach hinten blickten.« Er grinste, wodurch sein mit getrocknetem Blut verschmiertes Gesicht zur Fratze wurde. »Die Zwerge und Elben kamen den Berg runter und haben ein großartiges Gemetzel veranstaltet.«

Als würde ein Wind eine Rauchwolke auseinandertreiben, strömten Zwerge und Elben vor Eriks Augen über den Kamm. Ein Zwerg mit einem breiten goldenen Halsring und einem Hammer von enormem Gewicht trat zu ihnen und fragte: »Seid Ihr der Offizier?«

Erik nickte. »Sir?«

Der Zwerg lächelte. Er setzte den Hammer ab, richtete sich zu seiner vollen Größe auf – knapp unter anderthalb Meter – und schlug sich zum Gruß zackig mit der Faust vor die Brust. »Ich bin Dolgan, König der Zwerge des Westens, Häuptling des Dorfes Caldara und Kriegsherr des Zwergenvolkes von den Grauen Türmen!« Dann lächelte er und fügte hinzu: »Sieht aus, als könntet Ihr ein wenig Hilfe brauchen.«

Erik grinste. »Ich denke, es sieht nicht nur so aus.«

Ein Elb trat hinzu. »Ich bin Galain. Tomas bat uns, über den Höhenrücken von Falkenhöhle hierherzukommen, um dafür zu sorgen, dass sich hier keine ungebetenen Gäste herumtreiben.«

Erik grinste noch breiter. »Wahrlich, Ihr seid genau zum rechten Zeitpunkt eingetroffen.«

»Nun«, meinte Dolgan, »besser spät als nie, und die Schlacht ist ja prächtig im Gange. Meine Jungs werden sich köstlich amüsieren, wenn sie noch ein paar Köpfe einschlagen können.« Er senkte die Stimme. »Tomas hat uns ganz offen erzählt, was auf dem Spiel steht, und ich gelobe, wir werden diese Bande von Mördern auf der Westseite des Albtraumgebirges halten.«

»Ich danke Euch«, sagte Erik.

»Du bist ja verwundet«, bemerkte Jadow.

Erik setzte sich auf einen Felsbrocken, und Jadow legte ihm rasch einen provisorischen Verband an.

Immer mehr seiner Männer kamen aus dem Norden an, und Harper berichtete: »Wir rollen sie nach Süden hin auf, Sir.«

»Gut«, meinte Erik. »Lasst nicht nach. Falls wir sie unten um Düstermoor herum niederringen können, gewinnen wir diese Schlacht vielleicht.«

Er wartete, bis Jadow den Verband angelegt hatte, erhob sich dann und kehrte zu seinem Aussichtspunkt, einem großen Felsen, zurück, von wo aus er einen guten Blick über das Schlachtfeld hatte.

Jenseits des Kamms hatte sich der Feind hinter einigen großen Felsen verschanzt. Die Bogenschützen der Elben hatten den offenen, zwanzig Meter breiten Streifen auf dem Höhenrücken freigeschossen, und nun wagte sich keiner der Feinde mehr hinter den Felsen hervor.

Erik blickte umher, entdeckte den Jungen, der sein Pferd hielt, und winkte ihn zu sich. Zu Jadow sagte er: »Schick eine Patrouille nach oben, damit sie nicht versuchen, wieder hochzuklettern. Ich reite nach Düstermoor, um Patrick von der Ankunft der Zwerge und Elben in Kenntnis zu setzen.« Während er sein Pferd bestieg, sagte er: »König Dolgan ...«

»Dolgan reicht vollkommen«, unterbrach ihn der Angesprochene. »Titel sind überflüssig.«

»Dolgan, wie viele Männer habt Ihr bei Euch?«

»Dreihundert Zwerge und zweihundert Elben. Genug für eine großartige Schlacht.«

Erik lächelte. »Gut.« Er wandte sich an Harper. »Haltet die Stellung, bis ich zurück bin.«

»In Ordnung, Sir!«, erwiderte Harper.

Erik ritt nach Süden, und unterwegs sah er, dass die Frontlinie eine Wellenform angenommen hatte, da der Feind von Elben und Zwergen an einigen Stellen bereits zurückgedrängt worden war. Die Front hielt jetzt, und während zwar weiterhin Pfeile aufeinander abgeschossen wurden, gab es nur noch vereinzelte Gefechte Mann gegen Mann.

Er erreichte Düstermoor innerhalb einer Stunde, wobei

die Strecke von den Ausläufern zum Nordtor nur durch eine erneuerte Barrikade freigehalten werden konnte. Der Feind hatte in der westlichen Vorstadt jedes Haus niedergebrannt, und die Häuser im Norden waren längst verlassen.

Bald ritt Erik mit einer Eskorte, die er am äußersten Verteidigungsposten der Stadt zusammengesucht hatte. Die Männer trugen den Waffenrock von Düstermoor. Das große Nordtor war geschlossen, während ein kleineres Ausfalltor offen stand. Erik ritt hindurch und ohne Aufenthalt weiter zur Burg.

Dort ging er unverzüglich zum Ratssaal des Prinzen und erstattete Bericht. Nachdem er Patrick über das Eintreffen der Zwerge und Elben in Kenntnis gesetzt hatte, sagte der Prinz: »Jetzt ergibt alles einen Sinn.« Er zeigte auf eine Karte. »Während Ihr die Nordflanke gehalten habt, wurden aus dem Süden Berichte übermittelt, denen zufolge dort ein ähnlicher Rückzug stattfindet.«

»Die Zwerge von Dorgin«, stellte Erik fest.

»Das ist zu vermuten«, bejahte der Prinz und überging Eriks Bruch des Protokolls. »Damit wird der Druck auf die Mitte jedoch unerwartet stark.« Er tippte mit dem Finger auf Düstermoor. »Hier haben wir es mit verstärkten Angriffen zu tun, und wahrscheinlich fällt die äußere Mauer bald.«

Erik blickte sich im Saal um. Er war der einzige Offizier, der anwesend war, die anderen waren Boten und Schreiber. Er wagte zu fragen: »Die Armeen des Ostens?«

»Ich habe ihnen schon Nachricht gesandt«, antwortete Patrick, »doch der Großteil der Truppen wird nicht vor morgen Früh hier eintreffen.« Er zeigte auf eine andere Karte, eine der Stadt. »Hier haben wir drei mögliche Schwachstellen.«

Erik rechnete. »Lasst mich eine Kompanie von der Nordflanke abziehen, dann können wir dieses Loch stopfen.« Er zeigte auf die mittlere der möglichen Breschen. »Wenn wir diese Stelle gesichert haben, können wir nach Bedarf die Flanken unterstützen.«

»Werdet Ihr rechtzeitig eine Schwadron hierhaben?«

Erik winkte einen Boten herbei. »Mit Erlaubnis Ihrer Majestät?«

Prinz Patrick nickte.

Erik befahl dem Boten: »Mach dich nach Norden auf, mit dem schnellsten Pferd, das du auftreiben kannst, und sag Feldwebel Jadow Shati, er solle mit so vielen Vatermördern hier erscheinen, wie Harper entbehren kann. Er wird wissen, was ich damit meine.«

Der Bote blickte den Prinzen fragend an, welcher nickte, und rannte hinaus. »Wie steht es mit Euren Verletzungen?«, erkundigte sich Patrick.

Erik betrachtete kurz seinen verbundenen Unterarm und die Rippen. »Ich habe nicht aufgepasst. Aber es sieht schlimmer aus, als es ist.«

Patrick lächelte. »Ihr macht mir zwar gar nicht den Anschein, als würde es Euch gut gehen, Hauptmann, doch ich glaube Eurem Wort.«

In diesem Augenblick platzte Greylock in den Saal, schmutzig, verschwitzt, blutverschmiert. »Ich brauche die Reserven, Hoheit, und zwar sofort!«

Patrick zuckte mit den Schultern. »Nehmt sie. Wir haben nichts mehr zu verlieren.«

»Ich werde mit dem General gehen«, erklärte Erik. »Ich glaube, wir können auf der Mauer jedes Schwert gebrauchen.«

Patrick zog das Schwert. »Dann gut. Ich werde mitkommen.«

Greylock drehte sich um und legte dem Prinzen von Krondor die Hand auf die Brust. Hand an den Fürsten zu legen, war eine Majestätsbeleidigung, auf die der Strang stand, doch in diesem Augenblick war er nicht der General, der seinen Lehnsherrn beleidigte, sondern der alte Schwertmeister von Düstermoor, der einen übereifrigen jungen Soldaten zurechtwies. »Hoheit, Euer Platz ist hier. Falls Ihr Euch da draußen umbringen lasst und wir diesen Krieg gewinnen, hätte ich einige Schwierigkeiten, dies dem König zu erklären, und würde wohl um ein für mich sehr unangenehmes Gespräch mit Eurem Vater nicht herumkommen. Also, seid ein guter Kerl und erledigt Eure Aufgaben, während wir uns um unsere kümmern.« Er ließ Patrick los und wischte über dessen Hemd, als hätten seine Hände einen Fleck hinterlassen. »Ich denke, ich habe mich verständlich gemacht.« Und als er sich zur Tür wandte, sagte er: »Komm, Erik!«

Erik folgte ihm und ließ hinter sich einen gedemütigten Herrscher zurück, der fluchte, als ihm schmerzlich bewusst wurde, wie recht sein oberster Befehlshaber hatte.

Der Dämon fauchte, während er kreisend auf die verlassene Stadt Sethanon hinunterging. Er brüllte eine Herausforderung an alle, die sich ihm in den Weg stellen wollten, doch niemand antwortete.

Jakan landete vor einem zerstörten Tor, das Einlass in einen ausgebrannten Bergfried gewährte. Er blickte sich um, entdeckte allerdings niemanden.

Etwas rief ihn, und es betrübte ihn, dass er nicht feststellen konnte, woher dieser Ruf kam. Er drehte sich einmal um die eigene Achse und wiederholte fauchend seine Herausforderung in alle Himmelsrichtungen. Und noch immer bekam er keine Antwort.

So brüllte er seinen Zorn in den Himmel hinauf, suchte nach jemandem, mit dem er kämpfen, den er töten konnte, während er noch immer den Ruf hörte, der ihn zu seinem Ziel zog. Dieses Ziel begriff er nicht, doch es erfüllte ihn mit einer Gier wie nichts, was er je zuvor erlebt hatte. Dann kam dem Dämon ein Gedanke in den Sinn. Er bemerkte nicht, dass dieser Gedanke nicht von ihm selbst stammte, dass ihm ein riesiges, böses Wesen aus unvorstellbar weiter Entfernung diese Idee zuflüsterte, ihm verriet, wie er den Stein des Lebens finden könnte.

Nakor sah zur Decke. Niemand hatte das Gebrüll des Dämons gehört, doch er konnte es spüren. »Er ist nahe.«

Tomas nickte, hielt die goldene Klinge in der Hand und sah Pug an. »Ich wusste gar nicht, wie sehr ich das Schwert vermisst habe.«

»Ich wünschte wirklich, du würdest es nicht benutzen müssen«, erwiderte Pug.

»Das geht mir genauso«, meinte Miranda.

Alle warteten, während über ihnen der Dämon durch die ausgebrannte Stadt schritt und nach der Quelle seiner Gier suchte.

»Vielleicht findet er uns ja einfach nicht«, sagte Nakor.

»Sollen wir darauf eine Wette abschließen?«, entgegnete Miranda.

Nakor grinste. »Nein.«

»Wenn er nicht herausbekommt, wie er sich in der Zeit bewegen muss, kann seine Suche nach uns Jahre dauern, und am Ende findet er uns trotzdem nicht«, erklärte Pug.

»Nun, falls er wirklich so dumm ist«, sagte Nakor, »dann wird ihm der Namenlose schon den richtigen Weg weisen.«

»Genau«, meinte Miranda und sah nach oben. »Das darf man nicht vergessen.«

Wieder hallte der Zorn des Dämons durch den Boden in die Höhle.

Miranda warf einen Blick auf Calis, der mit geschlossenen Augen dastand und die Hände auf den Stein des Lebens gelegt hatte. Der Stein war nun nur noch halb so groß wie zu Beginn, und weiterhin sonderte er Funken grüner Energie ab, die durch die Umstehenden flogen.

»Nakor, du siehst jünger aus«, stellte Miranda fest.

Nakor grinste. »Bin ich vielleicht auch hübscher geworden?«

Miranda lachte. »Kaum, aber immerhin jünger.«

»Es ist der Stein des Lebens«, sagte Pug, »er verjüngt uns.«

Miranda runzelte die Stirn und legte die Hand auf den Bauch. »Das würde es erklären.«

»Was?«, wollte Nakor wissen.

»Bauchschmerzen. Und zwar solche, wie ich sie vor hundertfünfzig Jahren zum letzten Mal hatte. Und nicht noch einmal zu bekommen glaubte.«

Nakor lachte.

Plötzlich erbebte die Höhle unter wütendem Geheul, das von oben durch die Felsen dröhnte.

»Ich glaube«, sagte Nakor, »er ist sehr nahe.«

Erik stand auf der Mauer und beobachtete das Haupttor. Eine riesige Ramme wurde darauf zugerollt, und Manfred rief: »Schießt!«

Katapulte schleuderten ihre Ladung Steine in die Luft, und viele der Angreifer wurden niedergestreckt, doch die Ramme rollte weiter. Sie hatte ein Holzdach, unter dem die

Männer Schutz fanden, und Manfred sagte: »Wenn sie das Tor aufbrechen, sind sie in der Stadt. Wir können uns keinen Häuserkampf leisten. Also müssen wir uns in die Zitadelle zurückziehen.«

»Verstärkung ist unterwegs«, erwiderte Erik.

»Nun, die sollte lieber innerhalb der nächsten Stunde eintreffen«, gab Manfred darauf zurück. »Sonst werden wir überrannt.« Er drehte sich um und rief: »Öl!«

Heißes Öl aus Kesseln wurde von der Mauer gegossen, und kochender Tod regnete auf die feindlichen Soldaten herab. Männer brüllten vor Schmerz, manche wichen zurück, doch die nächste Welle Angreifer rannte schon auf die Mauer zu und schleppte Sturmleitern heran.

»Runter!«, rief Greylock, und instinktiv duckten sich Erik und sein Halbbruder hinter der Brustwehr über dem Stadttor, während Hunderte von Pfeilen über sie hinwegzischten.

Männer, die zu langsam reagiert hatten, brüllten auf, viele stürzten von der Mauer in die Straßen der Stadt.

Manfred duckte sich neben Erik, beide drückten sich mit dem Rücken gegen den kalten Stein der Mauer. Manfred betrachtete die Verwundeten und Sterbenden. »Falls deine Verstärkung nicht innerhalb der nächsten zehn Minuten hier ist, gebe ich den Befehl zum Rückzug.«

Erik antwortete nur: »Sie können in zehn Minuten noch nicht hier sein.«

»Nun, dann sollten wir am besten sofort den geordneten Rückzug antreten.« Manfred wandte sich an einen Mann im Waffenrock von Düstermoor, auf dessen Brust die Winkel eines Feldwebels genäht waren. »Sagt den Männern, sie sollen sich gebietsweise zurückziehen. Beginnt an der Südmauer und bringt die Leute in die Hohe Straße. Von dort aus schlagen wir uns durch. Und zerstört die Katapulte. Sonst werden sie die gegen uns selbst richten.«

Von draußen war donnernder Hufschlag zu hören, und Erik riskierte einen Blick zwischen zwei Zinnen hindurch. Saaurreiter versammelten sich vor dem Tor. »Manfred, sobald das Tor offen ist, haben wir eine Kompanie Saaurreiter am Hals!«

Manfred wagte ebenfalls einen Blick über die Mauer. »Ich habe mich schon immer gefragt, wie die wohl aussehen ...« Er riss die Augen auf. »Mutter der Götter!«

»Wir sollten besser gleich aufbrechen«, schlug Erik vor.

Manfred stimmte zu. Zu dem Feldwebel sagte er: »Setzt die Katapulte in Brand, dann gilt: allgemeiner Rückzug. Jeder Mann soll sich zur Zitadelle aufmachen!«

Der Befehl wurde weitergegeben, und die Bogenschützen schossen ein letztes Mal ihre Pfeile ab, die Sturmleitern wurden noch einmal mit langen Stangen umgestoßen. Doch sobald der Rückzug begann, wurden die Leitern wieder angestellt, und die Invasoren kletterten hinauf.

Manfred und Erik liefen die Steinstufen zur Straße hinunter. Hier herrschte bereits heilloses Durcheinander. Ein paar Zivilisten, die zu stur oder zu dumm gewesen waren, um sich evakuieren zu lassen, rannten, Säcke mit ihren Habseligkeiten auf den Schultern, zur Zitadelle. Verwundete Soldaten wurden von Unversehrten getragen, und einige wenige Bogenschützen behielten einen klaren Kopf und schossen auf den Feind, als dieser über die Mauer kam. Insgesamt jedoch geriet der Rückzug zu einer wilden Flucht.

»Hast du Greylock gesehen?«, wollte Manfred wissen.

»Nicht mehr, seit er zur Südmauer aufgebrochen ist«, antwortete Erik.

»Hoffentlich schafft er es«, sagte Manfred. Ein Pfeil zischte wenige Zoll neben seinen Füßen in den Boden, und er zuckte zusammen.

Erik packte ihn am Ärmel und zog ihn hart nach links, wobei er ihn beinahe aus dem Gleichgewicht gebracht hätte. Drei weitere Pfeile trafen dort auf, wo Manfred gerade noch gestanden hatte.

»Danke«, keuchte Manfred, während sie um eine Ecke hasteten.

»Bogenschützen arbeiten meist in Gruppen«, erklärte Erik.

Sie kamen an eine Kreuzung und hielten sich rechts, dann bogen sie wieder links ab, und Erik konnte über den Dächern schon die Lichter des höchsten Turms der Zitadelle sehen. Die Straßen wanden sich nach oben auf die alte Burg zu, und als sie die Hohe Straße erreichten, war der Durchgang mit verschreckten Flüchtlingen, atemlosen Soldaten und Männern, die ihre verwundeten Kameraden mit sich schleppten, vollständig blockiert.

»Macht Platz!«, rief jemand, und Erik begriff, dass Manfred von einem seiner Soldaten aus Düstermoor erkannt worden war. »Der Baron ist hier! Macht Platz!«

Erik blieb dicht bei seinem Halbbruder. Sie drängten sich mit den Ellbogen durch das Gewühl und schafften es bis zum Rand der Zugbrücke. Soldaten säumten die Seiten der Brücke und winkten die Passierenden hektisch weiter.

Erik und Manfred stürzten beide auf das Pflaster im Burghof, wo ihnen Soldaten zu Hilfe eilten. »Wasser«, keuchte der Baron.

Und Erik krächzte: »Ich habe ganz vergessen, wie anstrengend es sein kann, wenn man in dieser Höhe rennt.«

»Ich habe ganz vergessen, wie anstrengend Rennen an sich sein kann«, erwiderte Manfred darauf.

Ein Eimer Wasser wurde gebracht, und Manfred trank, dann reichte er den Eimer an Erik weiter, dem das Wasser über Brust und Arme lief, während er es hinunterkippte.

»Feldwebel!«, rief Manfred.

Sein Feldwebel kam herbei. »Mein Lord?«

»Befehl an den Beobachtungsposten. In dem Augenblick, da sich der Feind am anderen Ende der Hohen Straße zeigt, wird die Zugbrücke hochgezogen.«

»Manfred, du kannst nicht so lange warten«, wandte Erik ein. »Du musst sie jetzt räumen lassen, oder du bekommst sie nie rechtzeitig hoch.« Er zeigte auf die Flut von Menschen, die Zivilisten mit ihren Karren, die alten Männer und Frauen zu Fuß, die sich alle durch das Torhaus drängten und sich dabei nur gegenseitig im Weg standen. »Sieh es dir doch an!«

Manfred tat es, dann sagte er zu dem Feldwebel: »Räumt die Zugbrücke. Sagt jenen auf der anderen Seite, sie sollten sich so schnell wie möglich zum Osttor aufmachen. Das können wir noch etwas länger offen halten. Die anderen werden sehen müssen, wie sie sich durchschlagen.«

Beide Männer wussten, dass es einem Todesurteil gleichkam, nicht in die Zitadelle zu gelangen.

Manfred erhob sich und winkte Erik mit sich. »Wir sollten dem Prinzen besser Bericht erstatten.«

Erik stand auf und folgte seinem Halbbruder. Sie trotteten durch den Haupteingang des Bergfrieds, während sie von hinten das verärgerte Geschrei und tränenreiche Gejammer jener hörten, die vom Tor vertrieben wurden, weil es geschlossen werden sollte.

Manfred führte Erik die Treppen zu dem Geschäftszimmer hinauf, das der Prinz für sich vereinnahmt hatte.

Patrick sah auf. »Vollständiger Rückzug?«

»Alle sind auf dem Weg hierher«, sagte Manfred.

Patrick fixierte Erik. »Greylock?«

Erik zeigte zur Stadt. »Irgendwo dort draußen.«

»Verdammt!«, fluchte Patrick. Er sah aus dem Fenster und bemerkte die ersten Brände in den äußeren Bereichen der Stadt. »Hat all das hier eigentlich auch etwas Gutes an sich?«

»Eine Sache schon«, antwortete Erik. »Die Invasoren müssen jetzt an drei Fronten kämpfen. Wir haben Männer auf dem Höhenrücken, die von den Zwergen und Elben an den Flanken unterstützt werden, und falls wir bis morgen Früh durchhalten, werden hoffentlich die Armeen des Ostens hier eintreffen.«

Der Prinz forderte sie mit einer Geste auf, Platz zu nehmen, was beide Männer taten.

»Unglücklicherweise werden sich die Armeen des Ostens auf der falschen Seite der Stadtmauer befinden«, sagte Manfred, »und solange nicht jemand hinausschlüpft und die Tore für sie öffnet, haben wir ein ernst zu nehmendes Problem.«

»Manfred«, fragte Erik, »gibt es irgendwelche Geheimgänge zu den Toren im Osten?«

Manfred schüttelte den Kopf. »Das wäre zwar sehr klug, aber leider gibt es keine solchen Gänge. Im Palast stößt man an jeder Ecke auf Schlupflöcher und Geheimgänge, doch die alten Stadtmauern wurden aus massivem Stein errichtet, abgesehen von den wenigen Lagerhäusern, die man hineingebaut hat. Wir werden warten müssen, und, falls notwendig, morgen Früh einen Ausfall zum Osttor machen, um unsere Armee hereinzulassen.«

»Wir haben noch einen langen Nachmittag und eine noch längere Nacht vor uns, Manfred«, erinnerte ihn Erik.

»Hoheit?«, fragte Manfred.

Patrick zeigte trotz all dieser schlechten Nachrichten keine Unruhe. »Ich brauche einen Lagebericht, und zwar so schnell Ihr ihn mir beschaffen könnt. Ihr und Erik, findet heraus, wie vielen Männern der Rückzug gelungen ist und wie viele vermutlich noch in der Stadt sind und kämpfen. Vor allem aber, was wir tun müssen, um diese Zitadelle zu verteidigen. Essen und Wasser sind nicht das Problem, denn wie ich vermute, wird sich diese Angelegenheit binnen eines Tages entschieden haben.«

Erik und Manfred erhoben sich, verneigten sich vor dem Prinzen und verließen den Raum. Draußen sagte Manfred: »Ich kenne die Aufstellung der Einheiten, die der Burg zugeteilt sind, also beginne ich damit. Du gehst runter in den Hof und siehst nach, wen wir dort noch haben, und stellst die Ordnung unter ihnen wieder her.«

Erik lächelte. »Mein Lord.«

Manfred sah Erik an. »Mutter hat immer befürchtet, du könntest mir den Titel des Barons streitig machen. Jetzt würde ich ihn dir am liebsten überlassen.«

Erik lächelte noch immer. »Besten Dank. Dann wäre ich derjenige, der die Stufen zu den Türmen hochsteigen müsste.«

»Wie ich erwartet habe, denkst du praktisch.« Manfred wandte sich der Treppe zum nächsten Stockwerk des Bergfrieds zu, während Erik nach unten in den Hof eilte.

Plötzlich wurde es still.

Pug hob die Hand, legte den Kopf schief und lauschte.

Dann stand der Dämon in der Höhle!

»Ich wusste nicht«, sagte Nakor, »dass Dämonen sich teleportieren können.«

»Oder Zeitsprünge machen«, fügte Miranda hinzu.

Der Dämon bemerkte, dass er nicht allein in der Höhle war. Sein Gebrüll ließ die Felswände erzittern, und aus den Rissen in der Decke rieselte Staub.

Pug schleuderte ihm seinen ersten Zauber entgegen, während Tomas mit einem Satz zwischen das Ungeheuer und seinen Sohn sprang.

Knisternde blaue Energien erhoben sich um Jakan, der zu brüllen begann. Doch er schrie nicht vor Schmerz, sondern aus Wut wegen dem, was er vor sich sah: Calis, der die gefangenen Kräfte aus dem Stein des Lebens befreite.

»Nein!«, fauchte die Bestie in der Sprache von Novindus. »Das ist meins!«

Pug fühlte sich beim Anblick von Jakan an Maarg erinnert, doch dieser Dämon war dünner und muskulöser. Weder fanden sich bei ihm die Fettrollen, noch waren so viele Gesichter gepeinigter Opfer auf der Haut. Pug bemerkte zudem seinen spitzen Schwanz, an dem kein Schlangenkopf wie bei Maarg zu sehen war.

Jakan schlug auf Tomas ein, doch Tomas riss reflexartig den weißen Schild hoch. Der mächtige Hieb glitt ab, ohne eine einzige Spur auf dem goldenen Drachen zu hinterlassen, der in den Schild eingearbeitet war. Dann schlug Tomas mit der Klinge zu, und Jakan heulte auf und wich zurück. Giftiges, rotschwarzes Blut tröpfelte aus der Wunde und zischte und rauchte, wo es auf den Stein fiel.

Miranda schickte dem Untier einen Energiestrom entgegen und traf es hart genug, um es ein Stück nach links zu stoßen. Während sich Jakan umdrehte und feststellen wollte, wer ihn da angegriffen hatte, sah Tomas seine Chance gekommen, und er setzte abermals zu einem Hieb an. Tomas' Klinge drang tief in den rechten Schenkel des Ungeheuers ein, und Jakan schlug mit der rechten Hand, deren Krallen die Größe von Dolchen hatten, nach dem Valheru.

Doch Tomas parierte den Angriff und stieß erneut zu, und erneut floss giftiges Blut.

»Verstärkt den Angriff!«, rief Nakor.

Pug entfesselte einen Energiestoß, einen blauen Speer aus Licht, der durch einen der Flügel des Dämons fuhr und ein Loch von der Größe einer Faust hineinriss. Der Dämon trat zurück, seine Flügel kratzten über die Steinwände der Höhle, und nochmals schlug er nach Tomas.

Tomas glitt einen Schritt zurück, um dem Hieb auszuweichen, anstatt ihn zu parieren.

Das Ungeheuer zögerte, offensichtlich von dem plötzlichen Widerstand verwirrt. Dann rief Nakor: »Seine Wunden heilen!«

Pug sah genau hin: Tatsächlich, die erste Wunde, die Tomas ihm beigebracht hatte, schloss sich rasch.

»Der Stein des Lebens!«, rief Nakor entsetzt. »Er heilt die Wunden.«

Pug überlegte. Calis hatte den Stein inzwischen auf weniger als ein Drittel seiner ursprünglichen Größe verkleinert, und der Vorgang beschleunigte sich zusehends, wodurch er, wie Pug hoffte, in weniger als einer Stunde abgeschlossen sein würde. Das bedeutete allerdings, dass man den Dämon so lange im Zaum halten musste, bis Calis fertig war.

Pug wandte sich an Miranda. »Erhol dich. Tomas und ich werden versuchen, den Dämon von Calis fernzuhalten. Falls einer von uns wankt, musst du seinen Platz einnehmen.«

Er lief so nah, wie er es nur wagen konnte, an das Ungeheuer heran und kreuzte die Arme an den Handgelenken. Ein roter Lichtblitz schoss hervor, traf Jakan im Gesicht und warf ihn zurück an die Wand.

Tomas zögerte nicht. Er sprang vor und schnitt mit einem Rückhandschlag auf das Bein des Dämons tief in dessen Fleisch. Ein Schwall giftigen Blutes ergoss sich auf den Stein. Das Blut verdampfte, als es den Boden berührte, und der Gestank von Fäulnis erfüllte die Luft.

Jakan heulte vor Wut und machte einen Satz auf Tomas zu. Dieser wollte zurückweichen, was ihm insofern gelang, als dass der Dämon nicht auf ihm landete, doch Jakan war nun dicht genug, um Calis zu packen.

Eine krallenbewehrte Hand von der Größe eines Mannes streckte sich nach Calis aus, doch Tomas reagierte, indem er mit dem goldenen Schwert so hart wie möglich zuschlug. Er hackte das vier Fuß starke Handgelenk durch, und das Ungeheuer brüllte vor Schmerz auf und wich zurück. Die Hand war vom Körper abgetrennt.

Ein Strom fauligen schwarzen Blutes spritzte durch die Luft und traf Calis, der vor Schmerz aufschrie und den Stein des Lebens losließ.

»Calis!«, rief Miranda und lief zusammen mit Nakor zu ihm. Ohne zu zögern, warfen sich Pug und Tomas wieder in den Kampf. Energien blitzten auf, und Tomas schlug mit dem Schwert zu und trieb den Dämon weiter zurück. Jakan drückte den blutenden Armstumpf an die Brust und ließ sich an die Wand drängen.

Nakor hatte Calis erreicht, nahm eine seiner Hände, während Miranda die andere ergriff, und zusammen zogen sie ihn aus der schwarzen Blutlache. Augenblicklich waren alle Aktivitäten des Steins zum Stillstand gekommen.

Calis lag auf dem Boden und zuckte, seine Haut brannte und pellte sich, als hätte er in Säure gebadet. Er biss die Zähne zusammen und schloss die Augen, während er leise wimmerte wie ein Tier in Todesangst. Miranda und Nakor merkten, dass auch ihre Hände anfingen zu brennen, und wischten sie rasch an ihrer Kleidung ab. Sofort zeigten sich daraufhin Löcher im Stoff, doch der Schmerz in ihren Händen hörte auf.

Miranda blickte sich um. In der entlegensten Ecke der großen Halle hatten sich die Diener des Orakels zusammengekauert und versteckten sich halb hinter dem Drachen. Sie lief zu ihnen hinüber. »Wir brauchen Hilfe!«

Das älteste Mitglied der Gruppe, der Mann, der zuvor mit ihr gesprochen hatte, antwortete: »Es gibt nichts, was wir tun könnten.«

Miranda fasste den Alten am Arm und zog ihn auf die Beine. »Denkt Euch etwas aus!« Sie zerrte den Alten näher an den Kampf heran und zeigte auf Calis, der stöhnend dalag. »Helft ihm!«

Der Alte winkte zwei andere herbei, und gemeinsam gelang es ihnen, Calis ganz aus der Lache schwarzen Blutes herauszuholen. Der Anführer bedeutete ihnen, sie sollten Calis zur anderen Seite des Steins tragen, dann sagte er zu Nakor: »Wenn er den Stein des Lebens wieder in Gang setzen kann, wird dieser ihn vielleicht retten.«

Nakor zog die Brauen hoch und begriff. »Natürlich, die Heilkraft!« Er sah Miranda an. »Es ist wie Reiki!«

Nakor wandte sich den beiden Dienern des Orakels zu. »Haltet ihn dicht an den Stein.«

Sie taten es, obwohl jede Bewegung ein schmerzvolles Stöhnen von Calis zur Folge hatte. Nakor nahm die Hände des Verwundeten, verbrannt und von Blasen übersät, wie sie waren, und legte sie auf den Stein. »Hoffentlich funktioniert das.« Er malte einige Zeichen über den Händen in die Luft und murmelte dabei ein paar Sätze, dann legte er seine Hände auf die von Calis.

Nakor spürte die Wärme und blickte auf die Hände. Ein schwaches grünes Licht hüllte sie ein. »Die Energie fließt wieder«, stellte er fest. Er wartete kurz ab, während der Kampf zwischen Pug, Tomas und dem Dämon weiterging, wobei jedoch keine Seite in der Lage zu sein schien, die Oberhand zu gewinnen.

Nakor trug den beiden Dienern des Orakels auf: »Haltet ihn so! Seine Hände müssen ständig den Stein berühren.« Dann lief er zu Miranda.

»Es funktioniert nicht«, sagte sie.

»Ich weiß.«

Pug schoss gerade einen magischen Energiestoß ab, der zwar dem Auge verborgen blieb, jedoch die Luft zum Zischen brachte, als er den Dämon traf. Tomas zeigte keinerlei Anzeichen der Ermüdung, da ihm seine von den Valheru geschmiedete Rüstung übermenschliche Kräfte verlieh. Der Dämon konnte Tomas nur ernsthaft verletzen, wenn er ihn geradewegs in die Krallen bekam.

Pug wich zurück. »Wir können bestenfalls hoffen, ihn im Zaum zu halten. Wie geht es Calis?«, wollte er von Miranda wissen.

Sie zeigte zum Stein. Calis saß aufrecht da, gestützt von den beiden Dienern, und die Luft um ihn herum glühte grün, hüllte ihn in einen smaragdfarbenen Nimbus. Pug betrachtete ihn einen Augenblick. »Er wird stärker.«

»Ja«, stimmte Nakor zu, »solange er den Stein berührt, heilt ihn dieser, und indem er geheilt wird, bekommt er wieder genug Kraft, um seine Arbeit an dem Stein fortzusetzen.« Er zeigte auf Calis. »Seht!«

Calis hatte die Augen aufgeschlagen, und wenn sein Gesicht auch die Schmerzen verriet, unter denen er noch immer litt, setzte Tomas' Sohn doch die Entsiegelung des Lebenssteins wieder fort.

Und aufs Neue füllte sich die Höhle mit winzigen Stäubchen grüner Energie – Leben, das an seinen rechtmäßigen Platz zurückkehrte. Pug zeigte auf die abgetrennte Hand des Dämons, die zu verschwinden begann, während sich an dem blutenden Armstumpf eine neue ausbildete. »Der Dämon wird auch geheilt.« Dann fragte er Miranda: »Kennst du nicht einen starken Zauber der Fesselung?«

»Stark genug für dieses Ding?«, fragte Miranda zurück.

»Du musst ihn nur für zwei Minuten festsetzen.«

Man konnte ihr die Zweifel ansehen, dennoch sagte sie: »Ich werde es versuchen.«

»Tomas!«, rief Pug. »Beschäftige ihn noch einen Augenblick!«

Pug schloss die Augen und murmelte einen Zauberspruch vor sich hin, und Miranda tat das Gleiche. Mit einem Mal umgaben das Ungeheuer krebsrote Energiebänder, fesselten es und drückten ihm die mächtigen Flügel auf den Rücken. Dann zogen Miranda und Pug zu, und Jakan heulte vor Schmerz.

»Tomas!«, schrie Pug. »Du musst ihm jetzt den Todesstoß versetzen!«

Tomas holte mit dem goldenen Schwert aus und versenkte es tief zwischen zweien der krebsroten Bänder, fast bis zum Heft, und durchbohrte das, was auch immer Jakan als Herz dienen mochte.

Die schwarzen Augen des Dämons wurden groß, Blut

troff aus Mund und Nase. Tomas riss sein Schwert wieder heraus.

Pug ließ eine Hand sinken, und unvermittelt legte sich Stille über die Halle, als der Dämon vor ihren Augen verschwand.

Schweigend standen sie einen Moment lang da. Schließlich fragte Miranda: »Wo ist er?«

»Verschwunden«, erklärte Pug. »Wir konnten ihn nicht töten, doch ich kannte einen Ort, an dem er nicht überleben wird.«

»Welchen?«, fragte Nakor.

»Ich habe ihn auf den Grund des Ozeans zwischen hier und Novindus verbannt. Dort befindet sich ein Meeresgraben, der mehr als drei Meilen tief ist.« Plötzlich überkam Pug eine große Erschöpfung, und er ließ sich auf dem Steinboden nieder. »Ich habe ihn durch Zufall vor einigen Jahren entdeckt, und jetzt habe ich mich an das erinnert, was dein Vater als Letztes gesagt hat.« Er blickte Miranda an.

»Er sagte: ›Sie sind Kreaturen des Feuers.‹« Sie lachte, nervös und erschöpft. »Jetzt erinnere ich mich auch. Ich habe mich gefragt, was er damit gemeint hat.«

Nakor setzte sich neben Pug. »Das ist wunderbar. Das ist mir gar nicht in den Sinn gekommen.« Er schüttelte den Kopf. »Dabei ist es so offensichtlich.«

»Was ist offensichtlich?«, wollte Tomas wissen. Er steckte sein Schwert in die Scheide und gesellte sich zu ihnen.

»Selbst der größte Dämon ist im Grund nicht viel mehr als ein Feuergeist«, erläuterte Nakor.

»Einmal habe ich in der Nähe von Stardock gegen Luftgeister gekämpft«, erzählte Pug, »und sie dadurch zerstört, dass ich sie ins Wasser gedrängt habe.« Er zeigte dorthin, wo eben noch der Dämon gewesen war. »Ihn einfach nur ins Wasser zu tauchen, hätte Jakan nicht getötet, doch aus einer Tiefe von drei Meilen an die Wasseroberfläche zu schwimmen, noch dazu mit Mirandas Bändern gefesselt und mit der Wunde im Herz, die Tomas ihm zugefügt hat, das dürfte ihm nicht gelingen.«

»Das ist wunderbar. Jetzt ist es endlich vorbei«, sagte Nakor.

»Nein«, widersprach Pug. Er deutete auf Calis.

Calis konnte nun wieder ohne Hilfe sitzen und hatte den Blick abermals auf das Herz des Lebenssteins gerichtet, der nur mehr ein Fünftel seiner ursprünglichen Größe hatte. Die Wunden an Gesicht und Händen verschwanden, als hätten sie nie existiert.

»Er wird bald fertig sein, glaube ich«, sagte Nakor. »Wir können warten.«

»Während wir warten«, wandte Tomas ein, »verlieren Menschen ihr Leben.«

»Das ist natürlich sehr traurig. Aber das hier ist wichtiger«, hielt Nakor ihm entgegen.

Dominic und Sho Pi kamen aus ihrem Versteck, und Dominic sagte: »Er hat recht. Es ist vielleicht das Wichtigste, was je ein Sterblicher auf dieser Welt vollbracht hat. Jetzt wird das bedrängte Leben auf dieser Welt befreit, und die Ordnung der Dinge kann beginnen, sich wiederherzustellen.«

»Beginnen?«, fragte Miranda.

Dominic nickte. »Es dauert schon eine Weile, einen Schaden von diesen Ausmaßen wiedergutzumachen. Jahrhunderte-, vielleicht jahrtausendelang wurde er immer weiter vergrößert. Aber nun wird der Heilungsprozess beginnen. Der Weg für die Rückkehr der Götter, den der Namenlose so lange versperrt hat, ist jetzt frei.«

»Wie lange werden wir noch warten müssen?«, wollte Miranda wissen.

Nakor lachte. »Mehrere tausend Jahre, aber«, er erhob sich, »jeden Tag wird es ein bisschen besser sein als zuvor, und schließlich werden die alten Götter zurückkehren, und dann wird dieser Planet wieder so sein, wie es ihm bestimmt war.«

»Glaubst du«, fragte Pug, »wir werden jemals herausfinden, was den Namenlosen in den Wahnsinn getrieben hat?«

»Manche Geheimnisse werden nie gelüftet«, antwortete Dominic. »Selbst wenn wir die Antwort erfahren würden, verstehen würden wir sie dennoch nicht.«

Nakor griff tief in seine Tasche und holte den Codex hervor, den er Dominic reichte. »Den nimmst du. Ich glaube, du kannst etwas Gutes damit bewirken.«

»Was ist mit dir?«, fragte Pug. »Solange ich dich kenne, habe ich dich stets für das neugierigste Wesen auf diesem Planeten gehalten. Willst du das Ding nicht weiter entziffern?«

Nakor zuckte mit den Schultern. »Ich spiele jetzt schon zweihundert Jahre lang damit herum. Inzwischen ist es langweilig. Außerdem haben Sho Pi und ich Arbeit vor uns.«

»Was denn für Arbeit?«, wollte Miranda wissen.

Nakor grinste. »Wir müssen eine Religion gründen.«

Pug lachte. »Wieder so eine Gaukelei von dir?«

»Nein, ich meine es ganz ernst«, entgegnete Nakor und gab sich alle Mühe, verletzt zu wirken, was ihm jedoch nicht gelang. »Ich bin der neue Patriarch des Ordens der Arch-Indar, und der hier ist mein erster Jünger.«

Dominic wirkte erschüttert, Tomas hingegen lachte nur.
»Warum?«, fragte Pug.

»Wenn diese alten Männer die Substanz zurückholen«, sagte Nakor, »muss sich immer noch jemand um die Gute Göttin kümmern, als Ausgleich für den Namenlosen. Ansonsten wird Ishap nichts haben, was er mit dem Namenlosen ins Gleichgewicht bringen kann.«

Dominic stammelte: »Ein … würdiges … ehrgeiziges Vorhaben, aber sehr …«

Miranda half ihm aus. »Ehrgeizig eben.«

Dominic konnte nur sachte nicken. »Sehr ehrgeizig.«

Pug klopfte Nakor auf die Schulter. »Nun, wenn das jemandem gelingen kann, dann unserem Freund hier.«

»Es ist vorbei«, sagte Calis.

Alle drehten sich zu ihm um, und während er die Worte aussprach, schob er seine Hände unter die winzigen Überreste, die vom Stein des Lebens geblieben waren, und warf sie mit einer sanften Bewegung in die Luft.

Wie tausend smaragdgrüne Schmetterlinge stoben die letzten Lebensenergien, die über Äonen gefangen gewesen waren, in die Höhe, und dann war es plötzlich dunkel in der Höhle.

Die Diener des Orakels zündeten die Fackeln wieder an, die während des Kampfes erloschen waren, und die riesige Kammer wurde in einen warmen gelben Schein getaucht. Der juwelenbesetzte Drache ließ sich davon jedoch nicht in seinem Schlaf stören.

Calis erhob sich kraftvoll. Seine Kleidung war vom Blut des Dämons in arge Mitleidenschaft gezogen worden, doch er selbst wirkte unversehrt. Er ging hinüber zu seinem Vater, und die beiden umarmten sich.

»Du warst unglaublich«, sagte Tomas. »Du …«

Calis unterbrach ihn. »Ich habe nur getan, wofür ich geboren wurde. Es war mein Schicksal.«

»Dennoch gehörte Mut dazu«, sagte Pug.

Calis lächelte. »Keinem in diesem Raum kann man einen Mangel an Mut vorwerfen.«

»Ich schon«, wandte Nakor ein. »Ich selbst habe nämlich nicht viel davon. Mir ist nur kein Weg eingefallen, wie ich hier verschwinden kann.«

»Lügner!« Miranda stupste ihn neckisch.

Calis sah seinen Vater an. »Mutter wird überrascht sein.«

»Worüber?«, fragte Tomas.

»Du hast dich verändert«, entgegnete Pug.

»Verändert? Wie?«

Nakor griff in seine immer gegenwärtige Tasche und tastete herum, dann zog er einen kleinen Spiegel aus silberbeschichtetem Glas hervor. »Hier, sieh es dir selbst an.«

Tomas nahm den Spiegel und machte große Augen, als ihm deutlich wurde, was sein Sohn gemeint hatte. Der fremdartige Zug an ihm war verschwunden, das, was er stets als sein Valheru-Erbe betrachtet hatte. Jetzt sah er sterblich aus, ein menschlicher Mann mit elbischen Ohren. Er betrachtete seinen Sohn. »Du hast dich ebenfalls verändert.«

»Wir haben uns alle verändert«, stellte Dominic fest.

Er zog seine Kapuze zurück, und Pug sagte: »Dein Haar!«

»Es ist wieder schwarz, nicht wahr?«, fragte Dominic.

»Du siehst aus wie zu der Zeit, als wir nach Kelewan gereist sind, vor so vielen Jahren.«

»Gib mir den Spiegel«, verlangte Miranda und nahm ihn Tomas aus der Hand. Sie begutachtete sich und staunte: »Bei den Göttern! Ich sehe aus, als wäre ich wieder fünfundzwanzig!«

Dann reichte sie den Spiegel Pug, und auch der riss die Augen auf. Aus dem Spiegel blickte ihm ein Gesicht entgegen, das er seit seiner Rückkehr von Kelewan nicht mehr gesehen hatte, ein junger Mann ohne die geringste Spur von Grau in Haar oder Bart. »Ich bin …«, flüsterte er. Er bewegte seine Finger. »Ich kann es nicht glauben.«

»Was denn?«, fragte Miranda.

»Vor Jahren habe ich mir in die rechte Hand geschnitten, und seitdem konnte ich damit nie mehr richtig zupacken.« Er starrte die Hand einen Augenblick an, ballte sie mehrmals hintereinander zur Faust. »Ich glaube, es ist vollständig verheilt.«

»Wie alt sehe ich aus?«, wollte Nakor wissen, nahm Miranda den Spiegel ab und betrachtete sich. »Hmm. Ich sehe aus wie vierzig.«

»Das scheint dich zu enttäuschen«, bemerkte Miranda.

»Ich habe gehofft, ich würde hübsch aussehen.« Er grinste. »Vierzig ist ja auch nicht schlecht.«

Calis sagte: »Jetzt verstehe ich, was das für ein Schlüssel war, den die Pantathianer aus gefangenen Leben geschmiedet haben, und worin diese fremdartige Präsenz bestand.«

»Der Namenlose?«, fragte Tomas.

Calis schüttelte den Kopf. »Nein, eine andere Präsenz. Vielleicht diese Geschöpfe, die die Spalte für die Pantathianer geschaffen haben. Doch eins ist klar: Dieser Schlüssel hätte es Maarg oder Jakan erlaubt, den Stein des Lebens zu benutzen.«

»Als Waffe?«, fragte Dominic.

»Nein«, widersprach Calis. »Als destillierte Lebensenergie. Das ist Nahrung für Dämonen. Kannst du dir Jakan zehnmal größer und hundertmal mächtiger vorstellen? Das wäre dabei herausgekommen, wenn ein Dämon diesen Schlüssel für den Stein des Lebens in die Hände bekommen hätte.«

Miranda schüttelte verwundert den Kopf. »Und trotzdem wissen wir immer noch nicht, wie all diese verschiedenen Spieler, die Dämonen, die Pantathianer, diese …«, sie sah Pug an. »Wie hast du sie noch genannt?«

»Shangri«, antwortete Pug.

»Und diese Shangri zueinandergefunden haben«, beendete Miranda den Satz.

»Ja, es gibt immer noch Rätsel, aber die müssen wir für eine Weile außer Acht lassen«, sagte Pug.

Calis nickte. »Es gibt noch etwas, das wir tun müssen.«

»Und das wäre?«, fragte Miranda.

Calis' Miene verfinsterte sich. »Wir müssen einen Krieg beenden.«

Die Wahrheit

Eine Schlacht tobte.

Es war ein Bild wie aus der Hölle. In den von Fackeln beleuchteten Straßen wimmelte es von Männern. Die Burg hatte bis zum Einbruch der Nacht standgehalten, doch der Feind hatte sich im Schutz der Dunkelheit nicht zurückgezogen. Für Erik war es offensichtlich, dass ein Wechsel im Kommando stattgefunden hatte, denn obwohl er sich noch immer dem gleichen zusammengewürfelten Haufen von Söldnern gegenübersah wie schon seit Beginn des Krieges, agierten diese jetzt koordiniert und setzten ihre Überzahl wirksam ein, um die Verteidiger zu zermalmen.

Erik führte seine Männer an der Südmauer entlang, während die Invasoren versuchten, den Wassergraben mit allem aufzufüllen, was ihnen Zugang zur Mauer verschaffen konnte. Möbel, kaputte Wagen, Unrat … Alles, was sie fanden, warfen sie ins Wasser.

Die Verteidiger schossen so viele Pfeile wie menschenmöglich ab, doch der Angriff blieb unerbittlich.

Manfred spähte über die Mauer auf das Menschenmeer, die Tausende von Soldaten, die auf den alten Bergfried zudrängten. »Das sieht ja wenig erfreulich aus«, meinte er.

»Du hast eine gewisse Vorliebe für Untertreibungen,

wie?«, gab Erik zurück. Er legte Manfred die Hand auf die Schulter und zog ihn sachte nach unten.

Manfred duckte sich, dann zischten einige Steine an ihm vorbei, von Männern auf den umliegenden Dächern jenseits der Mauer mit Schleudern abgeschossen.

»Wie machst du das?«, fragte Manfred.

»Was?«

»Wissen, wann du dich ducken musst?«

Erik lächelte. »Ich habe die Männer mit den Schleudern bei Sonnenuntergang auf die Dächer klettern sehen. Und seitdem habe ich sie nicht mehr aus den Augen gelassen. Das wird einem zur Gewohnheit.«

»Wenn man lange genug überlebt.«

»Wie sieht die Lage aus?«, wechselte Erik das Thema.

»Ich habe dem Prinzen gerade erzählt, dass wir, wenn wir sie davon abhalten können, Sturmleitern an die Mauer zu legen, ohne Schwierigkeiten bis morgen Früh durchhalten werden. Heikel wird es erst, wenn wir zum Osttor müssen, um die Armeen des Westens hereinzulassen.«

»Ich habe Patrick angeboten, bei Sonnenaufgang einen Ausfall anzuführen«, sagte Erik.

Manfred lachte. »Das Gleiche habe ich ihm auch angeboten.«

»Du kannst nicht«, wandte Erik ein.

»Warum nicht?«

»Weil du der Baron bist und ich nur der …«

»Bastard?«

»Ja.«

»Aber du hast eine Frau und ich nicht«, hielt Manfred dagegen.

»Das ist nicht von Bedeutung«, tat Erik den Einwand ab,

und er wusste, dass die Worte in Manfreds Ohren genauso hohl klangen wie in seinen eigenen.

»Du musst schon mit einem besseren Argument als dem aufwarten«, entgegnete Manfred.

»Wie wär's damit, dass du ein Adliger bist und ich nicht? Viele Menschen sind von dir abhängig.«

»Und von dir nicht?«, fragte Manfred. »Außerdem, hat ein Hauptmann der Armee des Prinzen nicht gleichzeitig auch das Amt eines Barons am Hofe inne?«

»Das ist etwas ganz anderes. Ich habe keine Anwesen und Pächter, die von meinem Schutz abhängen. Ich muss nicht Recht sprechen oder Streitigkeiten schlichten. Ich habe keine Städte und Dörfer und … Es ist einfach nicht das dasselbe.«

Manfred lächelte. »Bist du sicher, dass du nicht lieber Baron wärst?«

»Du hast Vaters Titel geerbt!«, antwortete Erik.

»So ist es.« Manfred blickte abermals über die Mauer. »Nimmt es denn nie ein Ende mit denen?«

Einen Augenblick lang ruhten sie sich aus, saßen im Schutz der Mauer da.

»Wieso hast du nie geheiratet?«, fragte Erik. »Ich dachte, der Herzog von Ran hätte eine Dame für dich im Sinn gehabt.«

Manfred lachte. »Die Dame hat mir die Ehre eines Besuches erwiesen, doch ich habe sie wohl leider nicht besonders beeindruckt.«

»Das kann ich kaum glauben.«

Manfred blickte seinen Halbbruder an. »Ich dachte, du wärst vielleicht von selbst draufgekommen, aber das ist ja offensichtlich nicht der Fall.« Er sah sich um und versicherte sich, dass gerade niemand über die Mauer kletterte. »Wenn man eine Mutter wie die meine hat, neigt man schnell dazu, ein gestörtes Verhältnis zu Frauen zu bekommen. Stefan gefiel es, Frauen wehzutun. Ich bevorzuge es, ihnen aus dem Weg zu gehen.«

»Oh«, sagte Erik nur darauf.

»Wenn wir das hier überleben, werde ich dir etwas erzählen. Dann kannst du mir einen Dienst erweisen. Ich werde irgendeine Dame heiraten, die mir der Prinz als Lohn für meine Mühe aussucht, und du kannst den nächsten Erben der Baronie von Düstermoor zeugen. Es wäre unser Geheimnis, und ich glaube, die betreffende Dame würde mir dafür danken, dass ich dich in ihr Schlafgemach geschickt habe.«

Erik lachte, während ein Schwarm Pfeile über sie hinwegzischte. »Ich glaube, das würde meiner Frau ganz und gar nicht gefallen.« Dann fügte er hinzu: »Da ist etwas, das du wissen solltest.«

»Was?«, fragte Manfred.

»Du hast einen Neffen.«

»Wie bitte?«

»Das Mädchen, das Stefan vergewaltigt hat ... Rosalyn ... Sie hat einen Sohn geboren.«

»Bei den Göttern!«, fuhr Manfred auf. »Ist das auch bestimmt Stefans Kind?«

»Ein Blick genügt. Der Junge ist ein von Düstermoor.«

»Nun, das ändert einiges«, meinte Manfred.

»Inwiefern?«

»Auf jeden Fall muss einer von uns überleben, ansonsten wird der Kleine der Gnade oder Ungnade meiner Mutter ausgeliefert sein.«

Erik lachte. »Nur, wenn du es ihr erzählst.«

»Oh, sie wird es schon herausfinden. Mutter mag vielleicht verrückt sein, doch sie hat ihre Verbindungen und genießt Intrigen.« Er senkte die Stimme, als fürchte er, jemand könnte mithören. »Manchmal denke ich, dass Mutter womöglich das Ihrige zu Vaters Anfällen beigesteuert hat.«

»Meinst du, sie hat ihn vergiftet?«

»Irgendwann muss ich dir mal Mutters Familiengeschichte erzählen. Wie auch immer, Gift hat eine große Rolle dabei gespielt, als ihr Urgroßvater seinen Titel erlangt hat.«

Ein großer Felsbrocken schlug in der Zitadelle ein und ließ die Außenmauer des Bergfrieds erzittern. »Nun denn«, sagte Manfred, während er den Staub von seiner Kleidung klopfte, »mir scheint, dass unsere Gäste ein Katapult gefunden haben.«

Erik sah über die Mauer. Die Kriegsmaschine stand in der Mitte der Hohen Straße. Er winkte einen Soldaten zu sich. »Sag Feldwebel Jadow, er soll sich um das Katapult kümmern!« Ein zweiter Felsbrocken schlug gegen die Mauer, und die Soldaten unten auf der anderen Seite des Wassergrabens jubelten. »Schnell!«

Der Soldat lief in den Bergfried.

»Das sieht ja alles ganz einfach aus«, sagte Manfred.

»Was?«

»Sie schlagen eine Bresche in die Mauer, füllen den Wassergraben mit allem, was sie finden, und überrennen uns dann.«

»Im Prinzip ja.«

»Nun, wir sollten es vielleicht noch ein wenig interessanter machen.« Manfred winkte einen anderen Soldaten herbei. »Sag Feldwebel Macafee, dass er das Öl ausgießen soll.«

Während der Soldat davoneilte, fragte Erik: »Wir setzen den Wassergraben in Brand?«

»Warum nicht?«

Erik lehnte sich zurück. »Wie lange wird das Öl auf dem Wasser brennen?«

»Drei, vier Stunden.«

Der nächste Felsbrocken schlug gegen die Mauer, und Erik sagte: »Jadow!«

Als hätte dieser Erik gehört, schleuderte das Katapult oben auf dem Hauptturm ein halbes Dutzend Fässer in die Luft. Die Fässer gingen um das Katapult herum in der Straße nieder und tränkten Maschine und Mannschaft in Öl.

Die Katapult-Mannschaft des Feindes stob auseinander. Das Öl, das sich in der Straße verteilte, erreichte rasch eins der vielen Feuer, und mit einem Mal brannte die Kriegsmaschine lichterloh. Nun war es an Eriks Männern auf den Mauern der Zitadelle, in Jubel auszubrechen.

»Das wär's dann also«, sagte Erik.

»Wenn das Öl im Wassergraben abgebrannt ist, werden sie wieder versuchen, ihn aufzufüllen«, meinte Manfred.

»Wenigstens werden sie bis Sonnenaufgang nicht in die Zitadelle kommen.«

»Ja«, stimmte Manfred zu. »Was unser Problem nicht löst.«

Die Halbbrüder wechselten einen Blick und sagten wie aus einem Munde: »Das Osttor.«

»Verjüngung ist wirklich etwas Wunderbares«, sagte Pug, »aber ich bin müde.«

»Ich muss auch unbedingt schlafen«, erklärte Tomas.

»Draußen sterben Männer«, wandte Calis ein.

Tomas sah seinen Sohn an. »Ich weiß. Obwohl es den

Stein des Lebens nicht mehr gibt, steht da noch eine riesige Armee vor Düstermoor.«

»Selbst wenn Fadawah jetzt von der Herrschaft des Dämons befreit ist, wird er sich nicht einfach heimlich davonstehlen.« Calis seufzte. »Nur wir in diesem Raum und einige wenige andere wissen, was wirklich auf dem Spiel stand, doch jetzt haben wir es mit einem verschlagenen und gefährlichen Kriegsherrn zu tun, dessen Armee trotz aller Verluste nicht zurückweicht. Und zudem hat er die Kontrolle über den größten Teil des Westlichen Reiches.«

»Das wird nicht so schnell vorbei sein«, seufzte Pug.

»Zumindest können wir mit den Saaur Frieden schließen«, meinte Miranda.

»Falls wir sie davon überzeugen können, dass Hanam mir die Wahrheit erzählt hat.«

»Wir müssen es versuchen«, sagte Tomas.

»Und wie kommen wir dorthin?«, fragte Nakor.

»Nicht wir«, entschied Pug. »Nur Tomas und ich werden nach Düstermoor gehen. Solange die Schlacht noch nicht vorbei ist, besteht kein Grund, euch auch noch in Gefahr zu bringen.«

Calis widersprach. »Denk dran, ich stehe in den Diensten des Prinzen.«

»Und mich wirst du doch wohl nicht hier zurücklassen wollen?«, beschwerte sich Miranda.

Nakor deutete auf Sho Pi und Dominic. »Und uns auch nicht, oder?«

Pug seufzte. »Also gut. Kommt her.«

Miranda wandte sich an den ältesten der Diener des Orakels. »Danke für Eure Hilfe.«

Der alte Mann verneigte sich. »Nein, wir haben zu danken, weil Ihr uns gerettet habt.«

Miranda eilte an Pugs Seite, und der Magier sagte: »Haltet euch an den Händen.«

Und so nahm einer die Hand des anderen, und im nächsten Augenblick standen sie im Hof der Villa Beata auf dem Eiland des Zauberers.

»Das ist doch nicht Düstermoor«, beschwerte sich Miranda.

»Nein. Doch ich war noch nie in Düstermoor. Und wenn ihr nicht unbedingt inmitten der tosenden Schlacht oder einer Steinmauer auftauchen wollt, gönnt mir eine Stunde Pause.«

Gathis kam herausgelaufen und hieß sie willkommen. »Ein warmes Mahl wird in Kürze bereitet sein«, versprach er und scheuchte sie ins Haus.

Tomas gesellte sich zu Pug. »Hier lebst du also?«

»Die meiste Zeit«, sagte der Magier.

Tomas blickte sich in dem schönen Anwesen um. Eine sommerliche Brise wehte vom Meer her über die Wiesen. »Ich hätte dich schon vor langer Zeit einmal besuchen sollen.«

»Wir haben uns verändert«, entgegnete Pug darauf. »Bis heute Morgen konnte dich nichts dazu bringen, Elvandar zu verlassen.«

»Wir beide haben viel verloren. Die Menschen, mit denen wir unsere Kindheit in Crydee verbracht haben, sind längst tot. Auch meine Eltern, obwohl sie ein langes und glückliches Leben hatten. Und du hast sogar deine Kinder schon verloren ...«

Pug nickte. »Ich habe es während der letzten Jahre gespürt, dass ich sie beide überleben würde. Sowohl Gamina als auch William wurden älter, ich nicht.« Pug sah zu Boden und hing einen Augenblick schweigend seinen Gedanken nach. Schließlich sagte er: »Wenngleich ich damit gerechnet habe, so hat es mich dennoch schmerzlich getroffen, dass ich meine Kinder nie wiedersehen werde.«

»Ich kann dich verstehen«, sagte Tomas nur.

Schweigend standen die beiden Freunde eine Weile da. Dann blickte Pug hoch zu den Sternen. »Das Universum ist so unermesslich. Manchmal komme ich mir so unbedeutend vor.«

»Falls Nakors Theorie über das Universum stimmt, sind wir alle unbedeutend und belanglos. Du kennst ihn doch schon eine Zeitlang. Was hältst du von ihm?«, fragte Tomas.

Pug legte seinem Freund die Hand auf den Arm und führte ihn zum Haus. »Ich werde es dir erzählen, während ich mir überlege, wie ich uns nach Düstermoor bringe. Entweder ist er der größte Gauner in der Geschichte dieser Welt oder der klügste Kopf, dem ich je begegnet bin.«

»Oder beides.«

Pug lachte. »Oder beides.« Sie betraten das Haus.

Pug zog mit den Händen einen Kreis in die Luft, und eine große Kugel bläulichen Lichts erschien, in der goldene Funken schimmerten. Höher als ein Mann, war sie so breit wie eine Kutsche für sechs Passagiere.

»Diese Kugel wird uns nach Düstermoor bringen«, erklärte Pug. »Ich weiß nicht genug über die Stadt, deshalb kann ich uns nicht sicher dorthin teleportieren. Wenn ich nichts habe, an das ich mich halten kann, keinen Ort, den ich gut kenne, ist es einfach zu gefährlich.«

»Ich kenne die Prozedur«, sagte Miranda. »Ich dachte, wir wären nur hierhergekommen, um eine dieser Tsuranikugeln zu holen.«

»Das ist keine gute Idee«, meinte Nakor und holte seine aus der Tasche, »solange man nicht zu einem Ort will, den man sehr gut kennt.« Er schüttelte die Kugel. »Falls sie überhaupt noch funktioniert.« Er steckte sie wieder ein. »Also fliegen wir mit dir in einer Seifenblase.«

»Wie kommen wir hinein?«, wollte Miranda wissen.

»Du brauchst nur einzutreten«, erklärte Pug und machte es ihr vor, und die anderen folgten seinem Beispiel. »Ich musste den Zauberspruch dafür erst suchen, doch jetzt, da ich mich wieder erinnere«, Pug machte eine Handbewegung, und die Kugel hob ab, »ist es ganz einfach.«

Gathis winkte ihnen zum Abschied, während die sieben Freunde hoch über das Anwesen hinweg in Richtung Krondor davonflogen.

»Es ist leichter, wenn man Orientierungspunkten am Boden folgt, wie zum Beispiel der Königsstraße«, erklärte Pug.

»Wann werden wir in Düstermoor sein?«, fragte Calis.

»Kurz nach Tagesanbruch.«

Sie sausten übers Meer dahin, dreißig Meter über den weißen Wellenkämmen. Als der letzte der drei Monde Midkemias im Westen versank, begann im Osten der Morgen zu grauen. Draußen wehte der Wind, doch im Innern der Kugel waren sie davor geschützt.

»Es wäre schön, wenn man sitzen könnte«, bedauerte Miranda.

»Wenn wir das alles hinter uns haben, werde ich dir das Buch leihen, aus dem ich diesen Zauberspruch habe, und dann kannst du ihn gern so verändern, dass es Sitze in der Kugel gibt.«

Nakor lachte.

»Wie schnell sind wir?«, fragte Tomas.

»So schnell wie der schnellste Vogel«, antwortete Pug. »In einer Stunde sollten wir Krondor erreicht haben.«

Sie beobachteten, wie sich das Schwarz des Himmels in dunkles Grau verwandelte. Der Tag brach an, und dann konnten sie schon die Gischt auf den Wellen sehen, die sich schwach von dem aufgewühlten Wasser abhob.

»Bist du sicher, dass der Dämon tot ist?« erkundigte sich Nakor.

»Er ist bestimmt tot«, sagte Pug. »Wasser ist seiner Art ein Gräuel. Jakan war mächtig genug, um dem Wasser eine Weile zu trotzen, doch nicht in solcher Tiefe und mit den Wunden, die Tomas ihm zugefügt hat.«

»Seht!«, rief Miranda. »Krondor!«

Pug war vom Eiland des Zauberers eine gerade Linie geflogen, und so näherten sie sich der Stadt des Prinzen fast genau aus Westen.

»O Götter!«, platzte Miranda heraus.

Am Horizont, dort, wo einst eine große Stadt voller Leben gewesen war, breitete sich nur noch ein schwarzer Fleck aus. Selbst zu dieser frühen Morgenstunde hätten in der Stadt Lichter gefunkelt, und die ersten Bürger wären auf dem Weg zur Arbeit gewesen. Boote wären von den kleinen Fischerdörfern vor der Mauer im Norden ausgelaufen, und Schiffe, die zur Reise in ferne Länder aufbrachen, hätten die Segel gesetzt.

»Es ist nicht mehr da«, sagte Nakor.

»Dort bewegt sich etwas!« Calis zeigte auf einen Punkt die Küste aufwärts, und im dämmrigen Licht konnten sie eine Kompanie Reiter auszumachen, die auf der Uferstraße nach Norden ritt.

»Es scheint, als wären sie aus der Armee der Königin desertiert«, stellte Sho Pi fest.

»Jetzt, da sie von dem Dämon befreit sind, wird das sicherlich kein Einzelfall bleiben«, vermutete Pug.

Sie jagten über die äußeren Wellenbrecher des Hafens von Krondor dahin, und unter ihnen reckten sich die Masten ausgebrannter Schiffe in die Höhe wie ein Wald verkohlter Knochen, die nach dem Himmel greifen. An Land war alles bis zur Unkenntlichkeit verbrannt. Der Hafen war verschwunden, die meisten Gebäude ebenfalls. Hier und dort ragte noch ein Stück Mauer auf, ansonsten gab es nur Trümmer. Der Palast des Prinzen war nur dann noch zu erkennen, wenn man wusste, dass er am Südende des Hafens gelegen hatte, hoch auf dem Hügel, von dem aus der erste Prinz von Krondor geherrscht hatte.

»Es wird lange, lange Zeit dauern, bis in diesem Hafen wieder ein Schiff anlegt«, sagte Calis.

Tomas legte seinem Sohn die Hand auf die Schulter. Diese Stadt, die er zu beschützen geschworen hatte, in Schutt und Asche liegen zu sehen, musste ihn über alle Maßen schmerzen. Natürlich wusste Calis besser als jeder andere, was er durch die Entsiegelung des Lebenssteins erreicht hatte. Doch so viele Menschen hatten einen hohen Preis dafür zahlen müssen.

Pug führte die Kugel entlang der Königsstraße. Meile um Meile bot sich ihnen das immer gleiche Bild der Zerstörung. Jeder Bauernhof, jedes Haus war niedergebrannt, und so viele Leichen säumten den Weg, dass sich die Geier und Krähen mit ihren vollgefressenen Bäuchen kaum mehr in die Lüfte erheben konnten.

»Wir müssen so viele Priester wie möglich hierherschicken«, sagte Dominic, »denn diesem Gemetzel werden Seuchen folgen.«

»Alle vom Orden der Arch-Indar werden euch unterstützen«, versicherte ihm Nakor.

»Alle beide?«, fragte Miranda.

Selbst angesichts dieser unermesslichen Zerstörung fiel es Pug schwer, nicht zu lachen.

»Viele Priester werden die Katastrophe ebenfalls nicht überlebt haben«, sagte Tomas.

»Nein«, widersprach Calis. »Wir haben schon vor Monaten die verschiedenen Tempel unterrichtet, damit sie ihre Geistlichen nach und nach in Sicherheit bringen. Herzog James wusste, wie sehr wir sie brauchen würden, falls wir überleben.«

Sie erreichten die Ausläufer des Gebirges, und Pug sah ein Meer von Lagerfeuern und kleinen Unterständen, zwischen denen sich gelegentlich ein Kommandozelt fand. Dann flogen sie plötzlich über einen riesigen Pavillon hinweg, der so groß war wie ein Haus. Je näher sie Düstermoor kamen, desto mehr Soldaten waren unterwegs.

»Bei den Göttern!«, entfuhr es Tomas. »Eine solche Armee habe ich noch nicht gesehen. Selbst während des Spaltkriegs haben nie mehr als dreißigtausend Mann im Feld gestanden, und auch dann nicht am selben Ort.«

»Sie haben fast eine Viertelmillion Menschen übers Meer gebracht.« Leidenschaftslos fügte Calis hinzu: »Die dort unten gehören zu der Hälfte, die wir noch nicht vernichtet haben.«

»So viele Tote«, seufzte Nakor. »Und ohne jeden Grund.«

»Pug«, sagte Tomas, »wie oft habe ich dich schon gefragt, ob es je einen wirklich triftigen Grund für Kriege gab?«

»Freiheit«, erwiderte Calis. »Das zu schützen, was unser ist.«

»Es gibt gute Gründe, Widerstand zu leisten«, meinte Pug. »Doch selbst diese sind keine guten Gründe, einen Krieg zu beginnen.«

Während das Gelände unter ihnen anstieg, hielt Pug die Kugel stetig auf gleicher Höhe. Doch nachdem mehr und mehr der Männer unten auf sie zeigten und schließlich einige mit Pfeilen nach ihnen schossen, zog er die Kugel hoch.

Oben aus den Wolken bekamen sie einen Überblick über das ganze Schlachtfeld. »Unglaublich«, stöhnte Dominic.

Eine Armee von achtzig- oder neunzigtausend Mann breitete sich unter ihnen aus wie Ameisen, die einen Hügel hinaufklettern. Auf der Spitze dieses Hügels lag Düstermoor. Die Vorstadt und den größten Teil der Stadt selbst schien der Feind bereits unter Kontrolle zu haben, und im Rest tobten erbitterte Kämpfe.

»Können wir nicht irgendetwas tun?«, fragte Miranda.

»Ich bezweifle es«, sagte Calis. »Die Invasoren sitzen hier auf der falschen Seite des Ozeans ohne Proviant fest.« Er blickte Pug an und fügte hinzu: »Solange es nicht irgendwelche magischen Mittel gibt, mit denen wir sie nach Novindus zurückbringen können ...«

»Immer ein paar auf einmal, vielleicht«, meinte Pug. »Doch so viele? Nein.«

»Dann müssen wir zunächst die Kämpfe beenden und verhandeln, sobald wir dem Töten Einhalt geboten haben.«

»Siehst du die Saaur?«, fragte Pug.

Tomas zeigte auf einen Winkel der Stadt im Südwesten, wo sich die hünenhaften grünen Reiter auf einem Marktplatz drängten.

Pug hielt die Kugel an. »Unternehmen wir doch wenigstens den Versuch, sie von weiteren Feindseligkeiten gegen uns abzubringen.«

Er ließ die Kugel langsam sinken, und sobald der erste Saaur sie entdeckt hatte, schossen die Eidechsen auf die Menschen darin.

Doch die Pfeile blieben in den Wänden der Kugel stecken oder prallten davon ab, und Pug senkte die Kugel weiter. Als klar wurde, dass von dem Zauberding keine unmittelbare Bedrohung ausging, wurde das Feuer eingestellt.

Pug ließ die Kugel vor einer Gruppe Reiter landen, von denen der in der Mitte einen besonders prächtigen Helm mit Pferdeschweif trug, dazu einen verzierten Schild und ein Schwert, das aus Urzeiten zu stammen schien. Pug warnte die anderen: »Haltet euch bereit, falls es schiefgeht.«

Als sich die Kugel auflöste, sagte Pug in der Sprache von Yabon, die dem Dialekt von Novindus sehr verwandt ist: »Ich suche Jatuk, Sha-shahan aller Saaur!«

»Ich bin Jatuk«, erwiderte der geschmückte Reiter. »Wer bist du, Zauberer?«

»Man nennt mich Pug. Ich bin gekommen, um Frieden zu schließen.«

Die fremdartige Miene des Saaur war nicht zu lesen, aber Pug spürte das Misstrauen, das dieser ihm entgegenbrachte. »Ihr müsst wissen, wir sind durch Eid an die Smaragdkönigin gebunden und können nicht eigenmächtig Frieden schließen.«

»Ich bringe Euch eine Nachricht von Hanam«, erklärte Pug.

Jetzt zeigte das Reptiliengesicht, welchen Ausdrucks es fähig war, denn der Schock enthüllte sich überdeutlich in seinen Zügen. »Hanam ist tot! Er starb auf der Welt meiner Geburt!«

»Nein«, entgegnete Pug. »Der Meister des Wissens deines Vaters benutzte seine Künste, um sich des Verstandes und des Körpers eines Dämons zu bemächtigen, und in diesem Körper kam er in diese Welt. Er suchte mich auf, und wir sprachen miteinander. Inzwischen ist er tatsächlich gestorben, doch seine Seele weilt nun wieder auf Shila und reitet mit der Himmlischen Horde.«

Jatuk drängte sein Reittier vorwärts, und als er direkt vor Pug stand, wie ein Turm über ihm aufragend, sah er auf ihn herab. »Sagt, was Ihr wollt.«

Pug begann, erzählte von dem uralten Krieg zwischen Gut und Böse, vom Wahnsinn der Priester von Ahsart und vom Betrug, den die Pantathianer an den Saaur begangen hatten.

Zuerst wollten ihm die Saaur offenbar nicht glauben, doch Pug sagte, was Hanam ihm zu berichten aufgetragen hatte, und schließlich endete er mit den Worten: »Hanam sagte mir, Ihr müsstet ebenso wissen, dass ich die Wahrheit spreche, wie Shadu, Euer Meister des Wissens, Chiga, Euer Träger des Bechers, und Monis, Euer Träger des Schilds. Die Ehre Eures Volkes verlangt, die Wahrheit anzunehmen, und der Betrug an Eurem Volk besteht aus mehr als nur Lügen. Die Pantathianer und die Smaragdkönigin und die Dämonen – sie gemeinsam haben Euch Eure Heimatwelt geraubt. Sie waren diejenigen, die Shila zerstörten und Euch Euer Geburtsrecht auf ewig entrissen.«

Die Saaur grollten bestürzt. »Lügen!«, rief einer. »Schlaue Falschheiten von einem Meister der schwarzen Künste«, sagte ein anderer.

Jatuk hob die Hand. »Nein. Was er sagt, klingt glaubhaft. Wenn Ihr seid, wer Ihr zu sein behauptet, und falls Ihr diese Worte wirklich von Hanam gehört habt, dann wird er

Euch etwas gesagt haben, mit dem Ihr mir beweisen könnt, dass Ihr nicht lügt.«

Pug nickte. »Er sagte, ich solle Euch an den Tag erinnern, als Ihr kamt, um Eurem Vater zu dienen. Ihr wart der letzte Sohn Eures Vaters. All Eure Brüder waren tot. Ihr habt gezittert, während Ihr auf die Begegnung mit Eurem Vater gewartet habt, doch einer stand an Eurer Seite und flüsterte Euch ins Ohr, dass alles gut werden würde.«

»Das ist wahr«, erwiderte Jatuk. »Doch wie lautet der Name desjenigen, der mich getröstet hat?«

»Es war Kaba, der Träger des Schilds Eures Vaters, der Euch mitgeteilt hat, was Ihr Eurem Vater sagen solltet. Ihr solltet sagen: ›Vater, hier bin ich, um dem Volke zu dienen, um meine Brüder zu rächen und deinen Geboten zu gehorchen.‹«

Jatuk lehnte sich zurück, wandte sein Gesicht dem Himmel zu und brüllte. Es war ein tierischer Laut, ein Laut des puren Zorns, der reinen Qual.

»Wir wurden betrogen!«, schrie er. Ohne ein weiteres Wort zu Pug wandte er sich an seine Mitstreiter. »Verkündet es überall! Unser Bund wurde gelöst. Wir dienen keinem mehr außer den Saaur! Tod soll die Belohnung für jene sein, die uns hintergangen haben! Tod den Pantathianern! Keine Schlange soll überleben! Tod der Smaragdkönigin und ihren Dienern!«

Dann wandte sich Jatuk wieder an Pug und dessen Gefährten: »Mensch, wenn dies erledigt ist, werden wir Euch aufsuchen und Frieden mit Euch schließen, doch zunächst muss eine ungeheuerliche Blutschuld beglichen werden!«

»Sha-shahan!«, entgegnete Tomas. »Eure Krieger kämpfen seit Jahren. Legt die Waffen nieder. Zieht Euch aus diesem Krieg zurück. In diesem Augenblick ist eine Armee hierher unterwegs, um die Invasoren zu vertreiben. Lasst Eure Frauen und Kinder wissen, dass ihre Männer und Väter lebend zu ihnen zurückkehren!«

Jatuk hielt sein Schwert, als stecke Leben darin, und seine Augen funkelten. »Dies ist *Tual-masok*, ›Bluttrinker‹ in der alten Sprache. Mehr als alles andere ist er das Wahrzeichen meiner Stellung und der Ehre meines Volkes. Er wird nicht in der Scheide ruhen, solange das Unrecht nicht gerächt wurde.«

»Dann sollst du wissen«, sagte Pug, »dass die Smaragdkönigin tot ist. Sie wurde durch einen Dämon vernichtet.«

Jatuk wirkte, als könnte er sich kaum mehr beherrschen. »Dämonen! Dämonen haben unsere Welt zerstört!«

»Ich weiß«, erwiderte Pug, »doch der Dämon ist ebenfalls tot.«

»Wer soll dann den Preis bezahlen?«, wollte der Shashahan wissen.

Tomas legte sein Schwert zur Seite. »Niemand. Sie sind alle tot. Falls noch Pantathianer leben, so verstecken sie sich unter den Bergen eines fernen Landes. Die Einzigen, die noch leben, sind die Opfer, die Werkzeuge, die Betrogenen.«

Der Anführer der Saaur brüllte seine ohnmächtige Wut in den Himmel. »Ich werde Vergeltung finden!«

Pug schüttelte den Kopf. »Verschone dein Volk, Jatuk!«

»Blut muss für Blut fließen!«

»Dann geht, doch lasst diese Stadt in Ruhe«, sagte Tomas.

Jatuk zeigte mit dem Schwert auf Tomas. »Meine Soldaten werden abziehen, und kein einziger wird diesen Ort mehr behelligen. Doch wir sind ein Volk ohne Heimat, und unsere Ehre ist befleckt. Nur mit Blut allein können wir diesen Makel abwaschen.« Er wendete sein Pferd in Richtung des Stadttors und setzte das riesige Reittier mit harten Tritten in die Flanken in Bewegung.

Der Rest der Kompanie folgte ihm, und während in der Stadt weiter der Krieg tobte, kehrte in der südwestlichen Ecke von Düstermoor plötzlich Stille ein. Von den Barrikaden her ließ sich eine Stimme vernehmen: »Sind sie abgezogen?«

Pug drehte sich herum, und Owen Greylock kletterte hinter einem Stapel Möbel, Getreidesäcken und Teilen eines Wagenaufbaus hervor.

»Magier!«, rief Owen. »Ich glaube, wir sind Euch einigen Dank schuldig.«

»Ihr braucht Euch noch nicht zu bedanken«, erwiderte Pug. »Die Kämpfe sind noch nicht beendet.«

»Wenn Ihr uns die Saaur vom Hals geschafft habt, schulden wir Euch allen Dank der Welt.« Owen schüttelte den Kopf. »Verdammt, die halten einen ganz schön auf Trab.«

»Nun, dafür halten sie jetzt die Invasoren auf Trab«, meinte Tomas. »Man hat ihnen mitgeteilt, dass sie verraten wurden, und sie haben das nicht gerade mit Wohlgefallen aufgenommen.«

Owen lächelte. »Das kann ich mir vorstellen. Ich habe bislang nur ein paar Saaur aus der Nähe gesehen, aber ich glaube, ihnen fehlt doch der rechte Sinn für Humor.« Er wandte sich an die Männer hinter ihm. »Schwärmt aus und schaut, ob ihr nicht noch welche von unseren Jungs findet. Die Zitadelle wird belagert, und ich habe vor, dem Feind in den Rücken zu fallen.«

Tomas zog das Schwert. »Da könnte ich Euch eine Hilfe sein.«

»Da sage ich nicht Nein.« Owen musterte den zwei Meter großen Tomas von oben bis unten und fragte: »Wir haltet Ihr das ganze Weiß sauber?«

Tomas lachte. »Das ist eine lange Geschichte.«

»Dann erzählt sie mir nach der Schlacht«, sagte Owen und gab seinem kleinen Haufen Soldaten das Zeichen, sie sollten ihm ins Kampfgeschehen um die Zitadelle folgen.

»Wir sehen uns später«, verabschiedete sich Pug.

»Wohin gehst du?«, wollte Tomas wissen.

»In den Bergfried. Ich will sehen, ob ich nicht diesen ganzen Wahnsinn beenden kann.«

Tomas nickte, drehte sich um und lief neben Owen Greylock her. Pug winkte die anderen zu sich. Sie reichten sich die Hände. Pug richtete seinen Blick auf die ferne Zitadelle, und dann waren sie alle verschwunden.

Manfred und Erik blickten hoch, als sie von oben einen Aufschrei hörten. »Was ist jetzt?«, frage Erik und zog das Schwert.

Die Männer auf dem Dach riefen etwas, doch es klang eher nach Überraschung als nach einem Alarm. Manfred zog gleichfalls das Schwert und trat zwischen Prinz Patrick und die Tür für den Fall, dass der Feind in die Zitadelle eingedrungen war.

Während er einen Gang am unteren Ende des zentralen Treppenhauses im Bergfried erreichte, entdeckte Erik Calis, der die Steintreppe hinuntereilte. Nakor, Miranda und die anderen folgten ihm.

Erik grinste. »Hauptmann!«

Calis erwiderte das Grinsen. »Hauptmann!«

»Wie gut, Euch zu sehen. Wie seid Ihr hier hereingekommen?«

Calis zeigte auf Pug.

»Der Magier!« Man konnte Erik die Erleichterung deutlich ansehen. »Könnt Ihr nicht irgendetwas tun?«

»Ja«, antwortete Pug, »ich könnte alle Männer jenseits der Mauern töten, doch das würde unsere Soldaten mit einbeziehen, die dort draußen noch in Häuserkämpfe verwickelt sind. Lieber würde ich das Töten beenden. Der Dämon, der die Armee der Smaragdkönigin angeführt hat, ist tot. Der Stein des Lebens existiert nicht mehr. Es gibt keinen Grund mehr, die Kämpfe fortzusetzen.«

»Erzählt das mal den Mördern dort draußen«, wandte Erik ein.

»Genau da liegt das Problem. Selbst wenn ich es ihnen erzählen würde, ist fraglich, ob sie mir überhaupt zuhören würden.«

»Nein«, meinte Calis entschieden. »Wie ich schon sagte, sie sind hungrig, und sie wissen zu gut, was hinter ihnen liegt. Sie können nur eine einzige Richtung einschlagen: vorwärts.«

»Wenn dieser Dämon, von dem Ihr gesprochen habt, tot ist, was ist dann mit der Smaragdkönigin?«, fragte Erik.

»Die ist schon seit Monaten tot«, erwiderte Pug. »Doch das erklären wir Euch später.«

»Und was ist mit Fadawah? Können wir mit ihm vielleicht einen Waffenstillstand aushandeln?«, schlug Erik vor. »Er ist ein mörderischer Bastard, doch er kennt die alten Regeln von Novindus bezüglich eines Waffenstillstands.«

»In diesem Augenblick hat Fadawah es mit einer sehr verärgerten Saaurarmee zu tun, die jemanden sucht, an dem sie ihre Rachegelüste stillen kann. Und er ist der wahrscheinlichste Kandidat dafür. Falls er nur halb so klug ist, wie ich denke, sucht er schon nach einem Loch, wo er sich den Winter über verkriechen kann.«

»Winter!«, platzte Nakor heraus.

»Ja?«, fragte Pug.

Nakor drängte sich an Calis vorbei und fragte Erik: »Ursprünglich hattet ihr doch den Plan, diese Armee bis zum Winter hier festzuhalten, nicht wahr?«

»Ja. Wir dachten, wenn der Schneefall einsetzt, müssten sie sich zurückziehen.«

Nakor wandte sich an Pug. »Wenn wir nach Stardock gehen, könntest du uns dann wieder hierher zurückbringen?«

»Ja«, antwortete Pug. »Aber warum?«

»Ich habe keine Zeit, es zu erklären. Tu es einfach!«

Pug sah Miranda, Calis und die anderen an und zuckte mit den Schultern. Er legte Nakor die Hand auf die Schulter, und die beiden waren verschwunden.

»Was ist denn eigentlich los?«, verlangte Patrick zu wissen, als er mit Manfred den Gang betrat.

»Hoheit, Baron«, sagte Calis und neigte zum Gruß den Kopf.

»Hauptmann«, erwiderte Patrick. »Ich hoffe, Ihr bringt gute Nachrichten.«

»Nun, was das betrifft, so kann ich Euch immerhin mitteilen, dass die Hauptbedrohung nicht mehr besteht.«

»Der Stein des Lebens ist in Sicherheit?«, fragte Patrick.

»Er existiert nicht mehr«, erklärte Calis. »Er wurde entsiegelt und kann nun von niemandem mehr missbraucht werden.«

»Den Göttern sei Dank«, sagte Patrick. Jedes Mitglied der königlichen Familie wusste, was auf dem Spiel stand, seit der Stein des Lebens vor fünfzig Jahren unter der Stadt Sethanon entdeckt worden war. »Am liebsten würde ich ein Fest ausrichten lassen.« Der Donner eines Katapults über ihnen, das auf die Angreifer schoss, unterstrich seinen nächsten Satz: »Doch das wäre ein wenig voreilig. Wir erwarten die Armeen des Ostens.«

Manfred legte Erik die Hand auf die Schultern. »Mein Bruder und ich haben uns gerade darüber gestritten, wer das Osttor öffnen darf und die Armee hereinlässt, damit sie uns retten kann. Oder habt Ihr einen besseren Plan?«

»Ich nicht«, antwortete Calis, »aber ich hoffe doch, Nakor.«

Miranda erklärte mit fester Stimme: »Ich werde aufs Dach gehen und nachschauen, ob die Armeen des Ostens bereits eingetroffen sind.« Sie bedachte Erik und Manfred mit einem Blick, mit dem man auf trödelnde Kinder hinabsieht, und fügte hinzu: »Es würde sich doch nicht lohnen, sich umbringen zu lassen, wenn die Armeen noch gar nicht vor dem Osttor angekommen sind, oder?«

Erik und Manfred wechselten einen entsetzten Blick, doch Miranda stieg bereits die Stufen zur Spitze des Bergfrieds empor. »Ich bin gleich zurück, mein Lord, Hauptmann«, entschuldigte Calis sich und eilte hinter ihr her.

Oben angekommen, stellten sie fest, dass der Bergfried nur ein kleiner Teil der Zitadelle war. Zwei Beobachtungsposten waren bemannt und dirigierten die beiden Katapulte, die auf einem Balkon im Dach ein paar Meter unter ihnen standen. Miranda blickte nach Osten und begann leise, fast unhörbar, zu singen. Dann schlug sie die Augen auf, und Calis war überrascht, als er die Veränderung in ihnen bemerkte. Waren sie sonst tief bernsteinbraun, so ähnelten sie nun denen einen Raubvogels. Sie ließ den Blick über den Horizont schweifen, dann, einen Moment später, schloss sie die Augen erneut und rieb sie sich. Als sie sie abermals öffnete, sahen sie wieder aus wie zuvor. »Die Armeen des Ostens marschieren auf die Stadt zu. Ich schätze, dass sie hier bei Sonnenuntergang eintreffen. Wahrscheinlich jedoch eher morgen bei Tagesanbruch.«

Calis fluchte. »Falls wir das alles überleben, erinnere mich daran, mit dem König ein paar offene Worte über die Kampfesfreude seiner östlichen Adligen zu reden.« Er beugte sich über die Kante der Mauer und sah nach unten. Ohne Unterlass ging der Kampf weiter. Männer starben bei dem Versuch, den Burggraben zu füllen, andere dabei, dies zu verhindern. »Das ist alles so sinnlos!«

Miranda legte ihm von hinten die Arme um den Bauch. »Du kannst sie nicht alle retten!«

Calis wandte sich um und nahm sie in die Arme. »Ich habe dich so sehr vermisst.«

»Du weißt doch, dass ich mit Pug zusammen bin?«, fragte sie.

»Ja, das weiß ich.«

»Er ist meine andere Hälfte. Ich habe viel von mir vor dir verborgen, und eines Tages, wenn wir Zeit haben, werde ich dir die Wahrheit darüber erzählen, wer ich bin und weshalb ich gelogen habe, um meine Geheimnisse zu bewahren. Doch was ich dir jetzt sage, ist die reine Wahrheit: Ich liebe dich, Calis. Du bist einer der besten Männer, die ich in meinem langen Leben kennengelernt habe.«

Calis blickte ihr in die Augen und betrachtete ihr Gesicht, als wolle er es sich für immer einprägen. »Aber Pug liebst du mehr.«

Sie nickte. »Ich weiß nicht, ob ›mehr‹ das richtige Wort ist. Pug stellt das dar, was ich brauche. Und ich das, was er braucht, obwohl er das vermutlich noch nicht so recht begriffen hat. Tief in ihm ist noch sehr viel Schmerz.«

Calis nickte und hielt sie so, dass ihr Gesicht an seiner Brust lag. »William«, sagte er leise.

»Und Gamina. Sie und James sind in Krondor geblieben.«

Calis schloss die Augen. »Das habe ich nicht geahnt.« Er seufzte.

»Es wird eine Weile dauern, doch seine Wunden werden schließlich heilen«, meinte sie. Dann trat sie zurück. »Und die deinen ebenfalls.«

Calis lächelte. »Mir geht es gut.«

»O nein.« Sie pikte ihm mit dem Finger gegen die Brust. »Du musst mir etwas versprechen.«

»Was?«

»Wenn wir diesen Krieg hinter uns haben, musst du nach Hause gehen und deine Mutter besuchen.«

Calis lachte. »Warum?«

»Einfach so. Versprochen?«

Er zuckte mit den Schultern. »Gut. Ich werde mit meinem Vater nach Hause zurückkehren und meine Mutter besuchen. Noch etwas?«

»Ja, doch darüber reden wir später. Wir müssen dem Prinzen mitteilen, dass jenseits der Mauern noch keine Hilfe auf uns wartet.«

Sie gingen in den Ratssaal zurück, wo sich alle um den Tisch herum versammelt hatten. Der Lärm der Schlacht draußen bildete ein ständiges, wenn auch leises Hintergrundgeräusch. Miranda berichtete Patrick, was sie gesehen hatte, und der Prinz erklärte: »Nun, so müssen wir wohl warten, bis Pug zurückkommt und uns aus dieser Misere befreit.«

Eine Stunde später erschienen Pug, Nakor und ein halbes Dutzend Männer in Roben draußen im Gang vor dem Ratssaal. Nakor rannte hinein und rief: »Das müsst ihr euch ansehen!«

Prinz Patrick und die anderen eilten zu Pug und den Männern in den Roben, und einer von ihnen sagte: »Ich protestiere!«

»Protestier, so viel du willst, Chalmes«, meinte Nakor nur. »Du bist die beste Wetterhexe auf ganz Midkemia, selbst wenn du einem ständig auf die Nerven fällst. Also fang schon an.«

Chalmes richtete den Zeigefinger auf Nakor. »Und Ihr werdet Euch an unsere Abmachung halten?«

»Ja«, versicherte ihm Nakor. »Natürlich. Aber zuerst müssen wir diese Schlacht beenden.«

»Nun gut.« Der dienstälteste Magier von Stardock wandte sich den anderen fünf zu, die ihn begleiteten. »Wenn es begonnen hat, werde ich vielleicht ohnmächtig werden. Sollte dieser Fall eintreten, müsst ihr weitermachen, bis ich mich wieder erholt habe.« Er drehte sich zu Nakor um. »Ich brauche einen Tisch.«

»Hier entlang«, sagte Nakor.

Chalmes betrachtete sich die Umgebung, während er den anderen in den Ratssaal folgte. Während er durch die Tür trat, fragte er: »Entschuldigt?«

Der Prinz von Krondor fragte: »Ja?«

»Könntet Ihr mir wohl einen brennenden Wachsstock holen?«

Patrick zog die Augenbrauen hoch, und Manfred beeilte sich zu sagen: »Ich werde mich darum kümmern.«

Chalmes öffnete die Tasche, die er trug, und holte eine Kerze und einige andere Gegenstände heraus. »Wenn ich jetzt bitte den Wachsstock haben könnte.«

Ein Diener reichte ihn ihm, und Chalmes zündete die Kerze an und stellte sie ab. Indem er die Augen schloss, begann er mit einem leisen Singsang.

Einen Augenblick später zog ein kühler Wind durch das Fenster. Nakor grinste. »Es gelingt.«

Miranda stellte sich zu Pug und legte ihm den Arm um die Taille. »Warum machst *du* das nicht?«

»Ich könnte einen Hurrikan entfesseln, doch nicht so etwas Feines. Ich habe mich nie viel mit Wettermagie beschäftigt. Du?«

Miranda zuckte mit den Schultern. »Ich auch nicht.« Sie legte den Kopf auf seine Schulter und sah zu.

Chalmes konzentrierte sich, und jene im Saal, die eine magische Ausbildung hatten, konnten die Energien spüren, als die Luft zunehmend elektrisiert wurde.

Und kälter.

Minute um Minute wurde die Luft kühler, und von draußen hörte man im Schlachtenlärm bereits vereinzelte alarmierte Rufe. Kälter und kälter wurde es im Raum. Schließlich ließ Manfred Mäntel bringen.

Dann begann es zu schneien.

Von beiden Seiten des Wassergrabens waren verwirrte Stimmen zu hören. Erik sagte: »Lasst den Männer sagen, Hoheit, dass wir für diese Kälte verantwortlich sind.«

Prinz Patrick nickte und beauftragte einen Diener, er solle die Nachricht verbreiten, dass das ungewöhnliche Wetter ein Teil der Verteidigung der Burg sei. Manfred eilte ans Fenster und sagte: »Seht nur!«

Sie standen auf dem großen Balkon, von dem aus man den äußeren Burghof und die Mauer überblicken konnte. Ein paar der feindlichen Soldaten huschten über die schlüpfrigen Dächer gegenüber dem Bergfried. Erik sah, wie sich ein Mann umdrehte, die Sehne seines Bogens durchzog und schoss. Als Erik rufen wollte »Duckt euch!«, hatte der Pfeil sein Ziel schon gefunden.

Mit Entsetzen stellte er fest, dass der Pfeil aus Manfreds Hals ragte. Pug sandte einen Energieblitz aus, und der Bogenschütze fiel vom Dach. Andere zerrten den Prinzen vom Balkon.

Erik fing Manfred auf, als dieser an der inneren Wand des Balkons nach unten glitt. Er hielt seinen Halbbruder und fluchte leise. »Verdammt!«

Innerhalb einer Stunde wurde es deutlich: Voller Verwirrung zog sich die angreifende Armee zurück. Die Verteidiger auf den Mauern der Zitadelle, die wussten, dass das Wetter zu den Plänen des Prinzen gehörte, jubelten.

Chalmes bekam weiche Knie, und Pug führte ihn zu einem Stuhl, während ein anderer Magier die Beeinflussung des Wetters fortsetzte. Prinz Patrick wandte sich an Pug, als ein Diener mit einem Glas gewürzten Weins für Chalmes herbeigeeilt kam, und fragte: »Wie groß ist das Gebiet, in welchem dieser Sturm tobt?«

»Vielleicht fünfzehn Meilen in jede Richtung, aber wir können es noch vergrößern, wenn Ihr wollt.«

Patrick schüttelte erstaunt den Kopf. »Und wie lange könnt Ihr ihn aufrechterhalten?«

Pug lächelte. »Das hängt davon ab, wie viele Magier ich von Stardock hierherzerren muss.«

Patrick fuhr sich mit der Hand durchs Gesicht. Die Erschöpfung hatte dunkle Ringe unter seinen Augen hinterlassen. »Cousin Pug«, begann er, »entschuldigt die Frage, aber … seid Ihr jünger, als ich Euch in Erinnerung habe?«

Pug lächelte erneut. »Das ist eine lange Geschichte. Ich werde sie Euch heute Nacht erzählen.«

Eine weitere Stunde lang schneite es noch, bis draußen der Schnee knietief lag. Der Himmel war grau, und die Vögel saßen verwirrt auf den Mauern der Zitadelle und schienen sich zu fragen, ob sie nach Süden aufbrechen sollten oder nicht.

Dann kam eine Gruppe Männer über die Straße auf die Zitadelle zu, und Erik traute seinen Augen kaum: Es war Owen Greylock, und Tomas ging an seiner Seite. Owen rief nach oben: »Werdet ihr wohl die Zugbrücke herunterlassen! Es ist verdammt kalt hier draußen!«

Erik lachte erleichtert, lehnte sich über den Balkon und rief: »Lasst die Zugbrücke runter!«

Wiedergeburt

Erik zitterte.

Düstermoor lag unter einer Schneedecke, die zu schmelzen begann, da der Sommer aufs Neue Einzug hielt. Erik drehte den Rücken der Mauer zu und betrachtete, wie die Stadt zum Leben erwachte, während die Soldaten der Armeen des Ostens durch die Straßen zogen und die Nachzügler der Invasoren aufrieben, die sich in ausgebrannten Häusern verschanzt hatten.

Die Tore im Osten waren in der Dämmerung von Erik und einer Patrouille geöffnet worden. Ohne Probleme waren sie dorthin gelangt. Die wenigen Truppenelemente der Invasoren, die sich noch in der Stadt aufhielten, hatten einen weiten Bogen um sie gemacht. Sie waren zu erschöpft und hungrig, froren und waren zu entmutigt, um nach dem plötzlichen Wintereinbruch noch viel Widerstand zu leisten.

Erik sah zu, wie weitere Einheiten der Armee des Königs langsam in die Stadt einmarschierten. Seine eigenen Männer kamen ebenfalls an, da Patrick die frischen Soldaten in die Stellungen entlang des Albtraumgebirges abkommandiert hatte, und Erik erwartete, Jadow, Harper und die anderen überlebenden Feldwebel bald in Düstermoor zu sehen.

Eine vertraute Stimme sagte: »Von Düstermoor.«

Und da stand Jadow Shati unten und winkte ihm zu. »Na, wie haben wir das gemacht?«, rief Erik.

»Nicht schlecht, bis dieser verdammte Schnee eingesetzt hat. Ich hätte mir fast den Hintern abgefroren.«

Erik eilte die Treppe hinunter zum Torhaus und ergriff die Hand seines alten Freundes. Zuerst wollte er die schlechten Nachrichten hören. »Wie viele?«

»Zu viele«, antwortete Jadow. »Ich werde die genauen Zahlen erst in ein paar Tagen wissen, doch es sind verdammt viele.« Er wandte sich um und sah zu, wie die Kavallerie aus Salador unter wehenden Bannern durch die Morgenluft einritt. »Harper haben wir vor zwei Nächten verloren.«

»Verdammt«, fluchte Erik.

»Bald haben wir keine Feldwebel mehr, Erik«, sagte Jadow.

»Also müssen wir dafür sorgen, dass du am Leben bleibst.«

»Was machen wir als Nächstes?«

»Das wird uns der Prinz sagen.«

»Können wir uns ein bisschen ausruhen?«, fragte Jadow.

»Ich glaube, Patrick beabsichtigt, die Invasoren mit den Armeen des Ostens noch ein Stück den Berg hinunterzutreiben. Solange du also nichts anderes hörst, such dir ein Quartier in der Nähe des Palastes und besorg für die Männer erst einmal etwas zu essen und Decken.«

»Jawohl, Sir«, salutierte Jadow. »Das werden sie gern hören.«

»Schick eine Nachricht zur Zitadelle, wenn ihr euch einquartiert habt«, sagte Erik. »Ich habe noch einige Dinge zu erledigen.«

»Sir!« Jadow drehte sich um und eilte davon.

Erik wandte seine Aufmerksamkeit wieder dem Osttor zu, und nachdem er ein paar Minuten die Prozession farbenprächtiger Uniformen, sauberer Pferde und von Blut unbefleckter Waffen beobachtet hatte, machte er sich auf den Rückweg zur Zitadelle.

Allmählich erholte sich die Stadt. Drei Tage, nachdem die Invasoren bis hinter Ravensburg zurückgedrängt worden waren, hörte Erik eine vertraute, süße Stimme aus dem Hof.

»Erik!«

Er fuhr herum, und auf dem Wagen, der in die Burg einfuhr, saß Kitty hinter Roo und seiner Frau neben ihren Kindern und den Jacobys.

Erik hätte fast einen Junker umgerannt, als er die Treppe zum Hof hinunterstürmte, und er selbst wäre fast umgefallen, als ihm seine Frau in die Arme flog. Er küsste sie und hielt sie fest umschlungen. Dann hielt er sie auf Armeslänge von sich und fragte: »Was machst du hier?« Er sah Roo an. »Ihr solltet doch längst in Malacs Kreuz sein.«

»Nun, wir sind fast bis dorthin gekommen«, erwiderte Roo und sprang vom Kutschbock. »Dann sind wir auf diese Armee gestoßen, und wie die Dinge standen, hielt ich es für sicherer, hinter ihr herzuziehen.«

»Wo ist Luis? Nathan, meine Mutter?«

»Sie sind unterwegs«, erklärte Roo. »Ich habe sie mit einer Liste nach Malacs Kreuz geschickt, während ich bei der Armee geblieben bin. Morgen sollten sie hier eintreffen.«

»Was für eine Liste?«

»Eine Liste mit Dingen, die sie nach Düstermoor mitbringen sollen«, antwortete Roo. Er machte Karli und den anderen ein Zeichen auszusteigen. Während Kitty ihn auf die Wange küsste, tippte er Erik auf die Brust. »Du und ich, wir haben einige große finanzielle Verluste erlitten, mein Freund.«

Erik lachte und erwiderte Kittys Kuss. »Dieses Geld, was ich dir geliehen habe … Ich habe nie erwartet, irgendetwas davon wiederzusehen.«

»Nun, mag es sein, wie es will«, sagte Roo. »Du bist mein Partner.« Er legte Karli den Arm um die Hüfte, und Helen Jacoby gesellte sich ebenfalls zu ihnen. »Wir sind alle Partner.«

»Wobei?«

»Avery, Jacoby und von Düstermoor! Milo und Nathan laden in Malacs Kreuz Dinge auf, die hier gebraucht werden, und ich erwarte, dass wir in Kürze einen florierenden Handel auf die Beine gestellt haben.«

Erik lachte. »Du wirst dich auch nie ändern.«

Karli sagte: »Er hat sich schon verändert.« Dann errötete sie. »Wir bekommen noch ein Kind.«

Erik lachte erneut. »Also, dann wollen wir mal reingehen und sehen, ob wir nicht etwas zu essen bekommen.«

Sie machten sich zum Bergfried auf, und Erik sah Kitty an. »Du kannst dir nicht vorstellen, wie schön du aussiehst.«

»Nein«, erwiderte sie, »aber ich weiß, wie schön du aussiehst.«

»Essen wir zunächst etwas«, sagte Erik, »und dann zeige ich dir, wo ich untergekommen bin.« Er legte den Arm um sie, und langsam gingen sie auf den Bergfried zu, wobei sie es genossen, wieder vereint zu sein.

Erik betrat den Raum, und Patrick sagte: »Hauptmann! Hat sich Eure Familie eingelebt?« Der ganze Saal lachte.

Erik entdeckte Owen, Calis, Arutha und die anderen

Adligen des Westlichen Reiches, die überlebt hatten. Pug und Miranda standen auf dem Balkon.

Erik errötete. »Ja, Sir.« Er hatte Kitty am Abend zuvor dem Prinzen vorgestellt. Und am Morgen hatte der Bote vom Prinzen laut an die Tür pochen müssen, um Erik aus Kittys Armen zu holen. Nathan, Milo, Rosalyn und die anderen waren eingetroffen. Roo war damit beschäftigt, zu tauschen und zu handeln, weswegen der Prinz nach Erik hatte schicken lassen, damit dieser Quartier für seine Familie suchte.

»Vor mir liegen genug Regierungsgeschäfte und militärische Angelegenheiten, um zwei Könige und ein Dutzend Herzöge in Verwirrung zu stürzen«, erklärte Patrick. »Doch einer Sache wollte ich mich zuvor widmen, bevor sie zu lange hinausgezögert wird.«

Die Tür öffnete sich, und Erik zuckte zusammen, als er sah, wie ein Soldat Mathilda in den Saal eskortierte. Die alte Baronin verneigte sich vor dem Prinzen, doch als ihr Blick auf Erik fiel, funkelte Hass in ihren Augen.

»Mylady«, sagte Patrick, »ich habe Euch hergebeten, um eine ganz bestimmte Angelegenheit zu regeln.«

»Hoheit?«, fragte Mathilda.

»Es ist allgemein bekannt, dass Ihr Erik von Düstermoor mit bösen Absichten …«

Mathilda unterbrach ihn. »Benutzt diesen Namen nicht! Er verdient es nicht, von Düstermoor genannt zu werden.«

»Mylady!«, fuhr Patrick auf und schlug mit der Faust auf den Tisch. »Ihr vergesst Euch! Ich vergebe Euch allein wegen des Schmerzes, denn Ihr zurzeit ertragen müsst, doch hütet Eure Zunge!«

Mit großer Mühe verbiss sich die alte Frau jedes weitere Wort und neigte leicht den Kopf.

Patricks Stimme war kalt wie Eis. »Euer verstorbener Gatte hat Erik diesen Namen nicht verweigert! Mehr noch, dieser Mann hat ihn sich verdient! Ihr werdet alle üblen Absichten, die Ihr gegen Hauptmann von Düstermoor hegt, nicht weiterverfolgen. Falls ihm irgendetwas widerfährt, als dessen Urheber man Euch ermitteln kann, werden Euch weder Euer Rang noch die Verbindungen Eurer Familie vor meinem Zorn retten. Habt Ihr das verstanden?«

»Ja«, erwiderte sie, doch ihre Stimme klang ebenso eisig wie die des Prinzen. Dann blickte sie Erik an, und mit kaum verhohlener Wut sagte sie: »Nun, Bastard, jetzt kann dich nichts mehr aufhalten, wie? Nun ist Manfred tot, und du bist der einzige von Ottos Bastarden, der seinen Namen trägt, also kann dich dein Freund hier zum Baron ernennen.«

»Mylady! Wie könnt Ihr es wagen!« Patrick winkte der Wache zu, sie solle Mathilda hinausbringen.

»Euer Hoheit«, meldete sich Erik zu Wort. »Bitte vergebt mir, aber lasst sie noch bleiben. Da ist noch etwas, was ich ihr sagen muss.«

Patrick behagte das gar nicht, doch er fragte: »Was?«

Erik blickte Mathilda an. »Mylady, Ihr habt mich mein ganzes Leben lang gehasst, ohne mich überhaupt zu kennen. Ich kann nur die Schwäche meines Vaters für Frauen als Grund dafür annehmen, doch obwohl ich Euch erst kurze Zeit kenne, kann ich ihn durchaus verstehen.« Sie starrte ihn bei diesen Worten böse an. »Aber vielleicht hätte er sich auch, wenn Ihr liebenswert, freundlich und sanft wäret, unter anderen Frauen umgesehen. Vielleicht trifft Euch gar nicht die Schuld. Nun, das spielt auch keine Rolle. Mein Vater ist tot und seine Söhne ebenfalls. Dennoch werde nicht ich der nächste Baron von Düstermoor sein.«

Erik sah der alten Frau direkt in die Augen und wich ihrem Blick nicht aus. »Ihr habt einen Enkel.«

Mathilda fuhr auf: »Was? Welch ein Unsinn!«

»Kein Unsinn!«, widersprach Erik. »Er ist Stefans Sohn.«

Mathilda schlug die Hand vor den Mund, und in ihren Augen sammelten sich Tränen. »Wo ist er?«

»Hier in der Burg.«

»Wer ist die Mutter? Ich will ihn sehen!«

Erik winkte eine Wache zu sich. »Geht zum Gasthaus auf der anderen Seite der Brücke und sucht Milo, den Gastwirt aus Ravensburg, und seine Tochter Rosalyn. Bringt sie mit dem Kind hierher.«

Patrick wandte ein: »Vielleicht wäre ein anderer Ort angemessener, Hauptmann, wenn es Euch nichts ausmacht.«

»Bringt sie in den großen Saal«, sagte Erik.

»Mylady«, ergänzte Patrick, »bitte wartet dort auf sie. Ich werde Erik sofort nachschicken.«

Nachdem Mathilda gegangen war, fragte Patrick, Prinz von Krondor: »Hauptmann?«

»Hoheit?«

»Dort draußen«, begann Patrick, »nur ein paar Meilen jenseits der Stadtmauern, verlaufen die neuen Grenzen des Königreichs der Inseln. Ich bin der Prinz von Krondor, doch Krondor gibt es nicht mehr! Während sich alle hier im Saal der fürchterlichen Zerstörung bewusst sind, der wir entgangen sind, ist dieser Krieg doch noch lange nicht vorbei. Ich habe einen Auftrag für Euch, solltet Ihr bereit sein, ihn anzunehmen.«

»Herr?«

»Erobert das Westliche Reich zurück. Holt mir mein Fürstentum zurück!«

Erik blickte Calis an. Der schüttelte den Kopf. »Ich

gehe nach Hause«, sagte er leise. Er blickte quer durch den Raum, durch die Tür, wo Pug und Miranda die Szene vom Balkon aus beobachteten. »Ich habe ein Versprechen gegeben.«

»Du bist der neue Adler von Krondor, Erik«, meinte Owen.

Während Erik vor Erstaunen starr dastand, ergänzte Patrick: »Allerdings erst, wenn Ihr meine Stadt zurückerobert habt.« Und verbittert fügte er hinzu: »Oder das, was davon übrig ist, damit wir mit dem Wiederaufbau beginnen können. Und das ist mein erster Befehl an Euch. Wir überwintern hier, ruhen uns aus und rüsten uns neu, und im Frühjahr ziehen wir nach Krondor. Wir vertreiben die Reste der Invasionsarmee und bauen alles wieder auf.«

Erik wusste, welch riesige Aufgabe vor ihm lag.

»Doch bevor es losgeht, kannst du den Winter noch mit deiner Frau verbringen«, sagte Owen.

Erik erwiderte nur: »Hoheit!«

Welche augenblickliche Befriedigung auch immer Erik aus dieser Verkündung zog, dass er nun an der Spitze von Calis' speziellem Kommando stand, so hielt sie doch nur kurz an. Denn der Prinz fuhr mit etwas fort, das Erik an einen schmerzlichen Verlust erinnerte.

»Arutha«, sagte Patrick, und der Sohn von James trat aus der Ecke vor, in der er gestanden hatte. »Ich brauche einen neuen Herzog von Krondor, und ich ernenne Euch dazu. Vater wird meine Wahl bestätigen, sobald ich ihn benachrichtigt habe. Ihr und Eure beiden Söhne werden für mich von großer Wichtigkeit sein. Ach, übrigens, James und Dashel tragen ab sofort den Titel Baron am Hofe.«

Arutha verneigte sich. »Hoheit.« Es war offensichtlich, wie sehr es ihn ehrte, dass er nun das Amt einnahm, das zuvor sein Vater bekleidet hatte. Dennoch entging Erik der harte Ausdruck in Aruthas Gesicht keineswegs. Das war der Schmerz, den Arutha des Todes seiner Eltern und seines Onkels wegen verspürte.

Dann grinste der frischgebackene Herzog, und in diesem Grinsen entdeckte Erik einen Zug des alten Herzogs. »Ich glaube, die Jungen werden sich köstlich über ihre neuen Titel amüsieren.«

Patrick lächelte Arutha an. »Ohne Zweifel.« Er warf wieder einen Blick auf die Liste vor ihm. »Greylock, Ihr seid ab sofort der Marschall von Krondor, bis ich einen Besseren finde.«

»Das dürfte Euch nicht so schwerfallen, Hoheit, also wartet nicht allzu lange«, erwiderte Owen.

Patrick beugte sich vor und sagte leise: »Das solltet Ihr besser hoffen, denn falls ich das lange vor mir herschiebe, werden wir uns wohl noch darüber unterhalten müssen, wie Ihr mich kürzlich behandelt habt. Selbst wenn Ihr im Recht wart, lasse ich mir Grobheiten dieser Art nicht gefallen.«

»Selbstverständlich, Hoheit«, erwiderte Owen ernst.

Patrick fuhr fort: »Sodann werden wir bis zum Frühjahr in Erfahrung bringen müssen, was uns von unserer Marine geblieben ist. Erik, Ihr schickt einige Eurer Schwarzen Hemden nach Sarth, damit sie sich dort ein wenig umsehen. Findet heraus, ob wir noch Schiffe haben.«

Calis fragte: »Wohin sollen wir die Schiffe schicken, Hoheit, falls wir noch welche auftreiben? Ylith?«

Patrick blickte auf die Karte. »Nein, ich will den Handel mit der Fernen Küste und den Inseln des Sonnenuntergangs so bald wie möglich wieder in Schwung bringen. Teilt ihnen mit, sie sollten sich in dem Hafen einfinden, den Lord Vykor in der Shandonbucht gebaut hat. Es sollte zwar eigentlich nur ein provisorischer Ankerplatz sein, doch wir werden ihn wohl noch länger brauchen.« Patrick war berichtet worden, dass der Hafen von Krondor nicht mehr zu befahren war und voraussichtlich wenigstens für das nächste Jahr noch in diesem Zustand bleiben würde. »Und nach ihm werden wir ihn auch benennen: Port Vykor.«

Die Ernennungen und Neuaufteilungen des wiedererstandenen Königreichs des Westens nahmen ihren Fortgang.

Vor dem Ratssaal warteten Miranda und Pug. Calis verließ die Besprechung und ging zu ihnen hinaus. »Vater und ich brechen heute Abend auf.« Er warf Miranda einen Blick zu. »Du hast gesagt, ich solle dir noch einen Gefallen tun?«

»Ja«, antwortete Miranda. »In Elvandar gibt es eine Frau namens Ellia.«

»Der Name sagt mir nichts«, erwiderte Calis.

»Sie ist von jenseits des Ozeans. Ihr Ehemann ist gestorben, und sie ist jetzt ganz allein mit ihren beiden Söhnen.«

Calis kniff kaum merklich die Augen zusammen. »Zwillinge?«

»Ja.«

»Die habe ich schon gesehen, sie bringen den anderen Kindern bei, wie man Fußball spielt. Wunderbare Kinder.«

»Ich kenne mich mit den Lebensweisen eures Volkes nicht so genau aus«, fuhr Miranda fort, »ich weiß nur das, was du mir erzählt hast. Doch in ihr habe ich etwas Besonderes gespürt. Sie und du, ihr habt viel gemeinsam. Suche sie auf, darum möchte ich dich bitten.«

»Wir sind beide in der Heimat, und trotzdem sind wir Außenseiter«, sagte Calis.

Miranda legte ihm die Hand auf die Wange. »Nicht mehr lange, glaube ich.«

Tomas kam die Treppe hinunter. »Sohn, es ist an der Zeit.«

»Ja, Vater«, erwiderte Calis.

Pug trat zu seinem Jugendfreund. »Es sollen nicht wieder Jahre vergehen, ehe wir uns wiedersehen.«

»Einverstanden«, meinte Tomas. Sie umarmten sich. »Und du? Kehrst du zurück zum Eiland des Zauberers?«

»Nein. Mirandas und meine Hilfe sind hier noch vonnöten, und so werden wir noch eine Weile bleiben.«

»Wenn ihr Zeit findet, besucht uns.«

»Das werden wir tun.«

Tomas und Calis verließen sie, und Miranda stellte sich zu Pug. Nach einem Augenblick, in dem beide schwiegen, fragte sie: »Also?«

»Was also?«, fragte Pug zurück.

»Hast du nicht irgendetwas zu sagen?«

Pug lachte. »Als da wäre?«

Sie knuffte ihn vor die Brust. »Jüngere Männer! Warum seid ihr immer so starrköpfig?«

Pug packte sie und zog sie an sich. »Was willst du von mir hören? Du bist mein Leben, Miranda. Du hast mir etwas beschert, was ich niemals wieder zu empfinden hoffte – Glück. Bleib bei mir. Heirate mich.«

Miranda lächelte. »Unter einer Bedingung.«

»Und?«, fragte er, halb belustigt, halb besorgt.

»Ich will ein Kind.«

Pug blieb der Mund offen stehen, während er einen Schritt zurücktrat. »Ein Kind?« Er blinzelte. »Wie? Du bist zweihundert Jahre alt!«

Sie verzog das Gesicht. »Der Stein des Lebens. Ich bin wieder jung, und ich bin bereit, Mutter zu werden.« Sie griff ihn vorn an seiner Robe und zog ihn zu sich, küsste ihn und sagte: »Solange du dir nicht eine andere suchen willst …«

»Nein!«, antwortete er. »Es ist nur …«

»Ich weiß«, hauchte sie. »Aber ich habe es immer bedauert, keine Kinder zu haben, und jetzt bietet sich mir die Gelegenheit ein zweites Mal.« Sie senkte die Stimme. »Geliebter, ich weiß, wie sehr du unter dem Tod deiner Kinder leidest, und du hast so viel über den Schmerz gesprochen, sie zu überleben. Doch diesmal wird es anders sein, das verspreche ich dir.«

Er sah ihr in die Augen. »Daran hege ich keinen Zweifel.«

»Gut«, sagte sie und führte ihn hinunter in die Gemächer, die Manfred ihnen zugeteilt hatte. »Dann wollen wir gehen und ein Kind machen.«

Pug lachte.

Roo, Nathan und die anderen hatten Erik zum Bergfried begleitet, als Rosalyn, Milo und Gerd gerufen worden waren. Sie traten ein, Roo so forsch wie immer, die anderen etwas zaghafter. Keiner außer Roo hatte je den Audienzsaal eines Lords betreten, auch wenn dieser durch die hinter ihnen liegende Schlacht ein bisschen mitgenommen aussah.

Mathilda war langsam vor Rosalyn getreten, die den kleinen Jungen im Arm hielt. Gerds Aufmerksamkeit wurde von der Halskette angezogen, die die Baronin trug, und er griff danach. Rosalyn hielt sanft seine Hand zurück, doch Mathilda sagte: »Nein, lass ihn damit spielen.«

»Er bekommt gerade Zähne«, erklärte die jüngere Frau leise. Rudolph, ihr Ehemann, legte ihr die Hand auf die Schulter, damit sie wusste, dass sie nicht allein war.

Mathildas Augen füllten sich mit Tränen. »Er kommt ganz nach seinem Vater.«

Rosalyn errötete. »Er ist ein gutes Kind.«

Mathilda wandte sich an Erik. »Was schlägst du vor?« Sie hatte die Beherrschung wiedererlangt und sprach befehlshaberisch wie zuvor.

»Ich schlage überhaupt nichts vor«, erwiderte Erik. »Stefan war Baron, als er Gerd gezeugt hat.« Er bemerkte, wie Rosalyn bei der Erinnerung an die Vergewaltigung die Augen senkte, und Rudolphs Griff wurde ein wenig fester, um ihr Rückhalt zu geben. »Für mich ist der Fall klar, Gerd ist der Baron von Düstermoor.« Dann wurde Eriks Stimme hart wie Stahl. »Und Patrick wird mich zu seinem Regenten ernennen.« Die Frau riss die Augen auf, und Erik konnte ihre Gedanken lesen: Das alles war für sie ein Komplott, damit Erik die Baronie in seine Hand bringen konnte. Doch noch ehe sie etwas sagen konnte, fuhr Erik fort: »Allerdings habe ich meine Pflichten im Westen. Deshalb muss ich meine Pflichten hier jemand anderem übergeben.« Er durchquerte den Raum und baute sich vor der Frau auf, die ihn so sehr hasste. »Ihr werdet hier regieren, Mylady. Rosalyn und ihren Mann sollt Ihr hier in der Burg oder in der Stadt wohnen lassen, damit sie den Jungen jeden Tag sehen können. Doch werdet Ihr aus ihm den nächsten Baron von Düstermoor machen.« Er senkte die Stimme. »Nur macht es diesmal besser als mit Stefan, oder Ihr werdet mit mir rechnen müssen.« Das Gesicht der Frau war starr wie eine Maske. »Manfred war ein guter Mann. Ungeachtet seiner Meinungsverschiedenheiten mit Euch wäre er dem Jungen ein hervorragender Lehrer gewesen. Behandelt Gerd, wie Ihr Eure Söhne hättet behandeln sollen, und zwischen uns wird es keine Zwistigkeiten geben. Doch solltet Ihr ihm irgendein Leid zufügen, bekommt Ihr es mit mir zu tun. Habe ich mich deutlich ausgedrückt?«

Mathilda blickte an Erik vorbei und sah das Kind lächeln. Sie trat auf es zu. »Gib ihn mir.«

Rosalyn reichte Gerd der alten Frau. Dann sagte sie: »Gerd, das ist deine Großmutter.«

Erik verließ den Saal, und Roo folgte ihm. Draußen erkundigte sich Roo: »Wird das gut gehen?«

»Das sollte es besser.« Erik wandte sich seinem Freund zu. »Im nächsten Jahr wirst du um sie herumschwärmen wie eine Fliege um den Mist, und falls etwas geschieht, von dem ich besser wissen sollte, wirst du mich benachrichtigen.«

Roo grinste. »Und wo wirst du dich herumtreiben?«

Erik lächelte und schüttelte den Kopf. »Ich werde das Königreich zurückerobern, scheint es.«

Der Herold stieß in die Trompete, und Patrick sagte: »Wir haben etwas zu besprechen.«

Am Morgen war die Nachricht eingetroffen, dass sich eine größere Streitmacht berittener Kavallerie auf dem Weg aus dem Süden nach Düstermoor befand und sich mühselig über die Straßen westlich von Dorgin schleppte, da es am gestrigen Tag heftig zu regnen begonnen hatte.

Den Kundschafterberichten zufolge wehte über dieser Armee das Banner von Kesh. Jetzt standen sie vor den Toren, und während sich der Abend senkte, ritten Patrick, Erik, Owen, Pug und Arutha zu ihnen hin, um herauszufinden, warum sich eine keshianische Armee so weit im Norden herumtrieb.

»Vielleicht wollen sie uns zu Hilfe kommen«, meinte Nakor, während er an der Seite von Pugs Pferd ging.

»Irgendwie bezweifle ich das«, erwiderte Pug.

Sie erreichten die Keshianer, und einer der Männer aus Düstermoor, der die Aufgabe des Herolds übernommen hatte, fragte: »Wer tritt vor den Prinzen von Krondor?«

Der keshianische Herold gab zurück: »Hoheit, Mylords, ich habe die Ehre, Euch den hochgeschätzten General Beshan Solan vorzustellen.«

»General«, fragte Prinz Patrick, »dürften wir erfahren, weshalb Ihr Euch im Königreich aufhaltet? Habt Ihr Euch womöglich verirrt?«

»Hoheit«, sagte der General. »Ich will mich kurz fassen. Es regnet, und ich würde gern so schnell wie möglich in mein Lager zurückkehren. Wir haben diese Invasion genau beobachtet, und Ihr habt uns ja auch ganz offen mit Informationen über den Feind, seine Aufstellung und seine Absichten versorgt. Wir haben Verluste erlitten, als er versucht hat, in ein Gebiet vorzudringen, das von unseren Streitkräften besetzt war. Daher hat mein Meister, Seine Höchstkaiserliche Majestät, entschieden, dass die früheren Grenzen zwischen Groß-Kesh und Eurem Königreich nicht länger für uns akzeptabel sind.«

Patrick sah so aus, als würde er im nächsten Moment explodieren. »Ihr wagt es, in mein Fürstentum einzuziehen und mir mitzuteilen, dass das Kaiserreich über die getroffene Abmachung hinaus Gebiete annektiert?«

»Mit einem Wort – ja!«

»Nun, General, seht Euch um. Es mag Eurer Aufmerksamkeit nicht entgangen sein, dass sich der Großteil der Armeen des Ostens gegenwärtig hier in Düstermoor befindet. Sobald das Frühjahr gekommen ist, kann ich sie nach Süden wie nach Westen schicken. Und ich bin sicher, dass ich meinen Vater davon überzeugen kann, zuerst gegen einige keshianische Abenteurer vorzugehen, ehe wir unseren Anspruch auf das Westliche Reich festigen.«

Der General zeigte sich unbeeindruckt. »Hoheit, bei allem Respekt, die Armeen des Westens sind in schlechtem Zustand und dezimiert, und Eure Armeen des Ostens können Euch nicht lange zur Seite stehen, da Ihr sonst Schwierigkeiten an Euren Grenzen im Osten bekommt. Von Eurer Marine sind keine nennenswerten Kräfte geblieben. Während Ihr zwar durchaus auf kurze Sicht Groß-Kesh einige Schwierigkeiten bereiten könntet, werdet Ihr damit langfristig keine Vorteile erringen.« Er zog ein zusammengerolltes Pergament hervor. »Hier sind die Bedingungen für einen Waffenstillstand, die mein Kaiserlicher Meister Eurem Vater übersendet.«

Patrick nickte, und einer der Soldaten nahm das Schriftstück entgegen. Patrick nickte abermals, und Arutha brach das Siegel und las den Brief. »Verdammt!«, fluchte er einen Augenblick später.

»Mein Lord?«, fragte Patrick.

»Sie wollen alles. Wir dürfen das Land östlich von hier behalten, doch sie beanspruchen alle Gebiete zwischen dem Großen Sternsee und den Zähnen der Welt westlich des Calastiusgebirges.«

»Das sind die historischen Grenzen von Kesh, wie Ihr sicherlich wisst«, erklärte der General, »bis uns dieser unglückliche Krieg mit der aufständischen Konföderation im Süden dazu zwang, unsere Erblande aufzugeben.«

»Erblande!«, fuhr Patrick auf. »Nicht in den schlimmsten Fieberträumen Eures verwirrten Monarchen, General!«

Arutha fragte: »Was ist mit Queg und den Freien Städten von Natal?«

»Kesh wird sich zu gegebener Zeit mit seinen abtrünnigen Kindern beschäftigen«, antwortete der General.

»Falls Ihr so freundlich wärt zu warten, mein Lord«, sagte Patrick, »dann werde ich Eurem Kaiserlichen Meister eine Antwort schreiben. Und Ihr könnt Digaai von mir ausrichten, dass die formale Kriegserklärung von meinem Vater in Kürze eintreffen wird.«

»Hoheit?«, fragte Nakor.

»Was denn?«, fauchte Patrick, der seine Wut augenscheinlich kaum mehr im Zaum halten konnte.

»Ich glaube, da kann ich dir helfen.«

»Was hast du nun wieder im Sinn?«, fragte Pug.

»Wartet!« Nakor zog die Tsurani-Teleportkugel hervor und verschwand.

»Was hat dieser seltsame kleine Mann denn nun wieder vor?«, fragte der Prinz.

»Ich weiß es auch nicht«, antwortete Pug, »doch gewöhnlich wartet er mit außergewöhnlichen Erfolgen auf. Ich denke, wir können es uns leisten, eine Weile auf ihn zu warten.«

»Nun gut«, stimmte Patrick zu.

Einige Minuten später war Nakor zurück. »Seht nach Süden«, forderte er sie auf.

Die versammelten Offiziere der beiden Seiten folgten Nakors Aufforderung und erblickten im Süden eine riesige Säule aus rubinrotem Licht, die sich in den Himmel erhob.

»Was ist das?«, verlangte der keshianische General zu wissen.

»Das ist Stardock«, erklärte Pug.

»Stardock!« fuhr der General auf. »Unmöglich! Stardock ist Hunderte von Meilen entfernt.«

»Und doch«, erklärte Pug, »stammt dieses Licht aus Stardock.«

»Nur eine kleine Demonstration unserer Macht«, meinte Nakor. »Damit du weißt, dass dort unten siebenhundert verärgerte Magier sind, denen es gar nicht gefällt, wie du mit ihnen umspringst.«

»Siebenhundert?«, fragte Pug. »Ich dachte, es wären nur vierhundert.«

Nakor grinste. »Wir haben einige unserer alten Tsurani-Freunde zu einem Besuch eingeladen.«

Pug verdrehte die Augen. »Dreihundert Schwarze Roben?«

»Nun, vielleicht ein paar weniger.«

Der General fragte: »Siebenhundert Magier?«

»Verärgerte Magier«, betonte Erik.

»Und ein äußerst verärgerter Prinz, dazu die Armeen des Ostens, die zehn Meilen von hier entfernt lagern!« fügte Patrick hinzu. »Sobald das Frühjahr angebrochen ist, könnt Ihr mit einem Zweifrontenkrieg rechnen, General. Und so, wie diese Demonstration aussieht, werdet Ihr über die Folgen für das Kaiserreich nicht gern nachdenken wollen.«

Der keshianische General blickte sich um. »Was schlagt Ihr vor, Hoheit?«

»Nun, machen wir es einfach so«, sagte Patrick. »Ihr kehrt hinter die alte Grenze zurück, und im Frühjahr können die Gesandten meines Vaters und die des Kaisers über die Grenzen unserer Reiche neu verhandeln.«

»Hinter die alte Grenze!«

»Ja«, beharrte Patrick. »Shamata ist wieder unser!« Bei seinem lauten Ruf tänzelte sein Pferd einmal um die eigene Achse. »Ihr könnt darüber nachdenken, während Ihr nach Süden reitet, und Ihr solltet besser noch vor der Morgendämmerung aufbrechen, ansonsten werde ich meine Armee nach Süden führen, und zwar höchstselbst, mag es nun regnen oder nicht! Habt Ihr verstanden?«

Der General betrachtete über die Schulter hinweg erneut das rote Licht. »Ich verstehe, Hoheit!«

»Gut!«

Patrick wendete sein Pferd und ritt davon, Erik und Greylock an seiner Seite.

Pug wartete ab, bis die Keshianer den Weg zurückzogen, auf dem sie gekommen waren. Als nur noch er und Nakor geblieben waren, fragte er: »Nakor, was hast du Chalmes und den anderen versprochen, damit sie das machen?«

Nakor lächelte. »Ich habe ihnen Stardock überlassen.«

»Du hast *was* getan?«

»Du hast mir doch gesagt, ich sollte mir etwas ausdenken.«

Pug hakte mit leiser Stimme noch einmal nach: »Du hast tatsächlich mein Herzogtum fortgegeben?«

»Ich musste. Die Unabhängigkeit sowohl vom Königreich als auch von Kesh war das Einzige, wofür sie kämpfen wollten. Und den Tsurani gefällt es, einen neutralen Zugang nach Midkemia zu haben. Aus diesem Grund haben sie geholfen. Egal, was geschehen wäre, Stardock hättest du entweder an die Magier oder an das Kaiserreich verloren. So ist es, glaube ich, besser.«

»Aber du hast ein Herzogtum abgetreten! Was soll ich jetzt dem König erzählen?«

Nakor zuckte mit den Schultern. »Da wird dir schon etwas einfallen.« Er grinste.

Epilog
Folgen

Fadawah runzelte die Stirn.

Er sah auf die Karte, die ihm seine Gehilfen besorgt hatten. »Wie sieht die Lage hier aus, Kahil?«

»Diese Stadt heißt Ylith«, erklärte der Hauptmann, der den Auftrag erhalten hatte, Informationen zusammenzutragen. »Das ist ein großer Seehafen und der einzige Zugang zum Meer in der Provinz Yabon. Er ist ziemlich unversehrt, und der größte Teil der Garnison wurde nach Süden zur Verteidigung von Düstermoor geschickt. In der Nähe gibt es noch die Garnisonen von Zün sowie die von Loriel und Yabon.« Er zeigte auf die verschiedenen Orte auf der Karte. »Wie auch immer, wenn wir Ylith erobern und bis zum Frühjahr halten können, dürften diese Garnisonen leicht zu nehmen sein.«

Draußen lagerte die neu formierte Armee vor den Toren von Questors Sicht. Sie hatten die Stadt überrannt, hatten kaum einen Tag gekämpft, da sie von weniger als einer Kompanie regulärer Truppen und einer halben Kompanie Milizsoldaten verteidigt worden war.

Fadawah nickte. »Gut. Nehmen wir Ylith ein.«

Zwanzigtausend Mann waren die Küste hinaufgezogen,

nachdem Fadawah die Lage in Düstermoor als hoffnungslos erkannt hatte. Sobald er den Zustand der Männer bemerkt hatte, nachdem er aus dem von dem Dämonen bewirkten Zustand erwacht war, hatte er gewusst, dass sie, selbst wenn sie Düstermoor einnahmen, nichts als einen Haufen Steine und einen Berg Leichen gewinnen würden.

Die Berichte über den plötzlichen Wintereinbruch und die Ankunft einer weiteren Armee aus dem Osten hatten ihn in dieser Entscheidung bestärkt. Es wäre der Schachzug eines Narren gewesen, über die Berge zu ziehen und eine Stadt, die allen Berichten zufolge verlassen war, zu erobern. Kurz hatte er sich über die Verrücktheit des Dämons gewundert, doch nach allem, was seitdem geschehen war, sandte er jede Nacht ein Gebet an Kalkin und bedankte sich bei dem Gott der Spieler für den Segen, den er ihm hatte zuteilwerden lassen. Wie er hatte überleben können, da doch so viele andere von der Smaragdkönigin oder dem Dämon getötet worden waren, war ihm ein Rätsel.

Doch nun hatte er sich um wichtigere Belange zu kümmern. Seine Armee war weit von zu Hause entfernt und litt Hunger. Die gute Nachricht war, dass die Ländereien im Norden reicher waren und dass seine Männer endlich zu essen bekamen. »Schickt folgende Nachricht in den Süden«, sagte er zu Kahil. »Alle, die aus Düstermoor entkommen sind, sollen sich in Ylith einfinden, um dort zu überwintern.«

»Zu Befehl, General«, erwiderte sein Spionageoffizier, salutierte und verließ das Zelt.

Fadawah wusste, dass dort draußen außerdem irgendwo die Saaur unterwegs waren, und das bereitete ihm weitere Sorgen. Falls er mit Jatuk würde sprechen können, würde er ihn vielleicht davon überzeugen, dass er selbst Opfer eines Betrugs geworden war, ein Werkzeug, das man benutzt und weggeworfen hatte. Doch sollten diese Gespräche nicht zustande kommen, würde die wütende Eidechse nach jemandem suchen, an dem sie ihren Zorn auslassen konnte. Und da Fadawah der höchste verbliebene Offizier der Armee der Smaragdkönigin war, erschien es nur allzu logisch, dass die Wahl auf ihn fallen würde.

Fadawah lehnte sich auf dem kleinen Stuhl in seinem Zelt zurück. Er war von den Launen des Schicksals an diese ferne Küste verschlagen worden, doch es lag in seiner Natur, jeden nur möglichen Vorteil zu nutzen. Nur aus diesem Grund hatte er es in Novindus zum General gebracht, war vom Söldnerhauptmann aus den Ostlanden zum militärischen Oberherrn der Smaragdkönigin aufgestiegen.

Sein oberster Hauptmann, Nordan, fragte: »Was werden wir tun, wenn wir Ylith eingenommen haben, General?«

»Wir haben mit Blut für die Gier und die Pläne anderer Leute bezahlt, mein alter Freund.« Fadawah beugte sich vor und stützte die Ellbogen auf die Knie. »Jetzt werden wir unsere eigenen Ziele verfolgen.« Er lächelte seinen alten Gefährten an. Sein schmales Gesicht sah im schwachen Licht der kleinen Laterne, die an einem Zeltpfosten hing, noch unheilverkündender aus. »Wie würde es Euch gefallen, General unserer Armeen zu sein?«

»Wenn ich General werde«, fragte Nordan, »was wird dann aus Euch?«

»Ich werde König«, erwiderte Fadawah, und sein Finger zog eine Linie über die Küste zwischen Krondor und Ylith. »Die Hauptstadt des Westlichen Reiches liegt in Ruinen, und zwischen Krondor und Ylith regiert kein Gesetz mehr.« Er dachte über die Möglichkeiten nach, die sich ihm boten. »Ja, König des Bitteren Meeres. Wie hört sich das an?«

Nordan verneigte sich. »Es hört sich … angemessen an … Euer Majestät.«

Und während der kalte Herbstwind von draußen gegen die Zeltwand drückte, stieß Fadawah ein wieherndes Lachen aus.

Die Personen dieses Buches

ACAILA – Anführer der Eldar am Hofe der Elbenkönigin
AGLARANNA – Elbenkönigin in Elvandar, Gemahlin von Tomas, Mutter von Calin und Calis
AKEE – Angehöriger der Hadati
ALFRED – Korporal aus Düstermoor
ANDREW – Priester von Ban-ath in Krondor
AVERY, ABIGAIL – Tochter von Roo und Karli
AVERY, DUNCAN – Cousin von Roo
AVERY, HELMUT – Sohn von Roo und Karli
AVERY, KARLI – Gemahlin von Roo, Mutter von Abigail und Helmut
AVERY, RUPERT »ROO« – junger Händler aus Krondor, Sohn von Tom Avery
BORRIC – König der Inseln, Zwillingsbruder von Prinz Erland, Bruder von Prinz Nicholas, Vater von Prinz Patrick
BROOK – Erster Offizier der *Königlicher Drache*
CALIN – Thronfolger von Elvandar, Halbbruder von Calis, Sohn von Aglaranna und König Aidan
CALIS – »Der Adler von Krondor«, Sonderbeauftragter des Prinzen von Krondor, Herzog am Hofe, Sohn von Aglaranna und Tomas, Halbbruder von Calin

CHALMES – Hoher Magier in Stardock
D'LYES, ROBERT – Magier aus Stardock
DE BESWICK – Hauptmann in der Armee des Königs
DE SAVONA, LUIS – früherer Soldat, heute Mitarbeiter von Roo
DOLGAN – König der Zwerge des Westens
DOMINIC – Abt der Abtei von Ishap in Sarth
DUBOIS, HENRI – Giftmischer aus Bas-Tyra
DUGA – Söldnerhauptmann aus Novindus
DUKO – General in der Armee der Smaragdkönigin
DUNSTAN, BRIAN – der »Kluge«, Anführer der Spötter, war früher unter dem Namen Lysle Rigger bekannt
ERLAND – Bruder des Königs und des Prinzen Nicholas, Onkel von Prinz Patrick
ESTERBROOK, JACOB – wohlhabender Händler in Krondor, Vater von Sylvia
ESTERBROOK, SYLVIA – Jacobs Tochter
FADAWAH – Oberster General der Armee der Smaragdkönigin
FREIDA – Eriks Mutter
GALAIN – Elb in Elvandar
GAMINA – Adoptivtochter von Pug, Stiefschwester von William, Gemahlin von James, Mutter von Arutha
GARRET – Korporal in Eriks Kompanie
GRAVES, KATHERINE »KITTY« – Diebin in Krondor
GREYLOCK, OWEN – Hauptmann in Diensten des Prinzen, später General
GUNTHER – Nathans Lehrling
HAMMOND – Leutnant in der Armee des Königs
HARPER – Feldwebel in Eriks Kompanie
HANAM – Hüter des Wissens der Saaur

JACOBY, HELEN – Gemahlin von Randolph, Mutter von Nataly und Willem

JAMES – Herzog von Krondor, Vater von Arutha, Großvater von James und Dash

JAMESON, ARUTHA – Graf am Hofe des Prinzen, Sohn von Herzog James

JAMESON, DASHEL »DASH« – jüngerer Sohn von Arutha, Enkel von James

JAMESON, JAMES »JIMMY« – älterer Sohn von Arutha, Enkel von James

KALIED – Hoher Magier in Stardock

LIVIA – Tochter von Lord Vasarius

MARCUS – Herzog von Crydee, Cousin des Prinzen Patrick, Sohn von Martin

MARTIN – ehemals Herzog von Crydee, Großonkel von Prinz Patrick, Vater von Marcus

MILO – Besitzer des Gasthauses »Zur Spießente« in Ravensburg, Vater von Rosalyn

MIRANDA – Magierin und Verbündete von Calis und Pug

NAKOR DER ISALANI – Spieler, Benutzer von Magie, Freund von Calis und Pug

NATHAN – Schmied in Ravensburg, früherer Meister von Erik, verheiratet mit Freida

NICHOLAS – Admiral der Flotte des Westens, Prinz der Königlichen Familie, Onkel von Prinz Patrick

PATRICK – Prinz von Krondor, Sohn des Prinzen Erland, Neffe des Königs und des Prinzen Nicholas

PUG – Magier, Herzog von Stardock, Cousin des Königs, Vater von Gamina

REEVES – Kapitän der *Königlicher Drache*

ROSALYN – Tochter von Milo, Gemahlin von Rudolph, Mutter von Gerd

RUDOLPH – Bäcker in Ravensburg, Gemahl von Rosalyn, Stiefvater von Gerd

SHATI, JADOW – Feldwebel in Calis' Truppe

SHO PI – früherer Gefährte von Erik und Roo, heute Schüler von Nakor

SUBAI – Hauptmann der Krondorischen Späher

TITHULTA – Pantathianischer Hohepriester

TOMAS – Kriegsherr von Elvandar, Gemahl von Aglaranna, Vater von Calis, Erbe der Kräfte von Ashen-Shugar

VASARIUS – Queganischer Adliger und Kaufmann

VON DÜSTERMOOR, ERIK – Soldat bei Calis' Blutroten Adlern

VON DÜSTERMOOR, GERD – Sohn von Rosalyn und Stefan von Düstermoor, Neffe von Erik

VON DÜSTERMOOR, MANFRED – Baron von Düstermoor, Halbbruder von Erik

VON DÜSTERMOOR, MATHILDA – Baronin von Düstermoor, Mutter von Manfred

VYKOR, KAROYLE – Admiral der königlichen Flotte des Ostens

WILLIAM – Marschall von Krondor, Pugs Sohn, Gaminas Adoptivbruder, Onkel von Jimmy und Dash

»Der perfekte Start für alle, die in Feists Fantasywelten eintauchen wollen.«

Locus Magazine

672 Seiten. ISBN 978-3-7341-6161-2

Die Schattenkönigin sammelt eine Armee von unglaublicher Größe und Kraft um sich, um Midkemia dem Erdboden gleich zu machen. Sie hat eine Geheimwaffe: die schlangenartigen Panthatier, die überall Angst und Schrecken verbreiten. Der junge Adlige Erik von Darkmoor und sein Freund Roo geraten unfreiwillig in den Krieg mit den Reptilienwesen und befinden sich plötzlich im Herzen einer mörderischen Schlacht …

Lesen Sie mehr unter: **www.blanvalet.de**

»Ein episches Leseabenteuer!«

San Diego Union-Tribune

640 Seiten. ISBN 978-3-7341-6162-9

Roo kehrt als geachteter Kriegsheld aus der Schlacht gegen die Schlangen ins Zivilleben zurück. Er ist nun ein freier Mann und beschließt, sein Glück in der Hauptstadt Krondor zu versuchen. Roo strebt nach Reichtum und will eines Tages der mächtigste Händler Midkemias werden. Der Weg nach oben erweist sich als steinig und gefährlich, aber schließlich gelingt es ihm, in Krondor Partner des Händlers Grindle zu werden. Da wird dieser plötzlich tot aufgefunden, auf brutale Weise ermordet. Doch auch die Vergangenheit lässt Roo nicht los, denn der Krieg gegen die Smaragdkönigin ist noch nicht vorbei …

Lesen Sie mehr unter: **www.blanvalet.de**